BASTEI
LÜBBE

Von Madge Swindells
sind bei BASTEI-LÜBBE bereits erschienen:

11313 Die Ernte des Sommers
11571 Die Zeit der Stürme

Madge Swindells

Wenn die Eisblumen blühen

aus dem Englischen übertragen
von Christel Rost

BASTEI
LÜBBE

BASTEI-LÜBBE-TASCHENBUCH
Band 11829

Titel der Originalausgabe:
Shadows on the Snow
Originalverlag:
McDonald & Co (Publishers) Ltd, London/Sydney

Ungekürzte Taschenbuchausgabe
Printed in Great Britain, Mai 1992
Einbandgestaltung: Roland Winkler
Titelfoto: Gruner & Jahr
Satz: Kremerdruck GmbH, Lindlar
Druck und Bindung: Cox & Wyman, Ltd.
ISBN 3-404-11829-4

Der Preis dieses Bandes versteht sich einschließlich
der gesetzlichen Mehrwertsteuer

Danksagung

Lawrie Mackintosh, Susan Fletcher,
Susan Schwartz, Lana Odell;
Sports Illustrated Magazine of America;
Mr. M. E. Millard und Colleen Millard;
Roger Rosenblatt, Essayist im *Time Magazine*;
dem Organisationskomitee der
14. Olympischen Winterspiele in Sarajewo;
The Guinness Book of Skiing von Peter Lund;
Ski Sunday von John Samuel;
Peta Solosky; der British Ski Federation.

1

Sarajewo, 26. Januar 1983

Sie war eine waschechte Städterin, die sich in allen Metropolen dieser Welt zu Hause fühlte. Sie war mit allen Winkelzügen des internationalen Sportmanagements vertraut, und sie verstand es vorzüglich, die Wettkämpfe und Siege der von ihr betreuten Stars in klingende Münze zu verwandeln. Sie war Amerikanerin, sechsundzwanzig Jahre jung und ebenso tüchtig wie ehrgeizig. Zu den Weltcup-Rennen nach Sarajewo war sie gekommen, um Ausschau nach neuen Skitalenten zu halten und, wenn möglich, noch gleich an Ort und Stelle Verträge mit ihnen abzuschließen. Gleich an Ort und Stelle – das war Megan Carrolls Art.

In London hatte es geregnet, und Megan war froh gewesen, die Stadt verlassen zu können. Nach langer Warterei in den zugigen Hallen des Belgrader Flughafens hatte ihre Begeisterung jedoch einen merklichen Dämpfer erfahren. Des Nebels wegen war die Anschlußmaschine nach Sarajewo erst mit fünf Stunden Verspätung gestartet, und der folgende ungemütliche Flug paßte zu diesem deprimierenden Tagesverlauf wie das Tüpfelchen aufs I. Und nun der trostlose Flughafen von Sarajewo. Überall Zeichen der Armut im trüben Licht der Neonlampen, eine spärliche, ja karge Ausstattung. Das einzige Kriterium, an das man sich konsequent gehalten zu haben schien, war die totale Mißachtung jeglichen Komforts.

Megan eilte in den Waschraum, um sich frisch zu machen. Sie wollte sich gerade das Gesicht mit kaltem Wasser betupfen, als ihr eine verhärmt aussehende Putzfrau die Hand auf den Arm legte. Die Frau sprach sie an, und es klang fast unterwürfig.

»Sie sind Amerikanerin, ja? So schöne Sachen kann man nur in Amerika kaufen.« Sie trat einen Schritt zurück und bewunderte Megans Nerzmantel, der mit einem Ledergürtel um die schmale Taille geschlossen wurde, sowie den Hut aus Fuchspelz, unter dem ein paar vorwitzige braune Locken hervorlugten. Der graue Lidschatten, der die großen, tiefblauen und weit auseinanderliegenden Augen betonte, entging ihr ebensowenig wie das Makeup, das die Sommersprossen auf der glatten, hellen Haut geschickt verbarg. Die empfindsamen Lippen schienen ein eigenständiges Leben zu führen, sobald sie sich zu einem feinen Lächeln verzogen. In Megans schönem Gesicht spiegelten sich Selbstbewußtsein, Mitgefühl und Aufrichtigkeit.

Die Frau starrte sie an. Was für ein Leben mußte es sein, das solche Gesichter hervorbrachte!

Sie merkte, daß sie die Jüngere in Verlegenheit brachte. »Verzeihen Sie«, murmelte sie. »Das war sehr unhöflich von mir. Ich vergaß vollkommen ... Sie sind zu den Skirennen hier, ja? Es werden noch mehr Leute wie Sie kommen – noch viel mehr! Und alles wird ein bißchen besser werden ...«

Megan trat zurück, zutiefst gerührt von der Sehnsucht der Jugoslawin. Sie nahm ihr besticktes Tuch aus Schweizer Batist ab und reichte es der Putzfrau. »Nehmen Sie es«, sagte sie. Die Frau wich schüchtern zurück. »Doch, bitte ...« Megan drückte ihr den Schal in die Hände, und die Dankbarkeit der armen Frau trieb ihr beinahe die Tränen in die Augen. »Bitte ... Ein Geschenk aus dem Westen. Es ist ja nur eine Kleinigkeit, wirklich.«

Hastig verließ Megan den Waschraum. Das Erlebnis stimmte sie traurig; sie mußte sich zusammenreißen. Sie kannte ihr ausgeprägtes Mitgefühl für andere, und im allgemeinen hütete sie sich vor derlei Empfindungen. Schwächen wie diese waren ihrer beruflichen Karriere abträglich; sie waren das Zeichen einer Verliererin.

Sie blickte um sich und schauderte unwillkürlich. Was für triste Gesichter, was für triste Kleider! Doch das Lächeln der Flughafenangestellten war warm und kam von Herzen, wenn sie den Neuankömmlingen zuraunten: *Dobrodosli, bienvenido, bienvenue, welcome* – willkommen in Sarajewo!

Für die jungen Skisportler, die durch die Türen drängelten und ihre Ausrüstung zusammensuchten, war Sarajewo lediglich eine weitere Station im rastlosen internationalen Skizirkus, und keine sonderlich aufregende dazu. Auf die Berge kam es ihnen an und auf den Schnee, alles andere war ihnen egal. Sie hegten keine hochgesteckten Erwartungen. Sarajewo war allerdings zum erstenmal Austragungsort der Weltcup-Rennen, jungfräuliches Territorium sozusagen, und das gab der Sache doch einen gewissen Reiz.

Organisatoren, Trainer, Skiläufer und Ärzte aus nahezu allen Nationen überfluteten das Foyer. Während die Lautsprecher eine weitere Landung ankündigten, kämpfte sich Megan zur Gepäckrampe durch.

In der Haupthalle herrschte das reinste Chaos. Hunderte von jungen Menschen in bunter Skikleidung rangelten um Taxis, Auskünfte, Stadtpläne, Busse und Wechselgeld; Deutsch, Norwegisch, Englisch, Französisch und ein Dutzend anderer Sprachen schallten durcheinander. Sie umlagerten die Kassen der Bank und sahen ungläubig auf ihre neuerworbenen, nahezu wertlosen Dinare, die die Schalter überschwemmten. »He, Mark, guck dir das bloß mal an! Meinst du, damit kann ich mir den Tadsch Mahal kaufen?« Gleich bündelweise wurde das Papiergeld in Jacken- und Brieftaschen verstaut. »Mensch, Leute, davon nehm' ich mir 'n Koffer voll mit heim und tapezier' das Klo!« – »Mannomann, jetzt weiß ich endlich, wie man sich als Milliardär fühlt!«

Das Lächeln der jugoslawischen Funktionäre wirkte nun doch etwas angestrengt, und Megan fühlte sich eigenartigerweise schuldig. Die Jugend krakeelte und schlug über die Stränge, getragen von dem herrlichen, befreienden Gefühl, weit weg von zu Hause und doch nicht allein zu sein. Kein Wunder, daß sich alle aufführten wie die Großmoguln. Die Polizisten, für die die Ausländer eine Fülle von unvorhersehbaren Schwierigkeiten und unzählige Überstunden mit sich brachten, stellten freundliche Langmut zur Schau. Die Thekenmädchen der Cafeteria überhörten die dummen Bemerkungen über altbackene Brötchen und abgestandenen Kaffee und lächelten unbeirrt weiter. Die Jugoslawen neigten offenbar nicht zu überschäumender Herzlichkeit, doch wenn sie »Willkommen!« sagten, so war ihnen anzusehen, daß sie es ehrlich meinten.

Megan wußte selbst nicht, weshalb sie sich über das Geschwätz ihrer Landsleute so ärgerte. Du bist ja schon beinahe ein Snob, wies sie sich selbst zurecht. Wen interessiert es schon, wenn so ein paar junge Schaumschläger hier Rabatz machen? Kaum ein Jahr in London, und schon bist du britischer als die Queen!

Dicht hinter sich hörte sie jemanden murmeln. Die Stimme war so tief, daß sie wie ein Knurren klang.

»Noch ein solcher Haufen Yankees, und die Jugoslawen haben fürs erste die Nase voll vom Westen!«

Erstaunt drehte Megan sich um. Der Mann hinter ihr wirkte so aufgebracht, daß sie unwillkürlich lächeln mußte. Seine Wangen waren von Röte überzogen, seine Lippen vorwurfsvoll zu einem Strich zusammengepreßt. Warum, in aller Welt, regte er sich dermaßen auf?

»Ich glaube, sie brauchen uns viel nötiger als wir sie«,

gab sie zurück. Ihr ungewollter Patriotismus überraschte sie selbst.

Der Mann war groß, athletisch gebaut und sportlich gekleidet. Zu grauen Flanellhosen trug er ein dunkelblaues Hemd mit Pullover, darüber einen Anorak. Dennoch wirkte er keineswegs salopp, ganz im Gegenteil: Er hielt sich, als trüge er eine Uniform. Sein Gesicht – scharfe Züge und hohe Wangenknochen – verriet Charakter. Unter buschigen, braunen Brauen lagen tiefblaue Augen, der dunkle Lockenschopf war kurzgeschnitten und energisch zurückgekämmt, und die kurze, gerade Nase saß über einem breiten Mund, dessen Unterlippe eine tiefe Einkerbung aufwies. Die rosigen Wangen und die Sommersprossen, fand Megan, waren genau das, was diesem Gesicht noch gefehlt hatte, um es durch und durch britisch erscheinen zu lassen.

Der Fremde bedachte sie mit einem raschen, forschenden Blick, dann verzogen sich seine Lippen zu einem Lächeln geheuchelter Betroffenheit. »Sie nicht«, sagte er anzüglich, »das kann ich Ihnen versichern. Lediglich Ihre Dollars.« Dann fügte er hinzu: »Ich bitte um Entschuldigung. Ich habe Sie in Heathrow gesehen und daraus den falschen Schluß gezogen.«

Er eilte davon. Einen Moment lang war Megan irritiert, weil sie nicht wußte, wo sie seine Aussprache einordnen sollte. Sie klang nach englischer Public School, aber nicht ganz, nur beinahe: Dazu waren die Konsonanten zu hart und die Vokale zu rund. Ein Schotte, dachte sie in plötzlicher Erkenntnis, er ist Schotte!

»Was für ein Bursche!« entfuhr es ihr.

»O Gott! Hast du diese grauenvolle Cafeteria gesehen?«

Die gequälte, überdrüssige Stimme gehörte einem jungen Mädchen. Schon auf dem Flug hatte Megan sie alles aufzählen hören, was ihr an der Fluglinie nicht paßte. Was sie hier wohl zu suchen hatte? Sie war ganz offensichtlich zu reich, zu verwöhnt und zu unzufrieden. In Sankt Moritz wäre sie vielleicht nicht weiter aufgefallen, aber hier wirkte sie fehl am Platze; denn die Lebensfreude, die die passionierten Skiläufer auszeichnete, schien ihr vollkommen abzugehen. Ihre Kleidung war geradezu bizarr: eine billige Strickmütze zu wattierten Skihosen und einer beinahe knielangen Hermelinjacke.

»Ich hab's allmählich satt bis obenhin! Eure bescheuerten Sparmaßnahmen sind mir scheißegal. Ich will nichts mehr davon hören! Und ich wohne, wo's mir paßt, verdammt noch mal!«

»Du wohnst genau da, wo wir alle wohnen, Jenny. Ich kann nicht mit einer Mannschaft arbeiten, die in alle Himmelsrichtungen verstreut ist.«

Megan erkannte den britischen Trainer an seinem Hochlanddialekt. Sie mochte und bewunderte ihn; er schien die Situation vollkommen im Griff zu haben. Das Mädchen war unüberhörbar Amerikanerin – dennoch lief sie für Großbritannien. Die Überraschungen nahmen heute offenbar kein Ende!

Jennys Antwort ging unter im Geschrei und Gelächter des französischen Teams, das soeben versuchte, seine gesamte Ausrüstung einschließlich der Skier in drei klapprigen Taxis zu verstauen.

Megans Stiefel knirschten auf dem festgetretenen Schnee. Meilenweit um den Flughafen erstreckte sich nichts als leere Landschaft. Aus der Ferne blinkten bläßlich die morgendlichen Lichter von Sarajewo her. Die Stadt lag inmitten einer ungeheuren Ebene, an deren Peripherie sich jäh steile Berge erhoben, die das weite Rund zu einem gigantischen Amphitheater machten.

Megan reihte sich in die Schlange der Wartenden ein und stieg schließlich in den Fond eines verbeulten gelben Lada, wo sie zu ihrer Überraschung feststellte, daß sie das Taxi mit einem weiteren Fahrgast teilen mußte. Der Mann, der hinter ihr gestanden hatte, wurde in barschem

Ton aufgefordert, nicht so herumzutrödeln, sondern schnellstens einzusteigen.

Er lüpfte seine Pelzmütze und quetschte sich auf den Rücksitz neben Megan, die mehrmals blinzeln mußte, weil sie ihren Augen nicht traute: Dieser Mann war zu schön, um wahr zu sein! Dichtes, schwarzes Haar, ebensolche Brauen, seelenvolle dunkle Augen, ebenmäßige Züge, eine glatte, gebräunte Haut und blitzende weiße Zähne, sobald er lächelte, und das schien er unentwegt zu tun. Seine auffällige Schönheit traf Megan wie ein Schock und schüchterte sie geradezu ein. Sein Lächeln war seltsam persönlich; er tat, als kennten sie sich schon seit Jahren, und dennoch war sich Megan vollkommen sicher, ihn nie zuvor gesehen zu haben. Welche Frau vergaß schon ein solches Gesicht!

»Was für ein glücklicher Zufall!« Sein Englisch hatte einen starken französischen Akzent. »Ich hatte mir erhofft, Sie zu treffen. Nun hat mir das Schicksal in die Hände gespielt!«

Megan stöhnte innerlich. Da war sie wohl einem regelrechten Phrasendrescher in die Hände gefallen! Sie bemühte sich um ein geistesabwesendes Lächeln und guckte angelegentlich in die weite Ebene hinaus.

»Wohin fahren Sie?« fragte er beharrlich, wobei seine Blicke wohlwollend Kleidung, Gepäck und Handtasche seiner unfreiwilligen Beifahrerin streiften.

»Palace Hotel in Sarajewo.«

»Ich auch.« Er sprach in schnellem Serbokroatisch auf den Fahrer ein. Megan beobachtete ihn, und ihre Augen spiegelten ihre Verblüffung wider.

»Ich bin Michel Juric«, stellte er sich vor. »Freier Journalist, derzeit wohnhaft in Paris. Ursprünglich stamme ich jedoch aus Jugoslawien.«

»Ich bin Megan Carroll.« Sie lächelte charmant. »Sportagentin.« Die Presse war ein wertvoller Verbündeter in ihrem Geschäft. Megan beschloß daher, die langweilige halbe Stunde, die sie mit Juric verbringen mußte, lächelnd über sich ergehen zu lassen.

Doch während der Taxifahrt zum Hotel entdeckte Megan, daß Juric ganz und gar nicht langweilig war. Er war schlau und raffiniert und ungemein beschlagen, was die Sportwelt und ihre großen Stars anbetraf. Er behauptete sogar, schon von Megan gehört zu haben.

»Sie müssen das Wunderkind sein, das die International Sports Agency nach London geschickt hat, um die Briten wachzurütteln«, sagte er.

»Unsinn!« rief sie aus. »Ich habe keinerlei Anspruch auf eine solche Bezeichnung. Aber wie kommt's, daß Sie ISA kennen?« Sie konnte ihre Überraschung kaum verbergen.

Juric lächelte und sagte: »Ihr Laden wird allmählich bekannt. Macht den Großen der Branche Konkurrenz. Und im übrigen hab' ich mich ein paarmal mit John Oberholtzer unterhalten.«

»Im Ernst? Sie kennen meinen Chef?« Megan verspürte eine Woge der Wärme für diesen Fremden aufsteigen, der nun kein ganz Fremder mehr zu sein schien. Schön, einen Freund hier zu haben, dachte sie – doch ihre Freude war nur von kurzer Dauer.

Juric grinste boshaft. »Vielleicht haben Sie neulich meinen Artikel gelesen. *Der Athlet* hat ihn gebracht.«

»Ja, das heißt – *Sie* haben den also geschrieben ...?« Der Artikel war eine Abrechnung mit Sportagenturen im allgemeinen und mit ISA im besonderen gewesen. Er war bösartig, voller Vorurteile und vollkommen unfair. Der Autor hatte sich sogar zu der Behauptung verstiegen, die großen Agenturen beabsichtigten, den Sport in eigene Regie zu übernehmen – selbstverständlich zu jedermanns Nachteil.

»Oberholtzer hat mit einer Klage gedroht, doch am Ende kam natürlich nichts dabei heraus. Das ist immer so.«

»Na ja«, sagte Megan zweifelnd. »Wenigstens sind Sie ehrlich. Himmel, wie unangenehm!« rief sie aus, als das Auto schlingerte und sie gegen ihn stieß.

»Macht Ihnen das nichts aus – daß Sie in der Sportwelt so unbeliebt sind?« fragte Juric und lächelte sie an, als hätte er ihr ein Kompliment gemacht.

»Kommt ganz drauf an, auf welcher Seite man steht«, sagte sie gekränkt und mit zusammengepreßten Lippen. »Unsere Klienten halten uns für ziemlich gut. Immerhin scheffeln wir eine Menge Geld für sie. Und sie können den gesamten Ruhm für sich allein einheimsen, während wir den Kopf hinhalten müssen, sobald was schiefgeht.«

»Dafür behalten Sie auch einen Gutteil der Einnahmen«, fuhr er ungerührt fort und klang dabei so freundlich, daß die vorsätzliche Beleidigung kaum herauszuhören war.

»Wir verdienen unsere Provision nicht im Schlaf!« fauchte Megan. Ihre Worte überschlugen sich beinahe. Wie war sie bloß in diese scheußliche Situation geraten? »Unsere Sportler verdienen ein Vermögen, wenn sie uns die Verhandlungen für sie führen lassen. Sie selber haben weder die Zeit noch die Erfahrung, geschweige denn die Sachkenntnis, sich gut zu verkaufen.«

»Aber Sie haben das alles?«

»Selbstverständlich!« Megan spürte, daß ihr Temperament mit ihr durchzugehen drohte. »Vergangene Woche erst habe ich für einen bekannten Tennisstar einen lukrativen Vertrag an Land gezogen – zwei Komma fünf Millionen für drei Jahre. Dazu gehört schon ein bißchen was, Mister Juric. Alleine hätte sie das nie zustande gebracht.«

Mittlerweile waren sie am Rande der Stadt angelangt, die sich unvermittelt aus der schneebedeckten Ebene erhob. Gleich darauf war die Straße auch schon beiderseits von mehrstöckigen Gebäuden gesäumt, bei deren Errichtung strikt auf Nützlichkeit geachtet worden war. Dementsprechend sahen sie auch aus: schlicht und ergreifend häßlich.

Megan war enttäuscht.

»Sie dürfen Sarajewo nicht an der Neustadt messen«, sagte Juric mit sanfter Stimme, als hätte er ihre Gedanken gelesen. »Es gibt drei vollkommen verschiedene Sarajewos. Der österreichisch-ungarische Teil ist sehr schön, ganz anders als dieser hier. Und dann gibt es noch das Türkenviertel, unser Prunkstück.«

Unser Prunkstück – wie seltsam sich das anhörte! »Dann stammen Sie also aus Sarajewo?« fragte Megan.

»Nein, aber ich bin schließlich Jugoslawe. Und der Anblick des neuen Stadtteils tut mir selber weh.« Er wandte sich vom Fenster ab und atmete sichtlich auf. »Haben Sie diesmal wiederum vor, einen Ihrer gemeldeten Sportler vom Start zurückzuziehen?« fragte er mit seiner trügerisch sanften Stimme.

Megan rang sich ein Lächeln ab. »So etwas tue ich grundsätzlich nicht«, sagte sie. »Ich weiß, Sie spielen auf das Kölner Sportfest an. Sie glauben, ich hätte irgendeinen Trick aus der Kiste gezogen, als ich zwei unserer Sprinter nicht starten ließ. Und mit Ihnen glaubt es der Rest der Welt.«

»Außerdem hat es nicht gewirkt.« Erstaunlicherweise lächelte er immer noch.

»Ich habe meine Klienten auf ärztliches Geheiß vom Start zurückgezogen und nicht, um den Preis in die Höhe zu treiben, wie Sie in Ihrem verleumderischen Artikel behaupten.«

Megan holte tief Luft. Es war an der Zeit, dieses Ekel in seine Schranken zu weisen. »Ich habe«, sagte sie etwas gelassener, »absolut nichts gegen Interviews, die nicht im voraus vereinbart wurden. Gegen Ihre Unterstellungen allerdings verwahre ich mich. Wenn Sie einen Bericht schreiben wollen, der nicht mit Vorurteilen überfrachtet ist, so bin ich jederzeit gern bereit, Ihre Fragen zu beantworten. Vorausgesetzt, Sie garantieren mir, mich nicht falsch zu zitieren. Dies jedoch ist weder die passende Zeit noch der passende Ort dafür, und im übrigen habe ich jetzt genug von Ihrer inquisitorischen Art.«

Doch Juric gab nicht so leicht auf. Er lachte leise in sich hinein. »Manche Leute, und nicht einmal wenige, fragen sich, ob ihr Agenten tatsächlich nur das Beste für den Sport oder letztendlich nur das Beste für eure eigenen Taschen im Auge habt. Was meinen Sie?«

»Wenn wir keine entsprechende Leistung erbrächten, würden wir keinen Gewinn machen«, gab Megan zurück. »Ich leite die Londoner Niederlassung, und die schreibt bereits schwarze Zahlen, nach nur sechs Monaten.« Sie unterbrach sich. Ihr war klar, daß sie zuviel redete, doch mittlerweile war sie so wütend, daß ihr alles egal war. »Ich habe jedenfalls vor, ein paar Rekorde zu brechen. Das ist mir sehr wichtig. Schließlich habe ich meine Karriere als Skisportlerin nicht aufgegeben, um unter die Verlierer zu gehen. Ich will gewinnen, und meinen Klienten geht's nicht anders. Wenn das den notorischen Verlierern nicht in den Kram paßt – um so schlimmer für sie. Sind Sie auch ein Verlierer, Mister Juric?« fragte sie. »Benehmen Sie sich deshalb so widerlich?« Ihre Stimme klang heiser, und sie zitterte vor lauter Anstrengung, die Ruhe zu bewahren. Wie hatte sie sich bloß so naiv von diesem Ungeheuer überfahren lassen können? Sie hätte es, weiß Gott, besser wissen müssen!

Sie sah aus dem Fenster und entdeckte zu ihrer Erleichterung, daß sie auf ein Gebäude zufuhren, das ihr Hotel sein mußte. Es war rechteckig gebaut und leuchtend senffarben gestrichen – grauenvoll! Dieser Morgen wurde allmählich unerträglich.

»Ich habe beschlossen, einen Artikel über Sie zu schreiben«, sagte Juric. »Die neue Tigerin bei ISA.«

Das Taxi hielt an, und Megan sprang heraus. Sie drückte dem verdutzten Fahrer ein paar Geldscheine in die Hand und stakste auf das Gebäude zu, Jurics albernes Gelächter im Ohr.

Megan hatte es noch nie verbergen können, wenn sie sich ärgerte. So war ihr auch jetzt klar, daß ihre Wangen, deutlich sichtbar für alle Welt, vor Ärger brannten. Und wie es das Pech wollte, standen ausgerechnet in diesem Moment lauter Kameramänner im Foyer herum, denen nichts entging.

Megan war sich der plötzlich eingetretenen Stille bewußt, als sie die Eingangshalle betrat und zur Rezeption ging. Ein leiser, anerkennender Pfiff ertönte, und zwanzig Augenpaare starrten unverfroren und voller Bewunderung auf die junge Frau.

Zitternd vor Empörung trug Megan sich ins Hotelregister ein und gab ihren Reisepaß ab. Dann suchte sie in ihrer Tasche nach Kleingeld, doch als sie sich umdrehte, erkannte sie, daß ihr Gepäck keineswegs vom Hoteldiener hereingetragen wurde, wie sie angenommen hatte, sondern von Michel Juric, der triumphierend grinste. Ich hätte wissen müssen, schalt sie sich, daß es hier keinen Gepäckträger gibt – dies ist schließlich ein sozialistisches Land. Und nun muß ich mich bei diesem gräßlichen Juric auch noch bedanken!

Doch da kam ihr unvermutet der Schotte zu Hilfe, der am Flughafen das seltsame Wortgefecht mit ihr ausgetragen hatte. Er trat auf sie zu und legte eine Hand auf ihre Schulter. »Ich hätte Sie gerne in meinem Wagen mitgenommen«, sagte er, »aber ich konnte Sie nirgends finden.« Mit einer Lässigkeit, die lange Übung verriet, wandte er sich Juric zu und steckte ihm ein paar Geldscheine in die Brusttasche. »Das Gepäck der Dame«, sagte er, »lassen Sie bitte hinaufschicken. Vielen Dank.«

Augenzwinkernd drehte er sich zu Megan um und sagte: »Es freut mich jedesmal, wenn ich einen Burschen sehe, der bei der Arbeit lächelt. Hier entlang, meine Liebe.«

»Wissen Sie …« Megan mußte sich das Lachen verbeißen und setzte zum zweitenmal an: »Wissen Sie, wer das ist?«

»Selbstverständlich. Das ist Michel Juric, der eingebildete Fatzke.«

»Und er? Kennt er Sie auch?« fragte sie weiter, während sie sich von ihm durchs Foyer führen ließ.

»Wir haben schon das eine oder andere Scharmützel miteinander ausgefochten. Aber er ist nicht eben der Schlagfertigste, daher zieht er gewöhnlich den kürzeren. Es ist mir nicht entgangen, daß Sie sich über ihn geärgert haben.« Sein Lachen klang warm und freundschaftlich. »Egal, denken wir nicht mehr an ihn. Ich wollte Sie eigentlich zu einem Drink einladen, das heißt, lieber noch zum Lunch. Das schulde ich Ihnen für meine Grobheit am Flughafen.«

»Sie sind mir gar nichts schuldig. Und Sie waren auch nicht grob, Sie haben bloß überzogen reagiert. Schade, aber es geht nicht. Vielleicht ein andermal …« Sie lächelte, um ihre Ablehnung zu mildern. »Ich bin schließlich zum Arbeiten hier, und heute nachmittag muß ich zum Abfahrtslauf der Männer.«

»Dann werde ich Sie dort wahrscheinlich sehen«, sagte er. »Erlauben Sie, daß ich mich vorstelle: Ian Mackintosh. Ich bin freiberuflicher Drehbuchautor und hier in Sarajewo als Berater des britischen Fernsehteams tätig.«

Die Aufzugtüren schlossen sich hinter ihm, und Megan starrte auf ihr Spiegelbild. Rasch legte sie die Fingerspitzen an die erröteten Wangen. »Schreck, laß nach«, murmelte sie und schob ihr Haar unter den Hut.

Der Gedanke, daß sie Ian Mackintosh schon am Nachmittag wiedersehen würde, war ihr gar nicht so unangenehm. Dann zog sie ihrem Spiegelbild eine Grimasse. Du bist zum Arbeiten hier, ermahnte sie sich, zu sonst gar nichts.

Nikola Petrowna saß zitternd in der Aeroflot-Maschine, die die sowjetische Eislaufjugend von Moskau nach Sarajewo brachte. In den vergangenen anderthalb Jahren war sie schon des öfteren in fremde Länder gereist, doch diesmal war alles ganz anders. Diesmal würde sie nicht zurückkehren.

Nikola meinte, die Wahrheit müsse ihr aus den Augen leuchten und auf die Stirn gebrannt sein, deutlich lesbar für alle Welt, doch niemand schenkte ihr besondere Beachtung. Selbst dann wäre an ihr nichts weiter aufgefallen als eine gewisse körperliche Anspannung, ein Runzeln auf ihrer ansonsten stets glatten Stirn. Sie hielt sich kerzengerade in ihrem Sitz, den Blick unbeirrbar nach vorn gerichtet.

Sie war ein schlankes Mädchen von siebzehn Jahren und von geradezu auserlesener Schönheit, wenngleich ihr das gar nicht bewußt zu sein schien. Sie hatte grün schimmernde, weit auseinanderliegende Elfenaugen, kleine, ein wenig spitze Ohren, eine schmale, gerade Nase und einen großzügig geschnittenen Mund mit perfekten weißen Zähnen; ihr Teint war sehr hell, und ihre aschblonden Haare trug sie, zum Zopf geflochten, um den Kopf gesteckt. Wenn sie lachte, war sie schlicht und einfach hinreißend, doch sobald sie unachtsam wurde und nicht mit bewußter Fröhlichkeit in die Welt schaute, trat ein tragischer Ausdruck in ihre Augen, der ihre Schönheit indes kaum zu beeinträchtigen vermochte. Kein Mensch hatte jemals mehr hinter der schönen Fassade gesucht; wäre es doch einmal jemandem eingefallen, so hätten sich ihm nicht nur ihr Mut und ihre Empfindsamkeit offenbart, sondern auch ihr Stolz – ein unbeugsamer Stolz, der sie in jedweder Klemme und Notlage automatisch bewog, ein tapferes Gesicht zur Schau zu tragen. Heute allerdings lag verzweifelte Entschlossenheit in ihrem Blick. Eine zweite Chance wie diese würde sich ihr nie wieder bieten. Jetzt oder nie, hieß es für sie.

Ihr erster Auslandsauftritt hatte in Helsinki stattgefunden, wo sie für den Nachwuchs der Sowjetunion angetreten war. Nicht als Star der Mannschaft, bei weitem nicht, aber sie hatte ein kurzes Solo gehabt. Danach, als sie an der Bande lehnte und das weitere Programm mit den Augen verfolgte, hatte sich ihr ein französischer Kameramann genähert und ihr zugeflüstert: *»Bravo! Sie sind mit Abstand die Beste, Mademoiselle Petrowna! Hier weiß man Sie ja gar nicht zu schätzen. Sie sollten in den Westen gehen – dort wären Sie eine Sensation! Da, wo ich herkomme, wird weder Talent vergeudet noch Schönheit.«*

Das war alles. Gleich darauf war er in der Menge verschwunden. Doch später war es noch einmal vorgekommen – und noch einmal und immer wieder: in Düsseldorf, in Dortmund, Wien, Budapest und kürzlich erst in Moskau, flüsternde Stimmen, unbekannte Gesichter, doch stets die gleiche Botschaft. Es hatte ihr geschmeichelt, sie amüsiert, erregt, aber das war auch schon alles, und sie hatte niemandem davon erzählt. Das wäre heller Wahnsinn gewesen.

Erst im Dezember hatte sie sich entschlossen, in den Westen überzulaufen. Sie war aus der Ersten Mannschaft der sowjetischen Eiskunstläuferinnen ausgeschlossen worden; statt ihrer waren zwei andere Mädchen aufgenommen worden, von denen sie genau wußte, daß sie bei weitem nicht so gut waren wie sie selbst. Der Schock und die Ungerechtigkeit hatten sie krank gemacht, doch später, als sie wieder auf den Beinen war, hatte sie um ein Gespräch mit dem Trainingsleiter ersucht, um den Grund für ihren Ausschluß zu erfahren. Er war, wie üblich, höflich, aber ausweichend gewesen und überaus vorsichtig in seinen Formulierungen. »Ich bestreite nicht, daß du sehr talentiert bist, Nikola«, hatte er mehrmals wiederholt. »Die Entscheidung, dich aus der Mannschaft auszuschließen, ist höheren Orts gefällt worden.« Er deutete auf die Zimmerdecke und zuckte vielsagend die Achseln. »Ich streite mich nicht mit meinen Vorgesetzten, Nikola.«

Kurze Zeit nach diesem Gespräch hatte ihr Vater ihr mitgeteilt, es sei an der Zeit, die internationalen Eiskunstlauf-Wettbewerbe aufzugeben. Vielleicht könne sie ja hin und wieder als Trainerin arbeiten, hatte er vorgeschlagen, mit sanfter Stimme – für Papa absolut ungewöhnlich. Oder sie könne sich ein wenig mehr um den Haushalt kümmern, die Haushälterin sei immerhin schon weit übers Rentenalter hinaus. Keinerlei Erklärung. Keinerlei Entschuldigung. Aber sie wußte hundertprozentig, daß es Papas Schuld war, wenn sie das Eislaufen aufgeben mußte. Nicht aufgeben: opfern, und nicht nur das Eislaufen: ihr ganzes Leben. Denn für Nikola gab es nichts auf der Welt, das ihr auch nur annähernd so viel bedeutet hätte wie der Eiskunstlauf. Damals hatte sie den Entschluß gefaßt, lieber im Exil zu leben, bei den bourgeoisen Westlern mit ihrer Hab- und Raffgier, als für Papa die Haushälterin zu spielen.

Von dieser Zeit an hatte sie systematisch nach Mitteln und Wegen gesucht, die Sowjetunion verlassen zu können, und zu ihrem Erstaunen festgestellt, daß Flüchtlinge an den Grenzen zurückgewiesen wurden. Um in den Westen überzulaufen, entdeckte sie, mußte man eine bedeutende Persönlichkeit sein, und das war sie beileibe nicht. Im Gegenteil: Ihre Bedeutung sank von Tag zu Tag, da sie von jedem internationalen Wettbewerb ausgeschlossen wurde. Das geschah mit voller Absicht, und es war grausam. Seit neuestem fing Papa gar an, sie mit Schreibarbeiten und Korrekturen zu beschäftigen, die sie vom regelmäßigen Training abhielten – als stecke er mit den Eiskunstlauf-Funktionären unter einer Decke. Wie sollten ihre Träume da jemals in Erfüllung gehen?

Nikola stand kurz vor der Verzweiflung. Ihre einzige Hoffnung war, daß sich die geflüsterten Stimmen noch einmal meldeten. Und dann, als ihr in Leningrad ein scheinbar harmloser Zuschauer zugeraunt hatte: »*Meine Liebe, im Westen ...*«, da hatte sie sich ihm wildentschlossen zugewandt und gemurmelt: »*Ja, ja! Aber wie? Helfen Sie mir!*«

Als Antwort darauf hatte sie in ihrem Spind im Umkleideraum ein Blatt Papier gefunden. Es enthielt eine Botschaft, die nur aus zwei Worten bestand: »In Sarajewo.« Das war alles.

In Sarajewo? Aber wie? Und warum dort?

Sie hatte nachgeschlagen und entdeckt, daß Sarajewo die Hauptstadt von Bosnien-Herzegowina war und eines der Widerstandszentren nach Hitlers Invasion im Jahre 1941. Außerdem hatte dort der neunzehnjährige Student Gavrilo Princip einst Erzherzog Franz Ferdinand ermordet, den Thronfolger Österreich-Ungarns; damit hatte er den Ersten Weltkrieg ausgelöst und somit indirekt einen Beitrag zur Befreiung der jugoslawischen Genossen vom österreichischen Imperialismus geleistet. Im Februar 1984 sollten die Olympischen Winterspiele in Sarajewo stattfinden. Das immerhin war ihr bereits bekannt, denn sie war ja erst vor kurzem aus der Olympia-Mannschaft ausgeschlossen worden.

Als den Eisläufern ihres Klubs mitgeteilt wurde, daß Ende Januar eine ausgewählte Jugendmannschaft zu einem Schaulaufen nach Sarajewo fahren sollte, um dort die Sowjetunion zu vertreten, fing Nikola an, die Botschaft ernst zu nehmen. Aus anderen Quellen erfuhr sie, daß zur gleichen Zeit die diversen Mannschaften des Weltcup-Skizirkus dort die für die Winterspiele neu errichteten Abfahrtshänge und die Infrastruktur testen sollten.

Ihre Hoffnung wuchs, allerdings nur vorübergehend, denn sie wurde gar nicht erst für die Mannschaft nominiert. Doch dann, ein paar Wochen später, als Katja Oblonski beim Training einen mysteriösen Sturz tat und sich den Knöchel verstauchte – Katja behauptete tränenreich, sie sei gestoßen worden –, wurde Nikola eiligst aufgefordert, ihren Platz einzunehmen: In der kurzen Zeit, die noch verblieb, war kein anderer gleichwertiger Ersatz zu beschaffen.

Hier saß sie nun also und hatte nicht die geringste Ahnung, wie es weitergehen sollte. Sie wußte nur eins: Sie würde jede auch noch so geringe Gelegenheit beim Schopf packen, um in den Westen zu kommen. Sie war zum Eislaufen geboren, und sie sehnte sich danach, die beste Eiskunstläuferin der Welt zu sein. Sie hatte nie etwas anderes gewollt, und sie würde um jede Chance kämpfen, ihren Wert zu beweisen.

Ein plötzlicher Ruck versetzte Nikola wieder in die Gegenwart. Das Flugzeug sank konstant, die Nase zur Erde geneigt. Die kahlen, wild gezackten Gipfel der Dinarischen Alpen wurden abrupt abgelöst von einer weiten Ebene, in der hier und da, unvermutet und spielzeugartig klein, eine einsame, elende Hütte am Rande einer Straße auszumachen war. Das Flugzeug kreiste vor der Landung über der schneebedeckten, gesichtslosen Fläche, die Sarajewo umgab, und Nikola klammerte sich an ihren Armlehnen fest, bemüht, ihre Ängste zu unterdrücken. Ich werde nicht zurückkehren, schwor sie sich im stillen, auf keinen Fall. Niemals! Lieber sterbe ich!

Ihre Zukunft lag im Westen, und in den Westen würde sie gelangen, koste es, was es wolle.

2

Linker Hand der schmalen Straße, die sich in zahllosen Windungen ins Herz des Bjelašnica-Massivs schlängelte, waren die Abhänge sacht und bewaldet, rechter Hand hingegen sah man direkt in den Abgrund, so daß Megans Blick frei über die weite, schneebedeckte Ebene von Sarajewo schweifen konnte, die in violetten Dunst getaucht war, aus dem hier und da das Kuppeldach einer Moschee blitzte.

Megan war auf der Suche nach dem Austragungsort des Abfahrtslaufs der Herren, an dem einer ihrer Klienten teilnahm, Conrad Soerli, in England geborener Sohn norwegischer Eltern. Er war der beste Skiläufer, den die britische Mannschaft seit vielen Jahren gehabt hatte. Außerdem war er die Galionsfigur des Multis Vanguard Sports, der Welt größter Hersteller von Skiern sowie Hauptsponsor von Megans Klienten. Megan, Vanguard und das britische Team hofften gleichermaßen, daß Conrad bei den Olympischen Winterspielen im kommenden Jahr eine Goldmedaille gewinnen würde, und Vanguard hatte die spektakulären Erfolge des blonden Skirennläufers mit einem verschwenderisch teuren Werbefeldzug begleitet.

Darüber hinaus erhoffte sich Megan auch Vertragsabschlüsse mit neuen, noch unbekannten Talenten. Sieger waren überaus schwer zu finden, doch Megan hatte das richtige Gespür dafür. Diesem Gespür verdankte sie ihre Position, ihr Spitzengehalt und ihre Gewinnbeteiligung. Sie war ausgezeichnet im Verhandeln; dessen war sie sich bewußt, und sie war stolz auf ihre Fähigkeiten. Einer der Gründe dafür, pflegte sie zu behaupten, war darin zu suchen, daß sie stets ihrem Instinkt folgte.

Schließlich fand sie die Abzweigung und folgte dem engen Pfad quer durch das Malo-Polje-Tal bis zum Fuße des Berges Igman. Vor den Skiliften hatte sich bereits eine beträchtliche Menschenmenge versammelt, doch das Rennen hatte noch nicht begonnen. Eine Mischung aus Erwartung, Heiterkeit und Spannung lag in der Luft, die gewisse Stimmung, zu der auch das Bild gehörte, das die hohen, schlanken Fichten und Föhren unter ihren Schneelasten boten, das Knirschen und Knacken der frischen Schneedecke unter den Stiefeln, die Rufe und Schreie aus der Menge, die mehrfach widerhallenden Echos der Lautsprecher, über die Namen und Nummern der Teilnehmer verlesen wurden. Megans Augen schmerzten vor Kälte, ihre Füße in den neuen Schweizer Moonboots brannten und kribbelten, und sie verspürte geradezu überschäumende Lebensfreude. Aus der Ferne kam das Geheul eines Hundes, das Echo hallte unheimlich durchs ganze Tal. Vor Megan hob sich düster der Bjelašnica mit seinen verschneiten Wäldern und frostigen Nebeln über zweitausend Meter hoch in den blassen Himmel.

Michel Juric war da und sah überaus slawisch aus in seiner Schaffelljacke und Pelzmütze. Seine dunklen Augen glänzten vor Aufregung. Er lächelte und winkte, und Megan – zu gutgelaunt, um ihm sein Verhalten nachzutragen – lächelte zurück, einfach aus Freude darüber, dazuzugehören. Es war viel kälter, als sie zunächst geglaubt hatte. Sie stellte ihren Kragen auf und zog ihre Mütze über die Ohren, als sie sah, daß Michel auf sie zugelaufen kam.

»Haben Sie den Wolf heulen hören?«

»Machen Sie Witze? Ich hab' das für einen Hund gehalten.«

Er warf einen Blick auf seine Armbanduhr. »Das Rennen muß vielleicht abgesagt werden«, fuhr er besorgt fort. »Es ist zu gefährlich. Wenn sich dermaßen viele Wolken um den Gipfel zusammenballen, bedeutet das, daß ein Sturm aufzieht. Nicht einmal die Wölfe mögen dieses Wetter. Hier in den Bergen können die Temperaturen innerhalb kürzester Zeit um bis zu vierzig Grad sinken. Das ist für alle, die sich nicht auskennen, eine Todesfalle.«

Als das Rennen schließlich begann, war es bitter kalt geworden. Böige Winde zerrissen die Nebelschleier. Megan starrte angestrengt zum Gipfel, um einen Blick auf die einzelnen Rennläufer zu erhaschen, die einer nach dem anderen wie Schemen aus den Wolken auftauchten.

»Achten Sie auf die Nummer fünfzehn!« rief Michel ihr zu, wobei er versuchte, das Getöse des Lautsprechers zu übertönen. »Rob Scott, ein Amerikaner. Ich hab' ihn in Österreich gesehen, dort hat er mich sehr beeindruckt.«

»Ich kenne ihn!« brüllte Megan gegen den Wind zurück. »Sie werden es kaum glauben, aber vor ein paar Jahren hab' ich ihn noch trainiert!« Wann war das, versuchte sie sich zu erinnern, vor acht Jahren – oder gar schon vor neun? Er war dreizehn gewesen und schon damals sehr gut; es hatte nicht lange gedauert, und er war zu gut für die Klasse der Skischule, an der sie in ihren College-Ferien unterrichtete. Jetzt stand er im Begriff, sich im amerikanischen Riesenslalom-Team einen Namen zu machen.

»Ich habe seine Karriere mitverfolgt«, sagte sie. »Er ist recht gut. Ich rechne damit, daß unser Büro in Denver in den nächsten Tagen einen Vertrag mit ihm macht.« Im Geiste notierte sie sich, Denver daran zu erinnern.

Kurz darauf sauste Nummer fünfzehn die Piste hinunter, immer knapp an den Toren vorbei, indem er seine Größe und sein Gewicht auf dem frischen weichen Schnee bestens nutzte. Die Fernsehleute und die Zuschauer brachen in Jubel aus, kaum daß er im Ziel war – eine halbe Sekunde schneller als die bisherige Bestzeit.

»Sie haben vollkommen recht!« sagte Megan aufgeregt. »Er ist ja tatsächlich noch viel besser, als ich dachte. Meine Güte, er ist phantastisch!«

Sie wartete ab, bis sich der Skiläufer aus dem wirren Haufen von Gratulanten herausgeschält hatte, dann ging sie zu ihm hinüber. Rob blickte finster drein. »Hallo, Rob! Erinnerst du dich?«

»Megan!« rief er. »Was machst du denn hier?« Er stieß einen Freudenschrei aus und umarmte sie stürmisch. »Fein, dich zu sehen, Megan. Was machst du so weit weg von zu Hause?«

»Zu Hause heißt jetzt London«, sagte sie. »Ich leite die dortige ISA-Niederlassung.«

»Du bist Agentin? Ausgerechnet du?« Er zog eine Grimasse und kniff sie in die Wange. »Mann, du hast dich aber gut rausgemacht«, sagte er, indem er sie von Kopf bis Fuß begutachtete.

»Und du bist ganz schön hochnäsig für einen spindeldürren Teenager«, juxte sie zurück. »Wie findest du die Piste?«

»Oberfaul«, stieß er hervor. »Von A bis Z, die ganze verdammte Strecke – nichts als künstlicher Pfusch. Du mußt so verdammt aufpassen, daß du keine Höchstgeschwindigkeit rausholen kannst.« Er sah, daß Michel sein Notizbuch zückte, und grinste schief.

»Das gibt garantiert noch ein paar Stürze heute«, sagte Rob. »Als erstes lassen sie dich gleich eine Linkskehre fahren, bevor du überhaupt ein bißchen Geschwindigkeit draufhast; damit ist dir der Start schon mal total vermasselt. Dann hast du ein paar hundert Meter weit 'ne feine Abfahrt und zum Abschluß einen prima Sprung mit einer glatten Landung. Aber dann geht's erst richtig los – ein Hindernis nach dem anderen. Wenn du an die Baumgrenze kommst, wo du echt schön Schuß fahren könntest, dann siehst du, daß sie doch tatsächlich ein Stück von der Riesenslalomstrecke reingeschoben haben – mit einem Bulldozer! Durch diese blöden Fähnchen durchzumüssen kostet viel zuviel Zeit. Und Abfahrtslauf heißt ja wohl eigentlich, daß man einen Berg so schnell wie möglich runterfahren soll.« Er unterbrach sich und wischte sich den Schweiß von der Stirn. Dann grinste er breit. »Für diese Stellungnahme krieg ich wahrscheinlich 'n Tritt in den Hintern.« Er drehte sich um und starrte auf die Piste. »Wetter wird immer schlechter«, murmelte er. »Sie sollten abbrechen.«

Mit besorgtem Gesicht wandte er sich wieder an Michel. »Diese letzten Sprünge sind wirklich genau das Richtige, um sich eine Querschnittslähmung zu holen. Einfach verheerend! Peng – schon liegst du flach. Und dann, kurz vorm Finish, da haben sie eine Abschußrampe, die schießt dich glatt ins All raus. Das müssen sie vor den Spielen unbedingt noch in Ordnung bringen. Sie dürfen mich gerne zitieren.«

»Trotzdem, du bist eine gute Zeit gefahren«, sagte Megan. »Demnächst wird das Büro in Denver versuchen, mit dir einen Vertrag zu machen.«

Aus dem mageren Dreizehnjährigen, den sie trainiert hatte, war ein riesiger, gutmütiger, sportlicher, typischer Amerikaner geworden, mit ehrlichen grauen Augen und einem Wust von ingwerfarbenen Haaren.

Rob grinste. »In meinem Team gibt's ein paar Jungs, die sich liebend gern mit dir darüber unterhalten würden«, sagte er. »Aber ich mach' meinen eigenen Laden auf, Megan.« Er hob einen seiner Skier an und zeigte ihr die Markenbezeichnung: einen blauen Stern und mitten drin in weißen Lettern SCOTT. »Ich hab' jetzt bei Denver 'ne kleine Fabrik, die ich bald vergrößern will. Im Moment entwerfe ich Einzelanfertigungen für Profis. Eines Tages kommen wir zwei vielleicht noch ins Geschäft miteinander – aber dann bin *ich* der Sponsor!«

»Na, da wünsch' ich dir viel Glück!« sagte Megan. »Bis später, Rob.«

Conrad hatte die Nummer 40 gezogen, und bis er an die Reihe kam, war der Wind stürmisch geworden, und heftiger Schneefall hatte eingesetzt. Die Sicht war so schlecht, daß Megan Conrads Kollision mit einem der Tore erst gewahr wurde, als die Träger mit der Bahre und dem bewußtlosen Läufer den Berg herunter und auf die Erste-Hilfe-Station zujagten. Kurz darauf gab die Rennleitung Conrads Sturz über den Lautsprecher bekannt und verkündete gleichzeitig die Unterbrechung des Rennens.

Zu spät, dachte Megan verärgert, während sie zur Ersten-Hilfe-Station rannte. Dort fand sie Conrad bei Bewußtsein und stöhnend vor Schmerzen. Er hatte sich ein Bein gebrochen, und Ian Mackintosh, der sich über ihn beugte, versuchte ihn aufzumuntern. Er alberte mit Conrad, dem der Krankenpfleger eine schmerzstillende

Spritze gab. Ein paar Minuten später brachte der Junge ein halbes Lächeln zustande. Er schien Ian gut zu kennen. Megan hätte gern geholfen, fand jedoch nichts Nützliches zu tun, so hörte sie zu, wie Ian die Bahrenträger befragte – in fließendem Serbokroatisch, wie sie staunend bemerkte.

»Der Hubschrauber ist schon unterwegs«, teilte er Conrad mit. »Mach dir keine Sorgen. Die Krankenhäuser in Sarajewo sind alle erstklassig, und du wirst bald wieder auf dem Damm sein.«

Mach dir keine Sorgen! Megan glaubte, ihren Ohren nicht trauen zu können! Kein Arzt und keine Medizin der Welt konnten dieses Unglück wiedergutmachen. Sie wußte, daß Conrad am Ende war – der Lage seines Beins nach zu urteilen, würde er nie wieder große Skirennen fahren. Er würde auch nicht an den Olympischen Spielen teilnehmen können, und das, wo eine Medaille so ungeheuer wichtig für ihn war! Außerdem hatte er mit den Siegprämien gerechnet, die ihm Vanguard für die Dauer seines Universitätsstudiums zahlen wollte. Megan war zutiefst niedergeschlagen, sowohl Conrads als auch ihrer selbst wegen. Dahin waren die Hoffnungen auf Olympisches Gold samt der millionenschweren Vanguard-Anzeigenkampagne!

Dann kam ihr der Gedanke, ob sie Vanguard nicht dazu bringen könnte, Conrad eine Art Entschädigung zu zahlen. Schließlich war er nicht irgendein Skiläufer – Vanguard hatte sich ausbedungen, ihn auch als Wintersport-Promoter einsetzen zu dürfen. Das konnte durchaus als vollwertige Anstellung interpretiert werden. Sobald sie wieder in London war, wollte sie sich per Telex mit der Rechtsabteilung von ISA in Verbindung setzen. Denen würde garantiert etwas einfallen. Vorher jedoch brauchte sie nichts so dringend wie einen Ersatz für Conrad, der dessen Platz in der Vanguard-Anzeigenkampagne ausfüllte.

Der Hubschrauber kam, und Megan sah überrascht, wie Ian einstieg und sich neben Conrad setzte. Sie beobachtete, wie sie abhoben und einen Wirbel aus Schnee und Eis unter sich ließen. Sie starrte noch immer dem undeutlichen Schatten nach, der allmählich im Sturm verschwand, als sie Michels Hand an ihrem Ellbogen spürte.

»Machen Sie sich nicht so viele Sorgen. Er wird wieder gesund«, sagte er in einem Tonfall, der offenbar tröstlich gemeint war. Dieser Mensch regte sie maßlos auf! Sie wußte genau, daß er Conrads Tragödie bis zum Letzten ausquetschen würde. Aus ihr jedenfalls sollte er nichts herausholen!

»Ich mache mir keine Sorgen!« fauchte sie, obgleich sie in Wirklichkeit zutiefst besorgt war. Geistesabwesend stampfte sie von einem Fuß auf den anderen und rieb ihre eiskalten Hände, während sie erwog, wie heftig sie bei Vanguard auf eine Entschädigung für Conrad drängen könnte. Gab es dafür überhaupt eine Rechtsgrundlage?

Vorsichtig behielt Juric die junge Frau im Auge. Sie war bleich und hatte sichtlich mit den Tränen zu kämpfen. Sie war ihm ein Rätsel und gleichzeitig ein Ärgernis. Er wäre ihr gerne entgegengekommen und hätte sie getröstet, aber sie war nicht von der anlehnungsbedürftigen Sorte. War sie in Wirklichkeit vielleicht gar nicht so hart im Nehmen, wie sie alle Welt glauben machen wollte? Es würde sich lohnen, entschied er, wenn er sich ein bißchen Mühe gab. Er würde ein bißchen in ihrer Seele herumstochern und ein prima Porträt mit genau der richtigen Dosis Tiefenschärfe schreiben. »Ich fahre Sie zur Unfallstation«, sagte er schnell. »Nein, keine Widerrede. Ich kenne den Weg, Sie nicht.«

»Nein, danke», brummelte sie. Sie fühlte sich zu elend, um noch auf Höflichkeit zu achten. »Ich halte hier die Stellung. Ich brauche sofort einen Ersatz. Ich warte lieber im Auto, falls sie das Rennen doch noch mal starten sollten.«

Sie machte auf dem Absatz kehrt, und Michel sah ihr nach, wie sie flotten Schrittes durch den Neuschnee auf ihren Wagen zueilte. »Zimtzicke!« zischte er leise in seinen Kragen. In seinen Augen hatte sie ihren Ruf als herzlose, stets nur aufs Geschäft bedachte Agentin in diesem Augenblick voll und ganz verdient.

3

Megan war zwar schon umgezogen und fertig zum Abendessen, dennoch widerstrebte es ihr, zum Apéritif hinunterzugehen. Conrads Unfall hatte sie aus dem Gleichgewicht gebracht, und sie fand es unmöglich, ihren Kummer einfach abzuschütteln. Als sie am späten Nachmittag im Krankenhaus eingetroffen war, hatte sie Conrad mit eingegipstem Bein und halb betäubt von schweren Beruhigungsmitteln vorgefunden. Im Augenblick wäre ihr nichts lieber gewesen, als früh zu Bett zu gehen, aber schließlich war sie nicht zu ihrem Vergnügen hier, sondern auf der Suche nach begabten Sportlern, und die fand sie nicht, wenn sie in ihrem Zimmer hockte.

Sie ging hinaus und beugte sich über die Balustrade. Die seltsame Architektur des Hotels verwirrte sie, bis ihr auffiel, daß es einem weiten Zelt aus Beton und Glas ähnelte. Sämtliche Räume waren dergestalt um eine Achse geschichtet und geschachtelt, daß in der Mitte eine riesige, hohle Kuppel entstand. An der Seite über dem Eingangsfoyer ragte eine Art Mezzanin heraus, dessen freies Rund die Bar enthielt, über der sich ein weites, violett und senffarben gestreiftes Zeltdach spannte. Das ganze wirkte grell orientalisch, wie ein Überbleibsel aus der Zeit des slawischen Nomadentums. Das Getöse jedoch, das unter dem Baldachin hervordrang, war unverkennbar angelsächsischen Ursprungs. Es klang, als hätten sich nahezu alle britischen und amerikanischen Sportler hier versammelt, um Dampf abzulassen.

Als Megan die Bar betrat, wurde es mucksmäuschenstill. Das lag möglicherweise an ihrem roten Jerseykleid; außer ihr schienen alle Skihosen zu tragen, so daß sie um so mehr auffiel. Sie tat, als höre sie keinen der bewundernden Pfiffe, doch dann, als sie Ian gewahrte, wurde sie über und über rot. Herrje, muß ich denn unbedingt wie ein Schulmädchen reagieren, fragte sie sich, während Ian sie mit allen Leuten bekanntmachte, die er kannte, und das schien so ziemlich alle Welt zu sein.

»Woher wissen Sie, wie ich heiße?« fragte sie ihn neugierig. »ich werde das Gefühl nicht los, daß wir uns früher schon mal über den Weg gelaufen sind.«

»In dem Fall würde ich mich garantiert daran erinnern«, sagte er. »Ich fürchte, ich habe gemogelt.« Er deutete auf den Informationsschalter jenseits der Balustrade. »Haben Sie Čana schon kennengelernt? Sie hat die Aufgabe, unsere Pässe zu prüfen und über uns alle Buch zu führen. Ich hab' sie einfach nach Ihrem Namen gefragt. Ich hoffe, Sie nehmen es mir nicht übel.« Er sah ihr forschend ins Gesicht, und dann wurde das seine von einem Lächeln erhellt, das in den Augen begann und sich langsam über Wangen und Lippen ausbreitete. Mit einem Male wirkte er sorglos und jungenhaft. Wie alt mochte er wohl sein? Höchstens zweiunddreißig oder dreiunddreißig, obwohl er sich verhielt wie ein älterer Mann oder besser: wie ein Mann, der gewohnt war, Befehle zu erteilen. Das wirkte, da er Freischaffender war, doch ein wenig befremdlich. Für Megan, die sich gern ihrer ausgezeichneten Menschenkenntnis rühmte, war dieser Mann ein Rätsel. Was war bloß so Besonderes an ihm? Vielleicht seine Härte? Klar, das war's! Das nette, jungenhafte Lächeln verbarg nichts anderes als einen harten, zähen Brocken. Urplötzlich war er ihr allzu nahe, allzu wirklich. Es war, als erwische sie ihn in einem Moment der Unachtsamkeit, wie ein wildes Tier, das man sich mit dem Teleobjektiv ganz nah heranholt. Das herzliche, bescheidene Gehabe war lediglich eine Maske. Er war ein intelligenter, introvertierter Mann, und er war darauf aus, sie besser kennenzulernen. Plötzlich wußte sie auch genau, daß sie ihn schon einmal gesehen hatte. Aber wo? Und wann? Vielleicht bei irgendeinem Sportereignis, dachte sie. Sie entschuldigte sich und ging zu Rob und seinen Freunden hinüber.

Sofort fingen die Sportler an, sie zu necken. »O Megan, laß mich bei dir unterschreiben!« bat einer gespielt flehentlich. »Ich möchte doch so gerne Millionär werden!« Die meisten von den anwesenden Sportlern und Trainern hatten schon von Megans Firma gehört, wußten, daß sie selbst sehr tüchtig war, und Megan fühlte sich glücklich und heimisch in diesem Kreis. Es wurde viel gelacht, und häufig ertönte der Ruf *Zivjeli!* – was auf serbokroatisch soviel heißt wie *Ex!* –, wenn die Athleten ihren Fruchtsaft, die anderen ihren Sliwowitz hinunterstürzten.

Die Fernsehteams der Amerikaner und der Briten diskutierten hitzig die Weigerung der Russen, ihre Jugendmannschaften filmen zu lassen. Die Jugendlichen waren am Morgen eingetroffen und sollten im Koševo-Stadion in Zetra auftreten. Die Amerikaner waren entschlossen, ihr Angebot so hochzuschrauben, daß die Russen am Ende einfach zustimmen mußten; die Briten hielten das für vergebliche Liebesmüh. Es gäbe nur einen einzigen Star, den zu filmen sich lohne, erfuhr Megan, und das sei Nikola Petrowna, die sowjetische Eiskunstläuferin. Einer behauptete gar, sie sei die beste Läuferin der Welt, doch er wurde niedergebrüllt. Über ihren Platz auf der Weltrangliste konnten sie sich nicht einigen, doch filmen wollten sie sie auf alle Fälle.

»Haben Sie jemals Galina Ulanowa tanzen sehen, die russische Ballerina?« fragte ein älterer Mann, dessen Aussprache schon etwas unter dem Sliwowitzkonsum gelitten hatte. Er wartete Megans Antwort gar nicht erst ab und fuhr gleich fort:»Wahrscheinlich vor Ihrer Zeit. Aber Nikola Petrowna hat den gleichen Stil. Da meint man glatt, sie wäre nicht von dieser Welt.« Er rülpste laut und entschuldigte sich.

Michel kam dazu. Er schien jedermann zu kennen und war, gemessen an der herzlichen Schulterklopferei, offensichtlich sehr beliebt. Sobald er Megan erspäht hatte, steuerte er auf sie zu und benahm sich, als wären sie uralte Freunde, obgleich Megan tat, als wäre er Luft für sie.

»Hören Sie um Himmels willen auf, Sliwowitz zu trinken«, warnte er, als sie ihr Glas hob. »Lassen Sie sich nicht von seinem angenehmen Geschmack täuschen. Das ist beinahe purer Alkohol. Halten Sie sich lieber an Apfelsaft.«

»Danke für die Warnung«, sagte sie und schenkte ihm ein kurzes Lächeln. »Ich bin schließlich zum Arbeiten hier.«

»Nur Arbeit und kein Vergnügen?«

»Sie sagen es.«

»Ich könnte vielleicht beides miteinander verbinden – Ihre Arbeit und mein Vergnügen, meine ich, indem ich Ihnen demnächst einmal Nikola Petrowna vorführe, am liebsten gleich noch heute abend. Sie ist die beste Eiskunstläuferin, die Sie je zu Gesicht bekommen werden.«

»He, Moment mal! Das ist ja eine ziemlich waghalsige Behauptung.« Ihre Augen blitzten herausfordernd. »Ich vertrete die schwedische Meisterin Maria Stenmark, und ich verwette sonstwas darauf, daß sie nächstes Jahr bei den Winterspielen eine Goldmedaille holt. Viel besser kann keine sein.«

»Aber Nikola ist besser«, beharrte er. »Das verspreche ich Ihnen – oder ich habe keine blasse Ahnung von der Sache.«

Sie würde sich das Mädchen ansehen, beschloß Megan,

doch keinesfalls mit Michel. Sie entschuldigte sich mit Müdigkeit und stand auf, um zu gehen. Dann bemerkte sie, daß Ian in ihre Richtung sah, und als sie die Treppe hinunter zur Information ging, hörte sie Schritte hinter sich.

»Ich wollte Sie nur wegen Conrad beruhigen«, sagte Ian. »Ich weiß, Sie waren heute nachmittag bei ihm. Gegen sechs ist er dann aufgewacht und fühlte sich ganz gut. Er wird bald wieder auf dem Damm sein. Der Arzt ist soweit zufrieden mit seinem Bein, aber natürlich muß er den Gips noch eine ganze Weile behalten.«

Megan sah auf und in sein ernstes, besorgtes Gesicht. Ian war wirklich ein feiner Kerl. Er machte sich nicht nur Sorgen, er unternahm auch etwas. »Ich war so froh, daß jemand bei ihm war, dem er vertraut. Es hat ihm bestimmt gutgetan, daß Sie bei ihm waren. Kennen Sie ihn gut?«

»Wir sind früher zusammen Ski gelaufen«, sagte Ian.

»Sie laufen Ski?«

»Heutzutage nur noch zum Vergnügen.«

»Und früher?«

»Als ich noch jünger war, hab' ich's etwas ernster genommen.«

»Und wie ernst genau?«

»Amerikaner sind ziemlich beharrlich, nicht?« Er sah ihr stirnrunzelnd ins Gesicht. »Ich bin vor zwölf Jahren für Großbritannien bei den Olympischen Spielen gelaufen. Nach dem Motto: Nicht siegen, dabeisein ist wichtig.«

»Was hat sich denn daran geändert?« fragte sie herausfordernd.

Er betrachtete sie nachdenklich aus schmalen Augen, und Megan beeilte sich, das Thema zu wechseln. »Die nächste Saison ist für ihn gelaufen«, sagte sie. »Mit seiner Karriere ist es aus.«

»Ich fürchte, Sie haben recht«, sagte er gravitätisch. »So ist es nun mal beim Skizirkus. Aber es gibt ja noch andere Dinge im Leben als den Sport. Nehmen Sie's nicht so schwer. Alle Skiläufer kennen das Risiko.« Er sprach ungeduldig, als ärgere er sich über ihre Niedergeschlagenheit und befürchte ihr Mitleid. Gleich darauf gab er sich sichtlich Mühe, sie aufzuheitern. »Sie brauchen ein wenig Aufmunterung. Wie steht's mit dem Dinner? Es gibt hier ein paar sehr gute Restaurants.«

Sie lächelte und schüttelte den Kopf. »Im Moment habe ich nichts anderes vor, als Čana« – sie deutete auf den Informationsschalter – »zu bitten, mir eine Eintrittskarte für den Kürlauf der Damen zu besorgen. Hier scheinen alle von Nikola Petrowna beeindruckt zu sein.«

»Sie verschwenden Ihre wertvolle Zeit, Miss Carroll«, sagte Ian mit ironisch funkelnden Augen. »Sie können sie nicht unter Vertrag nehmen. Nikola Petrowna wird niemals im Westen laufen – wenngleich ich nicht bezweifle, daß sie genau das gerne täte. Aber ihr Vater hat ein paar altmodische Ansichten, die ihre Karriere ruinieren werden. Es ist ziemlich unwahrscheinlich, daß sie den Ostblock jemals wieder wird verlassen dürfen. Nein, warten Sie.« Er suchte in seinen Taschen und förderte schließlich mehrere Eintrittskarten zutage. »Nehmen Sie eine von diesen Pressekarten. Oder brauchen Sie zwei?«

»Eine reicht. Haben Sie vielen Dank.«

»Danken Sie nicht mir, danken Sie dem Fremdenverkehrsbüro von Sarajewo«, sagte er gemessen.

Megan eilte in ihr Zimmer, um ihren Mantel zu holen. Ians selbstverständliche Annahme, sie sei an der russischen Eiskunstläuferin lediglich interessiert, weil sie Profit aus ihr schlagen wolle, hatte sie gekränkt. Unwillkürlich fragte sie sich, wieso sie sich wünschte, Ian möge gut von ihr denken. »Kann mir doch egal sein!« brummelte sie vor sich hin. Nichtsdestoweniger fragte sie sich außerdem, ob Ian sie wohl noch ein drittes Mal um eine Verabredung bitten würde. Wenn ja, dann würde sie gewiß zustimmen, obwohl sie wußte, wie unklug das war. Auf irgendeine seltsame Weise, die sie selbst nicht ganz verstand, fand sie Ian Mackintosh überaus beunruhigend.

4

Sie stand nun schon seit zwanzig Minuten in der Schlange vor dem Koševo-Stadion und wartete darauf, eingelassen zu werden. Die Temperatur lag weit unter Null. Dennoch hielten es die Funktionäre nicht für nötig, mehr als ein Tor zu öffnen. Megan hielt sich unablässig vor Augen, daß sie hier nicht im Westen war, sondern im Osten, wo sie sich nicht beklagen durfte. Doch je höher die Schneedecke auf ihren Schultern und auf ihrem Hut wuchs, desto schwieriger fand sie es, ihren Ärger zu bezähmen.

Ian Mackintosh, der nur ein paar Meter vor ihr in der Schlange stand, entdeckte sie nach einer Weile und gesellte sich zu ihr. Zunächst versuchte Megan, ihn aus seiner Reserve zu locken, doch er ging nicht darauf ein, so daß sie es schließlich aufgab und sich ebenso schweigsam wie er vorwärts schob. Langsam näherten sie sich dem Tor, und Ian sah finster vor sich hin.

»Hier haben sie auch noch nie gehört, daß der Kunde König ist«, maulte Megan.

»Was soll das heißen?« fragte Ian mit gelangweilter Miene.

»Meine Güte, aus welchem Jahrhundert stammen Sie denn?! Das heißt natürlich, daß der Kunde immer und überall zuerst kommt – was sonst?«

»Ach so.« Ian grinste skeptisch. »Eine überaus amerikanische Ansicht und den Jugoslawen vollkommen fremd. Aber immerhin bemühen sie sich ja, ein Skigebiet für den Westen zu schaffen. Warum zeigen Sie ihnen nicht, wie man das anfängt?«

Er brachte sie absichtlich auf die Palme. »Warum eigentlich nicht?« murmelte sie, scherte aus der Schlange aus und marschierte auf den Haupteingang zu. »He, Sie!« rief sie den Kontrolleur am Tor an. »Gibt's hier wen, der Englisch spricht? Wir frieren uns ja zu Tode in diesem Schneesturm! Warum machen Sie denn kein zweites Tor auf? Dumm ... einfach zu dumm!« schäumte sie.

Mit erstaunlicher Geschwindigkeit wurden sie aus der Schlange der Wartenden geführt und in eine Bar komplimentiert, wo man ihnen Programme und zwei Gläser Sliwowitz auf Kosten des Hauses präsentierte.

»Und was ist mit den anderen?« fragte Megan, die staunte, daß sich die Leute eine solche Behandlung gefallen ließen. »Was wird aus ihnen?« Sie deutete nach draußen, auf die geduldig frierende Menge.

»Bitte beunruhigen Sie sich deswegen nicht«, murmelte der Stadiondirektor höflich in seinem passablen Englisch.

»Damit meint er, Sie sollen sich gefälligst um Ihren eigenen Kram kümmern«, kommentierte Ian, sobald der Direktor außer Hörweite war.

»In jedem Genossen schlummert ein Lakai«, gab Megan bissig zurück. Sie zitterte noch immer, ihre Wangen waren gerötet, ihre Nase blau gefroren.

»Das glauben Sie doch selbst nicht«, tönte es von der Eingangstür her. »Sie sind lediglich auf Ihre harte Währung angewiesen.«

Megan drehte sich um und sah Michel Juric in der Tür stehen, ein freudloses Lächeln um seine weiß blitzenden Zähne. »Ich dachte mir schon, daß ich Sie beide hier finden würde.« Megan sah ihm an, daß er sich verletzt fühlte. Seine ausdrucksvollen Zigeuneraugen funkelten vor gerechtem Zorn. Wieder einmal war sie verblüfft über sein außergewöhnlich gutes Aussehen, doch immerhin hatte sie seit heute vormittag ungefähr ein Dutzend ähnlicher Männer zu Gesicht bekommen. Die Jugoslawen, entschied sie, waren offenbar insgesamt ein sehr gut aussehendes Volk.

»Wir sind uns gerade erst draußen über den Weg gelaufen«, sagte sie mit einem Entschuldigung heischenden Lächeln. »Ian hat mir eine Pressekarte gegeben.«

»Zweifellos für den Platz neben ihm selbst.«

»Ja, natürlich«, fiel Ian rasch ein. »Pech für Sie, Michel. Wir sehen uns noch.« Er wandte sich ab, und Michel ging, nach sekundenlangem Zögern, hinaus.

»Warum sind Sie so gemein zu ihm?« fragte Megan.

»Er ist eine Landplage. Außerdem wird alles, was Sie zu ihm sagen, notiert und als Beweis gegen Sie verwendet.«

»Sie sind bloß eifersüchtig, weil er so gut aussieht«, neckte sie ihn.

Der Blick, mit dem er sie bedachte, war rätselhaft. »Sicher, er würde einen hübschen Gigolo abgeben. Vergessen Sie ihn«, sagte er und hob sein Glas. »*Zivjeli!* Auf Ihre wunderschönen irischen Augen, die drei Generationen amerikanischen Smogs nicht trüben konnten.«

»Umgekehrt wird ein Schuh draus«, sagte Megan ungläubig. Sie fragte sich, ob sie darüber einen Streit vom Zaun brechen sollte. »Ihr Brüder in Europa versinkt im Smog.«

Er selber, fand Megan, sah recht gut aus mit seinem Jackett aus Harris-Tweed, seiner Paisley-Krawatte und seiner grauen Flanellhose. Sie bemerkte Dinge, die ihr eigentlich gar nicht auffallen sollten: Wie sich schwarze Härchen um seine zweckmäßige schwarze Armbanduhr ringelten oder wie sich seine dichten Augenbrauen beinahe trafen, wenn er die Stirn runzelte, was er ziemlich oft tat. Er war ein großer, rauher, harter Bursche, und sein Gesicht war ständig wechselndem Mienenspiel unterworfen. Sie spürte, daß er rücksichtslos werden konnte, wenn er es für nötig hielt, aber auch sanft, wenn er liebte. Auf jeden Fall tödlich.

»Worüber lächeln Sie?« fragte er.

»Na, sehen Sie sich doch an!« Sie nahm Zuflucht zum erstbesten Gedanken, der ihr einfiel. »Sie kommen mir vor, als hätten Sie sich verkleidet.« Sie sah, wie sein Blick starr wurde, als hätte sie mit ihrem Schuß ins Blaue direkt ins Schwarze getroffen. »Der strenge, schreckliche Schotte, im Gewande des englischen Gentlemans.« Doch dann lachte sie, um ihm zu zeigen, daß sie lediglich einen Witz gemacht hatte.

»Wenn Sie eine etwas weniger beschränkte Bildung genossen hätten, dann wüßten Sie, daß Harris-Tweed, Paisley-Stoffe und derbe Schuhe original schottische Erzeugnisse sind, genau wie der Whisky: oft kopiert, niemals erreicht.« Spontan streckte er die Hand aus und kniff sie in die Wange. »Was kann ich noch zu Ihrer Weiterbildung beisteuern?«

»Im Ernst? Ein paar Abende mit Ihnen, und ich wäre das gebildetste Mädchen der Welt!«

»Mit Vergnügen«, sagte er ernst.

Megan fragte sich, was wohl hinter dieser wachsamen, zugeknöpften Miene vor sich ging.

»Was denken Sie gerade?« fragte sie aus einer momentanen Eingebung heraus.

Daß es ein entsetzlicher Fehler wäre, auf die Einladung einzugehen, die in diesen ehrlichen blauen Augen liegt, mit denen sie so provozierend zu mir auflächelt. Und daß er noch nie einer so hübschen Frau begegnet war. Ihr Profil war perfekt und hinreißend, und ihre Wangen glühten rosig auf der weißen Haut. Eine lupenreine irische Schönheit mit ihren tiefblauen Augen und dem beinahe dunkelbraunen Haar. Was für eine Verschwendung, dachte er. Sie war tüchtig und raffiniert und gewiß das, was die Amerikaner *over-achiever* nannten, einen Super-Ehrgeizling – abscheulicher Ausdruck! Seiner Vorstellung von weiblicher Schönheit entsprach eher der weiche, feminine, anlehnungsbedürftige Typ. Aber sie besaß den typisch irischen Charakter, dazu versteckte Warmherzigkeit und

Leidenschaftlichkeit. Er fragte sich, ob sie diese Seiten an sich selbst überhaupt kannte.

Gewöhnlich stießen ihn geschäftstüchtige Frauen ab, doch zu dieser fühlte er sich seltsamerweise hingezogen, erregt durch ihre Nähe, ihr offenkundiges Interesse an ihm. Gefahrvolle Gewässer, in die er da mit seinen Gedanken geriet! Reiner Wahnsinn. Nur komplette Narren stolperten in ihre eigene Falle, und er war alles andere als ein Narr. Und wie dem auch sei: Er war nicht frei! Im übrigen waren die Frauen in seiner Welt sanft und nachgiebig, geduldig und fröhlich-häuslich. Vorzugsweise ohne Hirn. Eine Strophe aus einem Gedicht fiel ihm ein: »Schöne Kleider, gute Mienen/rühr'n das Herz bisweilen,/doch Unschuld und Bescheidenheit/lassen es verweilen.«

Kaum die richtige Beschreibung für die junge Frau, die zu ihm aufsah und ganz offensichtlich auf ein Kompliment von ihm wartete!

»Ich habe darüber nachgedacht, wie kalt es in der ersten Reihe gleich an der Eisfläche sein dürfte«, sagte er und füllte ihr Glas nach. »Trinken Sie aus. Es wird Sie ein wenig warm halten.«

»Beeindruckend«, sagte Megan ein paar Minuten später, nachdem sie ihre Plätze gefunden hatten. Vom Boden stieg eisige Kälte auf und brachte sie beide zum Zittern. Das Koševo-Stadion war riesig, mit ungefähr achttausend Sitzplätzen. In einem Gerüst unter dem Dach war eine raffinierte Beleuchtungsanlage angebracht. Das Stadion war erst kürzlich fertig geworden und für die Winterspiele im nächsten Jahr bestimmt. Heute sei die Eröffnungsvorstellung, sagte Ian. Allmählich füllte sich die Halle mit halb erfrorenen Jugoslawen.

»Was sind schon taube Zehen für einen wetterfesten Schotten? Ich kriege jedenfalls bestimmt Frostbeulen hier. Die Frage ist bloß: Lohnt es sich!?« Sie lächelte.

Beinahe automatisch legte Ian einen Arm um ihre

Schultern. Wie vertrauensvoll sie zu ihm aufsah und ihre Hand in seine legte! Er spürte, wie er sich gegen seinen Willen für sie erwärmte, und ein Gefühl stieg in ihm auf, das nicht weit von Panik entfernt war. Was, zum Teufel, war mit ihm los? Da lief doch etwas ganz und gar schief! Glücklicherweise fingen im gleichen Moment die Lautsprecher an zu plärren, und eine Gruppe von Volkstänzern in Trachten wirbelte temperamentvoll aufs Eis.

»Gütiger Himmel«, flüsterte Megan eine Stunde später, als die fünfte Volkstanzgruppe auftrat. »Immer wieder das gleiche, bloß in anderen Kostümen! Ich kann es bald nicht mehr sehen!«

Schließlich kam aber doch noch Nikola Petrowna auf die Eisfläche geschossen, und in Sekundenbruchteilen waren Kälte und Unbequemlichkeit vergessen. Die starke Persönlichkeit dieser erstaunlichen jungen Russin schlug beim Publikum ein wie ein Blitz. Ihre raschen Temperamentswechsel verwirrten und verblüfften die Zuschauer. War sie eben noch zart hingegeben und ausdrucksvoll dahingeglitten, so fiel sie auch schon einen Augenblick später in wilde Ausgelassenheit – eine moderne, heitere Interpretation eines alten russischen Tanzes.

Megan sah ihr wie benommen vor Staunen und Bewunderung zu. Nikola lief wie eine Mischung aus übermütiger Fee und unartigem Kobold – ein Feuerwerk aus natürlicher Begabung und Energie.

Ihre Schönheit war ebenso atemberaubend wie ihr Können auf dem Eis. Ihre Figur war der Traum jedes Playboy-Herausgebers. Nicht einmal das hochgeschlossene Kostüm konnte ihre vollen, festen Brüste verbergen, und das kurze Faltenröckchen betonte noch ihre herrlichen langen Beine.

Ein einziger Blick zur Seite verriet Megan, daß Ians Aufmerksamkeit vollkommen von der Eiskunstläuferin gefesselt war. Nun ja, dachte Megan resigniert, bei soviel Vollkommenheit, was willst du da anderes erwarten?

Die Musik war eine einzige Katastrophe, bis auf das Ende, als Kosakenlieder gespielt wurden. Nikola legte den Kopf in den Nacken, lachte und legte los. Sie warf ihre Beine in die Luft wie eine Can-Can-Tänzerin, wobei sie Bewegungen vollführte, die Megan nie zuvor auf dem Eis gesehen hatte und – da war sie sich sicher – auch nie wieder zu sehen bekommen würde.

Die Vorstellung dauerte zehn Minuten. Sie vergingen wie ein Traum. Plötzlich hatte Nikola geendet, und im Publikum herrschte sekundenlang jene absolute Stille, wie es sie nur nach wahrhaft atemberaubenden Vorstellungen gibt, bevor der Applaus losbricht.

Keine Zugabe. Nikola Petrowna lächelte, knickste dann – und verschwand.

»Ich bin vollkommen hin und weg!« schwärmte Megan, während sie auf der Suche nach einem Taxi den verschneiten Gehweg entlangstapften. »Einfach phantastisch! Wenn sie doch nur«, fügte sie nach einer Weile hinzu, »Amerikanerin oder Engländerin wäre! Die Filmangebote kämen bloß so angeflattert! Die Sponsoren würden mich auf Knien um einen Vertrag mit Nikola anflehen. Traumhaft!«

Sie fanden ein Taxi, und Megan kuschelte sich, auf der Suche nach Wärme, in eine Ecke. Sie versuchte, Nikola Petrownas Kür zu analysieren: Eine blendende Individualistin, deren Kür drei dreifache Sprünge sowie einen Toe-Loop in Kombination mit einem Doppelsprung enthalten hatte, alle fehlerlos vorgeführt. Doch mit dem Musikstück war eine schlechte Wahl getroffen worden, und der Ausdruck ihres Tanzes hatte kaum etwas mit der Bewegung in der Musik zu tun gehabt. Die Choreographie war übertrieben gewesen und hatte, trotz der sieben oder acht Höhepunkte, kein einheitliches Ganzes gebildet.

Doch daß Nikola Petrowna ein überragendes Talent besaß, war nicht zu leugnen. Mit dem richtigen Training konnte sie ohne weiteres an die Spitze gelangen, wobei ihr, wie Megan dachte, ihre Schönheit alles andere als schaden würde. Megan versuchte, die Ausstrahlung der Eiskunstläuferin zu analysieren, doch es fiel ihr schwer. Daß das Publikum so frenetisch reagiert hatte, lag allein weder an ihrem Talent noch an ihrer Schönheit. Vielleicht war das Geheimnis in der Kombination aus beidem zu suchen – und außerdem wohl auch in der seltsamen Aura von Ekstase, die sich von der kleinen Gestalt auf dem Eis auf ihr Publikum übertragen hatte.

»Oh, wenn ich sie doch nur kriegen könnte! Mein Gott, Ian, können Sie sich vorstellen ... mit der richtigen Unterstützung, den besten Trainern, der richtigen Musik – was könnte ich aus ihr machen! Sie wäre eine Sensation! Sie könnte ein Vermögen verdienen!«

»Das absolute Nonplusultra«, sagte Ian und grinste zynisch.

Sein Mietwagen sprang an, kaum daß er den Schlüssel im Lenkradschloß gedreht hatte. Darüber war er so erstaunt, daß er sich zunächst auf nichts anderes konzentrieren konnte als auf die Fahrt über die vereiste, schnurgerade Straße, die zu dieser Abendstunde bis auf wenige schäbige Ladas vollkommen leer war. Jedem Gesicht, das da draußen vorbeiglitt, war Armut und Not anzusehen. Was für ein fügsames Volk die Jugoslawen geworden waren!

Im Zweiten Weltkrieg noch hatten sie die ganze Welt mit ihrer Tapferkeit und ihrem Freiheitsdrang in Staunen versetzt. Nun aber hatte das System sie wie ein tückischer, überdimensionaler Krebs in seinen Zangen gefangen, ließ sie nicht mehr los, schwächte ihren Mut, dämpfte ihre Hoffnungen und ruinierte ihre Wirtschaft. Freiheit war eins der wenigen Güter, die Ian wirklich etwas bedeuteten.

Megan verabschiedete sich im Foyer von Ian und lehnte seine Einladung zu einer Tasse Kaffee und einem Schlummertrunk ab. Er wirkte nicht sonderlich enttäuscht. In ihrem Zimmer war es kalt. Die Heizkörper waren kaum mehr als lauwarm, und der schmutzig-beige Anstrich war einfach deprimierend. Das amtlich verordnete Energiesparprogramm machte die Lampen zu trüben Funzeln. Nach einer Weile fand Megan, daß sie doch keine Lust hatte, allein zu sein. Sie ging in die Bar hinunter, bestellte sich ein Glas heißer Milch und hoffte, sie würde nicht ausgerechnet Ian über den Weg laufen.

Statt dessen entdeckte sie die amerikanische Skiläuferin aus dem britischen Team, die in Jeans und Hermelin an einem der Tische saß. Ihr schwarzes Haar war zerzaust, und der Ausdruck auf ihrem Gesicht verriet pure Verzweiflung. Dann kam Rob Scott an Megan vorbei, winkte ihr kurz zu und setzte sich Jenny gegenüber. Ihr leises Gespräch wirkte vertraulich, und Megan fuhr unwillkürlich zusammen, als sie plötzlich Jennys schrille Stimme vernahm: »Verdammt noch mal, jetzt hab' ich aber die Schnauze voll!« Das Mädchen schien sich am Rande der Hysterie zu befinden. »Das blödsinnige Rennen ist mir piepwurschtegal. Hör bloß auf, mir ewig zu erzählen, wie gut du's mit mir meinst. Verpiß dich endlich!«

Rob stand auf. Er wirkte ebenso verdutzt wie verletzt und ging ohne ein weiteres Wort zu Megan an den Tisch. Er seufzte. »Hi, Megan, wie geht's?«

»Mir geht's gut. Was ist denn in unsere Primadonna gefahren?«

»Nervosität vor dem Start. Die Strecke ist schlecht, aber ein paar Whiskys heute abend werden ihr morgen bestimmt nicht helfen.«

»Das muß sie ja wohl selber wissen.«

Er seufzte erneut. »Du kennst sie nicht, wie? Sie ist eine ungeheuer gute Skiläuferin, aber einfach selbstmörderisch. Kannst du nicht irgendwas tun?«

»Ich könnte es versuchen«, sagte Megan eher zögernd, »aber wenn sie schon auf dich nicht hört, kann ich mir nicht vorstellen, warum sie auf mich hören sollte.«

In diesem Moment stand Jenny auf und schlenderte zu den Aufzügen, ohne Rob und Megan auch nur eines Blikkes zu würdigen. Reichlich jung, fand Megan, die das hochnäsige Profil betrachtete. Das Mädchen konnte kaum mehr als achtzehn sein.

Megan lächelte. »Vielleicht hat sie sich deinen Rat zu Herzen genommen.« Rob sah ernstlich aufgebracht aus, und Megan fragte sich insgeheim, weshalb sich die nettesten Kerle eigentlich immer in die dümmsten Ziegen verlieben mußten. »Klar, daß du dir Sorgen machst. Aber ich glaube, mehr kannst du nicht für sie tun.« Sie drückte kurz seine Hand. »Ich drück' dir die Daumen, daß es hilft.«

Nachdem auch Rob gegangen war, fühlte sich Megan plötzlich mutterseelenallein. Sie hatte nicht die geringste Lust, in ihr gräßliches Zimmer zurückzukehren, doch schließlich konnte sie nicht die ganze Nacht in der Bar herumsitzen. Also ging nach oben.

Es fing an zu schneien. Als sie aus ihrem Fenster sah, nahm sie zum erstenmal wahr, daß sich an der Hauswand am anderen Ende des Platzes ein riesiges, über drei Stockwerke reichendes Porträt befand: Marschall Tito schien ihr direkt in die Augen zu starren.

Megan zog die Jalousie herunter und knipste die Nachttischlampe an.

Dann fiel ihr Blick auf ein Tablett mit einer Flasche Wein. Ein Briefumschlag, adressiert an Ms. Megan Carroll, war dagegengelehnt. Offenbar ein Willkommensgruß des Hotelmanagers, nahm Megan an. Einigermaßen befremdlich allerdings, daß die Empfängerin handschriftlich vermerkt und der Umschlag ein Luftpost-Kuvert war.

Sie riß ihn auf.

Das Blatt Papier, das sie darin fand, war mit einer unordentlichen Schrift vollgekritzelt. Megan las: *Nikola Petrowna will in den Westen fliehen. Können Sie ihr helfen?*

5

Megan fühlte sich alles andere als ausgeschlafen. Die ganze Nacht hatte sie sich mit Gedanken über Nikola Petrowna und ihre Bitte um Hilfe um die Ohren geschlagen. Sicher, sie wollte ihr gerne helfen, aber was konnte sie allein schon unternehmen? Nach einigermaßen gründlicher Seelenerforschung überlegte sie, ob sie wohl das Risiko eingehen konnte, sich Ian anzuvertrauen. Er strahlte eine Aura der Zuverlässigkeit aus, und sie mußte zugeben, daß sie sich sehr zu ihm hingezogen fühlte. Aber konnte sie ihm auch vertrauen? Vielleicht wollte er gar nicht in die Sache hineingezogen werden?

Am Ende hatte Megan beschlossen, Conrad zu fragen. Er und Ian waren schließlich alte Freunde. Er mußte wissen, wie Ian war.

Sie kam um neun Uhr morgens im Krankenhaus an und fand, daß Conrad ein wenig zuversichtlicher aussah als bei ihrem letzten Besuch. Es war zwar keine offizielle Besuchszeit, doch die Schwester hatte sie eingelassen. Die Jugoslawen schienen für alles zwei verschiedene Regeln zu haben; eine für die Einheimischen, eine andere für die vielumworbenen ausländischen Gäste.

Conrad berichtete, er könne schon in zwei Wochen nach Hause fliegen. Später wolle er sich dann nach einem Job umsehen.

»Ich wußte gar nicht, daß du Ian kennst – Ian Mackintosh«, sagte Megan beiläufig. »Er hat mit erzählt, ihr seid oft zusammen Ski gelaufen. Das kann ja noch nicht lange her sein.« Hoffentlich hörte Conrad nicht allzu deutlich heraus, daß sie ihn über Ian ausfragen wollte. Doch alle

Hoffnung war vergebens – der junge Mann hatte Mühe, sich ein Lächeln zu verkneifen.

»Er ist ein prima Kumpel«, sagte er. »Einer, dem man sein Leben anvertrauen kann, weißt du, und ein- oder zweimal hab' ich tatsächlich ...« Mit einem reuigen Grinsen brach er ab. »Wir sind im gleichen Skiklub und im gleichen Bergsteigerklub. Ian ist eigentlich der Typ, der männliche Gesellschaft schätzt. Ich habe keine Ahnung, wie er mit Frauen umgeht – mit dir, zum Beispiel. Um die Wahrheit zu sagen: Ich hab' ihn noch nie mit einer intelligenten Frau gesehen. Er steht eher auf die andere Sorte – du weißt schon: Riesentitten, aber Stroh im Hirn. Und alles andere weiß ich bloß vom Hörensagen.«

»Erzähl's mir trotzdem«, ermutigte sie ihn.

»Soviel ich weiß, kommt er aus einer dieser guten alten Familien, uralte Tradition und strenge Marine-Erziehung, typische Höhere-Söhne-Bildung – Fettes College, Dartmouth Naval College und Greenwich Naval College. Dort hat er Sprachen studiert. Er war die Leiter schon ganz schön hochgeklettert und wäre als nächstes wohl zum Admiral befördert worden, da hat er sich aus heiterem Himmel entschlossen, Schriftsteller zu werden. Man erzählt sich, er sei bei einem blöden Unfall im Falklandkrieg verwundet und als Invalide entlassen worden. Vielleicht hat er auch bloß die Nase vollgehabt.« Conrad lächelte traurig. »Ich glaube nicht, daß er derzeit sonderlich viel Erfolg hat.« Er unterbrach sich erneut. »Sei so gut, Megan, und hilf mir. Ich möchte mich lieber aufsetzen.«

Megan schob eine Hand unter seine Schulter und half ihm, sich aufzurichten.

»Danke, so ist es schon viel besser. Ian schreibt jetzt also irgendwelche Drehbücher für die BBC. Außerdem faselt er ständig von einem Roman, an dem er sitzt, aber das scheint wohl eine schwere Geburt zu werden. Muß ein ziemlich hartes Brot sein. Na ja, er hat sich's selber ausgesucht. Auf jeden Fall war er früher – und das weiß ich nun wieder genau – ein ausgebildeter Rettungstaucher, so daß er doch was hat, an das er sich halten kann, wenn alle Stricke reißen.«

»Ich glaube, er wird es packen mit seinem Roman«,

sagte Megan zuversichtlich. Sie selbst hatte den Eindruck gewonnen, wenn Ian sich erst einmal etwas in den Kopf setzte, dann könnte er einfach alles.

»Wie dem auch sei – wenn ich mal in einer Klemme stecken sollte und mir aussuchen könnte, wer mich da rausholt, dann gibt's bloß einen für mich: Ian. Aber warum willst du das eigentlich alles wissen, Megan? Na komm, erzähl schon! Du willst ihn dir doch wohl nicht angeln, oder?«

»Ach, es ist da was passiert, wobei ich Hilfe brauche, und ich wußte nicht so recht, wen ich drum bitten könnte. Tut mir leid, aber ich kann nicht viel mehr sagen.« Megan lächelte entschuldigend.

»Na, wenn's dir hilft, erzähl' ich dir, was im Sommer zweiundachtzig passiert ist, als wir mit ein paar anderen in den Anden rumgeklettert sind.«

Megan saß still da und lauschte dem Bericht des jungen Mannes, dessen Einstellung zu Ian offenkundiger Heldenverehrung gleichkam. Die Expedition war in eine Lawine geraten, und Ian hatte ohne jede Hilfe zwei anderen Teilnehmern das Leben gerettet, indem er sie durch den Schneesturm trug und in Sicherheit brachte. Megans gute Vorsätze, sich auf keinen Fall von Ian und seinem Charme beeindrucken zu lassen, lösten sich in Nichts auf. Sie hätte den ganzen Tag so sitzen und Conrad zuhören können, aber am Bjelašnica-Massiv fand der Riesenslalom der Herren statt, den sie nicht versäumen durfte.

Als sie kurz darauf das Krankenhaus verließ, war sie voll und ganz überzeugt, Ian vertrauen zu können. Nicht ganz so klar war, ob sie sich selber trauen durfte.

Als Megan gegen sechs Uhr abends ins Hotel zurückkam, war es schon dunkel. Čana eilte durchs Foyer auf sie zu und berichtete ihr von einem dringenden Telefongespräch aus Monaco. Der Anrufer wollte später noch einmal versuchen, Megan zu erreichen.

Das konnte nur Vanguard Sports gewesen sein. Megan ging rasch in ihr Zimmer, und kurz darauf wurde auch schon ein neuerliches Gespräch durchgestellt. Doch alles, was sie hörte, waren atmosphärische Störungen und die Stimme der Telefonistin, die nur Serbokroatisch sprach. Nach zwei weiteren Fehlschlägen wählte Megan die Nummer der Hotelbar.

»Kann ich bitte mit Ian Mackintosh sprechen? – Nein, er wohnt hier im Hotel, aber im Augenblick wartet er auf mich in der Bar. – Ja, ganz recht. Ian Mackintosh.« Sie stöhnte. »Ich buchstabiere: M-A-C ...«

Ungeduldig trommelte sie mit den Fingern auf ihren Nachttisch und starrte abwechselnd auf den Schnee, der in dichten Flocken vor dem Fenster fiel, und auf die Einrichtung ihres Zimmers, die in schmutzigem Beige und staubigem Pink gehalten war. Sie fühlte sich niedergeschlagen und konnte sich ihrer düsteren Vorahnungen kaum erwehren. Conrads Unfall hatte sie schwerer erschüttert, als sie zugeben wollte. Am Vormittag, nach ihrer Rückkehr aus dem Krankenhaus, hatte sie Ian angerufen und gesagt, sie hätte ein Problem mit ihm zu besprechen, worauf er sie gebeten hatte, sich am Abend mit ihm zum Apéritif und zum Essen zu treffen. Den ganzen langen Tag über waren ihre Ängste nicht gewichen, und sie hatte große Schwierigkeiten, sich auf den Riesenslalom der Männer zu konzentrieren, obwohl es ihr gelungen war, den westdeutschen Skistar Gunter Erath dazu zu bewegen, für Conrad einzuspringen und einen Vertrag mit ISA zu unterzeichnen.

Dann hörte sie Ians Stimme. Sie fühlte sich merkwürdig getröstet, und ein warmes Gefühl breitete sich von ihrem Magen bis in die Fingerspitzen aus.

»Sie sind spät dran«, sagte er.

»Ich kann hier nicht weg. Ich bin schon mehrmals aus Monaco angerufen worden, aber jedesmal wurde die Verbindung unterbrochen.«

Er lachte. »Ihr Amerikaner seid verwöhnt«, sagte er. »Ihr glaubt immer, alles müsse jederzeit für euch funktionieren. Na schön, ich hole uns was zu trinken.«

»Für mich Scotch mit Eis«, bat sie ihn. Dann klingelte das Telefon wieder, und Megan öffnete die Tür ein Stück weit, bevor sie den Hörer abnahm. Der Anruf kam, wie sie befürchtet hatte, von Vanguard Sports. Megan erkannte die Stimme des Verkaufsleiters Nigel Wilder.

»Hallo, Megan! Tut mir leid wegen des Unfalls. Ich will nur mal hören, wie's unserem Conrad geht.« Er klang freundlich, was Megan ganz ungewohnt war.

»Wie haben Sie das so schnell erfahren?«

»Es kam in den Nachrichten.«

»Es ist ein übler Beinbruch«, gab sie zu. »Die Ärzte meinen, er dürfe ein Jahr lang nicht Ski laufen, vielleicht sogar noch länger. Das heißt, daß er nie mehr große Rennen fahren kann.«

»Sehr unerfreulich«, sagte er. Plötzlich war seine Freundlichkeit wie weggeblasen. »Ich muß Sie daran erinnern, daß der Vertrag null und nichtig ist, sobald er die für dieses Jahr vereinbarten Rennen nicht alle fährt. Erwarten Sie also nicht von uns, daß wir für seinen Krankenhausaufenthalt und seine Reisekosten aufkommen.«

»He, Moment mal. So warten Sie doch!« Megan mußte schreien, um seine Stimme zu übertönen. »Hören Sie, Nigel, Sie haben wohl vergessen, daß er bei Ihnen angestellt ist. Er steht als Wintersport-Promoter auf Ihrer Gehaltsliste – und sein Unfall hat sich in Ausübung seiner Pflichten zugetragen. Sie werden also seine Rechnungen bezahlen müssen, bis er wieder in Oslo ist. Und dann gibt's da noch ein paar andere Kleinigkeiten, wie seine Abstandszahlung und seine Prämie. Die Saison ist schließlich beinahe vorüber, da können Sie nicht erwarten, daß Sie ungeschoren davonkommen.«

Das Schweigen am anderen Ende der Leitung dehnte sich. Dann sagte Wilder: »An Ihrer Stelle würde ich keine

Forderungen aufstellen, Megan. Vergessen Sie nicht, daß es leicht ist, großzügig zu sein, wenn es sich nicht ums eigene Geld handelt! Im übrigen erinnere ich Sie daran, daß diese Kampagne von A bis Z auf Ihrem Mist gewachsen ist – und uns immerhin Hunderttausende von Dollars gekostet hat. Ich brauche Ihnen wohl nicht erst zu sagen, daß Miss Douglas alles andere als erfreut ist.«

»Ich habe schon einen Ersatz gefunden!« rief Megan triumphierend in die Sprechmuschel. »Einen Westdeutschen, Gunter Erath ... ziemlich ehrgeizig ... will mehr Geld sehen ... machen Sie sich keine Sorgen ... Ich nehm' ihn in die Mangel, wenn ich ihn demnächst in Frankfurt treffe ...« Sie fragte sich, ob Nigel sie überhaupt noch hören konnte. »Aber Conrad müssen Sie auf jeden Fall eine Entschädigung zahlen, sonst ...«

»Diese Einstellung wird Sie früher oder später Ihren Job kosten.« Nigels Stimme verschwamm mit den immer stärker werdenden atmosphärischen Störungen. Megan hörte nur noch Satzfetzen: »Überaus ärgerlich ... Hauptwerbesaison ... schulden uns sofortigen Ersatz ... vertraglich dazu verpflichtet ...«

Er brabbelte immer noch, als Megan den Hörer auflegte. Sie sank in ihren Sessel und schlug die Hände vors Gesicht.

Ian, der mit den Drinks in der Hand den Flur entlanggekommen war, blieb in der Tür stehen und betrachtete sie schweigend. Megans schmale Schultern bebten, und obwohl er ihr Gesicht nicht sehen konnte, war ihm klar, daß sie leise weinte. Sollte das etwa die hartgesottene Megan Carroll sein, von der er soviel gehört hatte? Die Frau, die auf nichts als ihren Profit aus war? Dieser eine Moment genügte, um ihn die Wahrheit sehen zu lassen: Die Megan Carroll, die er in ihr hatte sehen wollen, war eine Fiktion aus üblen Pressemeldungen und seiner eigenen Vorstellung. Tränen bei einer Frau brachten ihn stets aus dem Gleichgewicht, und er wußte nicht, was er tun sollte.

Wahrscheinlich sollte er sie trösten, doch dazu fühlte er sich nicht in der Lage. Statt dessen klopfte er sachte an die Tür.

Megan fuhr erschrocken auf. Nervös blickte sie sich um, dann strich sie sich das Haar glatt.

»Hier.« Er reichte ihr eins der Gläser. »Cheers!«

»Cheers«, murmelte sie automatisch. Verlegen grinste sie ihn an. Warum fühlte sie sich bei Ian so zu Hause? Sobald er auftauchte, schien es heller zu werden, als ginge gerade die Sonne auf. Sie versuchte, ihre Erleichterung zu verbergen, indem sie bemerkte: »Ich finde diesen Kerl abscheulich.«

»Um wen geht's?«

»Um Nigel Wilder, Verkaufsleiter bei Vanguard Sports, unserem größten Sponsor. Und wenn ich sage, unserem größten, dann meine ich, daß wir denen praktisch gehören.«

»Sie sind zu verkrampft«, sagte er. »Sie sollten lernen, solche Situationen leicht zu nehmen. Wenn Sie die Ruhe verlieren, ist niemandem geholfen.«

»Sie haben recht. Aber ich hasse es einfach, untätig zusehen zu müssen, wie diese Kinder fallengelassen werden, sobald sie nicht mehr nützlich sind.«

»So ist das Geschäft nun mal. Warum sollte Vanguard auch für Verlierer zahlen? Sie haben doch wohl eine Versicherung für die Krankenhausrechnung und dergleichen, oder?«

»Sicher«, sagte sie langsam, »aber das schützt sie auch nicht davor, daß ...« Sie brach ab, denn ihr fehlten die richtigen Worte, um genauer zu erklären, was sie meinte.

»Daß sie nicht als Sieger aus dem Rennen gehen?«

»Na gut, damit hätten Sie also die Dinge wieder ins richtige Licht gerückt. Trotzdem tut's mir weh. Wahrscheinlich halten Sie mich für eine Idiotin.«

Nicht für eine Idiotin, dachte Ian, *und ganz gewiß nicht für die kaltherzige Hexe, für die dich alle halten; allenfalls für eine Glucke. Und eins von deinen Küken wird von diesem Nigel bedroht.* Ihm fiel keine passende Antwort ein.

»Vermutlich bin ich wirklich nicht ganz bei Trost.« Megan gab sich selbst die Antwort. »Zumal jeder Dorftrottel weiß, daß Nigel bloß das Sprachrohr für Vanguards Boß ist, und der heißt Eleanor Douglas. Ich hab' sie zwar noch nie gesehen, denn sie läßt sich in letzter Zeit kaum noch blicken, hockt in ihrem Elfenbeinturm überm Hafen von Monaco und überläßt die Drecksarbeit ihren diensteifrigen Untergebenen. Aber der eigentliche Geizkragen ist sie.«

»Möglich«, sagte Ian, »aber außerdem ist sie eine überaus gescheite und tüchtige Frau. Schottin, natürlich!«

»Huch, was sind wir wieder patriotisch!«

»Es gehört schon ein bißchen mehr als Geiz dazu, eine Firma zum größten Sportartikelhersteller der Welt zu machen«, gab Ian zurück. Es hörte sich ein wenig aufgesetzt an, fand Megan.

»Sie wären wohl kaum so sehr von ihr beeindruckt, wenn Sie auf der Empfängerseite ihrer Verträge stünden«, fauchte sie.

Ian setzte sein Glas ab und lehnte sich zurück, die Hände hinter dem Kopf verschränkt. Eine feine Geruchsmischung aus Aftershave, frischgebügeltem Hemd und Tweedjackett ging von ihm aus. Er ertappte sie, wie sie ihn hingerissen anstarrte, und hob eine Augenbraue. Sein eigener Ausdruck wirkte eher nachdenklich.

Megan spürte, wie ihr die Röte ins Gesicht stieg. Ians körperliche Vorzüge waren kaum zu übersehen. Er war einfach ungeheuer männlich! Sie hatte den Eindruck, daß er sich von ihr nicht minder angezogen fühlte – doch daß er sich absichtlich zurückhielt.

»Noch einen Drink?« fragte er.

Sie dachte: Am liebsten würde ich so mit ihm sitzenbleiben. Genau so stelle ich mir einen netten Abend vor.

Aber laut sagte sie: »Ich habe Hunger, und es ist schon spät. Am besten essen wir gleich hier im Hotel.«

»Ich habe schon woanders einen Tisch bestellt«, sagte Ian. Seine Entscheidung stand offensichtlich nicht zur Debatte. Also zuckte sie die Achseln und griff nach ihrem Mantel. »Gehen wir«, sagte sie.

Als Ian hinter ihr aus dem Zimmer ging, sah er sehr zufrieden aus.

Sie gingen ins Café Constanze. Der Eingang sah aus, als führe er in ein x-beliebiges Geschäftsgebäude, und Megan war enttäuscht. Innen jedoch war es schummrig wie in einem richtigen Nachtklub, und die Einrichtung stammte offenbar noch aus K.- und K.-Zeiten: weiche Perserteppiche, rote Samtvorhänge an den Nischen und vergoldete Spiegel an den Wänden. Auf allen Tischen standen silberne Kerzenleuchter und frische Blumen in Vasen aus geschliffenem Glas.

»Na, wenn das nicht Dekadenz reinsten Stils ist!« murmelte Megan, während sie die polierten Rosenholzmöbel und die schimmernden Silbergedecke bewunderte.

Eine ganze Gruppe Russen saß im Speisesaal beim Essen. Megan spürte ihre Mißbilligung geradezu körperlich, als sie mit Ian vorbeiging. Sie wußte, man sah ihnen an, daß sie aus dem Westen kamen – sie wirkten wohlhabend und frei. Urplötzlich verspürte sie eine immense Zufriedenheit – mit dem Abend, mit Ian, mit ihrem Beruf und ihrem Zuhause. »Haben Sie jemals einen von ihnen lächeln sehen?« fragte sie, als sie in ihrer Nische Platz nahmen.

»Das liegt ihnen nicht. Entweder sie lachen, oder sie lachen nicht. Russen finden es dumm, für nichts und wieder nichts zu lächeln, aber sie lachen viel.«

»Ob Nikola Petrowna auch so ist? Irgendwie kann ich mir das nicht so recht vorstellen.«

»Ich weiß es nicht«, sagte Ian. »Soviel ich gehört habe,

scheint sie eher eine Einzelgängerin zu sein.« Er brach ab, als der Kellner an ihren Tisch trat. »Mögen Sie Muscheln?«

Sie nickte.

»Lassen Sie mich für uns beide bestellen, ja?« Ihr Sliwowitz wurde gebracht, und eine Zeitlang hörten sie der jugoslawischen Musikgruppe zu, die romantische Balladen auf serbokroatisch sang.

Megan beobachtete, wie die Russen ihren nächsten Gang bestellten. »Sie benehmen sich den Jugoslawen gegenüber ziemlich herablassend«, flüsterte sie. »Ist Ihnen das auch schon aufgefallen? Wieso tun sie das? Ich mag die Leute hier. Nur schade, daß sie so arm sind.« Sie schenkte dem Kellner, der ihr Essen brachte, ein gewinnendes Lächeln, und er lächelte zurück. »Sie wünschen sich nichts mehr, als durch die Olympischen Spiele Anschluß an den Westen und ans zwanzigste Jahrhundert zu bekommen«, sagte sie. »Ich wünsche ihnen, daß es klappt.«

»Sie sehen die Dinge ziemlich klar«, sagte Ian. »Aber Sie sind zu empfindlich. Sie sollten nicht soviel Gefühl investieren.«

Irgend etwas an seinem Gesichtsausdruck störte Megan. Was war los mit ihm? Reuevoll – das war's, wie er dreinsah. Wie ein Straßendieb, bevor er einem die Handtasche klaut. Mißtrauisch sah sie ihn an.

»Eine Frau wie Sie wäre besser dran, wenn sie für eine Familie zu sorgen hätte. Ihre Klienten – sie sind doch nichts als Kinderersatz für Sie. Oder haben Sie das schon selber herausgefunden?« Ian sprach langsam, während er seinen Wein probierte. Dann sah er auf, und Megan stellte erstaunt fest, daß er nicht einmal lächelte.

»Meine Güte, Sie haben vielleicht Ansichten! Aus welcher vorsintflutlichen Höhle hat man Sie denn ausgebuddelt? Aber keine Bange, Ihr Geheimnis ist absolut sicher bei mir – solange sie mich nicht niederschlagen und in Ihre Höhle zurückschleppen!«

Genau das hätte Ian in diesem Moment am liebsten getan. Sie war so wunderschön mit ihren verrückten Idealen, mit all der Wärme und Scheu und Besorgtheit, die aus ihren Augen strahlten. Hinter all ihrem weltläufigen Gehabe war sie viel zu verletzlich und vertrauensselig.

Sie beugte sich vor und tippte ihm mit dem Finger auf die Wange. »Da haben Sie eine empfindliche Stelle erwischt! Beinahe hätten wir uns in die Haare gekriegt. Reden wir also lieber von anderen Dingen. Erzählen Sie mir von dem Dokumentarfilm über Jugoslawien, an dem Sie schreiben. Was gibt's darüber schon zu sagen, was im Westen zählt?«

Ian sah auf und bedachte sie mit einem merkwürdigen, fragenden Lächeln. Was zählt, dachte er. Menschen zählen doch immer, oder? Für uns alle, und wenn nicht, so sollten sie's zumindest tun. Nehmen wir nur meinen Freund Daniel, zum Beispiel. Gerade erst hat er seinen Doktorhut für mathematische Physik bekommen, aber er findet keine Stelle, weil es keine gibt, die seiner Qualifikation angemessen wäre. Und er ist noch zu jung, um sich geschlagen zu geben und den Posten anzunehmen, den ihm der Staat angeboten hat – als Mechaniker in einer Computerfabrik, die Jahre hinter dem Westen herhinkt.

Oder nehmen wir Daniels Frau, die ihn liebt und ihn dennoch verlassen und mit ihrem neun Monate alten Baby zu ihren Eltern ziehen mußte, weil der Staat nur Arbeitern eine Wohnung zur Verfügung stellt und weil er nach drei Monaten Arbeitslosigkeit keine Unterstützung mehr zahlt.

Ich könnte natürlich auch über Čana schreiben, die Chefinformantin in unserem Hotel. Sie muß über das Kommen und Gehen sämtlicher Gäste aus dem Westen genau Bericht erstatten. Sie ist täppisch, schlecht ausgebildet, auffällig und ineffizient – vielleicht, weil sie uns alle mag. In Wirklichkeit ist sie eine nette, warmherzige Frau. Sie ist seit fünfzehn Jahren in der KPJ und hat einen

Zehn-Stunden-Job – aber sie weiß nicht aus noch ein, weil im Badezimmer ihrer staatseigenen Wohnung ein Rohr leckt und sie sich die Reparatur nicht leisten kann. Die Folge ist, daß ihre ganze Familie keine Nacht ein Auge zutut, weil sie ununterbrochen Wasser aufwischen müssen.

Nach langem Schweigen lächelte er Megan zu. »Ich werde versuchen zu erklären, daß das System nicht funktioniert und daß die wahren Opfer die Menschen sind«, sagte er. »Das ist es, was zählt!« Er sprach voller Zorn und Überzeugung, und plötzlich klang seine schottische Aussprache viel stärker durch. Megan vermutete, daß er sein Drehbuch noch nicht verkauft hatte und es nur aus dem Grunde schrieb, weil er sich für die Sache engagierte, weil sich sein ganzes Wesen gegen die Zustände hier im Osten sträubte.

»Schön, damit gebe ich mich zufrieden. Aber erzählen Sie mir was über sich selber. Wie kommt's, daß Sie so genau über Jugoslawien Bescheid wissen? Und daß Sie die Landessprache sprechen?«

Nach längerem Schweigen sagte er: »Ich hatte an der Uni zwei Semester lang Serbokroatisch belegt. Und früher bin ich oft zum Skilaufen hier gewesen, manchmal auch zum Jagen. Ich mag dieses Land besonders gern. Aber nun erzählen Sie mir einmal, woher Sie über meinen Film Bescheid wußten.«

»Naja, ich habe Conrad über Sie ausgefragt, und er hat mir davon erzählt«, erklärte sie mit schamrotem Gesicht. »Wissen Sie – ich mußte mir darüber klar werden, ob ich Sie um Hilfe bitten kann oder nicht. Denn ich habe diese Mitteilung bekommen, und ich möchte das Richtige tun, aber ich habe keine Ahnung, wie ich es anfangen soll.« Sie nahm das zusammengefaltete Papier aus der Tasche und reichte es ihm. Er las es stumm und gab es ihr zurück. »Später!« sagte er eindringlich. »Wir reden im Auto darüber. An Ihrer Stelle würde ich das übrigens verbrennen.«

Das Essen war köstlich, aber Megan war der Appetit vergangen – sie war zu verkrampft und zu besorgt. Ian erzählte vom Skilaufen in den Bergen und von seinen Bärenjagden, doch sie hörte nur mit halbem Ohr zu. Eine Ewigkeit schien vergangen, als er endlich sagte: »Es wird spät. Gehen wir.«

»Warum ich?« Kaum saß sie im Auto, brach es auch schon aus ihr heraus. »Warum sollte sich Nikola Petrowna denn ausgerechnet mich aussuchen? Und wer weiß schon, daß ich hier bin und wer ich überhaupt bin?«

»Nur keine falsche Bescheidenheit, Megan. In der Welt der Sportler sind Sie ganz gewiß keine Unbekannte. Aber um auf Ihre erste Frage zurückzukommen: Ich bezweifle nicht im geringsten, daß diese Leute – denn vermutlich hat Nikola jemanden, der ihr hilft – nur deshalb auf Sie verfallen sind, weil Sie die Antwort auf alle ihre Gebete darstellen. Nicht schwer zu erraten, daß das, was Miss Petrowna jetzt am dringendsten braucht, Geld ist. Mit ihrem russischen Reisepaß kann sie jederzeit zum Flughafen gehen und fliegen, wohin sie will – vorausgesetzt, sie entkommt ihren Bewachern und sie kann ihr Ticket bezahlen.« Er lachte kurz auf, und es klang beinahe feindselig, was Megan in Rage brachte. »Echte Probleme«, fuhr er ungerührt fort, »kriegt sie jedoch erst in Heathrow. Wie soll sie die Behörden dort überzeugen, daß sie sich ihren Lebensunterhalt selber verdienen kann? Wie soll sie zu einer Arbeitserlaubnis kommen? Und zum Eislaufen braucht sie einen Trainer, einen Sponsor, was fürs tägliche Leben – in anderen Worten: Sie braucht Sie, Megan. Wenn sie nur könnten, hätte schon die Hälfte aller Jugoslawen ihr Land verlassen. Aber die Schlupflöcher in den Grenzen werden immer engmaschiger. Kein westliches Land will mehr Osteuropäer aufnehmen. Wenn ich Sie wäre, würde ich die Finger davon lassen. Es könnte Sie teuer zu stehen kommen, und im übrigen können Sie sowieso nicht jedem helfen.«

Megan sagte nichts. Ian startete den Wagen und fuhr vom Parkplatz. »Könnten Sie ihr überhaupt helfen? Haben Sie soviel Entscheidungsfreiheit?«

»Ich leite die Londoner Niederlassung nach meinem Gutdünken«, erwiderte sie barsch. »Natürlich kann ich mich auf die Expertise aus dem Hauptbüro stützen, aber wenn ich keine Zeit habe nachzufragen, dann tue ich, was ich für richtig halte. Wenn etwas schiefgeht, nehme ich die Schuld auf meine Kappe.«

»Nun ja, lassen Sie sich nicht dabei erwischen, daß Sie etwas versprechen, was Sie nicht halten können. Was genau können Sie ihr denn anbieten?«

Megan rutschte unruhig hin und her. Genau das war die große Frage, und bislang war sie noch nicht zu einer Entscheidung gekommen. »Wahrscheinlich«, begann sie vorsichtig, »könnte ich ihr den üblichen Vertrag anbieten. Das heißt, ein Minimum von einer Million Dollar über einen Zeitraum von drei Jahren, Siegprämien nicht eingerechnet. Wenn Nikola Petrowna bei den Winterspielen Gold holen sollte, dann würde sich diese Summe natürlich verdreifachen. In diesem Falle stünden gleich mehrere Millionen zur Debatte.« Sie machte eine Pause. »Aber das sind alles noch Hypothesen, keine Garantie. Die wird von den Sponsoren übernommen. Ich schließe bloß Verträge ab, indem ich beide Parteien zusammenbringe. Unsere Standardverträge versprechen nicht mehr, als daß wir unser Bestes tun, um Sponsoren zu gewinnen. Wir legen eine Summe fest, die wir für realistisch halten, und die Sportler überlassen es uns, ihre Karriere zu steuern.«

»Mit Versprechungen allein kommt sie nicht weit«, sinnierte Ian. »Damit kommt sie kaum über die Einwanderungsbehörde in Heathrow raus. Nun ja, vielleicht ist es besser so.«

»Wie meinen Sie das?« fragte Megan.

»Das heißt, daß Sie nicht die Verantwortung übernehmen müssen, bloß weil irgendein verdammter Idiot Ihnen einen Zettel ins Zimmer gelegt hat. Reden wir mal drüber, weshalb Sie ihr helfen wollen. Was springt dabei für Sie heraus? Ist der Gewinn das Risiko wert?«

»Komisch, aber darüber hab' ich noch gar nicht nachgedacht«, sagte sie frostig.

»Warum nicht?« Er ignorierte ihren Sarkasmus. »Was ist, wenn sie sich ein Bein bricht? Dann müßten doch sicher Sie – oder ISA, von mir aus – für ihren Unterhalt und ihre Zukunft aufkommen, oder?«

»Jaja, man kann auch alles schwarz sehen«, murrte sie. Es war, weiß Gott, nicht nötig, daß Ian ihr die Risiken ihres Berufs unter die Nase rieb! Ein Seitenblick auf ihn verriet ihr, daß er zornig war: das düstere Gesicht, die verkrampften Schultern, die glühenden Augen – er würde sich doch wohl nicht in einen Wutanfall hineinsteigern?

Sie sagte: »Hören Sie, Ian, mein Geschäftsinstinkt sagt mir klipp und klar: Los, tu's! Pick dir die Rosine aus dem Kuchen und laß die andern sich alle zehn Finger danach abschlecken – die anderen Sportagenten. Nikola ist einfach umwerfend.«

Diesmal lächelte er, und das ärgerte sie ebenfalls. »Noch was, Ian«, fuhr sie fort, nunmehr ernst geworden. »Der Beruf ist mir zwar sehr wichtig, und bestimmt bin ich auch ehrgeizig und fleißig – aber es gibt, sogar für mich, doch noch andere Dinge im Leben. Und wenn ich einem Menschen helfe, so würde ich das nicht unbedingt unter die Rubrik ›Geschäftsinteressen‹ setzen.«

Sie unterbrach sich und seufzte. Ians Gesichtsausdruck war geradezu ein Kaleidoskop seiner wechselhaften Empfindungen: erst Überraschung, dann Ärger, und dann ließ er einfach den Vorhang runter. Mit einemmal fand sie sich ausgesperrt.

O Megan, dachte sie, laß dich bloß auf nichts ein! Er ist zu stolz. Und er haßt es, Steine in den Weg gelegt zu bekommen. Anderer Meinung zu sein, ist für Ian gleichbedeutend mit Verrat. Entweder du tust, was er für richtig hält, oder du kriegst den Krieg erklärt – den Kalten Krieg.

»Meine Güte!« sagte sie in bitterem Tonfall. »Wenn Sie mir nicht helfen wollen, dann hätten Sie mir das auch ohne so ein langatmiges Vorwort sagen können.«

»Ich habe nicht behauptet, ich wolle Ihnen nicht helfen«, gab er kalt zurück. »Machen Sie keine Dummheiten, bis ich mich wieder bei Ihnen melde.« Sie sah ihn bloß erstaunt an, und die zornige Erwiderung, die ihr schon auf der Zunge lag, ließ sich nur mit Mühe zurückhalten.

»Ich werde Ihren Ratschlag nicht vergessen«, sagte sie schließlich.

Auf der Rückfahrt ins Hotel war Ian geistig völlig abwesend. Er mußte sich eingestehen, daß er zutiefst erschüttert war. Sein erster Eindruck von Megan Carroll war ganz und gar unrichtig gewesen. Da er sich immer zu fügsamen und willigen Frauen hingezogen gefühlt hatte, war ihm nie zuvor eine derart eigensinnige Frau begegnet. Megan hegte offenbar ihre eigenen heiligen Kühe, und dazu gehörte unbestreitbar ihre Hilfsbereitschaft, von der sie sich durch nichts und niemanden abbringen ließ. Der Herr bewahre ihn vor solchen Idealisten!

Um ihren Zorn abzukühlen, las Megan noch eine Weile in einer Sportzeitschrift, bevor sie sich ein heißes Bad genehmigte. Dann zog sie sich einen Pyjama an und einen Pullover darüber und deckte sich außer mit der Bettdecke auch noch mit ihrem Mantel zu. Schließlich fiel sie in einen unruhigen Schlaf voller Alpträume …

Sie suchte verzweifelt alle Hügel des schneebedeckten Igman ab. Sie mußte unbedingt Nikola Petrowna finden, denn sie hatte ihr etwas enorm Wichtiges mitzuteilen. Doch das Mädchen war nirgends zu finden, und sie hatte vergessen, was sie ihr sagen wollte – sie wußte nur noch, daß es um Leben und Tod ging. Dann kamen Träger mit einer Bahre angerannt, und unter der Decke lag bewußtlos die winzigkleine Gestalt der Eisläuferin. Michel Juric tauchte auf, mit zornverzerrtem Gesicht. »Leute wie Sie ...!« sagte er zu ihr, »Leute wie Sie ...!«, dann löste er sich in Nichts auf, der Helikopter schraubte sich in die Wolken, und die Bahrenträger versanken im Nebel. Sie allein blieb zurück, verlassen und verloren inmitten der Wölfe im trüben Zwielicht.

Megan knipste die Nachttischlampe an und stieg aus dem Bett. Es ist ja nur ein Traum, beruhigte sie sich selbst, doch sie hatte das seltsame Gefühl, daß es eben doch nicht nur ein Traum, sondern eine Warnung war. Sie trat ans Fenster in der Hoffnung, draußen jemanden vorbeigehen zu sehen, doch die Straßen waren menschenleer. Würde es denn niemals mehr aufhören zu schneien?! Sie starrte auf das Porträt am anderen Ende des Platzes, und Marschall Tito starrte zurück. In diesem Augenblick fühlte sie sich vollkommen verlassen. Es war ein grauenvolles Gefühl, das den ganzen Tag über nur darauf gelauert hatte, aufsteigen zu können. Sie wußte, woran das lag.

Megan, die Amerikanerin, glaubte an Gott und das Recht des Menschen auf ein Streben nach Glück. Sonntags betete sie in ihrer Kirche zu einem demokratischen Gott, der den Menschen nach seinem Bilde geschaffen hatte, auf daß der Mensch wiederum Altersrenten, Krankenversicherungen und die Wunder der Wissenschaft schüfe.

Aber wo war dieser Gott, den sie sich vorstellte? Denn gewiß war er es, der dieses rauhe, feindselige Land geschaffen hatte, in dem die Frauen vorzeitig alterten, weil sie Ziegen und Schafe auf gefrorenen Weiden und schroffen, unzugänglichen Bergen hüten mußten. War er womöglich ein strengerer, unerbittlicherer Gott als der, zu dem sie in ihrer von blühenden Rhododendronbüschen und bunten Blumenrabatten umgebenen Dorfkirche gebetet hatte, deren hübsche bunte Fenster die wirkliche Welt draußen ließen?

Zum erstenmal in ihrem Leben fühlte sich Megan mit einer unerträglichen Verantwortung belastet und völlig verwirrt. Sie wußte nicht warum. Sie wußte nur, daß sie noch niemals eine Bitte um Hilfe zurückgewiesen hatte, damit sie auch selber nie abgewiesen würde.

In diesem Augenblick faßte sie einen Entschluß. Sie würde alles in ihrer Macht Stehende tun, um Nikola Petrowna beizustehen – ob mit oder ohne Ians Unterstützung.

6

Megan saß am Kamin im Hotel Jahorina, beobachtete die Kameraleute und die Rennleitung, die draußen mit dem Frost kämpften, und fühlte sich wie eine Hochstaplerin. Sie war müde nach ihrer unruhigen Nacht voller Sorgen um Nikola Petrowna, voller Zweifel um ihre eigene Vorgehensweise. Sie fragte sich, ob sie das Mädchen einfach ansprechen konnte, ohne Verdacht bei den furchterregenden Trainern zu wecken, die ständig um das russische Team herumscharwenzelten. Es erschien ihr undurchführbar, und ihr fehlte jegliche Entschlußkraft. Sie hielt die Hände über das knisternde Holzfeuer, als wolle sie außer der Wärme auch Mut daraus schöpfen. An diesem Abend sollte sie Ian erneut treffen, und sie setzte ihre ganze Hoffnung darauf, daß er sein Fernsehteam überreden konnte, ihnen zu helfen.

Vor zwei Stunden war sie in diesem Hotel eingetroffen, doch mittlerweile war das Rennen mehrmals verschoben worden, weil der Schneesturm kein Ende nahm, und Megan fing an, jegliche Lust zu verlieren. Streng rief sie sich in Erinnerung, daß sie schließlich aus beruflichen Gründen hier war, nämlich um die Sieger von morgen zu finden, auf die ihre Firma ISA so dringend angewiesen war, und daß es keinesfalls ihr Hauptziel sein durfte, sich Sorgen um eine russische Eisläuferin zu machen, die in den Westen wollte. Doch sobald es ihr gelang, Nikola aus ihren Gedanken zu verbannen, nahm unweigerlich Conrad Soerli deren Platz ein. Inzwischen hatte Gunter Erath sein Rennen gewonnen und Conrads Stelle bei Vanguard übernommen, doch Megan fiel es schwer, das blasse Gesicht des jungen Sportlers zu vergessen. Er hatte so hart an seiner Karriere gearbeitet, die so vielversprechend ausgesehen hatte! Wenn doch nur das Rennen früher eingestellt worden wäre! Doch es war Zeitverschwendung, sich in nutzlosem Bedauern zu ergehen. Sie würde einfach zusehen müssen, daß sie für Conrad noch das Beste herausholte.

Es war sehr still hier und ziemlich muffig. Das Hotel, aus Granit und Holz gebaut, ähnelte einer modernen Jagdhütte. Ringsum an den Steinwänden hingen ausgestopfte Trophäen, nur eine Seite war vollkommen verglast, so daß man die gesamte Rennpiste überblicken konnte. Kein Laut drang durch die Doppelscheiben, und Megan hatte beinahe des Gefühl, vor einer riesigen Kinoleinwand zu sitzen, auf der sich eingemummelte, undeutliche Figuren durch einen tobenden Schneesturm kämpften. Das Tick-Tack der alten Standuhr, die jede Viertelstunde schlug, und das Knistern und Zischen des Kaminfeuers wirkten dagegen geradezu unnatürlich laut.

Von Zeit zu Zeit kamen Techniker und Organisatoren herein, um sich bei einem Gläschen kurz aufzuwärmen. Alle waren nervös und wünschten, das Rennen würde endlich beginnen, denn niemand vermochte abzuschätzen, welche Auswirkungen der immer wieder verschobene Start auf die wartenden Rennteilnehmer hatte.

Megan sah auf ihre Uhr. Es war schon beinahe halb elf, und wenn sich das Wetter nicht bald besserte, mußte das

Rennen wohl ganz abgesagt werden. Draußen konnte sie sehen, wie die dunklen, beinahe drohend wirkenden Berggipfel mit ihrem dichten Tannenbewuchs in einem Wirbel aus Schnee und Nebel verschwanden.

Die Gesichter der Fernsehtechniker und Organisatoren, die unten am letzten Tor standen, wirkten grau und gequält. Ihr Atem erstarrte zu kleinen weißen Wölkchen, und unentwegt stampften sie von einem Fuß auf den anderen. Sie fühlten sich alle nicht wohl in ihrer Haut, und Megan wußte, warum. Die Piste erfüllte die Anforderungen des Internationalen Skiverbandes nur zum Teil. Zwar hatte sie auf einer Länge von 3300 Metern ein Gefälle von 805 Metern, doch alles andere war die reinste Katastrophe, wie die vielen Steine und die bei weitem nicht ausreichenden Sicherheitsnetze. Das Rennen würde ganz und gar nicht ungefährlich sein.

Eine Stunde später kam es Megan so vor, als klare es von Nordosten her auf und als fiele der Schnee nicht mehr ganz so dicht.

Dann winkte einer der Kameraleute, und alles geriet in Bewegung. Megan steckte ihre Füße in die Moonboots, schnappte sich Mantel und Schal und rannte hinaus.

Die Kälte traf sie wie ein Schock. Ihr Pelzmantel und ihre Stiefel waren diesen Temperaturen bei weitem nicht gewachsen, und ihre Ohren begannen unerträglich zu schmerzen.

Im Lautsprecher knisterte und knatterte es, und dann kündigte eine Stimme, die wie eine Salve von Gewehrschüssen mehrfach im Rund der Berge widerhallte, den Abfahrtslauf der Damen an. Als erste startete Jenny Johnson für Großbritannien.

Armes Kind! Die Küken – also die Läufer mit der wenigsten Erfahrung – wurden immer zuerst losgeschickt, um Piste und Tore zu testen, damit die besseren Rennteilnehmer aus ihren Fehlern lernen konnten.

Megan sorgte sich um das Mädchen trotz des unmöglichen Betragens, das es an den Tag gelegt hatte. Abfahrtsläufer erreichten immerhin Geschwindigkeiten von über hundert Stundenkilometern, und schon eine Hundertstelsekunde konnte über den Sieg entscheiden. Ein solches Skirennen, das höchstens zwei Minuten insgesamt dauert, erfordert ein Höchstmaß an Konzentration, Nervenstärke, Körperbeherrschung – und außerdem ein Gutteil Glück. Was das Glück betraf, so gehörte Jenny gewiß nicht zu den Begünstigten, denn die Piste war nicht nur abschreckend, sondern auch völlig neu für sie. Alle Tests und Trainingsläufe der vergangenen vierundzwanzig Stunden hatte der starke Schneefall zunichte gemacht. Selbst jetzt noch, da alles schon mit angehaltenem Atem wartete, trieb der Wind eine dichte Schneewolke von den Bäumen, die die ersten Tore einhüllte.

Plötzlich ein großes Hallo in der Menge der Zuschauer – die erste Läuferin war aus der Starthütte geschossen! Megan griff nach ihrem Fernglas.

Weit droben, beinahe versteckt im Dunst, tauchte eine kleine Gestalt am Abhang auf. Wie winzig und zerbrechlich sie sich gegen den riesenhaften Berg ausnahm! Doch wie sie herabgerast kam, eine Spur aus sprühendem Schnee hinter sich herziehend, konnte Megan die Willensstärke des Mädchens geradezu spüren.

Die ersten Tore lagen im Nebel, und Megan verlor Jenny aus den Augen, doch sie wußte, daß der Beginn der Piste aus einer Reihe scharfer, vereister Kurven bestand, für die man etwa dreißig Sekunden und ein Maximum an Elastizität brauchte. Dann kam Jenny aus dem Nebel gesaust, und aufgeregte Rufe erklangen, als ihre Zeit auf der elektronischen Anzeigetafel erschien. Zweimal schien sie beinahe zu stürzen, fing sich aber jedesmal wieder, umrundete die Tore und kam auf die Abfahrt, wobei sie immer schneller wurde.

Jetzt mußte sie an die hundertdreißig Stundenkilometer draufhaben, und Megan beobachtete sie sorgenvoll.

Viel zu schnell, murmelte sie. Sie bringt sich ja um! In jeder Biegung mußten Beine und Rücken des Mädchens ihr durch die reine Schubkraft verdreifachtes Gewicht abfangen, doch das schlimmste von allem war die rücksichtslose Geschwindigkeit, die Jenny stur beibehalten mußte – unter totaler Mißachtung aller Sicherheits- und Selbsterhaltungstriebe.

In Megans Augen war die Bahn viel zu schnell. Jenny nahm die Bodenwellen so rapide, daß sie meterweit durch die Luft segelte, bevor sie wieder landete, mit dem Erfolg, daß ihr Körper jedesmal einen Stoß erhielt, sobald ihre Skier wieder den Boden berührten. »Sie wird's nie schaffen«, murmelte Megan.

»Die ist vielleicht zäh!« sagte ein Kameramann neben ihr.

Jetzt erreichte Jenny das letzte Stück der Strecke und nahm Haltung wie aus dem Lehrbuch der Aerodynamik an: Fäuste geschlossen vor dem Gesicht. Helm gesenkt, Rücken parallel zum Boden. »Elegant«, murmelte Megan, »wirklich elegant.« Jenny schien die Skier allein laufen zu lassen und nur noch mit den Fingerspitzen zu lenken.

Als sie durchs Ziel fuhr, atmete die Menge hörbar erleichtert auf. Dann, als Jenny Helm und Brille abnahm, brachen die Zuschauer in Jubel aus.

Die elektronische Anzeigetafel ließ Jennys hervorragende Zeit aufblitzen – 1:16:04. Das war, bei diesen extrem schlechten Bedingungen, geradezu phantastisch!

Was Megan über diese achtzehnjährige Amerikanerin wußte, war nur wenig. Jenny hatte sich in den Kopf gesetzt, bei den Olympischen Winterspielen mitzumachen, hatte jedoch beim Training in Val d'Isère ein Bein gebrochen, und das war das Aus für ihre Aufnahme ins US-Team gewesen. Doch unverzagt hatte sie die Briten bestürmt, so lange, bis sie ihr eine Chance gaben, und hier war sie nun, wild entschlossen, sämtliche Punkte zu sammeln, die sie für die Teilnahme an den Spielen brauchte. Ihre Skistiefel waren sogar eine Sonderanfertigung, die ihr geschwächtes Bein stützen sollten.

Megan überlegte, daß an Jenny wohl einiges mehr dran sein mußte, als ihr arrogantes Benehmen vermuten ließ. Im Augenblick sah sie aus wie eine übermütige Zigeunerin mit ihrer dunklen Haut, dem blitzenden Weiß ihrer Augäpfel und Zähne und dem Schwarz ihrer Haare, die ihr in Ringellöckchen auf die Schultern fielen.

Sie hat den Charme eines Gassenjungen, dachte Megan, während sie zusah, wie Jenny übers ganze Gesicht strahlte und der Menge zuwinkte – aber wer wußte schon, welchen Mut es sie gekostet hatte, sich diesen entsetzlichen Abhang hinabzustürzen, in dieser halsbrecherischen Geschwindigkeit und ohne die Schneebeschaffenheit zu kennen? In diesem Moment beschloß Megan, Jenny unter Vertrag zu nehmen – irgendwie und möglichst bald.

Die Gelegenheit, Jenny anzusprechen, ergab sich früher, als Megan erwartet hatte. Die Hoteltelefonistin hatte eine Verbindung zwischen Megan und dem ISA-Hauptsitz in Denver zustandegebracht, und John Oberholtzer, Megans Chef, hatte grünes Licht für einen Standardvertrag mit Jenny gegeben. Nach dem Abendessen, als Megan in die Bar ging, um sich mit Ian zu treffen, sah sie Jenny allein in einer Ecke sitzen, in der Hand ein Glas Scotch mit Soda.

»Gratuliere!« sagte Megan, entschlossen, sich diesmal nicht durch rüde Manieren aus dem Konzept bringen zu lassen.

»Wozu?«

»Zu Ihrem Rennen. Sie waren hervorragend. Mir ist schier das Herz stehengeblieben.«

»Soll das ein Witz sein. Ich war bloß Dritte.«

»Aber Sie sind als erste gefahren, und gleich nach Ihrem Lauf hat sich das Wetter schlagartig verbessert.«

»Na und?« Jenny wandte den Kopf ab und starrte stur

auf den Tisch. Ihre Finger, die das Glas umklammerten, waren weiß, und mit dem Fuß trommelte sie nervös gegen ein Tischbein.

»Was immer Sie selber von Ihrer Vorstellung heute halten – Sie können wirklich viel. Das Publikum hat Sie gefeiert.«

»Diesen Schmus können Sie sich sparen. Ich laufe für mich, nicht fürs Publikum.« Sie sah auf, und ihr Blick war gleichzeitig defensiv und angriffslustig.

Jenny war stachelig wie ein Igel. Dafür muß es wohl einen Grund geben, dachte Megan, doch sie lächelte nur freundlich, nahm eine ihrer Visitenkarten und reichte sie ihr. »Ich vertrete ISA in London«, fing sie an.

Jenny schnipste ihr die Karte wieder zu. »Megan Carroll. Jeder weiß, wer Sie sind. Die meisten von diesen Kriechern hier hoffen doch bloß darauf, daß Sie sie unter Vertrag nehmen. Sie haben so einen gewissen Ruf. Ich könnte eines Tages aufwachen und feststellen, daß ich in eine Tretmühle geraten bin – ausgebucht bis zum Gehtnichtmehr, dafür aber hoffnungslos untrainiert.«

»Ich verstehe, was Sie sagen wollen, aber Sie irren sich«, sagte Megan mit fester Stimme. »Ich buche nie zu viele Termine für meine Klienten. Das ist nicht mein Stil. Im Gegenteil, ich habe schon des öfteren einen einträglichen Start abgesagt, weil mein Klient dringend eine Ruhepause brauchte.«

»Ja, darauf verwett' ich was.«

Megan zuckte mit den Achseln und setzte sich. »Warum sollte ich Sie anlügen?« fragte sie sanft. »Das wäre wohl kaum die richtige Art, eine Geschäftsbeziehung zu beginnen.«

»Was macht Sie so sicher, daß wir überhaupt was beginnen?«

Megan hob die Schultern. »Vielleicht, weil ich eine gewisse Verzweiflung an Ihnen spüre. Irgendwas setzt Ihnen zu, und ich wünschte, ich könnte Ihnen helfen …«

Megan brach ab, als sie sah, wie boshaft die Zigeuneraugen ihres Gegenübers glitzerten. »Hören Sie doch auf mit dem Quatsch!« sagte Jenny, und ihre Stimme klang kindisch und altklug. »Wir reden hier nicht über Freundschaft, sondern übers Geld! Wieviel bieten Sie denn? Lassen Sie mal hören!«

Einen Moment lang war Megan sprachlos, doch nach einem langen, fragenden Blick von Jenny fing sie sich wieder. »Ich kann Ihnen eine Summe von einer Million Dollar über einen Zeitraum von drei Jahren beinahe garantieren. Wenn Sie Gold gewinnen, wird die Summe natürlich viel höher. Dazu kommen die üblichen Siegprämien.«

»Warum ausgerechnet ich?« Jenny starrte sie herausfordernd an. »Oder ist das Ihre Masche, einfach jeden anzuquatschen?«

»Sie könnten sich vielleicht etwas gewählter ausdrükken«, gab Megan zurück und fühlte sich enttäuscht und niedergeschlagen. Kaum zu glauben, daß dieser ungehobelte, aggressive Teenager das gleiche mutige Mädchen sein sollte, das sie hatte die Piste hinunterrasen sehen.

»Zum Teufel! Ich hasse Agenten! Hab' sie schon immer gehaßt«, grollte Jenny und runzelte die Stirn, als Megan sachte ihr Glas auf den Tisch stellte und sich erhob.

»Ein einfaches Nein genügt«, sagte sie nachsichtig. »Sie brauchen nicht ausfällig zu werden.« Sie wandte sich ab. Sie hatte das Gefühl, mit Dreck beworfen worden zu sein, und fragte sich, warum sie sich diesen Zusammenstoß so zu Herzen nahm. Das ist dir schließlich nichts Neues, sagte sie sich. Es ist albern, sich von diesem kindischen Mädchen verletzen zu lassen, das erfolglos versucht, hartgesotten und aggressiv zu wirken.

»Warum sollte ich nein sagen, wenn ich ja meine?« rief ihr Jenny nach. Sie legte ihre Füße auf einen Stuhl, verschränkte die Arme hinter dem Kopf und lehnte sich mit einem verschmitzten Grinsen zurück.

Ob sie wohl je etwas anderes tat, als eine Schau abzuziehen? Megan mußte sich beherrschen, um ihre Irritation nicht zu zeigen.

»Ich mein's ernst«, fuhr Jenny fort. »Sie können mich managen. Ich kann ebenso gut aufs Ganze gehen. Ich brauche das Geld, weil meine Mutter mir den Unterhalt gestrichen hat. Zack – einfach so. Ich kriege keinen Pfennig mehr. Wenn Sie einen Standardvertrag bei der Hand haben, können wir's gleich erledigen und fertig.«

»Sie klingen, als wollten Sie von zu Hause durchbrennen«, sagte Megan.

»Genau!« Jenny grinste boshaft.

Zehn Minuten später war der Vertrag fertig. Der Kellner und ein Junge vom Nebentisch hatten als Zeugen unterschrieben.

»Wahrscheinlich verdienen Sie mehr als die Zahlen, die ich eingesetzt habe«, sagte Megan, die vor Freude strahlte. »Ich war bloß vorsichtig. Aber Sie können noch eine Menge Nebeneinkünfte durch die Werbung für Sonnenöl und Deodorants und dergleichen haben, wenn es Ihnen nichts ausmacht, ein bißchen für die Fotografen zu posieren. Das wird Sie nicht viel Zeit kosten, aber auf jeden Fall unternehme ich nichts, was Sie nicht wollen. Immerhin müssen Sie die Verträge unterschreiben, nicht ich. Meine Aufgabe ist nur, Sie an den Mann zu bringen.«

Glücklich über ihren Erfolg, bestellte Megan eine Flasche Sekt. Das war, dachte sie, den Umständen nur angemessen. Und wer weiß, vielleicht lockte er Jenny sogar ein wenig aus ihrer Reserve.

»Vielleicht sollte ich Ihnen noch sagen, daß ich gar nicht Jenny Johnson heiße«, sagte das Mädchen feierlich, als der Kellner den Korken knallen ließ. »Meine Unterschrift ist wahrscheinlich ohnehin kaum zu entziffern. Am besten setzen Sie den Namen in Klammern. Geben Sie her, ich mach's schon selber.« Sie deutete auf die erste Zeile. »Überhaupt, ist der Vertrag eigentlich ungültig, wenn mein Pseudonym drinsteht? Oder wäre er trotzdem okay?« Zum erstenmal ließ sie sich ihre Unsicherheit anmerken, als sie Megan ansah.

»Wozu brauchen Sie denn ein Pseudonym zum Skilaufen?« fragte Megan verwirrt.

»Wegen Mutter«, sagte Jenny und drehte niedergeschlagen ihr Glas in den Händen. »Sie ist total dagegen, daß ich Ski laufe. Sie hat Angst, ich könnte versagen. Mutter hat mir den Kredit so lange gestrichen, bis ich einwillige – schriftlich einwillige –, das Skirennen aufzugeben. Aber das kann ich nicht, auf keinen Fall, nicht einmal, wenn sie mich enterbt – und im allgemeinen macht sie ihre Drohungen wahr.«

Megan fiel es schwer, sich vorzustellen, daß Jenny vor irgendeiner Frau Angst haben könnte, doch die Lippen des Mädchens zitterten, und in ihre Augen trat ein Tränenschimmer. »Deshalb bin ich auf die Idee mit dem Pseudonym gekommen«, sagte sie unsicher. »Ich habe einfach auf eine erfolgreiche Saison gesetzt. Vielleicht, daß sie dann ...« Sie brach zitternd ab und betrachtete angelegentlich ihre Hände.

»Stoßen wir erstmal an«, sagte Megan nachdenklich, als der Kellner den Sekt einschenkte.

Er tränke niemals während der Arbeit, sagte er. Der Junge am Nebentisch lehnte ebenfalls ab; er sei im Training, sagte er und verließ gleich darauf die Bar. Megan hob ihr Glas. »Auf die Zukunft!« sagte sie. »Ich werde versuchen, Ihre Mutter umzustimmen.«

»Klar«, gab Jenny zurück, »tun Sie das. Ich trinke dieses Zeug nicht, aber lassen Sie sich von mir nicht aufhalten.«

Der Sekt schmeckte säuerlich, und Megan hatte ohnehin noch nie welchen gemocht. »Wie heißen Sie denn nun eigentlich richtig?« fragte sie.

»Jacqui Douglas«, sagte das Mädchen tonlos. Sie stand so abrupt auf, daß ihr Stuhl umkippte. »Und da ist noch was, das ich erwähnen sollte«, sagte sie mit fester Stimme, während der Kellner herbeieilte, um ihren Stuhl aufzuheben. »Versuchen Sie nicht, mich mit Vanguard ins Geschäft zu bringen.«

»Warum nicht mit Vanguard?« stammelte Megan. *Douglas!* dachte sie mit wachsender Bestürzung. *Bestimmt ist sie doch nicht* …

»Weil Eleanor Douglas meine Mutter ist. Sie hat gedroht, mich zu verklagen, wenn ich ein Rennen verliere und damit Vanguards Image ruiniere. Wir finanzieren nämlich«, sagte sie höhnisch, »grundsätzlich nur Sieger. Das ist Ihnen bestimmt bekannt. Nicht, daß sie mich jemals sponsern würde«, fuhr sie fort, »doch da ich die einzige Erbin bin, wäre das wahrscheinlich noch ruinöser.«

Megan saß da wie betäubt. Armes Kind! dachte sie. Bei diesem Hintergrund war Verlieren einfach tabu. Der Firmenslogan fiel ihr ein. *Vanguard steht für kühne Siege,* und die drei Vs für *Vanguard – Valour – Victory,* die auf jedem vermarkteten Artikel der Firma prangten.

»Jenny – nein, Jacqui, natürlich. Hören Sie, Jacqui, die Presse wird ohnehin alles über Sie herausfinden, sobald Sie anfangen, Rennen zu gewinnen. Also verstecken Sie sich nicht, denn das nutzt ohnehin nichts. Ich verstehe Ihre Sorge, aber überlegen Sie doch mal … Was ist, wenn die Konkurrenten Ihrer Mutter zuerst rausfinden, wer Sie sind? Was ist, wenn Sie einen wichtigen Sieg erringen – auf den Skiern einer anderen Firma? Es ist also besser, Sie bleiben von nun an Jacqui Douglas. Sie können es mir überlassen, das dem britischen Team und der Presse beizubringen. Ich muß mir bloß noch eine gute Story ausdenken. Bis dahin können Sie ja jedem erzählen, Jenny sei ein Kosename, aber das Versteckspiel sollten Sie jetzt auf alle Fälle aufgeben.«

Jacqui zuckte mit den Schultern. »In der Tinte sitze ich so oder so«, meinte sie. Sie grinste schief, dann schlängelte sie sich durch die Tische und marschierte auf den Lift zu.

Alles bloß Show, dachte Megan, die ihren Abgang mit den Augen verfolgte. Wie ein Kind, das im Dunkeln pfeift. Sieht man einmal von ihren uneingestandenen Ängsten und Verletzlichkeiten ab, ist sie ein richtig nettes Mädchen.

Nachdenklich betrachtete sie die volle Flasche Sekt und den Vertrag, der ihr nichts als Probleme bescheren würde. Als Erfolg, sagte sie sich, konnte sie diese Reise bislang gewiß nicht verbuchen.

7

Kurze Zeit später betrat Michel Juric die Bar. Beim Anblick Megans blieb er abrupt stehen, und sein freundliches Lächeln wandelte sich zu einem amüsierten Grinsen. »Ich könnte ein ganzes Stück um dieses Bild schreiben«, sagte er. »Eine schöne, herzerwärmende Schnulze. Erster Akt, erste Szene ...« Er hüpfte herum und tat, als richte er Scheinwerfer und Kameras ein. »Bühnenbild: ein Tisch, eine Flasche Sekt, zwei Gläser, eines unberührt, sowie eine trübsinnige Heldin, am Tisch kauernd in verzweifelter Haltung. Wir nennen das Stück ›In die Wüste geschickt‹. Schnitt! Die Heldin lacht. Das steht nicht im Text! Sie muß zittern und beben. Sie soll an den Sultan von Omar verschachert werden. Armer Kerl! Sie wird seinen gesamten Harem zur Frauenbewegung bekehren, und der Sultan wird am Ende Eunuch. *Mamma mia, amerikanische Weiber!* «

Megan verfolgte Michels Bemühungen, sie zum Lachen zu bringen, sah die Wärme in seinen braunen Augen und dachte: So schlimm ist er ja gar nicht. Irgendwie hab' ich ihn wohl in den falschen Hals gekriegt.

»Ich stelle fest«, sagte sie, »daß es ein Fehler wäre, Sie jemals ernst zu nehmen. Trinken Sie ein Gläschen mit mir.« Sie füllte das unberührte Glas. »Das ist die einzige Möglichkeit für mich, es Ihnen heimzuzahlen.«

»So schlecht schmeckt er gar nicht«, sagte Michel, nachdem er gekostet hatte. »Sie sind verwöhnt von unserem jugoslawischen Wein.« Er grinste. »Ich komme gerade vom Krankenhaus. Hab' Conrad besucht. Sagte, Sie seien ein paarmal bei ihm gewesen. Und Sie hätten ihn in seiner Eigenschaft als Vanguards olympische Hoffnung durch Gunter Erath ersetzt.«

»Stimmt«, sagte sie wachsam.

»Außerdem sagte er, Sie versuchten, eine Entschädigung für ihn herauszuschlagen.«

»Richtig.«

»So naiv sehen Sie gar nicht aus.«

»Ganz so naiv, wie Sie denken, ist es gar nicht. Er war hauseigener Dressman, sozusagen, Public-Relations-Angestellter, Versuchskaninchen für die Forschungsabteilung, und offiziell ist er Wintersport-Promoter. Ich denke, ich kann das schon schaukeln. Hängt davon ab, wie sehr sie auf Gunter erpicht sind.«

»Warum dann der Trübsinn?«

»Ich hab' 'ne Dummheit gemacht«, seufzte sie. Womöglich, dachte sie, hab' ich damit nicht nur meinen Ruf, sondern auch Conrads Entschädigung aufs Spiel gesetzt. Doch laut sagte sie: »Sie brauchen mich gar nicht erst zu fragen, was für eine, denn ich werd's Ihnen nicht erzählen.«

»Das heißt also, es wäre eine hübsche Story für mich, hm? Wußt' ich's doch. Ich hab' immer den richtigen Riecher, wo was im Busch ist.« Er legte ihr eine Hand auf die Schulter. »Sie schaffen's schon«, sagte er. »Und ich auch. Ich habe das denkbar größte Vertrauen, sowohl in Sie als auch in mich. Ich werde diesen Artikel ganz bestimmt noch schreiben, allerdings noch nicht gleich ...« Er unterbrach sich und blickte über die Balustrade ins Foyer hinunter. »Ich warte ab, bis der Zaubertrank am Sieden ist ...«

Erneut unterbrach er sich und starrte konzentriert ins Foyer. »Da kommt das russische Team – arrogant, schlecht angezogen und mit Gesichtern wie Hefeteig. Ausgenommen sie ...« Er drehte sich um und lächelte mit ziemlich verschämtem Gesicht, wie Megan fand.

»Ich hab' die Russen noch nie gemocht«, sagte er stirnrunzelnd, »aber ich hab' auch noch nie eine so schöne und begabte Frau gesehen wie Nikola Petrowna.« Er leerte sein Glas in einem Zug. »Sehen Sie sich das bloß an – keine Späße, kein Gelächter, immer bloß saure Mienen und argwöhnische Blicke. Was muß es ein Mädchen wie Nikola kosten, unter solchen Leuten leben zu müssen! Wäre ich ein Ritter auf einem feurigen Roß, ich würde sie an einen Ort entführen, wo sie immer nur lächeln könnte!«

»Doch da Sie nun einmal Journalist sind ...?« soufflierte Megan.

Unsicher wandte er den Blick ab, und plötzlich kam Megan der Gedanke, daß es womöglich Michel gewesen sein könnte, der den Zettel für Nikola geschrieben hatte. Warum auch nicht? Je mehr sie darüber nachdachte, desto plausibler kam es ihr vor. Michel war jedenfalls offensichtlich hingerissen von Nikola.

»Sie sind ein Dummkopf, Michel«, sagte sie. »Alles müssen Sie romantisieren.«

»Was ist falsch daran?«

»Nichts, solange Sie's nicht in die Zeitung setzen.«

»*Touché*«, sagte er. »Ich weiß, Sie sind mir immer noch böse. Demnächst werd' ich's wiedergutmachen.«

Er starrte sie so intensiv an, daß Megan den Eindruck gewann, er wollte ernst genommen werden. Doch dann kam Ian in ihr Blickfeld, und sie vergaß Michel und seinen Artikel.

Ian runzelte die Stirn zu Michels Rückzug, und seine blauen Augen blitzten vor Zorn. Wenn er wütend ist, stellte Megan fest, sieht er noch viel besser aus. Sie fühlte sich hin- und hergerissen zwischen dem Wunsch, die Hand auszustrecken und ihn zu berühren, und dem Drang, so schnell wie möglich davonzulaufen.

»Gehen wir«, sagte er schroff.

Er fuhr äußerst aggressiv, schlidderte durch die Kurven, raste durch die Furchen und Schlaglöcher der Schotterstraße und über den Bergpfad, der durch den Wald nach Jahorina führte.

Schließlich sagte Megan: »Fahren Sie immer so – als befänden Sie sich im Kriegszustand?«

Er bremste plötzlich und parkte auf einem breiten Seitenstreifen über dem Abgrund.

»Tut mir leid«, sagte er. Er drehte sich um und starrte Megan so lange an, bis sie seine Hand nahm und fragte: »Was gibt's denn? Was ist denn los?«

Statt zu antworten, faßte er lediglich ihre Hand fester.

Es war beinahe dunkel, und durch die Bäume zogen Nebelschwaden auf den Wagen zu. Am fernen Horizont war ein grünlich-blauer Streifen am dunklen Himmel zu sehen. Die Lichter von Sarajewo schienen Jahre entfernt zu sein.

»Gespenstisch«, sagte Megan, die den Blick nicht von der Aussicht wandte.

»Wann reisen Sie ab?« fragte Ian.

»Eigentlich wollte ich morgen früh fliegen, aber ich habe umgebucht. Das Flugdatum hab' ich offengelassen, aber ich weiß nicht, was ich tun soll ...« Sie brach ab und starrte ihn ohne Hoffnung an. »Ich möchte ihr so gerne helfen, aber wie?«

»Es ist schon arrangiert«, sagte Ian, scheinbar widerstrebend. »Einer von den Kameraleuten kann Russisch. Er hat ihr heute eine Nachricht zukommen lassen. Sie soll morgen abend irgendwann in Ihr Zimmer kommen. Dort können Sie – wenn Sie das immer noch wollen – den Vertrag mit ihr abschließen, den Sie gestern erwähnten.«

»Ich stehe zu meinem Wort«, sagte sie steif, doch sie

dachte: *O Gott, so bald schon! Und wenn was schiefgeht? Und wenn wir Pech haben? Was wird dann aus ihr?*

»Dieses Wochenende ist die einzige Gelegenheit«, sagte Ian. »Die Skirennen gehen heute zu Ende. Der größte Teil des Teams fährt noch ein bißchen herum und guckt sich die Gegend an. Die Russen haben ihren Flug für Montagmorgen angekündigt. Sie sind bloß hergekommen, um Flagge zu zeigen. Ich habe inzwischen mit unserem Fernsehteam gesprochen«, fuhr er fort, »und um ehrlich zu sein – ich bin verblüfft, daß sie sich da mit reinziehen lassen wollen. Aber sie halten's wohl für eine Art Jux. Sie wollen Nikola Samstagnacht in ihrem Gerätewagen über die Grenze nach Italien fahren. Sie aus Jugoslawien herauszubringen ist nicht schwer, und sie brechen dabei keinerlei Gesetze. Und schließlich hat sie ja ihren Reisepaß. Sie bringen sie zur britischen Botschaft in Rom, und die läßt sie dann nach London fliegen.«

»Moment mal! Woher wollen Sie wissen, daß die Botschaft das auch wirklich tut?«

»Das übliche Verfahren. Sie hat ihren Paß, und sie wird Ihren Vertrag und Ihre Garantie haben und darüber hinaus ein bißchen Bargeld. Für alles andere ist das Außenministerium zuständig.«

»Aha. Und woher wissen Sie, daß sie Geld zur Verfügung haben wird?«

»Ganz einfach – wir werfen alle zusammen und geben es ihr. Jetzt zu unserem Plan.« Er erklärte ihn in drei Sätzen, und es klang wirklich einfach. Dann sah er sie nervös an. »Was halten Sie davon?«

»Großartig«, sagte sie und mußte schlucken. In der Nähe heulte ein Wolf, und Megan schauderte. »Wölfe machen mir angst«, erklärte sie. Unerwartet legte Ian den Arm um sie. Dann spürte sie seine aufgesprungenen, harten Lippen auf ihren eigenen, und seine Bartstoppeln zerkratzten ihre Haut. Ihn zu riechen, zu spüren, zu berühren war reine Sinnenfreude, und die Leidenschaft stieg so rasch auf, daß sie minutenlang nichts anderes mehr gewahrte als ihr Bedürfnis, Ian nahe zu sein, ihn zu drükken, zu halten und seinen starken, harten Körper an ihrem eigenen zu spüren. Später, als die Vernunft wieder zurückgekehrt war, fühlte sie sich erschüttert von der Gewalt ihrer Leidenschaft. Es war wie eine primitive Erinnerung, die plötzlich Gegenwart wurde. Sie schob ihre Finger in sein Haar und hielt seinen Kopf fest, erforschte seine Zunge mit ihrer eigenen, liebkoste seine starken, vollen Lippen.

Wie lange verharrten sie so? Sie wußte es nicht, sie war wie verzückt. Ihre Finger glitten über seinen Kopf wie die einer Blinden, überwältigt von dem Bedürfnis, zu halten, zu berühren. Sie hatte das höchst seltsame Verlangen, sich ihrer Kleider zu entledigen – gleich hier im Auto, im Dunkeln am Straßenrand, egal – und seinen nackten Körper zu spüren. Noch niemals hatte sie dergleichen empfunden, und sie war schockiert von ihren eigenen Gefühlen.

»Oh, Ian, ich will das doch gar nicht!« flüsterte sie.

Ian sträubte sich gegen ihren Rückzug. Er stieß sie auf ihren Sitz zurück und hielt sie mit seinem ganzen Gewicht dort fest, überfiel sie mit seinem Mund, als wolle er ihre Worte ersticken. In diesem Augenblick hätte er sie vergewaltigen können, hätte sie auch vergewaltigt – doch da stieß er mit dem Knie gegen den Schalthebel, und die Vernunft gewann die Oberhand. Es war sowieso nicht genug Platz im Auto. Die Wirklichkeit traf ihn wie ein Keulenschlag.

»Mein Gott!« sagte er, während er sich hochschob und ihr Kleid glattstrich. »Hab' ich dir wehgetan?«

»Nein. Ich glaub', ich hab' mich selber erschreckt.«

»Ich mich auch. Es tut mir leid. Ich weiß nicht, was über mich gekommen ist.«

»Das weißt du nicht?« Sie kicherte.

»Lach nicht. Nur dieses verdammte, unbequeme Auto

hat dich gerettet. Ich wünschte, ich hätte es nicht getan«, fuhr er schließlich fort. »Es tut mir leid. Es wird nicht wieder vorkommen.«

»Du warst es ja nicht allein«, sagte sie. »Es ist bloß so, daß ich es eigentlich gar nicht wollte.«

»Ich auch nicht, um ehrlich zu sein«, sagte er schroff. Dann strich er ihr mit der Hand übers Haar. Eine seltsame Geste! Als wenn er einen Hund tätschelt, dachte sie.

»Wir reißen uns also besser zusammen«, sagte sie.

»Schau!« flüsterte Ian. »Bleib ganz ruhig, aber schau dahin!« Er deutete auf den Wald. Aus dem Schatten der Bäume, deutlich sichtbar vor dem hellen Schnee, glitt eine graue Gestalt, strebte dem Wagen zu, zögerte – und ging vorbei. Andere folgten.

»Wölfe!« flüsterte Megan.

Das Rudel glitt lautlos vorüber, und sie saß noch lange und starrte in die Bäume, aber es kehrte nicht zurück.

»Ich hab' sie noch nie gesehen«, sagte sie, »immer nur gehört. Es ist phantastisch, aber irgendwie auch furchterregend. Es ist hier ... alles so ungezähmt. Keine Schilder, die einem sagen: Wölfe sind gefährlich – Füttern verboten. Es gibt keine Papierkörbe, keinen Müll, keine einzige Coladose im Gebüsch ...«

»Die Natur geht hier noch ihre eigenen Wege«, sagte Ian. »Schieben wir's also darauf.« Seine Stimme klang heiser, erkannte sie, während er bereits den Wagen anließ.

Es war schon nach elf, als Ian Megan ins Hotel zurückbrachte und sich verabschiedete. Sie hatten ihr Essen beinahe schweigend verzehrt, beide zu befangen für allgemeines, höfliches Gerede. Megan ahnte, daß Ian sich ebensowenig wie sie selber auf eine ernsthafte Beziehung einlassen wollte. Falsche Zeit, falscher Ort – einfach alles war verkehrt, leider.

»Weg ist er«, murmelte sie, während sie seinem gemieteten Lada nachsah, der die Hauptstraße hinunterraste. Wenn ich doch bloß erst die nächsten Tage hinter mir hätte und alles vorbei wäre, dachte sie.

Sie trat durch die Pendeltür und ging zur Information, wo Čana saß. Sie sah müde und abgekämpft aus, dennoch war ihr Gesicht wunderschön, meinte Megan und bewunderte die bernsteinfarbenen Augen und die honigblonden Brauen. Sollte sie wirklich eine Spionin sein? Ian hatte nur dummes Zeug im Kopf. Vielleicht, weil er Schriftsteller war und von seiner Phantasie lebte.

»Čana«, beschwerte sie sich, »ich hab' meinen Paß noch nicht zurückbekommen.«

»Ich hab' ihn vor einer Stunde in Ihr Zimmer gelegt.« Čana sah auf und lächelte sie freundlich an – wie eine perfekte Gastgeberin der besten Gesellschaft. »Hatten Sie einen angenehmen Abend?« Ihr Interesse wirkte echt. Wieder einmal fiel Megan die seltsame Einstellung auf, die allen Jugoslawen eigen zu sein schien und die sie befähigte, sich der Leistungen anderer zu rühmen oder zu schämen.

Sie saß noch lange auf ihrem Zimmer und las die Sportseiten in einem Stapel alter Zeitschriften, doch niemand kam, und gegen ein Uhr ging sie zu Bett.

Viel später klopfte es leise an der Tür. Megan rührte sich nicht, hielt den Atem an und lauschte. Das war *sie!*

»Mein Gott!« wisperte Megan, als sie sich durch ihr Zimmer zur Tür schlich und öffnete.

Im Dunkel stand eine kleine Gestalt im Kleid, einen Wollmantel um die Schultern. Es war Nikola Petrowna, und ihr war anzusehen, daß sie sich fürchtete.

»Megan blieb zögernd in der Tür stehen, wie betäubt von diesem unglaublichen Gesicht.

Dann flüsterte Nikola: »Bitte ... bitte ... lassen Sie mich hinein. Ich habe solche Angst ...«

Kaum hatte die Tür sich hinter ihnen geschlossen, drehte Nikola sich um und sah Megan an. Sie war so jung und so schmächtig und so wunderschön mit ihren vollkommen ebenmäßigen Gesichtszügen, ihrer makellosen weißen Haut und ihrem aschblonden Haar! Dennoch war da etwas, das ihre Wirkung beeinträchtigte. Vielleicht lag es an dem verletzten, waidwunden Ausdruck ihrer strahlend grünen Augen. Eine Frau, entschied Megan in Sekundenschnelle, wird ihr nie Vertrauen entgegenbringen – die Männer dagegen werden ihr scharenweise nachlaufen.

»Man hat mir gesagt, Sie werden mir helfen ... Ja?« Nur ein leiser Hauch von Angst, gerade nur der Anflug eines Zweifels war Nikolas Gesicht zu entnehmen, doch das genügte schon, um Megan zu rühren.

»Wer hat Ihnen das gesagt?«

Das Mädchen stand starr und stumm.

»Ja, ich werde Ihnen helfen«, sagte Megan nach kaum merklichem Zögern. »Ich bin froh, daß Sie Englisch können. Das wird Ihnen ebenfalls helfen.« Sie beobachtete, wie Nikola durchs Zimmer ging und mit nervösen Blikken erst die Tür zum Bad, dann das Fenster musterte.

»Ich habe Englisch in der Schule gelernt«, sagte sie stirnrunzelnd und setzte sich ans Ende des Bettes. »Später habe ich mit Schallplatten geübt. Es ist nicht schlecht, mein Englisch? Nicht schlecht. Was meinen Sie?«

»Sehr gut«, sagte Megan höflich. Nikola beobachtete sie mit einer Mischung aus Vertrauen, Angst und Ungeduld, und Megan spürte die Last der Verantwortung für die Hoffnungen und Ambitionen dieser jungen Eisläuferin. Als wäre Nikola Aschenputtel und sie selber die gute Fee.

»Ich werde langsam sprechen, damit Sie mich richtig verstehen«, sagte Megan, die spürte, daß Nikola allein schon der Aufenthalt in ihrem Zimmer Furcht bereitete. »Ich werde Ihnen gewisse Garantien geben – genug, daß es für Sie zum Leben und zum Trainieren reicht. Außerdem gibt es noch weitere Möglichkeiten, die von den Verträgen abhängen, die ich für Sie abschließen kann, und vom Optimismus der Sponsoren. Verstehen Sie, was ich meine?«

»Natürlich. Ich weiß, daß Sie im Westen Geschäfte machen. Ich bin vorbereitet ...« Sie unterbrach sich. »Ich muß trainieren, üben, ich brauche ... viel.« Sie gab auf, denn ihr Englisch war für die gegebene Situation bei weitem nicht ausreichend.

»Ich verstehe schon«, beruhigte Megan sie. »Sie werden alles bekommen, was Sie brauchen – wenn Sie sehr hart arbeiten.« Sie zögerte, denn sie wollte weder falsche Hoffnungen erwecken noch Lügen erzählen.

»Und ich werde den besten Trainer bekommen und ein Taschengeld, nicht zu wenig, nicht zu viel, und ich laufe für England. Es steht alles hier.« Sie zog ein Blatt Papier hervor, auf dem sie ihre Forderungen aufgeschrieben hatte, mit Bleistift und in großer Kinderschrift. »Sie werden das unterschreiben, *da?*«

»Na, das ist nicht ganz die Art, wie wir bei ISA Geschäfte abschließen«, sagte Megan und griff nach ihrer Aktentasche.

Am Ende aber unterschrieb sie den Schmierzettel doch. Es schien Nikola viel zu bedeuten, viel mehr als der unterzeichnete ISA-Vertrag, den sie außerdem bekam, viel mehr auch als Megans Versicherungen oder ihr Versprechen, das britische Fernsehteam werde ihr bei der Flucht beistehen.

»Glauben Sie, Sie könnten morgen abend halb acht in mein Zimmer kommen? Es ist sehr wichtig«, erklärte Megan. »Sie werden von Jugoslawien aus erst nach Italien und von dort aus nach London gebracht.«

Nikola dachte einen Moment lang nach. »Wir haben morgen eine Abschiedsfeier – ich werde vorgeben, ich fühle mich nicht wohl ... Sie verstehen ... Bitte, schließen Sie Ihre Tür nicht ab.« Heftig fiel sie Megan um den Hals und küßte sie auf beide Wangen. Dann ging sie aus dem Zimmer, den Vertrag an sich gepreßt, als sei er eine Eintrittskarte ins Paradies.

8

Rob Scott ging niedergeschlagen durchs Foyer. Ein paar Mitglieder des australischen Teams beugten sich über das Geländer der Bar im Mezzanin und zielten mit einem Sektkorken nach ihm. Der Korken flog vorbei, aber ein paar Tropfen spritzten ihm an den Kopf. »Komm rauf!« riefen sie ihm zu, doch Rob schüttelte lächelnd den Kopf. Er war nicht in der Stimmung zu feiern, er war auf der Suche nach Jenny. Schließlich fand er sie in der neueröffneten *Pizza-Höhle* des Hotels, und sie machte schon wieder eine Szene.

»Das nennen Sie eine Pizza?« schrie sie den Koch an, der von der Kellnerin geholt worden war.

Jennys Wutanfall rührte den Koch nicht im geringsten. Dieses mit Tomatensoße beschmierte, im Mikrowellenherd aufgewärmte Teigzeug würde er selber nie essen. Wenn es nach ihm ginge, würde er es nicht einmal kochen. Er befolgte lediglich seine Vorschriften, und die lauteten, Pizzas und Hot Dogs für die Westtouristen herzustellen. Er selbst war bekannt für seine *Sarma,* gut gewürztes, saftiges Hackfleisch in Weinblättern, und sein pikantes *Tufahija,* ein Apfel-Dessert, war einst sogar vom großen Tito persönlich gelobt worden, so daß er seinen Wechsel in dies sogenannte Hotel International, in dem er diesen Pizzafraß servieren und sich das Gemecker der verwöhnten Weiber aus dem Westen anhören mußte, zutiefst bedauerte. Aber schließlich mußte man leben – wie er seiner Frau jeden Abend aufs neue erzählte.

Sein nichtssagendes Gesicht regte Jenny nur noch mehr auf. »Auf eine Pizza gehören Käse und Sardellen!« tobte sie. »Und Oliven! Schon mal was von Oliven gehört? Versuchen Sie's noch mal, Herrgottnocheins!«

Rob fing den Teller, der über den Tisch geflogen kam, mit der Hand auf. »Was du brauchst, ist eine ordentliche

Mahlzeit, wie sie hier in der Gegend üblich ist – und«, fügte er hinzu, »eine Lektion in Benimm.«

Jenny setzte sich kerzengerade auf. »Was soll das denn, du Klugscheißer?« Dann lachte sie plötzlich auf.

Die Kellnerin knallte die Rechnung auf den Tisch und trug die Pizza weg.

»Die hat vielleicht Nerven ...« fing Jenny an, brach jedoch ab, als Rob die Rechnung aufnahm und unterschrieb.

»Das hättest du nicht tun dürfen«, widersprach sie. »Sie sollten ... sollten nicht so einfach davonkommen.« Vor lauter Wut fing sie an zu stottern.

»Nun laß schon, Jenny«, sagte Rob. »Sie hat umgerechnet genau zweiundvierzig amerikanische Cents gekostet. Deswegen mußt du doch nicht gleich das schwerste Geschütz auffahren, oder?«

»Mir geht's ums Prinzip!« behauptete sie trotzig.

»Von den Leuten hier kannst du kaum erwarten, daß sie Experten für Imbißfraß sind. Nun komm schon, ich lad' dich ein in die Altstadt. Hast du schon mal *Begona Corba* gegessen oder *Bamija?* Ich hab's gestern probiert, und du kannst mir glauben: Dafür laß ich jede Pizza stehen!«

Jenny sah auf und musterte diesen jungen Riesen mit kühlem Blick. Er sah ja ganz nett aus, aber danach konnte man nicht gehen. In letzter Zeit hatte er sich zur reinsten Plage entwickelt. Kein Wunder! Sie hätte Megan nicht erzählen sollen, wer sie wirklich war. Sobald es sich erst mal rumgesprochen hatte, daß sie die Vanguard-Erbin war, würden sie alle angeschleimt kommen. Nun ja, die Reue kommt zu spät, dachte sie trübsinnig, während sie laut sagte: »Nein. Und ich hab' auch keine Lust dazu.«

Rob fühlte sich entmutigt. Ihm fiel nichts ein, was er sonst noch zu diesem mageren, seltsam schönen Mädchen sagen könnte. Im Augenblick schürzte sie die Oberlippe, als wolle sie gleich zu schmollen anfangen. Sie war es offensichtlich gewöhnt, ihren Kopf durchzusetzen.

Ihre braunen Augen schienen ihn geradewegs durchbohren zu wollen.

»Geh'n wir erst mal«, sagte er und war nicht einmal sonderlich überrascht, als sie ihm widerspruchslos folgte.

Rob winkte ein Taxi herbei, und auf der Fahrt in die Altstadt dehnte sich das Schweigen zwischen ihnen.

»Du hängst ganz gerne den großen Macho raus, was?« sagte sie nach einer Weile.

Er drehte sich um und betrachtete sie kühl. »Nein«, sagte er. »Es geht um ganz was anderes. Ich fühle mit dir. Und frag mich bloß nicht, warum. Du bist so widerborstig, daß ich jedesmal, wenn ich mit dir rede, noch mehr Löcher kriege.« Am liebsten hätte er gesagt: Du bist so allein und so verzweifelt – aber schließlich wollte er sie nicht demütigen. »Ich weiß, daß du ein ganzes Päckchen Sorgen mit dir rumschleppst«, sagte er statt dessen. »Ich wünschte, ich könnte dir helfen. Und das ist auch schon alles – mehr ist nicht dran.«

In ihrem Gesicht war so deutlich zu lesen, als hätte sie die Worte laut ausgesprochen: Trau ihm nicht über den Weg! Rob wandte die Augen ab. Für heute hatte er genug von unfreundlichen Gesichtern. Zumal er gerade von diesem Gesicht eine ganz andere Vorstellung hatte – nämlich von der Jenny, deren bravouröser Abfahrtslauf schon beinahe Legende war. Als sie den Helm abgenommen hatte, war ihm ein kurzer Blick auf sie vergönnt gewesen – nicht auf das Bild der strahlenden, kecken Skiläuferin, das sie den Bruchteil einer Sekunde später der jubelnden Menge gezeigt hatte, sondern auf das kleine verängstigte, kummerbeladene Mädchen, das sie eigentlich war.

Genau in diesem Moment hatte er beschlossen, daß sie jemanden brauchte, der sich um sie kümmerte – und daß er selber genau der richtige Mann für diese Aufgabe war. Rob war ein enorm dickköpfiger Mensch, und wenn er sich erst einmal etwas vorgenommen hatte, ging er auch mit der nötigen Entschlossenheit ans Werk.

Es war ihm klar, daß Jenny geradezu ein Talent dafür hatte, sich bei allen Leuten unbeliebt zu machen, das sich nun auch gegen ihn wandte. Was ihn weit mehr wunderte, war, daß er sich unversehens in eine Lage gedrängt sah, die er nicht mehr im Griff hatte, in der er nicht mehr wußte, wie er das Problem angehen sollte. Er fühlte sich verwirrt und nervös und fragte sich, warum er das alles eigentlich so wichtig nahm.

Sie fuhren durch enge, gepflasterte Sträßchen mit verrammelten Marktbuden und durch verwinkelte Gassen mit jahrhundertealten orientalischen Bauten; aus jedem Restaurant plärrte türkische Musik, und in den Hauseingängen hingen dichte Trauben von Menschen, die für diese Kälte viel zu dünn gekleidet waren.

Jenny fühlte sich nicht sonderlich wohl, weil Rob noch immer ihren Arm hielt. Sie fragte sich, warum sie überhaupt mit ihm mitgegangen war. Nur weil sie Hunger hatte?

»Erzähl mir ein bißchen was von dir«, schlug er vor. »Von deinem Zuhause. Wieso hast du mit Megan Carroll einen Vertrag gemacht? Ich hätte angenommen, das sei so ungefähr das letzte, was du tätest.«

»Vor einem Monat noch hab' ich genauso gedacht«, antwortete sie und lachte unsicher. »Mutter bearbeitet mich, daß ich das Skilaufen aufgebe; sie hat mir sogar das Taschengeld gestrichen, deshalb bin ich vollkommen blank. Sie hat geschworen, mich zu enterben, wenn ich bei internationalen Wettbewerben mitmache. Denn wenn ich versage, ist das Vanguard-Image zum Teufel, weißt du – hab' ich Megan auch erklärt.«

Vanguard! Hing ihre Familie denn mit dem Douglas-Clan zusammen? Bestimmt nicht. Das arme Mädchen schien ziemlich konfus zu sein, doch aus all ihrem Geplapper konnte Rob Bitterkeit heraushören. »Vanguard sponsert ausschließlich Sieger – das weiß jedes Kind –, und wenn ich nicht gut genug bin, ist das mies fürs Image.

Noch schlimmer, weil ich ja sozusagen Vanguard bin ... du verstehst, was ich meine ... das heißt ... eigentlich bin ich's erst, wenn ich die Skiwettrennen an den Nagel hänge. Mutter kann es sich nicht leisten, mit mir ein Risiko einzugehen. Deshalb hab' ich mir auch das Pseudonym zugelegt. Richtig heiße ich Jacqui Douglas. Mutter weiß nicht mal, daß ich hier bin.«

Jacqui holte tief Luft und sah Rob an, auf dessen Gesicht sich blankes Entsetzen malte.

»Deine Mutter ist *die* Eleanor Douglas von Vanguard?« fragte er kummervoll. Er hatte gewußt, daß sie aus einem reichen Elternhaus stammte – aber doch nicht *so* reich! Einfach gräßlich!

»Das wußtest du nicht? Ja, Mutter gehört Vanguard – sie ist die Präsidentin. Niemand ist tüchtiger als sie – oder reicher. Megan hat dir doch bestimmt erzählt, daß ich Douglas heiße. Weshalb solltest du sonst wohl immer noch mit mir befreundet sein wollen?«

»Das glaubst du doch nicht wirklich?« fragte er erstaunt. »Aber, Jenny – das heißt, ich muß dich wohl Jacqui nennen, oder? Wenn du immer bloß denkst, jeder sei hinter deinem Geld her – wie, zum Teufel, willst du dann ein paar richtige, echte Freunde finden? Du bist ja das wandelnde Klischee vom armen kleinen reichen Mädchen! Meine Güte, du kannst einem ja leid tun!«

Sie sah ihn an. Sie hatte die seltsame Angewohnheit, die Augen dabei halb zu schließen und den Kopf schräg zu halten, wobei sie Rob jedesmal an einen neugierigen Vogel erinnerte. »*Ich* tue *dir* leid?« Sie lachte rauh. »Na, wenn das nicht komisch ist! Ich hab' doch einfach alles.«

Doch sie konnte erkennen, daß Rob es ernst meinte, und dadurch fühlte sie sich eigenartig beleidigt und verärgert.

Das Taxi hielt vor einem alten Gebäude im maurischen Stil. Auf dem Torbogen stand der Name *Daire*. »Wir sind da«, sagte Rob. Er schien ihre bösen Blicke gar nicht zu bemerken, bezahlte den Fahrer und führte Jacqui durch das türkische Gärtchen zum Eingang.

Daire war ein Kornspeicher aus dem fünfzehnten Jahrhundert, der aufs sorgfältigste restauriert worden war. Sie bekamen einen Tisch in der Nähe der Küche, und da sie ausländische Gäste waren, führte sie der Geschäftsführer voller Stolz durch das ganze Gebäude. Sie kamen durch ein Labyrinth von Zimmern, deren Wände gut und gern einen Meter dick waren. Mitten in der Küche befand sich eine offene Feuerstelle mit einer riesigen Kupferesse, und pflichtschuldigst bewunderten sie die Fenster in ihren schweren Rahmen, die Türen mit ihren gußeisernen Reliefbildern, die handgewobenen Teppiche und Kissen, bis sie endlich zeremoniell an ihren Tisch geleitet wurden und Platz nehmen durften. Der Ober, in grüner Samtweste und schwarzer Hose, stellte einen Krug mit hochprozentigem Sliwowitz vor sie auf den Tisch und riet ihnen, sich von oben bis unten durch die Speisekarte zu essen.

Jacqui schien seltsam blind für ihre Umgebung zu sein, und Rob war enttäuscht. Sie kippte zwei Gläser Sliwowitz und löffelte in ihrer *Begova-Corbar*-Suppe herum, während sie ihm von Mutters Villa in Cap Ferrat erzählte. Dann kaute sie auf ihrem *Skamplignje* herum, einer gut gewürzten Tintenfischspeise, während sie allen Ernstes berichtete, Mutters Umsatz im Jahr zweiundachtzig habe weit über hundertsechzig Millionen Dollar betragen. Danach stocherte sie in ihrem *Sogan Dolma* herum, einer türkischen Spezialität aus gehacktem Lammfleisch, Zwiebeln und Gewürzen, während sie unablässig Details aus Mutters sechsstöckiger Hauptniederlassung in Monaco verbreitete. Und die ganze Zeit über trank sie den süßen *Samotok*-Wein, als wäre er Wasser.

»Schön, soviel also zu Muttern«, sagte Rob, der mittlerweile gründlich verstimmt dreinsah. »Und was ist mit Vater? Hat er bei Vanguard nichts zu sagen?«

»Vater?« Sie sah ihn argwöhnisch an. »Das ist eine echt

rührselige Geschichte«, sagte sie. »Mutter hatte einen Liebhaber, und der ließ sie einfach sitzen. Das ist alles, was ich je über ihn rausgekriegt habe. Wozu auch? Ich brauch' ihn nicht«, sagte sie wegwerfend. »Außerdem ist er mir sowieso egal. Er muß ein richtiger Scheißkerl gewesen sein.«

Rob fing an, den Mut zu verlieren. Er fragte sich, ob er nicht einen großen Fehler begangen und das Mädchen, in das er sich verliebt hatte, vielleicht nur ein Traum war.

»Erstaunlich, daß du bei deinem aufregenden Leben in Monaco überhaupt Zeit zum Skilaufen findest«, sagte er. »Warum läufst du eigentlich?«

Jacqui nahm ihr Glas in die Hand und ließ den Wein darin kreisen. Während sie sprach, ließ sie das ständig wechselnde gelbe Muster auf dem weißen Tischtuch nicht aus den Augen. »Es ist immer schwer zu sagen, warum ...« Rob hatte den Eindruck, als hätte sie bereits Schwierigkeiten mit der Aussprache. »So viele Ebenen ... Im Innersten ... An der Oberfläche ... Verstehste?«

Rob nickte. Er war froh, daß sie ihr affektiertes Getue endlich sein ließ.

»Oberflächlich gesehen, lauf' ich Skirennen, weil mir Mutters Geld da oben auf dem Berg auch nicht helfen kann. Ich kann abstürzen oder sterben oder siegen – egal, was ich tu, ich tu's alleine. Mutters Macht und Mutters Geld – da oben sind die gar nix wert. Und dann lauf' ich einfach auch, um ich selber zu sein. Ich hab' diese entsetzliche Angst ...« Sie unterbrach sich und starrte Rob an, als wäre sie vollkommen verzweifelt. »Ich hab' diese entsetzliche Angst, ich könnte an meinem eigenen Leben vorbeileben. Mutters Tochter zu sein ist allein schon ein echter Vierzig-Stunden-Job – aber wo bleib' ich selber dabei?«

Sie saß eine Weile nur da und spielte mit ihrem Glas.

»Aber ich will nicht«, fuhr sie schließlich fort, »daß du einen falschen Eindruck kriegst wegen Mutter. Nicht, daß ich sie hasse oder so. Ich liebe sie sogar irgendwie. Es ist bloß, weil sie immer da ist, immer wie ein Schatten, der über einem hängt. Sie will einfach alles bestimmen. Manchmal könnt' ich senkrecht die Wände hoch. Sie schnüffelt mir sogar nach, wenn ich 'ne Verabredung hab'! Und das ist schon überhaupt nicht mehr lustig. Und außerdem ... Plötzlich preßte sie die Lippen zusammen, als sei sie entschlossen, kein einziges Wort mehr darüber zu verlieren.

»Und die anderen Ebenen?« half Rob ihr auf die Sprünge, nachdem sie ziemlich lange geschwiegen hatten.

»Na ja, ich möcht' halt Spitze sein – bei irgendwas – bei einer Sache, die ich ganz für mich hab', und Skilaufen ist nun mal zufällig das einzige, was ich wirklich gut kann. Also versuch' ich, immer besser zu werden, einfach so, aus keinem andern Grund.«

»Das Streben nach Vollkommenheit.«

»Genau!« Sie sah auf, plötzlich aufgeregt. »Du hast den Nagel auf den Kopf getroffen! Ich kann nicht so geschickt mit Worten umgehen.« Sie nahm ihr Glas auf, und Rob legte seine Hand auf die ihre.

»Langsam, Jacqui. Dir wird sonst schlecht.«

»Na und? Das Rennen ist gelaufen.« Sie schüttelte seine Hand ab und leerte ihr Glas.

»Aber es ist noch einiges mehr dran«, sagte sie, ein wenig geistesabwesend, als sei sie weit weg. »Die Freude an der Geschwindigkeit, natürlich, und diese tolle Einheit, die du spürst, wenn Körper und Geist zusammenarbeiten, und dann findest du irgendwann raus, daß es nicht nur an dir selber liegt, sondern auch am Schnee, an der Luft, die du atmest, an den Bäumen, den Wolken – alles kommt zusammen und wird irgendwie ein Teil von dir. Dann denkst du nicht mal mehr nach. Es ist, wie wenn du betäubt wärst. Und dann läufst du auch am besten.« Sie grinste unsicher. »Hast du das auch schon mal erlebt?«

»Ja, aber nicht so oft. Wenn's kommt, ist es prima.«

»Klar«, sagte sie. »Heute allerdings nicht. Heute mußte ich mich ganz schön auf diese verdammt schlechte Piste konzentrieren. Wo gehst du morgen hin?« fragte sie unvermittelt.

»Zurück nach Denver.«

Jacqui wirkte enttäuscht. »Ich dachte, ich bleib' noch übers Wochenende hier und seh' mich ein bißchen um.«

»Kann ich nicht«, sagte Rob voller Bedauern. »Ich hab' 'ne Fabrik in der Nähe von Denver, 'ne Skifabrik. Läuft schon ganz hübsch, aber so lange kann ich nicht wegbleiben. Schon mal von Scott-Skiern gehört?«

»Klar. Du fährst sie selber.«

Er fand es erstaunlich, daß sie das bemerkt hatte. »Handgefertigt für richtige Rennläufer! Wenn ich erst mal genug Lorbeeren eingeheimst habe und genug Geld für den Maschinenpark, fang' ich an, größere Stückzahlen zu produzieren.«

»Ich werd' Mutter sagen, sie soll vor dir auf der Hut sein.«

»Tu das«, sagte er, »aber es wird noch zehn Jahre dauern, bevor sie sich wirklich Sorgen machen muß.«

Rob hatte das Gefühl, einen Blick auf die echte Jacqui getan zu haben, doch jetzt wirkte sie wieder verkrampft, aggressiv und wütend. Sein Instinkt sagte ihm, daß es außer »Mutter« noch eine Menge anderer Probleme gab, die sich auf ihren Schultern türmten.

Der Kellner servierte ihnen *Baklava* mit süßer Marmelade, doch Jacqui starrte nur auf ihren Teller. »Mein Gott, ist mit schlecht! Können wir nicht gehen?« stöhnte sie.

»Du mußt an die frische Luft«, stellte Rob fest. Er rief nach der Rechnung, zahlte schnell und führte das Mädchen hinaus.

Urplötzlich seufzte sie, gab ein seltsam schluchzendes Geräusch von sich und spuckte die gesamte Mahlzeit über die Wurzeln der uralten Eiche, die die Terrasse überschattete.

Eigentlich hätte Rob sich ärgern sollen, aber sie tat ihm bloß leid. Ein paar kurze, kostbare Augenblicke lang hatte sie ihn an ihren Hoffnungen teilhaben, hatte ihn einen Blick in ihre Seele tun lassen, und er hatte ihre Einsamkeit gespürt. Nun, da sie mit schneeweißem Gesicht und trotz der Kälte schweißgetränktem Haar über dem türkischen Gärtchen hing, wirkte sie eher lächerlich.

»Das liegt nur an diesem gräßlich fetten Essen«, schluchzte sie.

»Nein, du hast einfach zu viel getrunken«, stellte Rob fest. »Aber streiten wir nicht. Ich bring' dich jetzt besser nach Hause.«

Bis sie am Hotel ankamen, war Jacqui bewußtlos. Rob bezahlte das Taxi und trug sie verlegen durchs Foyer.

Čana kam auf ihn zugeeilt.

»Lebensmittelvergiftung«, erklärte er. Er log nicht gut und fühlte sich auch nicht wohl dabei. »Können Sie um diese Nachtzeit noch einen Arzt auftreiben?«

»Ich lasse einen holen«, versprach Čana.

Rob trug Jacqui in ihr Zimmer und legte sie aufs Bett. Schon kurze Zeit später traf der Arzt ein, in Begleitung der Wirtschafterin, und Rob wartete vor der Tür. Als er wieder hineindurfte, lag Jacqui frischgewaschen in ihrem Schlafanzug im Bett und lächelte trübe zu ihm auf. Gleich darauf schloß sie die Augen und schlief wieder ein.

»Nervöse Anspannung!« sagte der Arzt. »Sie kann den Druck nach dem Rennen nicht aushalten. Also hat sie drei Beruhigungspillen genommen und zuviel getrunken. Morgen früh wird sie einen Kater haben, aber das ist auch schon alles.«

Er ging und nahm die Beschließerin mit, und Rob stand da und starrte auf Jacqui hinunter, die merkwürdig jungfräulich und lieb in ihrem Bett lag, das schwarze Haar in wirrer Fülle auf dem Kissen.

Er wollte gerade gehen, als Jacqui im Schlaf schrie und sich aufsetzte. Zwar machte sie die Augen auf und ihr Blick war voller Furcht, doch sie schien weder ganz bei sich zu sein noch zu wissen, wo sie sich befand.

»Hab keine Angst, es ist alles vorbei«, sagte Rob beruhigend. »Du hast bloß schlimm geträumt. Ist mir schon oft so gegangen.«

Er setzte sich auf den Bettrand und sprach weiter auf sie ein. »Einmal, in der Schweiz, bin ich in eine Lawine geraten. Es ging ganz fix, und ich war gleich wieder draußen. Ich hab' mir nicht viel dabei gedacht, aber als ich abends eingeschlafen war, träumte ich, ich sei lebendig begraben worden – und das ging so eine Woche lang, jede Nacht. Glaub mir, ich hatte Angst davor, abends ins Bett zu gehen.«

Sie lachte verlegen und erzählte ihm von der gräßlichen Piste, von ihren Befürchtungen schon vor dem Rennen, von ihrem Beinahe-Unfall, als sie ins Schleudern geriet und beinahe in den Fichten gelandet wäre, genau dort, wo der Wind die Sicherheitsnetze weggeblasen hatte. Sie erzählte ihm, wie dringend sie einen Sieg brauchte und wie sehr sie sich wünschte, die Beste zu sein. Dann schlief sie wieder ein, wachte aber gleich darauf wieder mit einem Ruck auf.

Am Ende nahm Rob sie in die Arme und hielt sie fest, während sie friedlich bis in den Morgen hinein schlief.

Wie er so auf sie herabsah, überkam Rob ein gänzlich neues Gefühl: Er war für sie verantwortlich. Sie war sein Mädchen, daher mußte er sie behüten und beschützen. Ihm wurde klar, daß er sie liebte und daß sie trotz aller Härte, die sie zur Schau stellte, seiner Liebe dringend bedurfte. Aber Vanguard und Mutter und das viele Geld waren natürlich Hindernisse, und im Augenblick erschienen sie ihm unüberwindlich. Wie konnte er von einem Mädchen wie Jacqui erwarten, sein Haus und seine Zukunft mit ihm zu teilen – auch wenn ihm bis zum heutigen

Abend beide gar nicht übel vorgekommen waren? Je mehr er darüber nachdachte, desto hoffnungsloser wollte ihm das Ganze erscheinen. Allerdings hatte Rob noch nie zu jenen gehört, die gleich die Flinte ins Korn werfen.

Er verließ Jacqui erst im Morgengrauen, und als er ging, lächelte sie im Schlaf. Unwillkürlich fragte er sich, wovon sie wohl gerade träumte und ob sie sich, wenn sie aufwachte, überhaupt noch an ihn erinnern würde.

9

Sarajewos erste Teilnahme am Weltcup war nicht der herausragende Erfolg geworden, den sich die Rennfunktionäre erhofft hatten: Zu wenig Schnee, nicht ausreichende Sturmsicherungen und zu allem Überfluß auch noch ständige, orkanartige Windböen, die allen das Leben schwer machten. An der Abfahrtspiste blieb kaum ein gutes Haar.

Doch all das vermochte die Erleichterung der Wettkampfteilnehmer, die nun Dampf abließen und über ihre Erfolge und Mißerfolge palaverten, in keiner Weise zu trüben. Es war Samstagabend, die Rennen waren gelaufen, die internationale Verbrüderung hatte eingesetzt, und das Hotel hallte wider von all den Partys, die hier und dort und überall sporadisch ausbrachen.

Viertel vor acht ließ sich ein leises Klopfen an Megans Zimmertür vernehmen. Als sie aufging, kam Nikola Petrowna hereingestürzt und schloß sie gleich wieder. Megan brachte sie umgehend ins Badezimmer. Nikola sah furchtbar aus, doch im Bad schlang sie die Arme um Megan und küßte sie auf beide Wangen. Dann umklammerte sie die Amerikanerin, als wäre sie am Ertrinken.

Megan machte sich vorsichtig wieder frei. Nikki sah sie mit weit aufgerissenen, vor Furcht glänzenden Augen an.

»Es wird schon alles gutgehen«, sagte Megan leise. Sie wollte lächeln, doch ihr Mund fühlte sich an, als käme sie gerade vom Zahnarzt. Und der Blick, mit dem Nikki sie anstarrte, war der einer kleinen Katholikin, die sich von der Madonna in der Dorfkirche sämtliche Wunder der Welt erhofft.

Es war einfach zu viel, dachte Megan, während sie Nikola hinter dem Duschvorhang aus Plastik verbarg und die Badezimmertür hinter sich schloß. Um sich selbst machte sie sich keine Sorgen – dafür um so mehr um die junge Russin. Was war, wenn sie geschnappt wurde? Was, wenn sie festgenommen und gar ins Gefängnis gesteckt wurde? Das waren die Ängste, die sie seit dem vorangegangenen Abend ununterbrochen quälten.

Sie sah auf ihre Uhr, wählte die Nummer der Bar und erinnerte den Kellner daran, daß sie für Punkt acht Uhr sechs Flaschen Sekt und drei Platten mit Appetithäppchen auf ihr Zimmer bestellt hatte.

Zehn vor acht kamen als erste vier Männer aus der britischen Fernseh-Crew und wünschten Megan alles Gute zum Geburtstag, wobei sie erstaunlich viel und laut lachten. Sie ließen die Tür offenstehen, und Punkt acht erschien Ian und brachte einen Freund mit. Er manövrierte Megan in eine ruhige Ecke und sagte leise: »Keine Sorge. Die Jungs haben alles prima im Griff, wie sie mir erzählt haben. Ich fahre mit ihnen nach Rom und fliege von dort aus weiter in die Schweiz. Ich seh' dich dann in London.«

Korken knallten, der Sekt floß in Strömen, und all das Geschrei und Gelächter verführte noch andere Mitglieder des britischen und des amerikanischen Teams, auf ein Gläschen hereinzukommen.

Michel tauchte auf und lud sich selber ein. Nach einer Weile probierte er vergeblich, die Tür zum Bad zu öffnen.

Wenn du Schwierigkeiten brauchen kannst, verlaß dich auf Michel, dachte Megan bitter. »Einer Freundin ist übel geworden«, erklärte sie. »Hat zuviel getrunken. Am besten benutzt du das Bad im nächsten Zimmer.« Dort wohnte einer der Kameraleute, und die Party war ohnehin schon auf sein Zimmer übergeschwappt.

Michel lächelte hochnäsig, und Megan fragte sich wieder einmal, wieviel er wohl von Nikolas Absichten wissen mochte. Hatte am Ende er den Zettel geschrieben?

Es dauerte nicht lang, und die Party artete zu einem Gelage aus. Halb neun rief Čana an und bat höflich, die Zimmertüren zu schließen und den Lärm ein wenig einzuschränken, doch Megan übertönte den Geräuschpegel noch und brüllte ins Telefon, sie habe schließlich Geburtstag und Čana sei herzlich eingeladen, raufzukommen und mitzufeiern, und im übrigen gingen sie ohnehin alle bald zum Abendessen aus.

Punkt neun klopfte Megan an die Badezimmertür und ging hinein, beladen mit Mantel, Hut und Stiefeln, die Nikola anzog. Diesmal unternahm sie keinen Versuch, Megan zu umarmen. Vielleicht hatte sie gespürt, daß Megan so etwas nicht lag.

Sie ist ohnehin viel zu sensibel, dachte Megan, während sie ihr die Hand schüttelte und viel Glück wünschte. Nikola sah besonders gut aus in ihren Sachen. Den Kragen des Nerzmantels hatte sie hochgestellt, die Stiefel an den Zehen mit Watte ausgestopft, den Hut aus Fuchspelz tief ins Gesicht gezogen. Ihr Haar war nun völlig versteckt, doch ihre milchweißen Wangen waren deutlich sichtbar. Ob sie wohl auffielen, fragte Megan sich. Nikola würde rundum von lärmenden Männern umgeben sein. Wer würde sie sich schon genau ansehen? Doch immerhin pflegten um diese Zeit die Oberbonzen des russischen Teams im Foyer herumzuhängen, ihren Wodka zu schlucken und jedermann mit kalten, mißgünstigen Blicken zu beäugen.

Megan griff nach Grundierungscreme und Watte und rieb damit Nikolas Wangen. »So! Das ist schon besser. Wir sehen uns dann in London«, sagte sie. »Nochmal viel Glück!« Und dann, vermutlich aus lauter Angst um das

Mädchen, streckte sie die Arme aus und umarmte sie doch noch. »Es wird schon gutgehen«, hörte sie sich mit seltsam hoher Stimme sagen.

»Beeil dich, Megan, sonst kommen wir zu spät!« hörte sie Ians Stimme. Er klang ausgelassen und beschwipst, war aber natürlich keins von beiden. Nikola zitterte heftig, als sie das Badezimmer verließ.

Das Licht ging aus, und die Tür fiel zu. Ihre Schritte und ihr Gelächter waren den ganzen Flur entlang und bis hinunter ins Foyer zu hören. Dann drang der Widerhall ihrer Stimmen zu Megan hinauf, als sie die Marmorhalle zum Haupteingang durchquerten.

Megan öffnete das Fenster, und die Kälte traf sie wie ein Schock. Angestrengt äugte sie durch den Schnee, hörte die Gruppe um die einzelnen Sitzplätze in den beiden Wagen debattieren und sah Nikola in Ians Wagen steigen. Zwei weitere Männer setzten sich in den Fond, alle anderen quetschten sich in den Fernseh-Lieferwagen. Nun ja, dachte sie, sie konnten ja die Plätze tauschen, sobald sie aus der Stadt raus waren. Sekunden später waren sie schon fort und außer Sicht, nur Tito starrte ihr anklagend ins Gesicht.

Megan schloß das Fenster. Sie legte ihre Hände auf den Heizkörper, doch der war wieder einmal nur lauwarm, und als sie das Licht anknipste, war auch das nur trübe. Energiesparmaßnahmen! Sie saß eine ganze Weile lang mit übereinandergeschlagenen Beinen auf dem Bett, doch das Zittern wollte und wollte nicht aufhören.

Plötzlich überfiel sie die Sehnsucht nach ihrem Zuhause. Sie tröstete sich damit, daß sie ohnehin den ersten Flug am folgenden Morgen gebucht hatte, doch wenn ihre Sachen nicht zurückgebracht wurden – worin sollte sie dann wohl fliegen?

Sie hatte Hunger, doch die Platten waren beinahe ratzekahl gegessen. Alles, was sie noch fand, waren zwei Oliven und ein Cracker. Sie schmeckten schal, trotzdem aß

Megan sie auf und sehnte sich dabei in Gedanken nach einer Tasse heißer Suppe. Sollte sie sich ein Glas Sekt gönnen? Lieber nicht, entschied sie, sie machte sich ohnehin nicht viel aus dem Zeug. In der Küche konnte sie wohl kaum etwas bestellen, wenn gemeinhin angenommen wurde, sie sei zum Abendessen ausgegangen. Plötzlich ertönte ein leises Klopfen. Auf Zehenspitzen schlich Megan ins Badezimmer und riegelte sich ein.

Sie hörte, wie ihre Schlafzimmertür aufgeschlossen wurde, und einen Augenblick lang stand sie stocksteif vor Angst. Doch dann drangen die unmißverständlichen Geräusche von Gläsern und Platten an ihr Ohr. Es war also nur der Kellner, der zum Aufräumen gekommen war. Hinter ihm fiel die Tür wieder ins Schloß, und Megan wartete noch weitere fünf Minuten in dem eiskalten Badezimmer, bevor sie sich wieder hinauswagte.

Jemand hatte ihren Mantel aufs Bett geworfen. Daneben lagen Hut und Sonnenbrille, die Stiefel standen auf dem Boden.

Das war's! Megan wunderte sich über Nikola Petrownas seltsame Komplizen, die Briefchen zustellten, Tabletts und Gläser aufräumten und eine Flucht in den Westen organisierten. Das Gefühl, die Situation alles andere als im Griff zu haben, wurde allmählich übermächtig. Megan kam sich vor wie eine Marionette in einem finsteren Drama, bewegt von den Händen eines geheimnisvollen Unbekannten.

10

Megan erwachte vom Lärm eiliger Schritte und zorniger Stimmen, die durch das Hotelfoyer hallten. Russische Stimmen! Dann hörte sie eine Sirene, leise noch und weit entfernt, aber sie kam immer näher. Nikola fiel ihr ein und die Verzweiflung, die in ihren grünen Augen gelegen hatte, und mit einemmal war Megan hellwach.

Sie griff nach ihrem Morgenmantel und hastete zum Fenster. Die Heizung war natürlich wieder nur lauwarm. Ungeduldig schob sie die Jalousien beiseite, hauchte gegen die Fensterscheibe und rieb heftig mit den Knöcheln daran, bis sie ein Guckloch freigelegt hatte. Draußen jedoch war nichts als Schnee zu sehen, aber es war so viel gefallen, daß selbst Titos Porträt kaum zu erkennen war.

Sicher war es gescheiter, das Frühstück ausfallen zu lassen und sofort abzureisen. Auf dem Weg zum Flughafen, überlegte Megan, während sie hastig ihre Sachen packte, konnte sie noch einen kurzen Besuch im Krankenhaus machen. Schon eine Viertelstunde später stand sie an der Hotelrezeption und bezahlte ihre Rechnung. Im Foyer türmten sich überall Taschen und Skier. Es sah so aus, als würden die meisten Teams heute abreisen.

Als Megan am Flughafen eintraf, kam sie eben noch fünf Minuten vor der Zeit. Der Besuch bei Conrad hatte sie traurig gestimmt. Er war ihr wehmütig und einsam vorgekommen, doch in zehn Tagen schon sollte er nach Hause geflogen werden.

In der Flughafencafeteria gab es keine Stühle. Megan lehnte sich an die Theke und goß widerwillig den bitteren schwarzen Kaffee in sich hinein. Zu essen gab es nichts außer altbackenen Brötchen, und die wollte sie nicht. Trübsinnig starrte sie durch die Fenster auf die glatte, gesichtslose Ebene bis hin zum weit entfernten Igman. Verzweifelt versuchte sie, das Bild der wilden, wunderbaren Wälder mit ihren Wolfs- und Bärenfährten heraufzubeschwören, die Freude und Heiterkeit, die dort geherrscht hatten, doch die Atmosphäre alles durchdringender Schwermut bemächtigte sich bald auch ihres Gemüts. Sie schauderte und beschloß, doch eins der trockenen Brötchen zu essen.

Erst in diesem Moment fiel ihr der Mann mit der Zeitung auf. Er hatte schon eine ganze Weile lesend neben ihr gestanden, und seine Zeitung hatte gut die Hälfte der schmalen Theke bedeckt, doch als sie sich nun, Teller und Tasse in den Händen, ein Plätzchen neben dem Kiosk suchte, folgte er ihr und warf seine noch immer offene Zeitung einfach neben sie. Sie sah nervös auf ihre Uhr. Es war Zeit für den Abflug; weshalb also wurden die Passagiere nicht aufgefordert, sich zu den Ausgängen zu begeben? Im gleichen Moment knisterte es im Lautsprecher, und eine Stimme verkündete Unverständliches in Serbokroatisch. Erbittert starrte Megan auf die Abflugtafel: Ihr Flug war um eine halbe Stunde verschoben worden.

»Verflixt noch mal!« schimpfte sie vor sich hin. Na schön, dachte sie, aufs Klo kann er mir ja nicht gut nachgehen. Zwar hatte sie gelernt, öffentliche Toiletten in Jugoslawien zu meiden, doch heute trieb sie sich eine geschlagene Viertelstunde darin herum, bevor sie sich wieder hinauswagte. Und da stand der Kerl doch prompt wieder, diesmal ohne seine Zeitung.

Er lächelte leicht und sah ihr direkt ins Gesicht. Er hatte einen seltsam wissenden Blick, der der Situation eine gewisse Intimität zu verleihen schien. »Scheren Sie sich fort!« sagte sie, doch er glotzte sie nur an. Megan floh in die Cafeteria und rührte hilflos in ihrem zweiten trüben Kaffee herum, den sie eigentlich gar nicht wollte. Sie versuchte, nicht in Panik zu geraten, doch als ihr Abflug dann noch ein zweites Mal verschoben wurde, ließ sich ihre Nervosität kaum noch unterdrücken.

Eine Viertelstunde später sah Megan zwei Polizisten in ihren grauen Uniformen mit der Goldborte die breite Treppenflucht heraufgeeilt kommen, im Kielwasser eines Zivilisten, der offensichtlich das Sagen hatte. Ihr Bewacher baute sich hinter ihr auf, als wolle er ihr den Fluchtweg abschneiden. Glaubte dieser Trottel wirklich, sie könne fliehen? Und wohin wohl?

»Miss Carroll?«

Der Mann, der sie angesprochen hatte, war kleiner als sie, aber breit und kräftig gebaut. Ihr erster Eindruck war, daß er seine besten Tage schon hinter sich hatte, denn sein Haar war grau und zeigte den Ansatz einer Glatze. Auf seiner schlaffen, braunen Haut fanden sich mehrere Warzen, und die Reihe seiner Zähne, zusammengehalten von der undurchsichtigen Kunst eines Zahnklempners, wies an jeder Kante ein dünnes Goldbändchen auf. Sein Hals war dürr, Mund und Nase hingegen waren übergroß, doch aus seinen Augen strahlte eine Intelligenz, die seinem Gesicht eine gewisse Vornehmheit verlieh. »Würden Sie mir bitte hier entlang folgen, Miss Carroll?« Er führte eine komische kleine Verbeugung aus.

»Was, zum Kuckuck ... das geht nicht ... ich warte auf meinen Flug«, stammelte sie, durch seine unerwartete Höflichkeit aus der Fassung gebracht.

»Der Flug wurde des Nebels und des Schnees wegen verschoben. Das kommt hier mindestens dreimal pro Woche vor.« Er seufzte pathetisch und spreizte beide Hände. »Sie haben also eine Menge Zeit – totzuschlagen? Heißt das nicht so bei Ihnen im Westen? Ja? Also – wir werden diese Zeit gemeinsam totschlagen.«

Er drehte sich um und ging voraus. Da Megan zögerte, rückten ihr die beiden Uniformierten bedrohlich näher. Es war wohl besser, sie folgte ihm. Während sie durch die Halle ging, war sie sich der wütenden Blicke der anderen Fluggäste nur allzu deutlich bewußt; sie schienen ihr die Schuld an der Verschiebung des Fluges, an der Kälte und an allen anderen Unannehmlichkeiten zu geben.

Das Zimmer, in das Megan geführt wurde, sah aus wie ein Aufenthaltsraum für VIPs. Die beiden Polizisten wurden hinausgeschickt, und Megan setzte sich, wie gebeten, an den Tisch. Sie faltete die Hände im Schoß. Ob dies wohl der richtige Zeitpunkt war, nach dem amerikanischen Konsul zu fragen? Oder sollte sie einfach auf ihren zurechtgelegten Lügen beharren?

»Erlauben Sie mir, daß ich mich selbst vorstelle«, sagte er mit einer ruhigen Stimme, wenngleich Megan ahnte, daß sein gelassenes Gehabe sich unvermittelt in einen Zornausbruch verwandeln konnte. »Ich bin Zoran Banski, Leiter der Sicherheitspolizei im Distrikt Sarajewo, ein grandioser Titel, wie? Aber kein ebenso grandioses Einkommen, wie Sie sehen.« Er zuckte mit den Schultern und deutete geringschätzig auf seinen schäbigen Anzug. »Wir sind eine arme Nation, meine Liebe. Es ist hier ganz und gar nicht wie in Amerika. Immerhin gestattet mir mein gehobener Rang gewisse Privilegien, wozu auch ein guter Kaffee aus der Staatskantine gehört. Er wird gleich gebracht.«

»Was wollen Sie ...« setzte Megan aggressiv an.

Er unterbrach sie. »Nur eine Auskunft! Und ich versichere Ihnen, Miss Carroll, daß Sie abfliegen können, sobald es das Wetter erlaubt. Sie haben nichts zu befürchten.« Er sprach eigenartig geschraubt, was Megan ziemlich verwirrend fand. Dann fiel ihr auf, daß er immer dann zögerte, wenn er in seinem Gedächtnis nach dem richtigen englischen Wort suchte.

»Es ist für alle betroffenen Seiten höchst wichtig, daß ich die russischen Behörden davon überzeugen kann, daß Miss Petrowna das Land auf eigenen Wunsch verlassen hat«, sagte er in seiner zögerlichen Art. »Sie – die Russen – behaupten steif und fest, sie sei gekidnappt worden. Wenn Sie uns also irgendeine freiwillige Versicherung geben könnten – nur, daß Miss Petrowna Sie um einen Vertrag gebeten hat und um irgendeine Art finanzieller Absicherung im Westen. Sie sind doch Ihre Agentin, nicht wahr?«

Das Schweigen dehnte sich endlos, doch Megan gab keine Antwort. »Haben Sie einen Vertrag mit ihr gemacht, so wie mit den vielen anderen Siegern in Sarajewo?«

Megan sah starr auf ihre Hände. Schließlich blickte sie auf und sagte: »Nein.«

In diesem Moment wurde der Kaffee gebracht, und Banski machte unnötig viel Getue, als er einschenkte. Megan fragte sich, ob sie ihm nicht doch die Wahrheit sagen sollte. Sie fühlte sich zu diesem merkwürdigen kleinen Mann seltsam hingezogen. Und inzwischen war Nikola Petrowna gewiß längst außer Landes! Aber was, wenn sie sie an der Grenze geschnappt hatten? Schweigen war wohl die beste Strategie, entschied Megan, auf jeden Fall für Nikola.

Sie setzte eine ernste, verwirrte Miene auf und starrte Banski ins Gesicht. »Mir reicht's jetzt«, sagte sie. »Was, zum Teufel, ist hier eigentlich los?«

Banski sah sie lange an. Sein Blick war voller Melancholie, als beklage er damit die Unaufrichtigkeit der heutigen Jugend generell, insbesondere aber die Megans.

Draußen vor der Tür gab es urplötzlich Tumult: laute, im Zorn erhobene Stimmen. Megan erkannte die Stimme Michels. Einer der Polizisten öffnete die Tür und sprach leise mit Banski.

»Es hat den Anschein, als käme Ihnen ein Freund zu Hilfe«, sagte Banski zu ihr. »Er behauptet, er sei ein wichtiger Journalist, und wir sollten besser vorsichtig sein. Er ist ziemlich überzeugend, Ihr Freund.« Er lächelte leicht. »Ich denke, wir bitten ihn herein.«

Michels hübsches Gesicht war das Beste, was sie an diesem Vormittag zu Gesicht bekommen hatte. »Man kann dich doch einfach nicht aus den Augen lassen«, sagte er. Er schob den Arm des Polizisten, der ihn zurückhalten wollte, beiseite, schlenderte in den Raum und baute sich hinter Megan auf. Er legte ihr die Hände auf die Schultern und sprach lange und ernsthaft auf Banski ein, natürlich auf serbokroatisch. Dann setzte er sich, und Banski goß ihm eine Tasse Kaffee ein. Ich wünschte, sie sprächen Englisch, dachte Megan. Aber es war wohl klüger, den Mund zu halten.

Schließlich wandte sich Banski wieder an Megan. »Ihr

Freund hat mich davon überzeugt, daß Sie nichts von dieser Geschichte wissen.« Banski sah sorgenvoll drein, und Megan fühlte Mitleid für ihn aufsteigen.

Dafür, daß er mich hier rausholt, will Michel garantiert eine Exklusivstory von mir, dachte Megan undankbar, als Banski sie aus dem Aufenthaltsraum geleitete.

»Du brauchst wirklich einen Aufpasser«, sagte Michel. »Ich bewerbe mich um den Job – jedenfalls vorübergehend.«

Sie sah überrascht zu ihm auf und erwischte ihn in einem Moment der Unwachsamkeit: Er sah freundlich aus, und das war so ungefähr das letzte, was sie von ihm erwartet hatte.

Ihr Flug wurde über Lautsprecher angekündigt. »Vielen Dank auch, Michel«, sagte sie linkisch. »Wir sehen uns sicher noch.«

»Ich fliege bis Belgrad mit«, erklärte er. »Welchen Flug mußt du dort kriegen?«

»British Airways.« Megan warf einen entsetzten Blick auf ihre Uhr. Es war schon fast Mittag! »Mein Flug geht um fünfzehn Uhr. Glaubst du, wir schaffen das noch?«

Er grinste breit. »Soviel Verspätung kriegt nicht einmal ein jugoslawisches Flugzeug zusammen.«

Sie lächelte ihn dankbar an. Hinter all seinem weltmännischen Gehabe steckt doch ein netter Kerl, dachte sie. Aber verschlagen! Sie kam immer mehr zu der Überzeugung, daß sie letzten Endes ihm ihre Verwicklung in diese Fluchtgeschichte zu verdanken hatte.

»Megan, ich hab's versucht, dich zu warnen …«, sagte er. »Es gibt hier in Jugoslawien auch eine Menge Leute, die pro-russisch eingestellt sind, und die, meine Liebe, hast du nachhaltig verärgert. Ich werde also jetzt einfach um dich herumscharwenzeln und ein Auge auf dich haben.«

»Und mich aushorchen«, stieß sie aggressiv aus.

Er überhörte diese Bemerkung. »Spielst du Schach?«

Er klopfte auf seine Manteltasche und zog ein Mini-Spiel ein Stück weit heraus.

Sie nickte.

»Fein. Dann wissen wir ja, womit wir uns die Zeit vertreiben können.«

Über Ausgang 7 blinkte das Licht, und die Menschen stauten sich vor dem Durchgang. Geöffnet wurde von einer Frau in grauer Uniform, die sich benahm wie eine Gefängniswärterin und auch so aussah. Die Fluggäste passierten sie schweigend, kehrten ihre Taschen nach außen und warfen ihre Dinare auf ein Tablett. Ein paar wurden in eine Kabine mit Vorhang geführt und dort durchsucht, doch Megan gehörte nicht zu ihnen. Danach wurden sie in einen Warteraum gescheucht, wo sie zwanzig Minuten lang herumstanden. Niemand sprach auch nur ein Wort, und die gedrückte Stimmung, zu der auch das Wetter seinen Beitrag leistete, lastete schwer auf ihnen. Danach wurden sie in einen zweiten Warteraum beordert, und die Prozedur wiederholte sich.

Endlich durften sie in den Durchgang, und Megan geriet mitten in die Menge, die sich nervös und langsam, aber unaufhaltsam vorwärts schob. Eine weitere Wärterin prüfte ihr Ticket, wozu sie sich außerordentlich viel Zeit ließ, und eine dritte heftete ihr einen großen Zettel an, auf dem handschriftlich *G 29* vermerkt war. Megan wurde weitergeschoben. Michel würde ein paar Reihen hinter ihr sitzen. Was für ein glücklicher Zufall, dachte sie. Sie spielte ziemlich schlecht Schach.

Dann wurden sie in den Schneesturm hinausgetrieben wie eine Herde dummer Schafe, und wie die Schafe drängten sie sich auch aneinander, während die ersten Fluggäste langsam und einzeln die Kabine besteigen durften. Es gab nur eine offene Tür und nur eine Gangway gleich hinter dem Cockpit. Schnee sammelte sich auf Köpfen und Schultern, und Megan fing an zu resignieren.

Endlich war der unbequeme Flug vorüber, und am Ende der Gangway wartete Michel auf sie. Sie suchten ihr Gepäck zusammen, spielten Schach, aßen belegte Brötchen und tranken schwarzen Kaffee. Michel schien es nicht eilig zu haben, Megan ins Kreuzverhör zu nehmen.

Schließlich sagte sie: »Vielen Dank für deinen Beistand. Ich hab' dich offenbar falsch eingeschätzt.«

Er bedachte sie mit einem langen, harten Blick, dann lachte er kurz auf. »Du spielst nicht sonderlich gut Schach, was?« sagte er und nahm ihr einen Läufer weg.

»Ich kann mich einfach nicht konzentrieren.« Sie errötete und gab zu: »Nein, ich bin nicht sonderlich gut, aber heute spiele ich noch schlechter als sonst. Glaubst du, es ist alles gutgegangen?« fügte sie zögernd hinzu.

Er streckte die Hand aus und drückte ihren Arm. »Die Jugoslawen haben nicht die Absicht, Nikolas Flucht zu verhindern. Die meisten Leute hier mögen die Russen nicht. Banski will sich bloß Ärger ersparen. Eine Entführung, die sich sozusagen vor seiner eigenen Nase abspielt, kann er nicht gut gebrauchen. Und darauf, daß sich die westlichen Geheimdienste auf seinem Territorium herumtreiben, ist er auch nicht eben erpicht.«

»Wieso die westlichen Geheimdienste? Was meinst du damit? Nikki ist doch bloß ein junges Mädchen, das da rauswollte«, widersprach sie. »Also haben wir ihr geholfen.«

Sekundenlang forschten seine klugen Augen in ihrem Gesicht. Dann lachte er auf. »Glaub mir, Megan, du bist bloß die Zierkirsche, die diese Geschichte dem Publikum schmackhaft machen soll.«

Sie sah ihn an und lächelte. »Ich glaube nicht, daß du recht hast«, sagte sie. »Aber du hast mich aus Sarajewo rausgebracht, und dafür danke ich dir.«

Michel lehnte sich zurück und bedachte sie mit einem merkwürdigen Blick. »Reden wir von was anderem«, schlug er vor. Er sah auf seine Uhr. Noch eine halbe

Stunde zu warten. »Ich werde dir ein bißchen was über Jugoslawien erzählen.« Er schwieg und konzentrierte sich erst einmal auf das Schachbrett. Nach wenigen Minuten machte er einen Zug mit seiner Dame. »Schach«, sagte er. »Jugoslawien ist ein sehr armes Land, arm an Geld, arm an Begabungen, arm an Macht. Und es ist ein ganz neues Land, ein ganzes Sammelsurium unterschiedlichster ethnischer Gruppen, die Tito zu einer Einheit zusammengeschweißt hat. Außerdem beschloß er in seiner Weisheit, daß das Land eine Politik der Mitte zu betreiben hätte. – Schachmatt!« Er grinste, als sie erstaunt zusah, wie er ihren König vom Brett nahm.

»Ich konnte mich überhaupt nicht konzentrieren«, sagte sie. »Irgendwann werd' ich mich revanchieren.«

»Jederzeit.« Er steckte die Schachfiguren in sein Taschenetui zurück. Jede hatte ihren eigenen Platz und erforderte seine Aufmerksamkeit.

»Tito war es auch, der erfolgreich alle pro-russischen Elemente aus den einflußreichen Positionen verdrängte. Zoran Banski zum Beispiel hat die Aufgabe, dieses Werk in Sarajewo fortzuführen – das heißt, sicherzustellen, daß nur patriotische, blockfreie Jugoslawen in einflußreiche Positionen gelangen. Kein Wunder, daß der arme Kerl Magengeschwüre hat. Hat er dir davon erzählt?«

»Nein«, sagte Megan verdrießlich. »Ich wußte nicht einmal, daß du ihn so gut kennst.«

»Früher hab' ich ihn sogar sehr gut gekannt«, sagte Michel. »Er ist nämlich mein Lieblingsonkel. Das Ergebnis dieser hochgeschätzten Blockfreiheit«, fuhr er ohne die geringste Änderung in seinem Tonfall fort, »ist jedenfalls Armut. Den Jugoslawen bleibt nichts anderes übrig, als sich ganz, ganz sachte dem Westen zuzuwenden. Denn wir sind auf eure Dollars und eure Pfund Sterling angewiesen. Deswegen haben wir uns auch so eifrig um die Austragung der Winterspiele bemüht. Wir hegen die Hoffnung, eine der Spielwiesen für Westtouristen zu werden. Da kennen wir keinen falschen Stolz.«

Megan fragte sich, weshalb Michel es für nötig hielt, sich bei ihr für die Armut seines Landes zu entschuldigen. Sollte er tatsächlich noch nach zehn Jahren im Westen ihre seltsame Einstellung teilen?

»Derzeit probieren sie etwas ganz Neues und überaus Wagemutiges aus: Privatunternehmen! Natürlich nur im kleinsten Rahmen, denn sie müssen sehr vorsichtig sein. Also sind nur Ein-Mann-Betriebe erlaubt, ein Neonschild, die bescheidensten Erwartungen. Sie können es sich nicht leisten, den russischen Bären zu reizen, der ihnen ohnehin ständig im Nacken sitzt.« Michel seufzte. »Aus diesem Grunde wollten sie auch nicht so tun, als hätten sie weggeguckt, als Nikolas Flucht geplant wurde. Sie müssen wirklich vorsichtig sein. Deshalb hat sich mein Onkel um deine Unterstützung bemüht.«

»Meine Unterstützung?« Doch genau in diesem Moment wurde ihr Flug aufgerufen.

Als die British-Airways-Maschine die Startbahn entlangrollte, glaubte Megan, Erleichterung aus allen Poren zu schwitzen. Die Verwöhnung, die man den Passagieren erster Klasse angedeihen ließ, war der reinste Balsam für ihre wunde Seele. Hübsche Stewardessen verteilten Zeitungen, und ihr Lächeln und ihre Höflichkeit versprachen ununterbrochene Aufmerksamkeit und einen angenehmen Flug.

Als die Maschine sich vom Rollfeld löste, war Megan, als ob ein Alptraum von ihrer Seele wiche. Weit unten tauchten die Berge und Wälder Jugoslawiens auf, die wild und unzugänglich und ungezähmt wirkten. Sie bestellte sich einen Scotch mit Eis und klammerte sich beinahe an das Glas, während sie nachdenklich in die Tiefe starrte. Zweimal murmelte sie »Gott sei Dank!« vor sich hin, hätte jedoch nicht einmal zu sagen gewußt, warum sie das tat. Es hatte wohl etwas mit der Fügsamkeit des menschlichen Geistes zu tun, den der Mensch selber gestalten und formen konnte, ob nun zum Guten oder zum Bösen hin, für den Frieden oder für den Krieg, für Freiheit oder Sklaverei – nicht anders, als der Mensch sich die Felder und Wälder und Städte formte und gestaltete. Der Gedanke ließ sie nicht los, daß auch sie dazugehören könnte, dort unten, in billigen Kattun gekleidet, die gefrorene Erde mit der Hacke bearbeitend, des Nachts ihr Unterkommen in irgendeiner Schäferhütte an einem der Berghänge suchend ... Und dann?

Megan ließ ihr beinahe geleertes Glas kreisen, so daß die Eisstückchen klingend aneinanderstießen. Prompt erschien eine Stewardeß und fragte, ob sie das gleiche noch mal haben wollte. Megan sagte ja und lächelte glücklich vor sich hin. Sie blickte durchs Fenster und sah, daß die Welt sich verändert hatte: Da unten gab es wieder Straßen und deutlich abgegrenzte Felder und Dämme und saubere Städtchen. Lichter blinkten im Dunst der aufsteigenden Dämmerung. Sie war wieder im Westen.

11

Es war halb acht Uhr morgens und noch immer dunkel, als Megan nach wenigen Stunden unruhigen Schlafs ihr Büro am Belgrave Square betrat. Sie knipste das Licht an, und während sie sich umsah, spürte sie, wie die Ruhe in sie zurückströmte. Die weiträumige Büroetage war vollkommen funktional gestaltet – gefliester Boden mit Fußbodenheizung, drei Arbeitsplätze und dahinter ihr eigenes, abgeschlossenes Büro. Alles war modern, schlicht und effizient, und an den Wänden hingen große Fotografien siegreicher Klienten – noch nicht sonderlich viele, doch die Hängefläche war eindeutig auf Zuwachs berechnet.

Auch sonst kam Megan immer sehr früh ins Büro. Auf diese Weise konnte sie in Ruhe die Sportnachrichten und Agenturmeldungen studieren und vertrauliche Telexe abheften. Und in den Tagen ihrer Abwesenheit dürfte sich natürlich so einiges angesammelt haben. Doch sie konnte sich nicht so recht darauf konzentrieren. Ihre Eindrücke aus Sarajewo waren noch zu frisch.

Wo mochte Nikola jetzt sein? Hatte sie es geschafft? Oder war sie doch festgenommen und womöglich ins Gefängnis geworfen worden? Oder hatten, schlimmer noch, die Briten sie gar nach Rußland zurückgeschickt, wo sie nun die Suppe alleine auslöffeln mußte? Ach nein, versicherte sich Megan unentwegt selber, es muß alles in Ordnung sein! So etwas Schlimmes passiert nicht – jedenfalls nicht Leuten, die man kennt.

Am meisten beschäftigte Megan ihre eigene Rolle bei Nikkis Flucht. Sie hätte es besser machen können. Sie hätte sie zumindest begleiten oder selber ein Auto mieten und sie aus dem Land bringen sollen, oder? Ach, wenn sie doch nur endlich erführe, wo Nikki war!

Meistens tröstete sie sich dann selbst: Jeden Moment konnte Nikki nun auftauchen! Und dieser Gedanke führte automatisch zu den Garantien, die sie ihr gegeben hatte. War sie denn von allen guten Geistern verlassen gewesen? Eine Wohnung, ein regelmäßiges Einkommen – zugegeben, letzteres war nur gering, aber dazu kamen schließlich noch die Kosten fürs Training, für Reisen, Kleidung undundund ... Wenn sie erst einmal anfing, nahm die Aufzählung kein Ende!

Aber eigentlich war es absurd, sich solche Gedanken zu machen; denn selbstverständlich würde sie einen Sponsor für Nikola finden. Und wenn das Mädchen sich ein Bein brach? Nun ja, im Notfall konnte sie immer noch auf Vanguard zurückgreifen – doch dabei fiel ihr sofort das nächste ungelöste Problem ein: Jacqui!

Sie hätte den Vertrag sofort rückgängig machen sollen,

als sie Jacquis richtigen Namen herausfand! Warum hatte sie das bloß nicht getan? Einfach, weil sie das Drama gespürt hatte, das sich hinter dem arroganten Benehmen des jungen Mädchens verbarg. Es hatte ihr leid getan. Und nun saß sie in der Falle, mit den besten Aussichten, nie wieder rauszukommen! Denn wenn sie Jacqui bei einer Konkurrenzfirma unterbrachte, würde Eleanor Douglas ohne jeden Zweifel sofort sämtliche Verträge mit ISA-Klienten lösen. Und dann konnte die Londoner Niederlassung gleich dichtmachen!

Andererseits würde Eleanor Douglas ihre Tochter niemals selber sponsern. »Meine Güte, meine Güte«, brummelte Megan. Es war ja ganz gut und schön, anderen helfen zu wollen, doch wenn man keinen Erfolg garantieren konnte, war es von vornherein witzlos. Jacqui unter Vertrag zu nehmen und sich gleichzeitig ihre Mutter zur Feindin zu machen dürfte zudem alle Chancen zunichte machen, für Conrad, der immer noch in Sarajewo im Krankenhaus lag, doch noch eine Entschädigung zu erwirken.

Sie riß sich aus ihren trüben Gedanken. Das wird ja allmählich krankhaft bei dir, dachte sie. *So* schlimm ist das schließlich alles gar nicht! Gut allerdings auch nicht, und ich hätte es, weiß Gott, besser wissen können. Immerhin hatte ich eine gute Schulung. Wenn man's genau nimmt, sogar die beste, die's gibt.

Sie war einundzwanzig gewesen, als sie John Oberholtzer, ihren jetzigen Chef, bei den Skirennen in Denver kennengelernt hatte. Sie hatte gerade den Riesenslalom der Damen gewonnen, und kurze Zeit später fand sie sich plötzlich neben John an der Hotelbar. Ihr war klar, daß sie absichtlich dorthin manövriert worden war und daß John mit ihr reden wollte. Er will mich unter Vertrag nehmen, dachte sie glücklich.

»Es gefällt mir, wie du läufst«, hatte er das Gespräch eröffnet. »Die Art, wie ein Mensch Ski läuft, verrät eine ganze Menge über ihn. Über dich, zum Beispiel.«

»Aha«, sagte sie.

»Dir sieht man an, daß du intensiv trainierst, alles Wissenswerte über Skier und Schneeverhältnisse gelernt hast, einen gesunden Menschenverstand besitzt, sehr diszipliniert bist und am liebsten wieder lebendig von der Piste runterkommst.«

»Irgendwie glaub' ich nicht, daß das die Beschreibung einer künftigen Meisterin ist«, sagte sie und konnte sich einer gewissen Enttäuschung nicht erwehren.

»Außerdem bist du schnell von Begriff«, antwortete er. »Wenn man dich vor die Wahl stellen würde, zu siegen oder am Leben zu bleiben – wofür würdest du dich entscheiden?« John war außergewöhnlich groß, und als sie zu ihm aufblickte, sah sie, daß er amüsiert grinste. »Keine Frage, oder?« hatte sie zurückgegeben.

Es hatte sie gewundert, wieso John so attraktiv wirkte, wo er doch, aller Logik nach, eigentlich hätte häßlich sein müssen. Sein graues Haar stand nach allen Himmelsrichtungen vom Kopf ab, seine Züge waren zu grob, sein Mund schief, und in seinen grünen Augen lag ein hartes Glitzern. Trotzdem war er ihr sympathisch gewesen.

Damals hatte sie gelacht. »Kein Wort mehr! Ich hab' schon verstanden.«

»Es ist seltsam«, hatte er nachdenklich gesagt. »Du hast das Mädchen geschlagen, mit dem ich einen Vertrag mache, aber das liegt daran, daß du es heute einfach hast drauf ankommen lassen und losgesaust bist. Es ist eine gute Piste, sehr sicher.«

»Richtig«, hatte sie gesagt. »Und außerdem kenn' ich sie bestens. Ich wette, ich weiß, wer bei dir unterschrieben hat.«

Ihre Vermutung hatte sie nicht getrogen, und danach hatten sie sich noch lange unterhalten: Über den Sport im allgemeinen und über das Geschäft mit dem Sport im besonderen, und schließlich hatte John sie gefragt, ob sie nicht bei ISA anfangen wollte, wenn sie mit ihrer Ausbildung an der Business School, wo sie Jura und Betriebswirtschaft studierte, fertig sei.

Sie hatte ihr Studium mit Auszeichnung beendet und mit zweiundzwanzig bei John angefangen, erst als Sekretärin, dann als Talentsucherin und schließlich als seine Assistentin. Danach hatte sie ihre eigene Wintersport-Abteilung aufgemacht, die ein großer Erfolg geworden war – und nun leitete sie also die Niederlassung in London.

Es war die Chance ihres Lebens. John hatte sie ein Jahr zuvor gegen jede heftige Kritik, die laut geworden war, ernannt, und sie wußte genau, warum seine Wahl auf sie gefallen war: Sie war die einzige, die wußte, wie prekär seine Lage war, nachdem er rapide expandiert hatte, und daß es mit seiner Liquidität nicht zum besten stand. Er hatte es nicht gewagt, einen seiner Manager nach London zu schicken – einfach, weil er dazu nicht genug Bargeld hatte. Statt dessen hatte er sie zum Lunch eingeladen und dabei gefragt, ob sie bereit sei, ohne ausreichendes finanzielles Polster nach London zu gehen. Er brächte die Ausgaben für ein halbes Jahr zusammen plus ein paar Tausender für den Anfang, hatte er ihr erklärt – mit einer Miene, als überreiche er ihr einen Millionenvertrag. Im Gegenzug würde sie ein bescheidenes Gehalt bekommen, dazu aber 25 Prozent vom Reingewinn.

Sie hatte ja gesagt, gleich an Ort und Stelle. Es war ein Hasardspiel, und sie hatte die Absicht, es zu gewinnen.

Das war vor achtzehn Monaten gewesen. In ihrer ersten Woche in London hatte sie einen britischen Mittelstrekkenläufer unter Vertrag genommen, den sie im Crystal Palace »entdeckt« hatte, anschließend zwei Tennis-Stars, die bislang noch nicht zu den Großverdienern zählten, jedoch zu den schönsten Hoffnungen berechtigten; und dann war eine Dürreperiode gekommen, in der ihr das Bargeld ausgegangen war und sie, ohne irgend jemandem auch nur ein Sterbenswörtchen davon zu sagen, ihre gesamten Ersparnisse in den Laden gesteckt hatte. Etwas später war sie auf eine hervorragende junge Schwimmerin namens Petunia gestoßen, die sich kurz nach Vertragsunterzeichnung zu ihrer besten Verdienerin entwickelt hatte, sowie auf einen gutaussehenden Bodybuilder mit dem Namen Adolpho, von dem sie hoffte, daß er eines Tages zum Mister Universum gekürt würde. Adolphos tolles Aussehen hatte ihr Werbeverträge für Sonnenöl, Herrenkosmetik, Badehosen, Zahnpasta und eine neue Wermutmarke aus Italien eingetragen.

Bislang war Megan der absolute Star im ISA-Stall gewesen, wenngleich sie sich natürlich sehr auf das Hauptbüro mit seiner Rechtsabteilung und seinen Statistiken und auf die vielen Experten verließ, die in Denver saßen; natürlich konnte sie auch jederzeit John um seinen Rat und seine Meinung bitten.

Sie hatte keine Verlierer in ihrem Stall. Siegen! Das war's, was zählte, und in Megans Fall wurden die Siege nicht in Sekunden, sondern in Dollars gemessen. Aber sie war eine warmherzige, mitfühlende Frau, und sie bewunderte ihre Sieger nicht der Gewinne wegen, die sie einbrachten, sondern um ihrer Grazie, ihrer Schönheit und ihres Mutes willen. Doch trotz alledem waren die Prinzipien des Lebens einfach und unveränderlich: In der Welt des Sports war kein Platz für Verlierer.

Sie machte sich an die Arbeit.

Viertel vor acht ertönte von draußen das Stakkato von Pfennigabsätzen, ein Nylon-Petticoat schabte leise an einer Nylon-Strumpfhose, und Parfumduft wölkte herein: Maureen Jessika, Megans persönliche Assistentin, traf ein, fünfzehn Minuten vor Beginn der offiziellen Dienstzeit.

Megan hatte sich voll und ganz auf ihre Arbeit konzentriert und alles andere vergessen. Sie hatte sich völlig in die Agenturmeldungen vergraben, machte sich eifrig Notizen und plapperte zudem Anweisungen in ein Diktiergerät.

»Und paß auf, daß Adolpho seine Termine bei Burton Aftershave einhält. Wir wollen da keinen Ärger bekommen, ja … er ist schließlich unser größter Goldesel …«

»Komm, hör auf, meine Liebe«, murmelte Maureen, »meinst du wirklich, ich könnte diesen tollen Kerl vergessen?« Megan sah auf und lächelte abwesend und bewegte ihre Finger. »Hallo«, sagte sie.

»Wie war's?« fragte Maureen, aber Megan blickte nur mit gerunzelter Stirn auf und gab keine Antwort.

Auf ihrem Weg durchs Büro hörte Maureen Megans Stimme aus dem Diktiergerät, sie quäkte wie Mickymaus. »Sechstens: Setz dich bitte mit dem Marketing-Manager von *Lynton's Tennis Wear* in Verbindung und teile ihm mit, daß Gertie Louws Ausrüstung noch nicht eingetroffen ist. Sie meckert sowieso schon dauernd daran herum, es wäre also gut, ihr ein wenig den Wind aus den Segeln zu nehmen.«

»Ich muß neue Batterien für das Gerät besorgen«, bemerkte Maureen auf ihrem Weg zur Küche, wo sie, wie jeden Morgen, den Kaffee aufgoß.

Als sie wieder ins Büro zurückkam, nahm sie ihre Chefin nicht ohne eine gewisse Sorge in Augenschein. Offensichtlich war Megan schlechter Laune – und das war ungewöhnlich, und Maureen hätte zu gerne den Grund dafür gewußt.

Megan nahm die Tasse entgegen und nippte vorsichtig den heißen Kaffee. »Okay, Maureen«, sagte sie spröde, »machen wir uns an die Arbeit. Gab es irgendwelche besonderen Probleme während meiner Abwesenheit?«

Maureen zog ihr Notizbuch hervor. »Nichts, womit wir nicht fertig würden«, antwortete sie. »Also, was Adolpho betrifft, so hat er 'ne gute Chance, Mr. Universum zu werden, das weißt du?«

»Ja, es deutet einiges darauf hin. Auf die Tour bekam ich ja die Verträge mit *Adonis*-Shampoo, *Fitrix*-Unterwäsche, *Phoenix* …«

Maureen unterbrach sie: »Das reicht, das reicht! Ich wollte bloß vorschlagen, daß du dich noch mal mit seinem Namen befaßt.«

»Lieber nicht«, gab Megan zurück. Der Name Adolpho Bertoli trieb sämtliche Werbetexter die Wände hoch.

»Die Presse nennt ihn nur noch ›Adolf.‹ Das könnte seine Chancen beeinträchtigen.«

»Jetzt ist es zu spät für eine Namensänderung.«

»Glaub' ich nicht«, erwiderte Maureen optimistisch. »Laß mich die Sponsoren anrufen – da läßt sich sicher noch was tun. Wie wär's, wenn wir einfach seinen Namen umdrehten?«

»Ich überlass' das dir«, sagte Megan dankbar. »Voraussetzung ist aber, daß alle Sponsoren zustimmen, sonst läuft nichts!«

»Verlaß dich auf mich«, sagte Maureen. Es war einer ihrer Lieblingssprüche.

»Du mußt dich beeilen. Ich bin dabei, seinen Namen an eine Fitneß-Studio-Kette zu verkaufen. Das heißt, wenn er tatsächlich Mr. Universum ...«

»Er wird's!« gab Maureen scharf zurück. »Und ›Adolf‹ wird deinen Kunden gefallen.« Sie blätterte in ihrem Notizbuch. »Hier ist noch was anderes. Eine Sache, die kam, als du in Sarajewo warst. Augenblick ...« Maureen sprang auf und kam kurz darauf mit einem Schnellhefter zurück. »Hier sind die Unterlagen, der ganze juristische Schriftverkehr. Gertie hat das Damen-Einzel in Melbourne gewonnen.«

»Und was ist da passiert?«

»Nach dem Match hat sie gefroren und sich von einer Freundin einen Pullover geborgt. Auf dem in großen Buchstaben ›Vanguard‹ stand. Und damit wurde sie beim Verlassen des Stadions fotografiert.«

Einen Augenblick lang war Megan regelrecht übel vor Schreck. »Was ist denn in die gefahren? Spinnt die?«

»Es kommt noch besser«, fuhr Maureen fort. »Nach ihrem Sieg wurde sie von irgendeinem kleinen Lokalfotografen geknipst, wie sie das Mädchen, mit dem sie das Zimmer teilt, etwas zu leidenschaftlich küßte. Das war nicht mehr ganz koscher.«

Megan legte das Kinn in die Hand und seufzte. »Haben ihre Sponsoren schon Wind davon bekommen?« fragte sie dann. Die Firma Bantex, die Gertie sponserte, warb mit dem Slogan *Bewußt weiblich* für eine neue Kollektion Sportunterwäsche.

»Ja«, antwortete Maureen, »in beiden Fällen.«

»Na schön, ich schlaf' mal drüber. Sonst noch was?«

»Petunias Vater rief an. Er sagte, sie würde im Mai den Kanal durchschwimmen. Die Jüngste, die es je probiert hat, meint er.«

»Armes Mädchen«, sagte Megan mitfühlend, »du brauchst einen anderen Vater.«

»Er will fünfzigtausend Pfund, nicht inbegriffen die Werbeaufkleber am Boot. Er läßt sie jetzt acht Stunden täglich trainieren und hat einen ehemaligen Marine-Sportlehrer engagiert, der sie beim Training im Boot begleitet.«

»Sieht ihm ähnlich«, meinte Megan wütend. »Sonst noch etwas?«

Maureen ließ die Seiten ihres Notizbuches durch die Finger gleiten. »Der Rest sind Kleinigkeiten«, meinte sie. »Und was gibt es Neues aus Sarajewo?« fuhr sie vorsichtig fort. »Ich habe von Conrad gehört. Schlimme Geschichte.«

Megan überlegte flüchtig, ob sie ihr von Jacqui und Nikki erzählen sollte. Sicher, irgendwann würde sie ohnehin eingeweiht werden müssen – aber das mußte ja nicht heute sein.

»Nichts«, sagte sie, bewußt Maureens Worte wiederholend, »womit wir nicht fertig würden.« Aber sie hatte so ihre Zweifel.

12

Auf ihrem langen, anstrengenden Marsch um den gefrorenen See gewann Jacqui den Eindruck, es gebe zwei völlig verschiedene Orte namens Arosa – einen für die Reichen, der ihr seit vielen Jahren vertraut und ans Herz gewachsen war, und einen für die Armen. Jenseits des schneebedeckten Sees funkelten fröhlich die Lichter des Hotels *America* – neonblau und malvenfarben vor dem dunkler werdenden Abendhimmel. Noch nie hatte es so verlokkend ausgesehen. Jacqui schloß die Augen und erinnerte sich an die Grillstube, an den Oberkellner Émile und an die Aussicht aus ihrem Schlafzimmerfenster (sie hatte sich immer dasselbe reservieren lassen); der Blick fiel auf das hochaufragende Weißhorn-Massiv.

Für einen Menschen, der mit leeren Taschen und knurrendem Magen hierher kam, wirkte Arosa indessen weder anheimelnd noch einladend, sondern feindselig und abstoßend, und Jacquis finanzielle Reserven waren mittlerweile fast ganz aufgebraucht. Noch immer war sie innerlich aufgewühlt, voller Empörung und fest entschlossen, nicht nachzugeben. Für die Teilnahme an den Olympischen Winterspielen war sie bereit, ihr gesamtes Erbe dreinzugeben. Sie konnte aufs Skifahren nicht verzichten, soviel stand fest, und sie verschwendete keine Zeit darauf nachzuforschen, warum das so war.

Sie hatte in einer etwas abseits gelegenen Pension ein kleines Zimmer gemietet. Frühstück war im Mietpreis inbegriffen, darüber hinaus versuchte sie mit einem Sandwich am Mittag und einem Teller Suppe am Abend auszukommen. Die täglichen Kosten für den Skilift kamen sie erheblich teurer als das Essen und zehrten beängstigend an ihrem mageren Geldbeutel. Zum erstenmal in ihrem Leben hatte Jacqui an diesem Nachmittag versucht, eine Fahrt auf den Berg zu schnorren – und zwar bei Karl, einem Skilehrer, der sie unterrichtet hatte, als sie noch zur

Schule ging. Als Karl ablehnte, wäre sie vor Scham am liebsten in den Boden versunken. Mein Gott! Sie hätte weinen können, wenn sie an all die Tips und Tricks dachte, die er inzwischen von ihr bekommen und gelernt hatte.

Inzwischen war es dunkel, und die Temperatur war deutlich unter den Gefrierpunkt gesunken. Sie wußte, daß sie bald würde weitergehen müssen, doch der Gedanke an ihr kleines Pensionszimmer war alles andere als verlockend. Sie vermißte das gesellige Beisammensein mit den Skifahrern. Oh, es war verdammt leicht, sich vorzustellen, wie sie sich jetzt da drüben am anderen Ufer des Sees amüsierten!

Jacqui hatte zwei Wochen intensives Training hinter sich, und die mangelhafte Ernährung begann erste Folgen zu zeitigen: Jacqui lebte von der Substanz. Sie hoffte inständig, Megan würde endlich anrufen. Sie kannte mindestens sechs Firmen, die sich darum reißen würden, sie zu sponsern – warum also ließ sich Megan soviel Zeit?

Jacqui schauderte und wickelte die eine Hälfte ihres Mittag-Sandwiches aus, doch da kam laut quäkend eine hungrige Ente angewatschelt, die sie schon seit geraumer Zeit von einem künstlichen Wasserloch aus furchtsam beäugt hatte – offenbar war der Hunger größer als die Angst. Mitleidsvoll betrachtete Jacqui den kleinen Vogel, der ebenso hungrig wie sie zu sein schien. Mit steifgefrorenen Fingern zupfte sie das Sandwich auseinander und warf der armen Kreatur die eine Hälfte zu.

»Du und ich«, sagte sie, »wir beide«, ohne genau zu wissen, was sie damit ausdrücken wollte – außer vielleicht, daß die Schweizer ihre zitternden Enten und Schwäne, die sich an den wenigen offenen Stellen des Sees zusammendrängten, besser hätten füttern können.

Bedrückend und gefährlich kam Jacqui plötzlich dieses Arosa vor. Die aufgedonnerten, randvollen Läden, die schicken Sträßchen und wunderschönen Ausblicke, die funkelnden Lichter der Hotels und der superbe Service dort, der quälend-verführerische Duft nach *Leberspießchen* und *Raclette,* das feine Schweizer Kunsthandwerk – all dies diente lediglich zur Tarnung eines furchterregenden, devisenverschlingenden Monsters, das weder Herz noch Seele besaß, dafür aber einen unersättlichen Appetit ...

Jacqui stand auf, bewegte ihre froststeifen Zehen in den Stiefeln und sagte laut zu sich selbst: »Morbide Gedanken – das muß der Hunger sein!«

Plötzlich hörte sie Schritte. Irgendein Idiot wühlte sich durch die hohe Schneemauer, die der fleißige Schweizer Räumdienst bei seinem Versuch, den Wanderweg um den See freizuhalten, aufgehäuft hatte.

Jacqui drehte sich um und rief auf deutsch: »Vorsicht! Weiter vorne ist ein Durchgang!«

Eine tiefe Stimme rief zurück: »Bleiben Sie, wo Sie sind, dann finde ich schon durch!« Der Mann sprach Englisch mit starkem amerikanischem Akzent.

»Wer in alles Welt ...?« murmelte Jacqui. Dann sah sie die dunkle Silhouette eines großgewachsenen Mannes auf dem düsteren Pfad unter den hohen Fichten. Die Gestalt lief aufs Ufer zu. Wieder rief der Mann etwas, doch diesmal konnte Jacqui ihn nicht verstehen. Jetzt hatte er den Uferweg erreicht und sagte erneut etwas. Es klang wie: »Ich komme, um Sie zum Abendessen abzuholen.«

Ich habe Halluzinationen, dachte Jacqui erschrocken und rief: »Was haben Sie gesagt?« Der Mann war inzwischen herangekommen. Anstelle einer Antwort legte er einen Arm um sie und geleitete sie ebenso fürsorglich wie bestimmt zurück auf die Dorfstraße.

»Ich weiß, daß ich etwas durcheinander bin«, sagte Jacqui und bemühte sich um einen überlegenen, leicht ironischen Ton, »aber meinen Sie das wirklich ernst? Ich meine, ist das Ihre übliche Anmache?«

Der Fremde kicherte tolerant. »Ich mache Sie nicht an«, sagte er, »ich füttere Sie bloß.«

»Das kann ich gut brauchen.« Sie sah zu ihm auf, konnte jedoch in der Dunkelheit kein klares Bild von ihrem Begleiter gewinnen. Ihr fiel nur auf, daß seine Zähne schimmerten, wenn er lächelte, und er lächelte oft. Am besten, ich halte den Mund und futtere mich voll, dachte sie, obgleich ihr durchaus bewußt war, daß sie eigentlich aufpassen mußte und sich fragen sollte, was der Fremde wohl als Gegenleistung für seine Einladung erwartete. Aber in ihrer Verfassung, in der ihr so ziemlich alles egal war, fühlte sich Jacqui längst der Wirklichkeit entrückt.

Der Weg zum nächstgelegenen Restaurant führte steil bergan, und Jacqui hatte Schwierigkeiten, mit ihrem Begleiter Schritt zu halten. Ihr war, als wöge jedes ihrer Beine hundert Pfund. Einmal geriet sie ins Taumeln und sagte mit einem albernen Kichern: »Huch, ich glaube, ich habe mich beim Skifahren heute ein wenig übernommen«, was ihren Begleiter lediglich zu einem verächtlichen Grunzen veranlaßte.

Das Restaurant war hellerleuchtet und durchzogen vom Aroma hunderterlei verschiedener Delikatessen, das einem das Wasser im Munde zusammenlaufen ließ. Die Wärme überkam Jacqui wie eine Heißwasserdusche. Sie stand an der Rezeption und schälte sich mühsam aus Anorak, Handschuhen, Schal und Mütze. Dann rieb sie sich die Hände, bis wieder Leben in ihre gefühllosen Finger zurückkehrte.

Sie warf dem Mann einen angriffslustigen Blick zu: »Sie haben mir wahrscheinlich das Leben gerettet, mein Herr, aber ich weiß noch nicht einmal, wie Sie heißen.« Nun, da sie ihren Wohltäter bei Licht betrachten konnte, fiel ihr auf, daß sie ihn schon einmal irgendwo gesehen hatte. Es war gar nicht lange her, sie konnte sich bloß nicht mehr an den Ort und den Anlaß erinnern.

»Wolf«, sagte er, »Wolf Muller.«

Eine hübsche Schweizer Kellnerin führte sie zu einem Tisch.

»Wie reich sind Sie eigentlich?« murmelte Jacqui und schluckte, als sie die Speisekarte studierte.

»Superreich«, antwortete er, »besonders heute abend.«

»Jacqui bestellte Engadiner Gerstensuppe als Vorspeise und als Hauptgang Leberspießchen mit Sauerkraut und Rösti – Bratkartoffeln mit Zwiebeln, die sie über alles schätzte. Zum Nachtisch wünschte sie sich Zuger Kirschtorte. Nachdem sie ihre Wahl getroffen hatte, legte sie die Speisekarte beiseite und sah traumverloren aus dem Fenster. Über den Berggipfeln ging gerade der Mond auf, und der Schnee funkelte in seinem gleißenden Licht. Aber das einzige, was Jacqui interessierte, war, wann die Kellnerin endlich die Suppe und das Brot bringen würde.

»Sie sollten ein Glas Wein trinken«, sagte Wolf Muller. »Oder besser noch einen Likör.« Er gab der Kellnerin einen Wink und bestellte. »Das ist eine gute alte Schweizer Tradition«, fuhr er fort. »Selbst die Bernhardiner sind damit ausgerüstet, um erfrorene Skifahrer wieder aufzuwärmen …«

»Wie ein Bernhardiner sehen Sie nicht gerade aus«, gab Jacqui zurück, als sie ein paar Minuten später an zehn Jahre altem Cointreau nippte. »Aber was das Aufwärmen betrifft, da haben Sie recht. Mir geht es schon viel besser, ich fühle mich irgendwie abgehoben, schwebend …« Sie lehnte sich zurück, schloß die Augen und dankte dem Herrgott für den Zufall, der ihr diesen spendablen, wenngleich etwas verrückten Menschenfreund über den Weg hatte laufen lassen.

»Sie sehen nicht gerade aus wie ein Mädchen, das Entbehrungen gewöhnt ist«, sagte Wolf Muller ruhig. »Die Trainer, die Liftboys und sogar die Ladenbesitzer scheinen Sie recht gut zu kennen – jedenfalls winken sie Ihnen zu wie einer guten alten Bekannten.«

»Winken kostet sie ja auch nichts«, erwiderte Jacqui bitter. Und mit einemmal brach es aus ihr heraus. Der einsame Kampf gegen ihre Mutter, die sich als eine formidable Widersacherin erwiesen hatte, war furchtbar hart gewesen. Jetzt brachen die Deiche. Jacqui erzählte diesem sympathischen Fremden alles – beginnend mit der Erniedrigung, die sie empfunden hatte, als Karl ihr die freie Liftfahrt versagte. Sie erzählte ihm von ihrer Wut auf die Schweizer, ihrer Auseinandersetzung mit Mutter, von Vanguard und dem Image der Firma und schließlich von ihrer felsenfesten Entschlossenheit, weiter Ski zu fahren, und von Mutters Verbissenheit, sie unter allen Umständen daran zu hindern. »Ich will die Beste sein«, sagte sie mit dem überschwenglichen Optimismus der Jugend, »die Beste – oder gar nichts! Das ist mir viel wichtiger als mein Erbe. Niemand hat das Recht, mir Knüppel zwischen die Beine zu werfen.«

Muller nickte. »Ich finde das auch nicht richtig. Eine Mutter sollte nicht versuchen, ihrer Tochter ihren Willen aufzuzwingen. Was sagt denn Ihr Vater dazu? Kann der Ihnen nicht helfen?«

Soll ich ihm die Wahrheit sagen, dachte sie. Aber wieso eigentlich nicht? Er ist ein Fremder, den ich, sobald ich Arosa verlassen habe, nie wiedersehen werde. »Ich bin ein uneheliches Kind«, murmelte sie und erkannte ein gewisses Erschrecken in seinem Blick. Immerhin, man kann ihn also doch gelegentlich aus dem Gleichgewicht bringen, dachte sie. Dann fuhr sie fort: »Ich kenne meinen Vater nicht. Mutter war da mit einem liiert, der in Vietnam fiel, bevor sie ihr Verhältnis legalisieren konnte.«

»Das hat Ihnen Ihre Mutter erzählt, wie?« Wolf Muller schien ihren Angaben zu mißtrauen.

»Natürlich – wer sonst? Sie spricht nicht gerne darüber, deshalb stelle ich keine Fragen.«

»Sie brauchen jemanden, der Ihnen zur Seite steht«, sagte Muller. »Ihre Mutter kommt mir höchst despotisch vor – sie ist Multimillionärin, und Sie sind praktisch Almosenempfängerin.«

»Nicht direkt«, gab Jacqui zögernd zu. »Mir gehören zehn Prozent von Vanguard. Die liegen aber fest in einer Holding. Ich schätze, daß es sich um Millionen handelt – nur komme ich da zur Zeit nicht ran und kann mir nicht mal ein Brötchen davon kaufen.«

»Andere an Ihrer Stelle hätten die Anteile verkauft.«

»Ich weiß nicht, ob ich das so ohne weiteres kann«, gab Jacqui zurück. »Abgesehen davon ist es eine Frage der Loyalität gegenüber Mutter.«

Wolf Muller seufzte. »Das einzige, was Ihnen fehlt, ist fachkundige Beratung. Ich kann Sie mit einem guten Rechtsanwalt bekannt machen. Es gibt hunderterlei Möglichkeiten, an Bargeld zu kommen, wenn einem so viele Anteile gehören, und zwar ohne daß man sie unbedingt gleich verkaufen muß.«

Endlich kam das Essen. Muller lächelte ihr versonnen zu und konzentrierte sich dann auf sein Mahl.

Redselig ist der ja nicht gerade, dachte Jacqui nach einer Weile. Nachdem sie zunächst gefuttert hatte wie ein Scheunendrescher, legte sie nun einen etwas niedrigeren Gang ein. Er ist schon ziemlich alt, konstatierte sie, sieht aber recht gut aus. Er hatte hochstehende Wangenknochen, tiefblaue Augen und dichtes hellbraunes Haar mit einzelnen weißen Strähnen. Die arrogante Römernase und der clevere Blick gaben seiner Erscheinung etwas Kühles, Prüfendes, ja Raubtierhaftes. Wenn sie spürte, daß er sie beobachtete, empfand Jacqui eine leichte Irritation.

Sie kapitulierte, schob den Teller beiseite und lehnte sich erschöpft auf ihrem Stuhl zurück. »Ich gebe auf«, sagte sie. »Es ist dermaßen viel … Und ich bin echt zu müde zum Essen.« Sie machte eine kurze Pause. »Und nun zu Ihnen, Wolf. Was haben Sie für Probleme?«

Die Kellnerin umschwirrte den Tisch; als sie Jacquis

Teller abräumte, mußte Jacqui an sich halten, um sie nicht daran zu hindern.

Muller betrachtete sie neugierig. »Keine besonderen«, antwortete er. »Ihr Problem war offensichtlich Hunger.«

Jacqui rutschte noch tiefer, als wollte sie sich unter dem Tisch verkriechen. »Mein Gott, sind Sie aber ein kluges Kerlchen! Aber nun mal raus mit der Sprache: Wozu das alles? Was wollen Sie von mir?«

Muller lachte und gab der Kellnerin mit einem Wink zu verstehen, daß er bezahlen wolle.

»Hören Sie, haben Sie vielleicht Kommunikationsschwierigkeiten?« fuhr Jacqui fort. »Es ist ja wirklich sehr nett von Ihnen, daß Sie mich zum Essen einladen. Ich kann mich nur leider überhaupt nicht revanchieren, jedenfalls nicht in den nächsten ein, zwei Monaten. Wenn ich meine Cents zusammenkratze, komme ich vielleicht noch ein oder zwei Wochen so eben über die Runden, ich hoffe es jedenfalls, aber dann …«

»Ohne Essen können Sie nicht Ski fahren«, gab Wolf Muller entschlossen zurück. Er hatte eine sehr tiefe Stimme, und sein attraktiver Akzent, der aus dem mittleren Westen stammte, konnte ein gewisses fremdländisches Flair nicht ganz überdecken. Er wirkte selbstsicher und zurückhaltend. Ein ganzer Kerl, dachte Jacqui.

Sie unternahm einen weiteren Versuch. »Hätten Sie was dagegen, mir nun endlich mitzuteilen, warum Sie das alles getan haben? Ich meine, ich bin Ihnen wirklich sehr dankbar für dieses phantastische Essen, aber vorhin, da sind Sie doch extra zum Ufer runtergekommen, um mich zu suchen, nicht wahr? Ich frage mich, warum.« Langsam wurde ihr mulmig.

Wolf Muller grinste unvermittelt. »Mich interessiert Ihre Skifahrerei, nicht Ihr Körper«, sagte er. »Sie sind zu mager und zu jung für mich, also kein Grund zur Aufregung, mein Kind. Ich habe Sie die ganze Woche über beobachtet und mich gefragt, wie lange Sie das so mit zwei

Stullen am Tag aushalten. An Ihrer Stelle würde ich nicht so weitermachen. Ich glaube, Sie haben alle Chancen, die Olympiaqualifikation zu schaffen – vorausgesetzt natürlich, Sie hungern sich vorher nicht zu Tode. Nun, und da habe ich mir gedacht, ich füttere Sie mal ordentlich durch und lasse Sie dann wieder auf die Piste los.«

»Wie können Sie das beurteilen?« antwortete Jacqui scharf. »Sie fahren selbst nicht Ski und sehen mir nicht so aus, als ob es Ihnen irgend etwas ausmacht, wenn andere hungern. Ich gehe jede Wette ein, daß Sie nicht der selbstlose Menschenfreund sind, als der Sie sich ausgeben, machen Sie mir bloß nichts vor! Wahrscheinlich sind Sie stinkreich, ich seh's Ihnen an. Eiskalter Geschäftsmann ...«

Er runzelte die Stirn und sah sie an. Dann lachte er. »Zu neunzig Prozent richtig geraten! Nur eines stimmt nicht – ich laufe nämlich auch Ski. Früher bin ich sogar Rennen gefahren, bloß hatte ich einen üblen Unfall, und damit war's aus mit der Rennläuferkarriere. Heute laufe ich nur noch zum Vergnügen.«

»Ah ... Moment!« rief Jacqui, und ihre Augen weiteten sich vor Verwunderung. »Ich habe Sie schon einmal gesehen! Sind Sie nicht der Typ, der damals im Schneesturm oben am Bruggerhorn war, als dieser Norweger sich das Bein brach? Genau! Sie fuhren damals runter, um den Hubschrauber zu alarmieren.«

Er nickte.

Jacqui lächelte. »Der Kerl hat Stil, dachte ich damals. Und 'ne gute Kurventechnik.«

»Ich sagte ja, daß ich früher mal sehr aktiv war.«

»War es ein schlimmer Unfall?« fragte Jacqui mit morbider Neugier.

»Wirbelsäulenbruch. Ich war ein Jahr lang fast total gelähmt. Es war eine schlimme Zeit für mich, aber jetzt ist es vorbei, und ich denke lieber nicht mehr darüber nach.«

Sie sah auf und prägte sich seinen Gesichtsausdruck

ein. Was sie erblickte, war verräterisch – schreckliche Erinnerungen und ein nicht überwundenes Trauma. Daher also dieser seltsame, halbtote Blick, dachte sie. Sicher steckt eine Frau dahinter. Mit einemmal hatte sie das Gefühl, sie müsse ihn trösten oder beschützen. Mein Gott, dachte sie, er ist schon ziemlich alt und reich, kommt genau aus jener mir so verhaßten Welt, mit der ich eigentlich nichts mehr zu tun haben will ...

»Also, ohne einen Sponsor kommen Sie nicht weit, Miss ...?« Er stockte und hob eine Braue. »Ich kenne nicht einmal Ihren Namen«, sagte er dann.

Sie lachte; es war ein ansteckendes, jungmädchenhaftes Gekicher, das einige Restaurantgäste veranlaßte, sich nach ihr umzudrehen. »Jacqui Douglas«, sagte sie, ohne an ihr Pseudonym zu denken. Es ist mir doch gleichgültig, ob er weiß, wer ich bin, dachte sie trotzig. Er ist nicht der Typ, der sich für so etwas interessiert. Der Gedanke hatte etwas merkwürdig Verführerisches an sich, und Jacqui empfand ihn als ausgesprochen tröstlich.

»Auf Ihre Karriere, Jacqui!« Er beugte sich vor und füllte ihr Glas.

»Nein danke, lieber nicht!« protestierte sie und blinzelte mehrmals. »Ich weiß nicht, warum, aber ich fühle mich irgendwie komisch, ein bißchen schwindelig, ein bißchen schläfrig, rundum zufrieden ... Kommt vielleicht vom Essen oder von der Wärme hier drin. Oder vom Wein. Ich weiß nicht mal, ob ich es noch bis zur Tür schaffe ...«

»Ich bringe Sie heim«, sagte Wolf.

»Nein«, antwortete Jacqui, ein wenig zu schnell. »Ich gehe alleine nach Hause. Ich werd's schon schaffen.«

»Sie schaffen es«, gab Wolf Muller zurück.

Plötzlich spürte sie den Druck seiner Hände auf den ihren. Sie sah auf. Die Geste und sein seltsamer, durchdringender Blick erschreckten sie. Dann starrte sie auf seine Hand. Er hatte lange, kräftige gebräunte Finger, und seine

Handgelenke bedeckte ein dichter blonder Flaum. Komisch, dachte sie. Mir gefällt das. Wirklich irre, bestimmt habe ich zu viel Wein getrunken. Andererseits – er hat mich ja praktisch vor dem Verhungern gerettet, da habe ich allen Grund, ihm dankbar zu sein. Langsam entzog sie ihm ihre Hand. Sie wußte nicht, was sie sagen sollte. Was sagte man in einer solchen Situation? Was erwartete er von ihr? Sie hatte keine Erfahrung mit Männern und verbarg ihre Ängste hinter einer aggressiven, rüden Fassade. Aber sie spürte jetzt, daß ihre Wangen erröteten und ihre Augen brannten.

»Ihre Hände sind warm«, sagte Muller. »Gut. Ich glaube, die Nacht werden Sie überstehen. Danach möchte ich mit Ihnen reden, geschäftlich wohlgemerkt, über einen Sponsorvertrag. Ich habe gute Freunde, die in Schottland eine Skifabrik besitzen. Sie suchen nach jungen Talenten, die sie sponsern können, und haben mich gebeten, die Augen offenzuhalten. Davon abgesehen bewundere ich Ihren Mut und bin der Ansicht, daß Ihre Mutter keinerlei Recht hat, Ihnen irgend etwas aufzuzwingen, was Sie nicht wollen. Sie haben Talent, Jacqui. Denken Sie über das Angebot nach.«

Jacqui lehnte sich wieder zurück und grinste breit und selbstbewußt über ihr ganzes Gesicht. Nun endlich bewegte sie sich auf sicherem Grund, und sie begriff, was das ganze Theater bezweckte. »Wie hoch wird das Angebot Ihrer Einschätzung nach sein?« fragte sie.

»Je nachdem, was für einen Eindruck die in Schottland von Ihnen bekommen. Aber nach dem, was ich von Ihnen auf der Piste gesehen habe, werden sie auf Ihre Bedingungen eingehen. Ich werd' sie morgen mal anrufen. Und wir treffen uns zum Abendessen hier im Restaurant, ja? Gegen acht, wenn es Ihnen recht ist.«

»Ja, aber eigentlich ... Ja, warum nicht? Und vielen Dank für die Einladung heute abend.«

»Es war mir ein Vergnügen, Jacqui.«

Auf unsicheren Beinen verließ sie das Lokal, schlüpfte in Anorak und Schal (wobei ihr die Kellnerin helfen mußte) und taumelte hinaus in den vom Licht des Mondes übergossenen Schnee. Auf dem Heimweg bemächtigte sich ihrer ein höchst eigentümliches Gefühl der Zufriedenheit. Zum zweitenmal in ihrem Leben war sie jemandem begegnet, den sie wirklich mochte. Sie wußte nicht warum, aber irgendwie fühlte sie sich sehr zu Wolf Muller hingezogen.

Die Straßen waren noch immer voller Touristen, und dem Lärm nach waren die Amerikaner eindeutig in der Überzahl. Jeder schien jeden zu kennen, und mit einemmal war Arosa gar nicht mehr so übel. Jacqui begann leise vor sich hin zu summen. Sie fühlte sich nicht mehr zurückgewiesen, und die Aussichten auf einen Sponsorvertrag und das morgige Abendessen trugen beträchtlich dazu bei, ihre Stimmung zu heben.

Wolf gehört zu den Typen, denen man vertrauen kann, dachte sie, ein harter, verläßlicher, cleverer Mann. Und aus Gründen, die sie nicht verstand, schien er ein besonderes Interesse an ihr zu haben.

»Oh, Mutter«, flüsterte sie, als sie sich nach einem heißen Bad in ihre Decken kuschelte. »Ich habe jemanden gefunden, der an mich glaubt. Du hast das nie getan – aber er tut es! Unfaßbar, wie?«

Sie erinnerte sich an seine Hand, die sich über die ihre gelegt hatte, und erlaubte sich für ein paar Augenblicke den Gedanken an das, was wohl geschehen wäre, wenn sie ihm ihre Hand nicht entzogen hätte. Als der Schlaf sie übermannte, spürte sie noch immer dieses warme, tröstliche Gefühl.

13

Es war nun sieben Tage her, daß Megan aus Sarajewo zurückgekehrt war. Seitdem waren so viele verschiedene Probleme auf sie eingestürmt, daß sie nicht imstande gewesen war, sich mit einem einzigen ausführlicher zu beschäftigen – von ihren beiden Hauptproblemen, die noch auf sie warteten, ganz zu schweigen. Und so kam es ihr nur logisch vor, daß die vergangenen Nächte die reinste Qual gewesen waren. Das schlimmste war das Warten – doch bislang herrschte an allen Fronten ungemütliches Schweigen.

Auch Maureen, als Megans selbsternannte Aufpasserin, machte sich Sorgen um ihre Chefin. Ihr war nicht entgangen, daß Megan morgens unausgeschlafen ins Büro kam und daß sie schon seit einer Woche aufs Mittagessen verzichtete. Außerdem war Megan in den letzten Tagen auch am Telefon leicht reizbar, und so kannte man sie gar nicht.

Maureen Jessika verband eine merkwürdige Haßliebe mit ihrer Chefin. Die Liebe hatte verschiedene Ursachen – unter anderem die, daß Megan der erste Mensch gewesen war, der ihre, Maureens, Fähigkeiten erkannt und ihr eine Gelegenheit gegeben hatte, sie auch anzuwenden. Maureen war ein organisatorisches Genie; ihr Arbeitseifer erinnerte an die Gefräßigkeit eines Heuschreckenschwarms. Darüber hinaus war sie eine Pragmatikerin – zynisch, mißtrauisch, ständig auf der Hut. Auf diese Art und Weise gelang es ihr immer wieder, die gefährlichsten geschäftlichen Klippen zu umschiffen.

Megan hingegen arbeitete schubweise. Sie war zu vertrauensselig und manchmal regelrecht naiv, jedenfalls nach Maureens Einschätzung. Sie verließ sich weitgehend auf ihr Gefühl, ihre Verkaufsbegabung und ihre Intelligenz bei der Lösung der Probleme, die in furchterregender Zahl alltäglich auf ihrem Schreibtisch landeten.

Zusammen bildeten die beiden Frauen ein formidables

Team. Aber bei aller Zuneigung gab es auch Eigenschaften an Megan, die Maureen nicht ausstehen konnte: Die Chefin setzte enorm viel voraus und ging von einem Leistungsniveau aus, das kaum jemand erfüllen konnte.

Maureen stellte ihr einen Kaffee hin und klimperte mit ihren Armringen. Endlich sah Megan auf, mit gerunzelter Stirn. Dann errötete sie.

»Ich ... mir war irgendwie bewußt, daß du da bist, aber ich hatte mich gerade auf etwas anderes konzentriert. Stehst du schon lange da? Tut mir wirklich leid. Ja – danke für den Kaffee.« Sie nahm die Tasse in die Hand. »Mein Gott, es ist ja nicht zu fassen – schon wieder eine Stunde vorbei!«

»Ich bin hergekommen«, sagte Maureen, »weil ich mit dir reden will.«

»Ach ja?« Megan strich sich eine Locke aus der Stirn und fuhr sich über die Haare. »Also, nun setz dich. Ahhh, der Kaffee tut gut. Wenn du ihn machst, schmeckt er immer viel besser. Also, wo drückt dich der Schuh?« Megan konnte nicht umhin, immer wieder verstohlene Blicke zu der übertrieben extravaganten Afro-Frisur ihrer Assistentin schweifen zu lassen.

»Der Schuh bist du«, antwortete Maureen. »Schau, Megan, im Grunde geht es mich nichts an, ich bin dir also nicht böse, wenn du jetzt sagst, ich soll die Klappe halten und mich um meinen eigenen Käse kümmern. Andererseits kann ich dir vielleicht irgendwie helfen. Du ißt nichts, du trinkst nichts, du schläfst nicht mehr richtig. Ehrlich gesagt, wer dich ansieht, muß unweigerlich denken, die Firma steht kurz vor dem Bankrott oder du bist unglücklich verliebt.«

Megans Miene verriet zunächst Überraschung, die sich jedoch schnell in Verärgerung wandelte. Solche Bemerkungen haben mir gerade noch gefehlt, dachte sie. Maureen meint es sicher gut, und ihr Scharfblick ist Teil unseres Erfolges. Furchtbar, sich die Firma ohne Maureen vorzustellen ... Aber manchmal wäre es mir lieber, sie würde ihre Zunge besser im Zaum halten.

Maureen verschliß eine schier endlose Reihe von Männern, und keine ihrer Affären dauerte länger als ein paar Wochen. Megan wußte nicht, woran das lag, doch sie vermutete, daß es etwas mit der Diskrepanz zwischen Maureens äußerer Erscheinung und ihrer Intelligenz zu tun hatte. Sie war außergewöhnlich hübsch. Mit ihren großen leuchtenden Augen, ihren verrückten Frisuren und ihrer Vorliebe für extravagante Kleidung wirkte sie ziemlich unbedarft. Hinter dieser Fassade verbargen sich jedoch ein kluger Kopf, ungewöhnliche Cleverneß und ein scharfzüngiger Cockney-Witz, dem ihre Freunde nur selten etwas Vergleichbares entgegenzusetzen hatten.

Megan hatte ihr bislang immer noch nichts von Jacqui und Nikki erzählt, vielleicht, weil sie ihren Spott gefürchtet hatte. Aber irgendwann würde sie ihr es doch beichten müssen, und sie hatte die Sache jetzt lange genug mit sich herumgeschleppt.

In diesem Augenblick klingelte das Telefon.

Maureen hob ab, horchte, und reichte den Hörer an Megan weiter. »Die Magnum-Skifabrik«, raunte sie ihr zu, und ihrem Tonfall war zu entnehmen, daß sie auf den Anrufer nicht gut zu sprechen war. Wahrscheinlich war Adele Loots am Apparat, die Vertriebschefin des Unternehmens. Maureen konnte sie nicht leiden. Adele war eine harte, mit allen Wassern gewaschene Karrierefrau. Und als Megan nun den Hörer übernahm, fiel ihr sofort der triumphierende Unterton in ihrer Stimme auf.

»Wir wollen eine Ihrer Klientinnen sponsern«, begann Adele ohne jede Vorrede. »Wir sind bereit, ein Höchstangebot zu machen: zwei Millionen über einen Zeitraum von drei Jahren. Für ein bißchen Modellstehen, ein paar zusätzliche Auftritte in der Öffentlichkeit und so weiter – nichts, was ihren Trainingsplan beeinträchtigt.«

Zwei Millionen! Das war überwältigend. Megan ging in

Gedanken ihre Klientenliste durch. Wer in aller Welt war denen so viel wert? Nur Jacqui. Sie spürte einen Kloß im Hals.

Ob sie nicht noch in dieser Woche nach Schottland raufkommen könne, ließ Adele sich vernehmen, und es klang fast wie ein Befehl. Der Vertrag solle so bald wie möglich unterzeichnet werden – das entspräche den Erwartungen ihrer Firma ebenso wie Miss Douglas' Wunsch.

Jacqui! Tausenderlei Gedanken schossen Megan durch den Kopf, als sie antwortete. »Hören Sie, Adele«, sagte sie. »Ich bin diese Woche kaum abkömmlich. Vielleicht klappt es nächste Woche …« Sie ließ Adele Loots, die protestieren wollte, nicht zu Wort kommen. »Tatsache ist, daß wir noch ein paar Angebote für Miss Douglas laufen haben. Ich muß mir erst Gewißheit verschaffen, daß das Ihre wirklich das beste ist.«

»Wer sonst könnte Ihnen zwei Millionen bieten!« kreischte Adele durch die Leitung.

»Möglicherweise ihre eigene Mutter«, gab Megan kühl zurück. »Es ist Ihnen doch gewiß bekannt, wessen Tochter sie ist – daher auch Ihre zwei Millionen Dollar.«

»Pfund!« antwortete Adele Loots mit scharfer Stimme. »Ich rede von Pfund Sterling. Und was Miss Douglas' Mutter angeht – die *will* sie gar nicht sponsern. Übrigens, Jacqui sitzt gerade neben mir …«

Megan hörte Stimmengewirr im Hintergrund. Dann war plötzlich Jacqui am Apparat.

»Ich nehme das Angebot an, Megan«, sagte sie mit nüchterner Stimme. »Sag mal, was ist denn in dich gefahren? Ich bin so gut wie pleite. Davon abgesehen – Magnum zahlt sogar meine Hotelrechnung.«

»Das geht nicht, Jacqui«, erwiderte Megan streng. »Du wirst das zurückzahlen müssen. Ich habe gerade von einer anderen Firma eine Option über zweitausend Pfund akzeptiert … Sie hatten halt die Nase vorn. Und ich glaube, Jacqui, daß sie mehr bieten werden als Magnum … ja, das gilt für einen Monat. Wo wohnst du, Jacqui? Ich lass' dir noch heute Geld anweisen, damit du was in der Tasche hast. Und jetzt gib mir bitte noch mal Adele.«

Das Gespräch dauerte noch eine ganze Weile. Schließlich sagte Megan »*Goodbye!*« und legte sichtlich verärgert den Hörer auf.

Eleanor Douglas' Tochter, die Vanguard-Erbin, käme Magnums Werbestrategen gerade recht; denn die Firma rangierte auf dem Sektor Skikleidung um Längen hinter Vanguard auf dem zweiten Platz, bei der alpinen Ausrüstung sogar nur auf dem zehnten. Es gab Gerüchte, denen zufolge Magnum Sports bereits von einem größeren Konzern aufgekauft worden sei.

»Mein Gott!« stöhnte Megan. »Jacqui braucht einen Wärter, keinen Manager. Ich werde auf meine eigenen Ersparnisse zurückgreifen müssen.« Sie sah auf und begegnete Maureens ungläubigem Blick. »Ja, ja, ich hab' Mist gebaut. Irgendwann erfährst du es ja doch, da kann ich's dir auch gleich jetzt beichten …«

Nachdem sie Maureen die ganze Wahrheit über Jacqui erzählt hatte, sagte Megan: »Es gibt nur einen Ausweg aus diesem Schlamassel: Ich muß mit Eleanor Douglas sprechen. Versuch, ob du einen Termin für mich bekommst. Ich fliege rüber, wann immer es ihr paßt.«

»Uff! Sie empfängt nur Präsidenten und Könige. Meinst du nicht, daß du dich da ein bißchen übernimmst?«

»Versuch's trotzdem!« sagte Megan.

Nach fünf Anrufen sagte Megan zu Maureen, sie könne ihre Bemühungen einstellen. Eleanor Douglas empfing grundsätzlich keine Repräsentanten anderer Firmen, noch telefonierte sie mit ihnen. Megan war angeboten worden, sich mit Nigel Wilder zu treffen, doch genügte ihr eine kurze Unterhaltung mit Nigel am Telefon, um zu der Überzeugung zu gelangen, daß das Zeitverschwendung wäre. »Jacqui und ihre Skifahrerei darf ich der Frau Direktor gegenüber überhaupt nicht erwähnen, wenn mir meine Stellung lieb ist«, sagte er wichtigtuerisch. »Miss Douglas hat bereits Maßnahmen ergriffen, Jacqui zu enterben, weil sie sich hartnäckig den Anordnungen ihrer Mutter widersetzt.«

Und dann war da außerdem noch die Sache mit Nikola Petrowna. Auch hier mußte dringend etwas geschehen. Das Mädchen war spurlos verschwunden, und Megan war fast sicher, daß man sie in Rom oder Heathrow festgehalten und zurückgeschickt hatte. Sie bat Maureen, bei der BBC anzurufen und zu fragen, wo sich das Fernsehteam aufhielt.

»Die sind furchtbar vorsichtig«, sagte Maureen ihr nach einer Weile. »Sie dürfen nicht sagen, wo sich ihre Teams gerade befinden – und auch nicht, wann sie wieder zurückkommen.«

Megan nickte. »Sonst irgendwas Neues?« fragte sie, fast zwanghaft.

Maureens schwarze Augen musterten sie amüsiert.

»Michel Juric hat angerufen – und zwar viermal. Ich hab' ihn mit immer dümmeren Ausreden abgewimmelt.«

»Er will 'ne Story von mir.« Megan starrte unwirsch auf die Papiere, die vor ihr auf dem Schreibtisch lagen.

Maureen ärgerte sich plötzlich über ihre Chefin. Warum rückte sie immer erst in der letzten Sekunde mit den Problemen heraus? Man könnte noch aus der Haut fahren! Irgendwann kam der Zeitpunkt, wo sie dann doch redete – aber wann? Und bei ernsten Problemen wäre Maureen lieber rechtzeitig eingeweiht.

Punkt fünf ging sie beleidigt nach Hause. Megan blieb allein zurück; tief über den Schreibtisch gebeugt, verlor sie sich in Bilanzen.

Es fiel Megan schwer, sich auf ihre Zahlen zu konzentrieren. In Wahrheit blieb sie nur im Büro, weil sie auf einen Anruf oder ein sonstiges Lebenszeichen von Ian hoffte, denn er besaß ihre Privatadresse nicht. Vielleicht war er noch im Ausland. In den letzten Tagen war es ihr äußerst schwer gefallen, an irgend etwas anderes als an ihn zu denken.

Um sechs Uhr kam ein Telex von der Zentrale in Denver. Es hatte folgenden Wortlaut:

Betr. Jacqui Douglas stop. Bist du von allen guten Geistern verlassen stop. Ein Deal mit Magnum kommt nicht in Frage stop. Definitiv nicht stop. Sag das Adele Loots stop. Wieso wußtest du nicht, daß Jacqui die Tochter der Vanguard-Chefin ist stop. ISAs größter Einzelsponsor stop. Jede Konfrontation ist unter allen Umständen zu vermeiden stop. Dein Job und meine Firma stehen auf dem Spiel stop. John.

Megan seufzte. Adele hatte keine Zeit verschwendet und sich hinter ihrem Rücken direkt an die Zentrale gewendet. Dort war jetzt früher Vormittag.

Sie setzte sich hin und versuchte, einen Ausweg aus der verfahrenen Situation zu finden, aber ihr fiel nichts ein. Nach einer Weile gab sie es auf und machte sich auf den Heimweg.

Es war dunkel und kalt, und das Telefon klingelte. Megan erwachte aus einem tröstlichen Traum, räkelte sich aus ihrer warmen Daunendecke und tastete nach dem Lichtschalter. Sie fühlte sich betrogen und nahm verärgert den Hörer ab.

»Hallo«, sagte sie mit rauher Stimme.

»Bist du es, Megan? Hast du dich erkältet oder was?«

Sie erkannte die Stimme ihres Chefs und schielte automatisch zum Nachttisch, um sich zu vergewissern, daß Notizblock und Kugelschreiber bereitlagen.

»Es ist zwei Uhr morgens, John«, protestierte sie.

»Wie furchtbar!« Seine Stimme klang schrill – ein untrügliches Zeichen dafür, daß er wütend war. »Was, zum Teufel, hast du dir dabei gedacht, Megan? Selbst wenn sie wirklich gut ist, wie du dir das einbildest … nun, also selbst dann wird das 'ne üble Sache. Mir schmeckt das nicht ... Was ist denn, wenn aus der nichts wird?« Es folgte ein langes, unheilschwangeres Schweigen. ›Übel‹ war in John Oberholtzers Wortschatz eine Bezeichnung für allerschlimmste Katastrophen.

»John, wovon sprichst du eigentlich!« fragte Megan, doch im gleichen Moment überkamen sie wieder die Erinnerungen an den Alptraum von Sarajewo, und sie fühlte sich verunsichert.

»Das sollte dir eigentlich bekannt sein, Megan. Du organisierst ja nicht siebenmal die Woche so eine Flucht – oder hast du vielleicht noch ein paar Anwärter?«

»John!« Ihre Stimme klang jetzt qualvoll. Sie mußte tief durchatmen, um die in ihr aufkeimende Panik zu bremsen.

»Natürlich, wenn sie wirklich so gut ist, wie du dir offenbar einbildest ...« Der Ton hatte sich verändert, klang versöhnlicher. »Also sorg dafür, daß sie einen Spitzentrainer bekommt ... den besten, ja! Die Kosten spielen keine Rolle. Wir wollen nicht als Nietenasyl berühmt werden. Offengestanden, ich fürchte, daß wir die nie wieder vom Hals kriegen. Wenn sie's nicht packt, meine ich ...«

»Aber woher weißt du ...?« rief Megan gegen seine Stimme und die atmosphärischen Störungen an.

»... von allerhöchster Stelle. Natürlich habe ich gesagt, daß wir voll und ganz hinter deinen Versprechungen stehen, zumal du sie, wie es scheinst, alle schriftlich abgegeben hast. Also, wir haben das Baby, Liebling, und du kümmerst dich jetzt gefälligst darum, daß sie 'n Renner wird.«

»John ... Ich ...«

Er redete ununterbrochen weiter, das war eben seine Art. »Vorerst kostet uns das 'ne Stange Geld, Megan. Kann sein, daß die nie auch nur 'n Blumentopf gewinnt. Sieh zu, daß du deine Auslagen wieder reinkriegst. Hau'n bißchen in die philanthropische Kerbe, ja? Genauer gesagt: Hack drauf rum, solang es geht. Und komm ja nicht zu mir und bettele mich um Geld an. Raus mit dir, Megan, verkauf das Kind!«

Bevor sie etwas erwidern konnte, hatte er eingehängt.

Megan knipste das Licht aus und kuschelte sich, noch immer im Halbschlaf, in ihre Daunendecke. Langsam, sehr langsam, wurde ihr klar, was der Anruf zu bedeuten hatte.

Plötzlich lachte sie auf. »Nikki hat es geschafft!« rief sie laut. »Sie ist frei, sie ist in Sicherheit, irgendwo im Westen!«

Fröhlich vor sich hin pfeifend, zog sie sich ihren Morgenmantel über, ging in die Küche und bereitete sich einen Becher heiße Schokolade.

14

Am Montag, dem 14. Februar 1983, erschien auf der ersten Seite der Londoner *Times* unter der Überschrift RUSSISCHER EISLAUFSTAR VERMISST die folgende Meldung: *Wie aus verläßlicher Quelle verlautete, verschwand am 29. Januar während eines Eiskunst-Schaulaufens für Jugendliche im Koševo-Stadion von Sarajewo die derzeit führende russische Nachwuchsläuferin Nikola Petrowna. Anzeichen für ein Verbrechen liegen bisher nicht vor, eine Entführung gilt als ausgeschlossen.*

Es wird angenommen, daß Ms. Petrowna im Westen um politisches Asyl nachgesucht hat, obgleich ihr gegenwärtiger Aufenthaltsort nicht bekannt ist. Ein Sprecher des britischen Außenministeriums sagte, zu dem Fall der geflüchteten Eisläuferin lägen ihm keinerlei Informationen vor. Amerikanische Stellen behaupten, von dem gesamten Vorfall keinerlei Kenntnis zu haben.

Der nicht gerade geistreiche Text hätte sicher nur wenige Leser gefunden, wäre nicht die Fotografie von Nikola Petrowna gewesen. Das Bild, das Kopf und Schultern der Eisläuferin zeigte, war faszinierend: In Nikkis herausforderndem Lächeln lag ebensoviel Witz wie Traurigkeit. Der Blick ihrer strahlenden Augen war voller geheimer Versprechungen, verriet aber auch einen Hauch von Unglück. Sie sah hervorragend aus.

Innerhalb der nächsten achtundvierzig Stunden meldeten sich ungewöhnlich viele Leser bei der Redaktion. Die meisten Anrufer waren männlichen Geschlechts und wollten wissen, ob es schon etwas Neues über die junge Russin gäbe.

Megan rief im Außenministerium an und bei Scotland Yard. Das Ministerium behauptete, gar nichts zu wissen, während man bei Scotland Yard meinte, der Fall fiele nicht in ihr Ressort. Der Nachrichtenredakteur der *Times* sagte, die Meldung sei ihm aus unbekannten Quellen zugespielt worden. Megan war sich sicher, daß der Mann log. In ihrer Verzweiflung rief sie in Denver an, um John zu sprechen, doch der war nicht im Hause, sondern trieb sich irgendwo in Südamerika herum.

Am Freitagmorgen erschien ein etwas ausführlicherer Bericht:

RUSSISCHER EISLAUFSTAR ANGEBLICH IN ROM

Nach Informationen unseres Korrespondenten in Rom hat eine Passagierin namens N. Petrowna am 2. Februar auf dem dortigen Flughafen eine Maschine nach London bestiegen. Sie reiste mit einem russischen Paß und besaß ein Vier-Tage-Visum für Großbritannien.

Der Artikel befaßte sich des weiteren mit Nikolas bisheriger Karriere in Rußland. Ein Foto zeigte sie während einer Veranstaltung in Moskau auf dem Eis.

Komisch, ihre Frisur war noch nie so schön wie auf diesem Bild, dachte Megan, als sie das Foto näher betrachtete. Ein erstklassiger Friseur hatte Nikkis strähniges

Haar in eine wahre Kaskade aus Ringellocken verwandelt – und damit die ganze Person verändert. Obwohl sie gerade eine Vorstellung gab, lächelte sie geheimnisvoll in die Kamera.

Gegen Ende Februar stellten einige Zeitungen die Frage nach Nikolas Sicherheit. Gerüchten zufolge hatten die Russen sie entführt und in die Sowjetunion zurückgebracht; in anderen Berichten hieß es sogar, die britischen beziehungsweise amerikanischen Behörden hätten Nikola Petrowna aus eigenem Entschluß an die Russen überstellt.

Für Megan war es eine furchtbare Zeit. Die Sache mit Jacqui war nach wie vor unklar; Megan wußte einfach nicht, was tun, und schob sie deshalb vor sich her. Ian hatte weder angerufen noch geschrieben. Sie hatte ihn aus ihrem Kopf verdrängt, nicht jedoch aus ihren Träumen. Um Nikola machte sie sich permanent Sorgen, obwohl ihr ihr gesunder Menschenverstand sagte, daß die junge Russin entweder von den britischen oder den amerikanischen Behörden aus unerfindlichen Gründen verborgen gehalten wurde und über kurz oder lang freikommen würde.

Frei – Nikola würde ganz nach Belieben eislaufen, essen, einkaufen können. Sie würde ihren eigenen Sportwagen fahren und in London eine eigene Wohnung beziehen können. »O mein Gott«, murmelte Megan, wenn sie daran dachte. »Was habe ich da bloß angerichtet?« Nikola würde ein Vermögen kosten, das zunächst einmal ISA zu beschaffen hatte. Sicher, es würde nicht allzu schwierig sein, einen geeigneten Sponsor zu finden, tröstete sie sich – nur diese furchtbare Warterei und das Gefühl, zum Nichtstun verdammt zu sein, das brachte sie schier um. Auch häuften sich in den letzte Tagen die Anrufe von Journalisten und Sportreportern.

»Wieso fragen Sie ausgerechnet mich?« war ihre Standardantwort. »Ich weiß nichts von Miss Petrowna.«

Am nächsten Montag erschien wieder ein Artikel auf der ersten Seite der *Times.*

WEITERE HINWEISE AUF DEN VERBLEIB DES RUSSISCHEN EISLAUFSTARS – Ms. Megan Carroll, 26, Leiterin des Londoner Büros der International Sports Agency (ISA), hat angeblich die russische Eisprinzessin Nikola Petrowna unter Vertrag genommen. Das Geschäft kam, wie es heißt, vor kurzem in Sarajewo zustande. Ms. Carroll streitet offiziell jede Verwicklung in den Fall Petrowna ab. Aus gewöhnlich gut unterrichteter Quelle verlautete jedoch, daß sich Ms. Petrowna mit dem sich über eine siebenstellige Summe belaufenden Vertrag dem Eliteteam hochbezahlter Spitzensportler anschließt, das von ISA betreut wird. Man nimmt an, daß Nikola befürchtete, ihre Karriere in der Sowjetunion nicht in der von ihr gewünschten Weise fortsetzen zu können.

»O je, jetzt sind wir dran«, sagte Maureen.

Megan brachte vor Zorn kein Wort über die Lippen. Bis zehn Uhr morgens waren sämtliche vier Telefonanschlüsse der Firma blockiert; eine Frage nach Nikola Petrowna jagte die andere. Schließlich kam Maureen in ihr Büro. »Da ist schon wieder dieser Jugoslawe am Apparat, Michel Juric. Er besteht darauf, mit dir zu sprechen.«

Widerstrebend nahm Megan den Hörer ab.

»Herzlichen Glückwunsch, Megan«, waren seine ersten Worte. Sie klangen aggressiv.

»Wie meinst du das?« fragte sie.

»Eine wirklich erstklassige Publicity-Kampagne! Ich dachte nur, ich bekäme von dir einen Exklusivbericht.«

»Michel ...« begann Megan und brach dann plötzlich ab. War es möglich, daß Michel die Informationen an die Presse weitergegeben hatte? Arbeitete Michel mit der CIA zusammen? Als Journalist hatte er die ideale Deckung, und er reiste oft nach Jugoslawien. »Michel, hör auf, Katz und Maus mit mir zu spielen«, antwortete sie kühl. »Ich bin sicher, du weißt genau, daß ich seit Sarajewo nichts von Nikola gesehen habe ...« Sie machte eine kurze

Pause, dann fuhr sie schuldbewußt fort, weil ihr klar war, daß sie das, was sie nun sagte, eigentlich nicht hätte sagen dürfen. »Um ehrlich zu sein, ich mache mir große Sorgen um sie.«

Eine Weile lang blieb es am anderen Ende der Leitung still. Dann sagte Michel: »Also, für den Fall, daß das Gejammer eben echt war: Nikola befindet sich in London, ist sicher untergebracht und zur Zeit Gast des britischen Außenministeriums. Man wird zweifellos bald mit dir Kontakt aufnehmen.« Er hängte ein.

Megan tobte: »Na also! Er war's! Und mir reicht es jetzt. Ich bin die Dumme! Alle Welt weiß, was los ist, bloß ich nicht, und ich darf hinterher die Rechnung zahlen. Aber wartet, ich kriege schon noch heraus, was hier gespielt wird, und wenn ich es aus jemandem herausprügeln muß!« Sie packte das Telefon und schmetterte es auf den Tisch; der Korb mit den unerledigten Vorgängen fiel zu Boden.

Maureen seufzte und sammelte die Papiere wieder ein. »Es ist höchst unwahrscheinlich, daß du die richtige Person zum Verprügeln finden wirst, also reg dich ab!«

»So?« schrie Megan zurück. »Na gut, dann laß dir eins sagen: Immer ist es die *Times,* die tatsächlich was Neues zu vermelden hat. Irgendwer steckt denen das zu. Ich gehe jetzt in die Redaktion und verlange eine Erklärung von ihnen.«

Sie packte ihren Regenmantel, schlüpfte hinein und knöpfte ihn mit zitternden Fingern zu. »Schweinehunde«, fluchte sie dabei mehrmals vor sich hin.

Sie war bereits auf dem Weg nach draußen, als ein älterer Herr ihr Büro betrat.

»Miss Carroll?« Er ging auf sie zu und zeigte ihr seinen Ausweis. »Würde es Ihnen etwas ausmachen, mich ins Außenministerium zu begleiten? Mir wurde aufgetragen, ihnen mitzuteilen, daß es sich um eine sehr wichtige und sehr eilige Angelegenheit handelt.«

»Was fällt Ihnen ein, mein Herr?« gab Megan mit eisiger Stimme zurück. »Wie können Sie es wagen, einfach so über mich zu bestimmen? Ich möchte jetzt endlich wissen, was das alles zu bedeuten hat, dieses Tohuwabohu in der Presse, diese verdammten Lügen?« Wütend starrte sie den Besucher an und schwenkte die geballte Faust vor seiner Nase. Sie spürte, wie der Zorn schubweise in ihr aufwallte.

»Ich bin lediglich Chauffeur, Miss«, sagte der Mann.

Eine halbe Stunde später wurde Megan in ein karg eingerichtetes Büro geführt. Ein feister junger Mann mit bleicher Haut, rosigen Pausbacken und strahlend blauen Augen hinter dicken Brillengläsern saß am Schreibtisch und machte sich irgendwelche Notizen. Er erwartete sie.

»Ah, Miss Carroll! Bitte nehmen Sie Platz. Es gibt da ein paar Dinge, über die wir miteinander sprechen müssen. Sie haben uns eine Menge Unannehmlichkeiten bereitet, wissen Sie ...« Sein Englisch war tonlos, die Stimme sehr trocken, wie Herbstlaub unter den Füßen. »Unter diesen Umständen hielten wir es für das beste, Sie zu einer Unterredung zu bitten.«

Auf Megan wirkte die ganze Szenerie wie die Kulisse einer geplanten Vertuschungsaktion. Der Mann machte auf sie den Eindruck, als versuche er, sogar seine Stimme in den Dienst der Anonymität zu stellen.

»So, hielten Sie?« erwiderte sie scharf. Sie schäumte noch immer vor Wut. »Ich glaube, wir hatten schon mal das Vergnügen, am Telefon ...«

Ihr Zorn schien ihn nicht im geringsten zu stören. In aller Ruhe öffnete er den Aktenordner, der vor ihm auf dem Schreibtisch lag.

»Nun sehen wir uns das einmal an«, sagte er. »Nikola Petrowna traf vor drei Wochen in Heathrow ein und bat um politisches Asyl. Wir nahmen zur Kenntnis, daß sie einen Vertrag mit der Firma ISA besaß sowie gewisse Zusagen dieser Firma bezüglich ihrer künftigen Karriere als

Eiskunstläuferin.« Er sah auf und glotzte Megan für ein paar Augenblicke feierlich an, als meine er, er könne mit diesem Blick jeglichen Widerspruch im Keim ersticken. »Ich darf davon ausgehen, daß Sie diese Zusagen einzuhalten gedenken?« Sekundenlang verrieten seine Augen eine gewisse Unruhe, dann vertiefte er sich wieder in seine Unterlagen.

»Moment!« rief Megan, bevor er fortfahren konnte. »Ich habe auch ein paar Fragen an Sie! Erstens: Was, zum Teufel, wird hier eigentlich gespielt?« Es war Megan kaum bewußt, daß ihre Stimme einen schrillen, hohen Ton angenommen hatte. Dennoch schluckte sie und versuchte, sich zusammenzureißen. »Zweitens verlange ich eine Erklärung für die diversen Berichte und Indiskretionen in der Presse. Wie kommt mein Name da hinein, ohne daß mich jemand um Erlaubnis gefragt hat?« Die Sätze kamen nun fast zusammenhanglos; Megan geriet ins Stammeln. »Während ... während Nikola die ... die ganze Zeit über hier war!« Außer sich vor Erregung, schlug sie mit der Faust auf den Tisch.

»Beruhigen Sie sich, Miss Carroll«, sagte der Beamte, und mit einemmal blitzte hinter der Fassade des verweichlichten Internatsschülers Härte auf. »Ich darf Sie daran erinnern, daß Sie es waren, die Miss Petrownas Flucht organisiert haben. Wir haben nichts weiter getan, als uns an Ihrer Statt um die junge Dame gekümmert.« Wieder senkte er den Blick und betrachtete die Akten. »Sie haben mit hohem Einsatz gespielt und Glück dabei gehabt. Aber glauben Sie nicht, das alles ginge einfach so glatt.«

Megan öffnete den Mund, um ihn zu unterbrechen, doch der Beamte hob nur die Hand und sprach weiter. »Jedesmal wenn wir einen Überläufer hier willkommen heißen, finden die Sowjets Mittel und Wege, uns das heimzuzahlen – und ich kann Ihnen versichern, Ms. Carroll, daß es derer mehr als genug gibt. Im vorliegenden

Fall haben wir bereits sechs Auslieferungsersuchen erhalten.«

Megan blieb die Luft weg. »Aber Nikola ist doch sicher ... oder?«

»O ja, selbstverständlich, absolut sicher ... Man hat uns auch schon der Entführung bezichtigt – daher die Publicity.« Es klang wie die Verlesung einer sorgfältig vorbereiteten Stellungnahme. »Zum einen mußten wir den Russen unzweideutig zu verstehen geben, daß sich Miss Petrowna bei uns befindet, und zum anderen, daß sie wirklich aus eigenem Willen gekommen ist. Auf diese Weise verhindern wir, daß ihre Landsleute auf die Idee kommen, sie einfach wieder zurückzuzaubern, und dann so tun, als sei sie nie fortgewesen. Sie verstehen, was ich meine? Inzwischen weiß alle Welt, daß Nikola Petrowna geflohen ist, und sogar in der jüngsten Ausgabe der *Prawda* steht eine kleine Notiz darüber. Wir sind daher der Ansicht, daß wir sie guten Gewissens laufen lassen können oder besser: in Ihre Obhut überstellen, Miss Carroll. Scotland Yard wird allerdings fürs erste noch ein wachsames Auge auf sie halten.«

»Ich glaube Ihnen nicht«, sagte Megan verwirrt. »Ich kann Ihnen einfach nicht glauben. So einfach ist das alles nicht ... Und so eine gute Läuferin ist Nikola ja gar nicht, oder jedenfalls *noch* nicht, und selbst wenn ...« Sie sprach nicht weiter. Was hatte es für einen Sinn, sich mit diesem Mann anzulegen, der sie durch seine dicken Brillengläser betrachtete und mit seinen dünnen, vorgewölbten Lippen ein sphinxhaftes Lächeln produzierte?

Sie nickte unwillkürlich. Ihr Zorn legte sich, und sie fühlte sich erschöpft.

»Nun, Miss Carroll, kommen wir zur Frage des Unterhalts. Sie haben zugesagt, Miss Petrowna zu unterstützen, und ich darf Sie bitten, mir die betreffenden Erklärungen und Formulare zu unterzeichnen. Angesichts der besonderen Umstände dieses Falles und da es uns sicher scheint, daß Miss Petrowna nicht der staatlichen Fürsorge auf der Tasche liegen wird, wurde ihr eine vorläufige Aufenthaltsgenehmigung und eine Arbeitserlaubnis eingeräumt. Sie hat darüber hinaus – mit unserer Hilfe – einen Einbürgerungsantrag gestellt.« Nervös beobachtete der Beamte Megan, die die ihr vorgelegten Papiere überflog. »Eine reine Formalität natürlich, Miss Carroll«, sagte er. »Aber diese Dinge brauchen nun einmal ihre Zeit.«

»Sehen Sie mal –« Es war Megan gelungen, die Flut seiner Worte zu unterbrechen – »Ich habe gesagt, daß ich sie sponsern will, soviel ist richtig. Aber es war nicht meine Absicht, ihre Hüterin zu werden! Ich …« Sie brach ab.

»Wer – außer Ihnen – käme denn sonst in Frage?« Unerwarteterweise riskierte er ein verschlagenes Lächeln, das Megan jedoch sofort mit einem eiskalten Blick konterte, worauf er sich mehrmals räusperte. »Kommen Sie, lassen Sie uns die Formalitäten hinter uns bringen, ja? Bitte unterzeichnen Sie – hier! – im Namen Ihrer Firma.«

Mein lieber Schwan, dachte Megan und fügte sich. Entweder Nikki ist Spitze, oder es geht mir an den Kragen.

»Ich bin sicher, Sie werden nicht die geringsten Schwierigkeiten haben, einen geeigneten Sponsor zu finden«, sagte der Beamte, und Megan vermeinte, einen mitleidsvollen Schimmer in seinen Augen zu erkennen. »Immerhin gehörte sie in der Sowjetunion zur Elite.«

»Ich werd' mein Bestes tun«, murmelte Megan unfreundlich.

»Und nun, Miss Carroll, folgen Sie mir bitte. Miss Petrowna wartet nebenan auf Sie.« Er deutete auf eine Seitentür.

Jetzt gibt es kein Zurück mehr, dachte Megan, als sie das Nebenzimmer betrat. Ich hab' mich von Profis einwickeln lassen.

15

Der tollste Coup meiner beruflichen Laufbahn, dachte Megan mit gemischten Gefühlen, als sie im Bett lag und die Ereignisse des Tages überdachte. Ihre anfängliche Freude und Begeisterung darüber, daß die hochbegabte Eisläuferin wohlbehalten in England eingetroffen war, hatte sich rasch gelegt, nachdem ihr klargeworden war, was für eine Belastung mit Nikki auf sie zukam. Gewiß, der Weltchampion Nikki, das war eine Trumpfkarte, um die jedermann sie beneiden würde – der Mensch Nikki indessen, das Wesen aus Fleisch und Blut, war imstande, sie die Wände hochzutreiben, soviel stand fest.

Meine Güte, war das ein Affentheater! Irgendwie war natürlich die Nachricht von Nikkis Wiederauftauchen an die Presse geraten … Als sie vom Außenministerium zurückkamen, war das ISA-Büro von Reportern belagert, und die Telefone schrillten ohne Unterlaß.

Für die Mittagszeit hatte Megan eilig eine Pressekonferenz einberufen; allein schon die Suche nach einem Party-Service, der auf die schnelle einen Imbiß liefern konnte, hatte die Sekretärin an den Rand des Wahnsinns getrieben, bis Maureen die Sache in die Hand nahm. Die Pressekonferenz selbst erwies sich als außerordentlich anstrengend. Die Reporter stellten bohrende, oft geradezu heimtückische Fragen. »Mit welchen Argumenten haben Sie Miss Petrowna zur Flucht überredet?« – »Was haben Sie ihr versprochen?« – »Mit welchem Profit rechnen Sie langfristig?« – »Haben Sie auch an die Familienangehörigen von Miss Petrowna gedacht?«

Die in den Fragen verborgene Kritik richtete sich ausschließlich gegen Megan, nicht gegen Nikki. O nein! Der Gedanke daran stimmte Megan traurig. Sehr schnell war deutlich geworden, daß die kleine Eisprinzessin die überwiegend männliche Reporterschar mit der feinen, ungewöhnlichen Schönheit ihrer Züge, ihrer schmächtigen, ja zarten Figur und ihrer enormen persönlichen Ausstrahlung im Sturm eroberte. Wenn sie lächelte, leuchteten ihre grünen Augen voller Wärme und Lebenslust, doch war da auch noch etwas anderes, eine gewisse Dramatik, als wollte sie sagen: *Bitte, beschützt mich, ihr werdet dafür belohnt werden* … Das war die Botschaft, die diese Augen jedem einzelnen der anwesenden Männer vermittelten, und prompt wollte jeder der Glückliche sein. Daher balgten sie sich um die besten Plätze, spreizten ihr Gefieder, suchten sich mit allen möglichen Gags in Szene zu setzen. Nikki konnte überhaupt keinen Fehler machen; obwohl sie mit monotoner Stimme immer die gleichen Antworten gab – »Es tut mir leid, mein Englisch … ist nicht gut … Vielleicht kann Megan …«, hingen sie an ihren Lippen.

Als Michel Juric sich erhob, um eine Frage zu stellen, war Megan unwillkürlich zusammengefahren. Sie hatte nicht gewußt, daß er sich in London aufhielt. Wie schafft der es nur immer, stets an Ort und Stelle zu sein, fragte sie sich.

Ein seltsamer Schimmer lag in seinen braunen Augen, eine gewisse Gehässigkeit, wie es Megan schien. »Bist du jetzt ihre Hüterin, Megan?« rief er laut in die Runde. »Wie stellst du dir diese Aufgabe vor?«

Die beiden Fragen gaben genau ihre ureigensten Befürchtungen wieder. »Ich kann mich dazu im einzelnen noch nicht äußern«, hatte sie wahrheitsgemäß geantwortet. »Wir lassen das mal auf uns zukommen und sehen dann weiter. Momentan finde ich es ganz einfach großartig, daß Miss Petrowna … daß Nikola jetzt hier bei uns ist …«

Dann holte Michel zum großen Schlag aus. Er wandte sich direkt an Nikki – und stellte ihr eine Frage auf russisch.

Nikkis gewinnendes Lächeln erlosch, und der verschlagene, stumpfe Blick eines geknechteten Bauern nahm seine Stelle ein; Kinn und Augen wirkten mit einemmal schwer und plump. Nie zuvor war Megan dieser Zug an Nikki aufgefallen.

»Ich habe mein ... mein Russisch zurückgelassen«, hatte sie gestammelt und dabei nervös die Hände gerungen. »Ich ... nicht antworten.«

Ein leicht säuerlicher Geruch stieg Megan in die Nase. Nikki schwitzte vor Angst. Megan verspürte eine Woge des Mitleids in sich aufwallen und kam ihrem Schützling zu Hilfe.

»Kein Russisch, bitte«, sagte sie streng und funkelte Michel an.

»Was hat sie denn zu verbergen?« rief Michel ärgerlich zurück. »Wovor fürchtet sie sich denn?«

Danach war die Sturmflut der Fragen erst richtig losgebrochen. Megan wurde einem einstündigen Kreuzverhör unterzogen, bei dem ihr ganz schwindelig wurde. Sie ließ sich jedoch nicht aus der Fassung bringen und hielt sich eisern an die Version, die man ihr im Außenministerium empfohlen hatte: Nikki habe sie in Sarajewo angesprochen und ihr gesagt, daß sie frei sein wolle, um ihre künstlerischen Fähigkeiten voll entwickeln zu können. Sie wolle einen englischen Trainer und wolle nicht auf die Möglichkeit verzichten, an internationalen Wettbewerben teilnehmen zu können. In der Sowjetunion habe man sie behindert; sie sehne sich nur nach Freiheit und wolle alles tun, um ihre Chance, ganz nach oben zu kommen, zu nutzen.

Es war bereits nach zwei Uhr, als Megan auf ihre Armbanduhr sah, aufstand und sagte: »Meine Damen und Herren, Miss Petrowna hat eine schwere Zeit hinter sich, Sie sehen ja selbst, wie müde und durcheinander sie ist. Die Pressekonferenz ist hiermit beendet. Ich werde Nikola in den nächsten Tagen ein wenig in dieser wunderschönen Stadt herumführen, die sie sich zur neuen Heimat gewählt hat.«

»So, und was nun?« Maureen hatte nur zum Ausdruck gebracht, was Megan befürchtete. Die Reporter waren verschwunden, und die Sekretärin notierte die Fragen der Anrufer, ohne Megan oder Maureen direkt zu behelligen.

Da Nikolas Garderobe ungewaschen und zerknittert war, waren sie in die Stadt gefahren und hatten sie in Knightsbridge neu eingekleidet. Es waren drei teure Stunden gewesen ... Megan hatte unterschrieben und unterschrieben und innerlich schwer gestöhnt. Nikki verliebte sich in alles, was sie sah, und es war kaum möglich, ihr einen Wunsch abzuschlagen. Ständig mußte Megan sich daran erinnern, wie verständlich und wie zutiefst menschlich diese Reaktion war. Nie in ihrem Leben hatte Nikki so schöne Kleider gesehen; die Läden mußten ihr wie wahre Schatzkammern vorkommen.

Ihr Englisch war plötzlich viel besser gewesen ... Sie wußte sich kaum zu halten vor Bewunderung für die schicke französische Wäsche und war einfach nicht von dem Stand wegzubekommen. Wenn Megan es wagte, einmal ›nein‹ zu sagen, flossen sofort die Tränen, doch damit war Nikkis Repertoire beileibe nicht erschöpft. Dreiste, unverblümte Forderungen wechselten sich ab mit kriecherischer Servilität. Es war Megan völlig klar, daß Nikki nicht die geringste Ahnung davon hatte, was man von ihr erwartete. Sie schien eine Identität zu suchen und dabei alle Menschen, die ihr begegneten, an eine bestimmte Stelle postieren zu wollen, um schließlich für sich selbst eine freie Sprosse auf der Leiter zu finden. Das Problem war nur, daß ihr das nicht gelang, und so tappte sie völlig verwirrt und ziellos durch die Gegend. Den Verkäuferinnen gegenüber verhielt sie sich ausgesprochen unhöflich, und dort, wo sich die Menschen drängten, bahnte sie sich ohne jede Rücksicht mit den Ellenbogen ihren Weg.

Hatte sie sich erst mal in den Kopf gesetzt, einen bestimmten Artikel zu bekommen, dann war ihr Wille absolut. Die Kleider, Kosmetika, Taschen, Koffer, Schlittschuhstiefel und was sonst noch anfiel, akzeptierte sie in der Art einer Königin, die die Huldigungen ihrer Untertanen entgegennimmt – mit Anmut, herablassendem Charme und scharfem, bezeichnendem Blick.

Daß überall, wo sie sich gerade befanden, die Leute stehenblieben und sich nach Nikki umdrehten, machte die Sache noch schlimmer. Ohne direkt aufdringlich zu sein, war das Verhalten der Menschen zumindest sehr auffällig: Es war, als sende Nikkis Schönheit unsichtbare Lockstoffe aus, wie ein teures Parfum oder eine duftende Blume. Wer immer in diesen Dunstkreis geriet, schien ihr verfallen zu sein. Die Leute starrten sie offenen Mundes und voller Bewunderung an. Nie hatte Megan auch nur geahnt, daß ein Mensch eine so starke persönliche Ausstrahlung haben konnte; es kam ihr vor, als öffne sich ihr Blick auf eine gänzlich andere Existenzform. Wie das wohl war – so wie Nikki zu sein? Wie fühlte man sich, wenn die Männer einen umschwärmten wie die Motten das Licht und sich zu den abenteuerlichsten Verrenkungen verstiegen, um nur ja auf sich aufmerksam zu machen? Wenn jede Frau auf der Stelle vor Neid erblaßte? War das ein Segen oder ein Fluch?

Zum Schluß war es die reine Erschöpfung, die Nikkis Kaufrausch ein Ende setzte. Die drei Frauen begaben sich in Megans Wohnung, wo Nikki fürs erste bleiben sollte. Doch als sie ihr das Gästezimmer zeigten, brach Nikki in empörtes Wehklagen aus, das alles andere als gespielt war.

»Das ist aber nicht das, was man mir versprochen hat«, flüsterte sie, nachdem sie sich gefangen hatte. »Man hat mir eine eigene Wohnung versprochen ... und mir gesagt, daß ich ein Star sein werde ...« Sie brach ab und biß sich auf die Lippe.

»Wer hat dir das versprochen?« fragte Megan, aber aus Nikki, die sich schmollend auf die Bettkante gesetzt hatte, war nichts mehr herauszubringen.

»Du verstehst nicht, wie das hier läuft bei uns, Nikki«, fuhr Megan fort, setzte sich neben sie und gab ihr in recht düsteren Worten eine erste Einführung in die Geheimnisse der westlichen Marktwirtschaft. Um dem, was sie sagte, Nachdruck zu verleihen, händigte sie Nikki das Taschengeld für den ersten Monat aus und teilte ihr mit, daß sie ihr in Kürze ein Bankkonto einrichten wollte.

»Und zunächst einmal wirst du hier bei mir wohnen, hier ist genug Platz für uns beide.«

»Hier werde ich gefangengehalten!« sagte Nikki wütend.

»Nein, das wirst du nicht, Ehrenwort«, protestierte Megan.

»Na gut, dann mache ich jetzt einen Spaziergang.«

»Tu, was du nicht lassen kannst!« erwiderte Megan wütend und wandte sich an Maureen: »Und du läufst am besten hinter ihr her, damit sie sich nicht verläuft.«

Megan wich Maureens vorwurfsvollem Blick aus und war nur allzu froh, in ihr Büro entkommen zu können. Es hatte sich genug Arbeit aufgestaut. Der erste Lichtblick an diesem Tag war die Tatsache, daß es ihr gelang, Eric Lamont, den bekanntesten Eiskunstlauftrainer Englands, für Nikki zu engagieren.

Gegen acht Uhr abends war sie in ihre Wohnung zurückgekehrt. Obwohl sie fix und fertig war, wollte sie die beiden zum Abendessen ausführen. In der Wohnungstür stieg ihr jedoch ein köstlicher Geruch in die Nase, der seinen Ursprung in der Küche hatte. Und überall waren Blumen – Narzissen, Schwertlilien, Schneeglöckchen, alles Sorten, die zur Zeit im Freien gar nicht blühten.

»Nikkis Idee«, sagte Maureen. »Sie hat sie gekauft.«

»Mein Gott, hat sie eine Bank ausgeraubt?« fragte Megan entgeistert.

»Nein, die Reue hat sie überkommen«, erklärte Maureen. »Sie hat ihr gesamtes Geld in Blumen für dich investiert. Und jetzt kocht sie gerade das Abendessen. Sie hat eine Ausdauer wie ein Ochse, muß vom ständigen Eislaufen und Trainieren kommen. Was mich betrifft, mir reicht's für heute.«

Maureens übliche Munterkeit und Überschwenglichkeit waren wie weggeblasen. »Sie ist so hübsch, so schön«, sagte sie und drückte damit nur aus, was Megan insgeheim dachte, »daß man sich in ihrer Nähe geradezu minderwertig vorkommt. Ich fühle mich wie ein altes Tantchen. Kann nicht sagen, daß mir das besonders gefällt.«

»Du wirst dich dran gewöhnen müssen!« Megan lachte, um ihren Worten die Gehässigkeit zu nehmen. »Während der Bürozeiten gehört sie von nun an dir, du bist ihr Kindermädchen, ihre Chauffeuse, Aufpasserin, Englischlehrerin und Fremdenführerin. Außerdem darfst du ihr eine Wohnung suchen, die für uns einigermaßen erschwinglich ist – irgendwas Niedliches. Fang gleich morgen früh um acht an. Wird 'ne ganz neue Erfahrung für dich ...« Besänftigend fügte sie noch hinzu: »Ist ja nicht für immer«, doch Maureen war zu wütend, um überhaupt noch eine Antwort herauszubringen.

Nikkis russischer Borschtsch erwies sich als ausgezeichnet. Die Flasche Rotwein hatte Nikki fast ganz allein geleert. Als Megan um elf den Vorschlag machte, ins Bett zu gehen, reagierte sie überrascht und enttäuscht.

»Aber es ist doch unser erster gemeinsamer Abend in London. Meine erste Nacht in Freiheit, nicht wahr? Wir wollen doch ausgehen, feiern ... uns amüsieren, oder?« Ihre Stimme klang heiter, in den Augen lag jedoch eine flehentliche Bitte. »Bist du noch immer böse auf mich?«

»Ich bin dir überhaupt nicht böse, war es auch nie«, gab Megan zur Antwort. »Aber heute bin ich zu müde, um noch etwas zu unternehmen, und du brauchst auch deinen Schönheitsschlaf. Vielleicht am Wochenende, ja?«

Wieder dieser Blick. Es war umwerfend, wie schnell Nikkis Begeisterung umschlagen konnte. Und dann sah man ein feindseliges Funkeln in ihren Augen, und eine finstere Entschlossenheit bemächtigte sich ihrer Züge. Die Eisprinzessin wußte genau, was sie wollte und wie sie es bekam.

Endlich allein und in ihrem Bett, versuchte Megan sich die unmittelbare Zukunft vorzustellen. Die Aussichten waren alles andere als rosig, zumindest solange sie noch keinen Sponsor und keine eigene Wohnung für Nikki gefunden hatte. Sie wird sich mit der Zeit schon noch ändern, dachte Megan und zwang sich zur Nachsicht. Sie ist nichts weiter als das Produkt ihrer Umwelt. Ihr ganzes Tun und Handeln ist von Ängsten und dem Wunsch nach der Erfüllung unmittelbarer Bedürfnisse erfüllt. Sie kämpft um ihre Rechte. Bald wird sie merken, daß sie alles erreichen kann, was sie will, und daß der Schlüssel dazu ihre Fähigkeiten als Eiskunstläuferin sind. Immerhin ist sie ein Supertalent. Alles, was sie derzeit braucht, ist Freundschaft und Verständnis. Mit diesen Gedanken glitt Megan hinüber in einen unruhigen Schlaf.

Nikola Petrowna knipste die Nachttischlampe aus, öffnete das Fenster, zog den Stuhl heran, kniete sich darauf und starrte still und reglos über die Dächer Londons hinunter auf die Themse.

Wäre Megan jetzt heimlich ins Zimmer geschlichen – sie hätte glauben müssen, Nikki sei in Trance gefallen, so still und blaß war das Mädchen. Es hielt den Kopf leicht nach vorne geneigt, und ihre langen weißen Finger umklammerten das Fensterbrett. Die Ruhe war jedoch trügerisch, denn in Nikkis Innerem herrschte Chaos.

Tausend Eindrücke und Erinnerungen stürmten in rascher Folge auf sie ein: der Flug von Sarajewo nach Dubrownik, die lange Reise mit dem Motorboot, dem Unterseeboot, dem Hubschrauber ... Schließlich das hübsche Landhaus außerhalb von London, wo man sie in den vergangenen drei Wochen gehätschelt und gepäppelt hatte. Und dann der heutige Tag ... der war großartig gewesen!

Jetzt war sie frei!

Frei von ihrem Vater und seinen Kollegen, frei von der steifen russischen Bürgerlichkeit, der lästigen Kontrolle, den dauernden Vorschriften, die ihr sagten, wann, wo und wie sie zu laufen hatte. Sie hatte ihr langweiliges, einsames Leben hinter sich gelassen und war nun frei von allen Beschränkungen und Rücksichtnahmen.

Endlich war sie im Westen.

Unter sich sah sie die bunten Neonlichter und die hellen Scheinwerfer unzählig vieler Autos, die sich den Hauptverkehrsströmen anschlossen oder aus ihnen ausscherten. Sie sah den Fluß und die Brücken, weiter hinten auch einen Vergnügungsdampfer, der sich langsam flußaufwärts bewegte. An Bord fand eine ausgelassene Party statt: Geschrei, Musik, tanzende Silhouetten vor der Festbeleuchtung. Ja, hier war sie jetzt, die Welt stand ihr offen, und sie war nur zu begierig, alles auszukosten, was sich ihr bot. Ein ungeahntes Triumphgefühl durchströmte sie, als sie sich noch einmal an ihren Entschluß und seine Konsequenzen erinnerte. Der Erfolg machte sie fast trunken. Welch ein Glück! Sie war begabt, sie war schön, und Schönheit galt bei den Westlern noch was! Über kurz oder lang würde alle Welt sie auf Feste und Partys einladen ...

Im Moment allerdings fühlte sich Nikki verraten und verkauft, und das lag natürlich an Megan. Autoritätspersonen oder solche, die es sein wollten, in jeder nur denkbaren Form vor den Kopf zu stoßen und zu beschwindeln – das war eine der Lektionen, die Nikola Petrowna in ihrem bisherigen Leben gelernt hatte. Und hier in London waren es Megan und Maureen, die ihr Vorschriften machen wollten. Sie hatte nicht die Absicht, sich von den beiden an die Leine legen zu lassen. Andererseits – irgendwie mochte sie Megan auch und wollte ihr keine Schwierigkeiten machen. Niemals in ihrem Leben hatte

Nikki irgendeinem Menschen getraut, und daher mißtraute sie jetzt ganz besonders dieser neuen und völlig ungebetenen Zuneigung, die sie empfand. Trotzdem ... da war etwas an Megan, eine ungeheure Wärme und Güte im Blick ihrer strahlenden Augen ... Am liebsten hätte Nikki sich ihr in die Arme geworfen. Du bist verrückt, ermahnte sie sich und wies die vorübergehende Schwäche in Gedanken weit von sich. War es nicht eine Schande, daß sie die erste Nacht in Freiheit ganz allein verbringen mußte? *Das* hatte ihr vorher keiner gesagt ...

Ein leichter Schauer überlief sie, als von dem vorbeiziehenden Schiff Lachen und Musik an ihre Ohren drang; es war ihr, als trage der Wind die Zerstreuung und das Vergnügen durch die Stadt. Sie wollte danach greifen, es einfangen, so wie sie als Kind nach Schmetterlingen gehascht hatte ... Nur Megan zuliebe blieb sie jetzt hier in der Wohnung und lief nicht hinaus, um Freunde zu finden. Aber sie war sich, was Megan betraf, noch nicht ganz sicher, wußte nicht genau, wie sie sich ihr gegenüber verhalten sollte. Am besten, sie wartete noch ein wenig ab.

Nikola seufzte traurig. Soweit sie zurückdenken konnte, war sie von der Vorstellung besessen gewesen, in eine große Glaskugel eingeschlossen zu sein. Durch eine unüberwindbare Barriere von allen menschlichen Vergnügungen und aller Geselligkeit ausgeschlossen, war sie durchs Leben gedriftet, allein mit sich und ihren Ängsten und Zweifeln. Die Glaskugelvision mußte sie in frühester Kindheit überkommen haben; heute jedenfalls fühlte sie sich genauso wie an jenem Tag vor vielen Jahren, als Mama sie verlassen hatte.

Sie war durch den langen Flur in der Moskauer Wohnung gekrabbelt, bis vor die Tür von Papas Arbeitszimmer. Dort hatte sie sich niedergekauert und hatte auf die Stimmen gelauscht, die von drinnen herausdrangen. Sie verstand nicht ein Wort von dem Gesagten, doch fühlte sie sich allein durch die Gewißheit, daß dort Menschen waren, auf seltsame Weise getröstet. Sie vermied die Erinnerung an die Vorwürfe, die es gehagelt hatte, als man sie in den frühen Morgenstunden, schlotternd und blaugefroren, dort entdeckte.

Stets hatte sich Nikki nach ihres Vaters Zuneigung gesehnt, doch mit der Zeit lernte sie ihn so zu sehen, wie er war: hart, ichbesessen und ehrgeizig; ein Mann, der seine unerschöpflichen Energien voll und ganz auf seine Karriere richtete, so daß für sein kleines, einsames Töchterchen nichts mehr übrigblieb.

Später, Jahre später, entdeckte Nikki die Wärme, die von einem begeisterten Publikum ausging, und sie hatte hart an sich gearbeitet, um sich dessen Gunst zu erwerben. Doch gegen das Gefühl der Leere zwischen den einzelnen Triumphen in der Öffentlichkeit schien es kein Mittel zu geben. Manchmal verglich sie ihr Leben mit einem Diamantenkollier: Jeder Auftritt war ein glanzvolles Ereignis, doch zwischen den Juwelen tat sich ein schmerzhaftes Vakuum auf.

Noch fester umspannten Nikkis Hände die Kante des Fensterbretts. Sie ließ die Ereignisse des Tages Revue passieren, ihre vielen kleinen Triumphe, einen nach dem anderen: erst die Pressekonferenz, dann das Blitzlichtgewitter, das sie vorübergehend regelrecht geblendet hatte. Fotos von ihr waren in den Spätausgaben der Zeitungen abgebildet; sie hatten sie sich am Kiosk um die Ecke alle besorgt. Megan hatte eine Art Album aufgetrieben, in das sie sämtliche Ausschnitte eingeklebt hatte.

Nikki wandte sich vom Fenster ab und knipste das Licht an. Am liebsten hätte sie Megan aufgeweckt, um mit ihr gemeinsam noch einmal die Bilder anzusehen, doch dann fiel ihr ein, wie hartnäckig Megan darauf bestanden hatte, endlich ins Bett gehen zu können.

Wie langweilig die Leute doch waren. Wie sehr sie einen anöden konnten – und wie einsam man war, ließen sie einen allein. Irgendwo mußte es auch Menschen geben, die so waren wie sie, wie Nikola Petrowna. Nur allzu gerne hätte sie Menschen gefunden, die zu ihr paßten – nur wußte sie nicht, wo sie nach ihnen hätte suchen sollen.

Nach einer Weile holte sie das Album hervor und sah sich allein noch einmal die Zeitungsausschnitte an. Die Aufnahmen stammten aus verschiedenen Perspektiven, doch jedes Bild zeigte sie lachend. Das ist gut, dachte Nikki. Sie haßte Fotos, auf denen sie ernst blickte, denn sie enthüllten ihre Traurigkeit.

Als Nikki die letzte Seite erreicht hatte, trommelte sie ein paar Augenblicke lang mit den Fingern auf die Tischplatte, dann wandte sie ihre Aufmerksamkeit den Schubladen zu, in die ihre neue Garderobe eingeräumt worden war. Minutiös examinierte sie jedes einzelne Stück, verlor dann aber das Interesse daran und kehrte, nachdem sie die Kleider wieder eingeräumt hatte, auf ihren einsamen Wachposten am Fenster zurück.

Es klingelte an der Tür.

»Oh, verflucht«, murmelte Megan, stieg aus dem Bett und schlüpfte in ihren Morgenmantel. Sie sah auf die Uhr, es war ein Uhr nachts. »Das kann, nach diesem katastrophalen Tag, nur eine weitere Katastrophe sein«, sagte sie.

Aber es war Ian.

Er stand vor der Tür, in den Händen eine Flasche Champagner und ein kleines Päckchen, das in Geschenkpapier gewickelt war. Seine Lippen lächelten, seine Augen hingegen stellten Fragen. Megan starrte ihn an, gleichermaßen erschrocken wie erleichtert. Ihr erster Impuls war, ihm die Tür vor der Nase zuzuschlagen, aber sofort schalt sie sich ihrer Unbeherrschtheit. Es bestand nicht der geringste Grund dazu – obwohl er drei Wochen fortgeblieben war, ohne sie auch nur ein einziges Mal anzurufen oder ihr auf einer Postkarte die Gründe seiner Abwesenheit zu erklären.

»Komm rein«, sagte sie. Wieso habe ich so ein komisches Gefühl in der Magengrube, bloß weil Ian da ist? fragte sie sich. Sie war wütend auf sich selbst und brachte das mit wildem Stirnrunzeln zum Ausdruck. Aber da war etwas an ihm … die Linie seiner Wangenknochen, der arrogante und dabei so perfekte Schwung seiner Nase, ja selbst die tiefe Kerbe in seiner Lippe und das trotzige Kinn … es war alles so vertraut. Erst jetzt fiel ihr auf, daß er müde und verfroren aussah; er hatte offensichtlich an Gewicht verloren, und unter seinen Augen lagen dunkle Schatten. Er hat offenbar einiges hinter sich, dachte sie, und ein Teil ihrer Wut verflog.

Sie bot ihm belegte Brote und eine Tasse Kaffee an, aber Ian schüttelte bloß den Kopf, zog den Regenmantel aus und legte ihn, sorgfältig zusammengefaltet, über eine Stuhllehne. Seine Bewegungen waren sparsam, dabei aber von der Eleganz und Präzision eines Jägers. Ja, er ist ein Raubtier, dachte Megan, ein durch und durch gefährlicher Mann – trotz seines unbekümmerten Lächelns und seines quicken Humors.

»Du kommst ganz schön spät«, sagte sie mit Betonung, fest entschlossen, die Wärme in seinen blauen Augen zu ignorieren.

»Ich komme gerade aus der Schweiz zurück«, antwortete Ian. »Im Flugzeug las ich die letzten Zeitungen, und da dachte ich mir, du könntest vielleicht einen Drink gebrauchen. Deshalb bin ich gleich hierher gekommen.«

»Ach, Ian, ich brauche so vieles! Aber ganz bestimmt keinen Drink. Trotzdem, vielen Dank«, sagte sie, auf Höflichkeit bedacht.

»Wo ist denn Miss Petrowna?«

»Hier, bei mir – bis ich eine geeignete Wohnung für sie gefunden habe. Sie ist über diese Lösung nicht sehr glücklich, und um die Wahrheit zu sagen, ich bin es auch nicht.«

Unvermittelt ergriff er ihre Hand, hob sie an die Lippen

und küßte ihre Innenseite. Mein Gott, dachte Megan, sorgfältig darauf bedacht, nicht die Luft anzuhalten. Er hat Routine, ist ein abgebrühter Bursche, ich werde doch auf diesen Typ nicht hereinfallen.

»Es kommt mir vor wie eine Ewigkeit«, sagte er und überreichte ihr das Päckchen.

Es war ein Schweizer Schal mit einem sehr hübschen, eingestickten Blumenmuster. »Ich habe nicht erwartet … Oh, ist der aber schön! Ich danke dir, Ian«, sagte sie artig und versuchte, ihre Freude zu verbergen.

In diesem Augenblick flog die Tür zum Flur auf.

»Ian«, sagte Nikki in ihrer tiefen Altstimme, hielt dann abrupt inne und reckte theatralisch die Arme in die Höhe. »Wir sehen uns wieder – und das in London!«

Mit ausgestreckten Armen glitt sie ins Zimmer, und Megan wünschte auf einmal, sie hätte sich ein weniger elegantes Negligé ausgesucht. In Ians Augen lag ein Ausdruck, den sie nie zuvor an ihm bemerkt hatte. Triumph? Stolz? Um Gottes willen, was war es nur? Und was hatten er und Nikki miteinander zu tun?

Ian holte ein zweites Päckchen aus der Tasche seines Regenmantels. Nikki fiel geradezu darüber her, machte dann aber ein großes Tamtam wegen der hübschen Kordel und des schönen Geschenkpapiers, das sie sorgfältig glättete und zusammenlegte.

Man könnte meinen, er hätte ihr die Kronjuwelen geschenkt, dachte Megan, als Nikki beim Anblick des kleinen Parfumfläschchens einen Freudenschrei ausstieß und sich Ian an den Hals warf. Wie kommt er eigentlich dazu, Nikki Parfum mitzubringen? Und wieso kommt er damit überhaupt hierher? Hat er vorher gewußt, daß sie bei mir wohnt, oder ist er bloß gekommen, um ihren Aufenthaltsort zu erfahren?

Als nächstes klopfte Nikki an die Champagnerflasche. »Wir müssen sie sofort austrinken«, sagte sie bestimmend. »Gemeinsam!« Ian machte aus dem Öffnen der

Flasche eine Kabarettnummer: Nikki hielt ihm die Gläser hin.

»Auf den Champagner!« sagte Ian.

Nikki kicherte albern. »Auf das Lachen!« sagte sie dann in bemerkenswert gutem Englisch. Sie hatte sich auf die Lehne von Ians Stuhl gesetzt und einen Arm um seine Schulter gelegt. Sie passen sehr gut zusammen, stellte Megan fest, und sie wirken sehr glücklich miteinander.

»Und auf unsere kleine Nikki, die endlich sicher in London ist!« fügte Ian noch hinzu.

»Auf uns drei, die wir hier zusammen sind«, sagte Nikki, Megan großzügig mit einbeziehend.

›Wir drei!‹ dachte Megan grimmig und hob ihr Glas. »Das könnte zu einer unguten Gewohnheit werden.«

16

Es war Mitte März, doch in Schottland zeigten sich noch keine Vorboten des Frühlings. Vier Tage lang hatte es ununterbrochen geregnet; der Regen hatte den Schnee in Matsch verwandelt, und der war dann gefroren, Schicht um Schicht. Selbst das Cairngorm-Plateau war ein riesiger Haufen gefrorenen Schneematschs, die Skihänge drumherum waren mit festgetretenem Schnee und Eis bedeckt; hier und da hatte der Regen einen Felsblock freigewaschen.

Eine furchtbare Piste, dachte Rob. Ihr Anblick stimmte ihn trübe. Weiter unten im Tal sah man die Wasserfläche der Lochs, die von ausgedehnten Kiefernwäldern umgeben waren; in einer Lichtung erhoben sich die Mauern eines uralten Schlosses, und dahinter schimmerte purpurn das Heideland zwischen einzelnen Schneeflecken und kahlen Hügeln.

Rob nahm seine Schneebrille ab und steckte sie in die

Tasche. Er brauchte sie nicht; der Himmel war bleigrau, der Schnee blendete kaum. Mißvergnügt blickte er in die Landschaft. Was hält mich bloß noch hier, fragte er sich und schalt sich einen Narren. Eine Woche war es schon her, daß er Megan angerufen, sie um Jacquis Adresse gebeten hatte und von Denver aus hierher geflogen war. Er hätte seine Fabrik um diese Jahreszeit eigentlich nicht im Stich lassen dürfen, doch seine Sehnsucht nach Jacqui war stärker gewesen als sein gesunder Menschenverstand. Es hatte ihn auch interessiert zu erfahren, warum Jacqui ausgerechnet hier trainierte, doch dann hatte sie ihm von dem Sponsorvertrag erzählt, der ihr hier zugesagt worden war, und von Megans hartnäckiger Weigerung, das Angebot zu akzeptieren. Sie hoffte, daß Megan ihr in Kürze die beste aller denkbaren Möglichkeiten präsentieren würde … und so lange blieb sie eben hier, denn hier oben war alles billiger.

Jammerschade, dachte Rob. Er wußte, daß Jacqui hier nicht besonders glücklich war. Die Reise nach Schottland war alles andere als ein Erfolg gewesen. Jacqui erwies sich als launisch und wenig zugänglich, und es war ihnen nicht gelungen, jenes Zusammengehörigkeitsgefühl, das sie in Sarajewo für kurze Zeit verbunden hatte, wiederaufleben zu lassen. Rob bemerkte an Jacqui eine starke Spannung und Unkonzentriertheit; da war irgend etwas, das sie beschäftigte. Und diesmal ging es nicht ums Geld, denn seit Megan ihr jene mysteriöse Optionssumme geschickt hatte, konnte Jacqui ihre Hotelrechnung selbst bezahlen und sich dreimal am Tag ein vernünftiges Essen leisten. Trotzdem war irgend etwas nicht in Ordnung … Nach außen hin war sie so wie immer, ein bißchen großsprecherisch und arrogant, innerlich schien sie dagegen gespalten zu sein. Sie hatte sich ihm nicht anvertraut, doch ihm war nicht entgangen, daß sie zwei-, dreimal mit einem Kerl namens Wolf telefoniert hatte. Zur Rede gestellt, bemühte sie sich um irgendwelche Ausflüchte, und diese Reaktion hatte Rob mehr verletzt als alles andere. Nach langem Hin und Her hatte sie schließlich zugegeben, daß es da einen älteren Freund – oder eher Mentor – gab, den sie während ihres jüngsten Aufenthalts in der Schweiz kennengelernt hatte. »Er will mir nur beim Training helfen«, sagte sie – und das klang in Robs Ohren alles andere als glaubwürdig. Er glaubte nicht, daß Jacqui ihn belog – aber sie war ganz einfach viel zu unerfahren, um zu begreifen, daß es für einen Mann auch noch ganz andere Gründe geben konnte, ihre Nähe zu suchen. Aber wie, verdammt noch mal, konnte er, Rob, da mithalten, wenn er fünftausend Meilen entfernt in Denver lebte?

Die Vernunft gebot, aufzugeben und nach Hause zu fliegen. Er zahlte hier nur drauf. Aber irgendwie schaffte er den Absprung nicht, noch nicht. So war er an diesem Morgen, aus dem vagen Gefühl heraus, daß Jacqui seine Hilfe brauchen könne, mit hinaus auf die Piste gezogen – genau wie an jedem der vorangegangenen sieben Tage, und auch heute war es ihm, trotz der kameradschaftlichen Atmosphäre, die draußen am Berg zwischen ihnen herrschte, nicht gelungen, ihr Verteidigungsbollwerk zu durchbrechen.

Rob stand, gut ausbalanciert, am Steilhang und sah ihr nach. Sie war schon weit unten, jubelnd vor Begeisterung. Geschwindigkeit belebte sie. Sie war wie eine Schwalbe, drehte sich, sprang, schoß, alles um seiner selbst willen. Er sah sie ganz am Ende seines Blickfelds – ihre Geschwindigkeit mochte jetzt an die achtzig Stundenkilometer betragen.

Er runzelte die Stirn, als er sah, wie sie mit ihren überlangen Skiern viel zu schnell fuhr. »Jesus!« rief er aus und hielt den Atem an. Im nächsten Augenblick wirbelte Jacqui auch schon kopfüber durch die Luft, und Skier, Stiefel und Arme ruderten herum wie Windmühlenflügel. Ein-, zwei-, dreimal sprang ihr Körper wie ein Ball auf der steilen Piste auf, ehe er an ihrem Rand im Schnee liegenblieb.

Schon war Rob unterwegs, raste im Schuß zur Unfallstelle, erreichte sie, beugte sich mit klopfendem Herzen über sie. Jacqui öffnete ein Auge: »Wo bleibst du denn so lange?« schnaufte sie und setzte sich kichernd auf. Robs Befürchtungen waren wie weggeblasen. Sie war unverletzt – und sie war im Grunde noch immer ein Kind. Lächerlich, auf den alten Kerl, der sie da umschwärmte, eifersüchtig zu sein. Wahrscheinlich hielt sie ihn nur zum Narren.

Er grinste, half ihr auf und schüttelte sie. »Los, komm«, sagte er und konnte zum erstenmal in dieser Woche befreit lachen. »Wer ist zuerst beim Mittagessen?«

Sie verbrachten einen schönen Tag miteinander und kehrten bei Beginn der Dämmerung, schweigsam und in trauter Zweisamkeit, in Jacquis Hotel zurück. Erst später am Abend fiel Rob auf, daß Jacqui nach wie vor ungewöhnlich ruhig war, daß es sich diesmal aber um eine gespannte Ruhe handelte. Er merkte, daß sie unter Druck stand und daß der Druck stieg. Es war, als laste ein zu schweres Gewicht auf diesen schmalen Schultern. Jacqui ist wie ein Berg daheim in den Rockies, dachte Rob: Eis und Schnee und Eis und Schnee türmen sich Schicht um Schicht darauf, und ein winziger Anlaß genügt, die riesigen Massen ins Rutschen zu bringen.

Rob hatte seine Versuche, mit ihr ins Gespräch zu kommen, schon fast aufgegeben. Er wußte, daß er sie liebte und daß sie das einzige Mädchen war, das er in seinem Leben je wirklich begehren würde. Warum das so war, konnte er nicht sagen. Vielleicht war es ihre Tapferkeit, die ihm so gefiel, oder irgendeine seltsame, unerklärliche emotionale Gemeinsamkeit, die sich der verstandesmäßigen Analyse entzieht. Er war davon überzeugt, daß es Jacqui nicht anders ging, nur war sie nicht bereit, es sich – und ihm – einzugestehen. Vom ersten Tag seines Hierseins an meckerte sie an ihm herum.

»Wie lange willst du eigentlich noch in Schottland bleiben?« fragte er sie beim Abendessen. Der Speisesaal des Hotels mißfiel ihm – er mochte weder das monotone Stimmengemurmel noch die überheizte, von Zigarettenrauch erfüllte Luft, in der der Geruch nach schalem Bier hing. Puh! »Wie hältst du es hier bloß aus?« flüsterte er.

Jacqui zuckte mit den Schultern. Ihre Welt teilte sich in zwei Klassen auf: Skifahrer und Nicht-Skifahrer. Erstere waren Angehörige eines himmlischen Ordens, letztere zu armselig und gering, um auch nur mit Verachtung gestraft zu werden. »Du hast recht«, murmelte sie, »es stinkt mir ganz gewaltig. Lauter Trolle und Gespenster ...«

»Wenn es nicht bald zu regnen aufhört, geht die Saison den Bach runter. Mit dem Schnee hier ist nichts mehr anzufangen. Bei uns zu Hause dauert die Saison bis Ende April, in der Gletscherregion sogar noch länger.«

»Denver ist meine Heimatstadt«, antwortete sie, und ihre Stimme klang gelangweilt.

Rob war überrascht, doch dann sagte er sich, ich hätte es wissen müssen. Alles an ihr erinnert irgendwie an zu Hause – ihr bereitwilliges Lachen, ihr freies Auftreten, ihr Mut. Dort wäre sie mit Sicherheit glücklicher, soviel steht fest. Plötzlich hatte er eine merkwürdige Vision: Jacqui stand auf dem Feld hinter seinem Haus. Sie lächelte. Die Haare fielen ihr locker über die Schultern, und ihr Kleid bauschte sich über den schlanken Beinen.

Er verdrängte das Bild. »Ach ja«, sagte er, »ich vergaß, daß Vanguard in Denver anfing. Sie haben noch immer ein Werk dort. Du mußt schon damals ganz schön verwöhnt gewesen sein, was?«

»Na, und ob!« log Jacqui. Ihre Mutter hatte damals geschuftet wie ein Ackergaul: Tagsüber verkaufte sie, nachts saß sie über der Buchhaltung, und zu den unmöglichsten Zeiten rannte sie in die Fabrik, um die Packer und Packerinnen anzutreiben. Jacqui hatte früh gelernt, den Haushalt zu machen und sich selbst das Essen zu kochen. An schulfreien Tagen und auch sonst an vielen Abenden half sie bei der Inventur – und das machte ihr sehr viel Spaß. Als sie zwölf war, zogen sie nach Monaco; Jacqui wurde in ein Internat gesteckt, und es begann eine furchtbare Zeit für sie. Immer wieder sehnte sie sich zurück in das Warenlager in Denver, zurück in jene Zeit, da sie und ihre Mutter sich so nahe waren wie nie zuvor und niemals später.

Unvermittelt sah Jacqui auf, und ihr Gesicht wirkte hart und viel älter. »Natürlich war es sehr schick. Deshalb bist du ja hier, nicht wahr? Wegen Vanguard. Du kriechst mir dermaßen in den Arsch, daß du schon ganz zerdrückt und zerknautscht sein mußt.«

Rob stand abrupt auf. Er war entsetzt. Geschmacklosigkeit widerte ihn an. Doch wenn Jacqui solche giftigen Töne anschlug, dann ging es ihr nicht um die Vulgarität als solche, sondern es war eine Art Selbstverteidigung. Sie war wie ein Igel, der sich in die Enge getrieben fühlt.

»Komm, wir verschwinden«, sagte er, ging zur Theke und bezahlte, ohne auf Jacqui zu warten. In der vergleichsweise reinen Luft des Foyers spürte er plötzlich Jacquis Hand auf seinem Arm.

Er drehte sich um und lächelte sie traurig an: »Bitte, Jacqui«, sagte er, »tu uns das nicht an.«

»›Uns!‹« spottete sie verächtlich. »Mach dir doch nichts vor. Ein Vieh dieses Namens ist mir unbekannt.«

Rob fluchte in sich hinein, ließ sich jedoch nichts anmerken. Dann beugte er sich vor und flüsterte ihr ins Ohr: »Deine Menschenkenntnis ist ziemlich bescheiden, Jacqui!«

Sie starrte ihn an. Seine unverkennbare Betroffenheit bestürzte sie. Er war nicht zornig gewesen, wie sie es beabsichtigt hatte, sondern er war verletzt. Aber ihr Argwohn blieb.

»Was außer Vanguard könnte dich schon an mir interessieren, he?« Ihre braunen Augen verrieten Spannung und Wachsamkeit. Sie erinnerte Rob an ein schutzloses Tier; er vergaß darüber ganz, wie wütend er war.

Was konnte er sehen? Er sah in diesem Moment Hoffnung in ihren Augen aufblitzen, aber da war auch die Furcht davor, zurückgewiesen zu werden, und diese Furcht war so stark, daß sie Jacqui schier verzehrte. Ein verlorenes Kind, dachte er. Wie konnte das geschehen und warum? Impulsiv ergriff er ihre Hände.

»Hör zu, Jacqui«, sagte er, und seine Stimme verriet, wie ernst es ihm war, »komm mit mir zurück. Komm mit, und wir trainieren den Rest der Saison gemeinsam bei uns. Ich habe ein hübsches Holzhaus in den Bergen, ringsum von Wald umgeben. Und eine Werkstatt, nein, mehr als das, eine kleine Fabrik. Und einen Namen, den man zwanzig Meilen im Umkreis kennt und dessen man sich nicht zu schämen braucht. Alle Menschen dort wissen, daß mein Wort soviel wert ist wie ein unterzeichneter Vertrag, und das zählt noch etwas in der Gegend, aus der ich stamme ... Gleich hinter dem Haus ist ein Feld. Irgendwann möchte ich dort einen Garten anlegen. Zur Zeit ist es noch eine echte Wildnis. Einen schöneren Ausblick als von dort oben kannst du dir gar nicht vorstellen! Du überblickst das ganze Tal mit seinen Ahorn- und Kiefernwäldern. Es würde dir gefallen dort, Jacqui. Warum ... Ich meine, du kannst ruhig auch ein bißchen länger dort bleiben.« Er flüsterte jetzt, es war fast ein Flehen: »Sag ja, bitte ...«

»Ja, wozu?« fragte sie, von der Flut seiner Worte ein wenig aus der Fassung gebracht. Aus Gründen, die ihr nicht ersichtlich waren, hatte sich auf ihren Armen eine Gänsehaut gebildet.

»Ja, daß du kommst. Zu mir nach Hause. Und eine Weile bleibst.« Er ließ nicht locker.

Es war absurd. Es war natürlich völlig ausgeschlossen, daß sie diese Einladung annahm. Aber da war eine tiefe Sehnsucht in seinen großen grauen Augen, die sie davon Abstand nehmen ließ, unverblümt und verletzend »nein« zu sagen. Mit seinem wirren, mittelblonden Lockenschopf und den hohen, dichten Augenbrauen sah er aus wie ein freundlicher Bär. Er ist ein guter Mensch, dachte sie und fragte sich noch im selben Augenblick: na und?

»Es klingt wirklich ganz toll. Aber so einfach ist das nicht. Ich habe andere Pläne ...« Sie sah sich um und zog angewidert eine Grimasse. »Wo man sich auch aufhält, überall hängen diese Typen herum ... die kriegen ja alles mit, was man sagt. Komm, gehen wir rauf in mein Zimmer, ich bin sowieso ziemlich müde. Wir können uns ja noch einen Kaffee bestellen.«

Sie hatte keine Ahnung, wie sie ihm beibringen sollte, daß er sich albern benahm. All dieses Liebesgesäusel war gerade gut genug für Kitschromane. Andererseits – Rob war ein wirklich netter Bursche in seiner manchmal etwas ungeschliffenen Art. Wie stark er war – und wie sanft. Außerdem sah er recht gut aus. Schon als sie sich zum erstenmal begegnet waren, hatte Jacqui sich vorgestellt, wie das wohl sein würde – in seinen Armen zu liegen und seinen Körper an dem ihren zu spüren. Jetzt war der Gedanke wieder da ... Sie errötete und war wütend auf sich selbst.

»Weiß du was?« fragte sie, als sie die Tür hinter sich geschlossen hatten. Sie saß auf dem Bett und wirkte gleichermaßen scheu wie ungemein tapfer; Rob hatte auf dem einzigen Stuhl im Zimmer Platz genommen. »Dir würde auch Monaco gefallen, wo wir jetzt leben. Auch unser Haus ist nicht ohne. Es liegt unmittelbar an der Mittelmeerküste in Cap Ferrat. Die beiden Nachbarn links und rechts von uns sind Ölscheichs. Nicht gerade eine Empfehlung, sagt Mutter, aber die sind heutzutage halt überall. Wir sehen allerdings nicht viel von ihnen, weil die Grundstücke so groß sind, da liegen ja ein paar Hektar Landschaft zwischen den Häusern, aber manchmal treffen wir sie unten am Strand. Wenn du mal mitkämst, könnte ich dir die Gegend zeigen. Ich habe einen schicken Lotus, ganz weiß, mit weißen Polstern und dunkelgrünen Armaturen – Mutter ließ ihn in den Farben der Firma anfertigen. Meine Güte – wenn ich vor dem Casino parke, hängt sofort 'ne Menschentraube um mein Auto, die Leute bekommen den Mund gar nicht mehr zu. Ich spiele aber nicht gerne – du vielleicht? Ich finde es langweilig. Ich meine, ob du nun gewinnst oder verlierst ... das ist doch völlig egal – reiner Frust. Aber vielleicht hast du ja Spaß dran, mal so zur Abwechslung ...«

»Okay, okay, ich bin im Bilde«, sagte Rob trübsinnig, »verglichen mit eurer Bude ist mein Haus 'ne Hütte. Und das Drumherum ist auch ziemlich öde, bei solchen Maßstäben ...« Er stand auf und ergriff seinen Anorak. »Na, bis morgen dann«, sagte er.

»Jetzt bist du sauer«, beklagte sie sich. »Warum hast du es mit einemmal so eilig?« Sie warf die Lippen auf und schlug die Beine übereinander. »Du bist ein netter Kerl, Rob, nur leider furchtbar altmodisch. Sag mal – du bumst wohl nicht allzu oft, oder?« Sie hielt den Kopf etwas zur Seite geneigt und sah ihn von schräg unten an. Plötzlich errötete sie jedoch und wischte sich mit einer Hand einen dünnen Schweißfilm von der Stirn.

»Ich ... ich habe meist gar nicht die Zeit dazu«, bekannte er verwirrt und fragte sich, wer ihm jetzt mehr leid tat – Jacqui oder er sich selbst.

»Also bleib jetzt hier«, sagte sie bittend. »Ich könnte einen Gutenachtkuß vertragen. Was hältst du davon?«

Rob stand auf und zog sie an sich. Ihre Kraft, die gar nicht zu dem zierlichen Körperbau passen wollte, überraschte ihn. »Ist das dein Ernst?« fragte er.

»Natürlich. Warum nicht?«

Er legte eine Hand unter ihr Kinn und preßte seine Lippen auf die ihren, suchte ihren Mund mit der Zunge. Er spürte, wie ihre Lippen sich zusammenzogen und hart wurden, dann stießen ihre Zähne aneinander. Schließlich erwies sich auch noch die Nase als Hindernis – es war ein jungfräulicher Kuß, ungeschickt und suchend. Als er spürte, daß ihn die Selbstkontrolle zu verlassen drohte, zog sich ihr Körper von ihm zurück. Da wußte er, daß sie geblufft hatte. Mit einem langen Seufzer schloß er sie in die Arme.

»Wem willst du eigentlich was vormachen, Jacqui?« Zärtlich streichelte er ihre Wange und blies ihr eine Haarsträhne aus dem Gesicht.

»Ich dachte mir, es könnte nett sein«, sagte sie sehnsuchtsvoll. »Ich habe dich dazu ausersehen, der erste zu sein.«

»Es ist immer nett, nur glaube ich nicht, daß das jetzt der geeignete Zeitpunkt ...«

Jacqui kicherte. Sie warf sich bäuchlings aufs Bett und sprang darauf herum wie auf einem Trampolin. Das Bett quietschte und klagte wie ein gequältes Tier. Jacqui strahlte ihn an. »Ein echtes Lotterbett!« rief sie, als hätte sie gerade eine bedeutende Entdeckung gemacht. »Genau das richtige Möbel für den ersten Bums! Meinst du nicht auch? So richtig sumpfig und widerlich und muffig ...«

Ich werd's dir schon beibringen, dachte Rob und zog sich aus. Zum Teufel mit diesem Wolf, wer immer er ist. Wenn es in ihrem Leben auch nur ein einziges schönes Erlebnis geben soll – dann dies hier.

Jacqui saß auf dem Bett, die Arme eng um die jungfräulichen Knie verschränkt. Sie starrte ihn an; die Brauen durch ein beunruhigtes Stirnrunzeln ein wenig verzerrt. Ein rosiger, taufeuchter Schimmer hatte ihre Wangen überzogen und glänzte matt im rosafarbenen Licht. Ihr starrer Blick machte Rob etwas unsicher. Sie sah verstört aus, wirkte bescheiden, ja demütig, und in ihren Augen lag eine unausgesprochene Bitte.

»Bist du dir auch ganz sicher?« Seine Stimme klang rauh. Irgend etwas hielt ihn zurück. Was war es nur? Ihre Reinheit? Unschuld? Es lag alles in ihrem Blick.

Als sie plötzlich zögernd hervorbrachte: »Ich ... ich habe noch nie einen Mann ... einen Mann nackt gesehen, noch nie …«, da wußte er, daß es die reine Wahrheit war. Sekundenlang war er von dem verrückten Impuls besessen, diesen Raum mit dem ächzenden Bett und dem schmuddeligen Teppich fluchtartig zu verlassen. Eine schöne Wiese an einem plätschernden Bach und hohe, weiße Lilien, die sich im Silberlicht des Mondes wiegen – das hätte er sich gewünscht, für sie. Aber dazu war es jetzt zu spät.

Er setzte sich neben sie aufs Bett, umfaßte ihre Knie mit den Händen und drückte sie sanft nieder auf die gesteppte Daunendecke, bis ihre Beine auf seinen Oberschenkeln lagen. Dann zog er Jacqui auf seinen Schoß.

»Du siehst 'n bißchen komisch aus, aber irgendwie ganz nett«, sagte sie mit einem etwas verschwommenen Lächeln, das nicht darüber hinwegtäuschen konnte, wie peinlich ihr die Situation war.

Rob sah sie mit beinahe verzweifeltem Blick an. Sicher, er hatte schon mit fünf oder sechs Mädchen geschlafen, aber keine war Jungfrau gewesen. Sie waren alle ganz heiß auf ihn gewesen, so daß er sich keine Gedanken über den jeweils nächsten Schritt machen mußte – das ergab sich von ganz alleine. Trotzdem war ihm absolut klar, daß er mit Jacqui schlafen würde – und zwar schon sehr bald. Dieses Wissen machte ihn halb verrückt, er bekam eine Gänsehaut, in seinen Schläfen pochte das Blut, und im Hals fühlte er plötzlich einen Kloß, der so groß war, daß er kaum noch schlucken konnte.

»Jacqui, ich liebe dich«, flüsterte er, als wolle er sie für alles, was er nun tat, um Entschuldigung bitten, »und ich werde dich immer lieben.«

Er zog ihr den Pullover über den Kopf und hörte sie nach Luft schnappen, als einer der Knöpfe sich in ihrer Nase verfing.

»O meine … Ich hatte mir das – eigentlich – vielleicht etwas anders vorgestellt. Ein bißchen mehr … du weißt schon«, flüsterte sie. »Komm, ich mach's selber.«

Sie begann ihre Bluse aufzuknöpfen. Rob spürte die Bewegung ihrer Schenkel auf seinen Beinen und war vor Erregung wie von Sinnen. Am liebsten hätte er ihr mit einem einzigen Ruck diese ganzen verdammt hinderlichen Klamotten vom Leibe gerissen.

Als der BH an der Reihe war, versagten ihr die Hände. »Es ist so kalt«, klagte sie.

»Nein, es ist nicht kalt ...« Und doch, es war kaum zu glauben, sie fühlte sich an wie ein Eisblock! So erhob er sich und schob sie zwischen die klammen Laken und schlüpfte gleich mit unter die Decke, um sie zu wärmen.

Sie zitterte. Armes, kleines Mädchen, dachte er. Wie schmal und zart sie ist! Und in diesem kleinen Mädchenkörper steckte so viel Mut und Geschick.

Er schloß sie in seine Arme und spürte ihre dichten Haare, die sein Gesicht kitzelten. Fest drückte er sie an sich, bis ihr Zittern endlich aufhörte.

Dann, als er sich über sie beugte, um sie zu küssen, sagte sie, das Licht störe sie. Widerstrebend schaltete er es aus und tastete blind nach ihr, spürte dann aber auch ihre Hand nach seinem Körper tasten, fühlend, kostend, forschend. Jetzt wußte er, daß sie ihn genauso begehrte wie er sie, und wie eine heiße Woge durchflutete ihn die Liebe, und er spürte eine ungeheure Begeisterung und Kraft in sich.

Seine Augen gewöhnten sich rasch an den sanften Schimmer des Mondlichts, das durch einen Spalt zwischen den Vorhängen ins Zimmer fiel.

Er ging ein wenig auf Distanz, um sie besser sehen zu können. »Oh, Jacqui, meine Geliebte!« murmelte er. Ihre Brüste waren makellos, zwei schwellende, feste Hügel mit dunkelbraunen Höfen um die kleinen, harten Warzen. Er umspielte eine Brustwarze mit dem Finger, spürte, wie fest sie war, hörte, wie Jacqui die Luft anhielt. Dann schob er die Hand über ihre Brüste und preßte seinen Mund auf ihre Lippen.

Sie war wunderschön. Schöner, als er es sich in seinen kühnsten Träumen hätte ausmalen können, soviel stand fest. Ihre Haut war glatt und fühlte sich an wie weicher Samt. Ihre Beine waren lang und wohlgeformt, ihre gertenschlanke Taille war ein reines Wunder, und die gewölbte Rundung ihrer Hüften erfüllte ihn mit Begierde.

Aber er wollte warten. Es muß von ihr ausgehen, zumindest dieses eine Mal, dachte er, sonst kann ich sie für immer verlieren. So liebkoste er ihren Rücken und ihren Bauch, strich mit den Händen über ihre Haut und genoß die Ohs und Ahs und die kleinen Freudenschauer, mit denen sie darauf reagierte.

Er war bereit, jeden einzelnen Punkt ihrer zarten Haut zu küssen, jeden Winkel mit seiner Zunge zu erforschen, wollte sie schmecken und verschlingen, und er begann mit den kleinen Zwischenräumen zwischen ihren Zehen, konzentrierte sich dann auf ihre hübschen Knöchel und Unterschenkel, während Jacqui, schaudernd und zappelnd, stöhnend und jungmädchenhaft kichernd, vor ihm lag und das Kopfkissen umklammerte.

Schon bald aber hielt sie es nicht mehr aus, und eine unstillbare Sehnsucht trieb sie fast zum Wahnsinn.

»Du mußt … Ich muß …« flüsterte sie. »Oh, Rob … ich weiß nicht, was ich will, aber du mußt jetzt irgend etwas tun …« Sie fing an zu weinen, bis Rob auf ihr lag und der süße Rhythmus seiner Liebe ihre Pein stillte.

Eine ungeheure Lust – es war unglaublich, jedesmal wieder. Und jedesmal war es wie beim erstenmal, nur diesmal kam zu dem rein physischen Vergnügen auch seelische Erfüllung hinzu. Sie ist die Frau meines Lebens, er wußte es, war sich absolut sicher, dachte selbst jetzt daran, als er sich sanft in ihr bewegte und die kleinen, qualvollen Schreie ihrer Lust hörte. Und dann begann sie sich zu bewegen, erbebte im Rhythmus seines Körpers, aber noch immer wartete er und tröstete sie sanft mit der

Männlichkeit, die sie so begehrte. Er versank, ertrank in dieser keuchenden, ungezähmten Nymphe.

»O Gott, ja … weiter so, weiter so … hör nicht auf!« Er stöhnte auf, und ein Schauer durchfuhr seinen ganzen Körper. Ihr Leib wurde hart und zog sich zusammen.

Dann lag sie, leise schluchzend, neben ihm, das Gesicht an seiner Schulter geborgen. »So schön … so schön … Oh, Rob, so etwas Schönes habe ich noch nie erlebt …«

Es war Mitternacht, und der Himmel hatte etwas aufgeklart. Ein kalter Wintermond schien durch die Zweige der Birken und zeichnete skurrile Schatten an die weißverputzte Zimmerwand. Jacqui war ganz durcheinander, und sie ärgerte sich über sich selbst. Es war das erste Mal gewesen, und weil es so schön gewesen war, fühlte sie sich überwältigt und ein bißchen traurig. Mutter weiß ja gar nicht, was ihr abgeht, dachte sie und fragte sich, ob sie es ihr sagen sollte. Es ging ja nicht um ein oberflächliches Vergnügen alleine. Rob war zärtlich gewesen und ganz großartig. Zum erstenmal in ihrem Leben hatte sie jemandem Vertrauen geschenkt und war dafür belohnt worden. »Schön«, murmelte sie und sah auf den schlafenden Riesen in ihrem Bett herab.

Er wird sicher irgendein nettes Mädchen sehr glücklich machen, dachte sie und verspürte ganz kurz einen Anflug von Bedauern. Er liebte sie, und das war der Grund dafür gewesen, daß sie ihn zu ihrem ersten Liebhaber gemacht hatte. Vielleicht bleibt er mein einziger, dachte sie jetzt in teenagerhafter Melodramatik. Wir haben miteinander geschlafen – und nun konnte er ruhig nach Hause fahren und sie vergessen. Was sie selbst betraf, so bedeutete ihr das Erlebnis dieser Nacht nicht viel; es war ein Zwischenspiel, wenn auch zugestandenermaßen ein sehr angenehmes. Sie reckte und streckte sich ausgiebig und dachte voller Wonne daran, *wie* angenehm es gewesen war.

Er hatte ihr gesagt, daß er sie liebte und daß sie schön war und daß es nie zuvor in seinem Leben so toll gewesen sei wie mit ihr, und er hatte es hinausgeschrien und ihren Namen gerufen, und seine Leidenschaft hatte in ihr eine Saite angeschlagen, von der sie bislang kaum etwas geahnt hatte. Danach hatte sie heftig geweint, ohne zu wissen warum.

Rob drehte sich im Schlaf um und legte zunächst einen Arm und dann auch noch ein Bein besitzergreifend um Jacquis Körper. Sie empfand es als Last und bewegte sich unruhig. So also ist das mit den Männern, dachte sie. Sie verlieben sich in dich, und dann schlingen sie Arme und Beine um dich, und du kommst dir so hilflos vor wie eine gebratene Weihnachtsgans. Jacqui schüttelte sich und glitt vorsichtig aus dem Bett. Sie legte großen Wert darauf, ein starkes persönliches Engagement zu vermeiden. Emotionen waren widerlich, nichts richtig Faßbares, und die Liebe war eine Art Rauschzustand, von dem die Leute träumten, wenn sie es satt hatten, allein zu sein.

Skifahren war das genaue Gegenteil davon. Oben am Berg gab es gar keine Zeit für Emotionen oder Phantastereien. Da oben war alles echt, alles real! Die beißende Kälte im Gesicht, die Hundertstelsekunden, um die es ging, das Rennen gegen sich selber und gegen die Elemente – das zählte, darauf kam es an. Alles andere war kalter Kaffee.

17

Sieben Uhr früh an einem trübseligen Montagmorgen. Das Wetter entsprach Megans Stimmung. Vier Wochen waren seit Nikkis Wiederauftauchen vergangen, und unter der Doppelbelastung durch ihren schwierigen Hausgast auf der einen sowie Ians beharrliche Aufmerksamkeiten auf der anderen Seite begann Megans gewohnte Leistungsfähigkeit zu leiden. Sie war an diesem Morgen extrem früh ins Büro gegangen, um allerhand unerledigten Papierkram aufzuarbeiten, der sich in den letzten Tagen angesammelt hatte. Die Ablage auf ihrem Schreibtisch, in dem sich die »dringenden« Vorgänge stapelten, war randvoll. Gleich das erste Blatt, das sie in die Hand nahm, veranlaßte sie, sich mit einem Ausdruck der Verzweiflung in ihrem Stuhl zurückzulehnen. Sie las:

VERKAUFTE NIKOLA PETROWNA IHR ERSTGEBURTSRECHT FÜR EIN LINSENGERICHT?

Megan runzelte die Stirn und besah sich den Zeitungsausschnitt genauer. Maureen hatte einen Zettel darangeheftet mit der Bemerkung: *Michel wird langsam frech. Vielleicht solltest du nicht mehr so grob mit ihm umspringen?*

Natürlich: der Name des Journalisten lautete Michel Juric. Und der Artikel war in einer einflußreichen europäischen Sportillustrierten erschienen:

Was steht eigentlich für eine Moral dahinter, wenn eine Firma wie ISA sich plötzlich in die Politik einmischt und die Flucht einer jungen Eisläuferin organisiert, die, wie es scheint, nur allzu bereitwillig den Ostblock gegen die Glitzerwelt des Westens eintauscht? Und in diesem Falle ist tatsächlich alles Gold, was glänzt, denn Nikki fährt mittlerweile mit einem brandneuen Sportwagen durch London, auf dem noch das große L für Führerscheinneulinge prangt. Der Wagen ist nur ein Artikel auf der langen Liste kostspieliger Bedingungen, die sie vor ihrer Flucht an ISA stellte.

Die Geschwindigkeit, mit der das (Londoner) Außenministerium diese junge russische Eisprinzessin in seine Arme geschlossen und ihr die britische Staatsbürgerschaft verliehen hat, rückt einmal mehr die Frage nach dem Verhältnis zwischen Sport und Moral in den Mittelpunkt.

Werden in Zukunft die konkurrierenden Sportnationen einander die Stars abwerben? Werden ein roter MG-Sport-

wagen, eine Wohnung in London und ein britischer Paß künftig die Norm sein für Anwärter auf eine Goldmedaille – oder sind das nur erste Schritte auf dem Weg zu noch höheren Vorschußlorbeeren? Vielleicht wird Ms. Petrowna ja nach dem Gewinn der Europameisterschaften auf einen Chevrolet umsteigen, nach Manhattan ziehen und Amerikanerin werden?

Es sieht so aus, als hätten wir die absurde Situation erreicht, daß Staatsbürgerschaften wie Sportstipendien an junge, vielversprechende Athleten vergeben werden. Und wenn dem so ist, wie weit …

»Verdammt noch mal«, schimpfte Megan, übersprang ein paar Zeilen und blieb schließlich an einem Absatz hängen, in dem sie selbst erwähnt war.

… John Oberholtzers neuer Schützling, Megan Carroll, eine charmante Erfüllungsgehilfin, die ziemlich rasch die Karriereleiter bei ISA hinaufgestolpert ist und inzwischen das Londoner Büro leitet, versucht gegenwärtig, der Firma auch den Weg ins Show-Business zu öffnen. Sie will die Rolle des Tarzan in der neuen französischen Produktion für ihren Bodybuilding-Champion Adolf Bartoli, der, wie uns zu Ohren gekommen ist, umgetauft werden soll. Adolf steht auf der Bewerberliste zusammen mit …

›Hinaufgestolpert ist‹! Megan stöhnte auf. Das war wirklich unfair, aber es war nicht das erste Mal, daß man so über sie herzog. Inzwischen hatte sie gelernt, es philosophisch zu nehmen. Es gab nur einen einzigen Beruf, den die Männer jemals den Frauen zubilligen würden – und das war der älteste. Alle anderen Erfolge, wie überzeugend sie auch sein mochten, wurden in bewährter Weise abgehakt. »Die reine Bosheit!« sagte sie mehrmals. »Wart's nur ab, Michel Juric!« Verblüffend, wie schnell die Nachricht die Runde machte. Sie war gerade erst mit der französischen Filmgesellschaft in Verbindung getreten.

Punkt neun Uhr rief Megans Bankmanager sie über ihre private Leitung an. »Ich möchte Sie nicht beunruhigen, Miss Carroll, aber Sie haben ihren Dispositionskredit überzogen …«

»Seien Sie so gut und haben Sie noch ein paar Tage Geduld …« antwortete Megan atemlos. Und als sie den Hörer wieder aufgelegt hatte, murmelte sie: »Meine Güte! Der sucht sich vielleicht einen Zeitpunkt aus.« Betroffen zog sie ihre Kontoauszüge hervor. Wo konnte sie so schnell Bargeld herbekommen? Ah – die arme Petunia. Diese Kanalüberquerung war für ein paar Tausender Vorschuß gut, ob das Mädchen es nun schaffte oder nicht. Immerhin würde ja auf jeden Fall der Privatsender ITV dabeisein.

Voller Gewissensbisse rief sie Petunias Vater an. »Haben Sie meinen Brief bekommen?« fragte sie. »Gut. Ich wollte Ihnen meinen Protest nur schriftlich geben. Nach meinem Gefühl ist Petunia noch nicht so weit. Es kann sogar der Eindruck entstehen, ihr Training sei nichts anderes als ein Publicity-Gag. Offen gesagt, das hat sie doch gar nicht nötig …«

Ungläubig hörte Megan die Antwort ihres Gesprächspartners. »Was?« rief sie dann. »Nicht der Publicity wegen, sondern nur wegen des Geldes? Na, Mahlzeit. Aber wenn Sie unbedingt meinen … Ich sehe mal, was sich machen läßt.« Schuldbewußt legte sie den Hörer wieder auf.

Es klimperte: Maureen war im Anmarsch. Schon rauschte sie herein, angetan mit einer rotbraun gemusterten jazzigen Toga, wild baumelnden goldenen Ohrringen und einem schimmernden Turban.

»Ist heute Jamaika-Tag?« rief Megan.

»Roots!« antwortete Maureen und verschwand in Richtung Küche. »Ich besinne mich auf meine Herkunft!«

»Maureen!« rief Megan ihr nach. »Mein Bankmanager will fünftausend Pfund. Wo kann ich bis Donnerstag soviel herbekommen? Übrigens, ich habe gerade mit Petunias Vater telefoniert und ihn gefragt, was seine Tochter von dieser Kanalüberquerung hält. Weiß du, was er geantwortet hat?«

»Sie tut gefälligst das, was man ihr sagt«, antwortete Maureen, als sie wieder ins Büro kam.

»Woher weißt du das?« fragte Megan überrascht.

»So hätte sich mein Papi auch ausgedrückt, wenn ich hätte schwimmen können. Weißt du, was er einmal getan hat? Er hat mich bei einem Tanzwettbewerb für Teenager angemeldet. Der Sieger bekam 'n Hunderter bar auf die Hand. Ich wurde Letzte, und da hat er mich geohrfeigt.«

»Da bist du wahrscheinlich noch glimpflich davongekommen«, sagte Megan und dachte an einige ihrer jungen Schützlinge. »Was anderes, Maureen, hast du das Original dieses Fotos von Gertie bekommen? Das, auf dem sie ihre Freundin küßt?«

»Hab' ich.« Maureen setzte sich und zog ihr Notizbuch heraus.

»Und hast du es an die Presse verteilt?«

»Auch das.« Maureen kramte im »Dringend«-Körbchen, zog zwei Zeitungsausschnitte hervor und schob sie über den Tisch.

Glückliches Wiedersehen, hieß es in der Bildunterschrift.

Als Gertrude Louws das Damen-Einzel von Melbourne gewann, hatte sie doppelten Grund zum Feiern. Denn unter den Zuschauern befand sich auch ihre Kusine, von der sie zehn Jahre lang nichts gehört hatte. Ihre Eltern waren damals nach Australien ausgewandert.

»Sehr gut. Hast du ihr gesagt, daß sie in Zukunft ihr Privatleben möglichst außerhalb der Tennisplätze austoben soll?«

»Ja. Über diesen Fauxpas mit dem Pullover will Bantex diesmal großzügig hinwegsehen. Die Public Relations-Leute schicken ihr 'ne Auswahl ihrer neuesten Kreationen – für den Fall, daß ihr wieder mal kalt wird ...« Maureen zögerte einen Moment, bevor sie fortfuhr. Offensichtlich hatte sie etwas auf dem Herzen. »Megan«, sagte sie dann langsam, »dieser Michel Juric hat mich für heute abend zum Essen eingeladen. Ich weiß genau, was er von mir will – irgendwelche neuen Informationen über Nikki. Du kennst die Gerüchte, die im Umlauf sind, nicht wahr? Daß du dir 'ne Niete eingehandelt hast, daß sie gar kein so heißer Tip ist, daß du dich nicht traust, sie auftreten zu lassen, daß Eric Lamont sie tage- und nächtelang drillt, um wenigstens ein bißchen was aus ihr herauszuholen ...«

»Wie ist dein persönlicher Eindruck von ihr, Maureen? Du hast sie doch beim Training gesehen.«

»Sie ist phantastisch – wenn sie sich Mühe gibt.« Maureen runzelte die Stirn und examinierte ihre spitzen Fingernägel. »Soll ich ihm das sagen – diesem Michel?« fragte sie, ohne aufzublicken. »Ich würde die Einladung ganz gerne annehmen, aber wenn du was dagegen hast ...«

»Mir wär's lieber, du ließest es bleiben. Der steckt dich in die Tasche, Maureen. Wir gehen noch mal die Pressenotizen durch, die Ian sich aus den Fingern gesaugt hat; mach eine Zusammenfassung und schick sie ihm.« Megan nickte. »Spielen wir doch sein Spielchen mit und benutzen ihn als unser Sprachrohr! Ich will mich im übrigen nicht in dein Privatleben einmischen, Maureen, aber ich glaube wirklich, daß er es vor allem auf die Informationen abgesehen hat.«

»Ich sag' ihm, er soll 'n langen Schuh machen«, sagte Maureen und seufzte.

Wenn du's mal fertigbringst, dachte Megan, behielt es jedoch für sich. »Das Geschäft entwickelt sich ganz ordentlich«, sagte sie. »Abgesehen vom momentanen Kontostand. Die Ebbe in der Kasse ist ziemlich kritisch. Wenn wir bloß Jacqui nicht unter Vertrag hätten – wir hätten allen Grund zur Freude.«

»Es ist nicht der Kassenstand – mit *dir* stimmt was nicht«, sagte Maureen unvermittelt und mit der ihr eigenen Taktlosigkeit. »Du sprühst nicht mehr so wie früher, bist längst nicht mehr so konzentriert. Oft denkst du an alles andere als an die Arbeit.«

Megan sah sie finster an. Maureen zuckte mit den Schultern und flötete dann: »Tut mir leid, aber da bin ich mir absolut sicher.« Sie grinste frech und machte, daß sie aus dem Zimmer kam.

Warum sehe ich sie so grimmig an, dachte Megan. Sie hat doch bloß die Wahrheit gesagt. Ich wurstele mich irgendwie durch, aber ich muß mich dazu zwingen. Meine Kreativität ist futsch, die Arbeit macht mir keinen Spaß mehr und ist zur Last geworden. Warum nur? Was ist bloß los mit mir?

Megan wußte, daß die Antwort zum Teil in ihrem total verworrenen Privatleben zu suchen war. In ihrer Wohnung sah es chaotisch aus, und dies nicht nur, weil dort furchtbare Unordnung herrschte. Nikki verstreute ihre Sachen überall und auf die seltsamste Art und Weise. Nikki liebte die Musik. Entweder sang sie, oder sie hörte klassische Musik, manchmal tat sie auch beides, und laut war es immer. Sie konnte tief gekränkt sein, wenn Megan sich über die Lautstärke beschwerte. Nikki wollte abends nie schlafen – folglich wurde Megan Abend für Abend von ihr zu Theater-, Konzert- und Ausstellungsbesuchen überredet oder genötigt. Wenn sie nach Hause kamen, wollte Nikki Karten spielen. Sie hatte Bekanntschaften aus aller Herren Länder gemacht, und dieser ständig wachsende Freundeskreis machte es sich zur Gewohnheit, zu den unmöglichsten Zeiten aufzutauchen und sich dann stundenlang in der Wohnung aufzuhalten. Mehrmals täglich rief Nikki im Büro an, um irgendwelche Fragen zu stellen oder sich einen Rat zu holen. Jegliches Verständnis für die Wünsche und Bedürfnisse anderer schien ihr abzugehen. »Wenn ich nicht bald eine Wohnung für sie finde, breche ich zusammen«, murmelte Megan.

Aber ist Nikki wirklich der Hauptgrund für meine schwindende Kreativität, fragte sie sich. Nein, ich glaube nicht. Ich kann mich nicht auf meine Arbeit konzentrieren, weil ich viel zuviel Zeit mit Tagträumereien verbringe, in denen Ian der Hauptdarsteller ist. Das paßt doch überhaupt nicht zu mir, und Ian hat mir, weiß Gott, nicht gerade viel Anlaß dazu gegeben. Aber er schwirrt dauernd hier herum. Warum nur? Jeden Tag findet er eine andere Ausrede, um hier hereinzuschneien. Sicher, meistens kommt er mit recht nützlichen Ideen für Nikkis Karriere und die PR, er ist echt begabt auf dem Gebiet, das muß man ihm lassen. Abends lädt er uns dann meistens zum Essen ein, oder er kommt auf ein paar Worte zu uns rauf. Bei alledem scheint Ian nicht abgeneigt zu sein, mich zu sehen ... oder Maureen ... oder Nikki. Sucht er einen Job als Freiberufler? Will er unser Geschäft kennenlernen? Aber als ich ihm für die Pressenotizen über Nikki ein Honorar anbot, hat er bloß gelacht und dankend abgelehnt. Wenn er nur nicht so ein tüchtiger Kerl wäre. Wenn ich mich nur nicht verliebt hätte ...

Sie mußte sich eingestehen, daß ihr der Mann, von dem sie sich so angezogen fühlte, vom ersten Tag ihrer Bekanntschaft an ein Rätsel geblieben war, und daß daran ein Monat enger Zusammenarbeit nichts geändert hatte. Charmant war er, clever, und doch hatte er bislang auf keinem Gebiet richtigen Erfolg gehabt. Er haßte das Geschäftsleben, verbrachte aber einen Großteil seiner Zeit damit, ihr im Geschäft zu helfen, und kümmerte sich mit besonderer Vorliebe um Nikkis Karriere. Er verachtete die Verbindung von Sport und Geschäft – und erwies sich als ein Meister in der Kunst, Sponsoren zu Nikkis Gunsten zu manipulieren. Er verabscheute die Städte mit all ihren halbseidenen Wertvorstellungen – und lebte trotzdem in London. Das alles paßte nicht zusammen. Nur allzugerne hätte sie gewußt, wieviel an ihm echt war und wieviel nur simuliert.

Megan schwor sich, Ian augenblicklich aus ihrem Kopf zu verdrängen – doch fünf Minuten später spazierte er ins Büro und brachte für die gesamte Belegschaft Kuchen mit. Megan war vollkommen überrascht. Ihr Herzschlag beschleunigte sich, und ihr Magen zog sich vor lauter Vorfreude zusammen. Ian glühte regelrecht von der draußen herrschenden Kälte, und seine Augen leuchteten an diesem Morgen doppelt so blau wie sonst. Als er ihren Blick bemerkte, fuhr er sich mit der Hand über den Kopf.

»Schauderhaftes Wetter«, sagte er. »Heute nachmittag lass' ich mir 'nen Bürstenschnitt verpassen.« Er wirkte hager, stark und voller Leben.

»Oh je«, sagte sie und hoffte, daß ihm ihre Freude über sein Erscheinen nicht aufgefallen war. Dann sah sie auf ihre Armbanduhr. »Mein Gott, es ist erst halb elf!«

»Teepause!« sagte Ian fröhlich. »Hat dir Maureen noch nicht erklärt, was das hierzulande bedeutet?«

»Ach so – nein, wir machen hier keine Teepause. Wir lassen uns während der Arbeit mit Kaffee vollaufen.«

»Wirf mal einen Blick auf dieses Kunstwerk, Megan«, sagte Ian und ließ ein dickes Manuskript geräuschvoll auf ihren Schreibtisch fallen, während Maureen den Kuchen zum Verteilen bekam. »Ich hab' die ganze Nacht drangesessen, um es bis heute früh fertigzukriegen.«

Aus der Art, wie Ian mit seinem Manuskript umging, erkannte Megan, daß er mächtig stolz darauf war. »Ist das die schicksalhafte Jugoslawien-Dokumentation?« fragte sie spöttisch.

»Daneben geraten. Es ist ein Filmdrehbuch. Über Nikkis Flucht. Das Ganze ist ein bißchen romantisiert, aber Nikki hat nichts dagegen, ich habe sie schon gefragt. Ich habe mir noch eine Liebesgeschichte ausgedacht, die eine ganz entscheidende Rolle dabei spielt. Und jetzt, Megan, möchte ich dich bitten, meine Agentin zu werden. Versuch, das Manuskript bei einer Filmgesellschaft unterzubringen. Sie müssen natürlich Nikki die Titelrolle geben, damit wir alle was davon haben. Darauf mußt du bestehen, ja?«

Megan wußte kaum, wie sie ihm beibringen sollte, daß diese Idee absolut aberwitzig war. Er war so voller Begeisterung. Es wäre schlimm, wenn all diese Begeisterung in Enttäuschung umschlagen müßte. Ein Filmdrehbuch unterzubringen war ungeheuer schwierig: Ein interessierter und erfolgreicher Produzent mußte gefunden werden, ein Geldgeber, eine Produktionsgesellschaft, ein Filmvertrieb – und nur wenn alle Beteiligten einzeln und getrennt mit dem Projekt einverstanden waren, konnte man sagen, daß für das Drehbuch Land in Sicht war. Und danach kamen noch hundert andere Hürden. Die Chance, das Werk dereinst tatsächlich über die Leinwand flimmern zu sehen, stand bei eins zu einer Million. O je – nur sollte Ian das eigentlich wissen, er war schließlich in der Branche tätig.

»Ich bin keine Filmagentin, Ian. Mir fehlt das nötige Know-how«, erklärte sie.

»Na und wenn schon«, antwortete er, »schick es einfach an die diversen britischen Filmgesellschaften. Ich kann's auch selber tun, aber ich brauche ein Einführungsschreiben mit deinem Briefkopf.«

»Das ist kein Problem«, sagte sie und erkannte, daß sie den Weg des geringsten Widerstands ging.

»Wo ist denn Nikki heute morgen?« erkundigte er sich beiläufig.

»Beim Training. Ich hoffe es wenigstens. Ich hab' das Gefühl, zwischen ihr und Eric Lamont hat's ein bißchen gefunkt.« Megan versuchte, auf Ians Gesicht Anzeichen für Verärgerung oder Eifersucht zu erkennen, doch schien ihn die Angelegenheit nur wenig zu interessieren.

Sie runzelte die Stirn. Eric war alles andere als attraktiv. Er war nicht mehr der Jüngste, ein bleichgesichtiger, fahler Mann mit rötlichblonden Haaren – und dabei ein brillanter Trainer. Megan konnte sich des leisen Verdachts nicht erwehren, daß Nikki sich ihm an den Hals warf, weil sie glaubte, auf diese Weise ihre eigenen Trainingsvorstellungen besser durchsetzen zu können. Fest stand, daß Eric, was die klassische Schrittführung auf dem Eis betraf, in einigen Punkten nachgegeben hatte und nunmehr die Einführung von Nikkis eigenen neuen Schritten ernsthaft in Erwägung zog. Ich muß mit ihr über Eric reden, nahm Megan sich vor. Sie wollte nicht aufdringlich sein – aber irgendwie war Nikki für diesen Mann zu schade.

Sie seufzte. »Nikki ist zur Zeit nicht ganz unproblematisch. Es wird langsam ein bißchen zu eng für uns in meiner Wohnung.«

»Nun ...« begann Ian nach einem peinlichen Schweigen, »die gute Nachricht, die ich für dich habe, ist die, daß es da ein kleines Cottage gibt, in dem Nikki leben könnte. Es gehört einer alten Tante von mir, die schon ein bißchen gaga ist. Sie lebt ganz allein draußen im Moor in einem riesigen Herrenhaus, welches sie seit Jahren nicht mehr verlassen hat. Das Cottage-Häuschen steht leer und könnte durchaus einen Bewohner gebrauchen. Die schlechte Nachricht ist die, daß ich nicht genau weiß, wie lange Nikki dort wohnen kann. Vielleicht ein Jahr – ich weiß es einfach nicht.«

»Das ist ja toll, Ian«, sagte Megan, »damit rettest du mir das Leben, nein, wirklich. Ich zahle natürlich Miete dafür. Wie hoch wird die ungefähr sein?«

»Die Sache ist die – meine Tante darf das Häuschen nicht vermieten, es ist Teil einer Familienstiftung. Freunde von uns können natürlich dort wohnen. Ich hätte schon viel früher daran denken sollen.«

»Vergiß es, Hauptsache du bist überhaupt drauf gekommen«, sagte Megan freudestrahlend. »Nikki wird begeistert sein – und für mich ist es eine Erleichterung sondergleichen, das kann ich dir sagen. Oh, wie ich mich nach etwas Ruhe sehne! Wann kann sie einziehen?«

»Hier sind die Schlüssel«, sagte Ian und zog sie aus der Hosentasche. »Verfüge darüber.«

Wie wär's gleich heute, dachte Megan ungeduldig. Und da hatte sie auch schon beschlossen, sich den Rest des Tages freizunehmen, um Nikkis Umzug in ihr neues Heim zu organisieren.

18

Das Haus lag in einer winzigen kopfsteingepflasterten Sackgasse. Es besaß einen unvergleichlichen Charme, war geradezu eine Perle von einem Haus – mit weißgetünchten Wänden, hübschen gestreiften Markisen und bunten Blumenkästen vor den Fenstern. Megan war hocherfreut, als sie feststellte, daß das Mobiliar sogar die Küchengeräte mit einschloß. Was für eine Erleichterung!

Nikki war ganz außer sich und hörte sogar auf, sich über den ihr zugeteilten Sicherheitsbeamten zu beklagen, der sich unter einem Laternenpfahl auf der gegenüberliegenden Straßenseite häuslich niederließ. Maureen und Megan halfen ihr beim Packen und beim Ausräumen ihrer Sachen, danach fuhren sie zurück ins Büro. Am Spätnachmittag gegen sechs Uhr schaute Megan noch einmal vorbei, um sicherzustellen, daß es Nikki auch wirklich an nichts fehlte.

Stimmengewirr und Musik empfingen sie. Nikki hatte spontan eine Einweihungsparty organisiert, und es war verblüffend, wie viele Menschen sie bereits um sich versammelt hatte. Als sie Megan im Flur erblickte, kam sie quer durch den Raum auf sie zugestürmt und flog ihr um den Hals.

»Da bist du endlich ... Jetzt habe ich alles, was ich brauche ... Oh, dieses verdammte Englisch ... Ach, Megan, wenn ich dir doch nur erklären könnte ...« Sie verstummte und blickte Megan intensiv in die Augen. Megan wurde von einer Woge aus Wärme und Zuneigung überflutet. Sie konnte oft nicht ganz verstehen, was Nikki meinte, und selten waren sie sich einig, aber es war ganz klar, daß Nikki Freundschaft für sie empfand, und das machte Megan glücklich.

Nikki rannte zurück zu ihren Freunden. Zum erstenmal erlebte Megan, wie Nikki richtig aus sich herausging. Sie trug ihre Haare offen, sang russische Lieder, nippte am Wodkaglas, brachte allen Anwesenden russische Tänze bei – und setzte vor allem dem armen Eric Lamont zu, von dem sie verlangte, er solle Kosakentänze lernen.

»Hoffentlich entwickelt er als Tänzer mehr Energien als im Bett«, flüsterte Nikki so laut, daß es niemandem entgehen konnte, nur um danach einen kaum mehr zu stoppenden Kicheranfall zu bekommen.

Megan war schockiert. Sie konnte nicht begreifen, warum sich Nikki über Eric lustig machte.

»Nikki, bitte denk dran, daß er der führende Eiskunstlauftrainer Englands ist«, sagte sie, nachdem sie Nikki beiseite gezogen hatte. »Wenn du ihn beleidigst, kann es passieren, daß er dich nicht mehr weiterbetreut – trotz der Spitzenhonorare, die du ihm zahlst.«

»Ich *bezahle* ihn?« fragte Nikki ungläubig zurück, und auch ihre Züge verrieten, daß sie konsterniert war. »Du meinst, daß er für mich arbeitet?«

»In gewisser Hinsicht, ja. Aber du mußt wissen, daß es eine Ehre ist, von Eric trainiert zu werden. Er nimmt nur die Allerbesten.«

»Ich dachte, mein Training sei vom Staat organisiert.«

»Mein Gott! Sag mal, wie oft muß ich dir eigentlich noch erklären, wie das hier läuft? Der Staat kümmert sich um die Regierung, und du kümmerst dich um dein Leben und deine Karriere. Ich habe Eric in deinem Namen engagiert und bezahle ihn aus dem Treuhandfonds, den wir für deine Sponsorengelder eingerichtet haben.«

Megan entschied, daß dies nicht der geeignete Zeitpunkt war, um Nikki zu erklären, daß der Treuhandfonds gegenwärtig tief in den roten Zahlen steckte und mit Überbrückungsgeldern von ISA über Wasser gehalten wurde. Es wurde Zeit, daß sie einen Sponsor fand.

»Das hättest du mir doch sagen müssen«, sagte Nikki, und ihre Augen verengten sich. »Ich kann diesen widerlichen Giftzwerg nicht ausstehen«, sagte sie verdrießlich.

»Niemand hat dich gebeten, mit ihm ins Bett zu steigen«, gab Megan schroff zurück.

Mit einemmal veränderte sich Nikkis Ausdruck. Sie lächelte wieder und gab sich reumütig. *»Nitschewo«*, sagte sie, ergriff Megans Arm und zog sie zu einer improvisierten Bar, um ihr ein Glas Fruchtpunsch zu offerieren.

Nitschewo – macht nichts – war ein Wort, das Megan mehrmals am Tag zu hören bekam. Wenn Nikki ihren Willen nicht durchsetzen konnte, pflegte sie ein ungeheures Theater zu machen – nur um dann ebenso unvermittelt mit einem gemurmelten *Nitschewo* wieder einzulenken. Megan war inzwischen so weit, daß sie das Wort hin und wieder schon selbst benutzte.

Bei erstbester Gelegenheit entschuldigte und verabschiedete sie sich. Gegen zwanzig Uhr traf sie im Büro ein. Sie hatte sich lange davor gedrückt, John um eine vorübergehende Finanzspritze zu bitten. Inzwischen war die Situation jedoch recht dramatisch geworden, und es bestanden keine Aussichten auf eine rasche Besserung. Sie erklärte die Lage in einem Telex und schickte es ab.

Um zwanzig Uhr dreißig war John am Telefon. Seine Stimme war nahezu tonlos, so regte er sich auf.

»Wenn du unseren größten Sponsor verrückt machst, indem du dich ungefragt in seinen Familienkrach einmischst, dann landest du auf der Straße! Und was diese russische Eisläuferin betrifft, die du uns da aufgehalst hast – sieh zu, daß du sie unterbringst, bevor sie uns die Haare vom Kopf frißt!«

Kein Grund zum Jammern, sagte Megan zu sich selbst, du wußtest es ja von Anfang an, daß der Job kein Zuckerschlecken wird. Es gibt keine Alternative. Ich muß einen Sponsor für Nikki finden, selbst auf die Gefahr hin, daß ich Vanguard übergehe.

Es war ihr erster Abend ohne Nikki, und Megan hatte eine gigantische Aufräumaktion vorgesehen. Sie wischte gerade die Fliesen in der Küche, als Ian plötzlich erschien. O mein Gott, dachte sie, als sie im Spiegel ihr verschwitztes Gesicht und ihre zerzausten Haare sah. Sie war fest davon überzeugt, daß er den Abend bei Nikki verbringen würde.

Sie bot ihm Suppe an, doch Ian bestand darauf, ihr beim Saubermachen zu helfen. Danach wollte er sie zum Essen einladen.

Eine Stunde lang brachten sie damit zu, die Wohnung wieder in ihren ehemaligen Zustand zu versetzen. Ian wienerte und schrubbte und redete von neuen Plänen für Nikkis Karriere. Später sprachen sie über das Theaterstück und waren sich ziemlich einig in ihrem Urteil. Man könnte uns für ein altes Ehepaar halten, dachte Megan, wir haben so viele Gemeinsamkeiten. Was für ein seltsam komplexer Mensch er doch ist. Er polierte gerade mit großem Eifer den Tisch, und sie betrachtete sein Profil. Sein Benehmen war ganz und gar typisch männlich, bis hin zur Arroganz. Immer war er es, der die Entscheidungen treffen wollte, jeder Widerspruch reizte ihn – und doch gab es mit ihm keinerlei Auseinandersetzungen über die Hausarbeit. »Das liegt an meiner Ausbildung bei der Marine«, sagte er lachend, wenn sie darauf zu sprechen kam. »Ich mag es eben auch, wenn alles tipptopp ist.«

»Ich kann dir gar nicht sagen, wie froh ich bin, daß Nikki endlich aus dem Haus ist«, gestand sie ihm, als die Wohnung wieder in Ordnung war. »Nicht etwa, daß ich sie nicht mag, aber … nun, wo immer sie sich aufhält, herrscht Unordnung. Und Unordentlichkeit ist mir nun einmal zutiefst verhaßt.«

Später, beim Abendessen in dem kleinen italienischen Restaurant um die Ecke, kam Ian aufs Geschäft zu sprechen. »Ich verstehe einfach nicht, Megan, warum du nicht rasch einen Sponsor für Nikki suchst und auf diese Weise etwas Geld in die Kasse bringst.«

War es der Wein, war es die Freude, Ian unerwartet für sich zu haben – Megan konnte es nicht sagen. Auf jeden Fall ließ sie sich dazu hinreißen, ihm von Johns Anruf zu erzählen. »Meine Hoffnung war es, Nikki und Jacqui gemeinsam an Vanguard zu verkaufen – wobei Nikki die Rolle des Lockvogels zugefallen wäre.« Es war ein Bekenntnis, wie es bei Megan nicht allzu oft vorkam. »Damit wollte ich meinen Kopf aus der Schlinge ziehen. Ich habe doch diesen fürchterlichen Fehler gemacht, Jacqui …«

Sie erzählte ihm alles. »Nikki würde das alles nicht im geringsten schaden, einen besseren Sponsor als Vanguard kann sie sich gar nicht wünschen. Sie sind zwar die härtesten Verhandlungspartner, dafür aber auch die reichsten. Bei großen Werbeaktionen lassen sie sich nicht lumpen, sie können sich's leisten.«

»Ich hab' da ein paar Ideen, die dir vielleicht weiterhelfen können«, sagte Ian. »Einmal kann ich dir die Filme anbieten, die in Sarajewo gedreht wurden – Nikkis Auftritt im Koševo-Stadion, und Jacqui beim Abfahrtslauf am Jahorina. Kannst du damit was anfangen?«

Megan war sprachlos. »Was anfangen?« sagte sie, als sie sich einigermaßen gefangen hatte. »Also, Ian, das ist genau das, was ich brauche. Du bist vielleicht ein Schatz! Mein Gott, das ist doch die Lösung des Problems. Jetzt habe ich endlich was zum Vorzeigen bei Eleanor Douglas – vorausgesetzt, es gelingt mir, irgendwie an sie ranzukommen.«

»Ich habe gehört, daß sie im Grunde ganz umgänglich sein soll«, sagte Ian nachdenklich. »Unter einer harten

Schale, versteht sich. Früher war sie jahrelang selbst auf Verkaufstour, so hat sie Vanguard aufgebaut. Wenn du rüberfliegst und nur genug Geduld hast, wird sie dich sicher empfangen.«

Impulsiv ergriff Megan seine Hand und hielt sie fest. Sie war stark und muskulös, was zu einem Schriftsteller nicht so recht zu passen schien. Zärtlich fuhr sie mit den Fingern über das Handgelenk und sah die dichten schwarzen Härchen, die sich um das Armband seiner technisch ausgefeilten und mit mehreren Skalen versehenen Uhr ringelten. In jüngster Zeit scheint Ian alle meine Probleme zu lösen, dachte sie – bis auf eines ... Sanft entzog er ihre seine Hand.

Lange sah sie ihn an, es war ein Blick voller unausgesprochener Fragen. Da war diese undefinierbare Barriere zwischen ihnen, die er errichtet hatte. Irgend etwas verschwieg er ihr offenbar. Aber warum saß er dann hier? Warum war in Sarajewo alles so ganz anders gewesen?

»Erinnerst du dich an Sarajewo?« entfuhr es ihr. »Und an die Wölfe?« Sie errötete.

»Ich werde es nie vergessen«, antwortete Ian.

Er ist verheiratet, schoß es ihr durch den Kopf. Wie anders war seine unerklärliche Zurückhaltung angesichts ihrer vielfältigen Annäherungsversuche zu erklären? Sie wollte es herausfinden. Als der Kellner die Kaffeetassen forträumte und die Rechnung brachte, fragte sie ihn, bewußt darum bemüht, ihre Stimme so unbeschwert wie möglich klingen zu lassen.

»Bist du verheiratet?«

Sie sah ihn scharf an, um den Eindruck, den ihre Worte auf seinem Gesicht hinterließen, nicht zu verpassen. In der Tat, er wirkte bekümmert. Keineswegs schuldbewußt, aber irgendwie traurig. Ohne ihr eine Antwort zu geben, zahlte er und geleitete sie zur Tür.

Draußen blies ein kalter Wind. Ian nahm ihren Arm, und gemeinsam eilten sie hinaus in die Nacht.

»Megan ...«, begann er.

»Hör mit dem Gesäusel auf«, sagte sie eisig. »Ich habe dich etwas gefragt. Wie lautet die Antwort – ja oder nein?« Sie ballte die Hände zu Fäusten. Für verheiratete Männer, die sich anderweitig herumtreiben, müßte es ganz besondere Strafen geben, dachte sie, nur um sich sofort reumütig einzugestehen, daß Ian sich gar nicht herumgetrieben hatte.

In ihrer Wohnung angekommen, fragte er sie: »Was willst du eigentlich?«

»Die Wahrheit, was sonst?«

»Nein, ich bin nicht verheiratet.«

»Na gut«, sagte sie.

»Na gut?«

Megan ließ sich unvermittelt auf die Couch fallen, wie ein nasser Sack und ohne jede Anmut. Ihr war klar, daß sie sich furchtbar dumm benommen hatte. »Und warum hängst du dann dauernd hier herum?« fragte sie ihn. Nachdem sie diese Diskussion schon einmal begonnen hatte, konnte sie sie auch bis zum bitteren Ende führen.

»Aus den verschiedensten Gründen, Megan«, antwortete Ian, «unter anderem, um dir bei Nikkis Karriereplanung zu helfen. Ich habe dir das doch in Sarajewo versprochen, erinnerst du dich?«

»Ich erinnere mich an eine ganze Reihe von Dingen in Sarajewo.«

»Megan, komm zu mir.«

Sie blieb stur sitzen, bis Ian neben ihr Platz nahm, ihr Gesicht mit beiden Händen zu sich drehte und sie auf die Lippen küßte.

Sie stieß ihn fort, doch Ian schubste sie auf die Couch zurück und umschloß sie mit seinen Armen.

»Wenn du nur wüßtest ...«, flüsterte er, »wenn du nur wüßtest, wie sehr ich mich nach diesem Augenblick gesehnt habe ... und nach so viel mehr. Megan, du machst mich ganz verrückt mit deinen blöden Idealen, deinem

Mut, deinem fanatischen Geschäftstrieb. Mein Gott, wie du dich und alle Menschen, die dir über den Weg laufen, vorantreibst ... So etwas habe ich noch nie erlebt. Und dabei bist du so schön, so liebevoll. Vom ersten Tag unserer Bekanntschaft an hast du mir schlaflose Nächte bereitet. Was soll ich nur mit dir tun, Megan Carroll?«

»Du könntest versuchen, mich zu lieben«, sagte sie und bedauerte es im gleichen Augenblick, denn Ian löste sich von ihr und setzte sich auf.

Wehmütig sah er sie an. »Das habe ich auch vor, irgendwann«, sagte er. »Nur ... nicht sofort.« Er stand auf. »Ich muß jetzt gehen.« Er griff nach seinem Regenmantel. Während sie ihn beobachtete, fielen ihre Schultern herab, und er sagte traurig: »Bitte hab Geduld mit mir, Megan. Ich habe heute nacht noch etwas vor ... Nein, nein, keine Frau, was viel Anspruchvolleres. Mein Job. Es gibt da etwas, was unbedingt erledigt werden muß. Ich glaube, du verstehst jetzt, welche Gefühle ich dir entgegenbringe. Aber bitte gib mir Zeit – nur ein Jahr.«

»Ein Jahr?« platzte sie heraus – doch Ian war bereits verschwunden.

19

Es ist geradezu lächerlich perfekt hier, dachte Megan, während sie im sechsten Stock von Vanguards Hauptniederlassung saß, in Eleanor Douglas' privaten Empfangsräumen, und nervös darauf wartete, vorgelassen zu werden. So etwas wie diesen Raum hatte sie noch nie gesehen, mit seinen hohen, gewölbten Decken und den Fensterfluchten mit ihrer Aussicht auf Monaco und das Mittelmeer. Alles war in Weiß gehalten – Wände, Decken, Teppiche, Möbel, selbst die Telefonapparate und die Schreibmaschinen waren weiß, so daß die überlebensgroßen Fotografien der für Vanguard siegenden Athleten das einzige Reale im ganzen Gebäude zu sein schienen.

Mehrere Mädchen saßen an ihren Schreibtischen oder liefen herum. Auf ihren weißen Jogging-Anzügen prangte das Vanguard-Emblem, und ihre weißen Jogging-Schuhe verursachten nicht das leiseste Geräusch auf dem dicken Teppichboden. Megan war sich kläglich bewußt, daß diese Räume nicht für Eindringlinge gedacht waren, und sie bezweifelte, daß Eleanor Douglas sie überhaupt empfangen würde.

Zum drittenmal schon hastete eine hübsche Blondine in Vanguard-Kluft aus einem Büro nebenan. »Miss Douglas hat nicht gesagt, ob sie Sie empfangen kann«, gurrte sie gekonnt. »Sie ist noch immer sehr beschäftigt, wird aber bald zurück sein. Kann ich Ihnen noch eine Tasse Kaffee bringen lassen?« Sie warf ihre blonden Locken über die Schulter und eilte davon.

Gleich ist es soweit, dachte Megan gereizt, und ein Engel flattert herein, von Kopf bis Fuß in Weiß, hockt sich auf diesen weißen Tisch und zupft mir auf seiner blütenweißen Harfe die Firmenhymne.

Statt dessen jedoch stürmte – allerdings erst zwei Stunden später – Eleanor Douglas durch die weißen Lifttüren in den Raum. »Megan Carroll!« schrie sie. »Sie warten ja immer noch! Meine Güte, haben Sie eine Ausdauer! Schon gut, schon gut«, fügte sie für ihre Sekretärin hinzu, »ich habe jetzt Zeit für sie.«

Sie wandte sich an Megan. »Kommen Sie. Hat man Ihnen Kaffee angeboten oder Tee? Mir ist Tee lieber. Bringen Sie noch Tee!« brüllte sie aufs Geratewohl ins Zimmer. »Hier entlang, geben Sie mir auch was zu tragen.« Sie schnappte sich Megans Videokoffer, als hätte er kein Gewicht, und hastete voraus.

Es war beinahe unmöglich, sich einen Gesamteindruck von Eleanor Douglas zu verschaffen – es waren zu viele Einzelheiten, die auf einen einstürmten, und alle waren sie überschwenglich, unerwartet und verblüffend. Allein schon ihre Stimme – sie sprach ein angelerntes Amerikanisch mit breitem schottischem Akzent – war überwältigend. Es war eine tiefe Stimme, wie geschaffen für Gelächter und Gebrüll, und beides gab sie häufig von sich und hörte überhaupt nicht mehr auf zu reden – so jedenfalls kam es Megan vor.

In ihrer engen schwarzen Lederhose, die so stramm über ihrer großzügigen Kehrseite saß, daß sie aus allen Nähten zu platzen drohte, bot sie einen absurden Anblick, und als sie sich umdrehte, sah man, daß die Knopfleiste ihrer roten Satinbluse über ihren voluminösen Brüsten klaffte. Doch ihre ganze Erscheinung – die baumelnden goldenen Ohrringe, die Dauerwelle in ihrem braunen Haar, die lächerliche Kleidung, der viel zu viele und viel zu teure Schmuck –, das alles wurde vollkommen bedeutungslos, sobald man in ihre Augen sah. Kluge Augen, denen nichts entging, die alles sofort richtig einschätzten und ihre Aufmachung wie eine alberne Verkleidung erscheinen ließen. Wie ein kluges Kind, dachte Megan, das sich als Frau mittleren Alters ausstaffiert hat. Sie fühlte sich absolut unfähig, dieses Gespräch wie geplant über die Bühne zu bringen. Alle ihre Vorbereitungen und Verkaufsstrategien konnte sie vergessen. Eleanor Douglas würde sich nicht beeinflussen und schon gar nicht überreden lassen.

Später, als Megan die Möglichkeit hatte, Eleanors Gesicht genauer zu betrachten, sah sie, daß der mit blutrotem Lippenstift verschmierte Mund zu breit und die Nase zu groß waren, doch die Züge insgesamt harmonierten miteinander und ließen den Gesamteindruck einer Frau entstehen, die sexy und begehrenswert war. Wie macht sie das bloß, fragte sich Megan, die Eleanors Erscheinung zu analysieren versuchte.

Eleanor marschierte in ihre Flucht von Privatbüros, und schließlich sank Megan dankbar in einen bequemen

– natürlich weißen – Ledersessel. »Wie gefällt Ihnen mein Büro?« fragte Eleanor, während sie ihre Jacke auszog und hinter der Tür aufhängte. »Meine Innenarchitekten weigern sich, auch nur einen Fuß hier herein zu setzen. Sie behaupten, ich hätte ihren Entwurf mit meinem Müll ruiniert. Müll! Ich bitte Sie!« Und ihre Hand beschrieb einen vielsagenden Bogen durchs ganze Zimmer.

Das war wie Eleanor selber: überladen, teuer und ungeheuer beeindruckend. Zwei komplette Bücherschränke enthielten nichts anderes als ein kunterbuntes Durcheinander an dekorativen Nippes und unbezahlbaren Kunstwerken. Megan erkannte *Iran Bird* von Chadwick, *Space Form* von Boccioni und ein herrliches Jadepferdchen, das sehr echt aussah. An den Wänden hingen wunderschöne Tierbilder: ein Aquarell von Ingrid Weiersbye, das einen afrikanischen Papagei zeigte, eine Schraubenantilope in Öl von Paul Rose und *African Eagle* von Leigh Voigt. Megan versuchte, nicht allzu nachdrücklich auf die Bilder zu starren, konnte jedoch ihre Überraschung nicht verhehlen.

Eine der weißgewandeten Nymphen brachte ein Tablett mit dem Tee und verschwand wieder. »Milch? Zitrone?« bellte Eleanor, die sich brüsk erhoben hatte. »Ich empfange eigentlich niemanden, wenn ich es vermeiden kann«, fuhr sie barsch fort. »Ich hab' keine Zeit dafür. Man kann ganze Tage und Monate, ja sogar das halbe Leben damit verschwenden, Unsinn zu reden. Es ist also besser für Sie, wenn Sie gut sind.« Sie lächelte herzlich, und Megan fühlte schon Optimismus aufsteigen, doch als Eleanor Douglas nach einem Kochwecker griff und ihn auf eine halbe Stunde einstellte, fielen ihre Hoffnungen rasch wieder in sich zusammen.

»Wenn es klingelt, ist es aus«, sagte sie. »Es ist gut, wenn wir beide wissen, wo wir stehen. Dieses blödsinnige Dingsda beherrscht mein ganzes Leben«, fügte sie hinzu, als wolle sie ihre Grobheit damit entschuldigen.

Die Zeit tickte dahin, zu schnell und zu laut. Megan beugte sich vor und stellte das Videogerät an. »Ich habe zwei Anwärterinnen für Sie. Ich möchte, daß Sie alle beide sponsern«, sagte sie hastig. Ihr Mund war wie steifgefroren, und sie fand es schwierig, deutlich zu sprechen; ihre Hände waren feucht, ihre Kehle jedoch ganz trocken, und in ihrem Kopf hallten Johns Worte wider: *Wenn du unseren größten Sponsor verrückt machst, indem du dich ungefragt in seinen Familienkrach einmischst, dann landest du auf der Straße! Und was diese russische Eisläuferin betrifft, die du uns da aufgehalst hast – sieh zu, daß du sie unterbringst, bevor sie uns die Haare vom Kopf frißt!*

Eleanor hatte offenbar Schwierigkeiten stillzusitzen, während sie zusah, wie Nikola auf dem Video ihren Lauf aus der Show in Sarajewo wiederholte. Mal kratzte sie sich am Kopf, mal grabschte sie sich ein Lineal und kratzte sich damit am Rücken, dann wieder rieb sie sich eine Weile lang über die Arme, schlug die Beine übereinander, stellte sie wieder gerade nebeneinander – so zappelte und klimperte sie sich durch die nur wenige Minuten dauernde Vorstellung. Sie war offensichtlich gelangweilt.

»Nikola Petrowna ist überaus begabt«, sagte Megan ärgerlich.

»Das sehe ich«, gab Eleanor zurück und hörte nur kurz mit ihrem Gefummel auf. »Natürliche Begabung, unzulängliches Training, keine Raffinessen – sie kann's schaffen oder auch nicht. Stimmt's?«

»Sie wird es schaffen«, wandte Megan ein. »Sie muß es – denn deshalb ist sie aus ihrer Heimat weg und ins Exil gegangen. Sie wissen ebenso gut wie ich, daß da immer noch was Besonderes dabei ist – nicht die Begabung und nicht das Können allein. Nikki ist geflohen, weil sie irgendwas innerlich anstrebt. Sie ist besessen von dem Wunsch nach Perfektion, der diese Kinder bis an die

Grenzen des Erträglichen treibt – und noch darüber hinaus. Es gehört mehr als bloß Mut dazu.«

»Quatsch«, sagte Eleanor prosaisch. »Ruhm und Reichtum, nichts anderes. Sie sind egoistisch und habsüchtig – und zwar alle, ohne Ausnahme. Wenn sie gewinnen, sind sie fein raus für ihr ganzes Leben, aber meistens verlieren sie. Und das wissen sie alle, bevor sie das Risiko eingehen.« Sie lächelte grimmig. »Sie sind eine Idealistin, Miss Carroll. Ich war's auch mal, aber das ist schon lange her. Das Leben hat mir die Augen geöffnet. Heute sehe ich die Dinge so, wie sie sind, klar und deutlich. Diese Kinder sind im Geschäft, weil sie eine schnelle Mark machen wollen, und ich will nichts anderes. Wenn Sie das erst mal verstehen, sind Sie schon ein ganzes Stück weiter.«

Megan murmelte etwas Unverfängliches. Sie hatte keine Lust, sich in eine Diskussion verwickeln zu lassen – deswegen war sie schließlich nicht hier.

»Sie sind so 'ne Art Softie«, fuhr Eleanor fort und lächelte Megan unbarmherzig an. »Sie möchten ihnen allen das gleiche geben, ob sie nun gewinnen oder verlieren. Na, geben Sie's schon zu! Wir blechen ein Vermögen an Anwaltshonoraren, bloß wegen Ihres Jungen da, dieses Conrad Soerli. Aber Sie werden am Ende verlieren und die Zeche bezahlen. Wie geht's ihm übrigens? Ich wette, der meckert nicht an uns rum. Die wissen alle, worauf sie sich einlassen.«

Nikkis Vorstellung war beendet, und Megan nahm die Kassette aus dem Apparat. Sie war enttäuscht und fühlte sich wie niedergebügelt. Eleanor hatte kaum hingesehen. »Sie versuchen«, widersprach sie, »den Sport zum bloßen Geschäft zu degradieren, aber das können Sie nicht. Sie können etwas, das einfach schön ist, nicht in Heller und Pfennig ausdrücken, in Soll und Haben, Gewinn und Verlust. Haben Sie sich schon mal überlegt, Miss Douglas, daß Sie privilegiert sind – ja wirklich, privilegiert, wenn Sie Ihre Produkte mit diesen Jugendlichen und ihren heldenhaften Kämpfen in einem Atemzug nennen dürfen?«

Eleanor machte runde, schwarze Augen – wie ein Vogel, der auf einen Wurm einhackt. Zuck bloß nicht mit der Wimper, ermahnte sich Megan. Dann schlägt sie ohne Gnade zu.

»Sie reden Blech, Miss Carroll«, sagte Eleanor.

»Ich bin eigentlich nicht gekommen, um mich mit Ihnen zu streiten«, sagte Megan. »Schon gar nicht, wenn dieser Wecker unaufhaltsam tickt.«

»Der tickt immer, ob Sie's nun hören oder nicht!«

»Miss Douglas, hören Sie mich an!« sagte Megan mit Nachdruck. »Nikola Petrowna ist eine brillante junge Eisläuferin. Sie ist gerade erst achtzehn, und bis zu den Spielen ist es noch ein ganzes Jahr. Wir unterstützen sie auf jeden Fall mit ISA-Geldern und einem Spitzentrainer in London, aber wir suchen noch Sponsoren. Ich biete Ihnen an, ihre Schlittschuhe und ihre Kleidung zu übernehmen, ohne Einschränkungen. Ich habe vor, außerdem Werbeverträge für Zahnpasta, Gesichtscreme, Haarspray und so weiter für sie hereinzuholen. Alles Bargeld geht natürlich auf ein Sperrkonto, damit ihr Amateurstatus erhalten bleibt. Und Sie wären selbstverständlich der einzige Sponsor auf dem Sportsektor.«

»Wieviel verlangen Sie?«

»Eine Million Dollar über einen Zeitraum von drei Jahren, zusammengesetzt aus im voraus zu zahlenden Jahresgehältern zuzüglich der Prämien für öffentliche Auftritte.«

Eleanor lachte. »Diese Summe hab' ich für Ihre finnische Eistänzerin hingelegt, und die hatte sich schon bewährt. Diese hier muß sich erst noch bewähren.«

»Richtig, aber in der Öffentlichkeit macht sie sich besser. Erstens ist sie sehr schön, und zweitens macht sie die Tatsache, daß sie geflohen ist, für die Leute interessanter. Sie wird sich einen Namen gemacht haben schon lange, bevor sie Weltmeisterin wird. Ich garantiere Ihnen, daß sie viele Auftritte haben wird, die nichts mit Sport zu tun haben.«

Eleanor wartete mit ihrer Antwort, bis ihre Sekretärin das Teegeschirr weggeräumt hatte. »Das macht sie bloß berühmt – nicht zu einem Vanguard-As.«

»Im Gegenteil«, wandte Megan verzweifelt ein. »Was Sie wollen, ist die Aufmerksamkeit des Publikums, um jeden Preis – nun, und ich biete Ihnen ein Mädchen, das genau das schaffen wird. Wie Sie dann die Verbindung zwischen Vanguard und Nikki darstellen, hängt davon ab, was Ihre Werbeleute zustandebringen.«

Eleanor lachte leise. Sie schien sich echt zu amüsieren. »Wissen Sie was, Miss Carroll? Sie erinnern mich ungemein an mich selber – in meinen Anfängen. Ich hab' ganz klein mit dem Verkauf angefangen, und wenn es etwas gibt, was ich bewundere, dann ist das eine echte Verkäuferbegabung. Zeigen Sie Ihr zweites Videoband doch Nigel, hm? Marktstrategie ist sein Lieblingskind, und er schätzt es nicht sonderlich, wenn ich mich in sein Gebiet einmische.«

Megan sah diese zähe, unglaublich tüchtige Frau an, deren Aufmerksamkeit bereits abzuschweifen begann, und ihr Mut sank.

»Ich habe noch zehn Minuten übrig, Miss Douglas«, sagte sie verzweifelt. »Sie haben es mir versprochen!«

»Okay, okay! Tut mir leid.« Spöttisch hob sie beide Hände, als gäbe sie sich geschlagen.

Megan wechselte das Band, wobei sie einen stummen Dank an Ian schickte, der es ihr von der BBC verschafft hatte. »Was Sie jetzt sehen, ist der Beweis dafür, daß nicht stimmt, was Sie vorhin über die Jungen sagten, die nur auf Profit aus sein sollen«, bemerkte sie ruhig.

Eleanor zuckte die Schultern und schaute grimmig drein.

Auf dem Bildschirm blitzte und flimmerte es, dann kam ein klares Bild. »Sarajewo 1983« sagte der Sprecher in den heulenden Sturm hinein. Megan streckte die Hand aus und schaltete den Ton ab.

Sie sah, wie Eleanor sich leicht versteifte, als die winzige Gestalt ihrer Tochter durch das Schneetreiben den Hang heruntergerast kam.

»Der Junge bringt sich ja um!« japste Eleanor.

Megans Verblüffung spiegelte sich in ihrer Miene. Hatte Eleanor denn keine Ahnung, daß ihre Tochter in Sarajewo für Großbritannien gestartet war? Unmöglich! Dermaßen entfremdet konnten sich die beiden doch wohl nicht haben!

»Phantastisch!« Eleanor japste erneut und starrte angestrengt über ihren Schreibtisch auf den Bildschirm. Die beiden Minuten, in denen die Skiläuferin durch den Schneesturm über diese entsetzliche Piste gegen die Zeit lief, schienen sich zu einer Ewigkeit zu dehnen.

Eleanor seufzte befreit auf, als das Mädchen das Ziel passiert hatte und nun etwas langsamer auf die Kamera zukam. Dann verschwand sie in der Menge der Gratulanten, bis sie plötzlich wieder auftauchte. Den Helm hatte sie abgenommen, und sie grinste keß in die Kamera.

Eleanor saß in betäubtem Schweigen. Ihr Gesicht war leichenblaß. »Kann ich dieses Band behalten?« fragte sie schließlich schwach.

»Natürlich.« Megan nahm es aus dem Apparat und reichte es Eleanor. Plötzlich gab der Wecker ein lautes Brummen von sich. Eleanor fuhr herum und wischte ihn vom Tisch – alles in einer einzigen fließenden Bewegung.

»Vorigen Sommer hat sie sich das Bein gebrochen«, begann sie schwerfällig, »deshalb hat sie die Aufnahme ins amerikanische Team nicht geschafft. Ich dachte, danach wäre alles zu Ende gewesen.«

»Ich bin ganz baff, daß Sie nicht Bescheid wußten«, flocht Megan ein.

»Ich kümmere mich bloß um die Finanzen und die Verkäufe. Sport und Marketing fallen in Nigels Ressort.«

Megan seufzte. Am liebsten wäre sie jetzt sonstwo gewesen, nur nicht hier. Das hatte nichts mehr mit Verkaufen zu tun, eher schon mit moralischer Erpressung. »Ich hab' sie in Sarajewo unter Vertrag genommen«, fing sie unsicher an zu erklären. »Zu der Zeit wußte ich noch gar nicht, wer sie ist, weil sie ein Pseudonym benutzte. Als ich es dann herausfand ... Na ja, Sie können sich sicher vorstellen, daß mich das umgeworfen hat. Ich meine ... Es ist auf jeden Fall klüger, sich aus familiären Verwicklungen herauszuhalten, vor allem, wenn unser größter Sponsor davon betroffen ist. Ich hab' versucht, es mit Nigel zu regeln, aber er sagte mir bloß, Sie seien dagegen, daß Jacqui Ski läuft. Naja, vielleicht wollte ich Sie auch bloß wissen lassen, wie gut sie ist.«

»Ich weiß, daß sie gut ist«, sagte Eleanor tonlos.

»Jacqui läuft Ski, weil das die einzige Sache auf der Welt ist, die ihr etwas bedeutet. Jetzt ist sie blank und ziemlich verzweifelt, aber fest entschlossen, nicht aufzugeben.«

»Sie läuft Ski, weil sie weiß, daß ich es nicht will«, sagte Eleanor hartnäckig, »und dafür schmeißt sie ein Vermögen weg.«

»Ja, sagt Ihnen das denn nicht alles?!« Megan schrie beinahe. O Gott, was tat sie da bloß! Sie hörte ihre eigene Stimme weiterreden, und ein Teil von ihr wünschte sich, sie zum Schweigen zu bringen, während der andere Teil sich wünschte, ein wenig Vernunft in diese halsstarrige Frau hineinzuprügeln. »Wie hätte es Ihnen denn geschmeckt, Vanguard auf dem silbernen Tablett serviert zu bekommen? Natürlich überhaupt nicht – denn so sind Sie nun mal, und Jacqui ist genau wie Sie. Sie sind beide Siegertypen und beide unglaublich eigensinnig.«

Megan lehnte sich zurück. Sie fühlte sich wie ausgehöhlt. Ihr war klar, daß sie alles kaputtgemacht hatte. Als sie zu Eleanor hinüberblickte, sah sie, wie ihr eine große Träne über die Wange rollte.

»Es tut mir furchtbar leid«, sagte Megan weich. Sie stand auf und blickte aus dem Fenster aufs Meer hinunter. »Ich dachte bloß, Sie sollten eine Chance haben, Ihre Tochter selbst zu sponsern. Sollte sie Gold holen, könnte das tolle Publicity machen. Es könnte auch jemand anders einspringen, und das würde die Last, die sie mit sich herumschleppt, noch vergrößern. Ich bin kein Psychologe, und ich will Sie auch nicht erpressen, aber Sie sollen genau wissen, wie die Dinge stehen. Dann können Sie Ihre Entscheidung treffen.«

»Wieso sollten Sie sich überhaupt soviele Gedanken darüber machen?«

»Weil ich mich damit selber in die Nesseln gesetzt hab'«, platzte Megan heraus. »Ich wußte nicht mehr, was ich tun sollte, also hab' ich eine Option auf Jacqui von meinem eigenen Geld gekauft. Zweitausend Pfund für einen Monat.«

Sie hatte eigentlich viele kluge Sätze sagen wollen, doch der Anblick der verhärmten Frau, der die Tränen über die Wangen rollten, hatte sie einfach umgeschmissen.

»Wissen Sie, was es für ISA bedeuten würde, wenn ich alle Sponsorgelder auf einmal streichen würde?«

»Das wäre eine Katastrophe!« sagte Megan wahrheitsgemäß. »Und das, wo Magnum gerade grob wird, weil sie schon einen Vertrag für Jacqui in petto haben – zwei Millionen Pfund über drei Jahre plus Prämien für Siege und Rekorde. Das Übliche und zusätzlich noch erstklassige technische Unterstützung.«

»Ha! Mit unseren Experten können die sich nicht messen!«

»Nun – dann wird sich Jacqui eben ein wenig mehr ins Zeug legen müssen.«

»Ich lasse mich nicht erpressen!« sagte Eleanor mit schneidender Stimme.

Megan drehte sich rasch um und sah ein Gesicht, das

von Gram zerfurcht und von Wimperntusche verschmiert war. »Ich glaube, es ist besser, wenn ich jetzt gehe …«

»Nein!« Eleanor ließ sie innehalten. »Es war schon richtig, daß Sie zu mir gekommen sind, Megan«, sagte sie. »Ich bin Ihnen sehr dankbar, aber ich lasse mich nicht überfahren. Wenn ich Jacqui tatsächlich sponsern soll, lasse ich einen speziellen Vertrag aufsetzen. Der Gedanke, meine eigene Tochter gehöre zu den Empfängern aus einem meiner üblichen Verträge, ist mir zutiefst verhaßt. – Für den Augenblick werde ich mir erst mal Zeit von Ihnen kaufen«, fuhr sie fort. »Ich werde Ihre Option auf Jacqui übernehmen, und da ich grundsätzlich niemanden sponsere, den ich nicht selber gesehen habe, werde ich das gleiche für Miss Petrowna tun. Was halten Sie von zehntausend Dollar für eine zweimonatige Option auf alle beide?«

Megan setzte sich hin und atmete langsam aus. Jetzt saßen sie also endlich am Verhandlungstisch – na, damit konnte sie umgehen!

»Das wird Sie aber einiges mehr kosten«, sagte sie mit fester Stimme. Sie sah auf und stellte zu ihrer Überraschung fest, daß Eleanor sie anlächelte.

»So? Dann verschwenden Sie meine Zeit nicht länger – nennen Sie mir Ihren Preis!« sagte die Ältere mit sanfter Stimme.

20

Nachdem Megan gegangen war, nahm Eleanor das Videoband auf, um es in ihren Safe zu schließen. Dabei fiel ihr Blick auf ihre großen gebräunten Hände mit den knochigen Adern und der spröden Haut, und ihr wollte es scheinen, als hinge von ihnen die Sicherheit ihrer Tochter ab. »O Gott, was für häßliche Hände!« flüsterte sie.

Fast ihr ganzes Leben lang hatte sie sich wild darauf konzentriert, aufzusteigen und wegzukommen – fragte sich nur, wovon sie eigentlich wegkommen wollte. Von der Armut, dachte sie des öfteren – obwohl sie doch immens reich war. Nicht reich genug, dachte sie. Niemals reich genug, um ihr die Befürchtungen und ängstlichen Ahnungen zu nehmen, die sie quälten. Infolgedessen war sie ständig auf der Suche nach etwas Konkretem, an dem sie ihre Ängste austoben konnte; denn sie war eine einfallsreiche Frau, und mit der Realität war sie schon immer gut fertiggeworden. In letzter Zeit jedoch kam es ihr vor, als würden selbst die realen Probleme unüberwindlich, als würde das Strafgericht, dem sie all die Jahre entgangen war, sich heimlich, still und leise um sie sammeln – wie eine eisige Flut, die einen mitten in der Nacht überfällt.

Minutenlang saß sie da und tat nichts, starrte nur immer auf ihren Schreibtisch. Dann faßte sie plötzlich einen Entschluß. Sie drückte einen Knopf an ihrer Gegensprechanlage, und Sekunden später sprach sie schon mit Lawrence Bain, dem Leiter ihrer Rechtsabteilung.

»Ich weiß nicht, ob Sie meine Tochter schon mal kennengelernt haben«, begann sie. »Nein? Nun, das ist nicht sonderlich überraschend, denn sie ist selten hier. Bis jetzt habe ich sie noch nicht für Vanguard interessieren können, obwohl ich es mir von ganzem Herzen wünsche. Sie war schon immer verrückt nach Skirennen, und jetzt ist sie für die Weltcup-Läufe ins britische Team aufgenommen worden ... Ja, das stimmt. Nein, Glückwünsche sind nicht eben angebracht; denn ich bin strikt dagegen, daß sie Rennen fährt, aber es sieht so aus, als könnte ich einfach nichts dagegen unternehmen.«

Mehrmals trommelte Eleanor mit den Fingern auf ihren Schreibtisch. Daß doch jeder immer seinen Senf zu allem geben mußte! Völlig unnötig, denn sie wußte schließlich selbst am besten, was sie wollte.

»Wir werden sie jedenfalls sponsern«, unterbrach sie

Bain, als sie dann doch die Geduld verlor. »Warum? Weil Magnum ihr ein sehr gutes Angebot gemacht hat. Zwei Millionen Pfund Sterling über drei Jahre. Lassen Sie sich ein besseres Angebot einfallen, das den Zwang zu gewinnen ausschließt, und versuchen Sie, sie mit irgendeinem Job an Vanguard zu binden. Irgendwas, das sie interessieren könnte.« Erneut trommelte sie ungeduldig mit den Fingern auf die Schreibtischplatte, während sie ihm zuhörte.

»Nein, das meine ich nicht. Was ist denn so schwierig daran? Mir fällt auf Anhieb was ein. Wie wär's mit einer schönen, gezielten Werbung für Wintersportsachen?«

Sie legte den Hörer auf und schnitt damit jede weitere Diskussion ab. Eine Weile lang starrte sie aus dem Fenster aufs Meer hinaus und fragte sich unwillkürlich, weshalb es heute eine so tief türkisblaue Farbe hatte. Von ihrem Platz aus konnte sie ihre Jacht sehen, die *Sea Shanty,* die im Jachthafen vertäut lag. In den Cafés am Kai rannten die Kellner umher und schlossen die lustigen, violett und rosa gestreiften Sonnenschirme, die wild im Wind flatterten. Als Eleanor zum Himmel aufblickte, sah sie, wie eine dunkle Wolkenbank angestürmt kam. Sie wandte sich ab. Es machte eigentlich nichts aus – überhaupt nichts. Jedenfalls ihr nicht. In den Büros von Vanguard war es immer warm, immer schön, immer gleich. Warum also war sie an diesem Morgen so verfroren und fühlte sich alles andere als wohl?

Sie ließ sich in ihren Stuhl sinken und starrte lange auf den Aktenhefter, der vor ihr auf dem Schreibtisch lag. Er enthielt eine komplette Liste aller Tagespreise, die die Vanguard-Aktien an der New Yorker Börse erzielten. In jüngster Zeit wechselten zu viele Aktien den Besitzer, so daß die Preise stiegen. Dafür gab es eigentlich keinen ersichtlichen Grund, und deshalb machte sich Eleanor Sorgen.

Eleanor zögerte, die Finger an der Gegensprechanlage.

Nach einer schlaflosen Nacht fühlte sie sich müde, und das Gespräch mit Megan hatte sie zusätzlich aufgeregt. Vielleicht sah sie deshalb Gespenster. Dennoch, das Ganze war beunruhigend. Sie faßte einen raschen Entschluß und stellte die Sprechanlage an.

»Nigel, bist du gerade sehr unter Druck, oder könntest du mal kurz bei mir reingucken? Ich muß was mit dir besprechen. Kannst du? Gleich jetzt? Lieb von dir.«

Nigel war ihr ältester Geschäftspartner. Er war sogar noch länger bei Vanguard als sie selber. Ihre Freundschaft datierte aus jener Zeit, da sie noch eine bettelarme Vertreterin und er ein einfacher Verkäufer gewesen waren.

Nigel war in letzter Zeit ein wenig gealtert, hatte sich aber noch immer seine strenge, aufrechte, beinahe militärische Haltung bewahrt. Jetzt, fand sie, sah er aus wie ein pensionierter Oberst, mit seinen hageren einsachtzig, seinem gestutzten Schnurrbart, den gescheiten grauen Augen und dem spröden Neuengland-Tonfall. An diesem Morgen sah er ganz besonders freundlich drein, und sie fragte sich, warum.

Eleanor spielte mit ihrem Füllhalter herum. »Ich will dich ja nicht unnötig aufregen, Nigel …« Sie japste, schlug sich mit einer Hand auf den Arm und drückte ganz fest, wobei sie vor lauter Anstrengung, sich nicht zu kratzen, die Stirn runzelte.

»Immer noch nicht besser?« fragte er mitfühlend.

»Eher schlechter!« Sie entspannte sich ein wenig und zog ihren Blusenärmel hoch, um ihm zwei große, rote Flecken zu zeigen, die lauter kleine weiße Pusteln enthielten, als hätte sie in Brennesseln gefaßt. Sie schauderte. »Es sind die Nerven. Behaupten die Ärzte. Drei davon hab' ich ausprobiert, und alle sagen das gleiche. In der Nacht ist es die reine Hölle. Ich kann kaum schlafen.« Sie zuckte mit der Schulter und ging zum nächsten Problem über.

»Was ich dir jetzt sage, Nigel, bleibt absolut unter uns.

Nicht, daß ich dir das extra sagen müßte«, fügte sie hastig hinzu. »Ich habe das Gefühl, irgendwer kauft unsere Aktien auf, um Vanguard zu übernehmen. Unglaublich, was?« Sie lächelte. Es war ein müdes, wehmütiges Lächeln. »Es wird zuviel mit unseren Papieren gehandelt, und die Preise gehen hoch, und für beides gibt es eigentlich keinen ersichtlichen Grund. Das hab' ich schon immer befürchtet«, sagte sie. »Seit wir auf den Aktienmarkt gegangen sind.«

Es war nicht nötig, Nigel noch genauer zu informieren. Er wußte ebenso gut wie sie, daß sie, zusammen mit Jacqui, nur dreißig Prozent der Aktien behalten hatte. Acht Prozent hielt Nigel, während drei Prozent im Besitz weiterer Vanguard-Direktoren waren. Alles andere befand sich in den Händen privater Anleger und einiger größerer Institutionen.

»Schau, Eleanor«, begann Nigel ruhig. »Du hast wirklich nicht den geringsten Grund, dir Sorgen zu machen. Du, ich und die Direktoren – zusammengenommen haben wir einundvierzig Prozent. Es dürfte also nahezu unmöglich sein, sämtliche privaten Aktienbesitzer zu überreden, sich von ihren Vanguard-Papieren zu trennen.«

»Aber warum sonst sollte jemand so hohe Preise für unsere Aktien zahlen? Warum sonst steigen die Preise in derartige Höhen? Diese Kerle scheinen zu beinahe jedem Preis zu kaufen, und die Privataktionäre riechen den Profit – wie Haie, die Blut riechen.«

Nigel gestattete sich ein Lächeln, was bei ihm höchst selten vorkam. Er hatte ein seltsames Lächeln, fand Eleanor. Zuerst starrte er einem durchdringend ins Gesicht, dann ging sein Lächeln an und gleich wieder aus, und man hatte unwillkürlich das Gefühl, etwas ganz Außergewöhnliches besichtigt zu haben, so etwas wie einen flüchtigen Kometenschweif. »Heutzutage«, meinte er, »kaufen sich viel mehr kleine Leute Aktien, und der Sport ist außerdem ›in‹.«

»Hältst du mich etwa für blöd?« unterbrach sie ihn.

»Sagen wir lieber: für übervorsichtig«, sagte er gewinnend.

Nigels zuversichtliche Art tat Eleanor wohl, trotz ihrer düsteren Vorahnungen.

»Ja«, stimmte sie ihm nachdenklich zu. »Aber irgendwas beunruhigt mich. Irgendwas ist nicht in Ordnung, und ich kann einfach nicht ...« Sie brach abrupt ab, lief knallrot an, ohne daß es irgendeinen Grund dafür gegeben hätte, und strich sich über die Stirn.

Es fiel Eleanor nicht schwer, in Nigels Miene zu lesen. Er dachte ganz offenkundig: Wenn das ein Zeichen für die Wechseljahre ist, hab' ich noch zehn solche Jahre zu erwarten ... »Ich glaub', mir steckt 'ne Grippe in den Knochen«, sagte sie.

»Wir haben alle unsere Probleme«, antwortete er. »Meins heißt Megan Carroll. Sie bearbeitet mich immer noch wegen einer Entschädigung für diesen Conrad Soerli. Du glaubst nicht, in welche Schwierigkeiten die sich manövriert! Und dann hofft sie offenbar auch noch, daß ich sie freikaufe.«

»Tatsächlich.« Eleanor runzelte die Stirn. »Dabei fällt mir ein, Nigel« – ihre Stimmung wechselte abrupt –, »Du mußt gewußt haben, daß Jacqui im Weltcup-Zirkus für die Briten mitzieht. Warum hast du mir nichts davon gesagt?«

»Ich wollte dich nicht beunruhigen, meine Liebe. Um ehrlich zu sein – ich hab' versucht, es ihr auszureden.« Er lächelte wehmütig. »Ohne Erfolg.«

»Lieb von dir«, sagte Eleanor und lächelte rasch. Sie stand auf und ging um ihren Schreibtisch herum, legte Nigel eine Hand auf die Schulter und drückte sie sanft. »Dank dir, daß du so fix gekommen bist.« Das war ihre Lieblingsmethode, ein Gespräch zu beenden. Sie funktionierte garantiert immer. Eleanor war eine Expertin, wenn es darum ging, jemanden loszuwerden, und die meisten

Menschen merkten es nicht einmal. Nigel allerdings kannte ihre Taktik, und als er das Zimmer verließ, blickte er finster drein.

21

»Verbinden Sie mich mit Dr. Chatwitz«, sagte Eleanor zu ihrer Sekretärin, und schon ein paar Minuten später hatte sie ihn am Apparat. »Sie haben Glück, daß Sie mich erwischen.« Er hörte sich bedrückt an, offenbar hatte er selber kein Glück.

»Es geht um meinen Juckreiz«, sagte sie matt. »Wenn Sie nicht bald was dagegen unternehmen, lande ich noch in der Klapsmühle! Sie sollten mich mal sehen! Riesengroße Flecken auf dem Arm. Sie sehen aus wie Brennesselpusteln, bloß daß sie jucken. Mein Gott, mir wär's lieber, sie täten weh!«

»Ich weiß, wie sie aussehen, Eleanor, ich hab' sie schon gesehen.« Der Arzt machte eine Pause. Dann sagte er barsch: »Ich hab' Ihnen gesagt, was Sie dagegen tun sollen.«

»Ich glaub' nicht an Seelenklempner«, gab sie tonlos zurück. »Alles Schwindler und Quacksalber.«

»Ich kenne Ihre Einstellung.« Sein Tonfall rief ihr in Erinnerung, daß sie beide längst Gesagtes wiederholten.

»Was soll ich denn nur tun?« Sie merkte, daß sie ins Jammern verfiel, und rief sich scharf zur Ordnung. »Ihre Salben helfen nicht, und die Beruhigungsmittel schon gar nicht.«

»Sie helfen nur vorübergehend. Das haben wir doch alles schon mal durchgesprochen.«

»Herrgott, ich zahle Ihnen schließlich genug!«

»Nicht genug, um ein Forschungslabor einzurichten – was der einzige Weg wäre, eine stärkere Cortisonsalbe dagegen zu finden. Das sind alles nur vorübergehende Hilfsmittel, Eleanor. Deshalb habe ich eine Psychotherapie empfohlen. Ich hab' Sie Ihnen schon vorher empfohlen.« Er seufzte.

»Sie erwarten wirklich von mir, daß ich mich einem Menschen anvertraue, der Gundelfinger heißt?«

»Was gefällt Ihnen nicht an Gundelfinger?«

»Klingt für mich wie Rumpelstilzchen. Wie diese Micky-Maus-Welt, in die Sie mich reinziehen wollen.«

»Eleanor, Sie *sind* in einer Micky-Maus-Welt – ich versuche, Sie da *raus* zu kriegen!« schnauzte er. »Kann ich jetzt bitte weitermachen? Ich hab' in meinem Wartezimmer einen neunten Monat, einen Versicherungs-Checkup und eine Fußwunde sitzen.«

»Auf Wiederhören«, sagte sie mißmutig und legte gleich wieder den Hörer auf.

Dann stöhnte sie. »Mein Gott!« Jetzt juckte es am Bauch. Schlimmer als jede Folter! Sie ging in ihr Privatbadezimmer gleich neben ihrem Büro und schloß die Tür hinter sich ab. Dann zog sie die Bluse aus dem Hosenbund und untersuchte den Fleck über ihrem Bauch, ein großes, violettes Mal, das in ein bis zwei Stunden wieder verschwinden würde. Jetzt aber seufzte Eleanor, nahm die Tube mit der neuesten Salbe zur Hand und rieb sie behutsam ein, wobei sie sorgfältigst darauf achtete, sich nicht zu kratzen. Ein einziger Kratzer, und sie würde die Wände hochgehen, das war ihr klar. Mit Kratzen hatte sie es nur ein einziges Mal versucht.

Blind vor Tränen des Unmuts durchwühlte sie ihren Ablagekorb nach Gundelfingers Telefonnummer. Er nahm sogar selber ab – na sowas!

»Doktor Seldwyn Chatwitz hat Sie mir empfohlen, Doktor Gundelfinger. Ich bin Eleanor Douglas.«

»Ja?« Seine Stimme klang vorsichtig und wachsam.

»Hat er mich bei Ihnen erwähnt?«

»Nein. Das ließe sich nicht gut mit seinem Berufsethos vereinbaren, nicht wahr?«

»Nun, davon verstehe ich nichts. Tatsache ist, daß ich eigentlich gar keine Lust habe, zu Ihnen zu gehen, aber ich habe dieses ... dieses Ekzem. Ich glaube nicht, daß Sie mir helfen können, aber ich bin völlig verzweifelt.«

»Ja, ich verstehe. Nun, das ist nicht ungewöhnlich. Schauen Sie, es ist gerade Mittagszeit. Kommen Sie einfach mal rüber zu mir und helfen Sie mir, meinen Lunch aufzuessen. Ich habe derzeit ohnehin keinen Termin für Sie frei. Warten Sie, ich sag' Ihnen genau, wie Sie zu mir kommen.«

Dr. Gundelfingers Praxis befand sich in einem sehr exklusiven Gebäude, in dem keine anderen Ärzte praktizierten, was nicht weiter erstaunlich war, wenn man die hohen Mieten bedachte.

Im Erdgeschoß befanden sich Verkaufsräume von Christian Dior und Cartier. Auf dem Schild an der Tür stand schlicht »Dr. P. Gundelfinger, Berater«, und die Tür war, wie versprochen, unverschlossen.

Eleanor betrat ein leeres Wartezimmer. Einen Moment später ging die Tür zum Sprechzimmer auf, und Dr. Gundelfinger winkte sie herein. Er sah ganz anders aus, als sie ihn sich seiner Stimme nach vorgestellt hatte. Er war ein großer Mann Ende Vierzig, mit sandfarbenem Haar und einer Neigung zur Fülle, und hinter den Gläsern seiner Hornbrille funkelten freundliche graue Augen. Was wohl hinter seinem Akzent steckte? Deutsch vielleicht – und ein sehr langer Amerika-Aufenthalt. Nicht, daß es von Belang gewesen wäre.

»Ich hoffe, Sie mögen Ei und Salat«, meinte er, während er ihr ein halbes Sandwich entgegenhielt und ihr ein Glas Orangensaft eingoß.

»Ich will Ihnen nicht Ihren Lunch wegessen.«

»Wie Sie sehen«, sagte er und tätschelte seine Mitte, »habe ich gar keinen Lunch verdient. Wo liegt das Problem?«

»Ich habe kein Problem«, sagte sie. »Zumindest kein psychisches. Tatsächlich könnte es mir kaum besser gehen. Es ist lediglich dieses Ekzem.« Sie rollte ihren Ärmel hoch. »Ich sag's Ihnen gleich, ich glaub' nicht an diesen Unsinn, daß körperliche Symptome einen psychischen Ursprung haben sollen.«

»Emotionalen«, korrigierte er.

»Egal.«

»Haben Sie noch nie geweint?«

»Natürlich hab' ich schon mal geweint.«

»Na, sehen Sie, das machen die Gefühle. Aber Sie kriegen rote Augen, und das Wasser läuft nur so raus – das sind die physischen Symptome.«

»Und nun?« fragte sie, als sie schließlich bequem vor dem Fenster saß, Dr. Gundelfinger in ihrem Rücken. Sie kam sich idiotisch vor, aber immerhin opferte er ihr seine Mittagspause.

»Gibt's irgendwas Bestimmtes, was Sie sich gerne von der Seele reden würden?«

»Himmel, nein! In dem Fall würd' ich mich bei meinen Freunden ausjammern, statt dafür – wieviel zu bezahlen?«

»Einhundertfünfzig Dollar die Stunde.«

»Halten Sie das nicht für übertrieben?«

»Ich berechne weniger, wenn meine Patienten arm sind. Sind Sie arm?«

»Ganz im Gegenteil.«

»Na also. Nun erzählen Sie mir mal, was Ihre Freunde zu Ihnen sagen, wenn Sie mit ihnen über Ihre Probleme reden.«

»Na, in Wirklichkeit rede ich gar nicht mit ihnen darüber.«

»Aber dafür sind Freunde doch da, oder?«

»Vielleicht sind meine eher Bekannte«, gab sie zu.

»Schön, dann erzählen Sie mir doch von Ihrem Zuhause.«

»Es ist allerdings schon eine ganze Weile her, seit ich das letzte Mal dort war.«

»Miss Douglas, Ihr Heim in Cap Ferrat ist weltberühmt«, widersprach er.

»Ja, sicher«, sagte sie tonlos. »Wollen Sie, daß ich Ihnen darüber was erzähle?«

»Nein. Ich möchte, daß Sie mir von Ihrem wirklichen Zuhause erzählen.«

Sie lachte. »Das war eine winzige Hütte mit gerade drei Zimmern im schottischen Hochland.«

»Und?« soufflierte er.

»Ich war achtzehn, als ich von zu Hause wegging«, sagte sie, »da muß ich ganz hübsch weit zurückdenken.«

»Nehmen Sie sich Zeit.«

Wo sollte sie anfangen? Welches Durcheinander an zusammenhanglosen Schnipseln und Bildern würde sie wohl aus ihrer längst vergessenen Vergangenheit heraufholen können? Es war Jahre her, daß sie auch nur an ihre Eltern gedacht hatte. Sie waren beide tot. Einmal war sie noch dort gewesen, und die Ruinen ihres Elternhauses, so ärmlich, so ganz dem Wind und dem Moor ausgesetzt, hatten sie zum Weinen gebracht. Konnte dort tatsächlich ein Mensch leben, hatte sie sich gefragt. Doch sie hatte dort gelebt, und auf ihre Art waren sie sogar alle glücklich gewesen. Sie schloß die Augen und rief sich Invergordon ins Gedächtnis, die Schule und das Hafenbecken, das immer voller Schiffe war, denn es war Krieg, der Zweite Weltkrieg, und das kleine Dörfchen war plötzlich zu einem wichtigen Marinestützpunkt geworden.

»Eleanor Douglas, Mädchen, wach auf!«

Die Finger der Lehrerin drückten sich in ihre Schulterblätter. Eleanor fuhr auf, das Gesicht knallrot vor Scham. Zu allem Überfluß spürte sie auch noch ein Stechen in ihren Augen, und schon im nächsten Moment liefen ihr die Tränen über beide Wangen. Wenn sie sie wegwischte, würde die ganze Klasse merken, daß sie weinte, wenn sie sie laufen ließ, würden sie auf ihr Pult tropfen.

Hinter sich hörte sie Gelächter. Kein echtes schottisches Gelächter, das aus dem Bauch aufstieg und laut schallend hervorbrach, sondern ein sächsisches Lachen, das klang wie scheppernde Glocken und alles andere als richtiges Gelächter war.

Mitleid funkelte hinter den Brillengläsern der Lehrerin. Sei bloß nicht nett zu mir, baten Eleanors Augen schweigend. Freundlichkeit machte sie schwach, brachte sie zum Weinen. Mit Zorn oder Angst wurde Eleanor wunderbar fertig. Auf dem Schulhof nahm sie es leicht mit den schlimmsten Schlägertypen auf. Freundlichkeit jedoch – dagegen besaß sie keine Waffe.

Daher rollten nun zwei große Tränen ihre Wangen hinunter, zerbarsten auf ihrer sauberen Handschrift und hinterließen Tintenkleckse. Eleanor setzte sich kerzengerade auf und starrte stur auf die Tafel.

Als die Schulglocke läutete, war sie die erste, die aus der Schule kam, die erste, die sich ihr Fahrrad schnappte und durch die engen Sträßchen von Invergordon strampelte, um die Zeitung für Dad zu kaufen, bevor sie auf die Berge zujagte.

Die meisten aus ihrer Klasse wollten an jenem Nachmittag ins Kino gehen. Auch Eleanor war dazu aufgefordert worden, doch sie hatte abgelehnt, da sie kein Interesse für den neuesten Veronica-Lake-Film aufbrachte. Sie machte sich Gedanken darüber, während sie sich in die Pedale stemmte. Sie wünschte sich, genauso zu sein wie die anderen Mädchen, und die Tatsache, daß sie eben doch anders war, beunruhigte sie sehr und ließ ihre Sehnsucht noch wachsen. Sie hatte nie herausgefunden, was den Unterschied ausmachte.

Die Strecke wurde jetzt allzu steil. Eleanor stieg von ihrem Fahrrad und schob es den Berg hinauf. Nach einem kurzen Blick auf ihre Armbanduhr beschleunigte sie ihren Schritt. Vor dem Abendessen mußte sie noch ihre Schularbeiten und ihre häuslichen Aufgaben erledigen, bevor sie halb sieben zu ihrem Job in Invergordon zurückkehrte. Wenn sie nicht alles ordentlich machte, würde Vater ihr womöglich das Arbeiten verbieten, und das kam für Eleanor gleich nach dem Sterben.

Es war Ende Juni und ziemlich warm, doch je höher sie stieg auf dem Pfad, der sich durch Farm und Heide den Berg hinaufwand, desto kühler wurde die Luft. Hin und wieder legte sie eine kurze Pause ein, um sich von den Moorfliegen zu befreien, die sie hartnäckig verfolgten. Tief drunten sah sie den Cromarty Firth, in dem Kriegsschiffe ankerten, und das Dorf Invergordon, das sich um den Hafen erstreckte.

Hier oben war eine ganz andere Welt – die Welt der kleinen Pächter –, die noch so wild und frei war wie schon vor Jahrhunderten. Die Straße war hier schlechter und ganz verlassen; nur selten kam jemand vorüber, denn der Weg führte nirgendwohin – hoch droben in den Bergen, hinter dem letzten Pächterhäuschen, hörte er einfach auf. Doch manchmal traten die Rothirsche aus den Nebeln und Wäldern, und im Herbst konnte man oftmals zusehen, wie die Lachse die Flüsse hinauf sprangen, ihrem ureigenen Trieb zu folgen.

Die Familie Douglas lebte in einer einsamen Kate aus Stein mit Wellblechdach. Ein Gartenzaun existierte nicht, doch vor der Haustür wuchsen dichte Büschel bunter Blumen. Der schmale Trampelpfad führte von der Straße weg übers Moor und direkt ins Wohnzimmer, und wie es im Sommer üblich war, stand die Haustür weit offen.

Von drinnen kam ein köstlicher Geruch nach frischen Teekuchen, die Mutter gerade erst aus dem Backofen genommen hatte. Eleanor ließ ihre braunen Augen von der blaugeblümten Tapete an den Wänden über das glatte Holz der Decke und des Fußbodens bis hin zu den gestickten Blumen auf dem Tischtuch schweifen. Und da war ihre Mutter, die sich die Stirn mit der Schürze abwischte und mit unruhigen Fingern das ausgeblichene Blondhaar zurechtschob. Sie lächelte ihrer Tochter kurz zu, wischte sich die mehligen Hände an einem feuchten Tuch ab und stellte eine Schüssel voller Teekuchen auf den Tisch.

Eleanor nahm sich einen und steckte ihn in den Mund. »Zu salzig«, beschwerte sie sich, bevor sie einen zweiten nahm, auf den sie einen großen Löffel voll roter Johannisbeermarmelade häufte.

»Dad mag sie so.« Es war immer das gleiche Argument – denn alle Speisen, Porridge, Haggis, Teekuchen, waren versalzen, weil es ihrem Vater so schmeckte. Er hatte ein lahmes Bein, und sie führten ein furchtbar armseliges Leben, doch für Mutter kam er immer noch an erster Stelle, und Eleanor hatte zu essen, was Dad mochte, oder sie mußte eben hungern.

»Noch Tee da, Mum?«

»Du kannst dir frischen aufgießen, wenn du willst.«

Eleanor ging zur Küchentür und goß die alten Teeblätter über die Minze, die in wolkigen Büscheln dort wuchs.

Auf dem alten, holzbeheizten Küchenherd stand immer ein Topf mit kochendem Wasser. Eleanor übergoß den Tee, schenkte ihrer Mutter eine Tasse voll ein und rührte von der selbstproduzierten sahnigen Milch hinzu.

Eleanors Zimmer war groß – jetzt, da sie es für sich allein hatte, weil ihr Bruder in der Marine diente. Ein Doppelbett, ein Holztisch, auf dem Mutters zweitbestes Tischtuch lag, und ein kleiner Schrank für ihre Bücher.

Nun, da sie vierzehn war, hatte sie täglich zwei Stunden Schulaufgaben zu machen. Sie setzte sich an den Tisch und erledigte die Hälfte, dann machte sie sich an ihre Hausarbeiten: Eier einsammeln, Hühner füttern, Feuerholz neben dem Herd stapeln, Kaninchen füttern, den Tisch decken und so weiter.

In der Dämmerung kam ihr Vater nach Hause, einen

Lachs in der Tasche, die er unter dem Arm trug. Er hatte gewildert, das wußte sie. Sie sprachen nur selten miteinander, denn er war vier Jahre lang im Krieg gewesen, und sie waren sich fremd geworden, doch in seinen Augen war eine gewisse Wärme zu lesen, die seine Wortkargheit beinahe wieder wettmachte. Er setzte sich vors Haus und schuppte zufrieden den Fisch ab, wobei er lautlos die Lippen bewegte. Dann wusch er den Lachs in einem Eimer Wasser und trug ihn ins Haus.

»Hausaufgaben schon fertig?« fragte er, nachdem er sich in dem alten Lehnstuhl am Fenster, der sein ausschließliches Eigentum war, hinter seiner Zeitung niedergelassen hatte.

»Klar bin ich fertig«, fauchte sie, weil sie ob ihrer Lüge ein schlechtes Gewissen hatte. »Und mit den Hühnern und den Schweinen und den Kaninchen. Und jetzt hol' ich das Holz.«

Er sah sie scharf an, und seine blaßblauen Augen formulierten einen Tadel, doch Eleanor ignorierte ihn.

»Es ist schon spät, Eleanor, mein Kind«, tadelte ihre Mutter, als sie mit einem Arm voller Zweige zurückkam. Eleanor flog um den Tisch, legte Messer und Gabeln neben die Teller und bereitete frischen Tee. Zum Abendessen gab es Heringe und eine Gurke mit selbstgebackenem Brot.

Ihr Vater stand am Kopfende des Tisches und schloß feierlich die Augen. »Für alles, was wir gleich erhalten werden, laß uns, o Herr, wahrhaft dankbar sein. Amen«, sagte er volltönend, bevor er sich zum Essen niedersetzte.

»*Wahrhaft dankbar!*« Wie Hammerschläge hallten die Worte in Eleanors Kopf wider. Was bedeutete dieses »wahrhaft dankbar«, das ihr Vater ihr ununterbrochen eintrichterte. Zufriedenheit? Genügsamkeit? Denn sie selbst war niemals zufrieden, o nein! Es gab ja noch so viel, was sie sich wünschte, und plötzlich, impulsiv, erzählte sie ihrem Vater von ihren Träumen und Sehnsüchten, während sie die Heringe mampfte, deren salzigen Geschmack sie mit starkem, süßem Tee hinunterspülte.

Ihres Vaters Gesicht wurde streng und verschlossen. Er stand auf, holte die Bibel und begann zu lesen: *»Denn wer sich selbst erhöhet, der soll erniedrigt werden, und wer sich selbst erniedrigt, der soll erhöhet werden.«*

Eleanor brach in Tränen aus, rannte in ihr Zimmer und warf die Tür hinter sich zu. Nichts sollte sie aufhalten können, schwor sie sich, gar nichts, und ganz bestimmt nicht Dad mit seinen läppischen Predigten!

Sie wußte, daß sie eines Tages ihr Haus am Meer haben würde – nicht an irgendeinem Meer, wohlgemerkt, sondern an der warmen, tiefblauen See, nicht zu vergleichen mit dem blaßblauen schottischen Salzwasser! Und eine eigene Jacht würde sie haben, die im Hafen stets für sie bereitlag. Ihr Haus würde ganz aus Glas und Säulen sein, selbstverständlich mit Marmorböden, und jedes Zimmer einen herrlichen Ausblick haben.

»Du wirst schon sehen«, sagte sie trotzig zu ihrer Mutter, nachdem sie in die Küche zurückgekehrt war. »Wenn ich erst groß bin, dann werde ich alles haben!«

»Wenn du erst groß bist ...« begann ihre Mutter ungläubig in ihrem sanften Hochland-Tonfall. »Aber, Eleanor, du bist vierzehn, du bist so gut wie erwachsen! Heutzutage behalten sie euch viel zu lange in der Schule. Als ich in deinem Alter war, habe ich schon gearbeitet. In drei Jahren wirst du auch arbeiten gehen – wiewohl Gott allein weiß, wie du in dieser Gegend eine Stelle finden sollst, wenn der Krieg vorbei ist.«

»Trotzdem«, hatte Mutter hinzugefügt, »Träume haben auch ihr Gutes. Behalte deine Träume, Kleines. Leute wie uns erhalten sie am Leben – Träume und Gebete.«

Für Eleanor klang es, als versuchte sie, die Verdunkelungsvorhänge vor ihre glänzende Zukunft zu ziehen. »Das sind keine Träume!« knurrte sie. »Genau so wird's einmal sein!«

Eleanor pflegte ihre Eltern verstohlen zu beobachten. Solche Tücke war ihr von Natur aus eigentlich fremd, doch sie hatte ein Geheimnis: das Eislaufen. Gewiß, ihre Eltern wußten, daß sie vier Abende pro Woche an der Eisbahn arbeitete, doch sie hatten keine Ahnung, daß sie auch selbst lief. Der kostenlose Unterricht gehörte mit zu ihrer Bezahlung. Das war ihr Traum, ihr Weg aus dem von der Armut geprägten Leben, das sie führte – der Eiskunstlauf. Und das war auch der Grund, weshalb sie so hart arbeitete und ihre Hausaufgaben erst bei Kerzenschein um Mitternacht fertigmachte, wenn Dad längst schlief.

Bald machte sie sich auf den Weg zu ihrer Arbeit und jagte den steilen Pfad hinunter. Ihr Rad wurde auf wundersame Weise ein Teil ihres Körpers, ihrer Persönlichkeit. Auf ihrem Rad erreichte sie unglaubliche Geschwindigkeiten, wenn sie wie der Wind den steilen Berg hinabfegte, der unebene Pfad sie auf ihrem Sattel auf und nieder hüpfen, sich biegen und in die Kurven legen und niemals diese merkwürdige Wachsamkeit vergessen ließ, die ihr eigen war – eine Wachsamkeit, die Eleanor niemals verließ, ganz gleich was sie tat. Hinter der nächsten Biegung sah sie plötzlich einen Rothirsch, ein ausgewachsenes Tier mit einem großen Geweih, friedlich neben dem Pfad äsen. Er erschrak und rannte in langen Sätzen den Berg hinunter, Eleanor immer neben sich auf ihrem Rad. Fort ging's, fort und immer weiter, den Wind im Gesicht – sich nur allzu bewußt, wie herrlich dieser Rausch der Geschwindigkeit war. Eleanor wurde gerüttelt und geschüttelt, fast taub klammerten sich ihre Hände um die Lenkstange – doch fort ging's und immer weiter, wild und frei!

Urplötzlich machte der große Hirsch eine Kehrtwendung, war mit einem Satz in der Heide und verschwand unter den Bäumen, während Eleanor immer weiter und weiter bergab raste, dem Dorf zu. Es wollte ihr scheinen, als hätte das große, gehörnte Tier ihre Seele mitgenommen, als schliche ihr Körper nurmehr allein durch die schmalen Straßen von Invergordon.

Ach, wenn sie doch nur ein Hirsch wäre … ach, wenn … ach, wenn …

Die sich dehnende Stille brachte Eleanor wieder in die Gegenwart zurück. Sie fühlte sich durcheinander und den Tränen nahe, wußte aber nicht, woran das lag. Wieviel hatte sie Gundelfinger erzählt, wieviel war ihr nur durch den Kopf gegangen?

»Komisch, wenn man sich so erinnert«, sagte sie matt. »Ich war damals schon ungeheuer ehrgeizig, doch selbst in meinen wildesten Phantasien hätte ich mir nie träumen lassen, daß ich eines Tages dermaßen reich sein könnte.«

Vorsichtig drehte sie sich um und sah, daß Dr. Gundelfinger vor dem Kühlschrank saß, auf den er seine Ellbogen gestützt hatte. Sein Kopf ruhte in den Händen. »Heute hab' ich alles, was ich mir je gewünscht habe.«

»Alles?«

»Ja, alles, was ich mir überhaupt wünschen könnte«, behauptete sie nachdrücklich.

»Dennoch scheint es Ihnen an irgend etwas zu fehlen. Meinen Sie nicht auch?«

»Nein, das meine ich nicht.« Nervös rieb sie sich die Hände, zog an den Fingern und ließ die Gelenke laut knacken.

»Wären Sie so gut, das sein zu lassen? Ich kriege davon eine Gänsehaut, und wenn alles in Ordnung ist, besteht auch kein Grund dazu.«

»Nun ja, ich habe ein paar kleinere Probleme in der Firma. Nichts, das ich nicht lösen könnte.«

»Davon bin ich überzeugt«, sagte er.

»Und meine Tochter macht mir ein bißchen Sorgen«, gab sie zu. Ihr fiel auf, daß sie plötzlich in ihren alten schottischen Hochlanddialekt verfallen war, daher gab sie sich von nun an Mühe mit ihrer Aussprache. »Sie … übrigens heißt sie Jacqui … ist bei mir ausgezogen. Wir hatten einen Riesenkrach, weil ich nicht will, daß sie Ski läuft, ich meine richtige Skirennen, Abfahrtslauf. Aber nun will sie natürlich erst recht ihren Kopf durchsetzen.«

»Glauben Sie, daß ein Versöhnungsversuch mit ihr aussichtslos ist?«

»Nein, aber ich hab' mich noch nicht entschieden, ob ich nachgeben soll oder nicht.«

»Töchter haben im allgemeinen die Neigung, ihren Eltern nachzugeraten«, meinte er. »Wie war denn ihr Vater?«

»Sie hat keinen Vater!« Das hörte sich selbst in ihren eigenen Ohren flau und lächerlich an.

»Eine jungfräuliche Geburt – na, wenn das nicht schick ist! Sie sind mein erster Fall dieser Art!«

»Sie sind mir vielleicht ein aalglatter Halunke!« Abrupt setzte sie sich auf und funkelte ihn über die Schulter hinweg an.

»Und Sie, Miss Douglas, haben für meinen Geschmack zu viele Probleme. Kein Heim – aber dafür ein teures, schickes Riesenhaus. Keine Freunde, keine Familie, aber eine weggelaufene Tochter. Einen Haufen Geld – aber niemanden, der es mit Ihnen teilen will. Früher haben Sie Ihre Lumpen geteilt und hatten eine Menge Freude dran. Heute macht Ihnen fast gar nichts mehr Freude.«

Sie fuhr herum, verblüfft, daß er es wagte, in einem derartigen Ton mit ihr zu sprechen. »Pflegen Sie alle Ihre Patienten zu beleidigen?« fragte sie eisig.

»Komisch, daß Sie das denken«, sagte Gundelfinger, »aber macht nichts. Ich glaube, daß bei Ihnen etwas ganz und gar schiefgelaufen ist – nachdem Sie das unschuldige junge Mädchen mit den ungeheuren Träumen waren und bevor Sie zum Tycoon mit Jacht und Landsitz wurden. Ich denke, Sie haben sich irgendwo ein schweres Trauma eingehandelt. Da gibt es etwas, das Sie sich selbst nicht eingestehen können, ein Gefühl, dem Sie nicht gewachsen sind. Sie werden sich dem stellen müssen, Eleanor, auch wenn es kein Vergnügen ist. Die Alternative heißt psychosomatische Probleme. Sie können wählen, was Ihnen lieber ist. Wenn Sie weiter zu mir kommen wollen, rufen Sie an und vereinbaren Sie einen Termin. Gespräche beim Lunch stelle ich im übrigen nicht in Rechnung.«

Wie betäubt wankte Eleanor auf die Tür zu. Sie fühlte sich den Tränen nahe und vollkommen aus dem Gleichgewicht gebracht.

Im Fahrstuhl drückte sie auf den Knopf »Erdgeschoß« und kam am Hintereingang der exklusiven Arkadengeschäfte heraus. Man hätte sie ohne weiteres für eine der smarten Frauen halten können, die sich Kleider bei Dior und Halsbänder bei Cartier kauften – wären da nicht ihr benommener Gesichtsausdruck gewesen und ihre Hände, die unaufhörlich zitterten.

22

Es war hell und sonnig in Kensington Gardens. Nikki, im hellblauen Trainingsanzug mit passenden Schuhen, das Haar auf russische Art fest um den Kopf geflochten, joggte über den Rasen. Sie sah verärgert aus. Ungeduld und Frustration drohten sie zu überschwemmen. Es war Frühling, und alles fehlte ihr. Jetzt müßte sie eigentlich auf dem Lande sein und wogende Wiesen voller Frühlingsblumen unter einem wunderbar weiten Himmel betrachten können. Die Weite war es, die Nikki mehr als alles andere fehlte. Hier, über dieser beschränkten Insel, hingen sogar die Wolken so tief, daß man kaum Platz zum Atmen hatte! Es war gräßlich, einfach gräßlich!

An diesem Tage war Nikki ganz sie selber, ohne eins ihrer Flitterkostüme, ihrer neuen modischen Kleider oder spitzenbesetzten Blusen und infolgedessen auch ohne die

Aura von Künstlichkeit, die sie sonst umgab. Sie sah ungemein jung aus – und ungemein entschlossen. Ihr Gesicht konnte nur simple Gefühle wie Liebe, Zorn oder Kummer widerspiegeln, doch das mit kindhafter Intensität. Wie sie jetzt mit ihren kräftigen Beinen über die Erde stampfte, konnte man ihre Stärke geradezu spüren. Daß sie hartnäckig war, machte sich in ihrer Art zu laufen bemerkbar: gleichmäßig, ohne zu stocken und zu stolpern, immer im selben Rhythmus, ob es nun bergauf oder bergab ging. Mitunter atmete sie etwas rascher, aber das war auch schon der ganze Unterschied. Zornig war sie an diesem Morgen, weil sie so allein war. Dafür hatte sie sich an den Engländern gerächt, indem sie ihren Bewacher weit hinter sich gelassen hatte. Hoffentlich kriegte er dafür eins auf den Hut!

Nachdem am frühen Morgen ein feiner Nieselregen gefallen war, glänzten nun die Blätter und Grashalme und Blumen in der Frühlingssonne. Alles sehr hübsch auf eine sehr englische Art – vorausgesetzt, man mochte diese englische Art. Nikki mochte sie nicht, dennoch war sie dankbar, daß es diesen Park gab. Immerhin verschaffte er ihr die Möglichkeit, den endlosen Reihen grauer Häuser zu entkommen, den langweiligen Straßen, die alle so häßlich und enttäuschend einförmig aussahen.

Die Blumen in ihren schnurgeraden Reihen wirkten so absurd wie Soldaten in Habachtstellung. Die pedantisch ordentlichen Blumenbeete beleidigten Nikkis Liebe zur Natur. In ihrer russischen Heimat gab es um diese Jahreszeit Schlüsselblumen in Hülle und Fülle, unter allen Bäumen, an allen Bachufern, überall, wohin man sah, ein Meer von Schlüsselblumen. Wenn sie das doch nur sehen könnte, nur einen Augenblick lang! Ach, wie sehr sehnte sie sich danach, wieder in Rußland zu sein!

Ich bin im Exil, dachte sie melodramatisch. Mit allen Wurzeln herausgezogen, aber nicht willens, mich in die englische Erde verpflanzen zu lassen. Sie hatte kein

Heimweh, ganz bestimmt nicht, sie haßte das russische Establishment. Nein, es war lediglich die Sehnsucht nach der russischen Landschaft, der Weite – weil es Frühling war.

Mitten in ihrem Lauf blieb Nikki stehen. Vorsichtig sah sie sich um. Ihr Bewacher war nirgendwo zu entdecken, doch sie konnte ihn in der Ferne rufen hören, seine Stimme klang schwach und sehr weit weg, und dann bellte ein Hund. In der Eiche über ihr sang eine Amsel. Friedliche, beinahe ländliche Geräusche – untermalt vom steten Brausen des Großstadtverkehrs.

Dieser Stadt konnte man nirgendwo entkommen – Nikki fühlte sich gefangen in einer Welt aus Sponsoren und Agenten. Häppchenweise war sie an diese Leute verscherbelt worden, und zwar an so viele, daß sie kaum noch mitkam.

Nikki schauderte und schlug die Hände vors Gesicht. Da war zum Beispiel Megan, die sie vorige Woche ihren Lauf für die Show in Richmond vor möglicherweise interessierten Sponsoren viermal hatte wiederholen lassen. Megan, die ununterbrochen an ihr herummäkelte: Sie solle härter arbeiten, länger trainieren, ihre Haare öfter waschen, höflich und freundlich bleiben, wenn sich ungehobelte Kinder um Autogramme drängelten, lächeln, lächeln, lächeln, sobald die Presse anwesend war – wo sie am liebsten nur noch boshaft und bissig reagiert hätte.

Verstimmt stieß sie mit dem Fuß nach einem Grasbüschel. Klar, Megan hatte recht – Nikki liebte ihren roten Sportwagen und ihr Cottage und ihre neuen Kleider, und deshalb saß sie hier ebenso in der Falle wie eh und je. Der Eiskunstlauf würde ihr alles ermöglichen – aber sie mußte sich anpassen. Hatte Megan ihr das nicht Woche um Woche immer wieder eingetrichtert? Aber es war so demütigend, nach der Pfeife dieser dekadenten imperialistischen Geldsäcke zu tanzen wie eine Sklavin des Systems!

»Ach, ach, ach!« jammerte sie. Plötzlich brannten ihr die Augen, und in ihrer Kehle saß ein Klumpen, der sie zu ersticken drohte. Sie wischte sich mit dem Handrücken über die Augen und sah sich hastig um. Sie hoffte, daß niemand ihren Ausbruch bemerkt hätte – doch die Hoffnung trog. Hinter einem der Bäume trat ein Mann hervor, eine Kamera in den Händen, deren Auge auf sie gerichtet war. Mehrmals flammte das Blitzlicht auf und blendete sie.

»Scheißkerl!« kreischte sie. »Wie können Sie es wagen, mir nachzugehen, sich zu verstecken, mir nachzuspionieren! Oh, ich hasse euch – ich hasse euch alle!« Alle ihre guten Vorsätze waren vergessen, als sie jetzt auf ihn zuging und giftig nach seiner Kamera schlug. Der Schmerz in ihren Knöcheln ließ sie um Luft ringen, und das machte sie noch wütender. Blind boxte sie nach ihm und traf ihn eher zufällig mit der Faust an der Nase.

Der Mann staunte über den wilden Zorn, der aus ihren Augen funkelte, über ihr häßlich verzogenes Gesicht. »Na, na«, sagte er beschwichtigend. »Ist es denn so schlimm?« Und dann: »Wo ist überhaupt Ihr Bewacher?«

Erst jetzt realisierte Nikki, daß der Fremde Russisch gesprochen hatte.

»Wer sind Sie?« fragte sie, ängstlich zurückweichend.

»Nein, warten Sie!« rief er.

Aber Nikki hatte bereits kehrtgemacht und floh ins Gebüsch.

»Ich bin kein Russe!« rief der Mann auf englisch. »Sie können mir vertrauen!«

Nikki rannte nur noch schneller, da sie ihn näherkommen hörte.

»Ich bin Michel Juric ... aus Jugoslawien«, stieß er atemlos hervor. »Megan kennt mich ... Sie haben mich schon zweimal getroffen ... die Pressekonferenz ... erinnern sich sicher ... dann nochmal in Megans Büro ... Bleiben Sie stehen, Nikki! Ich schreibe einen Artikel über Sie ... Oh, verdammt!«

Nikki ließ ihn weit zurück. Als sie sich umwandte, sah sie ihn gebückt dastehen und sich die Seite halten. Er wirkte erschöpft. Ein russischer Agent, dachte sie, konnte er also nicht sein, dann wäre er besser trainiert. Sie mußte lächeln. Juric! Hatte sie diesen Namen nicht schon mal gehört? Richtig, Megan hatte ihn Maureen gegenüber erwähnt.

Im Laufen sah sie zurück und lachte ihn aus – so entging ihr der große Ast, der quer über dem Weg lag. Prompt stürzte sie, schrammte sich das Knie auf und brach in einen Schwall russischer Flüche aus.

Michel holte sie ein und half ihr wieder auf die Beine. Er zog ein Taschentuch hervor und band es ihr ums Knie.

»Vorsicht, sonst verderben Sie sich noch Ihre hübschen Beine«, witzelte er, um sie in bessere Stimmung zu versetzen.

»Das sind nicht meine Beine!« entgegnete sie wütend. »Sie gehören der Firma Arla-Strumpfhosen. Megan hat sie verkauft.« Sie stampfte mit dem Fuß auf, und Michel fiel unwillkürlich *Alice im Wunderland* ein. Ihr geht's wahrscheinlich nicht anders, dachte er und lächelte in sich hinein. »Und meine Kleider gehören Vanguard«, fuhr sie fort, immer hysterischer werdend. »Und mein Eiskunstlauf gehört Megan, meine Zähne Blanchette-Zahnpasta und meine Haare Alpine-Shampoo. Meine Güte, nichts gehört mehr mir selber. Ich wünschte, ich wäre tot!« schluchzte sie melodramatisch. »Wenn ich tot wäre, würden sie mich endlich in Ruhe lassen!«

»Kommen Sie«, sagte Michel und zog ihren Arm durch seinen. »Ich muß Ihnen etwas Wichtiges verraten. Ich habe nämlich gestern erst herausgefunden, daß Megan Ihre Haare einem Perückenmacher, Ihr Herz einem Forschungslabor und Ihre schwarze Seele der Heilsarmee verkauft hat. Sie soll ausgestellt werden, als Abschrekkung für andere Sünder. Und ...«

»Machen Sie sich nicht über mich lustig! Und reden Sie

nie wieder Russisch mit mir! Ich muß diese Sprache vergessen.« Plötzlich brach sie in Gelächter aus. »Oh, ich mag Sie«, sagte sie und wischte sich die letzten Tränenspuren mit dem Ärmel aus dem Gesicht.

Sie sah auf und musterte ihn leidenschaftslos. Er war überaus sexy, fand sie. Ziemlich groß, schwarzes Haar, energisches Gesicht, tiefliegende, beinahe schwarze Augen, strahlend weiße Zähne. Ein hübscher Zigeuner, dachte sie. Instinktiv vertraute sie ihm und drückte ihn fest an sich.

»Es ist alles nicht so einfach, wie du gedacht hast, Nikki, nicht?« fragte er mitfühlend. Er lächelte sanft.

»Du siehst aus, als würdest du's verstehen. Ich glaub', du tust es wirklich«, sagte sie hoffnungsvoll. »Es ist alles so ... so anders«, platzte sie heraus. »Nicht schrecklich, einfach nur ganz anders, und das tut irgendwie weh. Ich weiß nicht, wie ich es ausdrücken soll. Mein Englisch ...«

»Du brauchst nichts weiter zu sagen«, meinte Michel verständnisvoll. »Ich verstehe schon. Für mich war's auch nicht einfach.«

»Nein? Aber jetzt bist du glücklich hier?«

»Ja«, sagte er, nachdem er sich eine ganze Weile Zeit gelassen hatte mit seiner Antwort. »Nicht hier, sondern in Frankreich.«

»Ich hab' mein eigenes Auto, mein eigenes Häuschen, herrliche Kleider – alles, was mir versprochen wurde ...« Sie brach ab und runzelte die Stirn.

»Wer hat dir das alles versprochen, Nikki?« fragte Michel beiläufig.

Einen Moment lang sah Nikki regelrecht erschreckt drein. Sie wich seinem Blick absichtlich aus, doch dann plötzlich glänzten ihre Augen vor Heiterkeit. Sie lachte ihr aufregendes, tiefes Lachen. »Bei dir kommt immer zuerst der Reporter und dann erst der Freund, *da?* Ich«, sagte sie und tippte mit dem Finger auf ihre Brust, »ich hab' mir alle diese schönen Sachen selber versprochen.«

Während Michel sie so betrachtete, fühlte er sich seltsam zu ihr hingezogen. Sie war bezaubernd, fand er, aber doch noch ein Kind. Allerdings ein faszinierendes, hochbegabtes, wunderschönes Kind.

Nikkis Bewacher tauchte auf, und Michel winkte ihm fröhlich zu. »Bißchen mehr Training würde Ihnen wohl auch nicht schaden, wie?« rief er ihm zu.

Arm in Arm spazierten die beiden weiter, den Bewacher im Kielwasser. Sein schweißüberströmtes Gesicht spiegelte Sorge und Schuldbewußtsein wider.

»Also, wie kann ich dir helfen?« fragte Michel, nachdem Nikki ihm alle ihre Beschwerden aufs ausführlichste geschildert hatte.

»Indem du einfach nur mein Freund bist.« Ihre grünen Augen funkelten jetzt vor Glück und Zuversicht.

»Es ist mir eine Ehre, der berühmten, schönen Nikki Petrowna ein Freund sein zu dürfen.«

»Du ziehst mich schon wieder auf«, sagte sie, doch er erkannte, daß sie genau das hatte hören wollen.

Sie wandte sich ab. »Ich muß gehen«, sagte sie. »Ich werde zu spät zum Training kommen, und Megan wird schrecklich böse auf mich sein. Sehe ich dich wieder?« fragte sie in bittendem Ton.

»Natürlich«, sagte er.

»Und du wirst diese gräßlichen Bilder nicht veröffentlichen?«

»Nicht, wenn du es nicht willst.«

»Ich vertraue dir«, sagte sie mit kindhafter Schlichtheit. Dann küßte sie ihn bedächtig auf den Mund, bevor sie mit einem letzten Winken davonstob.

»Und das meine ich wirklich ernst«, flüsterte Michel ihrer entschwindenden Gestalt nach. Lange sah er ihr hinterher. In seinem ganzen Leben hatte ihn noch niemand derartig aufgewühlt.

23

Für Mitte April war es geradezu bitter kalt. Die Pflastersteine waren naß und rutschig, und der böige Nordwind huschte unter Megans Regenschirm und warf sie aus dem Gleichgewicht, so daß sie große Schwierigkeiten hatte, im Dunkeln voranzukommen. Sie hatte keine Ahnung, in welchem Haus Ian wohnte, doch angesichts der ehemaligen Stallungen, die zu luxuriösen Cottages umgebaut worden waren, wunderte sie sich, daß er sich diese Gegend überhaupt leisten konnte. Sie hatte ihren Wagen am Ende der Sackgasse geparkt, um zu Fuß die richtige Hausnummer herauszufinden, doch je länger sie suchend umherging, desto mehr sank ihr der Mut. Es schien ihr jetzt doch kein so guter Einfall mehr zu sein, unangemeldet bei ihm hereinzuschneien.

Nicht, daß sie mit leeren Händen kam. Als sie am frühen Abend in ihr Büro zurückgekehrt war, hatte sie erfreuliche Nachrichten auf ihrem Schreibtisch vorgefunden: einen Brief der Filmgesellschaft, die schrieb, sie wolle Ians Drehbuch über Nikkis Flucht verfilmen. Es war schon komisch, daß diese Angelegenheit eine so rasche Lösung gefunden hatte! Das Drehbuch, dachte sie, muß wohl geradezu phantastisch sein. Seit sie es abgeschickt hatten, waren kaum drei Wochen vergangen, und Megan war noch kaum imstande gewesen, den ganzen neunzig Seiten umfassenden Vertrag beglaubigen zu lassen, den Nikki unterschreiben mußte, da wollten sie auch schon mit der Produktion anfangen. Megan hatte schon des öfteren all die Frustrationen erlebt, denen man ausgesetzt war, wenn man es mit der Filmwelt zu tun bekam, daher wußte sie, daß es gar so einfach niemals war. Nun ja, das war wohl wieder einmal ein Beweis dafür, wie einfach es für die Ians dieser Welt war, wenn sie Freunde höheren Orts hatten, die ihnen den Weg ebneten. Trotz alledem war das Ganze recht aufregend, und Megan war sicher, daß Ian sich freuen würde.

Erneut ließ sie ihre Taschenlampe aufflammen und entzifferte Nummer sechsunddreißig; es konnte also nicht mehr weit sein. Sie hätte bis vors Haus fahren sollen, aber die Sackgasse war sehr eng, und zwischen all den Jaguars am Straßenrand hätte sie ohnehin kaum einen Parkplatz gefunden. Allmählich kamen ihr doch Bedenken. Was war, wenn er sie angelogen hatte und doch verheiratet war? Das würde immerhin einiges erklären. Und es war auf jeden Fall besser, sagte sie sich, wenn sie es jetzt und nicht erst später herausfand. Warum sollte sie also nicht einfach einmal unangemeldet bei ihm aufkreuzen? Ian selber kam schließlich beinahe jeden Abend unangemeldet bei ihr vorbei! Doch gleichzeitig war ihr klar, daß sich hinter Ians charmantem Äußeren ein überaus verschlossener Mensch verbarg, der sein Heim als seine Burg betrachtete – und folglich sie, Megan, als Eindringling.

Jetzt bekam sie doch kalte Füße, und zwar in jeder Hinsicht, und als sie Nummer einundvierzig schließlich gefunden hatte und Licht brennen sah, schauderte sie unwillkürlich zusammen.

Sie klingelte und ertrug stoisch Ians erstaunte Miene und halbherzige Begrüßung.

»Riesenüberraschung!« sagte sie und zog ihren Regenmantel aus. »Ich war früher fertig, als ich dachte, und bin gleich gekommen, um dir die gute Nachricht zu überbringen.« Na, das ging ja ganz gut! Sie reichte ihm den Brief.

»Hübsch hier«, sagte sie, ohne es wirklich zu meinen, denn schon nach einem kurzen Blick war ihr aufgegangen, daß das Zimmer überaus nüchtern eingerichtet war: brauner Teppichboden, schwarze Ledersessel, solider Schreibtisch. Gab's hier keine Bücher, keine Bilder? Weder Aschenbecher noch sonstige Nippes waren zu erblikken. Nirgendwo etwas Persönliches. Auf dem Schreibtisch ein Computer und ein Bildschirm, gleich daneben ein ordentliches Aktenregal. Megan versuchte, ihre Enttäuschung zu verbergen.

Ian nahm ihr den nassen Regenmantel ab und hängte ihn an der Garderobe auf. »Na schön, komm rein«, sagte er. »Ein Drink?«

»Wenn du den Brief gelesen hast«, gab Megan süß lächelnd zur Antwort. »Oder soll ich das übernehmen? Was möchtest du haben?«

»Das Übliche.« Er deutete mit der Hand auf den Barschrank, der nicht mehr als die Mindestanforderungen enthielt. Es sah aus, als hätte er die Gläser im Supermarkt gekauft. Auch hier keinerlei persönliche Dinge.

Megan goß die Drinks in zwei Gläser und gab eines davon Ian.

Er faltete den Brief zusammen, steckte ihn in den Umschlag zurück und gab ihn Megan wieder. »Gut gemacht«, war sein ganzer Kommentar.

Megan, die ihn nicht aus den Augen ließ, fing an, sich lächerlich vorzukommen. Es sah so aus, als wäre Ian ihr stets einen Schritt voraus. Er wußte, weshalb sie in Wirklichkeit gekommen war, und es mißfiel ihm. Das konnte sie an seinem spöttischen Blick erkennen, an den hochgezogenen Augenbrauen, seinen Lippen, die sich zu einem Lächeln verzogen, das der reine Hohn war. Sie konnte beinahe sehen, wie die Angriffslust in ihm aufstieg – wie die Rückenhaare bei einem Hund. Sie hatte ihn herausgefordert, war ungebeten bei ihm eingedrungen – und nun hatte sie die Folgen zu tragen.

Sei's drum, dachte sie und lächelte ihm kühl zu. Alles hatte seine Grenzen. Sie konnten nicht ewig mit so einer platonischen Beziehung weitermachen. Sie sagte: »Das ist dein Verdienst, nicht meines. Trinken wir auf Nikkis Film.«

»Hast du schon gegessen?« fragte er.

»Nein.« Da war es wieder, das verflixte sarkastische Lächeln. Er versuchte, seinen Ärger vor ihr zu verbergen. Was, zum Teufel, war los mit ihm? Normalerweise mußte sie sich die Männer vom Leibe halten!

»Gehen wir essen. Ich lade dich ein.«

»Oh, nein ... Wirklich, Ian, allein schon der Gedanke, wieder in diesen gräßlichen Regen hinaus zu müssen ... Hast du was im Kühlschrank?« fiel ihr ein, und sie machte eine rasche, unbeholfene Bewegung auf die Küche zu. »Ich kann uns ja ein paar Brote machen, soll ich?« fragte sie zögernd.

»Wenn du willst.«

»Willst du mich nicht rumführen?«

»Sieh dich selber um.«

Das gesamte Cottage war mit demselben düster-braunen Teppichboden ausgelegt, die Möbel waren ausnahmslos aus hellem Eichenholz. Alles war modern und funktionell und wirkte, als sei es so nebenbei von einem Innenarchitekten zusammengeschustert worden, der eigentlich auf Büroeinrichtungen spezialisiert war. Nicht einmal im Schlafzimmer gab es Bilder an den Wänden oder ein herumliegendes Buch. Alles war peinlich sauber und ordentlich, und im Bad hing auch nur ein Paisley-Morgenmantel hinter der Tür. Das Abstellbord über dem Waschbecken enthielt ebenfalls nur das Minimum an erforderlichen Toilettensachen. Auf dem Doppelbett lag immerhin ein großes schottisches Plaid, das mit seinem ausgeblichenen Grün und Blau schon fast schäbig wirkte. Aber das war auch der einzige Gegenstand im ganzen Haus, der gebraucht und persönlich aussah – und fast ein wenig unangebracht wirkte.

»Hier ist alles so unpersönlich«, beklagte sie sich. »Du bist ein seltsamer Mensch. Gibt's dich eigentlich wirklich?« Sie kniff ihn spielerisch in den Arm, um ihm zu zeigen, daß sie es nicht gänzlich ernst meinte. »Oder bist du geklont, und der echte Ian schwebt irgendwo anders durch Zeit und Raum? Lebst du hier?« fragte sie auf dem

Rückweg ins Wohnzimmer. »Ich meine, lebst du hier richtig – oder verbringst du hier bloß die Zeit?«

»In der Hauptsache arbeite ich«, sagte er steif.

»Und diese Decke auf deinem Bett?«

»Das ist der Jagd-Tartan der Mackintoshs. Kein sehr berühmter Tartan, aber ich mag ihn.«

»Du hast einen eigenen Tartan?«

»Keinen eigenen – er gehört dem Clan.«

Na danke, dachte sie angesichts von Ians zu einer harten Linie zusammengekniffenem Mund. Jetzt weiß ich, was das Wort »Clanstolz« bedeutet. Ihr fiel auf, daß nicht ein Stück Papier herumlag – sogar der Papierkorb war leer. Dann erst sah sie den Reißwolf. Na, dachte sie, wenn das nicht paßt wie die Faust aufs Auge! »Kaufst du dir eigentlich nie ein Buch?« fragte sie. »Hast du keine Fotos aus deiner Schulzeit oder so? Hier ist nichts, absolut gar nichts von dir selber vorhanden.«

»Ach«, meinte er, »ich bringe die meisten Sachen heim.«

»Heim?« echote sie dümmlich.

»Ich hab' ein Häuschen – im Hochland.«

»Komisch. Ich kann mir gar nicht vorstellen, wie du alle deine Sachen zu deinen Eltern heimbringst.«

»Mein Vater ist tot. Meine Mutter lebt in Frankreich.«

»In Frankreich?«

»Verdammt noch mal, Megan, mußt du alles wiederholen, was ich sage? Es ist schließlich nichts Besonderes daran, in Frankreich zu leben, vor allem nicht, wenn man dort geboren ist. Und meine Mutter ist Französin – jedenfalls war sie's. Zwar ist sie auf dem Papier Britin, aber sie haßt Schottland.«

»Deshalb kümmerst du dich also um ihr Cottage im Hochland?«

»Tatsächlich gehört es mir. Und dort sind auch fast alle meine Sachen. Wie steht's nun mit dem Abendessen? Sehen wir doch mal nach, was sich finden läßt.« Er wandte sich ab, doch zu spät, um seinen Ausdruck zu verbergen. Seine Augen waren gletscherkalt vor Zorn.

»Nun, und wie war's heute?« fragte sie beharrlich weiter. »Ist es bei dir gut gelaufen? Hast du was geschrieben? Ich meine, wo hältst du deine hinreißende Prosa versteckt?« Ihr war klar, daß sie allmählich übers Ziel hinausschoß, doch mittlerweile war sie dermaßen enttäuscht, daß es ihr schon nicht mehr darauf ankam. Ihr war, als hätte sie sich in einen Durchschlag verliebt, von dem das Original verlorengegangen war. Am liebsten hätte sie ihm das gesagt, schreckte aber dann doch davor zurück, seine Gefühle zu verletzen. »Meine Güte«, sagte sie, als sie in die Küche kam, »das ist ja vielleicht hochmodern hier! Dabei dachte ich, ich hätte schon alles, was man an Küchengeräten überhaupt haben kann.«

»Ich habe das Haus so übernommen, wie es ist«, brummelte Ian. »Ich hab' keine Ahnung, was man mit den meisten Sachen hier anfängt. Also, was haben wir denn da Schönes?« Während er sprach, durchstöberte er den Kühlschrank. »Ein bißchen Hirschbraten ist noch übrig – und da ist eine hausgemachte Schweinefleischpastete und ein Brotpudding. Ha! Ich hab' mich schon gefragt, wie ich den loswerden soll – kann das Zeug nicht ausstehen.«

»Warum machst du's dann?«

»Ach, ich koche selber nicht viel – Forelle, Wild, das ist auch schon alles.« Er lachte kurz auf. »Den hat jemand für mich gemacht.«

»Eine Freundin?«

Langsam drehte er sich um und funkelte Megan an. »Hilfst du mir beim Reintragen?«

Der Hirschbraten schmeckte vorzüglich, und der Rotwein ebenso. Sogar der Brotpudding war gut, und Megan wurde allmählich wieder warm. Während des Essens unterhielt Ian sie mit Histörchen aus seiner Zeit bei der Marine, und allmählich hoben sich ihre Lebensgeister wieder.

»Das Fleisch ist einfach grandios«, sagte sie. »Hast du das selber zubereitet?«

»Nein. Ich hab's bloß geschossen.«

»Oh!« Aus irgendeinem Grunde stimmte sie seine Antwort traurig. »Jagst du oft?«

»Was ist das – ein Frage-und-Antwort-Spiel?«

»Dann sag mir wenigstens, weshalb du Fragen nicht ausstehen kannst.«

»Weil sie unnötig sind. Ich bin ich. Du bist du. Wir sitzen hier beisammen und unterhalten uns gut – na ja, überwiegend, jedenfalls. Das reicht doch, oder?«

Wieder rausgeflogen. Kehre auf Los zurück und würfle dreimal, bis du eine Sechs hast, dachte sie bedrückt. Nein, Ian, es reicht eben nicht, hätte sie am liebsten zu ihm gesagt. Du weißt, daß du mir viel bedeutest, und ich glaube, daß ich dir auch viel bedeute, und da ist es doch ganz normal, daß ich ein bißchen mehr über dich erfahren will. Ich möchte dir näherkommen. Ich habe keine Ahnung, warum ich das so nötig brauche, aber so ist es nun mal.

Eigentlich waren sie fertig mit essen, doch Megan hatte sich noch nie weniger gesättigt gefühlt. Sie nahm sich ein weiteres Stück Schokolade und einen weiteren Löffel voll Brotpudding und noch eine Tasse Kaffee und noch ein Häppchen Schokolade. Sie holte tief Luft und starrte hungrig auf Ian, der sie mit einer Mischung aus kühler Wertschätzung und spöttischer Heiterkeit beobachtete. Sie brauchte kein Essen – sie brauchte Ian. Er hatte kein Recht, so verheerend gut auszusehen. Das Kerzenlicht spiegelte sich in seinem Haar und malte einen violetten Schimmer in das dunkle Braun. Seine aufgekrempelten Ärmel legten die Stärke seiner gebräunten Arme bloß, auf denen sich das schwarze Haar kräuselte. Sein Hemd stand weit offen, sein sehniger Nacken war kräftig und lud geradezu dazu ein, ihn zu berühren. Er stellte seine Vorzüge zur Schau und spielte gleichzeitig den Rühr-mich-nichtan. Am liebsten hätte sie ihn jetzt auf einer Platte serviert bekommen und gleich an Ort und Stelle vernascht!

Trotz aller Frustration gewann Megans Humor die Oberhand, und sie mußte lachen.

Er lächelte sie an. »Darf ich mitlachen?«

»Ich hab' mir gerade überlegt«, sagte sie angriffslustig, »wie gut du dich auf einer Silberplatte machen würdest, mit Papiermanschetten um die Gelenke und einem Zweiglein Minze hinterm Ohr.« Warum hatte er bislang keine einzige Gelegenheit beim Schopf gepackt? Er mußte Hunderte davon gehabt haben, seit sie sich vor einer Ewigkeit in Sarajewo kennengelernt hatten!

Was hatte sie da gesagt? Sie klang ja wie eine Männerschänderin! Aber sie konnte jetzt nicht mehr jedes Wort auf die Goldwaage legen, sie war wie besessen von ihm, durch seine Nähe. Der Duft seines Haares und seines Aftershaves! Und dann dieser ganz schwache Moschusduft, der sein ureigener Duft war und der sie, sobald sie ihm nur nah genug kam, in Sekundenschnelle vollkommen verrückt machen konnte, als würde ihr das Hirn in den Bauchnabel rutschen.

Sie konnte sich nicht mehr zurückhalten, und so machte sie eine impulsive, ungeschickte Bewegung, um mit ihrem Finger über sein Handgelenk zu streicheln, dieses kraftvolle, ungemein schöne Handgelenk – doch statt dessen traf sie sein Weinglas, das sich über den Tisch ergoß. Der tiefrote Fleck sah aus wie ihr eigenes Herzblut.

»O nein!« sagte sie. »Ian, ich ... ich kaufe dir ...« Was sollte sie noch viel reden? Als Ian sich mit geradezu mörderischem Gesichtsausdruck erhob, warf sie ihre Arme um ihn und stieß ihn auf seinen Stuhl zurück. »Oh, Ian, küß mich!« murmelte sie.

Sie bog ihren Kopf zurück, zitternd vor Vorfreude, die Augen fest geschlossen, ihr Mund weich und sehnsüchtig.

Kein Kuß. Zögernd öffnete Megan die Augen. Ians Gesicht wirkte verschlossen. In seinen Augen lag ein seltsamer Ausdruck, was hatte er zu bedeuten? Bedauern?

Er warf einen Blick auf seine Uhr, und Megan griff sich mit beiden Händen seinen Kopf. Sanft küßte sie ihn auf die Lippen. Sie öffnete die Augen und suchte seinen Blick. Jetzt lag doch mehr Lust darin, oder etwa nicht? Sie umfaßte seinen Kopf fester und küßte ihn erneut, streichelte mit der Zunge über seinen Mund, bevor sie sie hineinschob. Sie drückte sich so eng wie möglich an ihn, spürte seinen Rücken unter ihren Händen und seinen Schultern, hart wie Stahl, fest wie ein Felsen. Langsam ließ sie ihre Finger über seinen Nacken und in sein Haar hinauf wandern, und die ganze Zeit über bewegte sie ihren eigenen Körper verführerisch, rückte ihm so nahe, wie sie nur konnte. Wir passen perfekt zusammen, dachte sie hingerissen.

Sie knöpfte ihre Bluse auf, wobei sie schamrot anlief, doch jetzt war bestimmt nicht der richtige Zeitpunkt, hasenherzig zurückzustecken. Sie war froh, daß sie die teure, dunkelblaue französische Unterwäsche trug, die sie extra für eine solche Gelegenheit gekauft hatte. Sie nahm seine Hand und legte sie auf ihre Brust, spürte, wie er sich anspannte – und plötzlich drückten seine Arme sie fest an sich. »Spricht irgendwas dagegen, daß wir ins Bett gehen?« fragte sie, zu allem entschlossen.

»Wenn mir nach einem romantischen Abend zumute ist, dann werd' ich's dich wissen lassen, Megan. Das verspreche ich dir.« Er stand auf, hob sie mit sich hoch und ließ sie nicht eben sanft in einen Sessel fallen.

Megan lief tiefrot an. Voller Entsetzen beobachtete sie, wie gleichgültig er sich benahm. Sie vergrub das Gesicht in den Händen, doch als sie wieder aufblickte, sah sie, daß er lachte. Er lachte! Mein Gott! Dieser Abend wuchs sich allmählich zum Alptraum aus.

»Wie ist es nur möglich, daß ich dich so sehr will – und du mich überhaupt nicht?« fragte sie, während Tränen in ihren Augen brannten. »Wie konnte ich mich nur so sehr täuschen? In meinem ganzen Leben bin ich noch niemals so erniedrigt worden!«

»Erniedrigt!« Er lachte schallend.

»Setz dich auf, Megan«, sagte er dann streng, »und mach dich nicht noch mehr zum Narren.«

»Rutsch mir doch den Buckel runter, Ian! Auch die größte Geduld hat einmal ein Ende.« Megan versuchte, ihre Verwirrung mit Aggressivität zu überspielen, doch sie fühlte sich zutiefst gedemütigt. »Du weißt genau, was ich für dich fühle! Ich fühle ...«

»Na, wie fühlst du dich? Aufdringlich? Herrschsüchtig? Schamlos? Zurückgewiesen?«

»Ich hoffe, du hast dich gut amüsiert. Ich gehe.« Sie stand auf und tastete wie durch einen Nebelschleier nach ihrer Handtasche.

»Jedenfalls freut es mich zu sehen, daß sich unter dieser furchterregenden Feministinnenschale doch noch eine ordentliche Portion Weiblichkeit verbirgt. Es ist dir doch klar, daß deine Reaktion auf meine Zurückweisung nicht gerade der letzte Schrei ist? Mir selber ist das bestimmt schon hundertmal so gegangen. Na und? Ich kann sie eben nicht alle kriegen. Das macht mir nicht das geringste aus. Aber du, du bist überzeugt davon, daß Frauen das Recht haben, ebenso aggressiv zu sein wie ein Mann – und reagierst auf deine erste Zurückweisung wie ein Waschlappen. Ich bin wohl der erste, der dich abgewiesen hat, oder?«

Sie sah zu ihm auf, entsetzt darüber, daß er ihre Demütigung auch noch ins Lächerliche zog.

»Weißt du was?« sagte sie. »Ich bin froh, daß ich erlebe, wie grausam du sein kannst. Ich dachte die ganze Zeit schon, du müßtest so eine Art Roboter sein. Ohne Gefühle, ohne Emotionen. Eine Maschine, die rumläuft und so tut, als wäre sie Ian. Aber wo ist der echte Ian? Was hast du ihm angetan?«

Mit einemmal war seine Heiterkeit verflogen. »Der echte Ian ist im Hochland. Das ist der einzige Ort, an dem er glücklich sein kann – und frei«, fügte er nach kurzem Nachdenken hinzu. »Und ich bin nicht grausam, Megan, ich erteilte dir lediglich eine Lektion, eine wertvolle Lektion: Spiel kein Spiel, dessen Regeln du nicht magst. Merk dir's, Megan. Denn wenn du das Recht hast, dich wie ein Mann zu benehmen, dann, Teufel noch eins, hab' ich auch das Recht, mich wie eine Frau aufzuführen. Es kam alles so plötzlich!« brachte er in einer hohen Krächzstimme heraus.

»Ach, Ian!« Megan lachte und weinte gleichzeitig. »Du bist unmöglich. Ich gehe jetzt. Ich kann dich heute einfach nicht mehr sehen. Vielleicht überhaupt nie wieder.«

»O nein!« sagte er sanft. »Ich zeig' dir, wie man's richtig macht.«

»Das kannst du dir an den Hut stecken«, sagte sie und sah sich nach ihrem Mantel um. »Ich hab' keine Lust mehr.«

»Na, wenn das kein starkes Stück ist! Dein Striptease vorhin hat mich nämlich dermaßen angetörnt, daß ich mich nicht mehr beherrschen kann.«

»O mein Gott!« flüsterte sie. Sie kam sich vor, als stünde sie an einem Klippenrand, von dem sie jederzeit in den Abgrund stürzen konnte.

»Ich gehe jetzt heim«, sagte sie dann grimmig. »Versuch nicht, mich aufzuhalten.«

»Warum nicht? Weil du nicht das Steuer in der Hand hast? Es muß entweder nach deinem Kopf gehen, Megan«, sagte er sanft und leise, »oder es geht überhaupt nicht. Darum geht's dir doch, oder?« Er beugte sich vor und erstickte ihren Aufschrei mit seinem Mund, während seine Hände gleichzeitig an ihrer Kleidung zogen und zerrten.

»Hör auf!« ächzte Megan. »Du zerreißt mir ja noch das Kleid!«

»Dann kauf' ich dir ein neues.«

Sie war zornig und kämpfte wütend gegen ihn an, doch Ian war stärker. Mit einer Hand hielt er ihre beiden Hände über ihrem Kopf zusammen, mit der anderen zerrte er ihr das Kleid herunter. Und plötzlich merkte sie, daß sie nackt bis zur Taille war.

»O nein!« kreischte sie wild und versuchte, ihr Kleid wieder hinaufzuziehen.

Ian richtete sich auf, schloß die Tür ab und steckte den Schlüssel in seine Tasche. »Wir haben die ganze Nacht Zeit«, sagte er in jener Art guter Laune, die sie hätte rasend machen können. »Lektion zwei: Gib niemals zu früh auf.«

»Ich gehe jetzt heim! Verstehst du deine eigene Muttersprache nicht mehr?«

»Ich verstehe dich nur zu gut, Megan. Ich frage mich jedoch, wie gut du dich selber verstehst.« Er hievte sie über seine Schulter und trug eine strampelnde Megan die Treppe hinauf in sein Schlafzimmer, wo er sie ohne weitere Umstände aufs Bett plumpsen ließ. »Hattest du wirklich eine zahme Szene mit mir als schüchterner Jungfrau und dir als erfahrener Verführerin geplant? Och, Megan, du kommst mir ziemlich wirr vor. Bestimmt kommt das nur daher, daß du acht Stunden am Tag den Boß spielst.« Er schloß die Tür, knipste die Nachttischlampe an und fing an, sich auszuziehen.

Ein Teil von Megan wäre am liebsten weggelaufen, doch der andere Teil dachte: *Ich habe doch noch gewonnen – bloß, daß er denkt, er selber hätte gewonnen!*

Dann sah sie die Narbe auf seinem Rücken, die von einer tiefen, zackigen Fleischwunde stammte. Er hatte noch mehr davon, entdeckte sie: ein kleines, rundes, zusammengeschrumpeltes Loch in seinem Oberschenkel, das wahrscheinlich von einer Schußwunde herrührte, und mehrere Narben auf seinem Bauch.

»Du fühlst dich unsicher, Megan«, sagte er gerade, »wenn in deiner Umgebung nicht alles nach bestimmten Regeln verläuft. Und keine Frage, wer die Regeln bestimmt, nicht?« Jetzt schälten seine Hände sie aus ihren Kleidern. Es waren harte, unerbittliche Hände mit einem ganz und gar eigenen Willen. »Was du haben willst, ist ein stubenreiner Schoßhund, ein Liebhaber, den du schikanieren oder verführen kannst, wie du gerade Lust und Laune hast. Das Traurige ist nur, du wirst von Tag zu Tag weniger Lust und Laune haben, und am Ende wirst du das arme Hündchen mit Haut und Haaren verschlingen – selbstverständlich auf einer silbernen Platte angerichtet und mit einem Zweiglein Minze hinterm Ohr! – und dir ein neues Opfer suchen.«

Nun ließ er Lippen und Hände langsam über ihren Körper wandern. Megan stöhnte leise. Seine Leidenschaft erfüllte sie mit Gefühlen, wie sie sie nie zuvor erlebt hatte. Er war sanft und kraftvoll zugleich und liebte sie ausdauernd, und sie flüsterte: »Oh, Ian ...« und »Es ist einfach herrlich ...« und »So war es noch nie, wirklich noch nie ...« und »Mein Gott, ich liebe dich so sehr.«

Und er schrie auf und klammerte sich an sie, und danach zog er sie an seine Seite und sie lag neben ihm, den Kopf auf seiner Schulter, ein Bein über seiner Hüfte, und er hielt sie mit seinen Armen umschlungen.

»Ich hab' alles versucht, um mich nicht in dich zu verlieben«, flüsterte Ian und zog sie noch enger an sich. »Aber es hat einfach nicht geklappt, und nun weiß ich nicht, was ich mit dir anstellen soll. Ach Megan, ich habe nicht die Freiheit, dich zu lieben. Wenn du doch nur auf mich warten wolltest. Nur ein einziges Jahr, mehr verlange ich ja gar nicht. Ist ein Jahr denn wirklich zu lang?«

Er strich mit einem Finger über ihre Lippen, um sie am Sprechen zu hindern. »Nein, ich kann dir den Grund nicht sagen. Aber du hattest recht«, fügte er hinzu. »Du bist ein wunderbar feinfühliges, kluges Mädchen, und du hast, wie immer, genau den wunden Punkt herausgefunden. Du hast dich wirklich in einen Klon verliebt. Warte auf mich, Megan. Oder ist das zuviel verlangt?«

Sie schlug die Augen auf und lächelte glücklich. »Wie das mit Klonen so ist«, sagte sie, »du bist einfach ungeheuerlich!«

24

Jacqui blieb, nachdem sie die eindrucksvolle Eingangshalle von Vanguard betreten hatte, zunächst einmal stehen. Die hohen Wände aus weißem Marmor waren mit riesigen Fotografien der neuesten Sieger geschmückt, die von Vanguard gesponsert wurden, darunter auch schon Gunter Erath, der westdeutsche Meister im Abfahrtslauf, der Conrads Platz eingenommen hatte. Es war eine hervorragende Aufnahme, die Gunter zeigte, wie er gerade über einen Buckel kam. Zusammengekauert schoß er vorwärts, und seiner ganzen Haltung war anzusehen, wie stark seine Anspannung war und sein Wille zu siegen.

Einen Moment lang trat sie unentschlossen von einem Fuß auf den anderen, dann hörte sie den Pförtner auf sich zukommen. »Ich bin Jacqui Douglas«, antwortete sie auf seine Frage.

Der Mann begutachtete verstohlen ihre schmutzigen Jeans, ihren schlampigen Pullover und ihre wirre Frisur, dann entschied er offenbar, daß ihre Angabe womöglich stimmte – in dieser Art Aufzug pflegten die Kinder der Reichen durch Monaco zu laufen. Er ließ es also besser nicht drauf ankommen. Er rief bei Miss Douglas' Sekretärin an, und gleich darauf bekam sein bislang angeekeltes Gesicht einen Ausdruck von Respekt, während er zum Aufzug lief, um ihn für die junge Dame zu holen.

Als die Lifttüren im obersten Stockwerk aufglitten, stellte Jacqui fest, daß sie ein flaues Gefühl im Magen hatte. Die rein weiße Einrichtung, die Angestellten in ihren weißen Jogging-Anzügen, das teure Dekor überhaupt, der ganze zur Schau gestellte Überfluß – alles schien nur zu einem einzigen Zweck bestimmt, daß sie sich liederlich und völlig fehl am Platze vorkam.

Was will ich eigentlich hier, fragte sie sich. Mich vor Mutter verteidigen? Weil ich sie trotz unseres Krachs liebe? Vielleicht, weil ich mich im tiefsten Inneren danach sehne, von ihr wiedergeliebt zu werden? Oder weil mir Wolf mit seinem Gesäusel angst macht – Angst, ich könnte eines Tages eben doch nachgeben und meine Vanguard-Anteile für einen schnellen Profit hergeben und auf Mutter pfeifen .. und auf die Loyalität zu ihr ... und überhaupt auf den ganzen Schmus?

Am liebsten hätte Jacqui auf der Stelle kehrtgemacht und wäre davongelaufen. Der Krach mit Mutter hatte verheerende Züge angenommen. Mutter hatte eine geradezu phantastische Engstirnigkeit an den Tag gelegt, die Jacqui ebenso erschreckte, wie sie sie abstieß. Nicht ein einziges Mal hatte Mutter Schwäche gezeigt oder Mitleid mit Jacquis Misere.

Aber sie hat ja ohnehin schon verloren, dachte sie. Denn ich werde das Skilaufen nicht aufgeben, niemals! Ganz egal, was sie sagt oder womit sie droht. Wolf hat mir gezeigt, wie ich es schaffe. Aber will ich das denn wirklich?

Jacqui versuchte, sich lässig zu geben. Während sie über den dicken Veloursteppich schlenderte, machten ihr die heimlichen Blicke der Büromädchen erst richtig bewußt, wie schmutzig ihre Jeans waren. Sie hoffte, ihre Schuhe würden keine Dreckflecken auf dem Teppich hinterlassen.

Als sie gebeten wurde, in dem großen Empfangsraum Platz zu nehmen, wunderte sie sich nicht. Was immer Mutter auch gerade tat – es hatte Vorrang vor einem außerplanmäßigen Besuch ihrer abtrünnigen Tochter.

Eine halbe Stunde verstrich. Jacqui war genervt, ihr Mund trocken.

Warum, zum Teufel, dachte sie, gehe ich nicht einfach zur Tür hinaus und tausche meine Aktien mit Wolf?

Jacqui fiel wieder das letzte Gespräch ein, das sie mit Wolf über dieses Thema geführt hatte. Sie hatte Wolf erklärt, daß ihre Vanguard-Anteile in einer steuerfreien Auslands-Trust-Gesellschaft namens Young Endeavour lagen.

»Hör zu, Jacqui.« Wolf hatte sich ernst, aber offen und herzlich gegeben. »Du bist eine sehr wohlhabende junge Frau, aber du lebst wie eine Bettlerin. Du hältst in deinem Namen Vanguard-Aktien für zwanzig Millionen Dollar, die gegenwärtig ungefähr fünfundzwanzig Prozent über ihrem Wert gehandelt werden. Es ist einfach absurd – hör also auf, vor Angst zu zittern. Du kannst alles mir überlassen. Wir nehmen einen einfachen Tausch zwischen deiner und meiner Firma vor, die übrigens New Enterprizes heißt und die Holding-Gesellschaft einer brandneuen Ölfirma ist, die ich gerade gegründet habe. Deine Trust-Gesellschaft wird also statt Vanguard-Aktien Anteile an Ölquellen halten. In einem Jahr dann – vorausgesetzt, du hast deine Einstellung zu Vanguard nicht geändert – verkauf' ich dir deine Vanguard-Anteile wieder, aber zu einem wesentlich geringeren Preis. Du machst einen hübschen Profit, vielleicht so um die vier Millionen Dollar. Außerdem machst du mit den Öl-Aktien einen Haufen Geld, weil du von Anfang an in ein überaus einträgliches Unternehmen einsteigst.«

Mutter würde nie etwas davon erfahren, hatte er ihr versprochen. Ja, Wolf war sogar bereit, ihr eine notariell beglaubigte Garantie zu geben, daß er ihr die Vanguard-Papiere innerhalb von zwölf Monaten wiederverkaufen würde.

Warum tat er das für sie? Diese Frage hatte Jacqui Wolf wiederholt gestellt – und sich selbst ebenfalls in den folgenden schlaflosen Nächten.

»Weil ich nicht gern zusehe, wie ein hochbegabtes

Mädchen wie du schon niedergebügelt wird, bevor es überhaupt beweisen konnte, was in ihm steckt«, hatte er leichthin geantwortet. Doch Jacqui wußte, daß er tiefergehende Gründe hatte. Er war in sie verliebt. Sie spürte es, und sie war nicht gewillt, aus seiner Liebe einen Vorteil zu ziehen. Gleichzeitig war sie voller Zweifel über die Treue, die sie Mutter und Vanguard schuldete.

Daher saß sie nun hier. Ihre Selbstzerfleischung nahm ein abruptes Ende, als Mutter in den Empfangsraum gestürmt kam.

»Nun sieh mal einer an«, sagte sie, die Beine gespreizt, die Hände auf den Hüften. »Du brauchst bloß den Geldhahn abzudrehen, und Jacqui kommt brav zur Herde zurückgetrottet, wenn auch nicht freiwillig.«

Jacqui stand auf, warf ihr Haar zurück und zog einen Schmollmund. »Ist das die freundlichste Begrüßung, die du in deinem Repertoire hast?« fragte sie.

»Was soll ich sonst sagen? Willkommen zu Hause, fremdes Mädchen? Nett von dir, mal hereinzusehen? Komisch, aber ich kann mir nicht vorstellen, daß du gerne gekommen bist.«

»Wie wär's mit: Happy Birthday?« gab Jacqui zurück und sah ihre Mutter zusammenzucken.

»Meine Güte! Wie die Zeit vergeht! Ist das wahr?« Ihre Mutter warf einen Blick auf den Kalender, um nachzusehen, ob heute wirklich der 17. April war. »Also wirst du heute neunzehn. Das ist ein feines Alter, Jacqui. Meinen Glückwunsch«, sagte sie lakonisch. »Komm in mein Büro. Wir trinken erstmal eine Tasse Kaffee, und später lad' ich dich zum Lunch ein.«

Plötzlich spielte Mutter also die Großzügige. Das trug aus irgendeinem Grunde nicht dazu bei, daß Jacqui sich wohler fühlte.

Es ist doch immer das gleiche ... immer und ewig das gleiche, dachte Jacqui niedergeschlagen. Sobald sie in Mutters Büro saßen, kamen unentwegt irgendwelche Anrufe, und dazwischen blieb kaum die Zeit, auch nur »Hallo« zu sagen.

Endlich stand Mutter auf. Ein langer, kritischer Blick traf Jacqui. »Mein Gott, wie siehst du nur aus, Kind? Wie eine Landstreicherin! Ich glaube, wir müssen dir erst mal was Anständiges zum Anziehen kaufen.«

Eleanor ließ den Wagen vorfahren. Widerwillig ließ sich Jacqui zunächst zu *Cartier* kutschieren, wo sie eine juwelenbesetzte Armbanduhr bekam, dann ging es zu *Gian Franco* und *Valentino* – zwei exklusiven Modegeschäften, bei denen Eleanor Stammkundin war –, wo ein gutes Dutzend Modellkleider nach dem allerletzten Schrei für Jacqui erstanden wurden, und schließlich weiter zum *Le Sporting* am Place du Casino, wo Eleanor erfolglos versuchte, ihrer Tochter im Tausch gegen eine Reihe bunter Jogginganzüge die alten Jeans und den Pullover zu entreißen.

Erst als sie gemeinsam im feinen Restaurant *Salganik* saßen, kam Jacqui darauf, daß ihre Mutter ihr ganz bewußt die Welt der Reichen vorführte – jene Welt, in der sie, Jacqui, leben sollte. Denn warum sonst waren sie nicht ins *Le Mistral* gegangen, Mutters Lieblingsrestaurant, in dem ständig ein Tisch für sie reserviert war?

Es dauerte eine ganze Weile, bis Jacqui den Mut aufbrachte, zur Sache zu kommen. »Mutter, ich wollte dich um etwas bitten. Bitte, hör auf, Krieg gegen mich zu führen … Ja, du weißt ganz genau, daß das der richtige Ausdruck ist. Du hast mir und meiner Leidenschaft fürs Skilaufen den Krieg erklärt …«

»Da hast du verdammt recht, mein Kind.«

Jacqui spielte mit Gabel und Messer herum. Von dem *Salade Niçoise,* den zu bestellen sie von ihrer Mutter geradezu genötigt worden war, bekam sie keinen Bissen herunter. Es dauerte eine ganze Weile, bis sie sprach, doch nun, endlich, stand ihr Entschluß fest.

»Mutter, ich bin gekommen, um dir zu sagen, daß du

diesen Krieg verlieren wirst. Hör also besser rechtzeitig damit auf. Bevor es zu spät ist.« Ihre Stimme war ganz leise.

»Zu spät?« fragte Eleanor nach. »Wofür? Für die Olympiaqualifikation?«

»Zu spät für uns«, korrigierte Jacqui sie. »Ich gebe das Skifahren nicht auf, Mutter. Ich werde an allen Wettbewerben teilnehmen und alles daransetzen, um zu gewinnen. Enterben kannst du mich nicht, ich hab' mich erkundigt. Der Fonds, den du angelegt hast, ist unwiderruflich. Leere Drohungen ausgestoßen – das ist alles, was du getan hast.«

»Das ist alles, was ich tun wollte«, korrigierte Eleanor gelassen. »Der Fonds wurde deshalb so angelegt, weil ich es nicht anders wollte. Und sonst? Alles, was du hast, hast du von mir. Bedeutet dir das denn nicht auch etwas?«

»Doch, das tut es«, gab sie unglücklich zurück.

Wie kann ich Mutter, dachte sie, ausgerechnet Mutter erklären, daß ich sie selbst dann lieb hätte, wenn sie mir niemals auch nur einen Pfennig gegeben hätte? Daß alles, was ich von ihr will, ihre Billigung ist und ihre Liebe? Aber sie liebt nur sich selbst, und deshalb muß ich unbedingt eine Miniaturausgabe von ihr werden. Alles, was sie mir je geschenkt hat, gibt ihr nicht das Recht, mein Leben für mich zu leben.

»Glaub mir, ich *bin* dir dankbar«, stammelte Jacqui. »Aber weißt du was? Ich kann dir nicht erlauben, mir vorzuschreiben, wie ich mein Leben zu verbringen habe. Und wieso hast du eigentlich so höllische Angst, ich könnte versagen und Vanguard Schande machen? Traust du mir denn überhaupt nichts zu? Ich glaube, du weißt gar nicht, daß ich bislang unter einem anderen Namen gefahren bin. Tut mir leid, Mutter« – Jacqui überhörte Eleanors Einwände einfach –, »ich halte es für das beste, wenn wir uns trennen. Das heißt ... wenigstens für ein paar Jahre. Vielleicht auch für immer ... Ich sehe meine Zukunft nicht bei Vanguard. Ich sehe auch mich selber nicht als erfolgreiche Geschäftsfrau oder so. Das alles hier ...« Sie gestikulierte mit der Hand, um anzudeuten, daß sie dieses Restaurant im besonderen und Monaco im allgemeinen meinte. »Das alles ist nicht meine Welt. Wie dem auch sei, du brauchst mir nur etwas Zeit zu geben. Nur bis zu den Olympischen Spielen. Darüber hinaus kann ich im Moment ohnehin nicht denken.«

»Nichts zu machen«, fiel Eleanor rasch ein. »Sei keine Närrin. Es ist gefährlich und für die Erbin von Vanguard ohnehin geradezu lächerlich. Außerdem will ich dich in der Firma haben, wo du hingehörst. Das schuldest du mir, Jacqui. All die Arbeit der vorangegangenen Jahre – das war alles für dich. Meinst du nicht, es ist an der Zeit, daß du mir etwas Ruhe gönnst? Du hast eine gute Ausbildung gehabt – sogar die beste. Also fang endlich an, sie dir zu verdienen! Du kannst nicht dein Leben lang eine Drohne bleiben.«

»Das war ein Schlag unter die Gürtellinie«, beschwerte sich Jacqui. »Warum mußt du deine Gegner immer gleich in Grund und Boden stampfen? Du bist ungefähr so einfühlsam wie ein Büffel. Bei dir heißt es bedingungslose Übergabe, keine Verhandlungen, keine Wahrung des Gesichts – entweder man tut, was du sagst, oder man kann einpacken.«

Ist das wohl auch mit Vater passiert, dachte sie. Ist er vielleicht auch davongelaufen, damals, nach Vietnam, weil er es zu schwierig fand, mit dir zusammenzuleben? Jacqui seufzte. Wie sehr sie sich auch danach sehnen mochte, mehr über ihren Vater zu erfahren, so fand sie doch selten den richtigen Zeitpunkt, ihre Mutter nach ihm zu fragen. Und wenn sie dann eine Frage losließ, fiel Mutter sofort ein überaus wichtiger Termin ein. Was Mutter betraf, so war dieses Thema tabu.

Jacqui sah ihrer Mutter wieder ins Gesicht und stellte erstaunt fest, daß ihr Tränen in den Augen standen.

»Hier!« Eleanor öffnete ihre Handtasche und knallte einen Umschlag auf den Tisch. »Ich hab' deinen Geburtstag nicht vergessen – bloß das Datum heute morgen. Dein Geschenk steht zu Hause in der Garage. Das hier sind die Schlüssel dafür. Obwohl ich bezweifle, daß du noch weißt, wo dein Zuhause ist. Wenn du es verkaufen willst, dann nicht unter zweihunderttausend Francs, sonst bist du ein noch größerer Dummkopf, als ich immer gedacht habe.«

»Du hast recht, es kommt mir einfach nicht wie ein Zuhause vor«, sagte Jacqui kalt und erhob sich. »Ich verstehe dich nicht, Mutter. Ich werde dich nie verstehen. Du teilst dir die Welt nur noch in Soll und Haben ein, in der alles seinen Preis hat. Sogar die Zuneigung deiner eigenen Tochter kann gekauft werden – jedenfalls meinst du das. Dabei wollte ich nie etwas anderes von dir als Liebe und moralische Unterstützung.« Der Klumpen in ihrer Kehle war immer dicker geworden, so daß sie kaum noch ein Wort herausbrachte. »Von mir aus geh zum Teufel, mitsamt deinem bescheuerten Reichtum.«

Blind vor Tränen huschte Jacqui aus dem Restaurant. Die Autoschlüssel, die Kleider und all den Klimbim, mit dem Mutter sie überhäuft hatte, ließ sie liegen. Zum erstenmal erwog sie ernsthaft, ihre Vanguard-Anteile zu verkaufen.

25

Eleanor trödelte lange mit ihrem Mittagessen herum. Sie saß auf ihrem Fensterplatz im *Venezia,* einem Restaurant, dem sie in letzter Zeit häufig den Vorzug gab. Sie redete sich ein, es sei in jeder Hinsicht praktisch, doch in Wirklichkeit lag es an der Aussicht über den Hafen. Von ihrem Tisch aus konnte Eleanor ihre Jacht sehen, die *Sea Shanty,* die keine hundert Meter von ihr entfernt auf dem Wasser schaukelte. Wenn sie den Kopf hob, sah sie das Vanguard-Gebäude mit der *Corniche* im Hintergrund. Dann überkam sie jedesmal ein herrliches Wohlbehagen, und sie konnte ihre Mahlzeit, bestehend aus Austern, *Salade Niçoise* und Perrier mit Orangensaft, erst so richtig genießen.

Es war ein Freitag, und sie hatte für zwei Uhr einen Termin bei Dr. Gundelfinger, war sich aber noch nicht sicher, ob sie hingehen sollte. Es war Blödsinn, Vergangenes widerzukäuen – das war vorbei und vergessen. Ganz abgesehen davon hatte sie genügend Probleme mit der Gegenwart.

Sie stocherte in ihrem Salat herum und machte sich Gedanken über Jacqui. Ihr letzter Streit war heilsam gewesen, und diesmal bedauerte Eleanor den Bruch mit ihrer Tochter zutiefst. Ihr war überdeutlich klargeworden, daß Jacqui alles war, was sie im Leben hatte, und daß sie tatsächlich Gefahr lief, sie zu verlieren. Wie kam es bloß, daß ihr im Geschäft alles gelang, im privaten Bereich dagegen alles hoffnungslos danebenging? Wenn sie Jacqui doch wenigstens hätte davon überzeugen können, daß ihr Haß auf das Abfahrtsrennen ihrer Angst um das Leben ihrer Tochter entsprang und nicht der Sorge um Vanguards Image. Dennoch hatte sie aus irgendeinem Grunde nicht einmal den Versuch unternommen, sich vor Jacqui zu rechtfertigen. Es liegt an meinem verdammten Stolz, dachte sie. Ich bin zu arrogant, um mich zu entschuldigen oder meine Beweggründe zu erklären. Und wie sollte ich ihr auch dieses entsetzliche Trauma erklären, das diese Skirennen für mich sind? Und Jacqui war nicht viel besser – zum erstenmal ging Eleanor auf, daß sie und Jacqui sehr viel Ähnlichkeit miteinander hatten.

Sollte sie nachgeben? Wenn ihre Tochter sich verletzte, dann würde sie sich das ihr Leben lang nicht verzeihen. Andererseits aber ... Zum erstenmal in ihrem Leben war

Eleanor nicht imstande, bei einem Problem, das gelöst werden mußte, eine Entscheidung zu treffen. In der vergangenen Woche hatte Megan Carroll sie dreimal angerufen, bis Eleanor ihre Sekretärin angewiesen hatte, die Telefonate nicht mehr durchzustellen. Was sollte sie also tun? O je – Gefühlsangelegenheiten war sie offenbar einfach nicht gewachsen.

Ein plötzlicher, scharfer Schmerz machte ihr klar, daß sie mit ihren langen, rotlackierten Fingernägeln über ihren Arm kratzte. Verzweifelt stierte sie darauf nieder und fragte sich, ob sie nun zu diesem Irrenarzt gehen sollte oder nicht. Stirnrunzelnd betrachtete sie den Ausschlag. Schaden kann's ja nicht, dachte sie, und bestellte sich noch einen Kaffee, den sie langsam nippte. Schließlich bezahlte sie ihre Rechnung und spazierte um ein paar Ekken zu Gundelfingers Praxis.

Ohne anzuklopfen, trat sie ein und fand ihn am Fenster, durch das er düster und traurig hinausstarrte.

»Tut mir leid, daß ich so spät komme«, sagte sie.

»Mir auch. Sie bezahlen die Zeit, die Sie verschwenden.«

»Das kann ich mir leisten.«

»Okay, okay, fangen wir an.« Er funkelte sie an, bis sie sich auf die Couch gesetzt und zurückgelehnt hatte. »Ich möchte, daß Sie mir von Ihrer Jugend erzählen.«

»Ich weiß nicht, wo ich anfangen soll.«

»Nun ja.« Auch er schwieg kurz. »Vorige Woche haben Sie mir vom Krieg erzählt.«

»Er ging zu Ende«, sagte sie tonlos. »Die Seeleute gingen heim, die Eisbahn wurde geschlossen, und für unsere Eier gab es keinen Markt mehr.« Sie seufzte.

»Ich erinnere mich noch recht genau an den Siegestag«, fing sie dann zögernd wieder an. »Es war nämlich mein Geburtstag, wissen Sie. Ich wurde sechzehn. Ich bekam ein neues Paar Schuhe für die Schule und eine eigene Bibel. Mum hatte an allen Ecken und Enden gespart, um mir einen Lippenstift kaufen zu können. Es war eine Überraschung.« Minutenlang verlor sich Eleanor in ihren Erinnerungen, ohne ein Wort zu sagen.

Das Geschenk hatte sie heimlich bekommen, und sie hatte genau gewußt, daß Dad nichts davon erfahren durfte. Welche seltsamen Sehnsüchte und rebellischen Gedanken hatten ihre Mutter dazu bewogen, auf diesen glänzenden rosa Stift zu sparen? Sollte er eine Warnung sein? Oder eine Wiedergutmachung für alles, was sie, Eleanor, entbehrte ... oder noch entbehren würde?

»Erzählen Sie weiter«, hörte sie Gundelfingers Stimme hinter sich.

»Eine Ewigkeit hab' ich auf den Lippenstift gestarrt und über meine Mutter nachgedacht und über das Leben, das sie führte. Damals ging mir zum erstenmal auf, wie einsam sie war.« Sie unterbrach sich und biß sich auf die Lippen. Urplötzlich stand das lebendige Bild der verblühten Frau wieder vor ihren Augen, die die letzten fünfzehn Jahre ihres Lebens allein in Invergordon verbracht und sich geweigert hatte, umzuziehen oder das Luxusleben ihrer Tochter zu teilen. Sie hatte nichts weiter angenommen als eine kleine Rente und ein Cottage an der Küste.

»Ein kalter Ostwind blies damals, der Klatschmohn blühte und die Heide, die Bienen summten, und die Moorfliegen sirrten ohnehin ununterbrochen. Ich kletterte auf einen Felsengipfel, von dem man das Städtchen überblicken konnte, und sah in den Firth hinunter, der mit Schiffen vollgepackt war. Alle Hörner tuteten auf einmal. Plötzlich war alles wieder still, und die Mannschaft auf dem am weitesten draußen liegenden Schiff stimmte einen Choral an – dann stimmte die Crew vom nächsten Schiff ein, und dann vom übernächsten und immer so weiter, bis das Lied den ganzen Firth hinauf und hinunter gesungen wurde, aber der Gesang kam von weither und war mitunter gar nicht zu hören. Die Kirchenglocken läuteten, und zwischendrin ertönte eine Blaskapelle.

Ich fühlte mich unglaublich niedergeschlagen. Ich weiß noch, wie ich dachte, daß mein Leben lang jedesmal eine Blaskapelle gespielt hatte, wenn etwas Schreckliches geschehen war: Als mein Vater in den Krieg zog; als er mit seinem zerschmetterten Knie wieder nach Hause kam; als das Schiff meines Bruders den Hafen am Clyde verließ; und später noch, beim Gedenkgottesdienst für die Seeleute, die niemals wieder heimkehrten, hat mich die Blaskapelle fast taub gemacht. Deshalb fragte ich mich, was sie wohl diesmal Schreckliches für mich in petto hatte. Angstvoll rannte ich nach Hause. Mum stand am Herd und bereitete Bratheringe zu, Dad las seine Zeitung. Wie ich sie so sah, setzte mein Herz einen Schlag aus, und die Knie wurden mir weich. Wenn sie nun starben? Was, wenn Mum krank wurde? Ich zitterte schon bei dem bloßen Gedanken daran. Was, wenn wir alle hier aus Invergordon nicht mehr herauskämen, ewig zu Heide und den Moorfliegen verurteilt? Ich fühlte mich für sie verantwortlich, ganz besonders an jenem Tag. Ich glaube, ich betrachtete sie als Kinder, alle beide. Sie waren so … so hilflos … und Dad hatte auch noch sein lahmes Bein.«

Sie brach ab, und minutenlang herrschte Schweigen.

»Das heißt also, daß Sie Ihre Eltern und Ihr Zuhause liebten«, sagte Gundelfinger schließlich.

»Das ist doch nichts Ungewöhnliches, oder?« Sie brachte sogar ein kleines Lachen zustande.

»In diesem Zimmer hier schon. Erzählen Sie mir doch, warum Sie weggegangen sind, ja?«

»Das ist eine lange Geschichte.«

»Dazu bin ich da – um langen Geschichten zuzuhören. Fahren Sie fort.«

Sie drehte sich um und funkelte ihn an. Ihr Gesicht wirkte gequält. Dann ließ sie sich wieder auf die Couch zurücksinken und rang nervös die Hände.

»Als ich aus der Schule kam«, fuhr sie ärgerlich fort, »bekam ich einen Job bei der Eisbahn. Ich trainierte Anfänger. Doch als die Matrosen weggingen, wurde die Eisbahn geschlossen. Das war ein schwerer Schlag. Ich hatte alle meine Hoffnungen auf den Eislauf gesetzt. Ich war ziemlich gut, jedenfalls dachte ich das. Doch der einzige andere Job, der in Invergordon angeboten wurde, war eine Arbeit als Ladenhilfe für fünfzehn Shilling die Woche. Nicht unbedingt das, wovon ich geträumt hatte, aber ich nahm trotzdem an.«

»Und dann?« Er wartete, doch Eleanor saß mucksmäuschenstill und starrte die Wand an.

»Sie haben also Ihr Zuhause verlassen, um Ihr Glück zu machen? Ziemlich romantisch, hm?«

»Nein«, sagte sie, und ihre Stimme klang müde. »Am Ende haben sie mich rausgeworfen.«

»Aa-ha!« brummte er.

»Ich wurde das gefallene Mädchen von Invergordon.« Sie lachte. Es war ein rauhes, mißtönendes Lachen, dem jede Heiterkeit abging. »Kein Mädchen kann tiefer fallen als eine Presbyterianerin«, sagte sie.

Mit einemmal streckte sie die Hand aus und ergriff ihre Tasche. »Es ist schon drei.«

»Macht nichts – wir können weitermachen.«

»Sie vielleicht, aber ich nicht.«

Sie stand auf, das Gesicht von Kummer gezeichnet. »Ich kann nicht darüber sprechen. Noch nicht. Vielleicht sogar nie.« Sie marschierte hinaus und warf die Tür mit einem lauten Knall zu.

Dr. Gundelfinger öffnete die Tür zu seinem Wartezimmer und begrüßte Eleanor Douglas. Eine Woche war seit ihrem letzten Besuch vergangen, und auch diesmal kam sie zu spät. Gundelfinger wußte, was hinter ihrer Unpünktlichkeit steckte, dennoch irritierte sie ihn sehr. Ihm fiel auf, daß Eleanor aussah, als bekäme sie des Nachts keinen Schlaf, daß sie sich jedoch große Mühe mit ihrem Aussehen gegeben hatte. »Treten Sie ein«, sagte er.

Er konnte nicht anders, er mußte sie bewundern, wie sie so hereingefegt kam. Sie war der Typ Frau, der in jeder Menge auffiel durch Reichtum und Eleganz, ganz egal, was sie trug, dachte Gundelfinger. Doch stets war sie von einem Hauch Tragik umgeben – einer gewissen Traurigkeit. Er wußte, daß er die Gründe dafür schon bald entdecken würde, und dann würde er ebenso schlecht schlafen wie sie. In all den Jahren, die er nun schon praktizierte, hatte er es nie fertiggebracht, sich diese absolute Objektivität anzueignen, die seine einzige Verteidigung war. Er sagte: »Es wäre mir lieb, wenn Sie dort weitermachen könnten, wo Sie letztes Mal aufgehört haben, Eleanor.«

»Wo war das?« fragte sie mit kalter Stimme.

»Sie erzählten gerade, wie Sie das gefallene Mädchen von Invergordon oder so wurden. Dieser Ausdruck stammt, glaube ich, von Ihnen. Ich kenne ihn, um ehrlich zu sein, nur aus viktorianischen Romanen …«

Eleanor lachte, diesmal ohne jede Bitterkeit. »Sie sind unfair«, sagte sie, »und außerdem viel zu jung, um das zu verstehen.«

»Wenn Sie meinen«, sagte er milde.

»Aber wenn Sie mit Dad und seinem entsetzlichen Glauben hätten leben müssen …« Sie brach ab und fummelte in ihrer Tasche herum. Gundelfinger stellte einen Aschenbecher auf das Tischchen neben ihr. Er war allergisch gegen Zigarettenrauch, doch manche seiner Patienten brauchten diesen Trost.

»Damals war es nicht die Armut, die mich störte, es waren die Regeln, die Dad uns auferlegte«, sagte Eleanor. »Wenn ich mir wehtat, durfte ich nicht weinen. Schlechte Laune zu haben war ungezogen. Schmerzen waren stoisch zu ertragen, Stolz war Eitelkeit. Die Bibel war das einzige Buch im Haus, und ich wuchs auf mit Dads Bibellesungen im Ohr.«

Sie warf einen Blick über die Schulter. »Wollen Sie das wirklich alles hören?«

»Will ich«, bestätigte er und lächelte sie durch den Zigarettenrauch hindurch an.

»Sehen Sie, Dad war Laienprediger, und jeden Sonntag ging er früh aus dem Haus und humpelte mit seinem schlimmen Bein übers Moor. Vor dem Krieg hat er bei den Hochland-Spielen oftmals Preise beim Pfahlwerfen gewonnen, nach dem Krieg hätte er allein dafür jeden Morgen eine Medaille verdient, daß er aufstand und herumlief ...« Sie setzte sich bequemer, lehnte sich zurück und schloß die Augen. »Dads Bein wurde immer krummer, sein Gesicht ganz verkniffen vor lauter Schmerz, aber er hat sich niemals beklagt. Wenn ich ihn so beobachtete, bekam ich jedesmal einen Kloß in die Kehle, der so groß war, daß ich kaum schlucken konnte. Aber Selbstmitleid war nicht seine Sache. Allein schon der Gedanke, irgend etwas zu begehren, war Dad ganz und gar fremd.

Ich habe ihn niemals verstanden. Für mich war Gott in allen Dingen – in den Schafen und in den Hirschen, in den Bäumen und ganz besonders in allem, das Schönheit besaß. Aber da war dieser Konflikt zwischen meinem ureigenen heidnischen Gott und meinem Christengott. Deshalb war ich immer zur einen Hälfte voller Freude, zur anderen Hälfte aber voller Schuldgefühle, weil ich so glücklich war. Und ängstlich war ich. Ja, so halb und halb befürchtete ich immer, mein Glück könne Gott erzürnen.«

Sie seufzte und strich sich mit den Fingern durchs Haar. »Aber das ist natürlich lange her.«

Sie rutschte unruhig hin und her und verkrampfte die Hände ineinander. »Jeden Morgen fuhr ich mit dem Rad fünf Meilen ins Dorf hinunter zur Arbeit, und jeder Morgen war – nun, einfach großartig! Wie soll ich es sonst beschreiben? Ich wünschte, ich könnte Ihnen ein Bild malen: Die Hirsche, die sich wie Gespenster durch den Nebel bewegten, und der Nebel selbst, der sich in die Gebirgsmulden verzog, sobald die Sonne höherstieg, das farbenfrohe Glitzern des Sonnenlichts, das sich in den Tautropfen brach, das krachende Knistern, wenn die reifüberhauchte Eisschicht unter meinen Stiefeln barst … Dann wußte ich, daß mein Gott die Schönheit liebte, weil die Welt so herrlich war, und dann fragte ich mich, wozu Schuldgefühle gut waren und weshalb es schlecht sein sollte, Freude zu empfinden … Dann, eines Morgens … eines schönen Morgens … ja … Es war nebelig – so nebelig, daß es mir schien, als wäre ich ganz allein, vollkommen sicher vor meines Vaters voyeuristischer Gottheit, die mich niederschmettern würde, sobald ich glücklich war. Also hüpfte und sprang und sang ich laut und deutlich: *Ye banks and braes o' bonnie doon.*«

Leise fing sie zu singen an, und Gundelfinger war überrascht, wie klar ihre Stimme klang – eine reine, frische und sehr hübsche Mädchenstimme.

»Als ich mit meinem Lied zu Ende war, hielt ich den letzten Ton, so lange ich konnte, und es klang ganz großartig in meinen Ohren, weil er als Echo von den Bergen zurückkam. Trotzdem fühlte ich mich schon wieder schuldig, weil ich eitel war – eine unverzeihliche Sünde. Plötzlich wurde geklatscht! Es kam aus dem Erdinneren, direkt zu meinen Füßen. Ich schrie gellend auf und taumelte zurück. ›Wer ist dort?‹ rief ich, aber es kam kaum mehr als ein Krächzen aus meiner Kehle. Wissen Sie, ich war mir vollkommen sicher, das müsse der Teufel selber sein, der heraufstieg und mich wegen meines schrecklichen Ehrgeizes und meiner Eitelkeit wegen holen wollte. Dann hörte ich jungenhaftes Gekicher aus einem Graben am Straßenrand, der hinter hohem Gras und Farn verborgen lag. Ein Gesicht tauchte auf. ›Gott sei mir gnädig!‹ schrie ich. Aber ich konnte gleich sehen, daß ich vor diesem Gesicht keine Furcht zu haben brauchte – es war ein wie zum Lachen geschaffenes Gesicht mit tiefblauen Augen. Sein Haar war hellbraun und hatte einen ungeschickten Bürstenschnitt. Seine Wangen waren rosig und seine

Zähne weiß – aber er war so dünn, der arme Kerl, daß mir das Herz wehtat! Als er aus seinem Graben herauskletterte, sah ich, daß er sehr groß war und daß ihm sein fadenscheiniger deutscher Armeemantel viel zu klein war. Zuerst hatte ich fürchterliche Angst. Die ganze Kriegspropaganda hatte die Deutschen wie Ungeheuer erscheinen lassen, aber er wirkte schüchtern und sehr höflich, und schließlich war der Krieg vorbei. Also nahm ich meinen ganzen Mut zusammen und trat an den Straßenrand. Im Graben standen zwei weitere Jungen, die zu mir aufsahen. Sie waren noch jünger und viel kleiner, und sie zitterten vor Kälte, trotz ihrer großen Mäntel. Ich fragte sie, was sie hier täten.

›Deutsche Kriegsgefangene, Ma'am.‹ Der Blauäugige berührte eine unsichtbare Mütze. ›Wir sollen einen Graben entlang dieser Straße ausheben.‹ Er lachte und wies in die Ferne. ›Bis auf den Berg hinauf.‹ Dann zuckte er die Achseln. ›Wir werden also eine ganze Weile hier sein, meine ich. Ja?‹

Sie gehörten also zu jenen Kindern, die Hitler in den letzten Kriegstagen von der Schulbank weg in seine Armee gesteckt hatte, um Deutschland zu verteidigen. ›Das werdet ihr‹, sagte ich und versuchte, streng zu klingen. ›Da ihr Deutschen halb Großbritannien dem Erdboden gleichgemacht habt, ist es nur gerecht, wenn ihr es wieder aufbauen müßt. Nun, guten Tag. Ihr werdet genug Zeit haben, über eure Kriegssünden nachzudenken, während ihr euch den Berg hinaufarbeitet.‹

›Ja, Ma'am‹, sagte der eine. Er sah mich lange und ernst an, und dann lächelte er. Sein Lächeln deutete sich zuerst in den Augen an, bevor es Wangen und Mund erreichte. Es war ein wunderbares Lächeln, das mir einen angenehmen Schauder verursachte. Ich konnte es nicht genau deuten, aber es war ein sehr intimes Lächeln, das mir zu viele abwegige Gedanken zu offenbaren schien. Ich ging weiter, doch da ich nicht eben freundlich mit ihnen gesprochen hatte, fühlte ich mich nicht recht wohl in meiner Haut. Also kehrte ich wieder um.

›Ihr seht hungrig aus.‹

›Ja, Ma'am.‹

›Und diese kleinen Kerlchen‹, sagte ich und guckte an ihm vorbei in den Graben. ›Das sind ja noch halbe Kinder. Wie alt sind sie, zwölf?‹

›Vierzehn, Ma'am.‹

›Und die waren auch in der Armee?‹

›Ja, Ma'am.‹

›Och, die armen kleinen Dinger‹, sagte ich. ›Nun ja, ich muß jetzt weiter zur Arbeit.‹

Drei Augenpaare starrten mich gleichermaßen trotzig an. Ihre Freundlichkeit war wie weggewischt. Es liegt an meinem Mitleid, dachte ich damals. Mitleid können sie nicht vertragen. Ich konnte es ihnen nicht verdenken.

Am Abend, als ich auf dem Weg nach Hause war, leuchtete ich mit meiner Taschenlampe in den leeren Graben und betrachtete ihn aufmerksam. ›Was für eine scheußliche Arbeit!‹ murmelte ich. Der Boden war steinhart gefroren. Ohne zu wissen, warum, blieb ich eine ganze Weile dort stehen.

Es war angenehm, nach Hause zu kommen. Die Küche war erfüllt vom Dampf und vom Duft des auf dem Herd schmorenden Hammelstew. Ich streifte meine Stiefel ab und wärmte mir die Füße am Herd. Mutter fischte mir mit dem Schöpflöffel einen Fleischknochen und ein paar Möhren und Klöße heraus. Ich nahm meinen Teller auf den Schoß, rückte damit so nahe wie möglich an den Herd und dachte über den Kriegsgefangenen mit dem wunderbaren Lächeln nach. Wie hielt er es in dieser eisigen Kälte bloß aus, ohne Holzfeuer im Ofen, ohne warmes Hammelfleisch?

Ich rollte einen Knödel in mein Taschentuch und stopfte es in die Tasche. Dann sagte ich: ›Wenn es so kalt ist, muß es schrecklich sein, Hunger zu haben.‹

›Bei uns geht's noch halbwegs‹, sagte Mum. ›Aber die Leute in der Stadt, die tun mir richtig leid. Nun ja, ich nehme an, mit den Rationierungen wird es bald ein Ende haben.‹

Dad sagte vom Tisch her: ›Hast du dran gedacht, dein Dankgebet zu sprechen, Mädel?‹

Ich beugte den Kopf und murmelte das vorgeschriebene Tischgebet in meinen Teller, bevor ich weiteraß. Dann sagte Dad: ›Es wird noch Jahre dauern, bis die Rationierungen vorbei sind!‹

›Wißt ihr, was ich heute gesehen hab'?‹ fuhr ich beharrlich fort. ›Deutsche Kriegsgefangene. Dabei sind das noch reine Kinder‹, log ich ein bißchen, denn der eine war ungefähr in meinem Alter. ›Sie müssen einen Graben ausheben, die ganze Straße lang, bis hier herauf. Das wird natürlich eine Weile dauern. Sie sehen so erfroren aus und so dünn. Ich dachte mir, vielleicht haben wir ein kleines bißchen Brot und Schmalz für sie übrig. Ich könnte es ihnen vielleicht am Morgen auf meinem Weg geben.‹

›Wir dürfen unsere Rationen nicht an jene verschwenden, die an dem ganzen Unglück schuld sind‹, sagte Mum leise, doch nicht leise genug, denn Dad hatte es gehört.

›Och, Weib, hast du denn gar keine Barmherzigkeit in dir? Wir könnten wirklich ein wenig Brot und ab und zu mal ein Ei erübrigen. Du sollst die Burschen ja nicht ganz und gar durchfüttern, es geht ja nur um ein bißchen was extra dann und wann.‹

Es wurde also genauso gemacht, wie ich mir das gedacht hatte, und von nun an gab ich den Gefangenen jeden Morgen ein Päckchen mit Broten und mitunter auch noch ein bißchen was dazu. Unsere kurzen Unterhaltungen waren immer der Höhepunkt des Tages für mich. Ich fand heraus, daß er ein halbes Jahr jünger war als ich, daß er aus Österreich kam und kurz vor Kriegsende eingezogen worden war. In seiner Familie wurde gut Englisch gesprochen, denn in Friedenszeiten betrieb sie ein Gasthaus, das vom Fremdenverkehr abhängig war, deshalb ließen sie ihren Sohn in der Schule Englisch lernen. Jeden Morgen hörte ich schon von ferne das Klick-Klick der Spitzhacken auf dem gefrorenen Boden. Jedesmal, wenn ich mich näherte, hatten sich die Gefangenen ein Stückchen weiter den Berg heraufgearbeitet, und ich konnte ihren dampfenden Atem aus dem Graben kommen sehen. Trotz meiner Brote wurden sie von Tag zu Tag dünner, doch ich habe ihnen nie wieder gezeigt, wie leid sie mir taten. Eines Tages nahm er mich bei der Hand, zog mich beiseite und fragte mich, ob ich mich nach Dunkelwerden mit ihm treffen könne. Er käme aus dem Lager heraus, meinte er. Ach, seine Stimme! Ganz sanft, und doch so seltsam zwingend. Eine gefährliche Stimme. Ich wußte, sie würde mich bis in meine Träume verfolgen.

Ich gab ihm eine gepfefferte Antwort. ›Das wäre ja, als wollte ich mitten im August Feuer in der Heide legen. So was tun bloß Dummköpfe. Du kannst dir die Finger verbrennen, weißt du, das geht ganz schnell – in Null Komma nichts. Und außerdem bist du ein feindlicher Kriegsgefangener und ich … herrje, was brauche ich dir das zu erklären! Du weißt es doch selber genau – so genau, wie du weißt, daß du eine Nase im Gesicht hast, das weiß ich.‹

Er lächelte wehmütig. ›Im Augenblick hätte ich nichts gegen ein Feuer einzuwenden‹, sagte er mit seiner verflucht schönen Stimme.

Während ich den Berg hinunterjagte, hatte ich das Gefühl, ihn zu hassen …«

»Ich fürchte, wir müssen hier einen Punkt machen.« Es war nicht das erste Mal, daß Gundelfinger die Weisheit der 45-Minuten-Sitzungen bezweifelte. Eleanor hatte die ganze Zeit über ohne Unterbrechung geredet, und er wußte, daß sein nächster Patient bereits im angrenzenden Zimmer auf ihn wartete. Es war schade, daß er sie jetzt unterbrechen mußte.

Sie starrte ihn böse an. »Gütiger Gott, wie spät ist es denn?« Sie warf einen Blick auf ihre Uhr.

»Mir kommt's vor, als säße ich schon eine Ewigkeit hier.«

»Wir machen das nächste Mal weiter. Vielleicht können Sie früher kommen«, schlug er vor, während er in seinen Terminkalender sah.

»Freitag reicht«, sagte sie undeutlich. »Wir brauchen uns ja nicht gleich zu überschlagen.« Gundelfinger sah rasch auf. Ihre Stimme hatte ungewöhnlich hoch geklungen, und nun bemerkte er Tränen auf ihren Wangen.

»Ich weiß nicht, warum ich meine Zeit hier verschwende«, klagte sie in bitterem Tonfall. »Ich habe wirklich dringendere Probleme zu lösen. Nehmen wir bloß meine Tochter, zum Beispiel. Ich habe alles versucht, um ihr klarzumachen, wie wichtig Geld ist. Ich hab' versucht, ihr Monaco von der besten Seite zu zeigen, sie dran zu erinnern, sollte ich sagen, denn schließlich ist sie hier aufgewachsen. Sie hat keine Ahnung vom Wert dessen, was sie eines Tages auf einem Silbertablett überreicht bekommt. All die vielen Jahre mühseliger Arbeit …« Sie brach ab. Nicht bloß Arbeit – auch Glück, dachte sie. Zur richtigen Zeit am richtigen Ort gewesen zu sein. Heute wäre das nicht mehr möglich. Absolut unmöglich. Diese Zeiten sind vorbei. »Sie will Skilaufen. Ich will sie bei mir im Geschäft haben.«

Gundelfinger sah von seinem Terminkalender auf, ein weiches Lächeln im Gesicht. Diesem Anblick hatte sie zu mißtrauen gelernt.

»Zwei halsstarrige Frauen also. Und jede will ihren eigenen Kopf durchsetzen. Ich bin sicher, Sie werden gewinnen, Eleanor – Sie haben alle Trümpfe in der Hand. Aber was wird aus Jacqui, wenn sie zurückstecken muß? Ist sie der Typ, der das unbeschadet hinnimmt? Wenn sie ihrer Mutter ähnelt, dann sehe ich Probleme.«

Eleanor riß die Augen auf und wurde ganz blaß. Dann nahm sie sich sichtlich verärgert zusammen.

»Wird mir dieses ganze … dieses Gerede denn überhaupt helfen können?« fragte sie.

»Die heilsame Wirkung der Psychoanalyse zeigt sich immer erst nach längerer Zeit, aber sie wird Ihnen gewiß helfen, die Ursachen Ihres Zustands zu finden. Sie können mit glauben, Eleanor.«

»Ich habe so viele Probleme …« fing sie an. Verzweifelt sah sie auf ihre Arme herab. »Ich hab' Ihnen bloß meine Arme gezeigt, aber natürlich ist es … ist es überall.«

»Es ist möglich, daß Ihre derzeitigen Probleme Ihren Zustand verschlimmern«, sagte er vorsichtig. »Aber jedes Trauma hat seine Wurzeln in der Vergangenheit. Vielleicht ist es etwas, das Sie aus Ihrem Gedächtnis gestrichen haben. Wir werden sehen. Es ist außerdem möglich, daß Sie sich unbewußt selbst bestrafen.«

Eleanor sah ihm streng ins Gesicht. Dann lachte sie kurz auf. »Ich wußte doch, daß ich niemals hätte hierherkommen sollen«, sagte sie haßerfüllt. »Das geht mir entschieden zu weit.«

Grußlos marschierte sie hinaus.

26

Als Eleanor Douglas endlich anrief, saß Megan gerade mit einem ihrer vielversprechenden Tennisstars beisammen, um das Sponsorenprogramm des nächsten Jahres mit ihm durchzugehen. Sie entschuldigte sich und huschte hinaus, weil sie ohne Zeugen mit Eleanor Douglas sprechen wollte.

»Hallo, Megan! Ich hielt es für besser, Sie persönlich anzurufen, statt meine Vorschläge auf dem üblichen Wege zu befördern.« Aus dem Mischmasch aus Amerikanisch und Schottisch, das Eleanor sprach, war deutlich ein entschuldigender Tonfall herauszuhören.

Megan stöhnte innerlich. Nun mach schon, beeil dich! flehte sie insgeheim. Spann mich nicht auf die Folter. Ja oder nein!

»Ich hab' mich entschlossen, Ihre Klientinnen alle beide zu sponsern, also können Sie von nun an mit Nigel weiterarbeiten ...«

Megan war, als fiele ihr ein riesengroßer Stein vom Herzen; ihre Haut prickelte, ihre Hände wurden feucht, und am liebsten hätte sie vor Erleichterung laut herausgeschrien. Statt dessen jedoch holte sie tief Luft.

»Sie wissen ja noch, was wir vereinbart haben«, sagte Eleanor soeben. »Wenn ich Ihre Bedingungen für Miss Petrowna akzeptiere – und das tue ich, von zwei unerheblichen Änderungen abgesehen –, dann akzeptieren Sie die meinen für Jacqui. Ich nehme an, Sie wollen wissen, weshalb ich nachgegeben habe. Nun ja, Ihnen gegenüber kann ich offen sein: Wenn ich meine Tochter nicht verlieren will, bleibt mir gar keine andere Wahl. Den Vertrag für sie lasse ich Ihnen durch Boten zustellen. Wenn Sie Ihre Karten richtig ausspielen, werden Sie keine großen Schwierigkeiten haben. Zuerst müssen Sie Jacqui dazu bringen, die Vertragsbedingungen anzunehmen, erst dann dürfen Sie ihr erzählen, daß Vanguard dahintersteckt. Auf diese Weise werden Sie es wahrscheinlich schaffen.« Ihre Stimme klang beinahe wehmütig jetzt. »Sie werden Ihr gesamtes Verkaufsgenie zusammenraffen müssen, Megan. Vergessen Sie also nicht, daß die beiden Verträge miteinander gekoppelt sind. Das ist die Entscheidung, zu der ich gekommen bin, also richten Sie sich bitte danach.«

Als Megan zwei Tage später nach Schottland flog, hatte sie immer noch Eleanors traurige Stimme im Ohr. Sie hatte überaus unsicher geklungen. Einerseits wünschte sie sich sehnlichst, daß ihre Tochter den Vertrag unterschrieb, andererseits konnte sie ihre eigenen Zweifel nicht unterdrücken. Ihre berechtigten Zweifel, dachte Megan, denn der Vertrag war eine einzige himmelschreiende Manipulation. Doch was sollte sie sich wegen dieser beiden starrsinnigen Frauen den Kopf zerbrechen? Es war ohnehin sinnlos, und sie hatte ein Geschäft unter Dach und Fach zu bringen. Auf irgendeine Weise mußte sie Jacqui zur Unterschrift überreden.

Jacqui trainierte in Aviemore. Megan flog bis Inverness und fuhr von dort aus im Mietwagen weiter. Nach vier Tagen heftigen Schneefalls waren die Straßen glatt und so gefährlich, daß Megan keine Augen hatte für die verschneite Schönheit des bewaldeten Hochlands oder für die fernen Berge, die sich wie düstere Schatten vor dem bleigrauen Himmel ausnahmen. Im Geiste plante sie bereits ihre Strategie Jacqui gegenüber.

Eleanors Bote hatte die Unterlagen erst heute morgen gebracht. Der Vertrag für Nikki lautete beinahe wortwörtlich wie Megans Entwurf – mit Ausnahme von zwei zusätzlichen Punkten, die sie in Nikkis Namen akzeptiert hatte. Der erste betraf Nikkis zwölf öffentliche Auftritte, bei denen sie nicht eislaufen mußte. Eleanor bestand darauf, daß bei mindestens der Hälfte davon das Vanguard-Emblem deutlich sichtbar sein müsse. Wie sollte sie das denn bewerkstelligen? fragte sich Megan ärgerlich. Sie konnte Nikki ja wohl schlecht das Markenzeichen auf die Stirn tätowieren lassen, oder? Der zweite Punkt betraf Nikkis neue, selbst erfundenen Schritte und Sprünge sowie die Wahl ihrer Schlittschuhe: In dieser Hinsicht sollte ISA für zusätzliche Publicity sorgen.

Jacquis Vertrag war einfach zu schön, um wahr zu sein – so außergewöhnlich großzügig, daß sogar eine stattliche Prämie vorgesehen war für den Fall, daß Jacqui, statt eine Medaille zu gewinnen, nur unter die ersten fünfzehn kam. Außerdem wurde Jacqui verpflichtet, insgesamt viermal zu festgesetzten Zeiten zu Werbezwecken in den

Vanguard-Büros in Monaco zur Verfügung zu stehen; es waren mehrere Anzeigen-Kampagnen vorgesehen, für die Jacqui in voller Montur fotografiert werden sollte. Darüber hinaus wurde ihre Anwesenheit bei allen Aufsichtsratssitzungen der Firma verlangt. Wie in aller Welt soll ich Jacqui diesen Vertrag unterjubeln? fragte sich Megan düster. Ihr war klar, daß Eleanors Großzügigkeit und die Absicht, die dahintersteckte, nur Groll in Jacqui wecken würden. Wenn sie diesen Vertrag an die Frau bringen wollte, würde sie ihn sorgfältig verpacken müssen. Aber wie? Für dieses Problem hatte sie noch immer keine Lösung gefunden. Doch bis sie mit Jacqui sprechen konnte, würden noch zwei Stunden vergehen, und Megan hatte schon immer grenzenloses Vertrauen in ihren eigenen Einfallsreichtum gehabt.

Jacqui war beim Training und ließ Megan bis zum Einbruch der Dunkelheit gegen vier Uhr nachmittags warten, bevor sie ins Hotel kam.

»Ich weiß überhaupt nicht, wieso Sie sich soviel Mühe machen, wo Sie doch wissen, daß ich das Angebot von Magnum annehmen will«, sagte Jacqui, als sie sich schließlich in der Bar trafen.

Sie lehnte an der Theke, einen träumerischen Ausdruck im Gesicht, und ließ ununterbrochen die Eiswürfel in ihrem Glas aneinanderklirren, wie ein Kind mit einer Rassel. Sie trug einen hellroten Angorapullover zu weißen Skihosen, und sie wirkte aufgekratzt und überaus jung. Ihr Haar war ein wenig länger, als Megan es in Erinnerung hatte, und ihre schwarzen Locken fielen ihr ungebändigt auf die Schultern.

»Aber dieser Vertrag hier ist viel besser, Jacqui«, wandte Megan ein, die vorsichtig zu Werke ging. »Die Barzahlungen sind doppelt so hoch, und Sie haben viel weniger Werbeverpflichtungen, das heißt, Sie haben viel mehr Zeit zum Trainieren.«

»Wo ist dann der Haken?« fragte Jacqui mit ihrem seltsamen, stets reichlich spöttischen Lächeln, das Megan nicht ausstehen konnte. »Da muß doch ein Haken dran sein!«

»Nicht unbedingt«, wehrte Megan ab.

Im gleichen Moment leuchtete Jacquis Gesicht geradezu auf, und ihr Lächeln wurde echt und breit, als sie einem großgewachsenen Mann zuwinkte, der sie von der Türschwelle aus beobachtete. Megan sah ihn neugierig an, während er zielstrebig, doch ohne Eile auf sie zukam. Sein hellbraunes Haar war graumeliert, und der Blick seiner blauen Augen war erstaunlich kalt. Die kleinen Fältchen in seinen Augenwinkeln waren hellweiß und gruben sich tief ein, sobald er lächelte. Das tat er auch jetzt, da er auf Jacqui herabsah, doch als er sich Megan zuwandte, lag irgend etwas in seinem Ausdruck, was sie beunruhigte. Als wären wir Gegner im Boxring, dachte Megan und fragte sich, wer er wohl sein mochte und was das überhaupt zu bedeuten hatte. Er war deutlich älter als Jacqui, mindestens doppelt so alt, doch er sah aus und bewegte sich wie ein Sportler. Er war sonnengebräunt, grobknochig und hager. In den Schultern hielt er sich kerzengerade und ein wenig steif, was jedoch, wie Megan bemerkte, keine Affektiertheit war, sondern das Ergebnis ausgiebigen Krafttrainings. Seine Hände waren groß und seine Züge gut geschnitten. Am auffallendsten war seine Nase – eine Römernase, die von einer klassischen Statue hätte stammen können und die seinem Gesicht eine gewisse Vornehmheit verlieh. Er zog einen Hocker für Jacqui heran und nötigte sie, sich zu setzen.

»Megan, das ist Wolf Muller«, stellte Jacqui vor. »Wolf, das ist Megan, meine Agentin. Sie versucht gerade, mir auszureden, daß ich bei Magnum unterschreibe.«

»Ich habe ein besseres Angebot für Sie, Jacqui«, sagte Megan mit fester Stimme. »Und es wäre mir lieb, wenn wir uns allein unterhalten könnten, damit ich Ihnen die

Bedingungen erklären kann.« Sie lächelte, um ihre Unhöflichkeit nicht gar so grob erscheinen zu lassen. »Wenn Sie uns also entschuldigen wollen«, sagte sie zu Muller.

»Das ist nicht nötig. Wolf ist mein geschäftlicher Berater.« Jacqui neigte den Kopf zur Seite und warf ihm einen schüchternen Blick zu. »Das kannst du der langen Liste ruhig noch hinzufügen«, sagte sie zu ihm und sah ihn vielsagend an. Dann brach sie in Gekicher aus.

Bei solchen Gelegenheiten merkt man doch immer wieder, wie jung sie noch ist, dachte Megan, die ihren Zorn zu zügeln versuchte.

»Wolf trainiert mich«, erklärte Jacqui. »Heute sind wir um die Wette gelaufen. Er hat mich ganz schön rangenommen. Das war mal ganz was Neues.«

»Wie sieht das Angebot denn aus?« fragte Wolf. Er lächelte Megan freundlich an, doch ihr fiel auf, daß seine Feindseligkeit stärker geworden war.

»Die doppelte Summe von Magnum, weniger öffentliche Auftritte, wesentlich bessere Unterstützung beim Training. Tatsächlich, Jacqui, sie wollen Ihnen sozusagen ihre ganze Forschungsabteilung zur Verfügung stellen.«

»Wo liegt also der Haken?« fragte Jacqui. »Das klingt mir alles viel zu schön, um wahr zu sein.«

»Es gibt keinen Haken. Die Firma will Sie zu ihrer Galionsfigur machen. Sie beweist ihr Vertrauen in Sie, indem sie eine Werbekampagne für eine Million Dollar startet.«

Jacqui lachte zitterig. Sie sah aus, als glaube sie Megan kein einziges Wort. »Nur, wenn ich gewinne«, sagte sie. »Kommen Sie schon, Megan, das war doch bisher nur die Schokoladenseite. Wie sieht's mit den Nachteilen aus?«

Megan holte tief Luft. »Der Nachteil heißt, wenn Sie keine Medaille gewinnen – welche auch immer – und dazu noch im Laufe dieser drei Jahre aus der britischen Mannschaft ausgeschlossen werden, dann müssen Sie als Werbedame für Wintersport in der Firma arbeiten. Das bedeutet, andere Champions zu betreuen und in der

Hauptniederlassung der Firma zu arbeiten, mit Ausnahme der Zeiten, in denen Sie zum Skilaufen unterwegs sind.«

»Wieso sollten die ausgerechnet eine Versagerin dafür nehmen?« fragte Jacqui. Ihre Augen hatten sich verengt, ihre Wangen gerötet – Zeichen für einen aufziehenden Sturm, wie Megan wußte.

»Sie haben den Film von Ihrem Abfahrtslauf in Sarajewo gesehen. Die halten Sie keineswegs für eine Versagerin.«

»Ich möchte den Vertrag sehen«, flüsterte Jacqui.

»Den gebe ich Ihnen später. Es wäre mir recht, wenn ich zunächst einmal Ihre prinzipielle Zustimmung hätte. Es sind die üblichen Klauseln dabei: Sie müssen die Kleidung der Firma tragen, die Skier der Firma benutzen, höchstens zwölfmal im Jahr an den Skihängen als Modell fungieren und ein paarmal in der Firma auftauchen, höchstens viermal jährlich.«

Jacqui zog das Gesicht in Falten. »O Scheiße«, sagte sie leise. »Scheiße, Scheiße, Scheiße. Ich hab' Ihnen doch gesagt, Sie sollen nicht zu Vanguard gehen. Daß Mutter sich garantiert einmischt und die Zügel selber in die Hand nimmt – das macht sie immer so.« Plötzlich gewann ihr bislang noch im Zaum gehaltener Zorn die Oberhand, und sie hieb mit der Faust auf die Theke. »Scheiße!« Mehrere Köpfe drehten sich nach ihnen um, und der Barkeeper sah stirnrunzelnd zu Jacqui herüber, die jedoch nichts davon mitbekam.

»Ich an deiner Stelle würde mich an Magnum halten«, warf Wolf beiläufig ein. »Sie haben dir einen guten Standard-Vertrag angeboten, mehr kannst du gar nicht erwarten. Dieser Handel da wird dich genau dort festnageln, wo du schon immer warst: unter Mutters eiserner Faust. Jetzt hast du endlich die Gelegenheit, ihr zu entkommen, also nimm sie wahr! Du bist neunzehn und kannst durchaus auf deinen eigenen Füßen stehen. Nimm mein Angebot an, und du wirst sehen, ich bring' dich an die Weltspitze und mach' dich außerdem zur Millionärin.«

Wolf gab dem Barkeeper ein Zeichen, doch der übersah ihn geflissentlich. »Jacqui«, sagte er, »du hast jetzt jahrelang darum gekämpft, dich von deiner Mutter frei zu machen – dies ist deine große Chance! Also pack sie beim Schlafittchen. Wenn du bei Vanguard unterschreibst, bist du genau wieder dort, wo du angefangen hast – diesmal jedoch lebenslänglich.«

»Sind Sie Anwalt, Mr. Muller?« fragte Megan obenhin, sah ihn jedoch kalt an.

»Nein.« Er grinste.

»Dann vielleicht Wirtschaftsprüfer?«

»Meine Güte, nein!«

»Er hat Ölquellen«, fiel Jacqui rasch ein. »Können Sie sich das vorstellen? Dutzende von Ölquellen! Das schlägt sogar Mutter!« Sie grinste höhnisch. »Wir überlegen gerade, ob wir nicht ein Geschäft miteinander machen sollen«, fügte sie dann defensiv hinzu. »Mein Paket Vanguard-Papiere gegen Aktien von Wolfs neuer Ölgesellschaft. Bei diesem Tausch mach' ich glatt eine ganze Million.«

Megan wurde unruhig. »Dann erzählen Sie mir doch mal, Mr. Muller, auf welcher Basis Sie Jacquis Berater geworden sind? In meiner Eigenschaft als ihre Agentin muß ich Jacqui raten, sich zunächst einmal mit unserer juristischen Abteilung ins Benehmen zu setzen, bevor sie irgendeinen geschäftlichen Abschluß tätigt.«

Wolf zögerte mit seiner Antwort. Statt dessen unterzog er Megan von Kopf bis Fuß einer kühlen Taxierung, die höchst verwirrend war. Megan nahm an, daß er damit alle Frauen bedachte, mit denen er geschäftlich zu tun hatte – in der Hoffnung, sie aus der Fassung zu bringen. Sie nippte an ihrem Drink und wartete gelassen auf seine Antwort.

»Formulieren wir es so«, sagte er schließlich mit einer

Stimme, der jegliche Wärme fehlte, »mein Leben als Geschäftsmann hat mich nicht eben arm an Erfahrung gemacht. In der Geschäftswelt wimmelt es nur so von Haien, die bloß darauf aus sind, einen schnellen Profit zu machen. Das betrifft ganz besonders die Agenten. Ich sag's Ihnen frei heraus, Miss Carroll, ich mag keine Agenten. Als Jacqui mir erzählte, daß Sie bei Ihnen unterschrieben hat, tat sie mir regelrecht leid. Allmählich wird mir auch Ihre Strategie klar. Gar nicht schlecht, wirklich, das muß Ihnen der Neid lassen. Schlichte einen Familienstreit und streich so nebenbei noch dreihunderttausend Dollar ein. Was haben Sie dafür investiert – einen Tag, zwei Tage?« Er fixierte sie ausdruckslos, und Megan erwiderte den Blick.

»Dies ist ein persönliches Gespräch zwischen Jacqui und mir«, sagte sie und wandte sich an das Mädchen. »Ich denke, nachdem ich diesen weiten Weg hierher auf mich genommen habe, verdiene ich Ihre ungeteilte Aufmerksamkeit, Jacqui. Sie können zustimmen oder ablehnen, aber lassen Sie uns um Himmels willen erst einmal vernünftig darüber reden.«

»Wolf hat recht«, murrte Jacqui verstockt. »Das Angebot von Magnum ist besser für mich. Ich weiß nicht, wie Sie es angestellt haben, Mutter herumzukriegen und so ein Angebot aus ihr rauszuholen, aber die Mühe war umsonst. Ich will meinen Erfolg mir selber verdanken.«

Megan griff nach ihrer Tasche. Es war sinnlos, Jacqui zu etwas überreden zu wollen, solange dieser Muller hier herumhing. »Ich habe getan, was ich unter den gegebenen Umständen für das Beste hielt«, sagte sie kalt. »Ich möchte mit Ihnen unter vier Augen sprechen. Ich erwarte Sie in der Halle.«

Wolf zog eine Grimasse. »Machen Sie sich keine Mühe, ich lasse Sie schon allein mit ihr. Und du, Jacqui, gib gut acht. Unterschreib nichts, was dich ein Leben lang bindet.« Diesen letzten Querschuß, bevor er ging, konnte er sich nicht versagen.

»Ich seh's direkt vor mir, wie Mutter Sie um den kleinen Finger gewickelt hat«, sagte Jacqui gehässig, sobald Wolf außer Hörweite war.

»Es dauert nicht mehr lange, Jacqui, und ich habe genug von Ihnen und Ihren Ungezogenheiten«, sagte Megan, die sich zu Recht verletzt fühlte. »Sie sind geradezu lächerlich verwöhnt, und Ihr Benehmen ist einfach rücksichtslos. Was wissen Sie denn schon von diesem Wolf Muller! Ich finde ihn äußerst verdächtig, und das ist noch milde ausgedrückt.«

»Wieso? Weil endlich einmal einer auf meiner Seite steht?« Jacqui blätterte in dem Vertrag herum und legte die Stirn in Falten. »Zumindest versucht er nicht, mich mit Leib und Seele zu kaufen.«

»Erzählen Sie mir nicht, ihre Mutter wolle Sie kontrollieren! Diese alte Leier hängt mir langsam zum Hals heraus. Sie haben Ihr Leben lang immer Ihren Kopf gegen sie durchgesetzt – nur bei einem nicht, und das sind die Skirennen. Wissen Sie, warum Sie Ihnen dabei nicht auch noch Ihren Willen lassen wollte? Weil sie Angst hat, Sie könnten sich ernsthaft verletzen! Aber aus irgendeinem Grunde meinen Sie, Ihre Mutter hassen zu müssen – nein, unterbrechen Sie mich nicht«, sagte Megan und hob die Hand, als Jacqui den Mund auf- und gleich wieder zumachte. »Sie müssen selber herausfinden, wie groß Ihr Haß ist. Groß genug, um ein Vermögen wegzuwerfen? Groß genug, um eine Goldmedaille auf Magnum-Skiern zu gewinnen – was einer öffentlichen Ohrfeige für Ihre Mutter gleichkäme? Ist Ihr Haß auf sie wirklich so groß, Jacqui?«

Jacqui gab nicht gleich Antwort. Sie hatte die Augen fest zugekniffen, runzelte heftig die Stirn und stieß die Fingerspitzen gegeneinander.

»Sie haben alles ganz falsch verstanden«, sagte sie

schließlich. »Ich hasse sie überhaupt nicht. Ich will bloß nicht mehr in ihrem Glorienschein leben müssen. Ich will ich selber sein. Das da –«, sie schob Megan die Papiere zu, »das ist alles andere als ein echter Vertrag. Das ist total übertriebene Mutterliebe – so überzogen, wie bei Mutter alles ist.«

»Das mag ja alles vollkommen richtig sein«, sagte Megan, »aber überlegen Sie einmal, welche Alternativen Ihnen offenstehen. Sie können nicht so tun, als wären Sie irgendein namenloses Mädchen aus der nächstbesten Kleinstadt – Sie sind die Vanguard-Erbin. Dafür müssen Sie schon die Nachteile, die das mit sich bringt, in Kauf nehmen. Aber das hat man Ihnen bestimmt schon des öfteren erzählt.«

Jacqui wußte daraufhin offensichtlich nichts zu sagen, und so fuhr Megan schonungslos fort: »Ihre Mutter hat mir etwas für Sie aufgetragen. Sie sagte: Erzählen Sie Jacqui, wenn sie auf Magnum Gold gewinnt, wird sie mit Vanguard zwanzig Prozent vom britischen und fünf Prozent vom amerikanischen Markt verlieren. Diese Art Logik versteht sie garantiert. Soweit Ihre Mutter. Ich sag' Ihnen aber noch was, Jacqui, und das hat sie mir nicht aufgetragen. Als Ihre Mutter den Videofilm von Ihrem Lauf in Sarajewo gesehen hat, ist sie in Tränen ausgebrochen. Sie sagte: ›O mein Gott, wenn ich sie nicht zum Aufhören bringen kann, dann bleibt mir nichts anderes übrig, als ihr zu helfen.‹«

Sie schob Jacqui den Vertrag wieder zu. »Hier. Lesen Sie ihn. Unterschreiben Sie ihn. Oder zerreißen Sie ihn von mir aus. Er enthält übrigens eine weitere Klausel, die erwähnt werden sollte. Sie lautet: Da dies ein innerfamiliäres Arrangement ist und Sie keiner weiteren Sponsoren bedürfen, trete ich als Ihre Agentin zurück, sobald dieser Vertrag unterschrieben ist. Ich will dafür keine Provision haben.«

Nach kurzem Nachdenken fügte sie noch hinzu: »Das

brauchen Sie Ihrem kostbaren Wolf Muller allerdings nicht auf die Nase zu binden, denn ich mag ihn ebensowenig wie er mich.«

Jacqui starrte sie an und wirkte vollkommen verwirrt. »He! Moment mal, Megan. Wo steht diese Klausel?«

»Ganz am Ende, im Nachtrag.«

»Haben Sie was zum Schreiben da? Nun warten Sie doch noch eine Minute! Was müssen wir uns auch jedesmal in Bars herumtreiben«, klagte sie. »Geh'n wir doch woanders hin.«

Am Ende unterschrieben sie die drei Vertragsausfertigungen an der Hotelrezeption und ließen sie vom Empfangschef bezeugen.

»Hören Sie, Megan«, sagte Jacqui dann, »wieso wollen Sie eigentlich raus?«

»Das ist eine Frage der Moral«, erklärte Megan. »Dies ist eigentlich kein richtiger Vertrag, Jacqui, das haben Sie selbst gesagt. Erinnern Sie sich?«

»Klar«, sagte Jacqui. »Trotzdem will ich Sie als Agentin behalten. Ich hab' so das Gefühl, daß ich Sie noch brauchen werde.«

Sie suchte den Nachtrag heraus und riß ihn mittendurch. Dann schob sie Megan die Verträge wieder zu. »Sagen Sie Mutter ...«, fing sie an, verstummte jedoch gleich wieder. »Wenn ich's mir genau überlege, gibt's eigentlich kaum noch was, das man Mutter sagen müßte«, sagte sie schließlich mit einem schiefen Grinsen.

27

Wie einfach alles war! dachte Megan. Sie fühlte sich so erfüllt vom Triumph, daß es ihr in den Fingern prickelte und die Wangen heiß machte. An einem einzigen Abend zwei Riesenprobleme gelöst! Sie beobachtete, wie Jacqui froh und munter durchs Foyer schlenderte, und wünschte, sie hätte jemanden, mit dem sie ihren Erfolg feiern könnte. Jacqui machte sich nun zweifellos auf die Suche nach ihrem Wolf. Megan konnte nur hoffen, daß sich zwischen den beiden nichts Ernsthaftes anspann. Dieser Wolf Muller war viel zu alt für Jacqui, und Megan traute ihm nicht über den Weg.

Nunmehr allein in der Hotelhalle, fragte sich Megan, ob sie sich nicht besser ein Zimmer für die Nacht nehmen sollte. Oder würde sie heute noch einen Flug zurück nach London erwischen? Wohl kaum. Stirnrunzelnd sah sie auf ihre Uhr. So sehr ihr der Gedanke, eine Nacht unter dem gleichen Dach wie Wolf Muller zu verbringen, zuwider sein mochte – es blieb ihr nichts anderes übrig. Also nahm sie Tasche und Aktenkoffer und machte sich auf den Weg zur Rezeption. Dort wurde jedoch gerade eine ganze Busladung voller Touristen abgefertigt, so daß Megan in Muße die Fotos betrachten konnte, die ringsum an den Wänden hingen.

Und da entdeckte sie plötzlich Ian. Der Schnappschuß war ein wenig unscharf, doch es handelte sich mit Sicherheit um Ian. Er stand auf einem Podest und schüttelte einem jungen Mädchen im Skianzug die Hand, während er ihm gleichzeitig einen Pokal überreichte. Megan schnappte unwillkürlich nach Luft und trat einen Schritt näher, um das Bild genauer betrachten zu können. Der Hintergrund zeigte hauptsächlich Schnee, aber auch ein Stück von einem alten Gebäude direkt am Waldrand.

Kein Wunder, daß sie immer das Gefühl gehabt hatte, Ian schon einmal begegnet zu sein! Megan richtete sich wieder auf. Sie erinnerte sich nun ganz genau: Sie war damals auf Talentsuche zu den Schottischen Spielen geflogen und hatte schließlich einen jungen Langläufer unter Vertrag genommen. Ian hatte die Pokale und die Urkunden verteilt. Niemals hatte sie ihren lässigen, heiteren Liebhaber mit jenem würdevollen Schotten im Kilt in Verbindung gebracht, sie hätte sich sonst an ihn erinnert. Megan hatte ein hervorragendes Gedächtnis für Namen und Gesichter. Stirnrunzelnd las sie die Bildunterschrift. Das also war Ians »kleines Häuschen im Hochland«, dachte sie voller Bitterkeit, während sie bereits auf den Portier zueilte, um ihn nach dem Weg zum Inverewe House zu fragen.

Als sie vom Hotel abfuhr, begann es wieder zu schneien, doch ihr Ziel lag nur zwanzig Meilen weit entfernt, und sie glaubte, sie würde es in nicht einmal einer Stunde schaffen. Doch es war glatt, und die Straße schien nur aus Kurven zu bestehen. Wegweiser gab es gar keine, und eine Stunde später war Megan überzeugt, die richtige Abzweigung verpaßt zu haben. Sie versuchte zur Hauptstraße zurückzufinden, doch auch das gelang ihr nicht. Von dem Wald, der auf ihrer Landkarte eingezeichnet war, weit und breit keine Spur.

Ihr wurde klar, daß sie sich verirrt hatte. Es war kalt und dunkel, vereinzelte Schneeflocken tanzten im Licht der Autoscheinwerfer. Die Straße wurde immer enger, die Schneeverwehungen wurden immer breiter. Dann geriet sie auf einem vereisten Stück ins Rutschen, und der Wagen schlidderte in einen Schneehaufen. Da wird wohl kräftig geschoben werden müssen, dachte Megan.

Sie stieg aus dem Auto und sah sich nach Hilfe um, doch sie war mutterseelenallein auf der Straße. In diesem Wind, nahm sie an, konnte es kaum über zehn Grad unter Null sein. In dieser ungeschützten Moorlandschaft konnte sie sich leicht zu Tode frieren. Eine Zeitlang hüpfte sie auf und ab, um sich warm zu halten, doch dann kam ihr die Aussicht, womöglich die ganze Nacht im Freien verbringen zu müssen, doch allzu unerfreulich vor, so daß sie sich aufmachte, das nächstgelegene Dorf zu suchen. Jetzt wünschte sie, sie wäre über Nacht in Aviemore geblieben, doch wieder einmal war ihr Temperament mit ihr durchgegangen. Selbst jetzt konnte sie Ians Betrug noch kaum fassen. Wie hatte er sie nur so belügen können? Sie waren sich doch in den vergangenen zwei Wochen – seit sie einfach bei ihm zu Hause hereingeschneit war – so nahe gekommen! Jedenfalls hatte Megan das geglaubt, und sie war so glücklich gewesen! Sie waren mehrmals zum Abendessen ausgegangen und ins Theater und in Konzerte, und zu ihrer beider Überraschung hatten sie außerordentlich viele gemeinsame Interessen und Vorlieben entdeckt – Musik, zum Beispiel, und Bücher. Und Ian war jede Nacht geblieben. In letzter Zeit allerdings waren sie abends zu Hause geblieben, weil Ians Filmskript redigiert werden mußte. Stundenlang hatten sie auf dem Teppich vor dem Kamin verbracht, die Manuskriptseiten um sich verstreut, und hatten sich über die Bedeutung dieses oder jenes Wortes gestritten. Sie schienen so viele Gemeinsamkeiten zu haben! Sie lachten über die gleichen Witze, sie beurteilten die Leute, die sie kennenlernten, nach den gleichen Kriterien, sie hatten die gleiche Weltanschauung. Megan hatte noch nie einen Menschen kennengelernt, mit dem sie sich so gut verstand. Und nun dies – dieser Verrat! Die Bildunterschrift mußte ein Fehler sein. Vielleicht auch nur ein Witz. Und was für ein Witz! dachte sie grimmig, während sie vorwärts stapfte.

Der Mond ging auf, ein schimmernder Ball aus silbernem Licht, das der Schnee reflektierte, so daß die Schatten doppelt so düster und doppelt so unheimlich wurden. Unverdrossen marschierte Megan weiter, wobei sie die Hände zusammenschlug und vor sich hinsummte. Ihre Füße hatten schon längst jegliches Gefühl verloren, doch jetzt stieg ihr die betäubende Kälte auch zu Kopf, und sie begann, sich schläfrig zu fühlen. Sie wußte, daß das ein schlechtes Zeichen war.

Irgendwohin muß die Straße ja führen, redete sie sich ein und summte etwas lauter, um sich bei Laune zu halten. Nach etwas mehr als einer Stunde sah sie in der Ferne Lichter. Zuerst meinte sie, es sei ein Dorf, dann, es müsse ein Krankenhaus sein oder vielleicht ein Hotel, doch als sie näherkam, entdeckte sie, daß es ein riesiges, düsteres Herrenhaus aus Granit war, mit Türmchen und Wällen und gedrechseltem Zierat. Vielleicht war es sogar eine kleine Burg.

Die Auffahrt hinauf war es ein langer Weg, doch irgendwann war Megan vor dem geschnitzten Portal angekommen. Von drinnen hörte sie Gesprächsfetzen und Gelächter, doch schwach nur und undeutlich, und dann ertönte ein Dudelsack. Megan nahm all ihre verbliebene Kraft zusammen und zog an der Klingelschnur. Als sie aufsah, grinsten granitene Wasserspeier auf sie herab, und dazwischen saß, neben einem Schild, sprungbereit eine furchterregende Katze. »Meine Güte!« flüsterte Megan. Wenn das die Walt-Disney-Leute wüßten, dachte sie amüsiert, ich könnte glatt ein paar Scheine verdienen, indem ich ihnen Fotos von diesem Gespensterkasten schicke! Ein richtiger, echter, ehrwürdiger alter Adelssitz!

Die Tür wurde aufgerissen und entwickelte dabei soviel Gestöhne und Geächze und Gequietsche, daß es auch dem wildesten Spukfilm gerecht geworden wäre. Eine rotgesichtige, weißhaarige Frau im gestärkten grauen Kleid mit weißen Nadelstreifen sagte: »Oh, Sie armes Lämmchen! Herein mit Ihnen, damit Sie sich aufwärmen können, da draußen frieren Sie sich zu Tode!«

»Ich hatte eine Autopanne«, erklärte Megan, »und dann hab' ich mich verirrt.« Warum log sie eigentlich? Sie war doch genau da gelandet, wo sie hinwollte – in Inverewe House! Aber alles schien so unwirklich, und in ihrem Kopf summte es wie in einem Bienenhaus.

»Och, sparen Sie sich die Erklärungen, Mädchen, bis Sie wieder bei Kräften sind und sich etwas aufgewärmt haben. So was passiert hier alle Nase lang. Sie stellen einfach keine ordentlichen Wegweiser auf. Aber Seine Lordschaft hat der Polizei neulich gründlich die Meinung gesagt, und wir denken, daß sie jetzt endlich mal was unternehmen. Aber was stehen wir hier herum! In dieser zugigen alten Halle ist es ja kaum wärmer als draußen!« Ihr breiter Hochlanddialekt war schwer zu verstehen, doch Megan folgte ihr dankbar in die Bibliothek, wo sie sich vor das lodernde Kaminfeuer kauerte.

»Ich gehe und spreche mit Seiner Lordschaft. Er wird Ihnen im Handumdrehen helfen. Heute ist sein Geburtstag. Deshalb haben wir den Dudelsackpfeifer aus dem Dorf hier. Der junge Rob Faulkner ist das, und ich glaube, er trifft die Töne heute nicht ganz richtig. Vielleicht liegt's aber auch an meinen Ohren.«

Ach du meine Güte! Eine Geburtstagsparty! Megan fühlte sich niedergeschlagen und unerwünscht und hatte das dumpfe Gefühl, dem Tode nur knapp entronnen zu sein. Sie hätte da draußen leicht erfrieren können.

Neugierig sah sie sich um. Einen Raum wie diesen hatte sie noch nie gesehen. Es war eine riesige, zugige Scheune von Bibliothek, mit schweren Balken an der Decke, gedieltem Boden und Eichentäfelung an den Wänden. Zwei davon waren vom Boden bis zur Decke mit verglasten Bücherschränken zugestellt. Über der Tür hing das Porträt eines alten schottischen Clanchiefs, der trotzig auf sie herunterfunkelte. Sie versuchte, die Inschrift zu lesen, doch es war zu dunkel.

An diesem Raum, fand Megan, war die komplette Familiengeschichte abzulesen. Einige der Gemälde zeigten Schiffe, wie es sie schon seit Jahrhunderten nicht mehr gab. Auch die Teppiche waren uralt, und trotz des lodernden Feuers herrschte ein leichter Modergeruch. An einer der Wände hing ein Marinesäbel, darunter mehrere gerahmte Fotografien von verschiedenen Schiffen, vor dem Kamin lag ein mottenzerfressenes Tigerfell, ein vielsagendes Relikt aus der Kolonialzeit, und Bücher gab es zu Hunderten: Bücher über Waffen, Kriegsführung, Strategie, Marinegeschichte, Geographie. Reiseführer gab es und Wörterbücher, dazu Bücher in allen möglichen Sprachen einschließlich des Russischen, und einen ganzen Schrank voller Anleitungen zum Jagen, Fischen, zur Gutsverwaltung und zur Forstpflege. Außerdem Romane über Romane und, natürlich, die schottischen Klassiker, in Leder gebunden. Eine seltsame Zusammenstellung.

Megan hörte die Haushälterin aus den Tiefen des alten Gemäuers zurückkehren. Offenbar gab es nirgends Teppiche, denn ihre Schritte auf dem Steinboden hallten schwer und düster wider. »Seine Lordschaft läßt sie zu seiner Dinnerparty bitten, Miss«, sagte die Frau heiter, sobald sie die Türe geöffnet hatte. »Es gibt einen schönen Lachs, den Seine Lordschaft gefangen hat, und außerdem Wildbret, das er vor nicht einmal einer Woche geschossen hat.« Während sie Megan durch einen Korridor nach dem anderen führte, hörte sie nicht auf zu erzählen, wie gut sie doch lebten, wenn Seine Lordschaft auf dem Gut war. Das kam nicht allzu oft vor, schloß Megan und dachte: Er weiß, wie man auf dem Land lebt.

Sie gingen an den Porträts von Seiner Lordschaft Vorfahren vorbei, und Megan schauerte: eine wüste, stolze, zerlumpte Bande, alle im Kilt, alle mit dem Schwert in der Faust.

»Keine Frauen?« fragte sie.

»Ihre Ladyschaften hängen in der langen Galerie«, sagte die Haushälterin.

Ich wette, sie sind genauso, dachte Megan, die allmählich genug hatte von den kalten Augen und grimmigen

Mienen der alten Clanchiefs, die zornig auf sie herunterstarrten.

Eine Tür wurde aufgestoßen, und die Haushälterin führte Megan in ein weitläufiges, prunkvolles Speisezimmer, das von einem einzigen Kronleuchter über dem Tisch erhellt wurde. Wie in der Bibliothek war auch hier alles aus Holz, von der Decke über die Eichenpaneele bis zum Fußboden, und auf einer Seite loderte ein riesiges Feuer. Ein einziger, langer, auf Hochglanz polierter Eßtisch stand da, an dessen Ende sich eine kleine Gesellschaft versammelt hatte.

»Da ist sie – unser Kind des Sturmes«, verkündete die Haushälterin fröhlich. »Ein Glück, daß sie diesen hübschen Pelz trägt, sie wäre ja sonst steifgefroren. Und da wäre sie nicht die erste! Ich bringe ihr gleich einen heißen Toddy, und sie kann schon mal essen, während Sie Ihren Kaffee trinken.«

Dann wandte sie sich im Befehlston an den Lord am Kopfende des Tisches, während sie für Megan ein Gedeck auflegte. »Nun sagen Sie ihr schon, wie gefährlich es ist, bei Nacht im Moor herumzuwandern.«

Seine Lordschaft jedoch war nicht imstande, auch nur ein einziges Wort hervorzubringen. Als Megan den Raum betreten hatte, war er aufgesprungen und stand nun noch immer wie angewurzelt an seinem Platz. Er trug einen Kilt und eine grüne Weste und irgendein flatteriges Zeug um seinen dummen Hals, und der Anblick seiner entsetzten Miene und seiner rotbrennenden Wangen wog den Schmerz, ihm auf die Schliche gekommen zu sein, beinahe wieder auf.

Sie hörte Ian sagen: »Darf ich vorstellen …«

Dann war ihr plötzlich höchst seltsam zumute: Ihr war eiskalt, und sie schien geradewegs im Boden zu versinken, während sich langsam, langsam das ganze Zimmer um sie drehte.

Als Megan erwachte, war es kalt und ungemütlich, und sie hatte keine Ahnung, wo sie sich befand. Dann entsann sie sich vage, daß sie mit Brandy wieder auf die Beine gebracht worden war und daß Ian sie die Treppe hinauf und in sein großes, muffiges Schlafzimmer getragen hatte. Die Haushälterin hatte ihr Suppe und Brot gebracht und erklärt, Ian habe darauf bestanden, Megan das einzige gelüftete Bett im Haus zu geben. Er selbst würde in der Bibliothek schlafen, hatte die Haushälterin hinzugefügt. Dennoch hatte Megan das Gefühl, von einem schweren Gegenstand niedergedrückt zu werden, und das kam ihr vertraut vor, da Ian immer auf diese Weise schlief. Mit einer Hand stellte sie fest, daß es tatsächlich sein Bein war, das über ihr lag. Was für eine Frechheit, dachte sie. Sie war sich nicht ganz sicher, woher der Gedanke kam, denn immerhin hatten sie ja in den vergangenen sechs Wochen regelmäßig miteinander geschlafen. Irgendwie kam ihr jetzt alles verkehrt vor, doch ihr war kalt, Ian hingegen fühlte sich warm und wohlig an, so daß sie sich nach einer Weile sachte an ihn schmiegte. Ian murmelte Unverständliches im Schlaf und drehte sich um, also kuschelte sie sich an seinen Rücken.

Und dann war ihr plötzlich alles wieder klar. Der hat vielleicht Nerven, dachte sie. Und warum hatte er sie über seine Herkunft angelogen? Sie würde es am nächsten Morgen mit ihm ausfechten, jetzt war sie zu müde. Sie kuschelte sich tiefer in die Decke und war bald wieder eingeschlafen.

Es schien nur eine Minute vergangen zu sein, als das Telefon neben ihr klingelte. Schläfrig streckte sie die Hand nach dem Lichtschalter aus, konnte ihn jedoch nicht finden. Es war stockfinster im Zimmer. Dann bewegte sich etwas neben ihr, und Ian meldete sich: »Makkintosh.«

»Ich komme gerade vom Essen mit Sir Geoffrey Houghton«, hörte Megan den Anrufer mit klarer, durchdringender Stimme sagen. »Er hat das Startsignal zu deinem Projekt gegeben.«

»Wurde aber auch Zeit!« Ian klang verärgert, schien sich jedoch nichts daraus zu machen, daß man ihn mitten in der Nacht aufgeweckt hatte.

»Du bist immer so verdammt ungeduldig, Ian. Er sagte, du kannst gleich loslegen. Außerdem bat er mich, dir auszurichten, deine Freundin Petrowna koste ihn übermäßig viele Nerven.«

»Schlimm, schlimm«, murmelte Ian.

»Na, ich denke, du machst das beste draus. Houghton meinte, du hättest noch nie was anbrennen lassen.«

»Wenn Houghton vierzig Jahre jünger wäre, dann fände er es sicher auch der Mühe wert«, sagte Ian zurückhaltend.

»Ihr Marinebrüder habt euch euren Ruf voll und ganz verdient.«

Ian fluchte leise und legte auf.

Megan hatte sich im Dunkeln weggedreht. Sie hörte, wie Ian den Hörer wieder auflegte, und bebte vor Zorn. Sie hatte noch immer die klare, kalte Stimme im Ohr: *Deine Freundin Petrowna!* Das tat weh – nicht nur Ians wegen. In den vergangenen Wochen hatte sie Nikki liebgewonnen, denn sie hatte erkannt, was hinter all ihren Launen und ihrer Aggressivität steckte: die einzige Verteidigung eines einsamen, ängstlichen Mädchens. Nikki war ein Opfer ihrer Erziehung. Aufgewachsen wie eine Waise, war ihre emotionale Entwicklung einfach in den Kinderschuhen steckengeblieben. Nikki hatte ein geradezu neurotisches Bedürfnis, geliebt zu werden, doch sie konnte keine Liebe geben. Alles, was sie geben konnte, legte sie in ihren Eiskunstlauf. Megan hatte gelernt, sie zu mögen, weil sie sie verstand. Es tat weh, daß Ian sie mit Nikki betrogen hatte.

»Was für ein widerlicher Mistkerl du bist!« sagte sie laut.

»Schscht. Mrs. Gilmour könnte dich hören«, sagte Ian schläfrig.

»Es ist mir gleich, ob sie mich hört oder nicht. Soll sie doch denken, was sie will. Sie kann ebenso gut erfahren, für was für eine Art von Mensch sie arbeitet. Was bist du eigentlich? Ein Art Schizo, der in London den armen Schriftsteller markiert und hier in Schottland den adligen Gutsherrn spielt? Du bist einfach widerlich!«

»Na und, was macht das schon aus? Tatsache ist, daß ich mich deswegen sogar ein bißchen schäme. Ohne das Geld, das man dazu braucht, ist ein Titel ganz besonders lächerlich.«

»Und warum hast du mich wegen deines Hauses belogen?«

»Ich hab' dich nicht belogen, Megan«, sagte er kalt. »Du verwechselst Bescheidenheit mit Unehrlichkeit. Nicht gerade überraschend, wenn man bedenkt, wo du herkommst.«

»Du wagst es ...« fing Megan an.

»Du hättest ruhig auf eine Einladung warten können, statt hierher zu kommen und mir nachzuschnüffeln«, unterbrach Ian sie. »Du brauchst dir nicht einzubilden, ich hätte dir diese lächerliche Geschichte, du hättest dich im Schnee verirrt, auch nur einen Moment lang geglaubt.«

»Nachschnüffeln!« fauchte sie. »Wenn das nicht die Höhe ist!« Empört vergrub sie das Gesicht im Kopfkissen. Sie war drauf und dran gewesen, ihm von dem Foto zu erzählen, das sie in der Hotelrezeption entdeckt hatte, doch nun war es zu spät. »Ich *habe* mich verirrt«, sagte sie leise. »Es ist mir gleich, was du denkst, aber du solltest wissen, daß ich vorhin gar nicht anders konnte, als mitzuhören. Dein Anrufer, wer immer er war, hat eine überaus durchdringende Stimme.«

Megan spürte, wie sich Ians Körper unwillkürlich versteifte. Also hat er tatsächlich etwas zu verbergen, dachte sie traurig.

»Folglich?« fragte er ruhig.

»Folglich muß er dich sehr gut kennen, um hier mitten in der Nacht anzurufen, und folglich habe ich seine Bemerkung gehört, daß Nikki deine Freundin sei und daß du das beste draus machst ... und deinen Ruf voll und ganz verdienst – ja, richtig ... auch das hab' ich gehört.«

»Denk doch, was du willst, verdammt noch mal«, brummte Ian und kehrte ihr den Rücken zu.

Danach tat er, als schliefe er, doch Megan hörte seinem ungleichmäßigen Atem an, daß er noch wach war. Steif und unglücklich lag sie da. Sie wollte kein Wort mehr darüber verlieren, wäre am liebsten zu Hause gewesen und wollte Ian auf keinen Fall wissen lassen, wie miserabel sie sich fühlte. Schließlich kehrte sie ihm ebenfalls den Rükken zu und tat, als sei sie eingeschlafen. Nach einer Weile hörte sie, wie Ian leise aus dem Bett stieg, nach seinem Morgenmantel tastete und sich auf Zehenspitzen aus dem Zimmer schlich.

Laß ihn doch gehen, diesen Lügner, diesen Betrüger! Ihr hatte er vorgespielt, er liebe sie – doch seine mysteriösen Freunde, von denen sie keinen je zu Gesicht bekommen hatte, hielten Nikki für seine Geliebte. Nikki mußte sie also zweifellos kennen. Hatte er ihr nicht auch erzählt, er sei ein Schriftsteller, der sich jeden Bissen erkämpfen müßte, und er besäße bloß ein kleines Häuschen im Hochland? Statt dessen war er zutiefst im britischen Establishment verwurzelt! Reich war er garantiert nicht, dachte Megan, der die fadenscheinigen Teppiche in der Bibliothek einfielen und die überschäumende Freude der Haushälterin über den Lachs und das Wild, das Ian zum Essen beigesteuert hatte.

Aber das war keine Entschuldigung für sein Verhalten. Ach, wie elend ihr doch zumute war! Und wie seltsam, wenn sie bedachte, daß sie sich nur ganze sechs Wochen geliebt hatten. Ihr war es vorgekommen wie ein ganzes

Leben. Die Erkenntnis, daß Ian sie die ganze Zeit über angelogen hatte, tat ihr nicht nur in der Seele weh; sie lag ihr wie ein kalter, harter Stein im Magen. Hatte sie all die Liebe und Treue, mit der sie Ian überschüttet hatte, an den Falschen verschwendet?

Das Frühstück war eine seltsame Angelegenheit. Megan aß allein im Morgenzimmer, einem unweit der Küche gelegenen, kleinen Raum mit bunten Chintzvorhängen und handbemalten Tellern auf der walisischen Anrichte. Es war warm und gemütlich, doch die Wolken draußen, die schwer und tief und düster am Himmel hingen, paßten schon eher zu Megans Stimmung. Mrs. Gilmour, die Haushälterin, kam unermüdlich immer wieder herein, mal mit frischem Kaffee, mal mit getoasteten Brötchen, doch Megan fühlte sich fiebrig und durcheinander.

»Master Ian sagt, ich soll Sie durchs ganze Haus führen. Er sagt, Sie werden alles sehen wollen«, schnatterte sie in glücklicher Unkenntnis von Megans Niedergeschlagenheit. Sie erzählte, Ian sei losgezogen, um Megans Wagen ins Dorf schleppen und reparieren zu lassen. Zum Mittagessen sei er zurück, danach werde er sie selbst zum Flughafen fahren.

Megan fühlte sich hoffnungslos im Weg und konnte gar nicht mehr aufhören, sich zu entschuldigen. Sie hatte nicht die geringste Lust, sich durch Ians Landsitz führen zu lassen, doch die Haushälterin war so offensichtlich entzückt über die Gelegenheit zu einem ausgiebigen Schwatz, daß Megan nicht gut ablehnen konnte. Und auf diese Weise würde wenigstens der Vormittag rasch vergehen. Sie lachte bitter, als ihr einfiel, wie sehr sie sich gewünscht hatte, mehr über Ians Herkunft zu erfahren. Den Mann, in den sie sich verliebt hatte, gab es gar nicht.

»Seit Generationen«, sagte die Haushälterin, während sie Megan durch die Eingangshalle führte, »sind alle Mackintosh-Männer zuerst aufs Fettes College, dann aufs

Dartmouth Navel College gegangen. Der selige Lord Makkintosh ebenfalls. Er ist vor fünf Jahren gestorben. Ian allerdings hat mit der Tradition gebrochen und Sprachen studiert und ging aufs Greenwich Naval College. Als er der jüngste Korvettenkapitän der Marine wurde, dachten wir schon, wir hätten einen künftigen Admiral in der Familie, doch dann hat er eines Tages Knall auf Fall die Marine verlassen, einfach so. Er wolle Schriftsteller werden, hat er uns gesagt.«

Wenigstens scheint er ab und zu die Wahrheit zu sagen, dachte Megan.

»Jetzt schreibt er also Dokumentarspiele fürs Fernsehen, sogar recht erfolgreich, wie ich höre.« Zum Zeichen ihrer Mißbilligung rümpfte sie die Nase, und Megan konnte Enttäuschung aus ihrer Stimme heraushören.

»Arbeiten Sie schon lange hier?« fragte sie.

»Mein ganzes Leben lang«, berichtete Mrs. Gilmour. »Ich hab' es nie als Job betrachtet – das ist meine Familie hier. Nachdem seine Mutter nach Frankreich zurückgekehrt war, hab' ich Ian selber großgezogen. Damals war er ja noch ganz lütt. Und natürlich ist sie ab und zu wieder gekommen, manchmal ist auch die ganze Familie nach Frankreich in die Ferien gefahren. Sie war ein armes Ding, unsere Lady Anne, sie vertrug dieses Wetter hier nicht, sagte sie, aber sie war genauso stur wie ihr Mann und wollte einfach nicht nachgeben. Nachdem Lady Anne weg war, war Ian wie umgewandelt. Er war immer so ein fröhliches Kind gewesen! Ich seh's heute noch vor mir, wie er durchs Haus rannte, immer lachend, so war er. Danach wurde er ein bißchen wild, regelrecht grimmig kann er werden, wenn's ihn packt. Er ist zu verschlossen, geht ganz auf in seinen kostbaren Viechern. Wehe dem, der hier dummes Zeug mit dem Wild treibt!«

Sie führte Megan durch ein undurchsichtiges Gewirr von langen, muffigen Korridoren. »Eigentlich«, gestand sie, »sollte ich das gar nicht weitererzählen, aber stellen

Sie sich vor, letztes Jahr hat Ian einen Wilderer dabei erwischt, wie er aus einem Fischadlernest am Loch die Eier stahl. Sie wissen wahrscheinlich, wieviel Mühe es die Naturschützer kostet, den Fischadler in Schottland wieder anzusiedeln, und Ian macht da natürlich mit. Na, ich kann Ihnen sagen, er hat ihn geteert und gefedert, den armen Kerl! Aus London war er, glaube ich. Dann hat er ihn beim Pub im Dorf abgesetzt, mit einem Zettel auf dem Rücken: ›Ich stehle Adlereier!‹ Da haben ihm die Leute aus dem Dorf natürlich auch noch mal Saures gegeben. Nichts Ernstes. Aber ein Haufen Gedöns! Ian wurde angezeigt und verklagt, kam aber mit einer Verwarnung davon.« Sie seufzte schwer. »Ich hab' ja nie viel Einfluß auf Ian gehabt, wenn ich ihn auch lieb hatte, als wär' er mein eigener gewesen. Für seine Mutter hingegen – für die würde er alles tun! Sie lebt immer noch in Roqueville. Ian hat vor, Ostern bei ihr zu verbringen.«

Am Ende eines der Gänge stieß Megan erneut auf den Schild mit der Katze. »Das ist das Mackintosh-Wappen«, erklärte Mrs. Gilmour voller Stolz. »›Rühr die Katze nicht an, es sei denn mit Handschuh.‹«

»Was heißt das?« fragte Megan.

»Genau das, was es besagt: Rühr die Katze nicht ohne Handschuh an. Laß dich nicht mit einem Mackintosh ein, wenn du nicht gewappnet bist.«

Das hätte ich vorher wissen sollen, dachte Megan voll Bitterkeit.

Sie wurde in die Bibliothek geführt, wo der Familienheld in einsamer Größe thronte. Es war tatsächlich ein herrliches Gemälde, und jetzt erkannte Megan auch, wie ähnlich Ian dem alten Clanoberhaupt sah: der gleiche durchdringende Blauaugenblick, die gleichen dunkelbraunen Haare und auffallenden Gesichtszüge. Diesmal trat sie näher und las die Inschrift: *Calum Mackintosh, 1696-1745, Held von Culloden, der für seinen König fiel.* Dann ging's weiter in die lange Galerie, in der die Mackintosh-Frauen in ihrer kalten Pracht saßen, angetan mit Schals und feinster Spitze. Megan konnte es kaum noch ertragen. Sie schützte Kopfschmerzen vor und kehrte auf eine Tasse Tee ins Frühstückszimmer zurück. Doch Mrs. Gilmour war fest entschlossen, sie alles, wirklich alles sehen zu lassen, so daß sie Megan nur eine kurze Pause gönnte, und schon ging's weiter. Drei Stunden später, als Ian kam, war Megan soeben im Begriff, ihren Rundgang zu beenden. Mrs. Gilmour hatte ihr aufs liebevollste (und aufs geschwätzigste) keinen einzigen Raum des adeligen Hauses erspart.

»Es ist kein Verbrechen, einen Titel oder dieses muffige alte Haus zu verschweigen«, protestierte Ian, als sie gemeinsam im Speisezimmer saßen. Die Haushälterin hatte das Mittagessen auf die Anrichte gestellt und die beiden allein gelassen. »Hier kann ich ihnen zwar nicht entgehen, aber in London kann ich wenigstens ich selber sein.«

»Du selber!« wiederholte Megan aufgebracht in weithin hörbarem Flüsterton. »Was ist das schon, du selber? Eine leere, charakterlose Hülle bist du. Bloß hier oben bist du du selber, deine Ahnen, deine Familientradition, all der Kram, der dein Leben ausmacht – alles hier. Es ist ein Teil von dir, weshalb also verbirgst du es? Du hast mich von A bis Z belogen – über dich selbst, über dein Leben und über dich und Nikki.«

»Wie du willst«, sagte er in dieser Art, die sie zur Weißglut brachte. »Geschieht dir ganz recht, weil du mir nachspioniert hast. Ich hoffe, du hattest einen zufriedenstellenden Vormittag. Ich hab' die Haushälterin angewiesen, dir alles zu zeigen, ohne Ausnahme. Hat sie dich durch die Kellerräume geführt! Schön. Ich nehme an, du willst auch die Stammbäume unserer Hochland- und Galloway-Kühe sehen – und die unserer Schafe natürlich auch. Sie sind alle fein säuberlich abgeheftet. Du mußt sie dir unbedingt ansehen, bevor zu abfährst.«

»Was, zum Teufel, willst du damit sagen?«

»Ach komm, Megan, gib's auf. Du bist hergekommen, um mir nachzuspionieren, und ich will nicht, daß du deine kostbare Zeit verschwendest.«

Ein einziger Blick in Ians Gesicht, und sie wußte, daß sie ihn niemals von der Wahrheit würde überzeugen können. »Hören wir auf zu streiten«, sagte sie. »Ist ja sowieso egal. Wenn du mit deinem Essen fertig bist, kannst du mich zum Flughafen fahren.«

Es wurde eine quälend lange Fahrt nach Inverness. »Du brauchst nicht zu warten«, sagte sie kühl, als sie aus dem Auto stieg.

Später entdeckte sie, daß er hinter ihr gestanden hatte, während sie sich mit den Angestellten der Luftfahrtgesellschaft darüber stritt, weshalb sie ihren Flug am Vorabend versäumt und nicht abgesagt hatte.

»Was hattest du denn in Aviemore zu suchen?« wollte Ian wissen. Er wirkte besser gelaunt jetzt, doch Megan schäumte noch immer vor Wut.

»Das steht nicht zur Debatte«, sagte sie eisig. »Steht dein Anruf von heute nacht zur Debatte?«

»Nein«, gab er wütend zu.

»Nun denn«, sagte sie obenhin. »Dann heißt es also Lebewohl!« Sie wandte sich ab. Als sie durch den Ausgang trat, über dem »Passengers only« stand, machte sie sich nicht die Mühe, sich umzudrehen.

28

Megan hastete zu ihrem Sitz im Earls Court Stadium. Sie war nervös und aufgeregt; denn heute abend fand Nikkis erster öffentlicher Auftritt statt, und nach all der Aufmerksamkeit, die sie erregt hatte, mußte sie unbedingt gut sein. O Mannomann, murmelte Megan vor sich hin, sie *muß* einfach gut sein! Mittlerweile war Nikkis Name sowohl in England als auch in Amerika ein Markenzeichen, obwohl sie noch niemand hatte laufen sehen. Megan hatte das Debüt verschoben und Nikki drei Monate lang streng trainieren lassen, während Presse und Publikum lauthals nach einem Auftritt verlangten. Der Werbeeffekt war enorm gewesen, doch nun mußte sie zeigen, was sie konnte. Was für ein Rummel! An diesem Abend jedoch war Nikki ganz auf sich allein gestellt – nach der heutigen Vorstellung würde sie entweder an der Spitze stehen oder in der Versenkung verschwinden. Die Spannung war unübersehbar – wie die elektrische Aufladung vor einem Sturm. Sie war überall, ganz besonders aber in den Seitenflügeln, wo sich die Eisläufer für ihren Auftritt umzogen.

Schon lange vor Beginn der Show fingen die Zuschauer an, ihre Plätze einzunehmen. Sie waren aufgeregt, das hörte man dem scharfen Stakkato ihres Geplappers und ihrem schrillen Gelächter an. Das Publikum war alles andere als arm, denn die heutige Vorstellung kam dem Kinderschutzbund zugute, und die Eintrittspreise waren geradezu verboten hoch. Sogar von der königlichen Familie wurden mindestens drei Mitglieder erwartet.

Für ISA war eine ganze Reihe von Plätzen in der Nähe der Seitenflügel reserviert, doch bis jetzt war nur einer gekommen: Eric Lamont, der nicht eben glücklich dreinsah. Seine goldgeränderten Brillengläser und seine Manschettenknöpfe glitzerten im Scheinwerferlicht, doch er selbst wirkte erschöpft.

Armer Kerl, dachte Megan, die sogleich auf ihn zueilte. Seit ihn Nikki so schmählich aus ihrem Bett gescheucht hatte, schien er in sich zusammengeschrumpft zu sein. Nikki hatte ihn verächtlich einen »liebeskranken Wichtigtuer« genannt. Eric konnte bei ihren Exzessen nicht mithalten – ihre überschäumende Freude schien ihn ebenso zu verstören wie ihre Wutanfälle. Seit kurzem waren Nikkis Ausbrüche ebenso bekannt wie ihre Flucht. Sie schmeichelte oder schimpfte, wie es ihr gerade in den Sinn kam, und ihre Proben fielen mal hervorragend, mal mittelmäßig aus.

»Hi, Eric«, sagte Megan und setzte sich neben ihn. »Glauben Sie, sie wird's schaffen?«

»Was für eine blödsinnige Frage!« kreischte er. Dann schauderte er ein wenig und schenkte ihr ein halbes Lächeln. »Tschuldigung«, murmelte er. »Ich bin zufrieden mit der Choreographie – *wenn* sich Nikki dran hält. Wenn wir ihr doch nur ein wenig Disziplin einbleuen könnten ...« Er brach ab, und Megan fiel wieder ein, daß sein Ruf ebenso auf dem Spiel stand wie der ihre.

Ihr Herz setzte einen Schlag aus, als sie Ian kommen sah. Sie hatte versucht, ihm nach der Nacht in Inverewe vor fünf Wochen die kalte Schulter zu zeigen, doch Ian erwies sich als ausgesprochen dickfellig. Er kam noch immer beinahe täglich ins Büro, überwachte Nikkis Trainingsstunden und ließ sich immer wieder neue Pressemeldungen einfallen, die er Maureen zum Tippen und Verschicken gab. In der Tat, er verhielt sich nicht anders als zuvor, woraus Megan grollend schloß, daß er seine Aufmerksamkeit Nikki zugewandt hatte. Megan versuchte sich einzureden, es mache ihr nichts aus.

Dennoch fiel ihr auf, daß Ian, wiewohl ihm sein Abendanzug großartig stand, ziemlich viel abgenommen und dunkle Schatten unter den Augen hatte. Ach, warum mußte er hierher kommen? Megan hatte sich immer für sehr vernünftig gehalten, doch seit kurzem schienen ihr

Körper und ihre Gefühle ein Eigenleben zu führen und liefen jedesmal aus dem Ruder, sobald Ian in ihre Nähe kam. Was ist denn bloß los mit mir, dachte sie unglücklich. Warum kann ich dieses Ungeheuer nicht einfach vergessen?

Sie erhob sich brüsk und setzte sich auf die andere Seite von Lamont, wo sie begann, in ihrem Notizbuch herumzukritzeln.

»Es hat uns ganz schön Mühe gekostet, bis wir Nikki überredet hatten, zu russischer Musik zu laufen«, hörte sie Lamont zu Ian sagen. »Denn das Publikum erwartet natürlich etwas Russisches, wenigstens zu einem gewissen Teil. Nikki hat erst nachgegeben, als wir auf die Idee kamen, sie ihre Flucht in die Freiheit darstellen zu lassen. Eine ganz neue Idee von mir«, sagte er in seinem affektierten, nasalen Tonfall.

Herrgott, wie eingebildet Ian dreinsah! Nun ja, er durfte ja wohl auch höchst zufrieden mit sich selbst sein. Diese Show war immerhin sein Werk – die königlichen Besucher, das Publikum, die Publicity, einfach alles!

»Erst mal die Eröffnung – sehr großartig, sehr russisch – Prokofiew, natürlich. Dann kommt ihr Kosakenstückchen mit massig dreifachen Toeloops, zwei Doppelaxeln und einer ganzen Reihe Pirouetten. In Sarajewo haben Sie was Ähnliches gesehen, doch diesmal sind die Choreographie und die Musik viel besser. Danach kommt dann die Flucht in die Freiheit. Ich will Ihnen aber nicht von vornherein alles verderben, indem ich Ihnen sage, von wem die Musik ist …«

Herrgott, kann er denn nicht endlich den Mund halten! stöhnte Megan innerlich. Sie stellte fest, daß die für die Presse reservierten Plätze alle besetzt waren. Auch potentielle Sponsoren waren anwesend, und in der ersten Reihe saß Nigel Wilder von Vanguard. Schade, daß Eleanor nicht selber gekommen war. Ian, fiel ihr auf, wirkte unruhig.

»Die besten Sachen kommen später.« Lamont konnte offenbar gar nicht mehr aufhören zu reden. Seine Augen glänzten, seine Lippen waren feucht und geschürzt. »Sie bekommen einen dreifachen Lutz zu sehen, danach einen dreifachen Flip – da muß sie alles mit dem rechten Fuß machen, sehr schwierig! Dann kommt eine schnelle Tanzeinlage, bei der sie eine gerade Linie fahren muß und komplizierte Beinarbeit zeigt, die sich zu einem Hamill steigert und fließend in eine Sitzpirouette übergeht.«

»Leider verstehe ich davon gar nichts«, unterbrach ihn Ian. »Entweder bekomme ich eine Gänsehaut oder nicht. Wenn ja, hat sie's geschafft, wenn nicht, fällt sie durch. Das funktioniert immer bei mir«, sagte er in einem Tonfall, der Eric zum Schweigen bringen sollte.

»Das ist ja alles ganz schön und gut ...« fing Lamont erneut an.

Da stand Megan mit einer Entschuldigung auf. Sie eilte auf Nigel zu und schüttelte ihm die Hand. »Freut mich, daß Sie kommen konnten«, murmelte sie höflich. »Sie werden es bestimmt genießen. Das Vanguard-Emblem ist quer auf Nikkis Kostüm aufgedruckt, und Sie haben sicher schon bemerkt, daß die Bande in den Vanguard-Farben dekoriert ist. Ich kann Ihnen versprechen, daß alles zu Ihrer Zufriedenheit ausfallen wird, Nigel.«

Sie nickte John Oberholtzer zu, ihrem Chef, der soeben seinen Platz in der ersten Reihe einnahm. Er war eigens zu dieser Vorstellung nach London gekommen und erst am Nachmittag gelandet. Sie fragte sich, wie es Nikki wohl in den Seitenflügeln ergehen mochte.

Für Nikki waren die letzten Tage vor ihrem Debüt mit geradezu tödlicher Langsamkeit verstrichen, und jetzt war sie kurz vorm Verzweifeln. Es schien ihr, als wolle die Seifenblase nun platzen, als würde sich ihre so sorgfältig genährte Illusion in Nichts auflösen. Wer war sie denn schon? Eine kleine russische Eisläuferin, die es noch nicht einmal zur Teilnahme an den Weltmeisterschaften gebracht hatte. Sie beugte sich vor und sah forschend in den Spiegel, als müsse sie sich davon überzeugen, daß es sie wirklich gab. Eine Fremde blickte ihr daraus entgegen, ein Mädchen mit einem wunderbar geschminkten Gesicht in einem Eislaufkostüm aus grünem Samt mit tiefem V-Ausschnitt, der mit dunkelgrünem Satinband eingefaßt war, darunter ein Mieder aus weißer Spitze. War das wirklich sie selbst? Sie hob eine Hand und berührte ihr Haar, das nun golden schimmerte und zu einer Kaskade aus lauter Locken aufgetürmt war. In einer Geste der Verzweiflung ließ sie die Hand wieder sinken.

Wenn sie nun diesen seltsamen Westlern nicht gefiel? Würden sie sie nach Rußland zurückschicken, wo sie sich dem Zorn ihres Vaters stellen mußte? Und wußten sie überhaupt, was mit ihr geschehen würde, wenn sie sie zurückschickten?

Maureen platzte in ihren Umkleideraum, in ihre selbstquälerischen Überlegungen. »Fertig?« fragte sie im Tonfall einer Krankenschwester, die den Patienten in den Operationssaal fahren will.

»Schleich mir nicht hinterher!« brüllte Nikki sie an. »Warum könnt ihr mich nicht in Ruhe lassen?«

»Reiß dich zusammen«, fauchte Maureen. »Tu einfach, als wär's eine Probe.«

»Eine Probe! Du spinnst ja wohl!« kreischte sie. »Ach, Maureen, ich wollte dich doch nicht anschreien! Entschuldige bitte. Doch, doch, du mußt mir sagen, daß du mir meine Unhöflichkeit verzeihst. Ich wünsche mir doch so sehr, daß wir Freundinnen sind.« Flehentlich streckte sie die Hand aus.

Maureen ergriff und drückte sie, damit Frieden herrschte.

»Ich hab' solche Angst, Maureen!«

»Angst? Wieso denn? Gibt doch gar keinen Grund dafür, oder? Das hast du doch alles schon tausendmal gemacht. Es wird schon alles gut gehen. Du hast Lampenfieber, das ist alles.«

»Es liegt am Orchester«, sagte Nikki. Sie fragte sich, weshalb sie Maureen ihre Angst eingestanden hatte. »Der Takt … sie halten ihn nicht genau … du verstehst schon. Ich habe ein gutes Gehör. Ein ausgezeichnetes Gehör sogar. Und ich kann hören …« Ungeduldig schüttelte sie den Kopf. Lieber sterben als zugeben, daß sie ihre eigenen Fähigkeiten in Zweifel zog! Dann müßte sie sich ja schämen, und von all den Dingen, vor denen sie sich fürchtete, wenn sie des Nachts allein in ihrem Bett lag, war Scham das Fürchterlichste.

»Komm her.« Maureen massierte mit ihren Fingern Nikkis Nacken. »Du wirst eine Sensation sein, das kann ich dir versprechen!«

»Selbstverständlich.« Hochmütig sah sie auf. Warum war Maureen so freundlich zu ihr? Es mußte einen Grund dafür geben, und das bedeutete neue Probleme. Nikki wandte sich ab und begann, noch mehr Gesichtspuder aufzutragen. Wie sollte Maureen auch verstehen können? Sie mußte einfach die Beste sein. Das war ihr Schicksal. Alles andere war nicht gut genug. Mittelmäßigkeit wäre ihr Tod.

»Die Prinzessin ist gekommen!« Der Ruf löste eine Woge der Aufregung in den Seitenflügeln aus. Die Kapelle stimmte die *Children's Overture* von Quilter an.

Megan sah, wie John auf seinen Sitz zueilte, den er gerade noch erreichte, bevor sich der erste Schwall kindlicher Eisläufer auf die Bahn ergoß, die, zum Entzücken des Publikums, Figuren aus Kinderbüchern und -versen darstellten.

Megans Nervosität war vergessen, als sie sich Eric zuwandte. »Phantastisch, Eric. Das ist wirklich toll!«

Bei all seiner Verschrobenheit – der Mann war einfach ein Genie! Auf dem Eis stand der Rattenfänger von Hameln inmitten einer langen Reihe von Kindern: Hänsel und Gretel, Rotkäppchen, Peter Pan und zahllose andere Figuren wirbelten immer schneller übers Eis, immer im Kielwasser des Rattenfängers – bis sie, so plötzlich, wie sie gekommen waren, wieder von der Eisfläche verschwanden. Tosender Applaus brach los.

»Recht gute Läufer, Eric«, witzelte Megan. »Vielleicht sollte ich ein paar von ihnen unter Vertrag nehmen.«

Den letzten Auftritt vor der Pause hatte Megans schwedische Eiskunstläuferin Maria Stenmark. Sie war so gut, daß Megan sich fragte, ob es nicht ein Fehler gewesen war, sie mit ins Programm zu nehmen. Nikki mußte unbedingt noch besser sein, sonst ...

Sie rief sich Nikkis Vorstellung in Sarajewo ins Gedächtnis. Seit damals hatte sie sie beinahe täglich beim Training gesehen, doch jener schwer definierbare Zauber, der das jugoslawische Publikum hingerissen hatte, war nicht wieder zu entdecken gewesen. War alles nur eine Täuschung gewesen, hervorgerufen durch ihre eigenen Emotionen? Nervös verschränkte Megan die Finger ineinander. Wenn Nikki heute nicht vollkommen überzeugte, dann war sie, Megan, dem Spott der gesamten Sportwelt preisgegeben. Und höchstwahrscheinlich auch noch arbeitslos.

In der Pause entschuldigte sich Megan und hastete hinter die Bühne. »Sie ist viel zu aufgeregt. Das gefällt mir gar nicht«, flüsterte Maureen ihr zu und deutete stumm auf Nikkis geschlossenen Umkleideraum.

Als Megan eintrat, erbrach sich Nikki gerade über dem Waschbecken. »Geh weg, geh weg!« schrie sie Megan an, die sich den Schweiß von der Stirn wischte, während sie wieder ins Parkett zurückeilte. Dort saß sie dann, gepeinigt vom Mitleid für ihre temperamentvolle russische Eiskunstläuferin.

Endlich war es soweit. Nikki, ein phantastischer Anblick in ihrem Vanguard-Kostüm und ihren Schlittschuhen, erschien auf der Eisfläche. Ihr strahlendes Lächeln war einfach hinreißend, doch Megan spürte, wie Eric neben ihr erstarrte. »So haben wir's nicht geprobt!« flüsterte er Megan zu.

»Aber es ist großartig«, flüsterte sie zurück.

»Ich hab's ihr verboten, ich hab's ihr strikt verboten!« stöhnte er.

»Warum denn?« fragte Megan flüsternd, während ihre Augen Nikki übers Eis folgten.

»Weil sie's noch nicht beherrscht, deshalb! Da ist ein Sprung drin, den sie sich selber ausgedacht hat. Sie nennt ihn ›Kosakenwirbel‹. Das schlimme dran ist nur, daß er sie geradewegs auf ihren Hintern wirbeln kann. Er ist eine Variation des dreifachen, nach innen gedrehten Axel Paulsen, aber noch schwieriger.«

Und plötzlich war es vollkommen egal, wie der Sprung hieß. Megan vergaß ihre Ängste und neigte sich vor und konnte nur noch japsen und jubeln – eins mit Nikki und den Zuschauern, die sie abwechselnd aufregte, neckte und ängstigte. Sie machte ihr Publikum atemlos vor Spannung und Bewunderung. Dann verfiel sie mit einem teuflischen Grinsen in ihren Kosakentanz, nutzte den vollen Umkreis der Eisbahn, um größere Geschwindigkeit zu entwickeln, und raste dann in die Mitte, um ihren dynamischen Kosakenwirbel vorzuführen, ein Sprung, der das Publikum aufstöhnen ließ vor Begeisterung. Als sie wieder auf dem Eis aufkam, rutschte sie mit einem Bein ein wenig ungeschickt zur Seite, und die Zuschauer sahen sie schon fallen – da hatte sie sich auch schon wieder gefangen und stürzte sich in eine Pirouette, die sie auf einem Bein drehte.

Dann war sie auch schon mitten in ihrer Flucht in die Freiheit, wozu Strawinskys *Petruschka* ertönte. Sie schien nun geradezu übers Eis zu fliegen und kam doch nach jedem ihrer Luftsprünge sauber wieder auf, mit ausgestreckten Armen, als hätte sie in der Luft das Tempo gewechselt. Und das alles spielte sich in einer atemberaubenden Geschwindigkeit ab, in der sie vom einen Ende der Eisfläche zum anderen tanzte, während die Musik um sie herum dröhnte und fiedelte. Die Illusion war perfekt: Das Publikum war einhellig mit ihr auf ihrer Flucht durch Eis und Schnee. Ian lehnte an der Bande. Seine Fingerknöchel waren weiß, so fest hielt er den Rand umkrallt. Die Journalisten waren wie verzaubert. Sie saßen wie angegossen und drehten ihre Gesichter von einer Seite zur anderen, während sie die graziöse, zierliche Eisläuferin keine Sekunde aus den Augen ließen.

Atemlose Stille herrschte während der gesamten zehn Minuten, die Nikkis Auftritt dauerte, und als sie schließlich die Freiheit erlangt hatte und ihren Vortrag mit einem graziösen Tanz der Freude und Dankbarkeit krönte, war der Effekt erstaunlich. Dann nahm sie Schwung für ihre letzte Pirouette, und während die Musik zu einem gewaltigen Crescendo anschwoll, drehte sie sich wie eine Spindel, bis sie schließlich in einem Knicks zusammensank.

Einen Moment lang noch herrschte verblüffte Stille. Dann erhob sich das Publikum wie ein Mann – die Presseleute, die Zuschauer, die königlichen Gäste – und spendete donnernden Applaus, der gleichzeitig Dank und Willkommen bedeutete.

Nach neun Vorhängen stimmte das Orchester die Nationalhymne an, und Nikki stand da, die Arme voller Blumen. Freudentränen liefen ihr über die Wangen.

»Sie hat es geschafft, sie hat es geschafft, sie ist phantastisch!« strahlte Megan, während sie sich mit John Oberholtzer auf den Weg hinter die Bühne machte.

»Mein Gott, wenn ich sie so laufen sehe, dann ist all der Ärger, den ich mit ihr habe, vergessen und vergeben. Dann fühle ich mich plötzlich privilegiert!«

Lamont prahlte lauthals herum. »Sie ist wie geschaffen

für öffentliche Auftritte! Während des Trainings war sie nicht einmal auch nur halb so gut. Sie können ruhig wissen, daß ich nahe dran war, sie aufzugeben. Es war ein einziges, ununterbrochenes Theater mit ihr! Aber wenn ich dann eine derartige Vorstellung sehe, dann war's das alles wert, selbst wenn's mir nur einmal im Leben passieren würde, das muß ich schon zugeben. Ich bleibe nicht zu der Party«, sagte er. »Für heute hab' ich genug gehabt!« Als er davonging, schien er den Tränen nahe.

Die Show war vorüber, doch bis die Party begann, sollte es noch etwas dauern. Zuerst wurde Nikki, gemeinsam mit drei weiteren Eiskunstläufern, den anwesenden Mitgliedern der königlichen Familie vorgestellt. Ein paar von den Kindern überreichten Blumen, und kurz darauf sollte eine Pressekonferenz in einem Nebenraum stattfinden. Kaum war die Vorstellung vorüber, da schob Megan Nikki auch schon hastig auf den Presseraum zu. Als sie eintraten, ging ein Regen von Blitzlichtern auf sie nieder.

Sofort stand auch schon John Oberholtzer neben ihnen und nahm das Heft in die Hand. Typisch John, dachte Megan böse. Erst hielt er sich in sicherer Entfernung, doch kaum erwies sich Nikki tatsächlich als Trumpf-As, da stand er auch schon da und heimste den Erfolg ein.

»Sobald ich von diesem erstaunlichen Phänomen gehört hatte – von dieser überaus begabten Eiskunstläuferin –, schickte ich meine Assistentin Carroll Megan zu ihr, damit sie sie in den Westen holt«, sagte er gerade in dem trägen, gedehnten Tonfall des Mittleren Westens.

Was für ein Lügner! Megan schlüpfte davon, sobald es ihr möglich war, und suchte sich einen Seitenplatz. John stand nur allzu gerne im Rampenlicht, und sie gönnte es ihm. Sie selbst fühlte sich wie durch die Mangel gedreht.

Für sein Alter sieht John recht gut aus, dachte sie. Er war jetzt vierundfünfzig Jahre alt und hatte schlohweißes, militärisch kurz geschnittenes Haar, aber er war über einsneunzig groß und breit und athletisch gebaut. Bei Frauen hatte er enormen Erfolg, obwohl er eigentlich häßlich war mit seinen plumpen Gesichtszügen und seiner runzeligen, sonnengebräunten Haut. Seine Augen blickten verschlagen, und sein Mund war zu hart, doch sein strahlendes Lächeln und sein Sinn für Humor machten diese Nachteile mehr als wett. Er stand in dem Ruf, keiner lange treu zu bleiben, und er hatte nie geheiratet. Megan bezweifelte, daß er es je täte. Dazu war sein Geist zu aktiv, zu rastlos. Im Augenblick jedenfalls schien er ganz hingerissen von Nikki zu sein.

Megan sah sich nach Ian um, konnte ihn jedoch nirgends entdecken. Vermutlich war er im Nebenzimmer bei seinen hochnäsigen Adelsfreunden.

Nun war Nikki an der Reihe, die Fragen zu beantworten, die auf sie einhagelten. Ob der Richtige schon aufgetaucht sei? Nikki meinte, sie hielte angestrengt nach ihm Ausschau, ob sich hier vielleicht einer freiwillig melde? Ob sie ihr Zuhause vermisse, wurde sie gefragt und gab zurück, ihr Zuhause sei in Chelsea, und sie liebe es. Wenn sie noch einmal die Wahl hätte, würde sie dann wieder fliehen? Ja, bloß früher.

Megan, die Nikki beobachtete, ging plötzlich auf, daß sie eine außerordentlich clevere Frau war. Das überraschte sie, denn bisher hatte sie Nikki noch nie von dieser Seite erlebt.

Nikkis Auftritt war vom Fernsehen übertragen worden, und nun folgte ein persönliches Interview mit ihr, das live gesendet wurde. Es war alles so großartig, der Erfolg so enorm, daß Megan glücklich mit einem Sektglas in der Hand hinter den Kameras saß und vor sich hinträumte. »Perfekt«, murmelte sie und genoß das Wohlbehagen, das sie durchströmte. »Ein regelrechter Triumph.«

Sie hörte nur halb zu, als der Moderator sagte: »Miss Petrowna, während Ihres Kosakentanzes ist mir ein sehr schwieriger neuer Schritt aufgefallen, den Sie da ausgeführt haben. Können Sie uns ein bißchen mehr darüber erzählen?«

Nikki plapperte fröhlich drauflos.

»Mir ist aufgefallen, daß Sie beim Aufkommen beinahe ausgeglitten wären. Sie haben sich gleich wieder gefangen, aber eine Sekunde lang sah's aus, als würden Sie stürzen. Haben Sie diese Kombination heute zum erstenmal öffentlich vorgeführt?«

»Ja«, antwortete Nikki mit engelsgleichem Lächeln. »Dazu braucht man sehr gute Schlittschuhe. Leider sind meine weit davon entfernt, perfekt zu sein.« Charmant zuckte sie mit den Achseln. »Das nächste Mal vielleicht.«

Megan sprang auf und winkte heftig über den Kopf des Kameramanns hinweg. Der Moderator, ein Freund von Ian, der außerdem auch Megan gern mochte, wechselte geschickt das Thema. Er wollte keine Probleme auslösen. Wie kam Nikki mit dem britischen Wetter zurecht? fragte er. Besser als mit dem vielen Schnee? Doch Nikkis Laune war umgeschlagen. Sie war jetzt mürrisch und gekränkt und bereit, ihrem Groll Luft zu machen. Nach einem weiteren erfolglosen Versuch rollte der Moderator sein Programm zusammen. »Ein Lob für Nikki Petrowna«, sagte er, »die wir und alle Zuschauer vor den Bildschirmen zu Hause bei uns im Westen willkommen heißen und der wir alles Gute für die Europäischen Meisterschaften wünschen. Und damit Auf Wiedersehen aus ...«

Megan schnappte Nikki am Arm und zerrte sie in die Garderobe.

»Du Idiotin!« fauchte sie. »Du undankbarer, eingebildeter Dummkopf! Du bist ausgerutscht, weil der Schritt zu schwierig ist und weil du auf eigene Faust deine Kür geändert hast. Weiß du, in welche Schwierigkeiten deine dumme Bemerkung Vanguard bringen wird – und mich dazu?«

»Aber Megan«, begann Nikki, hin- und hergerissen zwischen ihrer Arroganz und ihrer Zuneigung zu Megan. »Es ist wahr. Die Schlittschuhe sind plump.«

Dann ertönte Ians Stimme hinter Megan. »Nicht so hitzig, Megan. Ich bin sicher, Nikki hat gar nicht verstanden, was ihre dumme Ausrede bedeutet. Sie war brillant heute abend. Du darfst ihr nicht den Triumph verderben.«

»Ian!« Nikki, den Tränen nahe, wirbelte herum und packte Ian am Arm. »Ich bin die Beste auf der ganzen Welt, nicht? Sag's ... Du hast es mir schon so oft gesagt!«

Wann? Megan hätte es am liebsten herausgeschrien. Wann hat er dir das gesagt?

Nikki wandte sich an Megan. »Sie haben gesagt, es war ein Triumph«, sagte sie flehentlich. Eine Woge des Selbstmitleids drohte sie zu überschwemmen. Sie hatte sich so viel Mühe gegeben, allen zu gefallen, und nun war Megan ihr böse, und sie wünschte sich doch so sehr, daß Megan sie gern hätte.

»Ist dir klar, was deine ›dumme Ausrede‹ Vanguard kosten wird? Millionen! Eins kann ich dir jetzt schon sagen: Ab sofort hast du keinen Sponsor mehr. Und du kannst noch von Glück sagen, wenn sie dich nicht verklagen!«

Dann kam John herein, atemlos und aufgeregt. »Ist es wahr?« verlangte er zu wissen, und als Megan berichtete, was vorgefallen war, brach Nikki endgültig in Tränen aus.

»Zum Teufel, Megan, das ist deine Schuld«, sagte John und legte einen Arm um Nikki, die mitleiderregend in sein Hemd schluchzte. »Sie hat doch gar nicht verstanden, was auf dem Spiel steht. Du hättest dich besser um sie kümmern müssen.«

»Ich finde euch alle zum Kotzen«, sagte Megan verbittert und fuhr dann gehässig fort: »Den schicken Vanguard-Sportwagen, den du so gern haben wolltest, Nikki, kannst du jetzt auch in den Kamin schreiben.« Nikkis entsetztes Gesicht bereitete ihr beinahe einen Genuß, wie sie sich da an Ians Arm klammerte.

Sie spürte, wie Maureen sie wegzuziehen versuchte, doch sie konnte nicht aufhören. »Herrgott! Ist das deine Art, deine Freunde zu belohnen?«

»Hör auf, Megan! Du bist ja besessen von Geld und Sponsoren!« fuhr Ian bissig dazwischen.

Megan sah überrascht zu ihm auf.

»Hast du denn nichts zu ihrer Vorstellung zu sagen? Bedeutet die dir denn gar nichts? Wird denn in deiner Krämerseele jedwede Leistung nur in Dollars gemessen?«

»Du kannst dir deine Predigten an den Hut stecken!« knurrte Megan ihn an.

»Ich verstehe nicht«, sagte Nikki theatralisch. »Ich bin doch gut gelaufen, *da?* Ich bin die Beste, *da?* Wie soll mir Vanguard das wegnehmen können?«

Die Männer gaben tröstliche Töne von sich und führten Nikki hinaus zur Party.

Als Megan sich der Tür näherte, stellte Ian sich ihr in den Weg. In seinen Augen blitzte der Zorn. Er packte sie so fest am Ellbogen, daß sich seine Finger in ihr Fleisch bohrten. »Megan«, sagte er leise und eindringlich. »Noch ist die Lage nicht aussichtslos, doch wenn sie erst einmal nach Rußland flieht, ist es zu spät. Also reiß dich jetzt zusammen, zum Donnerwetter!« Er machte ihr die Tür vor der Nase zu, und sie hörte, wie sich der Schlüssel im Schloß drehte.

Megan rüttelte an der Tür. Dann drehte sie sich bestürzt zu Maureen um. »Er hat uns doch tatsächlich eingeschlossen! So eine Gemeinheit! Wenn das nicht ...« Sie brach ab und ließ sich auf den nächstbesten Stuhl sinken.

»Du solltest nie unterschätzen, welche Macht Schönheit auf Männer ausübt«, sagte Maureen gelassen. »Da nützt dir auch das hellste Köpfchen nichts.«

Megan fühlte sich zu elend, um ihr zu antworten. Tausend Bilder und Gedanken schwirrten ihr durch den Kopf: Das Telex, das morgen von Vanguard kommen würde; der Scheck, der Ende des Monats fällig war und den sie nun niemals zu sehen bekommen würde; Nikkis Miene, flehentlich und enttäuscht, als sie sie heruntergeputzt hatte. Am schlimmsten von allem jedoch war Ian gewesen und der Anblick seiner zornsprühenden Augen, als er ihr die Tür vor der Nase zugeschlagen hatte. Megan erfaßte intuitiv, daß es Ians erstes und oberstes Anliegen war, Nikki zu schützen, und daß dem nichts, aber auch gar nichts in den Weg geraten durfte. Er war total besessen von Nikki. Was bin ich doch für eine Idiotin, dachte sie. Und dann brach sie, zu ihrer eigenen Bestürzung, doch tatsächlich in Tränen aus.

29

Es wurde eine Nacht der Selbstvorwürfe. Megan drehte und wälzte sich ruhelos in ihrem Bett und durchlebte den Abend immer wieder aufs neue. Um zwei Uhr morgens gab sie ihre vergeblichen Versuche, einzuschlafen, endgültig auf, zog ihren Morgenmantel über und taumelte in die Küche. Ein heißer Kaffee mit Honig, so hoffte sie, würde die Auswirkungen von zuviel Champagner und Schuldgefühl beseitigen.

Zog man in Betracht, wie chaotisch der Abend geendet hatte, so war der Champagner ohnehin verfrüht und ihr eigener unverhohlener Wutausbruch überzogen und ungezogen gewesen. Es hätte doch wirklich gereicht, wenn sie Nikki darauf hingewiesen hätte, wie unangebracht ihre Launenhaftigkeit war und welche finanziellen Auswirkungen ihre läppischen Lügen sowohl auf ihr Portemonnaie als auch auf ihren Lebensstil haben würden. Bis zu diesem Abend war Megan niemals auf die Idee gekommen, ihre nervliche Anspannung könne einem gerüttelten Maß an simpler, altmodischer Eifersucht entspringen. Statt dessen hatte sie sie auf ihre Geldknappheit geschoben, auf ihre Sponsoren – auf alles mögliche, um bloß nicht der Wahrheit ins Gesicht sehen zu müssen. Und die Wahrheit war, daß sie Nikki alles übelnahm: ihre wunderbare Schönheit, ihre Verletzlichkeit, ihr Talent oder welche ihrer Eigenschaften es sonst sein mochte, die Ian hier herumhängen ließ wie ein Kind im Süßwarenladen, unaufgefordert, doch unverzagt immer wieder aufs neue auftauchend.

Sie hätte sich der Wahrheit schon längst stellen sollen. Nach ihrem katastrophalen Besuch in Aviemore im vergangenen Monat hatte Ian nichts unternommen, die Sache wieder ins Lot zu bringen oder sein Verhalten zu erklären. Er war nicht einmal weggeblieben, er hatte einfach weitergemacht wie vorher. Fast die gesamte PR-Arbeit für Nikki war Ian zu verdanken, ihm und seinen Freunden, diesem Netz aus alten Schulkameraden, das die Hälfte aller britischen Institutionen zu beherrschen schien.

»Verdammt, verdammt, verdammt!« sagte sie laut. Wie hatte sie bloß so idiotisch sein können anzunehmen, Ian fördere Nikki nur, um ISA voranzuhelfen? Welche vermessene Kurzsichtigkeit hatte sie zu dem Glauben verleitet, Ians Interesse an Nikki sei strikt beruflich?

Halb drei. Megan beschloß, sich anzuziehen und zu arbeiten. Doch als sie dann vor ihren Büchern saß und auf die Zahlen starrte, sah sie immer nur Nikkis traurige Augen und ihren verletzten Ausdruck vor sich.

Obwohl sie das haßte, war sie grausam gewesen, entschied Megan, während sie in ihren Jogginganzug und ihre Stiefel mit Fellbesatz schlüpfte. Die Erinnerung an Nikkis gequältes Gesicht war eine Tortur. Sicher, es war falsch von ihr gewesen, ihre Schlittschuhe zu beschuldigen, aber sie war schließlich neu im Westen und kannte sich noch nicht aus und hatte gar nicht verstanden, welche Konsequenzen dieser Fehler nach sich zog. Sie war phantastisch gelaufen und hatte sich wahrhaftig etwas weniger Kritik und dafür mehr Lob verdient. Megan mußte zugeben, daß ihre eigenen persönlichen Gefühle ihr Urteil getrübt hatten, und zwar ganz erheblich. Sie durfte nicht Nikki die Schuld an Ians Treulosigkeit zuschieben. Sie mußte sich für ihre Grobheit entschuldigen, und das würde sie auch tun.

Fünf Minuten später saß Megan in ihrem Auto und fuhr zu Nikki. Es war schon beinahe drei Uhr, doch sie wußte, wie sehr Nikki den Schlaf mied. Sie würde erst einmal sehen, ob in ihrem Cottage noch Licht brannte. Wenn ja, wollte sie direkt hineingehen und sich entschuldigen.

Durch die rosenfarbenen Vorhänge in Nikkis Schlafzimmer drang ein Lichtschimmer, und am Straßenrand stand Ians Wagen. Sekundenlang verlor Megan die Beherrschung und wäre beinahe draufgekracht, doch dann fing sie sich wieder. Sie gab Gas und fuhr ziellos weiter.

Am Embankment stellte sie ihren Wagen ab und marschierte die Themse entlang. Ihr Atem kam in kurzen, schmerzhaften Stößen. Ihr war eiskalt. Dennoch schwitzte sie, und ihr Magen tat entsetzlich weh.

Ich habe mich in einen Mann verliebt, den es gar nicht gibt, sagte sie sich nach einer Weile in dem Versuch, ihren Schmerz zu lindern. Sie hatte ihn einfach erfunden, den Mann, den sie haben wollte – einen liebevollen, treuen, erfolglosen Fernsehautor, den sie frohen Herzens ihr Leben lang unterstützt hätte, während er immer wieder aufs neue aber vergeblich sein Glück versuchte. Ihr mutiger, rätselhafter Ian mit seinen tiefblauen Augen und seinem strengen Gesicht, das vor lauter Zärtlichkeit und Liebe ganz weich werden konnte! Diesen Mann gibt es gar nicht, redete sie sich ein. Bist du eigentlich total bescheuert, Megan Carroll?

Wer war er aber in Wirklichkeit? Sie mußte zugeben, daß dieser Mann, mit dem sie sich geliebt hatte, dieser Mann, der behauptet hatte, er liebe sie ebenfalls, ihr ein vollkommenes Rätsel war. War er einfach nur ein schottischer Lord in Zivil, der versuchte, seinen Titel vergessen zu machen? Oder war es ihm ernst mit seiner

Schreiberei? Wollte er sich wirklich seinen Platz hier in der Hauptstadt erobern – womöglich in der Werbung Karriere machen? Aber was ging es sie noch an, dachte sie voller Bitterkeit. Denn schließlich lag er genau in diesem Moment mit Nikki im Bett. Dieser Gedanke führte zu einer neuerlichen Flut heißer Tränen. In der tiefsten Hölle sollst du schmoren, Ian Mackintosh, flüsterte sie.

Ziellos ging Megan durch die Nacht. Weder wußte sie, wohin sie ging, noch wollte sie es wissen. Daß sie Ian verloren hatte, war der einzige Gedanke, der sie beherrschte. Im Morgengrauen nahm sie sich ein Taxi, das sie zu ihrem Auto brachte, und fuhr nach Hause.

30

Als der erste Morgenschimmer den östlichen Horizont grau färbte, ging auch Nikki noch durch die Straßen. Sie haßte es, allein zu sein, und nach der tollen aufregenden Party im Anschluß an ihr Debüt fand sie es unerträglich, daß die ganze Freude und Herrlichkeit einfach so verpuffen sollte. Ian hatte sie nach Hause gebracht, doch sie hatte sich durch die Hintertür wieder davongestohlen, ohne daß ihr Bewacher etwas merkte. Partys, dachte sie traurig, sollten nie aufhören dürfen.

Es war alles so seltsam hier im Westen! Manches war besser, als sie erwartet hatte, anderes jedoch überhaupt nicht. Es war zutiefst befriedigend, schicke Kleider zu tragen, einen eigenen roten Sportwagen zu haben, zu dem sie auch bald noch ihren Führerschein bekäme. Und es war verblüffend, daß sie bereits über ein eigenes, überaus hübsches Cottage verfügte, das sie bald mit zahllosen Menschen bevölkern würde. Und alles hatte sie sich selbst verdient, mit ihrem Eiskunstlauf!

Wenn sie daran dachte, daß sie in jener schrecklichen Zeit in Moskau schon darum hatte kämpfen müssen, auch nur aufs Eis zu dürfen, dann konnte sie bloß lachen!

Aber sie mußte sich auch eingestehen, daß ihre neue exaltierte Stellung ihr nicht viel Glück gebracht hatte – oder auch nur Freunde. Sie war immer noch einsam, und das ärgerte sie maßlos.

Stundenlang ging sie durch die Straßen, vorbei an Fenstern mit zugezogenen Vorhängen, von denen nur selten noch eines erhellt war, vorbei an geschlossenen Pubs und Restaurants, und ließ sich von ihrem Kummer überwältigen wie von der aufsteigenden Flut. Sie spürte geradezu, wie er in ihre Adern drang und mit dem Blutstrom in jeden Teil ihres Körpers getragen wurde, bis er sie buchstäblich überschwemmte. Sie genoß es beinahe, denn Kummer war ihr immer noch lieber als dieses Schuldgefühl, das an die Stelle all der Euphorie und Aufregung getreten war. Es war nicht ihre Schuld, dachte sie mürrisch. Ihre Schlittschuhe waren schuld. Ja, wirklich. Warum sollte sie bestraft werden, wenn sie doch nur die Wahrheit gesagt hatte?

Nikki war zutiefst traurig über Megan. Auf seltsame, unerklärliche Weise hatte sie sich mit ihr verbunden gefühlt, ja, sogar mit dem ganzen ISA-Büro. Es war beinahe wie eine Familie für sie gewesen. Und nun hatte Megan sie zurückgewiesen, bloß weil sie ihren Schlittschuhen die Schuld dafür gab, daß sie beinahe gestürzt wäre. In Wahrheit war es einfach so, daß Megan sie haßte.

Aber warum? Warum? Sie sehnte sich so sehr danach, anerkannt zu werden, eine Freundin zu haben, doch die Mauern, die Megan und Maureen um sich herum errichtet hatten, waren nicht zu durchdringen. Die strenge Beachtung der Privatsphäre des einzelnen hier erschreckte Nikki. Die Kameraderie, die Selbstverständlichkeit, mit der man sich in Rußland in anderer Leute Angelegenheiten einmischte, gab's hier einfach nicht. Das war einerseits eine Erleichterung, doch andererseits machte es auch einsam.

Nikki war in ihrem ganzen Leben nur höchst selten allein gewesen, doch solange sie sich zurückerinnern konnte, war sie stets einsam gewesen. Sie war überzeugt davon, daß niemand auch nur ahnte, wie verloren sie sich oftmals hinter ihrer extrovertierten Fassade fühlte.

Nikki konnte noch ganz genau sagen, wann ihre Einsamkeit angefangen hatte.

Sie war fünf Jahre alt gewesen und hatte sich hinter dem Garderobenständer gleich hinter der Eingangstür zu ihrer Moskauer Wohnung versteckt und wartete auf Papa, der bald nach Hause kommen sollte. Es war eiskalt dort gewesen, doch sie hatte keinen Mucks getan; denn wenn Nana sie fand, würde sie ins Kinderzimmer zurückgetragen. Nikki wußte genau, daß Papa sie liebte, bloß Nana versuchte immer, sie von ihm fernzuhalten. Dann, endlich, hörte sie seine Schritte auf der Treppe. Sie wartete noch, bis er im Flur stand, dann rannte sie zu ihm und überschüttete ihn mit Liebkosungen. Papa hatte sie weggestoßen und nach der Haushälterin gerufen. Er hatte kein Wort zu ihr gesagt, nicht einmal Guten Tag, nur nach der Haushälterin gerufen. Er habe eine wichtige Sitzung und das Kind habe in seinem Zimmer zu bleiben, hatte er gesagt. Wenn er es sehen wolle, würde er nach ihm schikken.

Die Haushälterin war sehr nett gewesen. Sie hatte die schluchzende Nikki in die warme Küche getragen und ihr ein großes Stück Kuchen gegeben. Nachdem sie ihn aufgegessen hatte, hatte Nikki sich auf der Polsterbank zusammengerollt und getan, als schliefe sie. Und dann hatte sie gehört, wie Nana grollend zu ihrer Freundin sagte: »Es ist eine Sünde und Schande, wie sehr er das arme Kind haßt! Seit ihre Mutter ihn verlassen hat, hat er noch keine drei Worte an das Mädchen gerichtet. Seine geheiligten Parteisitzungen – das ist alles, was er im Kopf hat. Ja, er wäre sogar erleichtert, wenn dieses arme Lämmchen hier einfach verschwinden würde!«

Schiefergedeckte Häuser, überall Kästen voller Blumen vor den Fenstern. Der Fluß schwappte sachte gegen die Ufermauern. Bald würde sie sich eine Menge Freunde geschaffen haben, gelobte sie sich. Immer wieder durchlebte sie den Abend und ihren Triumph auf dem Eis, den Applaus und die Lobreden, bis sie gesättigt war von Erinnerungen.

Spontan betrat sie eine Telefonzelle und wählte die Nummer, die Michel ihr gegeben hatte. Als er endlich begriff, mit wem er sprach, hatte sie schon fast kein Kleingeld mehr. Er klang verschlafen und gereizt.

»Hey, Michel!« schrie sie in den Hörer. »Hier ist Nikki. Ich laufe gerade durch London und finde keine Party. Weißt du, wo eine ist? ... Ja? ... Klar, eine Party zu zweit tut's auch – das sind sogar die besten! Ich warte hier auf dich«, sagte sie und gab ihm den Namen der Straße durch, den sie von einem Schild gegenüber ablas.

Am liebsten hätte sie den Hörer nicht wieder eingehängt, tat es dann aber doch. Sie blickte auf ihre Uhr und rechnete sich aus, wie lange sie auf Michel würde warten müssen. Zwanzig Minuten höchstens. Michel war gar nicht so schlecht. Ein ziemlicher Spötter, aber sie spürte, daß sich dahinter ein freundliches Wesen verbarg. Nein, wirklich, gar nicht schlecht, fand sie, wenngleich ihr in diesem Moment beinahe jeder recht gewesen wäre. Jedenfalls konnte sie nun sicher sein, daß Michel ihr für die nächsten paar Stunden die Einsamkeit vertreiben würde.

31

Mai in Arosa. Wenngleich die Saison offiziell schon seit Ostern vorüber war, lag doch hoch oben immer noch Schnee. Die Straßen waren wie leergefegt, die Läden verrammelt, und die Ortsansässigen brachen der Reihe nach in ihre sechswöchigen Ferien auf, die sie sich gönnten, bevor die Sommersaison begann.

Das kleine Gasthaus erinnerte an Schweizer Gasthäuser in der Zwischensaison, dachte Wolf düster, der in der winzigen Empfangsdiele, die gerade Platz für zwei Sessel und sein Gepäck bot, wartend herumstand. Das Personal war größtenteils schon in Urlaub. Das enervierende Getöse eines Staubsaugers hallte durch die leeren Flure, und ein leichter Modergeruch hing in der Luft.

Wolf klingelte zum drittenmal und ertrug dann stoisch das griesgrämige Gesicht der Wirtin, die sich endlich herbeibequemte, um ihn nach seinen Wünschen zu fragen. Die Saison sei zu Ende, teilte sie ihm ungeduldig mit, und das Haus geschlossen.

»Aber Sie haben noch mehrere Skiläufer in Pension«, beharrte Wolf.

Sie rümpfte die Nase und preßte die Lippen zusammen. Ihr Ausdruck besagte deutlich, was sie von Skigästen hielt, die sogar noch blieben, wenn jeder Skilift, jeder Laden und jedes Restaurant geschlossen hatte, die allmorgendlich zu Fuß den Berg hinaufstiegen und nicht nur die Lawinengefahr, sondern auch das Mißfallen der Ansässigen in Kauf nahmen.

Sie war eine eigensinnige alte Frau und wollte Wolf partout nicht als Gast aufnehmen. Am Ende ging er wütend wieder fort. Von einer Telefonzelle in der Post aus telefonierte er mit seinem Londoner Reisebüro, das sich wiederum mit Wolfs Fluggesellschaft in Verbindung setzte, die der Wirtin Dampf machte. Als Wolf zwei Stunden später zurückkam, war sein Gepäck in ein Zimmer gebracht worden, und eine wütend dreinblickende Wirtin informierte ihn, er könne bis zum nächsten Mittag bleiben. Sie habe Urlaub, das müsse er verstehen. Sommer- und Wintersaison kosteten harte Arbeit, da brauche sie ihre Ruhepause.

»Ekel!« dachte er ärgerlich, erstaunt, daß das Ende der Saison aus der liebenswerten, ewig lächelnden Wirtin, die er in Erinnerung hatte, eine schlechtgelaunte alte Hexe machte.

Jacqui sei auf der Piste, erfuhr er, und würde nicht vor Einbruch der Dunkelheit zurückkommen. Wolf beschloß, sich die Wartezeit zu vertreiben, indem er eine Unterkunft für die Zwischensaison suchte und herausfand, ob er den Hubschrauberlandeplatz des Krankenhauses benutzen durfte. Am späten Nachmittag kam er ins Gasthaus zurück und verbrachte eine weitere Stunde biertrinkend auf dem zur Straße hin gelegenen Balkon. Dort saß er noch immer, als er das Geschrei von Jugendlichen vernahm, die sich etwas zuriefen. Warum mußte die Jugend bloß immer brüllen, fragte er sich, während er zusah, wie die Skiläufer sich am Eingang des Skilagers versammelten.

Jacqui war offenbar in bester Zanklaune. »Ich bleibe jedenfalls, bis kein Krümel Schnee mehr auf der Piste ist!« schrie sie. »Wenn du keine Lust hast zu klettern, dann verpiß dich doch und fahr heim!« Sie hatte keine Mütze auf und krümmte sich vor Kälte zusammen. Dann sah sie auf, und ihre Augen weiteten sich vor Überraschung. Erschöpfung und Freude malten sich auf ihrem Gesicht. Sie lächelte ihm zu, rannte die Treppe hinauf und warf sich auf einen Stuhl. »Manno!« sagte sie. »Was gibt's? Nein, laß, ich bin am Verhungern. Ich muß erst mal was in den Magen kriegen. Du kannst mir alles beim Essen erzählen.« Dann lachte sie. Sie hatte ein tiefes, melodisches Lachen, das Wolf einen Schock versetzte.

»Wenn ich's mir recht überlege, ist mir auch kalt. Geh'n

wir doch rein«, meinte sie. »Bestellst du mir was zu trinken? Irgendwas Warmes, ich bin ziemlich durchgefroren.«

Mit dem Restaurant hatte man sich die größte Mühe gegeben, es so einzurichten, daß es genau das darstellte, was es war: ein alpines Restaurant mit allem, was dazu gehörte, von den dunklen Holzbalken an der Decke über die Sitznischen und bemalten Teller bis hin zu den Wanddekorationen. Die Vase auf dem Tisch enthielt Strohblumen, und aus der Küche zog ein appetitlicher Duft nach Gerstensuppe herein.

Wolf bestellte Drinks für beide, für sich selbst Scotch mit Eis, für Jacqui einen Glühwein, Suppe zur Vorspeise, als Hauptgang Fondue Bourguignonne und zum Abschluß Obsttörtchen mit Schlagsahne.

Jacqui trank durstig von ihrem Wein. »Also«, sagte sie dann, »jetzt, wo du meinen Durst gestillt hast und ich ein Essen in Aussicht habe, kannst du meine Neugier stillen.«

Wolf lehnte sich zurück und erzählte ihr, wieviel Spaß es mache, im Sommer auf einem Gletscher Ski zu laufen, und wie wichtig es für sie sei, auch den Sommer über zu trainieren. Aus diesem Grunde sei er hier, erklärte er, wenngleich er schon Angst gehabt habe, sie nicht mehr anzutreffen. Bis gestern noch hatten ihn seine Geschäfte in Amerika festgehalten, doch jetzt sei er da und habe schon alles arrangiert, damit sie den ganzen Sommer über mit ihm trainieren könne. Er hatte ein kleines Chalet gemietet und die Krankenhausleitung dazu überredet, ihnen in der Zwischensaison den Hubschrauberplatz zur Verfügung zu stellen.

»Mit dem Hubschrauber da rauf – Mensch, das ist ja irre!« sagte sie schüchtern.

Er gab sich alle Mühe, keine Notiz davon zu nehmen, wie hübsch sie aussah und wie glücklich ihre Augen ihn anstrahlten und wie besorgniserregend froh er selber über dies Wiedersehen war. Er war hier, weil sie zu seinem Plan gehörte, aus keinem anderen Grunde. Sie paßte perfekt in das Komplott, das er sich vor langer Zeit in Denver ausgedacht und langsam und sorgfältig über die Jahre hinweg ins Rollen gebracht hatte. Er fragte: »Wie lange willst du denn hier bleiben?«

»Ich weiß nicht.« Sie zog eine Grimasse. »Komm morgen mit mir rauf. Bitte! Das ist echte Schufterei. Du brauchst sechs Stunden, bis du oben bist, und bloß eine halbe Stunde zum Runterfahren. Und der Schnee ist großartig. Ich verstehe nicht, warum sie die Lifte schon so früh schließen.«

»Selbst die Schweizer brauchen ab und zu eine Ruhepause«, sagte Wolf lächelnd. Jacqui griff nach seiner Hand und drückte sie impulsiv. Dann grinste sie, als wolle sie sich dafür entschuldigen. »Die anderen packen heute abend ihre Sachen«, erklärte sie. »Ich wollte eigentlich noch bleiben. Komm doch morgen mit mir rauf, ja? Danach machen wir dann Schluß. Ich glaube, ich kann diese Kletterei sowieso nicht mehr lange aushalten. Ich hab' einen höllischen Muskelkater in den Beinen.«

Wolf nickte. »Ich kann erst Mitte Juni wiederkommen. Was machst du in der Zwischenzeit?«

Spöttisch verzog sie das Gesicht. »Megan verlangt, daß ich ein paar von ihren Sponsoren um den Bart gehe. Für Mai und Juni sind vier verschiedene Fototermine festgesetzt, und irgendwann im Mai soll ich ein neues Sportzentrum eröffnen. Ich versuche, gar nicht daran zu denken.« Sie trank einen großen Schluck Wein. »Hier war's jedenfalls toll.« Weitschweifig erzählte sie von all den Herrlichkeiten und Aufregungen des vergangenen Monats.

Das warme Gefühl, das ihn durchflutete, war Wolf unangenehm. Er lächelte, wollte die Liebe aus dem Spiel lassen, sich ganz auf seine Pläne konzentrieren, konnte jedoch ein gewisses Bedauern nicht unterdrücken. Sie war so zart, so überschäumend jugendlich in ihren Gefühlen, so vertrauensselig!

»Bist du auf dem laufenden, was sich an der Börse tut?« fragte er angelegentlich. »Die Vanguard-Aktien steigen immer noch. Das kann aber nicht ewig so weitergehen. Du solltest dein Paket jetzt verkaufen und einen schönen Profit machen. Du brauchst mir bloß eine Vollmacht zu erteilen«, argumentierte er überzeugend. »Ich verkauf' deine Anteile, sobald sie nicht mehr höher steigen, und reserviere genügend Bares, um sie zurückzukaufen, sobald sie wieder auf einer realistischen Ebene gelandet sind. Und für deinen Gewinn kriegst du von mir ein Paket Aktien meiner neuen Ölgesellschaft. Hör auf mich, Jacqui«, sagte er in ernstem Tonfall. »Du wirst zu den Erstaktionären gehören. Was hast du schon zu verlieren? Am Ende bist du fein raus – mit dem gleichen Paket von Vanguard und dazu noch ein oder zwei Ölquellen.«

»Du bist wirklich lieb«, sagte Jacqui. Impulsiv umarmte sie ihn. »Ich verdiene es gar nicht, daß du dich so um meine geschäftlichen Interessen kümmerst. Ich weiß auch nicht, weshalb ich mich mit diesen blöden Aktien so angestellt habe. Irgendwelche irregeleiteten Loyalitätsgefühle, vermutlich. Vielleicht bin ich auch einfach bloß ein Feigling.«

»Du und feige? Keine Spur!« sagte er. »Und was die Loyalität angeht: Wem solltest du damit schon schaden? Du wirst lediglich am Ende um einiges reicher sein.«

»Nun ja, davon versteh' ich nicht viel, aber ich unterschreib' dir die Unterlagen, wann immer du willst.«

»Wie wär's jetzt gleich?« fragte Wolf. »Ich hab' sie mitgebracht, weil ich mir dachte, hoffentlich kommt sie noch zur Vernunft, solange die Aktien so hoch stehen.«

Es dauerte nur Sekunden, bis die verdrießliche Haushälterin für ein erkleckliches Trinkgeld aus ihrer Küche gelockt war, um die Unterschrift zu bezeugen.

»Nun gut«, sagte Jacqui mit piepsiger Stimme und dachte: »Lieber Gott, wenn bloß Mutter niemals was davon erfährt!«

32

Ihre Mutter stand währenddessen gerade am Fenster ihres Büros und starrte aufs Meer hinaus. Sie fühlte sich bedrückt und niedergeschlagen und hatte keine Ahnung, warum. Gerade jetzt war der schlechteste Zeitpunkt für Gefühlsduseleien. Denn Eleanor befand sich im Kriegszustand. Die Sportindustrie wurde beherrscht von einer Handvoll mächtiger, multinationaler Firmen, die mit Zähnen und Klauen um jedes einzelne Prozent Marktanteil kämpften – grimmig und gnadenlos wie römische Gladiatoren. Ihre Arena war die ganze Welt.

Die wirklichen Gewinner – das waren nicht die Skirennläufer und Schwimmer und Leichtathleten, die alles dafür gaben, die Besten zu sein, und sich dafür im schmeichelhaften Ruhm der Öffentlichkeit sonnten. O nein, sie waren lediglich die rechtmäßige Beute jener, deren Ehrgeiz die öffentliche Aufmerksamkeit steuerte und manipulierte – damit sich ihr Glaube, sprich: ihre Produkte, besser verkaufen ließen. Sie mußte es wissen, sie war schließlich die Anführerin der Meute. Eine Goldmedaille bei den Olympischen Spielen hatte für Eleanor nur eine einzige Bedeutung: ein paar weitere Prozentpunkte Weltmarktanteil, gefolgt von Millionen Dollars, die die Steigerung der Verkaufsziffern einbrachte.

Immer war das nicht so gewesen. Und für den Wandel war sie ebenso verantwortlich wie alle anderen.

Ihr erstes Jahr in Amerika war ihr noch lebhaft in Erinnerung. Einen Monat nach ihrer Ankunft hatte sie schon einen Job gehabt, bei dem sie Wintersportartikel an Einzelhändler verkaufte. In jenen Tagen hatte sie von niemandem eine Unterschrift verlangt. Die Händler standen zu ihrem Wort, und sie konnte sicher sein, daß sie ihre Rechnungen innerhalb von dreißig Tagen bezahlten und sie obendrein noch zum Essen einluden.

Dann jedoch waren die großen Geschäftemacher eingestiegen und hatten in den folgenden zwanzig, dreißig Jahren die meisten der kleineren Firmen vom rasch wachsenden, immer internationaler werdenden Markt verdrängt. Und jetzt waren die Zeiten enormer Expansion vorbei. Der Markt war weithin gesättigt, der Umsatz nur noch entsprechend dem Bevölkerungswachstum zu steigern. Vanguard sah sich einer Konsolidierungsphase gegenüber, in der es um so auffallender war, daß jemand hinter der Firma her sein sollte. Für die kommenden Jahre standen nur kleine Gewinnsummen an, und bei dem verschärften Wettbewerb hatte Vanguard ohnehin zu kämpfen, seinen weltweiten Marktanteil zu behalten. Dabei fiel Eleanor wieder diese Nikola Petrowna ein, und vor Wut knirschte sie mit den Zähnen. Dann griff sie spontan zum Telefon und wählte die Nummer ihres New Yorker Börsenmaklers.

»Ja«, antwortete er zögernd auf ihre Frage. »Es könnte sich um den Versuch handeln, die Firma aufzukaufen. Andererseits könnten es auch innerbetriebliche Meuterer sein. Sie müssen zugeben, Eleanor, daß Ihre Aktien ein wenig unter Wert gehandelt wurden und daß die Dividenden nie besonders hoch waren.« Er machte eine Pause, womit er Eleanor Gelegenheit gab, vehement zu widersprechen, dann fuhr er fort: »Bis jetzt habe ich noch nicht herausfinden können, wer die Aufkäufer sind. Sie kaschieren sich mit verschiedenen Namen, aber am Ende komm' ich ihnen auf jeden Fall auf die Schliche. Tut mir leid, Eleanor, aber ich hab' Ihnen gestern alles gesagt, was ich weiß. Ich glaube nicht, daß Sie Grund zu wirklicher Sorge haben. Wenn ich mich recht erinnere, halten Sie mit Ihrer Familie und Ihren Managern doch einundvierzig Prozent der Aktien, oder?«

»Richtig«, bestätigte Eleanor.

»In diesem Fall, denke ich, haben Sie nichts zu befürchten.«

»Ja«, sagte sie ohne rechte Überzeugung und beendete das Gespräch.

Eine ganze Weile lang saß sie da und kritzelte Strichmännchen auf ihren Block, während es in ihrem Kopf arbeitete. Dann setzte sie sich auf und rief ihre Sekretärin. Fünf Minuten später hatte sie den Geschäftsführer ihrer New Yorker Werbeagentur am Telefon. »... eine massive Werbekampagne ...« diktierte sie ihm. »Im Mittelpunkt das junge Blut bei Vanguard ... das verjüngte Management ebenso wie die jungen Champions, die wir sponsern. Vor allem meine Tochter. Ja, Sie haben richtig gehört, meine Tochter Jacqui. Sie bereitet sich auf die Olympischen Winterspiele vor. Das soll die größte Kampagne werden, die Sie jemals für uns gemacht haben, und ich will sie schnellstens.« Sie fuhr fort, ihm ihre zahlreichen Ideen vorzutragen. Als sie schließlich den Hörer auf die Gabel warf, fühlte sie sich wie ausgelaugt. Ihre Bluse war schweißnaß, doch Eleanor fühlte sich wieder etwas hoffnungsvoller.

Es war Zeit für den Seelendoktor, und da sie sich für alles andere zu erschöpft fühlte, war es wohl sinnlos, den Termin abzusagen.

Gundelfinger saß wie gewohnt in seiner Ecke auf seinem hochlehnigen Stuhl und sah ernst und blaß und nicht sonderlich gesund aus.

»Sie setzen Fett an«, sagte Eleanor grob. »Kommt davon, daß Sie den ganzen Tag hier herumhocken. Sie sollten sich ab und zu ein bißchen Bewegung verschaffen.«

»Ich werd' mir Ihren Rat merken«, sagte er trocken.

»Machen Sie sich denn niemals einen schönen Tag?« fragte sie. »Ich fang' allmählich an, mir Sorgen um Sie zu machen.« Sie zog ihre Handschuhe aus und warf sie mitsamt der Handtasche auf das Tischchen neben der Couch.

»Ich möchte, daß Sie mir noch einmal von Ihrem Zuhause erzählen«, sagte Gundelfinger ohne weitere Einleitung.

»Das haben wir doch alles schon gehabt.« Eleanor wand sich vor Nervosität. »Muß ich mich denn jedes verdammte Mal wiederholen?!«

»Ich halte es für wichtig, Eleanor. Irgendwas scheint Sie jedesmal aufzuregen, wenn Sie auf Ihr Zuhause zu sprechen kommen.«

»Natürlich reg' ich mich über die Armut ...«

»Nein«, unterbrach er sie. »Ich glaube nicht, daß Sie sich schon jemals über Armut aufgeregt haben. Sie sind eine Kämpfernatur, Eleanor. Mit solchen Problemen werden Sie allemal fertig. Es sind die immateriellen Sachen, mit denen Sie nicht zurechtkommen.«

Sie saß vorgebeugt da und starrte trübsinnig auf ihre Fingernägel, bis Gundelfinger sagte: »Fahren Sie mit dem Fahrrad von der Schule nach Hause und erzählen Sie mir alles, was Sie dabei erlebt haben.«

»Was gibt's da groß zu erzählen? Es war ein langer Weg. Manchmal war ich müde, aber schön war es immer, weil man direkt auf den Firth hinunterblicken und in der Ferne Invergordon sehen konnte.« Je länger sie sprach, desto wärmer wurde ihre Stimme. »Etwas weiter oben am Berg kam eine Kurve, und danach konnte man nur noch das Moor sehen«, erklärte sie, »und manchmal konnte man zugucken, wie die Hirsche über die Zäune sprangen und in den Nebelschwaden verschwanden. Meistens konnte ich unser Häuschen schon von weitem sehen, und dann fuhr ich schneller, bis der Pfad zu steil wurde, so daß ich mein Rad den Rest des Weges schieben mußte. Jedesmal hab' ich mich gefragt, was Mum wohl auf dem Ofen stehen hatte. Ich war immer hungrig.«

Sie brach ab, und wieder fiel Gundelfinger auf, wie sich ihre Finger kaum merklich versteiften, während sie Papiertaschentücher zu einem Ball zusammendrehte. Es war immer das gleiche.

Dann sagte sie: »In unserem Häuschen war es natürlich immer warm ...«

»Moment, bitte, Eleanor. Kehren Sie doch noch mal zurück zu der Wegbiegung, von der aus Sie das Häuschen zum erstenmal sehen. Steigen Sie vom Rad und gehen Sie darauf zu und erzählen mir, was Sie sehen.«

»Nun, nichts, natürlich, jedenfalls nicht mehr, als ich Ihnen immer erzählt hab'. Die Heide, den Bach, die Trittsteine, auf denen man ihn überquerte.« Wiederum überlief sie ein leichter Schauder.

»Und?«

»Was meinen Sie mit *und?* fragte sie in aggressivem Ton. Abrupt setzte sie sich auf, schwang die Beine über die Couch und funkelte ihn an.

»Wenn's allzu schmerzlich ist, Eleanor, dann können wir's auch lassen.«

»Schmerzlich? Verrückt wäre wohl eine bessere Bezeichnung dafür.«

»Nun, dann tun Sie mir den Gefallen. Das können Sie doch, oder?«

»Für hundertfünfzig Dollar die Stunde?«

»Na schön, dann berechne ich Ihnen diese Sitzung nicht.«

»Entschuldigung, so war's nicht gemeint.« Sie seufzte und lehnte sich wieder zurück. Dann schloß sie die Augen. »Ich sehe das Haus und die Heide und den Bach, und dann überquere ich den Bach, und Lucy umkreist mich dabei und bespritzt mich und bellt und benimmt sich höchst lästig.«

»Wer ist Lucy?«

»Mein Hund.«

»Den haben Sie noch niemals erwähnt.«

»Das hab' ich wohl vergessen.«

»Hingen Sie sehr an ihm?«

»Die meisten Kinder hängen an ihren Viechern.«

»Und was ist aus ihm geworden?«

»Er ist verschwunden.«

»Das war ja wohl ziemlich traurig?«

»Nicht so traurig, wie es war, als er noch zu Hause war.« Ihre Hand tastete nach der Kleenex-Schachtel. Gundelfinger beugte sich vor und schob sie ihr zu.

»Ich sehe keinen Sinn darin, über einen Hund zu reden«, sagte sie mit schriller, brüchiger Stimme.

»Weil Sie ständig versuchen, Ihrer Erinnerung aus dem Weg zu gehen. Dafür muß es einen Grund geben. Warum, Eleanor?«

»Es war eine schlimme Geschichte.«

»Dann erzählen Sie sie mir«, schlug er leise vor.

»Muß ich?« Jetzt klang ihre Stimme piepsig und halberstickt.

»Ich meine, Sie sollten es versuchen.«

»Nun ja. Sie erinnern sich, die Zeiten waren schlecht damals. Der Krieg war zwar zu Ende, aber die Lebensmittel waren noch immer rationiert, und eines Tages stahl Lucy ein Hühnchen. Sie biß es tot und fraß ein Stück davon. Dad erwischte sie dabei und verabreichte ihr die schlimmste Tracht Prügel, die sie je erlebt hatte. Dann nahm er den Rest des Hühnchens und band ihn ihr um den Hals.«

»Ich verstehe.«

»Nein, Sie verstehen überhaupt nichts. Diesen Gestank – später, als das Hühnchen vergammelte –, den kann man sich einfach nicht vorstellen. Auf diese Weise sollte der Hund lernen, daß er nicht stehlen durfte, wissen Sie«, fuhr sie tonlos fort. »Aber Lucy hatte es zum erstenmal getan. Ich nehme an, die Versuchung war einfach zu groß für sie gewesen. Fleisch war damals überall knapp. Mit der Zeit wurde das Hühnchen grün und verlor sämtliche Federn, und der Gestank wurde so unerträglich, daß wir Lucy nicht mehr ins Haus lassen konnten. Aber Dad wollte mir immer noch nicht erlauben, ihr das Hühnchen abzunehmen. Entweder sie kapierte – oder sie wurde erschossen. Lucy wurde ganz wund – eine Art Ekzem, glaube ich – und kratzte sich überall und stank, und schließlich kroch sie nur noch auf dem Bauch herum. Konnte keinem von uns ins Gesicht schauen. Und eines Tages lief sie weg. Ich hab' sie nie wieder gesehen. Vielleicht ist sie überfahren worden oder gestorben. Ich hab' tagelang alles nach ihr abgesucht. Ich weiß nicht ...« Ihre Stimme, die immer trauriger geworden war, erstarb schließlich ganz.

»Werden so Leute bestraft, die stehlen, Eleanor? Mit einem schlimmen Ekzem?«

Verblüfft und ärgerlich sah sie auf. »Mir gefällt absolut nicht, was Sie damit andeuten wollen«, sagte sie, doch ihre verkrampften Schultern gaben ihre innere Anspannung preis.

»Was haben Sie denn gestohlen, Eleanor?«

Ein ersticktes Schluchzen kam von der Couch. »Unter anderem habe ich Vanguard gestohlen«, sagte sie.

»Glauben Sie, daß eine Verbindung besteht zwischen diesem Alptraum aus Ihrer Kindheit und Ihrem derzeitigen Zustand? Ist in Ihrer Vorstellung Schuld gleichbedeutend mit einem Ekzem?«

Er erhielt keine Antwort. Dann krümmte sich Eleanor zusammen und bedeckte das Gesicht mit den Händen.

»Eleanor«, sagte Gundelfinger und faßte sie leicht an der Schulter. »Was immer Sie auch getan haben mögen – ich bin ganz sicher, daß Sie gute Gründe dafür hatten. Ich hege die größte Hochachtung für Sie. Ich gehe jetzt zum Essen aus, Sie haben also die nächste Stunde zu Ihrer Verfügung. Niemand wird Sie stören. Wenn Sie gehen, ziehen Sie bitte die Tür ins Schloß.«

Eleanor hielt den Atem an, bis sie hörte, wie die Lifttür aufging und sich wieder schloß. Erst dann warf sie sich auf die Couch und weinte und weinte und weinte – als hätte sich alles erst gestern zugetragen.

33

Sieben Uhr dreißig an einem kühlen Montagmorgen. Es war der zwanzigste Mai, doch bislang war noch keinerlei Anzeichen für wärmeres Wetter in Sicht. Statt dessen drosch der Regen gegen die Fensterscheiben, und die Zentralheizung war in typisch britischer Manier pünktlich zu den Sommermonaten abgestellt worden, so daß es unfreundlich kalt war im Büro. Morgenstunden wie diese waren es, die in Megan regelmäßig die Sehnsucht nach zu Hause weckten. Sie zitterte und wandte sich wieder dem Postkorb auf ihrem Schreibtisch zu: eine geradezu bestürzende Vielzahl von Problemen wartete darauf, gelöst zu werden.

Zuerst und zuoberst lag der Brief des Rechtsanwalts, der gestern gekommen war. »Hiermit kündige ich den Vertrag zwischen … Vanguard und … Petrowna mit der Begründung, daß eine der Klauseln gebrochen wurde, und zwar Spez. Nr. 15, die besagt: ›Der Athlet/die Athletin darf in der Öffentlichkeit keinerlei Gegenstand sportlicher Ausrüstung oder Kleidung, die von Vanguard hergestellt und/oder vertrieben wird, jemals der Lächerlichkeit preisgeben oder der Kritik unterziehen.‹« Darüber hinaus verlangte Vanguard drei Millionen Dollar als Schadenersatz, erstens für die verunglimpfende Bemerkung, die live übers britische Fernsehen gesendet wurde, und als Ausgleich, zweitens, für die Verluste, die dadurch entstanden, daß die derzeit in Arbeit befindliche Werbekampagne, die Ms. Nikola Petrowna in den Mittelpunkt stellte, abgebrochen werden mußte. Es kam noch mehr, alles im gleichen Stil, alles gleich schlimm. Megan knallte den Brief auf ihren Schreibtisch.

Schon gestern hatte sie mehrmals versucht, einen Termin bei Eleanor Douglas zu bekommen, doch die weigerte sich, Megan zu empfangen.

Im Moment konnte sie nichts weiter unternehmen. Es kostete sie enorme Willenskraft, ihren Ordner herüberzuziehen und sich den anderen anstehenden Problemen zu widmen.

Was den Streit um einen Schadenersatz für Conrad betraf, so war Vanguard als Sieger daraus hervorgegangen. Megans Anwalt hatte ihr empfohlen, die Sache fallenzulassen; Vanguard würde auf keinen Fall zahlen, und dagegen war nichts zu unternehmen. Gleich an Ort und Stelle beschloß sie, sich um ein Sportler-Stipendium an einer amerikanischen Universität für Conrad zu bemühen. Nun machte sie sich daran, mehrere Briefe an amerikanische Universitäten zu diktieren, und war immer noch damit beschäftigt, als das Tip-Tap von Maureens Absätzen erklang und Schwaden des schweren Parfums hereinwehten, das sie benutzte.

»Hi!« rief Megan. »Du kommst aber früh!«

»Ich dachte mir schon, daß ich dich hier finden würde«, gab Maureen zurück, »und dachte, du brauchst vielleicht einen frühen Kaffee.«

Sie eilte davon und kam kurze Zeit später mit einem Kaffeetablett und der Post wieder herein. »Hör dir das bloß an!« sagte sie, nachdem sie den ersten Brief geöffnet hatte. »Petunias Vater will, daß sie den Kanal schon im Juni durchschwimmt.«

»Keine Chance«, sagte Megan und schnappte sich den Brief. »Ich hab' eine geschlagene Woche damit verbracht, die Werbemöglichkeiten zu verkaufen. Ich habe nicht die geringste Absicht, noch mehr Zeit zu verwenden, indem ich den Termin ändere. Außerdem ist es im August viel wärmer. Alles ist bereits organisiert und bestellt, bis hin zu einem Sportflugzeug mit einem Werbeband, auf dem steht: ›Kola-pep für die, die es wagen‹.«

»Huch, wie originell!«

»Tja, ich hätte wohl was Besseres nehmen können«, gestand Megan nachdenklich, »aber ich war einfach nicht mit dem Herzen dabei. Geben wir doch 'ne Presseerklärung raus. Vielleicht springen ja noch ein paar Sponsoren drauf an.«

Maureen nahm ihren Notizblock zur Hand.

»Am fünften August wird Petunia Prestwick den Versuch unternehmen, den Ärmelkanal von Calais nach Dover zu durchschwimmen«, fing Megan an. »Im Alter von dann genau fünfzehn Jahren und vier Monaten wird Petunia das jüngste Mädchen sein, das jemals den Versuch unternommen ... gewagt ... Maureen, glaubst du, sie ist wirklich die Jüngste?«

»Überlaß das mir«, sagte Maureen. »Ich werd' das recherchieren, dir eine Presseerklärung entwerfen und dir morgen früh vorlegen.«

»Gut«, sagte Megan.

»Megan«, fing Maureen zögernd an. »Glaubst du, das ist richtig, was wir da mit dieser Petunia machen?«

Schuldbewußt sah Megan auf. »Richtig von welchem Standpunkt aus? Von dem der Bank? – Wirklich, Maureen – so eine Frage!« Zornig trommelte sie mit den Fingern auf ihrer Schreibtischplatte herum.

»Tut mir leid, daß ich das angesprochen habe. Bloß, Megan, vor einem Jahr noch hättest du keinen Finger für sowas gerührt.« Ihre vollen, blutrot gemalten Lippen neigten sich schmollend abwärts, und ihre schwarzen Augen blitzten vor Wut.

Megan gab keine Antwort mehr, doch innerlich schäumte sie vor Zorn. Wie konnte Maureen bloß so taktlos sein! »Hast du versucht, bei Eleanor Douglas einen Termin für mich zu bekommen?« knurrte sie.

»Jeden Tag zweimal. Sie will dich nicht sehen.«

»Da werd' ich wohl wieder in Sack und Asche vor ihrem Büro herumsitzen müssen.«

»Das befürchte ich aus. Gestern hat Michel Juric geschlagene drei Mal angerufen. Er sei in London und wolle dich zum Essen einladen. Er hat seinen Artikel über die

Londoner ISA-Niederlassung im Entwurf fertig und will mit dir drübergehen.«

»Sag ihm, er soll ihn mit der Post schicken«, sagte Megan ärgerlich.

»Ich werd's versuchen. Ich versteh' bloß nicht, wieso du dich partout nicht mit ihm treffen willst.«

»Weil er ein Opportunist ist. War irgendwas Interessantes bei der Post?«

»Hauptsächlich Rechnungen und ein paar Anfragen wegen eines Sponsors. Ich hab' sie dir in die Mappe gelegt, du kannst sie dir später genauer ansehen. Dann ein Brief von Gunter – er ist ins westdeutsche Vorbereitungsteam für die Olympischen Spiele aufgenommen worden. Dann Reisepapiere für Nikki, nur für zwei Wochen, damit sie zu den Filmaufnahmen nach Schweden fahren darf.«

Maureen seufzte. Megan war heute mal wieder scheußlicher Laune, wie in letzter Zeit eigentlich immer. Allmählich machte sie sich Sorgen ums Geschäft, denn Megan, der die schöpferischen Einfälle immer nur so zugeflogen waren, schien wie vernagelt zu sein. Maureen blätterte in ihrem Notizblock herum. »Gestern kamen drei Anrufe von Adolpho. Er braucht offenbar wieder mal einen deiner berühmten Schubser. Er ist ziemlich down – er hat wohl irgendwelche Rückenschmerzen und fühlt sich nicht in der Lage, das Fitneßzentrum in Manchester zu eröffnen.«

»Meine Güte, das hat mit gerade noch gefehlt! Und dann noch dieser Heini! Kannst du mir den nicht abnehmen?«

»Ich kann's ja versuchen«, meinte Maureen unsicher. »Was machst du denn immer?«

»Ich zeig' ihm jedesmal die Zeitungsausschnitte über ihn, erzähl' ihm, er sei einfach toll, und setz' ihn in Trab.«

»Ist er immer noch im Gespräch für die Tarzan-Rolle?«

»Bloß, wenn er Mister Universum wird«, erklärte Megan. »Sie sind verpflichtet, den Besten zu nehmen.«

»Nun ja, ich kann's ja mal versuchen.« Maureen klang noch immer unsicher, was ganz und gar nicht ihre Art war.

»Weiter!« sagte Megan scharf.

Es war schon fast Mittag, als Ian hereinspazierte. »Wie sieht's mit Lunch aus?« fragte er. »Dieser Tag ist wie geschaffen für ein heißes, scharfgewürztes Essen!«

Megan lehnte sich zurück und funkelte ihn zornig an. »Nein, danke«, sagte sie. »Ich habe zu tun. Ehrlich gesagt: Du bist hier nicht mehr gerne gesehen, daher wär's mir lieb, wenn du gar nicht mehr kämst.«

»Ich muß mit dir sprechen. Es geht um was Wichtiges – und Privates. Komm schon, gehen wir.«

Du Ungeheuer, dachte Megan, sagte jedoch: »Na schön, setz dich – ein paar Minuten kann ich erübrigen, und hier stört uns niemand.«

»Ich hab' mich kürzlich mit dem Leiter des britischen Ski-Verbandes unterhalten«, erzählte Ian, »und dabei ließ er verlauten, daß das britische Team für die Winterspiele im nächsten Jahr ungefähr einhundertzweiundfünfzigtausend Pfund brauchen wird. Glaubst du, du kannst ihnen weiterhelfen?«

Was ist daran schon Privates, dachte Megan. Laut sagte sie: »Ich kann versuchen, das Geld zusammenzutrommeln, allerdings nur unter der Voraussetzung, daß meine Firma die üblichen fünfundzwanzig Prozent Kommission kassieren kann.« Verwirrt runzelte sie die Stirn. »Warum machst du das eigentlich nicht selber? Du hast dich schließlich als Experte auf diesem Gebiet erwiesen.« Es hatte sogar Zeiten gegeben, da Megan sich fragte, ob Ian nur deshalb ständig hier herumhing, weil er lernen wollte, wie das Sportgeschäft funktioniert.

»Lieber Gott! Ich habe nicht die Absicht, in dieser Branche mitzumachen. Tu einfach, was du für richtig hältst.«

Komischer Vogel! Hatte er nicht Wochen und Wochen damit verbracht, um Nikkis willen »in dieser Branche mitzumischen«?

»Ich streck' mal die Fühler aus«, sagte Megan zu ihm. Niemand sollte behaupten können, sie ließe ihre Arbeit von persönlichen Gefühlen beeinträchtigen! Minuten später telefonierte sie mit Adele Loots von Magnum. »Na bitte!« sagte sie, als sie nach dem Gespräch den Hörer wieder auflegte. »Ich bin zu neunzig Prozent sicher, daß sie's machen.« Sie fügte nicht hinzu, daß sie auf diesem Umweg auch Jacqui sponsern würden – vorausgesetzt, Jacqui qualifizierte sich für die Winterolympiade – und daß solche direkten Anbetteleien im Endeffekt nur selten von Erfolg gekrönt waren. Doch immerhin hatte sich inzwischen das Gerücht bestätigt, Magnum sei von einem unbekannten Käufer übernommen worden, und Megan hatte läuten hören, sie hätten Unsummen für die Werbung übrig.

»So verdient man sich mehrere tausend Pfund in Minutenschnelle«, kommentierte Ian säuerlich.

Megan warf ihm einen bitterbösen Blick zu.

»Eigentlich bin ich wegen Nikki gekommen«, fuhr er fort. »Wußtest du, daß sie eine Affäre mit Michel Juric hat? Er hat ihr einen Ring gekauft – einen Smaragd in einem Kranz von fünf Diamantsplittern. Aus irgendeinem Grunde hat Nikki sich darüber ausgeschwiegen. Oder wußtest du Bescheid?«

Sekundenlang war Megan zumute, als hätte ihr jemand einen Tritt in den Bauch versetzt. Sie bekam kaum Luft. Am liebsten hätte sie geschrien: Aber was ist mit dir ... und ihr? Hatte Nikki ihn abserviert, so wie sie Eric abserviert hatte? »Mußt du ausgerechnet mich damit belämmern, wenn du mit einer deiner Liebesaffären nicht klar kommst?« grollte sie. »Schau, Ian, ich weiß Bescheid. Mitten in der Nacht hab' ich deinen Wagen vor Nikkis Haus gesehen.«

»Kleine Kontrolle, wie?« fragte er spöttisch.

»Wenn du's genau wissen willst – es war direkt nach ihrem Debüt. Ich wollte mich bei ihr entschuldigen, doch dann stand da dein Wagen, deshalb ... deshalb bin ich nach Hause gefahren.« Nur zu gut erinnerte sie sich ihres langen, bitteren Marsches durch die Nacht!

Einen Moment lang meinte sie, Ian würde ohne ein Wort gehen: Seine Augen blitzten vor Zorn, seine Lippen waren zusammengepreßt. Er fuhr sich mit der Hand übers Haar, drehte sich um und öffnete die Tür. Dann überlegte er sich's offenbar anders, schloß die Tür wieder und kam zurück.

»Megan.« Er legte seine Hände auf ihren Schreibtisch und beugte sich so weit vornüber, bis er ihr direkt in die Augen sehen konnte. »Mein Wagen stand vor Nikkis Tür, weil sie vermißt wurde. Später stellte sich heraus, daß sie bei Juric in seinem Hotel war. Damals hat es angefangen – ich meine, die Affäre zwischen den beiden.«

Schockiert starrte sie zu ihm hoch. Was sagte er da? Wie betäubt sah sie zu, wie Ian sich setzte und über ihren Schreibtisch lehnte. »Meine Adresse war im Cottage hinterlegt, denn meine Tante hat mich sozusagen zum offiziellen Verwalter bestellt, falls ein Kurzschluß wäre oder sowas. Daher haben sie mich gerufen, und ich bin hingefahren, um ihnen zu helfen«, sagte er leise.

»Eine Heirat mit Michel wäre vielleicht das beste für Nikki«, babbelte Megan barsch, um zu verbergen, wie erleichtert sie sich fühlte. Die Freude überfiel sie mit geradezu physischer Gewalt, so daß sie sich geistig und körperlich wie betäubt fühlte. »Sie ist so ein seltsames Mädchen – es ist nicht leicht, sie gern zu haben. Irgendwie fühle ich mich für sie verantwortlich, aber ich glaube nicht, daß ich diese Aufgabe sonderlich gut bewältige. Und du hast so ... so engagiert gewirkt. Da hab' ich angenommen, zwischen euch liefe was. Das war offenbar falsch.« Auffordernd starrte sie Ian an, doch der beobachtete sie mit einem seltsamen Ausdruck in seinem Gesicht.

Dann zuckte er die Achseln. Er war ihr also immer noch böse. Komme, was da wolle – man hatte Vertrauen zu ihm zu haben! Was ist wohl so Besonderes an ihm, dachte Megan zynisch.

»Kümmern wir uns doch erstmal um Juric«, sagte Ian. »Wenn er Nikki heiratet, hat sie einen Anspruch auf die französische Staatsbürgerschaft, aber ob sie dann allerdings jemals die britische kriegt, die sie schon so lange haben will, ist zu bezweifeln. Auf jeden Fall könnte sie dann nicht für Großbritannien starten – wenn sie überhaupt an den Winterspielen teilnehmen könnte. Auf jeden Fall hätte sie keinerlei Aussichten auf eine Goldmedaille. Vielleicht kannst du ihr das mal vor Augen führen, damit sie weiß, was für sie auf dem Spiel steht. Andererseits – wenn er sie sitzen läßt, wär's für sie vielleicht noch schlimmer. Sie scheint mir in der letzten Zeit nicht sonderlich glücklich zu sein, und ich bezweifle, daß sie mit dergleichen fertig würde.«

»Gewöhnlich ist sie es, die die Männer sitzen läßt«, sagte Megan. »Mir kommt Nikki reichlich zäh vor, und auf jeden Fall kann sie sehr gut auf sich selber achten.«

»Stimmt nicht«, sagte er in kaltem Ton, »aber das ist im Moment egal. Betrachte es mal von der Seite: Wenn Nikki nach Frankreich geht, verlierst du deine gewinnträchtigste Sportlerin.«

Ian marschierte hinaus und ließ sie staunend und mit offenem Mund sitzen. Was sollte das denn Ian ausmachen? Spielte er bloß den eifersüchtigen, sitzengelassenen Liebhaber? Irgendwie konnte sie das nicht so recht glauben. Und dachte er wirklich, ihr Gewinn sei ihr wichtiger als Nikkis Glück.

Megan schob ihre Arbeit beiseite und lehnte sich in ihrem Stuhl zurück. Sie fühlte sich wie durch die Mangel gedreht und nicht in der Lage, auch nur einen einzigen klaren Gedanken zu fassen. Schließlich verschränkte sie die Hände hinter dem Kopf und gönnte sich den Luxus, sich zum erstenmal seit Wochen rundum glücklich zu fühlen.

Als Maureen später mit einer Tasse Kaffee hereinkam, fand sie eine Megan vor, die wieder ganz ihr gewohntes heiteres Selbst war. Sie hatte sich in ihren Lieblingssessel gekuschelt und kritzelte in ihrem Notizbuch herum. Geistesabwesend blickte sie auf. »Ach, du bist's«, sagte sie dann. »Oh, danke für den Kaffee. Hör mal, wegen Nikki – ich hab' eine einfach *großartige* Idee. Was hältst du davon?«

34

Eleanor saß in ihrem Büro und runzelte unglücklich die Stirn, als ihre Sekretärin klopfte und eintrat.

»Dieses Paket wurde eben abgegeben, Miss Douglas«, sagte sie. »Ich wurde gebeten, es persönlich auf Ihren Schreibtisch zu stellen.«

»Tatsächlich?« Eleanor warf einen angewiderten Blick auf das Paket. »Und der Gedanke, da könnte eine Bombe drin sein, ist Ihnen nicht gekommen?«

»Da ist keine Bombe drin«, gab die Sekretärin bissig zurück. »Ich werde es auf meinem eigenen Schreibtisch öffnen und Ihnen dann wieder bringen.«

Wenige Minuten darauf erschien sie schon wieder, diesmal mit einem Mini-Videoapparat, einem ähnlichen, wie ihn Eleanor selbst in ihrer Zeit als Vertreterin benutzt hatte. Die Sekretärin stellte den Apparat auf dem Schreibtisch ab und drehte am Knopf, doch Eleanor beugte sich vor und stellte ihn sofort wieder ab. »Ich habe zu tun«, sagte sie gereizt. »Das ist bloß so ein blöder Werbetrick. Nehmen Sie das Ding wieder mit und bringen Sie's gleich zu Nigel.«

»Aber, Miss Douglas ...«

Eleanor runzelte die Stirn und tat, als sei sie in die Akte vor sich vertieft. In Wirklichkeit schäumte sie vor Wut. Niemals hätte sie eine dieser amerikanischen Sekretärinnen einstellen sollen mit ihren neumodisch-demokratischen Ansichten und ihrer irritierenden Art, das Heft in die Hand zu nehmen. Ihre ehemalige französische Sekretärin hätte es niemals gewagt, sie zu stören.

»Sie entschuldigen mich«, sagte sie und sah mit kaltem Blick auf, bevor sie sich gleich wieder ihrer Akte zuwandte. Die Entwicklung des Handels mit Vanguard-Aktien in den vergangenen vier Monaten war eine alarmierende Lektüre. Sinnlos, sich noch was vorzumachen: Irgendwer führte einen unerklärten Krieg gegen sie. Einen Krieg, den sie durchaus verlieren konnte.

Während sie die Unterlagen überflog, wurde ihr Blick immer düsterer. Über zwanzig Prozent der im Handel befindlichen Aktien hatten in jüngster Zeit den Besitzer gewechselt, ihr Börsenmakler jedoch war nicht imstande gewesen festzustellen, um wen es sich bei dem Hauptkäufer handelte – denn die Papiere wurden im Namen einer dubiosen Firma in Panama erworben.

Doch es war nicht nur der Aktienmarkt, der ihr Sorgen bereitete. Seit kurzem hatte die Firma gleich auf drei Kontinenten unter einer ausgesprochen schlechten Presse zu leiden. Der jüngste Erguß dieser Art stand in der heutigen Morgenzeitung. Eleanor fing an zu lesen.

»Die Firma Vanguard Sports, die lange Zeit hindurch ihr Image von Sieg und Gewinn zu wahren verstand, hat auf dem Management-Sektor eindeutig Verluste zu verzeichnen. In drei aufeinanderfolgenden Jahren sind Umsatz und Gewinn kontinuierlich zurückgegangen, und es sieht ganz so aus, als müßten sich die Aktionäre auf eine sieglose, verlustreiche Zukunft gefaßt machen, in der die Dividenden sinken und in der sich die Kapitalzinsen eher einer Minimierung denn einer Maximierung nähern ...«

In diesem Stil ging es weiter, doch Eleanor hatte, verständlicherweise, keine Lust, diesen offensichtlich voreingenommenen Artikel bis zu Ende zu lesen. Wie hätte sie wohl die Wachstumsraten beibehalten sollen, deren Vanguard sich zu einer Zeit erfreute, da die Firma nahezu sämtliche europäischen Märkte eroberte? Vanguard-Skier hatten einen Marktanteil von vierzig Prozent, was einfach phänomenal war – und es wäre beinahe ein Wunder, wenn die beibehalten würden. Um ihre Umsatzziffern aufrechtzuerhalten, war Eleanor eben im Begriff, sich auf dem Sektor der Freizeitkleidung einzunisten – doch die Zeiten enormer Wachstumsraten waren längst passé. Jeder einzelne Hersteller hing mit Zähnen und Klauen an seinem prozentualen Marktanteil.

Aber wußten das auch die Aktionäre? Sicher nicht, dachte Eleanor. Der Feind befleißigte sich einer altbekannten und bewährten Methode: Bring das Firmenmanagement öffentlich in Mißkredit, kauf die Aktien auf und übernimm die Firmenleitung.

Im Augenblick ging es um den ersten Punkt, um das Vertrauen der Aktionäre – und ausgerechnet da spielten Megan und diese bescheuerte russische Eisläuferin mit ihrer verheerenden Feststellung im Fernsehen dem Feind auch noch direkt in die Hände!

Eleanor lehnte sich zurück und gedachte der Mühsal und Plackerei, die es gekostet hatte, bis Vanguard sich weltweit an die vorderste Front der Hersteller von Wintersportartikeln geschoben hatte. Die rasche Expansion hatte Geld gekostet, mehr, als Eleanor zur Verfügung hatte. Aus diesem Grunde hatte sie dreimal ein Paket Vanguard-Aktien an der Börse angeboten. Mein Gott, wie sie geschuftet hatte! Acht Stunden täglich hatte sie sich die Hacken abgelaufen und immer diesen verdammten Videoapparat mit sich herumgeschleppt, dazu die Videobänder der Sportstars, die sie sponserte, um ihre Produkte besser verkaufen zu können!

Dann fiel ihr voller Scham ein, wie nett die Händler immer zu ihr gewesen waren, wenn sie mit diesem blöden Ding in die Läden marschiert kam. Bei jedem hatte sie einen bequemen Sessel bekommen und eine Tasse Tee mit Keksen, und alle hatten sie höflich zugehört, auch wenn sie gar kein Interesse an ihren Sachen hatten. Bestimmt saß im Augenblick ein ebenso eifriger Vertreter im Foyer und wartete darauf, von ihrer Sekretärin heraufgerufen zu werden.

Spontan beugte Eleanor sich vor und stellte den Apparat an. Die Musik hörte sich halbwegs vertraut an, wiewohl sie das Stück nicht hätte nennen können – Eleanor hatte keine Zeit, sich mit Musik zu befassen. Es klang eindeutig russisch, und als aus dem vielfarbigen Nebel ein erkennbares Bild wurde, sah sie Nikola Petrowna auf die Eisfläche schießen. Sie trug doch tatsächlich ein Vanguard-Kostüm, was eine verdammte Frechheit war, wenn man bedachte, daß der Vertrag gekündigt war.

Nikki kreiste mit zunehmender Geschwindigkeit bis in die Mitte der Eisfläche, wo sie einen Sprung vollführte, den Eleanor noch nie im Leben gesehen hatte. Er sah gefährlich und verflixt schwer aus, und Eleanor, die sich ihrer eigenen Versuche auf dem Eis entsann, fühlte blanken Neid auf diese elfenhafte Russin in sich aufsteigen. Fünf geschlagene Minuten lang saß sie und starrte wie verzaubert auf den kleinen Bildschirm, auf dem Nikki ihre Kür lief und ihre schwierige Kombination noch zweimal vorführte, bis sie endlich zum Finale ansetzte.

Das Bild verblaßte und eine Kommentatorin, die verdächtig nach Megan Carroll klang, ergriff das Wort: »Soeben wurden Sie Zeuge, wie Nikola Petrowna ihren einzigartigen Kosakenwirbel lief – die erste öffentliche Vorführung des schwierigsten Sprunges in der Geschichte des Eiskunstlauf. Möglich gemacht wurde dieser Sprung durch die Kreation eines einzigartigen Schlittschuhs, dessen rasiermesserscharfe Kufe von Vanguard Sports entwickelt wurde – eigens für Nikola Petrowna und ihre hochgradig schwierige Kür. Selbstverständlich heißt dieser Schlittschuh *Petrowna*!«

»Lieber Himmel!« Eleanor stellte den Apparat ab, überlegte es sich dann jedoch anders und spulte das Band zurück, um sich noch einmal – und noch einmal! – anzusehen, wie Nikki lief. Sie war die geborene Siegerin, dieses Mädchen! Die Anziehungskraft, die sie auf das Publikum ausübte, war nicht nur ihrem Eiskunstlauf zu verdanken, sondern ebenso ihrer Schönheit und ihrer persönlichen Ausstrahlung. Es wäre glatter Wahnsinn, dieses Mädchen von irgendeinem anderen Sportartikelhersteller unter Vertrag nehmen zu lassen!

Von der Tür her war ein schüchternes Klopfen zu vernehmen. Eleanors Sekretärin streckte den Kopf herein. »Entschuldigen Sie, Miss Douglas, aber ich habe gehört, wie Sie den Videoapparat anstellten. Glauben Sie, Sie könnten jetzt ein paar Minuten für die arme Megan Carroll erübrigen? Sie sitzt schon seit Stunden unten und wartet.«

»Herrgott, dann bringen Sie sie eben her, wenn's unbedingt sein muß!« schimpfte Eleanor. Und Megan begrüßte sie kurze Zeit später: »Ein Glück, daß Sie nicht in die Werbebranche gegangen sind!«

Megan wurde rot, dann lachte sie. »Nun ja ... natürlich wird Ihre Agentur die Idee noch ausarbeiten.«

»Welche Idee? Wenn ich mich auf Sie verlassen müßte, wär' ich schon längst bankrott! Diese blödsinnige Idee können Sie sich aus dem Kopf schlagen. Was ich Ihnen zu sagen habe, dauert nur eine Minute, Megan. Ich habe beschlossen, Miss Petrownas Vertrag wieder in Kraft zu setzen. Ich bin zu dem Schluß gekommen, daß sie erstens nur unzulänglich über die Vertragsbedingungen informiert war, daß sie zweitens den Umgang mit Geschäftsleuten nicht gewohnt ist und daß sie außerdem meiner ehrlichen Überzeugung nach einfach die erstbeste Ausrede benutzt hat, die ihr einfiel. Wenn überhaupt jemandem die Schuld zu geben ist, dann Ihnen, weil Sie sich das hätten im voraus denken können. Im übrigen habe ich noch niemals eine derartige Schönheit so vollendet eislaufen sehen. Sie sieht so unschuldig aus und wirkt beinahe ein wenig verloren. Ich bin sicher, daß sie sich nichts dabei gedacht hat, und schon gar nichts Böses. Das arme Kind muß sich hier im Westen ja hoffnungslos verwirrt vorkommen. Am besten vergessen wir das Ganze. Vergessen Sie nicht, Ihren Apparat mitzunehmen!«

»Dankeschön«, sagte Megan. »Das wär's dann wohl.« Einen Augenblick lang zögerte sie. *Wenn du ein Geschäft gemacht hast, halt die Klappe und mach dich dünn.* Ihr war, als stünde Oberholtzer neben ihr und sage ihr seine bewährten Sprüche. Entschlossen stand sie auf und marschierte hinaus. Erst im Taxi zum Flughafen von Nizza kam ihr der Gedanke, daß Eleanor eigentlich gar nichts anderes übriggeblieben war ...

35

Das »arme Kind« wirkte zum nämlichen Zeitpunkt kein bißchen verwirrt und alles andere als unschuldig. Nikki lag nackt und gänzlich unbescheiden ausgestreckt auf dem Bett, neben sich Michel, der sich auf einen Ellenbogen stützte und sie verstimmt beobachtete. Sie inspizierte soeben ihre Arme, die Stirne leicht gerunzelt. Nach diesem auf dem Land verbrachten Tag zeigten sich Sommersprossen auf ihrer weißen Haut, was ihr offenkundig mißfiel. Immer wieder strich sie mit dem Zeigefinger über die winzigen Flecken, als könne sie sie damit ausradieren.

Sie sah auf und lächelte Michel zu, wobei ihre grünen Augen von einer Art innerem Glühen erhellt wurden, während ihr gekräuselter Mund zwei Grübchen bildete und ihre großen, schimmernden Zähne enthüllte. Bei diesem Anblick kam Michel der Gedanke, ihr Lächeln sei, ebenso wie ihr Liebesspiel, für niemanden als sie selbst gedacht.

»Es war gut, *da?*«

»Ja«, log er.

Nichts konnte weiter von der Wahrheit entfernt sein, dachte er unwirsch. Ihr Liebesspiel war eine kräftezehrende Turnübung gewesen und zumindest für ihn gänzlich unbefriedigend, da ihm jeglicher gefühlsmäßige Gleichklang gefehlt hatte. Nicht, daß es den jemals geben wird, dachte er grimmig.

Er hatte sich, nachdem er sie vor einem Monat im Park getroffen hatte, in ihre Schönheit verliebt, in ihre Leidenschaftlichkeit, in ihre unglaubliche Eislaufkunst. Zum erstenmal mit ihr geschlafen hatte er nach ihrem Debüt am Earl's Court, und schon damals war er irritiert gewesen über ihre hemmungslose Begeisterung für Sexspiele, ihren Mangel an Neugier, was seine Person betraf, über ihre Unfähigkeit, eine echte Beziehung zu ihm anzuknüpfen. Daran hatte sich im Laufe ihrer hektischen Affäre nichts geändert. Er kannte sie heute nicht besser als zu dem Zeitpunkt, da er sie zum erstenmal gesehen hatte. Und er bezweifelte, daß er sie selbst nach zehnjährigem Zusammenleben besser kennen würde. Gefühlsmäßig befand sie sich auf dem Entwicklungsstand eines Kindes. Welch schreckliche Seelennarbe mochte das wohl sein, die sie daran hinderte, anderen zu vertrauen, sie dazu zwang, sich auf nichts als sich selbst und ihren Eiskunstlauf zu verlassen?

Keinerlei Mangel hingegen hat sie an physischer Begehrlichkeit, dachte er, während er zusah, wie sie seinen Bauch streichelte. Rasch beugte sie sich über ihn und ließ ihre Zunge um seinen Nabel spielen. Er wand sich unter der Berührung, und trotz seiner Müdigkeit spürte er, wie sich neues Leben in seinen Lenden regte.

»Legen wir doch erst mal 'ne Pause ein, hm?« Er

machte einen halbherzigen Versuch, sich aufzusetzen, doch sie schob ihn mit einer Hand zurück und schloß die Lippen um seinen Penis.

»Also das Ganze noch mal von vorn«, stöhnte er und lehnte sich zurück, nicht willens, sich einen weiteren Vorstoß in diese unglaublich erregende Nymphe entgehen zu lassen.

Als sein Penis aufrecht und rötlich geschwollen stand, setzte sie sich auf die Hacken und lächelte triumphierend.

»Bedien dich, Nikki«, sagte er mit schmerzlichem Grinsen. »Mir fehlt die Kraft dazu. Wenn du ihn willst, dann nimm ihn dir selber!«

Sie setzte sich auf ihn, ließ ihre Hüften vor- und zurückschwingen, und ihre Brüste schwangen im gleichen Rhythmus mit. Die Augen hielt sie nach Katzenart halb geschlossen und zur Decke gerichtet, und unablässig glitt ihre rosa Zungenspitze über ihre Lippen. Auf ihren Wangen erschienen rote Flecken, doch langsamer als sonst.

»Mach zu, Nikki, sonst gerätst du ins Hintertreffen!« sagte er.

»Nein, warte noch! Bitte, warte auf mich«, japste Nikki.

Michel machte die Augen zu, um ihren erregenden Anblick auszuschließen, und fragte sich, was er wegen Nikki unternehmen sollte. Er liebte sie, aber er war immerhin zweiunddreißig, beinahe doppelt so alt wie sie. Wenn er sie heiratete, wäre das fair? Oder wäre es nicht viel fairer, sie nicht zu heiraten? Das waren die Fragen, die ihn seit einiger Zeit unablässig quälten. Er spürte genau, daß sie in irgendeine Tragödie verwickelt war, doch bislang war es ihm noch nicht gelungen, etwas aus ihr herauszuquetschen. Sein Talent als Journalist war dem eines gewieften Einbrechers durchaus vergleichbar: Er wußte genau, wie man sich Zutritt zu aller Arten Häusern und Räumen verschaffte, er fand in kürzester Zeit heraus, von welchem Wert die sorgfältigst in den Köpfen versteckten Geheimnisse für ihn waren, und beinahe schon genial war seine

Begabung, genau die richtige Mischung aus Mitgefühl und freundschaftlicher Gesinnung zu entwickeln, so daß sich ihm die Herzen öffneten und alle ihre Geheimnisse vor ihm ausbreiteten. Nikkis Warnanlage hatte er allerdings noch nicht überwinden können. Schon die geringste Anspielung setzte all ihre Alarmsirenen in Gang, und sie verschloß sich wie eine Auster. Ihr Charakter war ihm längst kein Geheimnis mehr, zumal er sich, von ihrer überragenden Begabung einmal abgesehen, kaum von dem einer Durchschnittsrussin unterschied und im wesentlichen aus drei Eigenschaften bestand: Stetigem Argwohn, unablässiger Geheimniskrämerei und dem immerwährenden Zwang, um jeden Preis das Gesicht zu wahren. Letzere war Nikkis hervorstechendste Eigenschaft, und Michel nahm an, daß irgendein Scham- oder Schuldgefühl für ihr hervorragend funktionierendes inneres Alarmsystem verantwortlich war.

Das war alles, was er jemals über sie herausfinden würde. Und mittlerweile hatte er sich in sie verliebt. Oder war das gar keine Liebe? Mitunter kam ihm der Gedanke, es könne sich um nichts anderes als ein Übermaß an Mitleid handeln. Nikki brauchte nichts dringender, als daß sich jemand gründlich um sie kümmerte, und das konnte vermutlich niemand besser als er. Wer außer ihm kannte sie schon so gut?

Solange es um Dinge ging, die ihr nicht besonders wichtig waren, benahm sie sich geradezu himmelschreiend geschwätzig. So hatte Michel zum Beispiel bis ins kleinste Detail erfahren, wie dieses arme Schwein Eric Lamont zu lieben pflegte (beziehungsweise beim Lieben versagte) und was es sonst noch an intimen Kleinigkeiten gab, die Nikki niemals einem Außenstehenden hätte anvertrauen dürfen. Sobald es jedoch um Dinge ging, die Nikki lieb und teuer waren, verriet sie kein Sterbenswörtchen, als seien sie ihr zu kostbar für eine öffentliche Begutachtung. Dergestalt hatte sie es auch rundweg abgelehnt, Megan oder sonstwen in ihre Beziehung zu Michel einzuweihen. Das beunruhigte ihn ein wenig, denn er konnte weit und breit keinen Grund für diese Heimlichtuerei entdecken – es sei denn, und das fand er überaus tröstlich, sie machte sich tatsächlich eine ganze Menge aus ihm.

Als das Begehren übermächtig wurde, gerieten Michels Grübeleien in Vergessenheit. Er spürte, wie Nikkis Körper sich spannte, während gleichzeitig ihre Bewegungen weniger geschmeidig wurden. Er öffnete die Augen und entdeckte einen Ausdruck grimmiger Konzentration auf ihrem Gesicht. Ihre Fingernägel gruben sich in seine Schenkel, und sie stöhnte leise. Plötzlich gab sie ein langgezogenes »Oooooh« von sich, saß still und starrte zur Decke, als sähe sie dort einen Geist. Dann ließ sie sich auf Michel niedersinken.

Manchmal beneidete er Nikki geradezu. Was immer sie tat, sie tat es im Überschwang – himmelhochjauchzend oder zu Tode betrübt. So ließ sie auch während des Liebesaktes ihre Gedanken niemals abschweifen, war ganz bei der Sache und allein beherrscht von ihrer Leidenschaft. Hinterher war sie ganz hingegebene Geliebte und umkoste und umschmeichelte ihn stets mindestens eine Stunde lang.

Sollte er oder nicht, fragte er sich noch immer, während Nikki sich zusammenrollte und mit geschlossenen Augen an seine Schulter schmiegte. Warum eigentlich nicht? In der letzten Zeit hatte er ziemlich auf dem Trokkenen gesessen. Er faßte sie unter den Achseln und drehte sie auf den Rücken, bevor er in sie eindrang. Herrje, sie war glatt wie Seide und bebte und zitterte noch immer, als er kam.

Als Michel vom Höhepunkt der Liebe wieder in die Realität zurückkam, sah er, daß Nikki ihn beobachtete, ein seltsames Lächeln in den Augen und um die Mundwinkel. »Das ist immer das Schönste daran«, sagte sie. »Wenn du kommst.«

»Warum?« fragte er überrascht und griff nach seiner Tasse mit längst kalt gewordenem Kaffee.

»Auf englisch kann ich das kaum erklären.«

»Dann versuch's auf russisch.«

»Nein, auf gar keinen Fall.« Fest preßte sie die Lippen aufeinander – ein Zeichen ihres Eigensinns, das er nur zu gut kannte. Da Nikki sich nun einmal entschieden hatte, auf englisch zu denken, zu sprechen und zu leben, gab es nichts mehr daran zu rütteln. Sinnlos, mit ihr darüber zu streiten.

»Es liegt daran, daß dein Geist und dein Körper dann nur mir gehören«, erklärte sie. »Gerade nur diesen einen Moment lang. Dann fühl' ich mich nicht einsam. Dann weiß ich, daß du mich liebst. Du verstehst, *da?*«

Mit einemmal verstand er sie tatsächlich – und die Erkenntnis machte ihn traurig. Nur so war sie in der Lage, ihre totale Einsamkeit zu überwinden. Michel setzte sich auf, doch Nikki redete bereits unaufhaltsam weiter.

»Mein ganzes Leben lang hab' ich mich gefühlt wie im Exil, irgendwie ...«

»Entfremdet?«

»Ja, so ungefähr. Irgendwie hab' ich nie das Gefühl, zu irgendwem oder -was zu gehören. Weißt du, manchmal hab' ich sogar ein ganz komisches Gefühl. Dann kommt's mir vor, als käme ich aus dem All, als hätte mich eine Fliegende Untertasse als Embryo auf der Erde zurückgelassen und im nächstbesten Uterus untergebracht. Nun habe ich zwar eine menschliche Gestalt, aber ich fühle mich nicht wie ein normaler Mensch, und ich hab' keine Ahnung, warum. Glaubst du an Fliegende Untertassen?«

»Nein.«

»Ach, du spinnst ja!« japste Nikki. »Sie sind doch bewiesen! Man hat sie schon viel zu oft gesehen ... Die Regierungen versuchen alle, es geheimzuhalten.«

»Von mir aus glaub dran«, murmelte Michel schläfrig. »Darüber werd' ich mich nicht mit dir streiten.«

Mitleid erfaßte ihn. Nikki hatte keinen Glauben, weil Religion zu bürgerlich für sie war; sie hatte kein Vaterland, weil sie mitsamt den Wurzeln verpflanzt worden war; sie hatte nicht einmal eine Familie – einfach nichts, an das sie sich halten konnte, und so fiel sie zurück in Aberglauben und ähnliche Dümmlichkeiten.

»Ich glaube an die Liebe«, sagte er beinahe streng. »Nikki, tu mir bitte einen Gefallen.«

»Hm, jederzeit«, murmelte sie und rollte sich zu ihrer Lieblingsstellung zusammen.

»Jedesmal, wenn du dich fühlst wie im Exil, dann denk dran, daß ich dich sehr, sehr lieb habe, daß ich genau in diesem Augenblick an dich denke und mich frage, wie es dir geht und was du gerade machst. Denk immer dran und vergiß nicht, daß ich dich sehr, sehr liebe. Wirst du das für mich tun?«

»Wenn's dir Spaß macht«, sagte sie, ohne allzuviel Interesse zu entwickeln.

Michel zog Nikki enger an sich, drückte sie fest und schlief gleich darauf ein.

36

Der Wecker klingelte. Widerstrebend öffnete Jacqui die Augen. Es war dunkel im Zimmer, und einen Augenblick lang wußte sie nicht, wo sie war. Dann kehrte jedoch die Erinnerung rasch zurück, und sie verzog das Gesicht zu einer ärgerlichen Grimasse. Sie befand sich in Mayfair, in Mutters Appartement, und dort mußte sie nun wochenlang bleiben und für diverse Sponsoren Modell stehen.

Warum? Warum nur, verdammt noch mal? Mutters Geld reichte doch weiß Gott aus! Aber Megan hatte ihr Haar an Glamour, ihre Haut an Lux-Seife und zehn Stunden Modellstehen an einen bekannten Aperitif verkauft.

Sie hatte sich mit Händen und Füßen dagegen gewehrt, doch dann hatte Megan einen wunden Punkt berührt: Jacquis Wunsch nach Unabhängigkeit. »Du weißt doch ganz genau, daß das Geld in Treuhandschaft verwaltet wird. Sobald du deinen Amateurstatus aufgibst, werden die Gelder freigegeben, und du bist deine eigene Herrin. Und darum geht es dir doch, oder?«

Unabhängigkeit! Das war doch ein Witz. Ich werde nie unabhängig sein, dachte Jacqui betrübt.

An diesem Vormittag hatte sie einen Termin – den letzten dieser Art – im Studio in Greenwich. Grelle Scheinwerfer, ein nachgebautes Schweizer Gasthaus, scheues Nippen am Aperitif, und dann kommt so ein geckenhafter Typ und macht ihr den Hof, während er in Wirklichkeit mit der Fotografin flirtete.

Aber es sollte noch viel schlimmer kommen. Für den Nachmittag stand die Eröffnung eines neuen Sportgeschäfts in Kensington auf dem Programm. Sie sollte dort eine kleine Rede halten – übers Skifahren natürlich. Jacqui saß auf dem Rand ihres Bettes und preßte die Hände vors Gesicht. »Mein Gott«, stöhnte sie, »wie gräßlich!« Es war ihr klar, daß sie sich völlig sinnlos aufregte, aber diese Einsicht half ihr auch nicht weiter. Aller Augen würden auf sie gerichtet sein. Sie würde den Mund öffnen, um irgend etwas Bedeutungsvolles von sich zu geben – und alle würden sie auslachen. »Das ist doch kinderleicht«, hatte Megan in burschikoser Derbheit zu ihr gesagt. »Sag ihnen, warum Sport für dich so wichtig ist. Und gib dich um Gottes willen ganz natürlich. Lies deine Ansprache nicht ab, sondern lern sie auswendig. Wenn's sein muß, kannst du dir ja einen Zettel mit ein paar Stichwörtern mitnehmen.«

»Verdammt«, murmelte Jacqui. Ihr Magen revoltierte, und sie stürzte ins Badezimmer. Ich schaffe das nie, dachte sie.

In der Badewanne versuchte sie es von neuem. Wie

ging das noch? Die Angst überkam sie. »›Meine Damen und Herren ...‹ Ach, Mist, das klingt ja furchtbar dämlich! ›Skikameraden!‹« Und dann? Wie ging es nur weiter. Sie hatte den ganzen letzten Abend damit zugebracht, diese Rede auswendig zu lernen. Daran war natürlich Megan schuld. Diese Frau hatte die verrückte Vorstellung, jeder müsse so abgebrüht und selbstbewußt sein wie sie.

Unabwendbar rückte das Verhängnis näher. Ich werde mich völlig daneben benehmen, und die Eröffnung wird ein totaler Reinfall, dachte Jacqui. Und das wird verdammt bitter, denn in diesem schicken Laden werden hauptsächlich Vanguard-Produkte angeboten, Skier und alles, was dazugehört.

Die Zeit bis zum Abend verging wie im Fluge. Schon füllte sich der Laden mit lauter jungen Leuten, die meisten von ihnen begeisterte Skifahrer. Jacqui kam sich vollkommen fehl am Platze vor und versteckte sich hinter den Skiregalen.

Das darf doch nicht wahr sein, dachte sie, als man sie auf eine eigens errichtete Bühne führte, dem Publikum vorstellte und ihr ein Mikrofon in die Hand drückte. Die Leute klatschten Beifall, und sie sah herab auf ein ganzes Meer neugieriger, gespannter Gesichter. Sie öffnete den Mund, brachte aber keinen Ton hervor.

»Liebe Skikameraden«, begann sie schließlich, als hier und dort ein paar verhaltene Lacher ertönten. Ihr war, als hätte sie Watte, wo eigentlich ihr Hirn sein sollte, anders war dieser Blackout nicht zu erklären. Aber dann fing sie sich.

»Daß so viele von euch zur Eröffnung dieses neuen Sportgeschäfts gekommen sind, wirft eine Frage auf, die mich schon seit einigen Tagen beschäftigt: Warum ist der Skisport eigentlich so wichtig für uns?« Die ersten Sätze waren noch stockend gekommen, doch nun war alles wieder da.

»Was meine Mutter bei Vanguard betrifft, so kommt es

für sie hauptsächlich darauf an, immer schnellere Skier und immer sicherere Bindungen zu entwickeln. Sie vertritt die technische Seite des Sports und deren Vermarktbarkeit ...« Jacqui hielt inne und sah sich um, erkannte jedoch sogleich, daß dies ein Fehler war, denn sie hatte Mühe, vom Blick eines Mannes in der ersten Reihe loszukommen. »Für meine Agentin«, fuhr sie dann fort, »kommt es beim Sport vor allem aufs Siegen an. Und zwar nicht auf Siege um ihrer selbst willen, sondern auf die Profite, die bei entsprechend finanzstarken Sponsoren mit Siegern gemacht werden können.«

»Hört, hört!« ertönte es irgendwoher.

Starker Tobak, Megan, aber du verdienst es nicht anders.

»Was mich selbst betrifft, so kann ich das vielleicht nicht richtig ausdrücken ... Jedenfalls, wenn ich irgendwo da oben auf einer schwierigen Piste bin, dann kämpfe ich nicht gegen die Konkurrenz, sondern gegen mich selbst. Ich kämpfe gegen die Beschränkungen an, die meiner eigenen Leistungsfähigkeit auferlegt sind. Ein Freund von mir hat das einmal ›das Streben nach Vollkommenheit‹ genannt. Darunter verstehe ich den in jedem von uns verborgenen Wunsch, sich über die Mittelmäßigkeit zu erheben, darüber hinauszuwachsen. Und daher kommt auch die ungeheure Idolisierung des Siegers in der Öffentlichkeit, die ihrerseits die Meinungsmacher anlockt, das heißt, die Werbeleute und die Politiker. Die Athleten werden auf diese Weise zu ihren natürlichen Opfern. Für uns Rennläufer ist meistens gar nicht so viel zu holen dabei, zumal wir mächtig in unseren Sport investieren müssen. Er verschlingt ungemein viel Zeit, ist manchmal nicht ungefährlich, fordert den Verzicht auf vieles andere und ist vor allem höllisch teuer. Mir ist erst kürzlich wieder klargeworden, *wie* teuer der Ski-Rennsport ist und wie sehr es darauf ankommt, daß gute Skiläufer und Skiläuferinnen finanziell entsprechend abgesichert sind. Ohne Bargeld läuft in diesem Sport nichts, und es wäre doch ein Jammer, wenn sich nur die Kinder reicher Eltern diese Leidenschaft leisten könnten. Deshalb glaube ich, daß wir endlich das Amateurstatut den modernen Verhältnissen anpassen müssen. Die gegenwärtige Situation ist unhaltbar. Jeder von uns weiß längst, wie durch und durch politisiert, professionalisiert und kommerzialisiert der Leistungssport inzwischen geworden ist, und solange wir nicht vergessen, daß dies nur Äußerlichkeiten sind, ist das ja auch ganz in Ordnung. Der Wille zur außergewöhnlichen Leistung – er ist unsere Realität, und nur darauf kommt es im Grunde an. Er ist ein ganz besonderes Vermächtnis der Menschheit. Unsere Aufgabe ist es, diese Gabe zu pflegen und ihr keine Schande zu machen. Und wir müssen darauf achtgeben, daß alles, was sonst noch dazugehört – sagen wir mal: das Geschenkpapier – in der richtigen Perspektive gesehen wird.«

Eine ganze Weile herrschte Schweigen. Jacqui faltete ihre Hände und merkte, daß sie feucht waren. Nach einem nervösen Blick in die Runde fügte sie hinzu: »Tja, damit wäre wohl alles gesagt.« Hier und da ertönte spärlicher, höflicher Applaus. »Noch Fragen?«

Eine Stunde später ging die Eröffnungsfeier mit einer kurzen Ansprache des Geschäftsführers zu Ende. Es gab Wein und ein paar Kleinigkeiten zu essen.

Und während ein Teil der Gäste sich bereits auf den Weg machte, stand Jacqui plötzlich Rob gegenüber. Die Freude über die Begegnung war überwältigend. Das Herz klopfte ihr bis zum Hals, und die Tränen schossen ihr in die Augen.

»Wow«, rief sie, bemüht, die Fassung nicht vollends zu verlieren. »Das ist ja eine tolle Überraschung. Was machst du denn hier?«

»Ich hab's geschafft, drei Wochen Urlaub rauszuschinden«, gab Rob, nicht minder glücklich, zurück. »Nach der Landung heute morgen habe ich Megan angerufen, und sie verriet mir, wo ich dich finden konnte.«

»Warst du denn die ganze Zeit über hier? Ich meine, hast du das ... mich vorhin gehört?«

»Du warst großartig«, sagte Rob und legte einen Arm um sie. Er war stolz auf sie; Jacqui sah es am Glanz seiner grauen Augen. Er ist so lieb, so verläßlich, dachte sie, alles an ihm, sein braunes Haar, sein Körper, sein gutes Gesicht. War er gewachsen? Oder hatte sie vergessen, wie groß und kräftig er war? Rob war ein muskulöser Typ, und dennoch wirkte er liebevoll und zärtlich. Er war ungemein aufregend.

»Komm, machen wir, daß wir fortkommen«, sagte er. »Bist du jetzt frei?«

»War es ... war es richtig, was ich gesagt habe?« fragte sie mit nervöser Beharrlichkeit, nachdem sie sich überall verabschiedet hatte und gemeinsam mit Rob auf ein Taxi wartete.

»Ich hab's dir doch schon gesagt: Du warst ... das warst du, echt Jacqui, eine Persönlichkeit. Das Mädchen, das damals den Jahorina herunterraste und das ich von Stund an nicht mehr vergessen konnte.«

»Ich mache so etwas nie wieder«, erwiderte sie heftig. »Es ist mir furchtbar an die Nerven gegangen. Das war die Sache nicht wert.«

»Vergiß es. Jetzt gehen wir erst mal essen.«

Jacqui strahlte. »Ich habe den ganzen Tag keinen Bissen herunterbekommen – aber jetzt bin ich total ausgehungert.

In einem Restaurant in Soho aßen sie Muscheln und Garnelen, dann bummelten sie händchenhaltend durch die City, sahen sich Schaufensterauslagen an, kauften sich an einem Straßenrand Trauben und aßen sie unterwegs. Sie lachten viel und wunderten sich darüber, wie schön die alltäglichsten Dinge sein konnten, wenn man sie gemeinsam erlebte.

Als sie gegen Mitternacht in das Appartement in Mayfair zurückkehrten, war Jacqui mit einemmal sehr erschöpft. Sie sah mißmutig drein und klagte über Müdigkeit. Den ganzen Abend hatte sie sich amüsiert und nicht den geringsten Gedanken darauf verschwendet, wie es weitergehen würde. Nun plötzlich erinnerte sie sich an Aviemore. Bewußt zögerte sie die Rückkehr hinaus, trödelte vor langweiligen Schaufenstern herum, wurde schließlich schnippisch und sogar regelrecht ausfällig. Sie hatte es offensichtlich auf einen Streit angelegt.

»Na gut, dann geh' ich eben«, sagte Rob enttäuscht. »Es ist gar nicht nötig, daß du mich so anfährst. Ich habe verstanden und verschwinde.«

»Sei doch nicht gleich eingeschnappt«, quengelte sie und sah ihn mit hochgerecktem Kopf und glühenden Augen von der Seite an. Die Hände in die Hüften gestemmt stand sie da, breitbeinig, und Rob fühlte sich an ein kleines Erdhörnchen erinnert, das sein Nest verteidigt.

Er packte sie, zog sie ziemlich rauh an sich und hob ihr Kinn, so daß sie ihm ins Gesicht sehen mußte. »Gute Nacht«, sagte er und gab ihr einen flüchtigen Kuß.

Jacqui lenkte ein. »Ich will – eigentlich – jetzt noch nicht allein sein«, sagte sie sanft. »Wie wär's mit einer Tasse Kaffee? Ich mein' das wirklich so, nur eine Tasse Kaffee …«

»Du hältst mich wohl für ziemlich verklemmt«, sagte sie, nachdem alle Gesprächsthemen erschöpft, der Kaffee ausgetrunken und die Tassen gespült waren. »Ich mein' bloß … also Sex, das ist so eine … eine so verdammt bindende Sache, verstehst du? Ich meine, beim letztenmal, da hatte ich das Gefühl, als wäre ich dein … dein Eigentum. Blöd, nicht wahr? Aber ich habe eine ganze Weile gebraucht, um mich von diesem Gefühl zu befreien.«

»Ich kann das verstehen«, antwortete Rob und bemühte sich, älter und erfahrener auszusehen, als er war.

»Ich meine, an sich ist das im Bett nicht übel, wirklich – also warum sich darüber aufregen? Nur irgendwie legt es dich auch an die Kette. Es sei denn, du hast eine sehr viel dickere Haut als ich.«

»Und was ist mit Kuscheln? Ist das erlaubt?«

Jacqui kicherte. »Du, ich komm' mir furchtbar dumm vor, wenn du so etwas sagst, echt kindisch.«

Rob zog sie an sich und hob sie hoch. Sie ist so leicht – gewiß leichter als das letzte Mal, dachte er verwundert, als er sie ins Nebenzimmer trug und sanft auf dem Bett niederließ. »Leg dich einfach neben mich, nichts weiter«, sagte er. »Ich möchte dich bloß in den Arm nehmen – ansonsten verlass' ich mich auf meine Erinnerungen.«

Jacqui machte es sich auf dem Bett bequem und knipste die Nachttischlampe aus. Sie spürte seine Nähe und den so vertrauten Geruch seines Körpers, und die Weichheit seiner Lippen und seiner Wangen riefen Erinnerungen an Gefühle und Wünsche hervor, die sie in letzter Zeit stets zu unterdrücken versucht hatte. Sie errötete in der Dunkelheit und entzog sich ihm, doch dann drehte sie sich um und erwiderte seine Berührungen. Es war einfach zu schön.

»Du und ich«, flüsterte sie, »wir beide. Das ist etwas ganz Besonderes. Man kann es gar nicht erklären, etwas Wunderbares. Was ist das nur?«

»Liebe«, gab Rob mit heiserer Stimme zurück und zog sie an sich. »Ich liebe dich, Jacqui.«

Eine Zeitlang lagen sie still auf dem Bett, eng aneinandergekuschelt und ganz zufrieden damit, einander nahe zu sein. Sie genossen die Berührungen ihrer Hände, ihre Nasenrücken begegneten einander, sanft verschmolzen ihre Lippen. Aber dann wollte Jacqui mehr – und noch mehr. Sie öffnete die Knöpfe seines Hemdes und barg ihr Gesicht an seiner breiten, harten Brust.

»Warum darf ich das nicht?« flüsterte er.

»Meinetwegen darfst du es«, erwiderte sie. Sie spürte,

wie Rob an ihrem Kleid herumfummelte, und schloß die Augen. Es dauerte eine Ewigkeit, wie ihr schien, doch dann raubte es ihr fast den Atem, als sie seine nackte Haut auf ihren Brüsten spürte. »Oh, Rob«, hauchte sie, »es ist traumhaft, wunderbar. Überall wäre es noch schöner, meinst du nicht auch.«

Sie vergaß alle Scheu und schlüpfte aus ihren restlichen Kleidern. Dann zerrte und zog sie an seiner Hose. »Furchtbar, was ihr Männer so anzieht«, sagte sie und kicherte dabei. »Alles was recht ist – und das in einer lauen Maiennacht. Dermaßen viel Zeug!«

Er zuckte zurück. »Vorsicht, paß ein bißchen auf!«

Langsam gewöhnten sich Jacquis Augen an die Umgebung. Obwohl es dunkel war, drang durch die Vorhänge ein wenig Dämmerlicht; das gedämpfte Licht der nächtlichen Stadt. Sie sah sein Glied, weich und ein wenig feucht; es pochte sanft gegen ihre Hand. Sie beugte sich vor und streifte seine Haut mit einem flüchtigen Kuß. Da ergriff Rob sie zärtlich bei den Schultern, legte sie zurück, beugte sich über sie und küßte ihre Brüste, ihren Bauch und die wunderbar weiche Haut auf der Innenseite ihrer Schenkel. Jacqui lag mit geschlossenen Augen da und wimmerte vor Freude und Lust, auf den Lippen ein beseligtes Lächeln.

»O Liebster, mein Liebster«, stöhnte sie leise, »komm zu mir, du mußt jetzt zu mir kommen. Ich halte es nicht mehr aus, ich will dich …«

Aber Rob hielt sich zurück. Sein Wunsch, sie ein für allemal für sich zu gewinnen, war stärker als seine sexuelle Begierde. Er wollte sie heiraten, mit nach Hause nehmen, behüten und beschützen. Gewiß fühlte sie bereits, daß sie beide untrennbar miteinander verbunden waren, ja sie *waren* bereits Mann und Frau, Heirat hin oder her. Was sonst spielte jetzt oder hier noch eine Rolle? Er sah auf sie herab, von wildem Besitzerstolz ergriffen. Aller Welt hätte er jetzt zeigen wollen, daß sie sein Mädchen war.

Jacqui öffnete die Augen. Es war, als habe sie seine Empfindungen gespürt und verstanden. Sie runzelte die Stirn. »Komm, hab mich lieb«, sagte sie. »Ohne Bindungen, ohne ›blöde Gefühle‹, ja? Wir wollen einfach Spaß dran haben – heute nacht.«

Sie zog ihn zu sich herab, umschlang seine Hüften mit ihren Beinen und legte die Arme um seinen Hals.

Keine Bindungen? Was ist los mit ihr? Rob wußte nicht, woran er war. Sie wich ihm aus, war noch so unreif. Seine Zärtlichkeit verflog. Hart drang er in sie ein, wieder und immer wieder, und sein Mund suchte ihre Lippen. Sie stöhnte leise und wandte den Kopf ab. Jetzt wenigstens gehört sie mir, voll und ganz, dachte er. Am liebsten hätte er nie wieder aufgehört.

Selbst nachdem er gekommen war, ließ er sie nicht los. Er wollte sie nicht freigeben, sich nicht einfach entspannt auf den Rücken legen.

So blieben sie eng aneinandergepreßt, Nase an Nase, und lächelten einander verstohlen zu. Es ist gut, dachte Rob, sie gehört mir. Ich hatte ja Hirngespinste. Sie gehört mir, war schon immer mein. Er kicherte verhalten in sich hinein.

»Warum lachst du?« fragte Jacqui, kuschelte sich noch enger an ihn und streifte seine Brust mit ihren Lippen.

»Ich dachte gerade daran, wie du mit der Hausarbeit zu Rande kommen wirst. Frage mich echt, wie du das machst. Ich glaube, ich werde dir eine gute Haushälterin besorgen müssen.

Sie bewegte sich, und ihre Bewegung verriet Unruhe. Er spürte die plötzliche Spannung in ihrem Körper und war auf der Hut.

»Du mußt mich heiraten«, sagte er mit Nachdruck. »Warum sonst liegen wir hier auf diesem Bett? Wir lieben uns doch, oder?«

»Ich liebe dich«, flüsterte sie, »aber ich habe eine Reihe von Verpflichtungen. Ich bin noch nicht reif genug für eine Ehe, Rob. Erst mal will ich trainieren, um mich für das britische Olympiateam zu qualifizieren, und es gibt nichts, was mich davon abhalten könnte.«

»Ich werde auf dich warten«, antwortete Rob. »Aber jetzt kannst du doch mit mir kommen, außerhalb der Saison, nicht wahr? Sieh dich ein bißchen um bei uns, ich bin sicher, daß es dir gefallen wird.«

»Ich habe schon eine feste Verabredung zum gemeinsamen Training auf einem Gletscher. Mit Wolf Muller, um ehrlich zu sein.« Es war ihr sichtlich peinlich, darüber zu sprechen. »Du kennst ihn bisher nicht, aber ich habe dir schon von ihm erzählt. Wir reisen nächste Woche ab. Ich kann nicht anders, ich muß es tun.« Ihre Stimme klang jetzt sehr entschlossen. »Er hat einen Hubschrauber gechartert, der uns frühmorgens auf den Berg bringt, es wird sicher ganz toll, meinst du nicht auch?«

»Warum?« Er zog sich von ihr zurück, drehte sich auf den Rücken und verschränkte die Arme hinter seinem Kopf. »Warum bist du so scharf auf diese Reise? Vorhin hast du noch gesagt, daß du mich liebst, oder habe ich mich da verhört? Und zwar nicht nur einmal, sondern mehrmals.«

»Ich liebe dich, aber ich liebe Wolf auch«, gab Jacqui zurück; es klang jämmerlich.

»Hast du etwa ...?« Seine Stimme war wie fernes Donnergrollen.

»Nein«, sagte sie, »es ist eine andere Art von Liebe. Du und ich – das ist etwas anderes. So etwas werde ich niemals für einen anderen empfinden.«

»Gib ihn auf«, bat Rob. »Ich entschädige dich dafür. Wir machen gemeinsam Urlaub in Südamerika. Bitte verreise nicht mit Wolf.«

»Ich kann nicht anders«, sagte Jacqui leise, drehte ihm den Rücken zu und tat, als wäre sie eingeschlafen. Wie konnte sie ihm erklären, daß Wolf aus irgendwelchen Gründen, die ihr selbst noch nicht ganz klar waren, Teil ihres Lebens war? Und daß er es auch dann bleiben würde, wenn sie irgendwann einmal Rob heiraten sollte?

Nach einer Weile schlief Rob ein. Jacqui hingegen fand lange keinen Schlaf. Sie lauschte seinem Atem und zerbrach sich den Kopf über das Dilemma, in dem sie sich befand. Es war nicht recht, aber sie sah keine Möglichkeit, den einen oder den anderen aufzugeben. Sie waren ihr beide so sehr ans Herz gewachsen, wenngleich auf völlig unterschiedliche Art. Auf einmal haßte sie dieses für sie so neue Gefühl der persönlichen Betroffenheit, das sie so verletzlich und kraftlos machte.

Nach langem Grübeln verfiel auch sie in einen unruhigen Schlaf.

Rob erwachte am frühen Morgen, stützte sich auf den Ellenbogen und bedachte Jacqui mit einem langen, verlangenden Blick. Ihre Lippen war leicht geöffnet, ihr Haar floß über das Kissen, unter ihren Augen zeigten sich dunkle Schatten. Sie sah so jung aus.

Ich fange an, sie zu verstehen, dachte er. Ihr ganzes Leben lang ist sie mit weltlichen Gütern verwöhnt worden, aber Liebe und Zuwendung hat sie nie gekannt. Immer ging alles nach ihrem Willen, doch erst in jüngster Zeit hat sie gemerkt, daß sie das, was sie wirklich haben wollte, nie bekommen hat – Selbstachtung und elterliche Liebe anstelle des Reichtums, den ihre Mutter ihr bieten konnte. Sie sehnte sich nach einem Vater. Die Vorliebe vaterloser Mädchen für ältere Männer war Rob nicht unbekannt. Ihm selbst blieb in dieser Situation nichts anderes übrig, als abzuwarten und zu hoffen.

Daß Jacqui nun drei Monate mit Wolf verbringen würde, war ihm trotz dieser Einsichten zutiefst zuwider. Sein Stolz ließ es einfach nicht zu, die lange Wartezeit auszusitzen, um sich nachher ergebenst mit dem zufriedenzugeben, was für ihn übrigblieb. Davon abgesehen machte er sich Sorgen um Jacqui. Irgend etwas an Wolfs geheuchelter Zuneigung und aufdringlichem Interesse stimmte nicht, das spürte er.

Leise stand er auf, nahm seine Kleider und schlich auf Zehenspitzen ins Badezimmer. Als er zurückkam, schlief Jacqui noch immer tief und fest. Auf der Kommode lagen Notizblock und Kugelschreiber. Rob schrieb:

Solltest du mich – nein: sollte die echte Jacqui mich jemals brauchen, dann kann sie mich hier finden. Ich liebe dich. Rob.

Er fügte seine Adresse und Telefonnummer hinzu. Dann verließ er das Zimmer und schloß behutsam die Tür.

37

Adolphos Studiowohnung befand sich in einem luxuriösen Hochhaus mit Ausblick auf Hampstead Heath. Maureen war auf die Sekunde genau um drei Uhr dort und blieb dümmlich glotzend in der offenen Tür stehen, denn etwas Derartiges hatte sie noch nie gesehen: Eine der Wände war von oben bis unten bedeckt mit Postern von nackten Mädchen, so geschickt montiert, daß sie wie eine Orgie aus Hintern und Busen wirkten; ultramoderne Sitzgelegenheiten aus stählernen schwarzen Röhren, bespannt mit weißem Wildleder und in den seltsamsten Formen, standen kunterbunt über den Marmorfußboden verteilt, und in der Ecke wurde ein Whirlpool in einer Spiegelwand vielfach reflektiert. Es war warm und schwül, ein geradezu ideales Klima für den Pflanzendschungel, der unter den ultravioletten Spotlampen in der Decke aufs üppigste gedieh. Maureen schwitzte bereits, als sie ihren Mantel über einen Stuhl warf.

»Komm rein, Kleine! Komm rein und leiste mit Gesellschaft«, brüllte Adolpho aus einer entfernten Ecke. Seine

Stimme war tief und kehlig und sehr männlich, doch sein aufgesetzter italienischer Akzent tat ihr in den Ohren weh.

»Verdammt!« fluchte sie vor sich hin. Abgesehen von seiner Sonnenbrille lag Adolpho vollkommen nackt auf einer Couch unter drei sich unablässig drehenden Bräunungslampen.

»Du solltest schon längst gepackt haben!« rief Maureen mit zitteriger Stimme. Es war ihr unmöglich, die Augen von diesem Wahnsinnskörper abzuwenden.

»Komm zu mir, Baby!« rief Adolpho wieder. »Zieh dich aus und gönn dir ein bißchen Sonnenbräune.«

»Ich bin braun genug«, gab sie zurück. »Viertausend Jahre afrikanischer Sonne sind schließlich nicht ohne. Du weißt also, wohin du dir deine läppischen Lämpchen stecken kannst.«

Adolpho sah sich verblüfft nach ihr um, und sie marschierte angriffslustig auf ihn zu. »Komm schon, heb deinen Hintern, Adolpho! Du mußt zum Zug, und ich bin hergekommen, damit du den auch hundertprozentig kriegst. Eins ist mal sicher: Du hast ein ungeheures Talent, dich vor deinen Verpflichtungen zu drücken.«

Adolpho setzte sich vorsichtig auf, grabschte, während er von seiner Liege rutschte, nach einem Handtuch und schlang es sich um die Hüften. »Du bist also Maureen!« wunderte er sich lauthals. »Ich dachte immer, du wärst Engländerin!«

»Ich bin Engländerin, du Cockney-Arsch«, sagte sie grimmig.

»Ich bin kein Rassist«, sagte er. »Willst du nicht herkommen und es ausprobieren?«

Sehnsüchtig ließ Maureen ihre Augen über seinen berühmten Körper schweifen. Jeder einzelne Zentimeter war der reinste Sexappeal, von seinem dichten schwarzen Haar und seinen buschigen, langen Augenbrauen über seine samtbraunen Augen, die geradezu nach Liebe schrien, sein kantiges Kinn und die weißen Zähne bis hin zu seinem starken, sehnigen Hals, seinen felsengleichen Schultern und seiner breiten Brust – nicht zu vergessen seine wohlgeformten kräftigen Beine. Zu schade, daß er ein Handtuch umgewickelt hatte!

»Diesen Itaker-Quatsch kannst du dir sparen«, sagte sie bissig. »Ich weiß genau, daß du aus London stammst. Dein Vater war zwar Italiener, aber deine Mutter war Londonerin. Ich weiß sogar, wo du aufgewachsen bist.«

Er zuckte die Schultern. »Das macht mich eben auch zum Italiener. Oder?«

»Mir doch wurscht«, sagte sie und zuckte ihrerseits die Schultern. »Hauptsache, du beeilst dich.«

»Du mußt ja sehr mutig sein«, sagte Adolpho und ließ seinen Blick wollüstig über ihren Körper gleiten. »Daß du dich ganz alleine in meine Höhle wagst!«

»Dazu brauch' ich keinen Mut«, gab Maureen zurück. »Ich bin bloß hier, um dich in den Zug zu setzen. Du mußt nach Manchester, Adolpho, oder sie machen Mus aus dir. Universal Bodybuilding Inc. lassen nicht mit sich spaßen. Das ist eine scharfe Bande. Die sehen schon zu, daß sie keinen Pfennig umsonst ausgeben. Während du dein Honorar bestimmt schon verjubelt hast, woll'n wir wetten?«

»Geld, Geld, Geld! Du klingst wie deine Chefin!«

»Schon möglich. Bei ihr hab' ich meinen Job schließlich gelernt. Mensch, ist das heiß hier drin! Richtig schwül. Für dich mag das ja angehen, halbnackt, wie du bist, aber ich fange langsam an zu glühen. Nun komm schon, packen wir deinen Koffer. Du wirst in diesem Zug nach Manchester sitzen, und wenn ich dich eigenhändig hintragen muß!«

»Sehr komisch! Du denkst wohl, du könntest mir befehlen. Nicht mit mir. Ich gehe nicht, ich bin krank. Die kommen auch ohne mich aus.« Er machte ein paar Schritte rückwärts bis zu einer Couch, die über und über mit Handtüchern bedeckt war, und ließ sich schwer darauf niedersinken. Dann neigte er sich vor, stützte die Ellenbogen auf die Knie, setzte sein Kinn in die Hände und besah sich seine Füße mit einem Ausdruck tiefster Melancholie.

Maureen setzte sich neben ihn und legte ihm eine Hand auf die Schulter. »Was ist denn los, Adolpho? Du brauchst keine Angst zu haben, du wirst ein Bombenerfolg sein! Du brauchst bloß deine famosen Muskeln ein bißchen spielen zu lassen – mehr wollen sie ja gar nicht von dir.«

Er seufzte. »Und ob sie mehr wollen! Jedesmal sind sie auf was aus. Jeder Halbstarke wird mir einen Kampf andrehen wollen. Bloß, damit er sich damit brüsten kann, er hätte mich aufs Kreuz gelegt.«

»Und wenn schon. Fahren mußt du so oder so. Ich pack' deine Sachen. Bin gleich wieder da. Soll ich dir«, rief sie bereits aus dem angrenzenden Raum, in dem Adolpho offenbar schlief, »einen Leibwächter besorgen? Du könntest behaupten, er sei dein Assistent.«

»Danke, das hab' ich schon mal versucht. Da hieß es dann gleich, ich sei ein Homo, also hat ihn mir Megan wieder vom Hals geschafft.«

Maureen stand wie angewurzelt und vergaß vor Staunen, den Mund zuzumachen. Langsam ging sie wieder ins andere Zimmer und auf Adolpho zu, wie eine Schlafwandlerin, seinen Bademantel über der einen Schulter, das Gesicht ein einziges, lustvolles Fragezeichen. »Ja, bist du denn keiner?«

»Du bist abstoßend«, sagte er. »Geh heim zu Megan.«

Sie sagte: »Das liegt bloß daran, daß man dich noch nie mit einem Mädchen gesehen hat.«

»Mädchen mögen mich nicht.«

»Schon mal einem 'ne Chance gegeben?« fragte sie und schlängelte sich näher. »Schon mal 'ne Freundin gehabt, Adolpho?«

Er drehte sich um und warf ihr einen gespielt indignierten Blick zu. Nix als Getue, entschied Maureen, wie alles an ihm. Dennoch, das Verlangen in seinen Bernhardineraugen konnte er nicht verhehlen.

»Schon mal'n Freund gehabt?« fuhr sie fort.

Adolpho zuckte sichtbar zusammen und schloß die Augen.

»'Tschuldigung. Hör einfach nicht auf mich. Geht mich schließlich nix an. Du bist eben so, wie du bist – kannste nix machen. Jedem das Seine, hat meine Mammi immer gesagt.«

Meine Güte, wie er jetzt dreinsah! Megan hätte selber kommen sollen, dachte Maureen. Gleich würde er sie und ISA obendrein zum Teufel schicken, und sie würde nie mehr erfahren, was es nun wirklich mit ihm auf sich hatte! Doch je länger sie ihn so beobachtete, desto deutlicher erkannte sie die stumme Aufforderung, die in seinem Blick lag. Seine offensichtliche Fügsamkeit war eine Herausforderung, der Maureen einfach nicht widerstehen konnte. Er war wie ein unbearbeiteter Tonklumpen, geschmeidig und formbar, und sie die Töpferin.

»'Tschuldigung«, sagte sie, »wirklich, es tut mir echt leid.« Sie setzte sich dicht neben ihn und streichelte mit den Fingern über seinen Handrücken; da er nichts dagegen zu haben schien, wurde sie kühner und ließ sie seinen Arm hinauf und über seine Schultern gleiten.

»Mach' nur so weiter«, sagte er, »und ich leg' dich in Null Komma nichts aufs Kreuz.«

Sein plötzlicher Anfall von Tapferkeit mit seinem angeberischen Macho-Gehabe ließ sie vorübergehend die Geduld verlieren.

»Wo soll die große Verführungsszene dann stattfinden?« fragte sie und sah sich um, während sie gleichzeitig ihre Bluse aufknöpfte. Doch dann erhaschte sie einen Blick auf seine Miene, und ihr Mitgefühl gewann die Oberhand. »Ach, Adolpho, glaubst du wirklich, du kannst mir was vormachen? Jedes Kind weiß doch, daß du ein Schwuli bist.«

»Aber das ist einfach nicht wahr!« Seine Stimme war kaum mehr als ein Flüstern. »Das darfst du nicht sagen. Siehst du, du verstehst das nicht. Es ist einfach so, daß ...«

»... du keine Mädchen magst?«

»Schau, warum verpißt du dich nicht einfach?« sagte er, plötzlich ohne jeden italienischen Akzent. »Zieh doch Leine, mitsamt deinen ekelhaften Beleidigungen. Na, geh schon, geh!«

»Du hast es herausgefordert«, sagte sie nachsichtig. »Aber ich werd' dich jetzt gleich in deinen Zug setzen, denn wenn du den verpaßt, dann ist mehr futsch als bloß mein Job.«

Sie huschte ins Schlafzimmer zurück, riß die Tür zum Kleiderschrank auf – und machte vor Verblüffung einen Schritt zurück. Eine lebensgroße Plastikpuppe starrte sie aus leblosen Augen an.

»Weiblich«, bemerkte sie. »Ogottchen, die Wunder nehmen heut' aber auch kein Ende.«

»Schau mal, Adolpho, wie wär's denn mit 'ner echten Puppe?« Sie setzte sich dicht neben ihn und drückte seine Hand gegen ihren Busen. »Ist doch besser als Plastik, was?« Sie strich mit den Fingern über seinen Bauch und seinen Schenkel. »Was für ein herrlicher Brustkorb!« sagte sie. »Der schönste, den ich je gesehen habe. Einfach perfekt!« Mit einem Finger strich sie von oben bis unten seinen Brustkorb entlang, dann griff sie in seinen Schoß, spürte durch das Handtuch sein schlaffes Glied auf und ließ ihren Finger weiterwandern.

»Hat keinen Sinn«, sagte er und starrte sie an; sein Gesicht spiegelte Verlegenheit, Entsetzen und Verzweiflung gleichzeitig.

»Na und«, sagte sie ruhig. »Für einen Burschen wie dich könnt' ich sogar ohne leben. Denkst du, du bist der einzige, der einsam ist? Keine Spur. Die Männer – na, sagen wir: die meisten Männer – wollen kein Mädchen, das so schwierig ist wie ich. Ich pflege kein Blatt vor den Mund zu nehmen, und mit diesen arroganten Heinis, die meinen, sie hätten die gesamte Wahrheit für sich alleine gepachtet, kann ich schon gar nix anfangen – abgesehen davon, daß sie meistens sowieso von nichts eine Ahnung haben.«

»So könnte ich nie sein«, sagte er gequält. »Du glaubst, ich liebe Männer. Dabei hasse ich sie.«

Er stand auf und trat vor den Spiegel, wo er sich mal so, mal so in Pose stellte, seine Muskeln spielen ließ und beobachtete, wie sich seine Haut spannte.

»Mann! Dann bewunderst du dich wohl den ganzen Tag selber im Spiegel?« fragte sie. »Wie wär's mit mir? Ich hab' immerhin eine recht gute Figur. Wie wär's, wenn du statt dessen die bewundern würdest?«

»Ich gucke in den Spiegel und kann's einfach nicht glauben, daß dieser Koloß von Adolpho Bartoli Wirklichkeit sein soll. Und das alles hab' ich mit simpler harter Arbeit erreicht, wenn du's genau wissen willst. Drinnen steckt immer noch der alte Johnny Bart, das dürre kleine Kerlchen, das tagtäglich von der Bande auf der Straße zusammengeschlagen wurde«, sagte er. »Hanteltraining und so, das hab' ich nach einem Buch gemacht, und später ging ich dann in ein Fitness-Center. Bloß, weil ich so dürr war. Ich wollte sie abschrecken, weißt du. Ich kann Prügeleien nicht ausstehen, aber die Engländer scheinen sie zu lieben.«

Gepeinigt sah er sie an. »Warum erzähl' ich dir das alles eigentlich?«

Sie dachte kurz darüber nach. »Vielleicht, weil ich die erste bin, die dich danach gefragt hat«, erwiderte sie dann nachdenklich. »Johnny Bart! Das ist ein viel besserer Name für dich! Ich kann ihn schon vor mir sehen, in Neonleuchtreklamen: Johnny Bart's Fitness Center! Und erst die Schlagzeilen in den Zeitungen, wenn du diesen Titel da gewinnst: Die Geschichte von dem dürren Jungen, der auszog, erfolgreich zu werden! Du wirst gewinnen, Johnny. Das versprech' ich dir. Weißt du was?« fuhr sie ohne Unterbrechung fort. »Da in Manchester, da solltest du auf die Bühne steigen und ihnen genau das erzählen, was du gerade mir erzählt hast.«

»Spinnst du? Schlag dir das aus dem Kopf und vergiß alles wieder, was ich erzählt hab'. Das war was Persönliches, nix für die Öffentlichkeit. Und dir hab' ich vertraut?«

»Komm her zu mir, Johnny.« Sie preßte ihre Brüste, nackt unter der dünnen Seidenbluse, gegen seine Brust, schlang die Arme um seine Taille und glitt wie eine Schlange um ihn, als sie eins ihrer schwarzen Beine um seine Wade wand. Dann küßte sie ihn heftig auf den Mund, und als ihre Zunge eindrang, schmeckte sie Mundwasser und Zahnpasta.

»Mehr will ich gar nicht«, sagte sie, während sie zurücktrat und prüfend den Ausdruck seiner Augen betrachtete. »Bloß ab und zu ein bißchen kuscheln. War doch gar nicht so übel, was? Den Rest kannste vergessen – wer braucht schon Sex?«

Es sah nicht so aus, als wäre er angewidert – ganz im Gegenteil. Er sah aus wie ein Waisenkind, das zu einem Festtag ausgeführt wird. »Ist das dein Ernst?« Seine Augen waren wie Fenster – er würde niemals imstande sein zu lügen. Seine ganze Sehnsucht, die Beschämung seines verkrüppelten Ichs, seine Ungewißheit und sein Verlangen lagen darin, eingeschlossen in diesen riesigen koloßhaften Körper.

Er braucht eine, die ihn an die Hand nimmt, dachte Maureen, und warum sollte ich das nicht tun?

»Willst du, daß ich mitkomme – nach Manchester, meine ich? Ich kann den Tag freikriegen, wenn du willst. Dein Händchen halten. Dir sagen, was du denen erzählen sollst. Du kannst so tun, als wär' ich deine Sekretärin. Ich kann ja meinen Notizblock zücken.«

»Du kämst doch so oder so – auch wenn ich dir noch mal sage: Hau ab!« versetzte er kühl, und Maureen entging nicht, daß der italienische Akzent wieder in Aktion getreten war.

»Nein, ich käme nicht«, sagte sie weich. »Ich muß das Gefühl haben, willkommen zu sein. Anders geht's nicht.«

»Dann komm halt mit, wenn du willst«, sagte er.

Nun ja, das ist immerhin ein Anfang, dachte Maureen. »Johnny Bart«, flüsterte sie vor sich hin, »ich werde einen Mann aus dir machen.«

38

»Eleanor, ich möchte, daß Sie mir von *sich selber* erzählen.« Gundelfinger musterte die unglückliche Frau, die auf seiner Praxis-Couch lag. Sie war immer noch attraktiv, und bei flüchtigem Hinsehen hätte man sie gut und gerne für kaum älter als fünfunddreißig halten können. Die Wunder der modernen Chirurgie, dachte er zynisch. Zugegeben, er fühlte sich zu ihr hingezogen, eher ihrer Persönlichkeit als ihres Aussehens wegen. Doch wie dem auch sein mochte: Nach ihrem Durchbruch im Mai war es ihm nicht mehr gelungen, ihre Verteidigung zu durchbrechen. Statt dessen hatte sie ihm von ihren gegenwärtigen Geschäftsproblemen erzählt und errechnet, wieviel Prozent der Aktien ihr Gegner mittlerweile wahrscheinlich hatte und auf wieviel Prozent sie sich selbst berufen konnte. Er hatte sie reden lassen, weil er einsah, daß sie – von ihrem psychischen Trauma einmal abgesehen – tatsächlich eine ganze Menge Sorgen und Probleme hatte. »Seit neuestem berichten Sie mir stets sehr viel über Ihre Firma, über sich selber jedoch sehr wenig ...« fuhr er fort.

»Aber das bin ich doch selber«, sagte Eleanor gereizt. »Darum dreht sich bei mir doch alles, was ich denke, fühle, tue – den ganzen Tag lang.«

»Genau das ist der Punkt. Alles, was ich höre, dreht sich ums Geschäft – geschäftliche Sorgen, geschäftliche Strategien, geschäftliche Hoffnungen. Aber was ist mit Eleanors Hoffnungen? Manchmal frage ich mich, ob Sie überhaupt Sie selber sein können, ohne Vanguard, meine ich.«

»Ich bin Vanguard.«

Gundelfinger zuckte mit den Schultern. »Sie scheinen alles auf eine Karte gesetzt zu haben. Kein Wunder, daß Sie sich über diesen Aufkaufversuch, von dem Sie dauernd reden, derartig aufregen. Was werden Sie tun, wenn Sie verlieren – wenn sie Ihnen Vanguard wegnehmen und mit einer anderen Firma fusionieren? Dann würden Sie doch auch ohne Vanguard weiterleben, oder? Also, erzählen Sie mir was über Ihr wirkliches Ich.«

Eleanor zuckte zusammen und schwieg. Gundelfinger hatte mit seinen Worten genau ins Schwarze getroffen. »Ich verstehe Sie nicht«, sagte sie schließlich. Das hatte ziemlich jämmerlich geklungen, fand sie, und sie riß sich zusammen. »Wie steht's mit Ihnen – leben Sie denn nicht auch für Ihre Arbeit? Oder gehen Sie nach Hause zu Frau und Kindern und vergessen Ihre Patienten?«

»Nein, ich vergesse meine Patienten nie«, antwortete Gundelfinger bedachtsam.

»Na also, das ist doch genau das gleiche!«

»Das soll genau das gleiche sein? Sie sind doch eine gescheite Frau, Eleanor. Und mit intelligenten Patienten arbeite ich am liebsten.«

Eleanor lag still und starrte mit gerunzelter Stirn zur Decke. »Gefühle haben mir bloß Schmerz eingetragen«, sagte sie schließlich. »Gleich zweimal! Also hab' ich diesen läppischen Liebeskram sein lassen. Meine Firma ist mir lieber.«

»Erzählen Sie mir von diesem Schmerz«, beharrte er.

Sie seufzte. »Ich bin müde«, murrte sie.

»Schade, daß Sie müde sind«, meinte Gundelfinger nach längerem Schweigen. »Aber ich denke doch, Sie sollten jetzt fortfahren.«

»Was soll ich Ihnen denn erzählen?« fragte sie feindselig.

»Erzählen Sie mir von der Eleanor, die Sie einmal waren – bevor Liebe und Schmerz Synonyme wurden. Er muß Ihnen eine Menge bedeutet haben, dieser junge Deutsche. Wie, sagten Sie, war sein Name?«

»Ich hab' ihn nicht genannt«, antwortete sie bockig. »Ich wollte ihn eigentlich auch gar nicht wissen. Ich wollte auch die Gefühle nicht haben, die ich hatte. Ich versuchte, niemals zu vergessen, daß er ein Deutscher war – der Feind. Also hab' ich ihn Jerry genannt, und das hat ihn getroffen – das hat ihn echt getroffen. Er wurde jedesmal wütend, es war meine einzige Waffe gegen ... gegen ihn.«

»Dennoch haben Sie ihn sehr geliebt. Erinnern Sie sich. Wann haben Sie herausgefunden, daß Sie in ihn verliebt waren? Was war das für ein Gefühl?«

»Das ist schon so lange her ... Trotzdem werd' ich's nie vergessen«, begann sie zögernd. »Ich erinnere mich, daß es selbst für schottische Verhältnisse ungewöhnlich kalt war. Tag für Tag tobten arktische Stürme und schütteten das Dorf mit Eis und Schnee zu, bis wir glaubten, wir würden lebendig begraben. Es war um die fünf Grad unter Null, deshalb trieb Dad die Schafe in einen Pferch unweit des Hauses, und wir fütterten sie mit Luzerne. Eines Nachts schneiten wir ein. Ich wachte auf und sah ein seltsam weißes Licht durchs Fenster kommen. Als ich die Vorhänge aufzog, sah ich, daß der Schnee so hoch lag, daß er das halbe Fenster verdeckte. Keine Spur von der Scheune oder dem Schweinestall oder den Schafen in ihrem Pferch – nichts, gar nichts! Alles war vom Schnee begraben. Ich schrie vor Angst auf, zog mich schnell an und lief in die Küche. Dad aß gerade seinen Porridge.

›Na, mein Mädchen‹, sagte er, ›da wartet ein hübsches Stück Arbeit auf uns. Sieht so aus, als müßtest du mit helfen. Zur Arbeit kommst du heute ohnehin nicht, die Straße ist noch nicht geräumt. Wahrscheinlich wird sie erst in ein paar Tagen wieder frei sein.‹

Ich wollte sofort loslegen, aber Mum bestand darauf, daß wir zuerst ein herzhaftes Frühstück im Magen haben müßten.

›Die Schafe waren die ganze Nacht lang begraben, da ist es egal, ob sie jetzt noch zehn Minuten länger warten müssen‹, sagte sie. ›Aber ein ordentliches Frühstück ist nicht egal.‹

Sie hatte uns Eier und Schinken gebraten – das gab's nur selten. Alles war aufregend, aber auch schrecklich. Wir konnten die Tür nicht aufmachen, weil wir sonst den ganzen Schnee ins Haus gekriegt hätten, deshalb hab' ich mich durchs Küchenfenster gezwängt und angefangen, mit der Kohlenschaufel die Haustür freizulegen, damit Dad heraus konnte. Dann hörte ich in der Ferne den Schneepflug den Berg heraufschnaufen. Wir wußten, daß die Gefangenen versucht hatten, die Straße freizuhalten; seit Tagen waren sie immer weiter den Berg heraufgekommen. Irgendwie wußte ich, daß er – Jerry – uns helfen würde, doch als ich ihn dann tatsächlich mit großen Schritten den Berg heraufkommen sah – Mann, das war einfach toll! Als er den Pfad oberhalb unserer Hütte erreichte, winkte er mir zu und kam heruntergerannt.

In diesem Augenblick waren sein grober Armeemantel, seine flatternden Hosenbeine, sein schlechter Haarschnitt plötzlich ohne jede Bedeutung – was zählte, war die Anmut seiner Bewegungen, waren seine Geschwindigkeit und seine Stärke. Er war auf eine Art und Weise lebendig, wie es manche Männer ihr Leben lang nicht sind. Er hatte viel zu lange in diesem morastigen Graben gehockt, er wollte wieder aufrecht stehen. Er schuftete wie besessen, und ich stand herum und half ihm halbherzig, den Schnee wegzuräumen – in Wirklichkeit aber bewunderte ich seine gerötete, vom Schweiß feuchte Haut, seinen schimmernden Stoppelbart, seinen dampfenden Atem und die hingerissene Begeisterung, die aus seinen blauen Augen strahlte. Da erst ging mir auf, wie sehr er darunter gelitten hatte, wie ein Maulwurf in diesem Graben schuften und dann auch noch unsere Almosenbrötchen essen zu müssen.

Später kochten Ma und ich einen großen Topf Stew, denn inzwischen waren auch noch die beiden anderen Gefangenen mit dem Schneepflug angekommen. Sie legten ihre Mäntel und Mützen ab, verbeugten sich steif, murmelten ihr Dankeschön, standen ein bißchen linkisch herum und sahen ungeheuer germanisch aus. Dad sprach das Tischgebet, und Mum reichte Brot und große Teller voll dampfenden Stews, in dem große Brocken Hammelfett und Fleisch und Steckrüben und Kartoffeln und Mehlklöße obenauf schwammen. Ich sah Jerrys Gesicht an, daß er verwirrt und unglücklich war – später erzählte er mir, er hätte noch niemals solche Armut gesehen gehabt und das hätte ihn meinetwegen ganz traurig gemacht. Damals jedoch glaubte ich, er sei ganz einfach sprachlos vor Dankbarkeit für das viele Fleisch und die bullernde Wärme aus unserem Ofen. Schließlich fingen Mum und ich an, das Geschirr abzuwaschen, und da trat er hinter mich und nahm sich ein Geschirrtuch vom Haken.

›Fort mit Ihnen‹, sagte Mum. ›Das haben wir ganz fix alleine geschafft!‹

›Aber ich helfe Sie gern‹, sagte er.

›Ihnen!‹ zischte ich ihm zu. Ich war wütend. Ich wünschte mir doch so sehr, daß Jerry einen guten Eindruck machte!«

Beinahe instinktiv griff Eleanor nach den Papiertaschentüchern. Ihre Stimme klang hoch und zittrig. »Komisch«, sagte sie. »Manche Fehler hat er sich nie abgewöhnt.«

Nach einer kurzen Pause fuhr sie fort. »Wir waren verliebt. Das kam uns ganz und gar nicht falsch vor. Unsere Liebe war für uns etwas ganz Besonderes, etwas Reines, Heiliges – wie ein Kirchgang. Verstehen Sie das?«

»Ich glaube seit eh und je, daß die Liebe etwas Heiliges ist«, murmelte Gundelfinger.

Eleanor schien ihn nicht gehört zu haben. »Weil es so kalt war, trafen wir uns abends in einer verlassenen Scheune. Jerry hatte keine Schwierigkeiten, sich aus dem Lager zu stehlen.« Sie unterbrach sich, denn ein ganz bestimmter Abend fiel ihr ein ...

»Der leichenblaße Vollmond schien aufs schneebedeckte Moor, so daß die Scheune von einem unheimlichen Licht erhellt wurde und wir uns beide ein wenig komisch fühlten. Unsere Liebe war heimlich und brauchte den Schutz der Dunkelheit, die geflüsterten Geheimnisse in der Nacht. Und nun waren wir zum erstenmal imstande, uns gegenseitig in die Augen zu sehen, all das verborgene Verlangen, unsere Sehnsüchte und Schuldgefühle darin zu lesen. Es war falsch, das wußten wir beide, aber wir konnten nicht aufhören, uns zu lieben. An diesem Abend war es um die zehn Grad unter Null. Ich trug einen gesteppten Mantel, doch bei dieser Kälte kam er mir vor wie aus Papier, und meine Füße in den Stiefeln froren langsam ein ...«

Sie schwieg. Worte reichten nicht aus, dieses überwältigende Gefühl von Liebe und Zusammengehörigkeit auszudrücken, das sie damals empfunden hatte. Jerry war die Wirklichkeit, in ihm war ihr Leben, ihre Zukunft, ihre Weiblichkeit, und ihr wollte scheinen, als fiele alles andere von ihr ab wie eine alte Haut. Ihn zu lieben hatte ihr das Gefühl gegeben, gereinigt und wie neugeboren zu sein – ein ganz anderer Mensch. Doch sie weigerte sich, ihre Erinnerungen in Worte zu fassen. Sie würde sie ohnehin niemals vergessen.

An jenem Abend hatten sie eine Zeitlang über ihre jeweiligen Träume und Pläne gesprochen und beide gekichert, als sie herausfanden, wie sehr sie sich ähnelten, doch Eleanor zitterte so erbärmlich vor Kälte, daß er schließlich seinen grauen Mantel öffnete und um sie schlug, um sie mit seiner hitzigen Erregung zu wärmen.

Sie legte ihm die Hand auf die Brust. Wie stark er war, und war doch kaum mehr als ein Kind! Auch seine Arme waren kraftvoll und sehnig. Noch nie in ihrem Leben hatte sie einen Männerkörper angefaßt, und sie ließ sich von ihrer Neugier mitreißen.

»Ich möchte gern ... Ach, am liebsten möchte ich mein Leben lang bei dir sein und dich nie verlassen.« Träumerisch streichelte sie seinen Arm, erwärmt von ihrem eigenen sinnlichen Verlangen. Kälte und Schnee waren vergessen.

Sein Schweigen machte sie stutzig. Es war wie eine Alarmglocke, die schrill in ihren Seelenfrieden drang. »Was ist denn los? Was hast du?« fragte sie ihn verdrossen.

Als er schließlich antwortete, war seine Stimme heiser vor unausgesprochenen Gefühlen. »Ich soll weggeschickt werden. Wir werden repatriiert. Gestern haben sie es uns gesagt. Ich weiß nicht, wie oder wann ich jemals wieder hierher zurückkommen werde.« Er zitterte und zog sie enger an sich.

Eleanor schrie erschrocken auf. Dann fragte sie: »Aber was soll ich tun?«

»Auf mich warten, natürlich.« Tapfere Worte – doch seiner Stimme war die Unsicherheit anzuhören.

»Immer und ewig«, gelobte sie, ebenso aufgewühlt wie ängstlich. Der Gedanke an ein Leben ohne ihn versprach unerträgliche Leere.

»Versprich mir, daß du mich nicht vergißt«, bat sie ihn.

»Ja«, sagte er, und dann: »Nein. Ich meine, ich werde dich bestimmt nicht vergessen. Warum auch?« rief er aus. »Ich werde arbeiten und sparen, damit ich dich in einem Jahr holen kann. Vielleicht«, fügte er nach langem, von Zweifeln erfüllten Schweigen hinzu, »auch erst in zwei.«

So saßen sie beieinander und machten einander Versprechungen und schmiedeten Pläne, und Eleanor sagte, sie wolle Deutsch lernen und mehr Geld verdienen und alles sparen, und er versprach, ihr zu schreiben, doch während sie so geschraubt und gedrechselt daherredeten, gingen ihre Hände eigene Wege, forschend, berührend, intim und wissend, und ihre Körper schmiegten sich enger aneinander.

Dann sagte er: »Wir nehmen diese Säcke da und machen uns ein Bett auf dem Boden.«

Und sie sagte: »O du mein Gott.«

Und schließlich saß sie wie betäubt, unfähig, sich zu bewegen oder auch nur zu sprechen, während er hastig die Säcke zusammentrug. Dann hob er Eleanor auf und legte sie auf das Bett und bedeckte sie mit seinem Mantel, bevor er ebenfalls darunter schlüpfte. Feierlich lagen sie dann Nase an Nase, ihre Arme um seinen, seine Arme um ihren Hals geschlungen. Der Wunsch, seine nackte Haut an der ihren zu spüren, wurde übermächtig in ihr, und so fummelte sie an seinem Hemd und ihren Kleidern herum, stets darauf bedacht, daß der Mantel nicht verrutschte, und zog und zerrte so lange, bis ihr bloßer Busen an seiner Brust lag.

»O mein Gott«, stammelte sie. »Ich wußte nicht … Noch nie hab' ich mich so gefühlt.«

»Eleanor, meine süße kleine Eleanor, ich liebe dich«, stöhnte er. Und dann flüsterte er auf deutsch, und Eleanor verstand kein Wort, doch sie wußte, daß sie in ihrem ganzen Leben noch nichts Schöneres gehört hatte.

Sie spürte sein heißes, pulsierendes Glied an ihrem Nabel. Es war so herrlich – seine brennende sinnliche

Wärme, seine weiche, weiche Haut und sein Atem, der in kurzen, heftigen Stößen ihre Wange behauchte.

Er murmelte: »Nein, nicht … nicht …«, doch ein Trieb, so alt wie die Welt, ließ sie nicht rasten und ruh'n, bis sie ihn endlich in sich spürte. So lagen sie beisammen, lange Zeit, wie entrückt in ihrer heiligen Vereinigung, sahen sich in die Augen und wagten sich nicht zu bewegen, aus Angst, den Zauber zu brechen.

Wie lange lagen sie so? Eleanor hatte keine Ahnung. Später, viel später bewegte er sich doch und entlud sich, und der Verlust ihrer Unschuld erschütterte sie beide gleichermaßen. Dann küßte sie ihn, und erst dann überkam sie das Leid um das, was sie verloren hatte – und um das, was sie noch verlieren würde, wenn er ihr genommen würde.

»Mein Gott«, sagte sie zu Gundelfinger. »Mein Gott.« Und endlich fuhr sie in ihrer Erzählung fort.

»Wochenlang trafen wir uns jeden Abend, bis man uns schließlich entdeckte. Zwei Polizisten führten ihn ab, in Handschellen. Er durfte das Lager nicht mehr verlassen, und ich erfuhr, daß er schon kurz darauf repatriiert wurde. Ich selber mußte vor Gericht und wurde auf Bewährung verurteilt. Sie hätten sich die Mühe sparen können«, sagte Eleanor voller Bitterkeit. »Die Gemeinde hatte mich bereits verurteilt – zu lebenslänglich!« Sie schauderte.

»Von da an war ich nichts anderes mehr als das gefallene Mädchen, auf das jeder voller Verachtung herabblikken konnte. Dad litt sichtlich darunter. Er hat mich nie wieder angesehen. Auch Ma sah verhärmt aus, und ich wußte, daß sie mein Leid teilte, aber wir haben niemals darüber gesprochen. Natürlich verlor ich auch meinen Job in dem Laden …«

»Ich finde das alles kaum zu glauben«, sagte Gundelfinger nach einer Weile. »So harte Strafen – und alles nur wegen eines verliebten Pärchens! Das kommt mir unglaublich vor.«

»Sie sind zu jung, um den Haß, der nach dem Krieg herrschte, noch bewußt erlebt zu haben. Und dann die Engstirnigkeit einer kleinen Gemeinde – nichts als Klatsch und Tratsch und Geifer. Ich wünschte mir verzweifelt, einfach fortgehen zu können, doch mein Zuhause war der einzige Ort, an dem Jerry mich finden konnte. Also wartete ich ein ganzes Jahr – ohne etwas von ihm zu hören. Dann ging ich – erarbeitete mir meine Überfahrt als Stewardess und fing in Amerika ein neues Leben an.«

»Aber Ihren jungen Deutschen und Ihre Eltern haben Sie vermißt?« fragte Gundelfinger.

»Nein, ich hab' sie ausgesperrt. So was kann ich jederzeit tun.«

»Ich verstehe nicht ganz, wie Sie das meinen ...«

»Nun ja ...« Sie lag bewegungslos, tief in ihre Gedanken versunken. »Sagen wir, es ist, wie wenn ich eine Mauer baue, eine Art Chinesischer Mauer, und dabei mauere ich alle meine Feinde in den Zement ein – bloß, daß der Zement in meinem eigenen Inneren ist.« Ihre Stimme wurde ein wenig unstet. »Das hat hervorragend funktioniert, bis ich anfing, zu Ihnen zu kommen ... Und jetzt macht die Erinnerung Risse in den Beton und ... und all die vielen Leichen stinken ganz fürchterlich.« Sie warf ihm einen Blick über die Schulter zu. »Halten Sie mich jetzt für verrückt?«

»Im Gegenteil, ich halte Sie für überaus scharfsichtig. Außerdem sind Sie ganz außergewöhnlich widerstandsfähig – einfach nicht unterzukriegen. Ich muß Sie jedoch darauf hinweisen, daß es der Zweck der Psychotherapie ist, eben diese Mauern mit Ihnen abzureißen, die Gespenster auszubuddeln und ihnen ein ehrenvolles Begräbnis zuteil werden zu lassen. Das ist, wie Sie schon festgestellt haben, ein qualvoller Prozeß. Nur wenige Leute haben den Mut, das durchzustehen.«

»Schon gut, schon gut, ich weiß selber, wie man Leute motiviert.«

»Das glaub' ich Ihnen sofort.« Gundelfinger musterte seine Patientin aufmerksam. Er konnte in ihrem Gesicht lesen, daß sie in Gedanken schon wieder bei Vanguard war. Rasch sagte er: »Das war also das letzte Mal, daß Sie Ihren Geliebten sahen?«

Sie sah ihn bitter lächelnd an. »Aber woher denn! Das letzte Mal, daß ich ihn sah, war Jahre später. Er saß besoffen und weinend auf dem Fußboden, und die letzten Worte, die er zu mir sagte, waren: Du hast mir etwas Kostbares weggenommen und zerstört, Eleanor. Eines Tages werde ich dir genau das gleiche antun.«

Abrupt brach sie ab. »Verlierer werfen immer gerne mit Drohungen um sich«, sagte sie und lachte ein wenig zitterig. Dann schauderte sie. Sie warf einen Blick auf ihre Uhr und sagte: »Unsere Zeit ist um.«

»Noch nicht ganz«, antwortete Gundelfinger. »Haben Sie's eilig?«

»Ich hab' genug für heute, danke«, sagte sie viel zu leichthin.

Dann ergriff sie ihre Handtasche – und die Flucht.

39

Hoch oben in den Schweizer Alpen hatte in der vergangenen Nacht ein Schneesturm frisches Weiß auf die Hänge gezaubert, doch inzwischen stieg die Temperatur wieder an, und der böige Nordostwind erreichte mitunter Orkanstärke. Für Jacqui, die auf einem kleinen Hochplateau vor der nächsten Schußfahrt wartete, sah es so aus, als läge der bleierne Himmel direkt auf den Berggipfeln. Sie hatte das Gefühl, eingeschlossen zu sein, wie ein Trapezkünstler hoch oben in der Zirkuskuppel. Unfreiwillig schauderte sie und sah sich nach Wolf um.

Die Piste war ihr etwas unheimlich, sie wußte auch

nicht warum. Gern hätte sie auch den Berg und die Schneeverhältnisse besser gekannt. Es war nicht auszuschließen, daß im vergangenen Sommer Skifahrer auf dem Gletscher trainiert hatten, weshalb sich unterhalb der dicken, für die Jahreszeit sehr ungewöhnlichen Neuschneedecke, auf der sie stand, tückische lockere Eis- und Harschmassen verbergen konnten, die sich bis hinab in die nebelverhangenen Täler erstreckten.

»Unheimlich«, sagte sie laut, doch es gab offensichtlich keine Alternative zu der geplanten Abfahrt. Typisch Wolf: Gefahr erregte ihn, genauso wie sie. Sie genoß es, wenn das Adrenalin in ihren Adern raste. Eine sichere Piste war langweilig.

Sie stützte sich auf ihre Stöcke. Phantastisch, dieser vergangene Monat mit Wolf! Es gab kein anderes Wort für die wilde Entschlossenheit und Konzentration, mit der sie sich hier oben auf all das stürzten, was ihnen Spaß machte. Tag für Tag waren sie auf den Bergen gewesen und hatten trainiert. Sie hatten sich die abenteuerlichsten und gefährlichsten Strecken herausgesucht – felsige und baumreiche Hänge, oft auch Routen, vor denen die Einheimischen sie ausdrücklich warnten. Wolf kannte da keine Rücksichten. Er liebte die Gefahr um ihrer selbst willen, kostete jeden Augenblick bis zur Neige aus, fand jeden Tag eine noch schwierigere, noch anspruchsvollere Route.

An den Abenden waren sie ausgelassen, und Wolf hatte sich als stets humorvoller, nie ermüdender Begleiter erwiesen. Sie mußte es anerkennen: Er war in blendender Form, trotz seines Alters. Und das nicht nur auf den Brettern. Es fiel ihr schwer, sich überhaupt irgend etwas vorzustellen, das er nicht beherrschte. Seine bestimmte, ja draufgängerische Art gefiel ihr, seine ungeheure Vitalität. Mit dem jederzeit verfügbaren Hubschrauber waren die Abende genauso aufregend wie die Tage. Wolf verstand sich auch auf die hohe Kunst des

Geldausgebens weit besser als ihre Mutter, die es trotz ihrer Millionen nie kapiert hatte.

Der Gedanke an Wolf erfüllte sie mit Stolz. Als ihr Privat-Hubschrauber sie an diesem Morgen hoch oben auf dem Gipfel abgesetzt hatte, war ihr mit einemmal klar, daß sie Wolf liebte, obwohl sie noch immer nicht wußte, warum. Jetzt wußte sie es: Weil er mit seinen tiefliegenden, ernsten Augen die Flanken der Berge nach den besten Strecken absuchte. Weil sie seinen unbeugsamen, starken Charakter mochte und seinen komischen Gang. Weil er Kraft besaß und sich ihrer nicht schämte. Weil er mutig war. Jacqui fühlte sich in seiner Gegenwart absolut sicher. Sie wußte, daß er sie nicht liebte, denn nie hatte er den Versuch gemacht, sich ihr zu nähern. Sie waren Kameraden – das war wohl der beste Ausdruck.

Sie wußte, daß Wolf verheiratet gewesen war. Er sprach allerdings nicht oft über seine Ehe. Tat er es dennoch, so konnte sie spüren, wie schwer es ihm fiel. Die Wunde schmerzte ihn noch immer, und Jacqui empfand in diesen Momenten großes Mitleid mit ihm und wollte ihn beschützen.

Eines Abends hatte er ihr erzählt, sein Leben habe durch einen schweren Skiunfall eine andere Richtung genommen. Beruf, Ehe und Gesundheit waren dahin. Zwei Jahre lang hatte er sich gehen lassen, war ans Trinken geraten und hatte sich selbst bemitleidet. Mehr wollte er ihr nicht sagen. Sie wußte, daß er ungeheuer an sich gearbeitet hatte: Er war ein Krüppel gewesen und war inzwischen topfit, ein durchtrainierter Athlet. Er ist wirklich ein toller Kerl, dachte sie und sah sich nach ihm um.

Und da kam Wolf auch schon auf sie zugeschossen. Einen Augenblick lang spürte sie Angst in ihrer Magengrube. Er hatte doch sicher gesehen, wie gefährlich die Piste war? Sie winkte ihm zu; er schwang ab und schob seine Skibrille hoch. Sein Gesicht glühte vor Begeisterung, sein von der Sonne gebleichtes braunes Haar war mit Pulverschnee bepudert. Seine Augen strahlten, und er lachte sie an. Jacqui hatte dieses Gesicht lieben gelernt – und sie vertraute ihm.

»Angst?« fragte er sie unvermittelt. Es war eine Herausforderung.

»Natürlich, was denkst denn du? Wir stehen auf einem Rutschhang. Ein echter Killer, weißt du das nicht? Unter uns befinden sich sechzig Zentimeter Neuschnee – und darunter nichts als schlüpfriges, lockeres Eis. Ich habe mich bei der Bergwacht erkundigt. Vor dem Frost hat es zwei Tage lang getaut. Und dann fiel plötzlich all dieser Schnee.«

»Und warum bist du dann mitgekommen?« Er sah aus, als sei er von ihr enttäuscht.

Jacqui hob die Schultern. »Die genauen Verhältnisse erkennt man immer erst an Ort und Stelle, nicht wahr?« Sie lachte unsicher. »Der Wind hilft uns auch nicht weiter», fuhr sie betreten fort, stützte sich auf einen Skistock und starrte in den wallenden Nebel unter ihnen. »Was tun wir, wenn es ins Rutschen kommt?«

»Du willst also kneifen«, antwortete er.

Jacqui lächelte und ihre Furcht verflog. Wolf strahlte Ruhe und Zuverlässigkeit aus, wie immer. Sie fühlte es einfach. Wenn er sagte, es sei alles in Ordnung – was fehlte da noch?

Und doch hatte sie noch Zweifel. »Wie dem auch sei«, sagte sie, »wir brauchen im Notfall einen Fluchtweg. Ich habe mir schon was überlegt.« Sie deutete mit dem Skistock in eine bestimmte Richtung. »Dort hinüber. Wir müssen einzeln losfahren und uns – hörst du, Wolf? – am Ostrand der Piste halten. Und im Notfall müssen wir ganz runter von der Piste. Einverstanden?«

Er warf ihr einen langen, ernsten Blick zu; sein Ausdruck verriet eine seltsame Mischung aus Ungeduld und Zuneigung. Dann zwinkerte er ihr zu, und Jacqui fühlte sich großartig.

»Ich fahr' voran, Wolf. Ich bin leichter – und schneller ...« Sie unterbrach sich. Mit einemmal war ihr bewußt geworden, wie groß ihre Angst um ihn war. Natürlich war die Abfahrt gefährlich, um so mehr für den, der vorausfuhr. Andererseits: Wenn der Schnee ihr Gewicht trug, dann trug er wahrscheinlich auch seines.

Ihre plötzliche Ängstlichkeit beunruhigte sie. Liebe macht feige, dachte sie inkonsequent. Aber über die Schulter hinweg rief sie Wolf noch zu: »Immer mit der Ruhe, Wolf, nicht zu stürmisch, ja!«

Dann biß sie die Zähne zusammen und stob davon, den Hang schräg hinunter auf die Ostflanke zu. Mit Eleganz und Geschick umkurvte sie einen aus dem Schnee hervorragenden Granitblock und stürzte sich dann, den Kopf vornübergebeugt, in eine steile Schußstrecke.

Wolf sah ihr nach. Auch ihm war etwas unbehaglich zumute. Ihrer beider Schicksal war untrennbar miteinander verwoben. Ja, er liebte Jacqui durchaus in gewisser Hinsicht, aber es war wie die Liebe eines Malers zu seinem Pinsel, oder die des Bildhauers zu seinem Meißel. Vielleicht beeinflußte auch die Tatsache seine Gefühle, daß sie Abbild der jungen Frau war, die er einst geliebt hatte und die darauf aus gewesen war, ihn zu vernichten. In dem Augenblick, da er zum erstenmal seine erwachende Zuneigung zu Jacqui spürte, war ihm klar geworden, daß seine Gefühle für Eleanor all die Jahre hindurch nicht abgeklungen waren, um keinen Deut. Aber die Leidenschaft hat zwei Seiten: Liebe und Haß, und Eleanor hatte ihre Entscheidung getroffen. Eleanor – Jacqui; Jacqui – Eleanor – zwischen den beiden gab es keinen Unterschied. Über die weite Schneefläche hinweg starrte Wolf Muller der Frau nach, die er in jedem bewußt erlebten Moment der vergangenen neunzehn Jahre gehaßt hatte.

Jacqui war hellwach und aufs äußerste konzentriert. Sie war Herrin über jede ihrer Bewegungen, keine Unregelmäßigkeit im Schnee entging ihr. Schlechter Schnee, dachte sie, eine dünne, brüchige Eisschicht über schmelzendem Schnee. Ein einziger Fehler … unerträglich, auch nur daran zu denken. Beharrlich hielt sie sich am Ostrand des Hanges, umfuhr Felsvorsprünge und Gesteinsspalten, und hoffte, im Notfall rechtzeitig aus der Gefahrenzone kommen zu können.

»So weit, so gut«, murmelte sie, als sie auf einem Kamm oberhalb eines von scharfkonturierten Felsformationen gesäumten Steilhangs innehielt. Der Wind wurde immer stärker und mochte in Böen jetzt siebzig, achtzig Stundenkilometer erreichen. Er wirbelte Pulverschnee auf und türmte ihn auf der Leeseite des Kammes zu gewaltigen Wächten auf.

»Echt wild«, sagte sie. Als sie sich angstvoll umsah, erblickte sie Wolf am Hang hinter sich; er kam schnell näher.

Wumm! Mit einemmal krachte es unter ihren Füßen. Der Schnee geriet ins Rutschen, die unter ihm gefangene Luft explodierte und blies Schnee in Jacquis Lungen. Dann stürzte sie kopfüber in die Tiefe.

Die Welt war ein einziger Wirbel, und die Zeit stand still. Jede Sekunde dauerte eine Ewigkeit. Der erstickende Druck war gnadenlos. Verzweifelt versuchte Jacqui, wieder auf die Beine zu kommen, doch da stürzte sie schon kopfüber in den Schnee. Irgend etwas knackte, und sie wußte nicht was, und dann ging es weiter bergab, drehend, kreiselnd, fallend auf einer riesigen beweglichen weißen Fläche, die mit ihr hinabsauste. Ihre Arme rotierten, als hätte man sie aus den Gelenken gerissen. Jacqui war hilflos, vom Schnee geblendet, raste in wahnsinniger Geschwindigkeit dem Fuße des Abhangs zu, wo Tonnen von Schnee, Eis und Geröll sie begraben würden. Im wirbelnden Weiß um sie herum gab es keine Luft, nur

Schnee. Sie rang um Atem, aber eine gigantische Hand drückte ihr die Lunge zusammen. Todesangst überkam sie.

Wolf hatte das Krachen gehört und wurde von der plötzlich entweichenden Luft nach hinten geworfen. Er sah, wie sich der Schnee vor ihm in Bewegung setzte, in Sekundenbruchteilen schneller und schneller wurde, schließlich im D-Zug-Tempo den Berg hinuntersauste und Jacqui mit sich forttrug.

Er rappelte sich auf, starrte entgeistert und mit wachsendem Entsetzen auf das Geschehen – und dann sah er Jacquis kleinen Körper, der hoch in die Luft katapultiert wurde, um kurz darauf in einer Schneewolke zu verschwinden. Der Lärm war ohrenbetäubend. Doch dann herrschte plötzlich Stille, und alles versank in einem weißen Nebel.

40

»Um Gottes willen! Jacqui. JACCQUI …« Blinde Panik überkam ihn, und ein paar verrückte Sekunden lang versuchte er, hinter der Lawine herzujagen.

Dann kam er wieder zur Vernunft. Es war Wahnsinn, jetzt hinunterzufahren, bestand doch die Gefahr, daß er damit eine weitere Lawine auslöste, die Jacqui auch noch die letzte Überlebenschance nahm. Aus diesem Grund konnte er nicht den Hubschrauber alarmieren, denn die Schallwellen hätten womöglich das labile Gleichgewicht der vorübergehend zur Ruhe gekommenen Schnee- und Eismassen wieder zerstört.

Vorsichtig glitt er zum Ostrand des Hanges, wo der Wind verschiedene Felspartien schneefrei geblasen hatte. Dort wartete er.

Er starrte in die Wolke aus feinsten Schneepartikeln,

die sich hoch über die Unglücksstätte erhob und den Gipfel des Berges seinen Blicken entzog. Sein Hals schmerzte, und auch in seinen Eingeweiden rumorte es. Die Wolke schien sich nicht von der Stelle zu rühren. Verdammt, dachte er, was ist nur los mit mir. Alles geschah planmäßig, war ebenso brillant ausgetüftelt wie ausgeführt. Doch ausgerechnet jetzt bemächtigte sich seiner ein anderes Gefühl: Er sah Jacqui als eigenständige Persönlichkeit, nicht mehr nur als Double ihrer Mutter und Mittel zum Zweck bei seinem Rachefeldzug. Jacqui war ganz für sich allein ein lebendiges, liebendes, liebenswertes Mädchen – das Mädchen, das er liebte.

»O Gott, Jacqui«, schluchzte er. »Was habe ich nur getan?« In welchem Wahnsinn mußte er begriffen gewesen sein, daß er seine Gefühle für sie unterdrückt hatte und nicht von seinem irrwitzigen Plan abgewichen war. In Wirklichkeit, gestand er sich ein, hatte er nie damit gerechnet, daß so etwas geschehen könnte, jedenfalls nicht bewußt. Ja, er wollte, daß etwas geschah, er hatte es sich in seiner Phantasie ausgemalt, hatte stets gewußt, daß er das Verhängnis, indem er immer waghalsigere Risiken einging, geradezu heraufbeschwor. In gewisser Hinsicht hatte er im Geiste Rache genommen – ohne damit zu rechnen, daß die Realität ihn einholen würde.

Welcher Wahnsinn hatte ihn veranlaßt, Jacqui hier hinaufzubringen? Er erkannte jetzt, daß er sein Leben lang mit der Selbstvernichtung kokettiert hatte. Mehr als einmal hatte er seinen letzten Cent verspielt, sein Leben, seinen Ruf, seine Gesundheit und seine Kraft aufs Spiel gesetzt, ohne sich jemals um die Konsequenzen zu scheren. Und jedesmal war er davongekommen. Inzwischen war er so weit, daß er sein Glück gleichsam als unveräußerliches Recht betrachtete. Der Unterschied zu früher aber war: Es gab jetzt jemanden, um den er sich kümmern mußte. Die Erkenntnis kam spät, vielleicht zu spät.

Langsam lichtete sich die Schneewolke, doch keine Bewegung, kein Kleidungsstück verriet, wo Jacqui sich befinden mochte. Das Herz schlug ihm bis zum Hals, er hatte Schwierigkeiten, seinen Atem unter Kontrolle zu bringen. »Bleib ruhig, ganz ruhig!« sagte er mehrere Male laut zu sich selbst. Mit Panik war Jacqui gewiß nicht zu helfen – falls ihr überhaupt noch zu helfen war. »Lieber Gott«, stammelte er, »bitte laß sie nicht sterben.«

Er betrachtete das Lawinenfeld und dachte angestrengt nach. Als Jacqui von der Lawine mitgerissen wurde, hatte sie sich ganz an ihrem Ende befunden, und darin lag eine gewisse Chance für sie. Wolf blickte hinauf zur Bruchkante. Sie war gut zweihundert Meter breit. Als er einen Skistock am Rand des Hanges in den Schnee stieß, erkannte er, daß sich in ungefähr sechzig Zentimeter Tiefe eine weitere vereiste Schicht befand.

Es war an der Zeit, etwas zu unternehmen. Weiter unten waberten nach wie vor Schneestaubwolken; es sah aus wie der Farbabzug von einem beschädigten Film: Unten war alles Weiß in Weiß, darüber lagen blaue und purpurne Schlieren.

Zweihundert Meter weiter unten entdeckte Wolf einen Skistock und noch etwas weiter dahinter den zweiten, dessen Ende aus dem Schnee ragte. Jacquis Skier waren nirgends zu sehen. Ein eisiger Wind fegte über das Gelände, und Wolf begann, die Hoffnung zu verlieren. Sich vorsichtig am Rande der Piste haltend, stocherte er in den Schneemassen herum.

Jacqui war es, als habe der Absturz Stunden gedauert. Sie erinnerte sich, irgendwo ihre Stöcke verloren zu haben. Auch von ihren Skiern hatte sie sich irgendwie befreien können, dann aber war der wirbelnde, tanzende Schnee über sie gekommen und hatte sie zu Boden gedrückt.

Und dann herrschte plötzlich absolute Stille. Das Rumpeln und Poltern war verstummt. Um sie herum herrschte totale Schwärze. In der beklemmenden Dunkelheit kam ihr

ihr eigener Herzschlag wie Donnergrollen vor. Sie war vornüber gefallen und auf Händen und Knien gelandet, hatte erfolgreich versucht, ihr Gesicht zu schützen und eine kleine Höhlung zu schaffen, in der sie atmen konnte. Nun aber verlor sie jegliche Beherrschung und begann zu schreien.

Es war ein Fehler, und sie merkte es sehr schnell. Die Schmerzen in ihrer Lunge waren fürchterlich. Mehrmals versuchte sie, tief durchzuatmen, doch jedesmal folgte ein erstickender Hustenanfall. Der geringe Luftvorrat ging rasch zur Neige.

Nicht schreien, dachte sie bei sich. Das verbraucht zuviel Luft. Ich muß mehr Luft haben, die Höhle erweitern. Sie versuchte, ihre Arme aufzustützen und ihren Körper zu bewegen, um auf diese Weise den Luftraum etwas zu vergrößern, doch es war vergeblich. Es war, als habe man sie in den Schnee einzementiert, sie war nicht imstande, auch nur einen Muskel zu bewegen.

Ebensoschnell wie die Panik sie ergriffen hatte, kam plötzlich der große Frieden über sie. Sie schnappte kurzatmig nach der spärlichen Luft, dachte an Rob und Wolf und fügte sich gelassen in ihr Schicksal. Halluzinationen suchten sie heim, sie trieb auf einer Wolke dahin, auf und ab, wie auf einer großen, gesteppten Daunendecke. Und dann war plötzlich überhaupt nichts mehr.

Wolf arbeitete sich mit dem Mut der Verzweiflung durch das Lawinenfeld. Skier und Stöcke benutzte er als Sonden, die er wieder und wieder in den Schnee stieß. Endlich traf er mit einem Skistock auf Widerstand. Schwitzend, fast völlig von Sinnen vor Panik, begann er mit bloßen Händen, den Schnee beiseite zu schaufeln. Seine Hände bluteten, doch Wolf nahm es gar nicht wahr.

Er fand einen Fuß und grub weiter. Wie besessen legte er ihren Kopf frei. Ihr Gesicht, von den Händen bedeckt und blau verfärbt, wies nach unten. Sie war ohne Bewußtsein.

Er brüllte sie an, beschwor sie, ihm zu antworten. Er hüllte sie in seinen Ski-Anorak, blies ihr seinen Atem in den Mund, massierte ihre Haut und versetzte ihr immer wieder Klapse. Langsam kam sie wieder zu Bewußtsein.

Und sogleich holte die Panik sie ein: Entsetzensschreie, unsägliche Erleichterung, Schmerzen in den Gliedmaßen. Unvorstellbare Schmerzen, als sie sich mit aller Gewalt dazu zwingen wollte, aufzustehen. Sie stammelte Wolfs Namen und verlor erneut das Bewußtsein.

»Gehirnerschütterung, Schock, Unterkühlung und Erschöpfung«, sagte der behandelnde Arzt am nächsten Morgen mit ernster Miene zu Wolf. Noch immer hatte Jacqui das Bewußtsein nicht wiedererlangt.

Es war eine lange Nacht am Krankenbett gewesen, und Wolf hatte genügend Zeit gehabt, über seine Motive und Fehler nachzudenken. Und über die Vergangenheit. Er hatte sich zurückversetzt in jene Zeit vor neunzehn Jahren, da er Eleanor das letztemal gesehen hatte …

Wäre er damals nicht in den Skiclub zurückgekehrt, um sich zu verabschieden – er hätte nie etwas von Jacquis Existenz erfahren. Er hatte alles verloren: seine Gesundheit, seine Frau, sein Geschäft. Aber er hatte noch Freunde und einen merkwürdigen Hang zur Sentimentalität. Sie hatten ihm gesagt, Eleanor sei schwanger, und so fuhr er, obwohl er genau wußte, daß es lächerlich, ja absurd war, zurück zur Fabrik, um die Wahrheit herauszufinden. Er hatte immer Kinder gewollt, doch Eleanor war allein schon der Gedanke daran verhaßt. In zehn Jahren Ehe war sie nicht ein einziges Mal unvorsichtig gewesen.

Zu ihr zu gehen war schwer genug; sie zu sehen noch schlimmer. »Ich bin gekommen, weil ich gehört habe, du seiest schwanger.« Er hatte erst gar nicht um die Sache herumgeredet. Sie sah zufrieden und glücklich aus, und damit hatte er am allerwenigsten gerechnet.

»Rührend, daß dich das so interessiert.« Sie tätschelte

ihren Bauch, eine seltsam verschwörerische Geste, wie ihm schien.

»Verdammt, Eleanor – warum denn jetzt? Ich wollte immer ein Kind, das hast du doch gewußt.« Er hatte sich, um des Kindes willen, bemüht, seine Stimme nicht allzu vorwurfsvoll klingen zu lassen. »Als ich das hörte ... als ich es herausfand, wußte ich wirklich nicht, was ich tun sollte ... Jetzt geht es nicht mehr nur um uns beide. Jetzt sind drei Menschen zu berücksichtigen ... Ich hab' mich entschlossen, nicht zu fliegen ...«

Und er hatte einen weiteren Versuch unternommen. Wollte den Wall der Verachtung niederreißen, den sie zwischen ihnen errichtet hatte. »Eleanor, uns beide verbindet nicht mehr allzuviel ... sagen wir: Liebe. Aber nun gibt es das Kind. Wenn du mir vergeben kannst, daß ...« Was eigentlich? dachte er wütend. Was habe ich denn je verbrochen? »... daß ich wieder gesund geworden bin, dann verzeihe ich dir ...« Ja, was konnte er sagen? Daß sie ihm seine Firma gestohlen hatte, seine Hoffnungen, seine Zukunft, sein Glück? »... dann verzeihe ich dir deinen ... geschäftlichen Übereifer«, stotterte er schließlich, um Verständnis bemüht. »Um meines Kindes willen bin ich bereit, unter all die bitteren Dinge, die uns entzweit haben, einen Schlußstrich zu ziehen.«

Sie hatte gelacht, und es klang richtig vergnügt. »Aber Wolf, das Kind ist doch gar nicht von dir«, hatte sie geantwortet und dabei so sanft und lieblich und trotz ihres dikken Bauches so süß und unschuldig ausgesehen wie Jacqui heute. »Es ist von Nigel! Das kann dir doch nicht entgangen sein, daß zwischen uns ...«

Wolfs Finger verkrampften sich um den Metallrahmen von Jacquis Krankenbett, als er sich die nun folgende Szene ins Gedächtnis zurückrief: Er war in die Fabrik gerannt, hatte sich Nigel vorgeknöpft und ihm die Faust ins Gesicht geschlagen. Nigel war zu Boden gestürzt. Er wimmerte wie ein junger Hund, sah noch einmal verwirrt und zerknirscht auf und wurde dann ohnmächtig. Wolf beugte sich vor, um ihn zu packen; er wollte dafür sorgen, daß Nigel wieder zu sich kam, um ihn dann zu Brei zu schlagen – aber da fuhr ihm ein stechender Schmerz durch den Rücken, er taumelte und ging selbst zu Boden. Seine Verletzung ... Vor Schmerzen stöhnend, rappelte er sich auf, doch als er wieder auf den Beinen stand, war Nigel bereits davongekrochen. Wolf hörte noch, wie draußen auf dem Parkplatz ein Motor aufheulte und ein Wagen mit durchdrehenden Rädern davonfuhr.

»Ich hole dich zurück, Eleanor«, hatte er, heulend und im Suff, geschworen. Fast zwanzig Jahre lang hatte es gedauert, bis er das notwendige Bargeld und die Kraft dazu beisammen hatte. Jetzt endlich wollte er sein Versprechen wahrmachen, doch das ging nur mit Hilfe von Eleanors Tochter und ihren Anteilen. Seltsam, daß Eleanor Nigel nicht geheiratet und Jacqui nie gesagt hatte, wer ihr Vater war. Wahrscheinlich war Nigel Eleanor nicht gut genug für ihre Tochter.

Jacqui bewegte sich, endlich! Sie drehte den Kopf, und in ihren flachen Atem mischten sich ein paar unverständliche Worte. Wolf dankte Gott dafür. Wie war es möglich, daß er seine Feindin liebte? Und seine Feindin war sie gewiß – dieses einzige Überbleibsel einer glücklosen Mesalliance. Eine Weile lang dachte er über die Zufälligkeiten der Vererbung nach. Jacqui war eine Neuauflage der jungen Eleanor, hatte deren Stimme und deren Gehabe – eine tägliche qualvolle Erinnerung an die Frau, die er haßte. Indes – innerlich hatten die beiden überhaupt nichts gemeinsam. O nein! Jacqui fehlten die Härte und Raffgier, die Tücke und die Bosheit. In den sieben Monaten, die seit ihrer ersten, von ihm geschickt eingefädelten Begegnung ins Land gegangen waren, hatte er sie recht gut kennengelernt, auch ihre kleinen Ruppigkeiten. Nach außen hin stark und unnachgiebig, war sie allen, die sie kannte und denen sie vertraute, eine warmherzige, mitfühlende

Freundin. Vor allem bestand nie der geringste Zweifel an ihrer Loyalität. Ein wahrhaft edler Geist, dachte er, mit ihrer Liebe zum Sport und ihrem ständigen Drang nach Höherem, nach Vollkommenheit.

In dieser Nacht wurde ihm endgültig klar, daß er sie einfach nur hatte benutzen wollen, um sich an Eleanor und Nigel zu rächen. In den ersten Monaten nach ihrer Bekanntschaft hatte er immer wieder versucht, irgendeine physische oder psychische Gemeinsamkeit zwischen ihr und ihrem Vater, diesem Schwächling, zu entdecken, aber es war ihm nicht gelungen. Eleanors starke Gene hatten die ihres Bettgefährten eindeutig ausgestochen.

Und da lag Jacqui nun vor ihm, wieder bewußtlos, und ihr Zustand erschien ihm wie eine direkte Antwort auf seine zerstörerischen Gedanken und Pläne. Sie *muß* wieder gesund werden, dachte er und träumte von neuerlichen Skitouren mit ihr, von Entdeckungsreisen durch die schmucken Schweizer Bergdörfer, von gemeinsamem Schlittschuhlaufen auf zugefrorenen Seen und von den schönen bestickten Schweizer Blusen und Schals, die er ihr kaufen wollte. Alles sollte wieder so sein wie in den vergangenen vier Wochen.

Sie wird sich erholen, und dann heirate ich sie, dachte Wolf. Das wäre, nach allem, vielleicht die passende Rache. Er würde sie rechtzeitig ihrer Mutter entziehen – und Eleanor stünde allein da, ohne Familie und ohne Vanguard.

Irgend etwas kitzelte ihn an der Wange. Als Wolf mit seiner Hand danach tastete, merkte er zu seiner Bestürzung, daß er weinte.

»O Gott ...« Wolf barg sein Gesicht in den Händen und betete. Es war sein erstes Gebet seit neunzehn Jahren.

Als Jacqui drei Stunden später das Bewußtsein wiedererlangte, betete er noch immer.

41

Megan stand am Rand der Eisbahn in Richmond, beugte sich über das Geländer und sah Nikki beim Training zu. Sie stand dort schon seit über einer Stunde, doch verging die Zeit sehr schnell. Auch ohne Scheinwerfer, Musik und Kostüme war da – wie immer – der Zauber, der von Nikki ausging, wenn sie auf dem Eis war.

Rein von der Technik her hatte Nikki in den vergangenen Wochen erheblich dazugelernt. Sie lief mit neuem Ehrgeiz: Es war, als ob alle ihre Frustrationen, ihr aufgestauter Zorn und ihre unerfüllten Sehnsüchte Eingang in ihre Darstellung fanden. Es war nicht schwer zu erkennen, daß Nikki sehr unglücklich war – warum sie es war, wußte Megan allerdings nicht. War sie wirklich in Michel verliebt? Aus Gründen, die ihr selbst nicht klar waren, glaubte Megan nicht so recht daran. Doch wenn das Problem nicht Michel hieß – wie hieß es dann? Megan seufzte. Sie wußte, daß Nikki Kummer hatte, aber sie stand ihr nicht mehr nahe genug, um von ihr ins Vertrauen gezogen zu werden. Stolz wie sie war, würde sie ohnehin kaum jemandem ihr Herz ausschütten, das war weit unter ihrer Würde. Davon abgesehen war die Herzlichkeit, mit der Nikki sie am Anfang geradezu überschüttet hatte, längst abgeklungen, weil sie, Megan, darauf nicht entsprechend reagiert hatte. Inzwischen war es längst zu spät, ihr zu erklären, daß sie wegen Ian verletzt gewesen war – und das aus einer völligen Fehleinschätzung der Situation heraus. Megan spürte, daß Nikki sich in diesem Fall zurückziehen und daß es ihr schwerfallen würde, zu vergeben oder zu vergessen. Die junge Russin legte in jüngster Zeit ohnehin eine solche Zurückhaltung an den Tag, daß Megan sich schon deshalb Sorgen machte. Es lief doch alles bestens für sie! Sie hatte die südenglische Meisterschaft gleichsam im Spaziergang gewonnen und sämtliche Konkurrentinnen alt aussehen lassen. Sie war für die britischen Meisterschaften im kommenden November nominiert worden. Gewiß, es war ihnen bislang noch nicht gelungen, ihr die britische Staatsbürgerschaft zu verschaffen, und ohne Paß blieb ihr die Teilnahme sowohl an den Europameisterschaften wie auch an einer ganzen Reihe von Schaulauf-Veranstaltungen im europäischen Ausland versagt, zu denen sie eingeladen war – es sei denn, es gelang, jeweils einmalige Sondereinreisegenehmigungen zu bekommen wie unlängst für ihre Filmaufnahmen in Schweden.

Ja, auch die Filmerei ließ sich ganz hervorragend an! Megan hatte einige von den Szenen gesehen, die auf einer schwedischen Freiluftbahn gedreht waren. Es sah aus wie auf einem See, die Bilder waren ausgezeichnet.

Und trotzdem war Nikki nie zufrieden. Ständig nörgelte sie an der ihr sehr ähnlich sehenden englischen Schauspielerin herum, die in den Szenen, die nicht auf dem Eis spielten, ihre Rolle übernahm. Sie sah nicht ein, warum sie nicht selbst die gesamte Rolle bekommen hatte, und beschwerte sich in einem fort. Auch hatte sie in jüngster Zeit ein außerordentliches Temperament entwickelt: Sie maulte über ihre Schlittschuhe, brach Streit mit den Sponsoren vom Zaun, versuchte, Pressetermine zu schwänzen, flippte unentwegt auf Parties herum und hielt sich nur noch mit Aufputschmitteln auf den Beinen. Sie klagte, die Ansprüche der Sponsoren beeinträchtigten ihre Freiheit, und es verging kein Tag, an dem sie nicht etwas am westlichen Lebensstil auszusetzen fand. Dabei ging sie jedoch mit ihrem Geld dermaßen freigebig um, daß es Megan nur mit Mühe gelang, den Eislaufverband zur Freigabe weiterer Gelder aus dem Treuhandfonds zu bewegen, ohne gleichzeitig Nikkis Amateurstatus zu gefährden.

Ohne jede Rücksicht kurvte Nikki durch London und sammelte die Strafzettel gleich bündelweise, meist wegen Falschparkens und Geschwindigkeitsüberschreitung.

Wenn Megan sie zu mehr Zurückhaltung aufforderte, gab es eine Riesenszene. Sie war wie eine Motte, die immer wieder auf die Kerzenflamme zuflattert. Megan spürte, daß Nikki Hilfe brauchte, kam aber selbst nicht an sie heran. Die Kleine war äußerst schwierig – aber sah man sie dann auf dem Eis, schwand einem der Atem vor lauter Begeisterung. Immer wieder fragte sich Megan, ob ein Ausnahmetalent wie Nikki nach anderen Maßstäben beurteilt werden mußte und besondere Zugeständnisse verdiente.

Im Augenblick stritt sich Nikki mit Eric, ihrem Trainer. Sie stampfte mit den Schlittschuhen aufs Eis und fluchte wie ein Pferdeknecht. Es ging um die Musik, die Eric für die britischen Meisterschaften ausgesucht hatte. Nikki wollte etwas Dramatischeres – doch Eric setzte sich durch, wie Megan beobachtete. Auf einmal kreischte Nikki vor Wut auf, warf die Arme hoch und verließ fluchtartig die Bahn.

»Jetzt reicht's!« schrie sie. »Ich weigere mich, ich weigere mit definitiv, unter diesem widerlichen Giftzwerg weiterzutrainieren. Er ist abscheulich, *da?* Ein Waschlappen! Für eine Kür muß man sich was einfallen lassen, etwas Neues, was Phantasievolles, irgend etwas ganz anderes, Überraschendes, verstehst du, Megan?«

Grüne Augen, die funkeln wie bei einer wütenden Katze, dachte Megan ohne große Sympathie für Nikki. Und in ein paar Augenblicken wedelt sie mit dem Schwanz ...

»Tut mir leid, aber du bist wohl schon lange hier, oder?«

Wenn du gewußt hast, dachte sie, daß ich hier bin – warum hast du dich nicht schon längst herbequemt und mit mir gesprochen?

»Ich will mit dir reden«, sagte Megan. »Es ist wichtig.«

»Geh in die Cafeteria und bestell mir Kaffee und Käsekuchen«, antwortete Nikki mit einem raschen Lächeln.

»Ich komme in zehn Minuten nach. Und vergiß nicht die Schlagsahne!«

Megan wartete zehn Minuten. Und noch einmal zehn Minuten. Sie hatte damit gerechnet. Eine halbe Stunde später erschien Nikki mit selbstzufriedenem Gesicht.

»Dein Kaffee ist kalt«, sagte Megan säuerlich zur Begrüßung. Ihre guten Vorsätze waren bereits ins Wanken gekommen.

»Ich mag kalten Kaffee«, gab Nikki mit strahlendem Lächeln zurück. Sie trug ein hübsches, rotblaues Kleid im Dirndl-Look mit tiefem, eckigem Ausschnitt, der die Ansätze ihrer runden, zarten Brüste voll zur Geltung brachte. Ihre Augen schimmerten; es lag ein spöttischer Ausdruck in ihrem Blick, als wolle sie jeden Moment aus irgendeiner heimlichen Tollerei heraus platzen vor Lachen. »Nun? Ich bin ganz Ohr, wie man hier sagt.« Sie streifte sich eine blonde Haarsträhne aus dem Gesicht.

»Ich wollte dich an etwas erinnern, Nikki«, begann Megan. »Ich glaube fast, du hast es vergessen. Du bist frei. Denk einmal an all diese dummen Verlautbarungen, die du von dir gegeben hast – daß du unbedingt *in Freiheit* eislaufen wolltest. Was soll das dauernde Theater mit mir und den Sponsoren, was sollen die Kräche mit Eric? Warum gehst du nicht gleich zurück auf die Bahn und schmeißt ihn raus? Er ist der beste Eislauftrainer in England, das weißt du. Aber wenn du ihn nicht magst, dann nimm dir halt den zweitbesten oder sonst einen. Tu, was du nicht lassen kannst, Nikki, aber hör endlich auf, andauernd gegen irgendwelche eingebildeten Beschränkungen anzukämpfen. Dir macht dieses Spielchen Spaß, oder? Du kämpfst gegen irgendwelche Autoritäten, von denen du dich eingeengt fühlst, und merkst gar nicht, daß es diese Autoritäten längst nicht mehr gibt. Du kämpfst nur gegen dich selbst, du baust einen Popanz auf, weil du nicht die Courage hast, ohne Feindbild zu leben. Du beklagst dich über mich – ja, meine Güte, du kannst mich doch auch entlassen. Im Vertrag steht was von Dreimonatsfrist, aber mir genügen drei Tage. Du beklagst dich über deine Sponsoren – während du ihr Geld zum Fenster hinauswirfst und offenbar nichts daran zu ändern imstande bist. Es ist überhaupt kein Problem, sämtliche vertraglichen Verpflichtungen loszuwerden. Du kannst sogar mit dem Eislaufen aufhören. Warum eigentlich nicht? Wie dem auch sei, entscheide dich endlich und hör auf, allen deinen Mitmenschen das Leben zur Hölle zu machen. Werd endlich erwachsen, Nikki. Du fällst uns allen langsam, aber sicher auf die Nerven.«

Nikki starrte sie mit großen Augen und offenem Mund an, doch Megan ignorierte es. »Ich muß dir reinen Wein einschenken, Nikki«, fuhr sie fort. »Ich tue mein Bestes, um dir so schnell wie möglich deinen Paß zu verschaffen, aber der Amtsschimmel ist störrisch. Ich habe bisher nichts erreicht, doch ich bleibe am Ball.« Megan versuchte, den Schock mit einem Lächeln zu mildern, fühlte sich mit einemmal aber persönlich schuldig an der verfahrenen Situation. Wochenlang hatte sie mit den verschiedensten Behörden herumtelefoniert. Inzwischen hegte sie den heimlichen Verdacht, daß man ihr gezielt Schwierigkeiten bereitete. »Es tut mir leid, Nikki, aber aus der Einladung zu dem Schaulaufen in Frankreich wird leider nichts.« Sie hatte ihren Kaffee ausgetrunken, die Rechnung bezahlt und wäre am liebsten aufgestanden und gegangen. Aber da war noch etwas, was sie Nikki mitteilen mußte, und es war nicht gerade eine erfreuliche Eröffnung.

Nikki mampfte mit finsterem Gesicht ihren Käsekuchen. »Vielleicht geht es ja auch ohne britischen Paß«, sagte sie. Rasch fand sie wieder zu ihrer anfänglichen Haltung zurück. Sie lächelte maliziös. »Vielleicht ist mir ja ein französischer viel lieber. Ich denke nämlich daran, Michel zu heiraten.«

»Fein«, sagte Megan, innerlich sehr erleichtert. Genau

in diese Richtung hatte sie die Unterhaltung lenken wollen. »Ich möchte nur, daß du auch genau weißt, was du tust. Wenn du Michel vor deiner Einbürgerung heiratest, bekommst du die britische Staatsbürgerschaft vielleicht nie. Dann kommt der Antrag vielleicht nicht durch.«

Nikki lachte laut auf. »Na und?« fragte sie. »Warum soll ich mich darüber aufregen?«

»Weil du dann nicht länger für England starten dürftest«, antwortete Megan vorsichtig. »Weil es ganz und gar nicht sicher ist, daß dich die Franzosen in ihre Olympiamannschaft aufnehmen – in das englische Team kommst du ganz bestimmt. Und weil Eric Lamont nicht die Absicht hat, nach Frankreich überzusiedeln.«

»Das ist Erpressung!« Nikki explodierte. Ihre Augen funkelten, ihre Wangen waren gerötet. Megan kannte alle Erscheinungsformen ihrer Wutanfälle – aber dieses Mal wirkte Nikki auch heillos erschrocken.

»Nein, das ist es nicht«, sagte Megan und erhob sich. »Es sind die nackten Tatsachen. Ich wollte dich nur warnen, damit du weißt, wie die Aktien stehen, bevor du deine Entscheidung triffst. Was meinst du? Soll ich einen anderen Trainer für dich engagieren – oder willst du dir selber einen suchen?«

»Ich bleib' bei Eric«, flüsterte Nikki.

Zu Megans Verblüffung liefen plötzlich Tränen über ihre Wangen und sie brach in heftiges Schluchzen aus. »Ich werde hier total manipuliert«, stieß sie hervor und rang die Hände wie ein Kind. »Immerzu und überall! Wo ich starten darf, was ich anziehen darf, wieviel Geld ich ausgeben darf, und jetzt schreibt man mir sogar vor, wen ich lieben darf. Was soll das alles? Hat Vanguard das gesagt? Oder die Regierung? Oder wer? Warum kann ich meine britische Staatsbürgerschaft nicht behalten, wenn ich heirate – wie jedes andere Mädchen in England?«

»Ganz einfach, weil du sie noch gar nicht besitzt«, erwiderte Megan, fügte dann aber versöhnlich hinzu: »Ich tue, was ich kann, Nikki, glaub mir. Halt die Ohren steif.«

Später, auf der Heimfahrt, erinnerte sich Megan noch lebhaft an den Auftritt. Sie dachte an Nikkis Wutausbruch, die Tränen – und an ihr Eingeständnis ganz zum Schluß, daß sie ohnehin noch nicht an eine Heirat dächte. Sie fühlte sich schuldig und machte sich Vorwürfe. Immer diese Überreaktionen auf Nikkis schlechtes Benehmen! So schwer kann es doch nicht sein, etwas mehr Verständnis für sie aufzubringen! Vielleicht hatte Nikki mit ihrer Klage gar nicht so unrecht. Vielleicht wurde sie ja wirklich von allen Seiten manipuliert. Und sie, Megan nahm darauf einfach zu wenig Rücksicht.

Ich bin genauso mitschuldig wie alle anderen, sagte sich Megan in einem Anfall schmerzhafter Reue. Sie hatte Nikki reinen Wein eingeschenkt, um sie von der Heirat abzubringen und um selbst nicht eine lukrative Klientin zu verlieren. Trotz allem war es wohl ganz gut, daß Nikki erfuhr, wie es um sie stand, bevor sie sich zu Entscheidungen hinreißen ließ, die nicht wiedergutzumachen waren. Schließlich war sie nicht geflohen, um einen Ehemann zu finden, oder? Ein glücklicher Zufall, daß Ian sie an die Gefahren erinnert hatte. Plötzlich stutzte sie. War das wirklich Zufall gewesen? Oder steckte dahinter eine geniale Strategie?

Obwohl sie sich innerlich dagegen sträubte, keimte in Megan der Verdacht auf, daß sie selbst vielleicht nicht weniger manipuliert sein mochte als Nikki. Nagende Zweifel setzten sich in ihrem Hinterkopf fest: War es eventuell möglich, daß Ian irgendwie dahintersteckte? War er ein aalglatter Taktiker, der mit seinen hilfreichen Vorschlägen jeden einzelnen ihrer Schritte vorherbestimmte? O nein! Dieser Verdacht war dermaßen abscheulich ... Sie schob ihn mit aller Gewalt beiseite, aber es gelang ihr nicht mehr, sich vollends von ihm zu befreien. Sie konnte Ian gegenüber einfach nicht mehr unbefangen sein.

42

Als Nikki früh am nächsten Morgen ihr Häuschen verließ, um durch den Park zu joggen, fiel ihr auf, daß ihr Bewacher nicht vor der Tür stand. Schon am Vortag war er nicht dagewesen, und bisher hatte Nikki niemandem etwas von seinem Ausbleiben erzählt. Sie fühlte sich nicht wohl in ihrer Haut, schämte sich fast ein wenig.

Das ist doch völlig grundlos, sagte sie sich und setzte sich – ohne Begleitung – in Trab. Seit meiner Flucht ist immerhin schon ein halbes Jahr vergangen. Ich bin frei ... frei!

Der Gedanke heiterte sie nicht auf; vielmehr bemächtigte sich ihrer ein allumfassendes Schuldgefühl. Warum nur, fragte sie sich, warum fühle ich mich schuldig? Die Erkenntnis, daß sie zwar physisch frei war, emotional jedoch von Schuldgefühlen gefesselt, traf sie wie ein Schlag. Und am Abend zuvor hatte sie eine Nachricht erhalten, nach der die ganze Nacht über an Schlaf nicht mehr zu denken gewesen war: Ihr Vater war in ein Sanatorium geschickt worden – zur Erholung. Erholung! Dahinter verbargen sich die verschiedensten Möglichkeiten, und Nikki hatte nicht die geringste Lust, näher darüber nachzudenken. Wiederholt sagte sie sich, daß sie ihren Vater ohnehin nie gemocht hatte. Er war nie ein echter Vater gewesen – ein harter, despotischer Mann ohne jedes Gefühl für seine Familie und total besessen von seinem Drang nach irgendwelchen höheren Zielen. Noch vor sechs Monaten hatte sie nicht die geringsten Skrupel gehabt, ihre Familie und ihr Heimatland zu verlassen – warum nur setzte ihr nun diese Nachricht aus Rußland so zu?

Routinemäßig spulte sie ihr Vormittagsprogramm herunter. Ihre Trainingsleistungen waren ausgesprochen schlecht, und sie ließ Erics Vorwürfe über sich ergehen, ohne mit der Wimper zu zucken. Aber die Beklemmung blieb.

Aus einem Impuls heraus fuhr sie anschließend zu Megans Büro, allerdings nicht ohne vorher bei einem Blumenladen anzuhalten. Die Blumen gefielen ihr so gut, daß sie gleich mehrere Sträuße kaufte. Als sie den Laden schließlich verließ, hatte sie den Arm voller Margeriten, Lupinen und Rosen. Warum nicht auch einen Kuchen, dachte sie beim Einladen der Blumen, und bei der Konditorei gleich um die Ecke vor Megans Büro gab sie auch dieser Versuchung nach. Megan war jetzt die einzige, die sie ein wenig aufmuntern konnte.

»Hey – die sind ja toll«, sagte Megan, nachdem sie sich vom Schock des ersten Eindrucks erholt hatte. »Das solltest du öfter mal tun! Du kommst übrigens gerade zur rechten Zeit, ich habe eine gute Nachricht für dich. Doch sag – willst du nur mal so vorbeischauen, oder gibt es einen speziellen Anlaß?« Megan fiel auf, daß Nikki übermüdet war und ziemlich unglücklich aussah. Während Maureen Kaffee aufsetzte, kümmerte sie sich um Teller und Besteck. Megan hatte immer das Gefühl, Nikki nicht voll gerecht zu werden. Sie wußte, daß Nikki trotz ihres kultivierten Elternhauses ein einfaches Mädchen geblieben war, welches das Leben in Schwarz-weiß-Kategorien sah: falsch oder richtig, Freund oder Feind, ohne Zwischentöne. Sie, Megan, war zur engen Freundin erkoren worden – eine Position, der sie sich nicht immer gewachsen fühlte, vor allem, weil ihre eigenen Gefühle Nikki gegenüber sehr gemischter Natur waren. Nikki konnte rücksichtslos, ja grausam sein, um sich dann in Sekundenschnelle in ein freundliches, liebenswertes Mädchen zu verwandeln. Ein Rätsel blieb sie im Grunde immer.

Megan beobachtete aufmerksam, wie Nikki sich setzte, den Kuchen in sich hineinschaufelte und ihrer Wut auf Eric und sein Trainingsprogramm freien Lauf ließ. Die unterschwelligen Beleidigungen und das taktisch geschickte Werben um Megans Verständnis und Unterstützung blieben diesmal jedoch unter dem üblichen Niveau.

Es war unverkennbar, daß Nikki noch etwas anderes auf dem Herzen hatte.

Nach einer Weile sagte Nikki: »Sag, Megan, warum hast du mir damals bei meiner Flucht geholfen? War es, weil dir jemand den Auftrag dazu gegeben hatte?« Ihre Lippen zitterten, in ihren Augen standen Tränen, das Kinn war aggressiv vorgeschoben, doch die hängenden Schultern verrieten bereits die Resignation. Wie ein Kind konnte Nikki ihren wahren Gemütszustand nicht verbergen.

Megan interpretierte die Zeichen richtig und entschloß sich zu einer Lüge: »Ich habe dir geholfen, weil mir schon damals klar war, daß du die kommende Weltmeisterin bist. Ich wollte dich als Klientin haben.«

»Und das ist die reine Wahrheit, *da?*« Ihre Miene hellte sich etwas auf. Die Antwort entsprach offenbar genau dem, was sie hatte hören wollen. »Es war nichts weiter als eine geschäftliche Vereinbarung. Einer von diesen Deals, auf die du dich ja so gut verstehst, liebe Megan. Aber inzwischen sind wir Freundinnen, ja?«

»Ja, natürlich, was sonst? Sag mal, Nikki, stimmt irgend etwas nicht? Irgend etwas liegt dir doch auf der Seele, nicht wahr? Obwohl ich es sehr nett finde, daß du uns hier besuchst – so ganz normal ist das doch nicht. Ich bin, ehrlich gesagt, etwas beunruhigt. Wo drückt denn der Schuh?«

»Nirgends! Nein, nein, es ist wirklich alles in Ordnung«, antwortete Nikki mit einem bezaubernden, wenngleich nicht ganz überzeugenden Lächeln. »Meine Bewacher sind abgezogen worden, einfach so ...« Sie schnippte mit den Fingern, doch ihre Hände waren feucht, und das Geräusch blieb aus. Sie lächelte etwas betreten und sagte: »Heute ist mein erster Tag in *richtiger* Freiheit, ich bin ganz begeistert.« Es war eine Lüge.

Megan faßte sie scharf ins Auge: »Und einsam, wie? Oder fürchtest du dich nur ein wenig?«

»Fürchten? Ach was! Vielleicht ist es alles noch ein bißchen – ungewohnt, *da?*« Ein kleines Zugeständnis.

»Dann bist du also jetzt dein eigener Herr! Gratuliere! Aber es interessiert mich doch, warum die Wachen so mir nichts dir nichts abgezogen worden sind.« Sie schaltete die Sprechanlage ein und erklärte Maureen den Sachverhalt. »Ehrlich gesagt, Maureen, ich weiß gar nicht, an wen wir uns da wenden müssen.«

»Ich nehme an, Ian weiß, wer da das Sagen hat«, gab Maureen kühl zurück. »Er weiß doch sowieso immer alles.«

Ein paar Minuten später war Ian am Telefon. »Nikki ist hier«, sagte Megan. »Ihre Bewacher sind heute nicht aufgekreuzt.«

Ians Antwort kam etwas zögernd: »Ich erkundige mich und ruf' dich dann wieder an.«

Zehn Minuten später meldete er sich. »Sie hätten dich informieren sollen«, sagte er. »Nikki wird nicht mehr als gefährdet angesehen. Seit ihrer Flucht sind inzwischen sechs Monate vergangen, und bisher haben die Russen nicht versucht, mit ihr Kontakt aufzunehmen. Es ist kaum damit zu rechnen, daß sie es jetzt noch tun werden.«

»Jetzt noch?« fragte Megan noch einmal nach, aber Ian antwortete nicht. »Das war's dann also? Zurück zur Normalität?«

»Tut mit leid, wenn Nikki sich Sorgen gemacht hat. Sag ihr, dazu besteht nicht der geringste Anlaß. Sie kann sich niederlassen, wo sie will, und ein ganz normales Leben führen. Sie hat alles bekommen, was sie sich gewünscht hat, nicht wahr? Grüß sie schön, ich wünsch' ihr alles Gute.«

»Das kannst du ihr auch selber sagen. Du organisierst doch ihre nächste Wohltätigkeitsveranstaltung, oder?«

»Ehrlich gesagt, Megan, ich sitze gerade an einem neuen Drehbuch und habe sehr viel zu tun. Ich fürchte, du wirst für eine Weile ohne mich auskommen müssen – aber du wirst das sicher schaffen, mit Bravour sogar, glaube ich.«

»Aber Ian …« Megan unterbrach sich; sie wollte nicht, daß Nikki ihren Protest mitbekam. Es war doch absurd. Mit einemmal fiel ihr ein, daß sie in den vergangenen sechs Monaten nicht eine einzige öffentliche Veranstaltung für und mit Nikki organisiert hatten, bei der Ian nicht ganz automatisch das Heft in die Hand genommen hätte. Sie hatte sich fast die ganze Zeit über gegen ihn gewehrt – und nun, aus welchen Gründen auch immer, stieg er einfach aus.

»Ich helfe dir natürlich, wenn du mich brauchst.« Es klang widerstrebend. »Hör zu, Megan«, fügte er hastig hinzu, »wollen wir nicht gegen Ende der Woche mal zusammen zum Essen gehen? Da können wir dann über alle Probleme sprechen – falls du welche hast.«

»Ich arbeite meistens ziemlich lange … und dann hat Nikki auch noch eine Probe. Wär's dir recht am Donnerstag?«

»Ja, fein, das geht«, sagte er. »Ich hol' dich ab, wie immer.« Er hängte ein.

Wie beiläufig das alles klang. Desinteressiert war wohl der zutreffende Ausdruck. Megan hatte gehofft, nun, da sich ihre Ängste und ihre Eifersucht als unbegründet erwiesen hatten, könnte sich ihr Verhältnis zu Ian wieder einrenken. Nach dem Gespräch war sie enttäuscht, doch als sie sich jetzt wieder Nikki zuwandte, lächelte sie, und nichts war ihrer freundlichen Miene anzumerken.

»Die Polizei ist der Meinung, daß du nichts mehr zu befürchten hast«, sagte sie. »Es hat keinerlei Versuche gegeben, dich wieder nach Rußland zu locken. Du giltst inzwischen als Bestandteil der britischen Szene …« Megan schmückte ihre Erzählung bewußt ein wenig aus. »In anderen Worten: Du bist nicht mehr gefährdet. Ist das nicht wunderbar?«

»Oder ich bin ihnen nicht mehr nützlich!« Nikki preßte ihre Lippen zusammen; es war, als schämte sie sich ihres Ausbruchs.

»Wie? Was soll das heißen, Nikki?«

»Gar nichts«, blaffte sie zurück. »Ich weiß nicht, warum ich das gesagt habe. Es war dumm von mir.« Tränen liefen ihr über die Wangen.

»Nikki, was ist los mit dir?« fragte Megan. »Irgend etwas belastet dich. Bitte, sag es mir. Du weißt, daß du dich auf mich verlassen kannst.«

Verstockt starrte Nikki aus dem Fenster, eine Hand auf den Mund gepreßt. In diesen Zustand stellte man ihr am besten keine weiteren Fragen.

»Hör mal, Nikki, handelt es sich um etwas, das ich wissen sollte?«

Keine Antwort.

»Wenn du nach wie vor Angst um deine Sicherheit hast, können wir einen Leibwächter einstellen. Weißt du, wieviel Geld auf deinem Treuhandkonto liegt? Fast eine halbe Million Dollar. Muntert dich das nicht ein bißchen auf?«

»Das ist nicht genug«, sagte Nikki. Unvermittelt stand sie auf und stieß dabei ihren Stuhl um. »Nicht annähernd genug – verglichen mit allem, was die an mir haben.«

Ein wildes, unruhiges Flackern lag in ihrem Blick. Sie wirkte aufs tiefste verzweifelt, und Megan fragte sich plötzlich, ob sie vielleicht an Verfolgungswahn litte.

»Nikki, bitte, so etwas darfst du nicht sagen«, antwortete sie schnell. War es möglich, daß Nikki kurz vor einem Nervenzusammenbruch stand? Sie wußte, daß Nikki überfordert war. Zu viele öffentliche Veranstaltungen, Termine, das lange und harte Training und zu allem Überfluß auch noch der Film. »Die Welt liegt dir zu Füßen. Du bist jung, schön, berühmt und reich. Du trittst in einem Film auf und wirst an den Olympischen Spielen teilnehmen. Das ist seit heute morgen amtlich. Ist das nicht ganz großartig?«

»Wunderbar! Ja, ganz wunderbar!« sagte Nikki – und brach in Tränen aus.

43

Es war gegen halb acht an einem warmen Abend im August. Zum Arbeiten war das Wetter viel zu schön, daher hatte sich Maureen den Nachmittag freigenommen, um mit Adolpho beziehungsweise Johnny Bart, wie er jetzt hieß, einen Spaziergang in der Hampstead Heath zu machen. Ich habe mir das verdient, dachte sie schuldbewußt – ich arbeite seit Monaten ununterbrochen, und bis zu meinem Urlaub sind es noch ein paar Wochen. Wer weiß, ob da nicht der Sommer längst vorüber ist?

Johnny hatte die Verschnaufpause genauso nötig wie sie gebraucht. Megan hatte ihn mit Terminen überfrachtet, das stand außer Frage. Ein Auftritt nach dem anderen, dazu das Training, das täglich mehrere Stunden in Anspruch nahm, und schließlich noch der Trainerjob bei *Universal's Gym* in Cheapside, das inzwischen auf *Johnny Bart Gym* umgetauft worden war. Man sah ihm seine Müdigkeit bereits an, und das war angesichts der bevorstehenden Weltmeisterschaft alles andere als erfreulich.

Maureen feilte unablässig an ihren Fingernägeln herum. Sie waren nicht mehr rotlackiert, lang und zugespitzt, nachdem sich Johnny einmal über ihre »Klauen,« wie er sich ausdrückte, beschwert hatte, sondern sanft gerundet und perlrosa. Leise summte Maureen vor sich hin, so wie sie es immer tat, wenn sie nachdachte. Ob es möglich war, Johnny wieder aus dieser *Universal*-Geschichte herauszubekommen, in die Megan ihn hineingeredet hatte? Wenn er tatsächlich Mr. Universum wurde, würde ihm die Bank schon die nötigen Kredite für sein eigenes

Fitneß-Zentrum geben, daran gab es für Maureen nicht den geringsten Zweifel. Es war doch reiner Blödsinn, sein gutes Aussehen und seine Energie aufs Spiel zu setzen, nur um andere Leute reich zu machen.

Maureen sah unvermittelt auf, und ihre Blicke trafen sich. Johnny saß in Shorts und Hemd am anderen Ende des Raumes und sah großartig aus – sah man einmal von den Schatten unter seinen Augen ab. Sein Körper war braungebrannt und muskulös, doch die feinen, sensiblen Gesichtszüge sorgten dafür, daß ihm jede brutale oder rohe Note fehlte. Er sieht einfach unheimlich gut aus, dachte Maureen gerade, als Johnny eine buschige schwarze Augenbraue fragend hob und seinen Mund zu einem trägen Grinsen verzog. Nur ein Film, dachte sie, eine einzige armselige Rolle als Tarzan oder so, und die Frauen liegen ihm zu Füßen. Er bräuchte gar keine großen Auftritte, es würde völlig genügen, wenn er so aussah wie jetzt – gar nicht irgendwie sinnlich, sondern einfach nur freundlich und mitfühlend. Man fühlte sich bei ihm gut aufgehoben, ja in gewisser Hinsicht sicher – was im Grunde leicht verrückt war, wenn man vernünftig darüber nachdachte.

»Woran hast du denn eben gedacht?« fragte Johnny. »Du siehst ja richtig wild aus, und du säbelst mit deiner Nagelfeile herum, als wolltest du jemandem den Kopf abschneiden.«

»Wahrscheinlich Megan«, antwortete Maureen. »Ich habe mich nämlich gefragt, wie du am besten aus diesem *Universal*-Geschäft rauskommst.«

»Ich lebe doch davon …«

»Nein, so kann man das nicht sagen. Da kommt doch eine Sache nach der anderen auf dich zu zur Zeit, da läppert sich ganz schön was zusammen – und zwar ziemlich schnell. Ich möchte, daß du deinen eigenen Laden bekommst, und ich habe nicht den geringsten Zweifel daran, daß du es über kurz oder lang schaffen wirst.«

»Am liebsten hätte ich einen in Monaco«, sagte er und grinste wie ein Lausejunge. »Da wären dann dauernd diese tollen französischen Mädchen um mich rum ...«

»Ob das wirklich so gut für dich wäre, he? Oder für die Mädchen? Beim gegenwärtigen Stand der Dinge jedenfalls nicht.« Es war eine sehr scharfe Antwort gewesen. Als sie aufsah, bemerkte sie, wie sehr sie ihn getroffen hatte. »Mach dir nichts draus, es war nur ein Scherz«, fügte sie schnell hinzu.

»Wie kann das ein Scherz sein, wenn es doch völlig der Wahrheit entspricht?« gab er leise zurück.

»Richtig ...« Sie lächelte tapfer. Sie wußte, daß sie sich eher die Zunge abgebissen als Johnny bewußt verletzt hätte. Mit einer katzenhaften, geschmeidigen Bewegung sprang sie auf und ging zu ihm, die Stirn nachdenklich gerunzelt. »Ich war eifersüchtig auf die französischen Mädchen«, sagte sie. »Tatsache ist, daß ich im selben Boot sitze wie du. Vielleicht fühl' ich mich deshalb hier wie zu Hause.«

Er musterte sie voller Skepsis. »Das war nicht unbedingt mein erster Eindruck von dir.«

»Na ja, so was hängt man auch nicht an die große Glocke. Ich mache da gern immer ein bißchen auf Show, verstehst du, ein bißchen auf sexy.«

»Du siehst aber viel sexier aus, seit du die Kleider trägst, die ich dir gekauft habe.«

Maureen lächelte glücklich. »Das glaube ich dir sogar.« Johnny hatte das Modeschmuckgeklimper und die grellen Farben nicht gemocht. Er hatte sie mit in die Stadt genommen und ihr raffiniert geschnittene Kostüme und Kleider mit teuren Accessoires gekauft. Inzwischen mit streng zurückgekämmtem Haar und professionellem Make-up, fiel es ihr schwer, sich wiederzuerkennen, wenn sie in den Spiegel blickte.

»Johnny, darf ich dich um einen Gefallen bitten?« fragte sie. »In meiner Wohnung ist ein Wasserrohr geplatzt, alles ist schon ganz feucht. Und die ganze Nacht über ging es tropf-tropf-tropf, ich habe kaum ein Auge zutun können. Der Klempner will irgendwann in diesen Tagen kommen. Kann ich solange erst mal bei dir bleiben?«

»Mmm – warum nicht?« Er zuckte mit den Schultern. »Fühl dich wie zu Hause. Ich geb' dir sogar mein Bett, ich selbst kann auf der Couch schlafen.«

Da war er schon wieder, dieser pseudoitalienische Akzent. Sie wußte, daß er sich vor ihr fürchtete. »Ach, das ist doch nicht nötig, Johnny«, sagte sie. »Ich weiß doch, daß ich bei dir vollkommen sicher bin. Ich brauche mir keine Sorgen zu machen, oder?«

»Nein«, erwiderte er, sichtlich benommen.

Mitternacht. Johnny lag, alle viere von sich gestreckt, auf dem Bett. Er atmete heftig und hatte die Bettdecke fortgestrampelt; sie lag auf dem Boden. Sie hatten die Vorhänge offengelassen, so daß das weiche, silberne Licht des Mondes ins Zimmer fluten konnte. Leise setzte Maureen sich auf und betrachtete liebevoll den gewaltigen, schönen Körper neben ihr. Selbst wenn das alles ist, dachte sie, genügt es mir schon. Auf einen Versuch, mehr zu bekommen, wollte sie dennoch nicht verzichten.

Sie hatten zu Hause gegessen, und nicht schlecht: gegrillten Hummer, Salat, dazu eine Flasche Rotwein, danach Käse und Biskuits. Stundenlang hatten sie dann zusammengesessen und sich unterhalten, noch mehr Käse gefuttert, noch mehr Wein getrunken. Dann hatten sie beschlossen, ins Bett zu gehen, und sie hatten dabei gelacht, um die etwas gespannte Atmosphäre ein wenig aufzulokkern. Als sie ihr neuerstandenes Spitzennachthemd anzog und mit einem taktvollen »Gute Nacht, Johnny« die ihr zustehende Betthälfte bestieg, hatte sie sich fast wie eine Jungfrau gefühlt. Nie zuvor in ihrem Leben war ihr jemand so nah gewesen wie Johnny, und ihm erging es auf seine Weise nicht anders, sie spürte es.

Sie zog ihr Nachthemd aus, kroch zu ihm, legte ihren Kopf auf seine Schulter und kuschelte sich eng an ihn. Sie spürte, wie sich sein Körper versteifte, wie sein Atem für Sekunden stoppte und dann, ziemlich flach, weiterging. Er war wach.

»Ich hatte einen furchtbaren Alptraum«, murmelte sie. »Halt mich fest, ich hab' höllische Angst.« Was bedeutet schon eine Lüge mehr oder weniger, nach all den Märchen, die ich heute schon erzählt habe, dachte sie.

Seine Arme schlossen sich um sie, und er küßte sie sanft auf die Stirn. »Schlaf jetzt«, sagte er.

»Oh, Johnny, ich fühle mich so geborgen bei dir«, antwortete Maureen.

Er gab einen unverständlichen Grunzer von sich und schlief ein.

Vorsichtig ließ Maureen ihre Hände über seinen Körper wandern, gefühlvoll und voller Zärtlichkeit. Sie drückte ihre Lippen auf seinen Bauch und seine Schenkel und kitzelte die Haut mit ihrer Zungenspitze. Er lag träge da, wollte nicht erwachen, genoß den Traum. Sie wußte, daß er nur vorgab, von ihren Bewegungen und Absichten nichts zu spüren. Bereitwillig glitt er hinüber in eine benommene Euphorie, Maureen blindlings vertrauend. Dummer Junge, dachte sie.

Sanft streichelten ihre Hände seinen Bauch und seine Oberschenkel, berührten und ergriffen schließlich sein schlaffes Glied, rieben es zwischen den Fingern der einen und der Fläche der anderen. Und plötzlich bemerkte sie eine schwache Regung, ein kaum fühlbares Spannen, eine gewisse Veränderung des Gewebes: Der Patient war noch nicht ganz tot. Es gab Hoffnung.

Kurz entschlossen, ja ein wenig überhastet, beugte sie sich über ihn, schloß ihre Lippen um die Spitze und liebkoste sie zärtlich – ein Wiederbelebungsversuch.

Sie wußte, daß Johnny wach war, hellwach, aber mäuschenstill. Sie wußte, daß er jetzt Hoffnung schöpfte – und genau das wollte sie vermeiden. »Maureen«, flüsterte er – und ihr Patient erschrak, wurde ohnmächtig und kippte kraftlos um.

»Das bringt nichts, Maureen«, sagte er. »Das war schon mehrmals so. Ich bin irgendwie … also … schüchtern.«

»Warst du schon mal beim Arzt?«

»Natürlich.« Er drehte ihr den Rücken zu und starrte die Wand an.

»Und was hat er gesagt?« fragte sie im Flüsterton; es war tatsächlich so, als befänden sie sich am Krankenbett eines schwer leidenden Freundes.

»Er meint, organisch sei alles in Ordnung. Es sei psychologisch.«

»Wie bei mir«, log Maureen, noch immer flüsternd. »Deshalb hatte ich auch den Alptraum vorhin. Allein der Anblick eines du-weiß-schon-was gibt mir den Rest. Bevor ich mich von einem Mann … also, ich kann nicht einmal das Wort aussprechen … bevor das passiert, nehm' ich unweigerlich Reißaus. Und da dachte ich vorhin, wenn ich … wenn ich deinen berühre, dann gelingt es mir vielleicht, meine Angst zu überwinden. Ich meine, bei dir bin ich doch sicher? Du wirst mich nicht vergewaltigen, oder?«

»Nein«, antwortete Johnny kummervoll. »Das ist wohl sehr unwahrscheinlich.«

»Eben. Und deshalb kann ich bei dir vielleicht meine Ängste loswerden. Wenn du mich läßt. Darf ich?« Ihr Zeigefinger umkreiste beharrlich das Corpus delicti.

Johnny gab keine Antwort auf ihre Frage. Hieß das nun, daß er der Fortsetzung des Possenspiels seine stille Zustimmung gab? Oder hielt er ihre lächerliche Scheu für unter seiner Würde? Oder war es gar so, daß er sie verachtete, weil sie mehr von ihm wollte, als er ihr geben konnte?

Sie glitt aus dem Bett, kniete sich auf den Boden und legte ihren Kopf auf seinen Bauch. Sie hörte, wie es darin rumorte und, wie aus weiter Entfernung, auch den Schlag seines Herzens. In diesem Augenblick liebte sie ihn mehr als sich selbst. Wenn mein Tod ihn heilen kann, sterbe ich gern für ihn, dachte sie. Und wenn es irgendeine andere gibt, die das vollbringt, dann trete ich ihn gerne ab, wenn er nur glücklich mit ihr wird. Wie schön er ist, was für ein Bild, die Silhouette seines Kopfes vor dem weißen Hintergrund des Kissens. Mit einer schnellen, impulsiven Bewegung beugte sie sich vor und umschloß ihren kleinen Patienten mit ihren weichen, warmen Lippen. Sie legte ihren Kopf auf Johnnys Unterleib und verharrte lange in dieser Stellung.

»O Johnny«, wisperte sie eine ganze Weile später, »ich bin wirklich keine notorische Schwindlerin. Und da ist noch etwas, was du unbedingt wissen mußt: Ich liebe dich.« Sie hielt inne, doch die einzige Antwort, die sie erhielt, bestand in tiefen, dröhnenden Atemzügen, die ihr sagten, daß er eingeschlafen war. »Du könntest mein Bruder sein«, fuhr sie fort, »oder mein Sohn oder mein Vater oder was weiß ich. Du mußt etwas Besonderes sein, nicht bloß wieder ein anderer Mann, denn ich fühle, daß wir zusammengehören. Verstehst du, was ich damit sagen will?«

Warum ist das nötig, fragte sie sich. Warum wird es mir ohne körperliche Vereinigung nie gelingen, mich wirklich geliebt zu fühlen? Oder mache ich mir bloß was vor, und es ist nichts weiter als simple, altmodische Geilheit, weil er nun einmal so hinreißend aussieht?

Nur eines stand für Maureen fest: Sie würde keine Ruhe geben, bis Johnny ein ganzer Mann war.

44

Es war ein für London typischer grauer Morgen nach einer Nacht großer Hitze. Spätestens am Mittag würde es zu regnen beginnen. Der Korridor des Innenministeriums war nur spärlich beleuchtet, muffig und ungemütlich.

Außerdem war er menschenleer, bis auf Megan. In ihrem weißen Diorkleid mit weißer Schlangenledertasche, marineblauem Strohhut und dazu passenden marineblauen Sandalen wirkte sie hier ziemlich fehl am Platze. Sie sah elegant, gesetzt und selbstbewußt aus – solange man ihr nicht zu nahe kam. Denn dann stellte man rasch fest, daß aus den Blicken, mit denen sie die Tür bombardierte, unverhohlener Ärger sprach.

Es war doch die Höhe, eine absolute Ungeheuerlichkeit! Sie bemühte sich, nicht die Beherrschung zu verlieren. Die genießen das auch noch, dachte sie. Beamte! Spielen sich auf wie kleinen Könige! Das muß schon eine besondere Rasse sein, die andere Leute Stunde um Stunde warten lassen kann, als hätten sie nichts Besseres zu tun! Herrgott, du blöder Esel, seit einer Stunde war kein Schwein bei dir im Büro. Was treibst du eigentlich da drinnen? Hältst du ein Nickerchen? Oder spielst du gerade Machtpolitik?

In dem Versuch, ihr seelisches Gleichgewicht wiederzuerlangen, kramte sie ihr Notizbuch heraus und begann ihr Tagesprogramm aufzuschreiben. Ein rascher Blick auf ihre Armbanduhr zeigte, daß – Allmächtiger! – schon der halbe Vormittag im Eimer war.

Zum zehnten Male suchte sie heute eine der Abteilungen des Innenministeriums auf, und bislang war sie noch keinen Schritt weiter gekommen. Statt dessen hatte sie die unnötige Verschwendung ihrer Zeit hinnehmen müssen und die höfliche Gleichgültigkeit der verschiedenen Abteilungsleiter, die allesamt jegliche Kenntnis leugneten und jede Verantwortung weit von sich wiesen.

Stirnrunzelnd sah sie auf, als die Tür sich öffnete und der Staatssekretär des Innenministeriums erschien.

»Miss Carroll? Sehr erfreut, Sie kennenzulernen, meine liebe junge Dame. Ich bitte zu entschuldigen, daß ich Sie warten lassen mußte, aber ich hatte eine Reihe von Telefongesprächen zu führen, die keinen Aufschub duldeten.« Stimme und Gehabe waren gleichermaßen herablassend, und Megans aufgesetzte Ruhe verflog sofort wieder. Das war genau die Sorte Mann, die ihr schon auf den ersten Blick unsympathisch war: dicklich, mit Goldrandbrille, verschlagenen grauen Augen und dem lässigen, unerschütterlichen Gehabe eines Mannes, der seine Hypotheken abbezahlt hat und dem seine Rente sicher ist.

Ein richtiger Schlaumeier, dachte Megan, als sie seine schlaffe Hand ergriff.

»Nun, Miss Carroll, ich will nicht so tun, als wüßte ich nicht, was Sie hierher führt«, sagte er, nachdem sie sich gesetzt hatte. Er runzelte die Stirn, besann sich jedoch sogleich eines Besseren und zwang den Anflug eines Lächelns in seinen Blick. »Sie haben mir mit Ihrer Ungeduld meine ganze Abteilung durcheinandergebracht. Wir im Innenministerium sehen uns leider nicht in der Lage, nach den gleichen Kriterien zu verfahren wie Sie in der freien Wirtschaft. Wir müssen uns schon an etwas orthodoxere Methoden halten. Offengestanden, gemeinhin kümmere ich mich niemals selbst um Einbürgerungsanträge, doch in Anbetracht Ihrer Hartnäckigkeit ...

Megan ignorierte seine Ironie und räusperte sich. »Lassen Sie mich gleich zur Sache kommen, Mr. Owen. Meine Klientin Nikola Petrowna legt großen Wert darauf, an verschiedenen Eiskunstlaufveranstaltungen in Übersee teilzunehmen. Für den Fortgang ihrer Karriere ist das absolut unerläßlich. Dieses Jahr finden die Europameisterschaften in Ungarn statt, da muß sie unbedingt teilnehmen. Dann ist da noch die Kleinigkeit, daß mein Chef, John Oberholtzer, Miss Petrowna bei verschiedenen Veranstaltungen in Amerika auftreten lassen will. Eine verständliche Bitte, fuhr sie rasch fort, bevor er sie unterbrechen konnte. »da stimmen Sie mir gewiß zu. Doch ohne einen Reisepaß, für den sie ihre Einbürgerungsurkunde braucht, ist Miss Petrowna nicht imstande, Großbritannien zu verlassen.«

Sie sah, wie sich seine Miene verdüsterte, und bemühte sich, ihre Stimme verbindlicher klingen zu lassen und ihren Abscheu zu verbergen. »Miss Petrowna ist im Februar nach ihrer Flucht ein Paß versprochen worden. Das ist nun schon fast sechs Monate her. Sie wollen mir doch wohl nicht weismachen, daß es ein halbes Jahr dauert, einen Reisepaß auszustellen.«

»Dies ist ein ungewöhnlicher Fall«, begann er affektiert. »Ich denke nicht, daß die Akte meiner Abteilung schon vorgelegt wurde ...«

»Seit drei Monaten schon werde ich nun von einer Abteilung in die andere geschickt«, platzte Megan heraus. »Irgend jemand hier verweigert meiner Klientin mit voller Absicht ihre Rechte! Sie unterschätzen mich – Sie alle! Ich verspreche Ihnen: Ich bringe dieses Fall in die Presse! Ich werden einen Sturm der Entrüstung in der Öffentlichkeit entfachen. Nikkis Situation ist mir alles andere als egal. Dies hier ist eine himmelschreiende Manipulation, eine Mißachtung der Menschenrechte und der Menschenwürde. Hier ist sie ja nicht besser dran als in Rußland!«

»Wenn Sie mich anbrüllen, hilft Ihnen das auch nicht weiter, Miss Carroll. Lassen Sie mich erklären, wie solche Fälle laufen. Zunächst einmal muß die Akte vom Außenministerium überprüft werden. In heiklen Fällen wie diesem« – er faltete die Hände und sah sie sekundenlang feierlich an – »könnte es durchaus zu internationalen Verwicklungen kommen. Danach wird der Minister entscheiden, ob er die britische Staatsbürgerschaft gewährt oder nicht. Das liegt ganz allein in seinem Ermessen, wie Sie wissen. Vom Außenministerium wird ihre Akte dann ans Innenministerium weitergereicht, und ich kann Ihnen versichern, daß wir nicht zögern würden, die Staatsbürgerschaft zu erteilen – das heißt, sobald wir dazu ermächtigt sind. Danach ist die Ausstellung des Reisepasses nur noch eine bloße Formalität. Britischen Staatsangehörigen werden die Pässe nicht vorenthalten. Wir sind kein Polizeistaat, Miss Carroll, und ich protestiere entschieden gegen Ihren Ton und gegen Ihre Unterstellungen.«

Er erhob sich. »Dies ist eine Angelegenheit fürs Außenministerium«, sagte er abschließend. »Ich rate Ihnen, sich dort an die zuständige Abteilung zu wenden.«

»Ich habe hier sechs Namen auf meiner Liste, alles Leute, die ich im Außenministerium gesprochen habe. Jedesmal hat man mich stundenlang warten lassen – und jedesmal habe ich nichts als neue Ausflüchte zu hören bekommen: Das Innenministerium ist überlastet, das Außenministerium ist hoffnungslos im Rückstand – und so weiter. Aber ich bin bis zur Sekretärin des Außenministers vorgedrungen, und daher weiß ich mit Sicherheit, daß Miss Petrownas Akte noch gar nicht auf seinen Schreibtisch gelangt ist. Wo ist sie? Wer hat sie?«

Er hob eine Hand, um ihren Redefluß zu unterbrechen, doch Megan hatte sich bereits zu sehr in Rage geredet, um sich noch auf gute Manieren zu besinnen. Sie sagte diesem Mann gründlich die Meinung – über seine eigene Abteilung ebenso wie über sämtliche Abteilungen sämtlicher Behörden auf den Britischen Inseln.

»Bitte, Miss Carroll, reißen Sie sich zusammen«, fuhr sie der Staatssekretär an.

Megan stand auf. »Sie haben recht«, sagte sie zerknirscht. »Das war dumm von mir. Aber allmählich komme ich mir vor wie in einem Kafka-Roman.«

Er lächelte eisig. »Das verstehe ich, Miss Carroll. Aber vielleicht dürfte ich Ihnen doch zu etwas mehr Geduld raten? Seien Sie versichert, daß die Sache umgehend erledigt wird, sobald Miss Petrownas Akte meiner Abteilung vorliegt.«

»Könnten Sie mir wenigstens noch eines sagen«, bat sie ihn mit soviel freundlicher Ehrerbietung, wie sie nur aufbringen konnte. »Wo ist diese Akte? Wer oder was hält sie zurück? Sie wissen es, nicht wahr?«

Sie hatte ihn überrumpelt. Er zögerte, und einen Moment lang glaubte sie schon, er würde ihr die Wahrheit sagen. Doch dann nahmen seine Augen wieder einen nichtssagenden Ausdruck an. »Ich wünsche Ihnen einen schönen Tag, Miss Carroll«, sagte er, als er aufstand und ihr die Tür öffnete.

Megan hatte ursprünglich vorgehabt, gleich zu Nikki zu gehen und ihr von dieser Unterredung zu berichten, doch dann schob sie diese unerfreuliche Pflicht auf. Nikki würde bloß wieder einen ihrer Wutanfälle kriegen. Warum sollte sie ihr mit diesen schlechten Nachrichten den ganzen Tag verderben? Wer weiß, was morgen ist, tröstete sie sich selbst.

Am Abend hatte sie eine Verabredung mit Ian auf einen Drink. Er erwartete sie in ihrem Lieblingspub. Bei einem Scotch mit Eis redete sie sich ihren ganzen Kummer von der Seele, und Ian versprach, ihr zu helfen. Als sie eine Stunde später wieder ging, fühlte sie sich schon wesentlich zuversichtlicher. Ian hatte so viele Freunde in gehobenen Positionen, daß sie sicher war, er könnte ihr in Nikkis Sache weiterhelfen. Was jedoch ihre persönliche Beziehung anbetraf, so spielte Ian den Kühlen und schien sich mit einer platonischen Freundschaft zufriedenzugeben. Vermutlich hatte er ihr immer noch nicht verziehen, daß sie ihm mißtraut hatte. So ist es auch am besten, sagte sie sich auf dem Heimweg.

Gegen acht war sie zu Hause und diktierte noch drei Stunden lang. Danach fühlte sie sich erschöpft. Sie nahm ein Bad und las noch eine Weile, bevor sie das Licht löschte, doch die feindseligen grauen Augen des Staatssekretärs gingen ihr einfach nicht aus dem Sinn. Und jedesmal, wenn er sie angelogen hatte, war er rot geworden. Warum? fragte sie sich. Warum mußte er mich überhaupt anlügen? Was, zum Teufel, kann so Besonderes an einem Reisepaß für Nikki sein?

45

Hoch oben in den nebelverhangenen Bergen röhrte ein Hirsch, und Megan hörte das Echo, das die im Hof herumwuselnden Spürhunde vor Aufregung hecheln ließ. Selbst die Hengste stellten die Ohren auf, und ihre Hufe scharrten ungeduldig über das Kopfsteinpflaster von Inverewe.

Auf einem riesigen schwarzen Hengst saß Ian, im Kilt und mit einem Fell über der Schulter, doch als Megan genauer hinsah, erkannte sie, daß er außerdem der alte Clan-Chief war, dessen Porträt in der Bibliothek hing. Seine Augen leuchteten vor Erregung. Er schwang seinen langen Speer, und seine Stimmung übertrug sich auf den Hengst, der schnaubte und wieherte und mit den Hufen das Pflaster stampfte. Dahinter wogte ein zerlumpter, finsterer Haufen von Männern auf geisterhaften Gäulen.

»Nun beeil dich!« rief Ian ihr ungeduldig zu.

»Wirst du ihn dann töten?« fragte sie ängstlich.

Unwirsch sah er sie an. »Das ist der Zweck der Übung«, sagte er. »Wir machen keine Sandkastenspiele. Wenn du nicht mitmachen willst, kannst du gleich wegbleiben.«

Ihre Stute war ein launenhaftes Tier und biß auf alle anderen Pferde ein, bis sie sich zu Ians großem Hengst durchgeboxt und alle anderen aus dem Weg gedrängt hatte.

Dann stoben sie davon. Seite an Seite galoppierten sie durchs Tor, hinunter über die Moore, vorbei an Flüssen und Birkenhainen auf die Berge zu, die sich düster und gebieterisch über ihnen erhoben. Megan roch den dampfenden Schweiß ihrer ungestümen Stute, spürte, wie sich deren nervöse Spannung durch ihre Schenkel auf ihren ganzen Körper übertrug. Wie ein einziges Wesen, halb Mensch, halb Tier, stürmten sie vorwärts, getrieben vom Blutrausch, der durch ihre gemeinsamen Adern floß.

Hinauf ging's im donnernden Galopp, in wilder Jagd, immer höher, bis sie sich dem Gipfel der Igman-Berge näherten. Wie weit wir schon sind, dachte Megan, und wie hoch! Diese Pferde sind einfach phantastisch!

Der plötzliche Anblick des Hirsches ließ die Hunde laut bellen, ein Jagdhorn wurde geblasen, und Ian schrie: »Dort, schau!«

Ein blasser Schatten glitt gespenstergleich durch den Nebel, weiter den Berg hinauf, noch über die Baumgrenze. Ian blies sein Jagdhorn. »Dort! Siehst du es nicht?« Er schaute grimmig und grausam drein, und er zitterte vor Ungeduld.

Megan sah lediglich Nikki, in einem durchsichtigen weißen Musselinkleid, das ihre weißen Glieder und ihren zitternden schmalen Körper kaum verbarg. Auf Schlittschuhen raste sie über Stock und Stein, und als sie ihr näherrückten, hörten sie ihren rasselnden Atem und ihr ängstliches Wimmern.

»Nein, nein! Nicht!« schrie Megan, doch Ian war schon vorgeprescht und stieß mit seinem Speer auf das fliehende Mädchen hinab. Er durchbohrte ihren Arm, Nikki stürzte, und sofort war ein wirres Knäuel knurrender Hunde über ihr. Megan sah nur noch Blut.

»Du bringst sie um! Du bringst sie um!« Megan schrie ihre Anklage heraus und trieb verzweifelt ihr Pferd an.

»Klar doch«, sagte Ian gelassen. »Sei nicht so zimperlich, Megan. Genau das war der Zweck ihrer Flucht.«

Ein lautes Wehklagen ertönte, wie von einem Hasen in der Falle, und unter den Hunden bewegte sich etwas. Megan dachte: Ich muß hinunter und ihr helfen. Unbedingt! Sie wollte absteigen, war jedoch unfähig, sich zu bewegen. Sie versuchte es wieder und wieder – ich muß, ich muß – doch ihre Glieder waren schwer wie Blei und wollten ihr nicht gehorchen. Sie schluchzte vor Pein, schlug mit den Armen um sich. Da sah sie, daß Nikki aufgehört hatte, sich zu bewegen ...

Megan erwachte, in Schweiß gebadet.

Im Zimmer war es stickig und dunkel. Als sie das Licht anknipsen wollte, fand sie den Schalter nicht, dann auch ihr Nachttischchen nicht. Sie lag ganz still und versuchte, nicht in Panik zu geraten. Womöglich schlief sie noch? Der Traum war so wirklich gewesen, daß sie noch immer unter dem Eindruck stand, sie hätte Nikki retten können, wenn er nur ein klein wenig länger gedauert hätte.

Sachte fingerte sie herum, bis ihre Hände an die Messingstangen am Fußende ihres Bettes stießen. So war das also – sie hatte quer im Bett gelegen! Als sie Licht machte, sah sie, daß ihr gesamtes Bettzeug auf dem Boden gelandet war.

»Das war vielleicht ein Alptraum!« murmelte sie, fühlte sich jedoch nun, da sie wach war, um nichts weniger bedrückt. Sie zog ihren Morgenmantel über und ging in die Küche, doch das helle Licht und die vertrauten Dinge konnten ihre Ängste auch nicht bannen – eine ominöse Furcht vor künftigen Verbrechen, vermischt mit den Schuldgefühlen über bereits begangene.

Warum war sie nur so deprimiert? Es war doch nur ein Traum! Vielleicht half eine Tasse Kaffee. Als sie den Wasserkessel füllte, sah sie, daß ihre Hände zitterten. Seit neuestem schlief sie gar nicht mehr gut, und sie wußte, warum. Es rankten sich zu viele unbeantwortete Fragen um Nikkis Flucht, doch bislang hatte sie sich beharrlich geweigert, ihren heimlichen Argwohn auch nur vor sich selbst zuzugeben. Warum? Nun, wenn sie zugab, daß Nikkis Flucht aus anderen Gründen als den angegebenen erfolgt war, dann mußte sie auch zugeben, daß sie ebenso manipuliert wurde wie Nikki. In Wirklichkeit war sie lediglich eine Marionette, in einem finsteren Spiel von unbekannter Hand bewegt. Der Gedanke schlich sich ungebeten in ihr Bewußtsein: War Ian der Drahtzieher, der alle Fäden in der Hand hielt?

Nein! Alles in ihr lehnte sich dagegen auf. Nein, nein, nein!

Aber wer war Ian wirklich? Weder war er ein wortkarger schottischer Gutsherr, noch war er ein hoffnungsvoller, erfolgloser Schriftsteller, auch wenn sie sich noch so sehr wünschte, er möge eins von beiden sein. Doch in ihrem tiefsten Inneren wußte sie, daß es noch einen anderen Ian gab, einen seiner Sache ganz und gar ergebenen, verbissenen Ian, hervorgegangen aus uralten Fehden und blutigen Schlachten, einen Mann, der vor nichts haltmachte, wenn er seine Ziele erreichen wollte – was immer das für Ziele sein mochten!

Und auch Nikki hatte so ihre Geheimnisse. Warum hatte sie geweint, als ihre Bewacher zurückgezogen wurden? Was hatte sie gleich noch gesagt? Das hatte damals reichlich seltsam geklungen, doch jetzt fiel es Megan nicht mehr ein.

Sie wußte, daß Nikki sie brauchte. Seit einiger Zeit sah das Mädchen elend aus, doch Megan hatte es vermieden, sich in ihre Probleme hineinziehen zu lassen, solange sie nichts mit Nikkis Karriere zu tun hatten.

Warum? Die Antwort war ganz einfach: Weil sie sich vor der Wahrheit fürchtete.

Das Pfeifen des Wasserkessels brachte sie wieder in die Realität zurück. Sie fühlte sich so allein, daß sie versucht war, irgend jemand anzurufen, doch das hieße einer Schwäche nachgeben. Dabei kam ihr der Gedanke, daß Nikki niemanden hatte, den sie anrufen konnte, wenn sie deprimiert war. Ihr Zuhause, was immer es Nikki bedeutet haben mochte, war ihr für immer versperrt. Einen winzigen, entsetzlichen Moment lang ging Megan auf, wie Nikkis Welt aussah. »Ich muß ebenso blind wie gehässig gewesen sein«, murmelte sie, von Reue geschüttelt.

Dann fiel ihr wieder ihr Traum ein. Abrupt stand sie auf und wählte Nikkis Telefonnummer. Sie ließ es lange klingeln, doch niemand hob ab. Von bösen Vorahnungen überwältigt, schlüpfte Megan rasch in ihren Jogginganzug und rannte zum Auto.

Kein Licht brannte, kein Auto stand vor der Haustür, alles wirkte vollkommen normal, doch als Megan klingelte, öffnete niemand die Tür. Beinahe verrückt vor Angst, kramte Megan den Zweitschlüssel aus ihrer Handtasche, schloß auf und hastete ins Obergeschoß.

Nikki lag ausgestreckt auf dem Bett, inmitten einer Blutlache. Ihre bleichen Wangen waren blau verfärbt, ihr Mund war offen, mit schlaff herabhängendem Kiefer, ihre Augen waren geschlossen, und ihr Haar war feucht und zerwühlt.

»O mein Gott!« japste Megan. »O mein Gott!«

Überwältigende Schuldgefühle waren das erste, was ihr in den Sinn kam, während sie Nikkis Handgelenk ergriff und den Puls fühlte, wobei sie insgeheim um ein Lebenszeichen flehte.

Ich habe sie zu sehr angetrieben, dachte sie, die Frau und die Freundin in ihr mißachtet, sie geschimpft und gescholten, bloß weil ich eifersüchtig war, und dann hab' ich nichts unternommen, um den Bruch zu heilen. Dabei hat sie mich gebraucht! Und ich hab' sie behandelt wie ein Stück Inventar. Ich habe moralisch versagt, und das ist nun das Ergebnis!

Kein Pulsschlag. Um Gottes willen, was sollte sie bloß tun? Sie konnte nicht richtig denken. »Ich muß mich zusammennehmen«, murmelte sie. Noch immer sickerte Blut aus Nikkis Gelenken. »Ich muß es stoppen … stoppen … aber wie …«

Sie rannte zum Schrank, grabschte sich irgendeinen

dünnen, weißen Stoff, den sie hektisch in Stücke riß, um die Wunden zu verbinden und das Blut zu stoppen. Dann zum Telefon ... Ian! Er würde schneller einen Krankenwagen bekommen als sie.

Megan betete, er möge zu Hause sein. Das Telefon läutete nur zweimal, doch dann schien es eine Ewigkeit zu dauern, bis ...

»O Gott sei Dank ... Nikki ... Pulsadern aufgeschnitten ... Krankenwagen ... Hörst du mich? Einen Krankenwagen!« rief sie. »Ja, ich bin hier in ihrem Haus, aber vielleicht sind wir schon zu spät dran.«

Sie legte den Hörer auf und beugte sich über Nikki. Wenn sie doch nur wüßte, was sie sonst noch für sie tun konnte! Sie warm halten. Auch das hatte sie gelesen. Schaden konnte es jedenfalls nicht. Sie nahm die blutdurchtränkten Leintücher und wickelte die blasse Gestalt hinein. Dann legte sie sich daneben und versuchte, sie zu wärmen. Noch immer kein Pulsschlag!

War Nikki schon tot? Hatte sie wirklich einen Selbstmordversuch begangen? Vielleicht, daß die Russen ... Nein, der Gedanke war absurd. Und was würde Ian sagen? Nun, er würde natürlich ihr die Schuld geben, und das zu Recht. Sie gab sich ja selbst die Schuld. O Gott, warum war nur kein Puls zu spüren? Sie durfte einfach noch nicht tot sein!

»Lieber Gott, bitte, laß sie nicht sterben!« betete Megan voller Kummer, Reue und Liebe. »Bitte, laß sie am Leben!«

Dann hörte sie den Krankenwagen kommen.

Drei Stunden später kam Nikki in der Privatstation eines Armeehospitals außerhalb von London wieder zu Bewußtsein. Vor ihrer Tür waren zwei Bewacher postiert.

Megan war überrascht gewesen, als der Notarztwagen sie ausgerechnet dorthin brachte, doch sie hatte keinen Grund zur Beschwerde: Nikki war umgeben von Ärzten und Spezialisten, die sich ganz offensichtlich viel Mühe gaben.

Ian kam, noch bevor Nikki erwachte. Schweigend betrachtete er das bewußtlose Mädchen, dann machte er langsam kehrt und sah Megan ins Gesicht. »Die falsche Methode. Vollkommen falsch«, sagte er. »Auf diese Weise sterben sie fast nie. Ich dachte, das hätte sich allmählich herumgesprochen. Die Adern verschließen sich wieder, weißt du. Sie wäre besser aus dem Fenster gesprungen.« Megan starrte ihn ungläubig an.

»Sieh zu, daß niemand etwas über diesen Unfall herausfindet«, fuhr er fort. »Vor allem nicht die Presse. Das könnte Nikkis Chancen, in die Olympiamannschaft aufgenommen zu werden, zunichte machen.«

Tatsächlich? dachte Megan. Oder hast du noch andere Gründe? Oder fange ich langsam an zu spinnen? Aber warum bist du so wütend, Ian? Warum wurde Nikki ins Rampenlicht gestoßen, und warum ist sie jetzt plötzlich bei dir abgemeldet? Und warum wurden ihre Bewacher zurückgepfiffen? So viele Fragen, viel zu viele. Wenn ich ihn doch nur geradeheraus fragen könnte: Ian, sag mir um Himmels willen die Wahrheit, arbeitest du für den britischen Geheimdienst? Ist das alles dein Werk? Aber das ist ohnehin sinnlos. Ian würde alles abstreiten – selbst wenn es die Wahrheit wäre.

Ian starrte noch immer aus dem Fenster. Wie sie ihn so ansah, hätte sie am liebsten die Hand ausgestreckt und ihn berührt. Er war ihr inzwischen geradezu schmerzlich vertraut mit seinem braunen Haar und dem Harris-Tweed-Jackett, das sie so gut kannte. Sie wußte auch genau, welches Gesicht er jetzt machte – bestimmt hatte er seinen zugeknöpften, distanzierten Ausdruck aufgesetzt. Doch dann, als er sich umdrehte, merkte sie, daß sie sich getäuscht hatte – er sah sie zu ihrer großen Überraschung bittend an.

»Megan, von all dem hier abgesehen, ist da ja auch

noch die Frage, was wird aus dir … und mir. Ich möchte, daß du in den Augustferien nach Inverewe kommst«, meinte er. »Dort können wir miteinander reden. Es gibt so vieles, das ich dir sagen will.«

Megans Augen wurden groß. Sie konnte es kaum glauben. »Ich kann Nikki auf keinen Fall allein lassen«, brachte sie heraus. Wer soll sich denn um sie kümmern?«

»Bis dahin wird es ihr wieder besser gehen.«

Wie grausam Männer doch sein können, dachte Megan. Sie schüttelte den Kopf.

»Na schön, dann bring sie mit«, sagte er zögernd. Dann erhellte sich sein Gesicht. »Natürlich, bring sie mit. Es wird ihr guttun, mal aus London rauszukommen. Auf dem Land wird's ihr gefallen und dir auch. Sie wird fröhlicher werden. Du warst noch nicht im Sommer dort. Nun sag schon ja«, drängte er. »Es würde Nikki bestimmt ungeheuer guttun.«

»Ja«, sagte Megan, die alle ihre Zweifel und Ängste beiseiteschob, nur zu glücklich, an Ian glauben zu können. »Sobald es Nikki wieder gut genug geht.«

46

Die ganze Szene wirkt wie Bilder auf Pralinenschachteln, dachte Eleanor und fragte sich zum wiederholten Male, ob sie mit der Wahl des Schauplatzes nicht einen Fehlgriff getan hatte. Die Höhe machte sie schwindelig. Sie befanden sich auf einem Schweizer Gletscher, der gleichzeitig von mindestens drei europäischen Ländern als Trainingsort benutzt wurde. Kristallweiße Berggipfel hoben sich von einem makellos blauen Himmel ab, und buntgekleidete Skiläufer setzten farbliche Akzente vor dem schneeigen Hintergrund.

Vor dem Restaurant der Mittelstation hatte sich eine

Gruppe von Werbeleuten und Technikern versammelt. Auch die beiden Sekretärinnen Eleanors befanden sich darunter sowie sechzehn führende Werbefachleute aus New York, mehrere Träger und sechs Mannequins aus Paris, eins davon männlich. Dazu kam noch ein teurer französischer Fotograf, der erst am Vormittag eingeflogen worden war, nachdem sich der Fotograf der Werbeagentur das Bein gebrochen hatte. Die Skiläufer, die sich auf den Bänken ausgestreckt hatten und an den Tischen saßen, versuchten nicht allzu deutlich zu zeigen, wie sehr sie sich über die Werbefritzen amüsierten, die in ihren viel zu warmen Klamotten in Schweiß gerieten und mit ihren nagelneuen Moonboots ständig ausrutschten.

»Zur Hölle mit diesem Eskimozeug!« knurrte Herb, der Art Director, und zog sich bis zur Taille aus. »Diese verdammten Franzosen müssen aber auch alles auf den Kopf stellen! Schnee in den Tropen ...« brummelte er vor sich hin.

Sie drehten einen fünfminütigen Werbespot über die Après-Ski-Mode von Vanguard, der darauf abzielte, daß die Frauen, die ihn im Fernsehen gesehen hatten, es nicht mehr für nötig hielten, auch noch passable Skiläuferinnen werden zu müssen, wenn sie diese wunderbaren Modelle tragen wollten.

Der Vormittag war ziemlich in die Binsen gegangen – die Werbeleute schrien sich gegenseitig an, schrien die Mannequins an und die Skiläufer, die angeblich dauernd im Weg standen, und fluchten über die zahllosen vergeblichen Takes.

Kretins, alle miteinander, entschied der französische Fotograf, der Pierre hieß. Und was die arme kleine Jacqui betraf, die sie sich als Stuntgirl und Modell aus dem britischen Team geangelt hatten – die schien überhaupt keiner leiden zu können. Pierre wunderte sich, daß sie sich diese Behandlung gefallen ließ.

Er sah auf seine Armbanduhr. Zeit für ihre nächste Abfahrt, schon die fünfzehnte an diesem Vormittag. Fünf Minuten später fragte er sich erneut, was sie bei der Stange halten mochte.

Sehr viel weiter oben, direkt am Rande der Piste, hockte Jacqui auf ihren Skiern, die Ellenbogen auf die Knie, den Kopf in die Hände gestützt. Hier oben war es einfach herrlich, so friedvoll und absolut still. Sie startete nur widerwillig. »Wenn Mutter mich diesmal wieder anmeckert, hau' ich ab«, maulte sie vor sich hin. »Zum Teufel mit dem Scheißvertrag! Soll sie mich doch verklagen.« Sie war nun mal kein Mannequin, nie im Leben, und sie war fest entschlossen, ihrer Mutter das heute noch unter die Nase zu reiben, damit ein für allemal Schluß war mit Aufnahmetagen wie diesem. Das britische Team war hier im Training, und sie verlor einen ganzen Tag, und außerdem hatte sie es satt. Nun ja, ebenso gut konnte sie's auch noch mal probieren.

Sie richtete sich auf, stieß ihre Stöcke in den Schnee und schoß den Berg hinunter. Wenn sie aus den Kurven herauskam, machte sie ganz selbstverständlich, um Tempo zu gewinnen, den klassischen Schlittschuhschritt der Skirennasse.

Herb hielt mit dem Budgetdirektor und dem Werbeleiter Kriegsrat. Sie waren alle der gleichen Meinung: Eleanor war niemals zufriedenzustellen. Nun hofften sie, sie würde es doch noch satt kriegen, jede Stunde vierhundert Dollar berappen zu müssen, so daß sie die ganze Sache schließlich abblasen würde. Dann konnte Herb noch einen Kurzurlaub einschieben, bevor er heimflog.

Er warf einen Blick über die Schulter. Eleanor saß vor einem Video-Bildschirm und kontrollierte jede Aufnahme. Im Moment sah sie überaus grimmig drein.

»Was, zum Teufel, hält Jacqui noch auf?« brüllte er. Dann sah er sie kommen – vorgebeugt, die Arme vor den Knien zusammengepreßt. Er seufzte. Von ihm aus mochte das zehnmal eine tadellose Skihaltung sein – um die Klamotten vorzuführen, war sie einfach Mist. Jacqui näherte sich nun den Kameras, richtete sich auf und drückte die Brust heraus, wie sie's ihr gesagt hatten, dann drehte sie ab in einem Sprühregen aus Schnee. Soweit, so gut. Nun aber nahm Jacqui ihren Helm ab, schüttelte ihr Haar zurück und sah mit dem ihr eigenen, unnachahmlich spöttischen Grinsen in die Kamera.

»Mist!« murmelte Herb. »Verdammter Bockmist!« Für Kunden, die ihre Verwandtschaft in ihren Werbekampagnen unterbrachten, sollte eine ganz besondere Extrahölle geschaffen werden.

»Verflucht nochmal, nein!« brüllte er. »Schnitt!« Er brauchte nicht erst zu Eleanor hinzusehen, um zu wissen, daß es wieder mal nichts gewesen war. »Himmel, laßt uns erst mal Mittag machen. Wenn die sich doch bloß ein Bein brechen würde«, murmelte er seinem Assistenten zu. »Dann könnten wir statt dessen 'n Profi nehmen. Die könnte dann von mir aus am Berg rumhampeln, soviel sie will – Hauptsache, sie kann lächeln!«

Pierre holte Jacqui ein, als sie sich von der schwatzenden Menge entfernte. »Ißt du mit mir?« rief er ihr auf französisch zu. »Wir können uns ja einen Tisch suchen, der nicht so nahe bei diesen Idioten da ist.«

Sie zuckte die Achseln. »Warum nicht?« Mutter würde sich ärgern, aber Mutter ärgerte sich ohnehin schon. In letzter Zeit tat sie das ständig.

»Warum wirfst du nicht einfach das Handtuch?« fragte Pierre mitten unter dem Essen, nachdem sie beide ihre Reserven an Gemeinplätzen erschöpft hatten. »Würde dem alten Schlachtroß ganz gut tun.« Er war gerade im Begriff, die Reste seiner Graupensuppe sorgfältig mit Weißbrot vom Teller zu wischen, so daß ihm Jacquis verblüffte Miene entging. Mit offenem Mund gaffte sie ihn an, erholte sich jedoch rasch wieder, und in ihre Augen trat ein Schimmer der Erheiterung, während ein leichtes Lächeln um ihre Lippen spielte.

»Soll ich dir mal was sagen, *chérie*? Aus dir wird nie ein richtiges Modell. Du bist zu ehrlich. Kannst nicht schauspielern. Du hast die Schnauze voll, und das ist überdeutlich zu sehen. Aber wie du Ski läufst – das steht auf einem ganz anderen Blatt. Da bist du echt begabt.« Er sah von seinem Teller auf und lächelte ihr charmant zu. »Warum bleibst du nicht beim Skilaufen allein? In Frankreich könntest du ein Vermögen verdienen, wenn du im Winter den Kindern was beibringst. Hunderte würden bei dir Schlange stehen, die alle nicht halb so gut laufen wie du.«

»Ich laß es mir mal durch den Kopf gehen«, sagte Jacqui vorsichtig und lächelte höflich als Antwort auf sein Kompliment. Sie mochte dieses winzige Nervenbündel von Kameramann mit seinem raschen Französisch, seinen graziösen Händen und seinem zerfurchten braunen Gesicht. Sie hatte keine Lust, ihn in Verlegenheit zu bringen. Sie mußte dankbar für jeden Verbündeten sein. Aber komisch war's schon, daß Pierre nicht zu wissen schien, wer sie war! Dann jedoch fiel ihr ein, daß er erst im Laufe des Vormittages angekommen war, und vermutlich hatte ihn die Sprachbarriere daran gehindert, mit den amerikanischen Werbeleuten zu tratschen.

»Weißt du nicht, wer ich bin?« fragte sie neugierig.

»Müßte ich das wissen? Hab' ich dich nun beleidigt?« Er zog eine Grimasse und grinste sie an.

Sie kicherte. »Ich hab' dich bloß aufgezogen«, antwortete sie.

Er hob die Arme mit den Handflächen nach oben in einer Geste der Resignation. »Du willst also ein Mannequin sein, *hein*? Alle Mädchen wollen das. Hast du deshalb diesen Job angenommen, *chérie*?«

»Ich brauchte das Geld für mein Training – Vanguard hat mich gesponsert, und die Arbeit als Modell ist ein Teil des Vertrags.«

»So ist das also.« Er musterte ihr Gesicht, ihr Haar, ihre Figur, doch Jacqui fühlte sich nicht beleidigt. Sie spürte, daß seine Musterung nichts mit Sinnlichkeit zu tun hatte, sondern vielmehr mit beruflicher Kennerschaft. »Du gehörst zu ihrer neuen Kampagne. Schönheit statt Sachverstand. Gehört zu ihrer Überlebensstrategie.«

»Überlebensstrategie?« echote sie.

»Klar. Vanguard steht mit dem Rücken zur Wand. Irgendwer will sie aufkaufen. Die Zeitungen sind voll davon, aber ich nehme nicht an, daß du den Wirtschaftsteil liest, oder?«

»Nein«, sagte sie, wie betäubt vom Schock.

»Diese ganze Kampagne hat sich die große Eleanor Douglas selber aus den Fingern gesogen – jedenfalls hat man uns das gesagt. Die Agentur ist gar nicht so wild drauf, aber an vierhundert Dollar die Stunde hat natürlich keiner was auszusetzen. Der Grundgedanke dabei ist, den Verkauf zu erweitern, indem man den Hausmütterchen Skiklamotten andreht. Sportlich sein ist in! Du verstehst, was ich meine? In Zukunft soll Frau Jedermann in ihrem smarten neuen Vanguard-Anorak in den Supermarkt gehen und sich dabei einbilden, daß ihr das Spaß macht. Und genau da kommst du ins Spiel. Du läufst nicht nur gut Ski, du siehst auch gut aus, deshalb darf dich am Ende dieser Blödmann da« – er deutete mit dem Kopf auf den Dressman – »samt deinem schicken Anorak in den Arm nehmen.« Er zog eine komische Grimasse, doch von Jacqui kam keine Reaktion.

Statt dessen entschuldigte sie sich, bestand darauf, ihr Mittagessen selber zu bezahlen, und machte sich auf den Weg zu ihrer Mutter.

Sie fand Eleanor in der Sonne sitzend, den Kopf zurückgelegt, die Augen geschlossen. »Mutter!« rief Jacqui. Mutter machte ein Nickerchen, und Jacqui musterte leidenschaftslos die vertrauten Züge. Allmählich wurde Mutter alt – mit Krähenfüßen und Runzeln am Hals. Sie sollte nicht soviel in der Sonne sitzen, dachte Jacqui. Wie monströs sie in diesen hautengen Lurex-Skihosen aussieht! Typisch Mutter – ewig grauenvoll angezogen.

»Mutter«, sagte sie noch einmal.

Eleanor öffnete die Augen und schloß sie gleich wieder. Sie setzte sich auf und hielt eine Hand schützend über die Augen. »Siehst du irgendwo meine Sonnenbrille? Sie muß mir runtergefallen sein.«

Jacqui bückte sich, um sie aufzuheben. Kein Wunder, daß sie hinuntergefallen war – sie war schwer von Straßbesatz.

»Die scheint auch nicht zu helfen«, stöhnte Eleanor. »Oh, mein Kopf! Das ist dieses grelle Licht!« Jacqui fingerte in ihrer Tasche herum und zog ihre Ersatzschneebrille heraus. »Hier, setz die auf«, befahl sie.

Eleanor gehorchte. »Wie seh ich aus?«

»Gräßlich. Genauso gräßlich wie ohne«, sagte Jacqui grob. »Ich hab' gerade von den Skileuten gehört, Vanguard soll aufgekauft und übernommen werden. Stimmt das?« fragte sie mit schmalem Mund und ängstlichen Augen.

»Aber Jacqui, was bist du denn so pessimistisch! Ich hab' schon noch ein paar Trümpfe im Ärmel. Und was macht es dir schon aus? Du hast Vanguard immer gehaßt, und reich bist du so oder so. Du brauchst dir also keine Sorgen zu machen, oder? Du tust es doch? Na, so 'ne Überraschung!« fuhr sie fort, ohne Jacquis Kommentar abzuwarten. »Ich weiß es ja zu schätzen, aber du brauchst wirklich keine Angst zu haben. Du und ich und Nigel und das Personal – wir haben zusammen einundvierzig Prozent der Aktien. Es ist also höchst unwahrscheinlich, daß uns jemand die Mehrheit nehmen könnte, vor allem, da eine bestimmte Treuhandgesellschaft über weitere zehn Prozent verfügt, und die sind zufällig alte Freunde von mir. – Aber Jacqui, Liebling ... Was ist denn nur los? Du siehst so bleich aus. Sei kein Dummkopf. Du kannst deiner alten Mutter voll und ganz vertrauen. Wir gewinnen die Schlacht.«

Überrascht und voller Mitgefühl grinste sie, als Jacqui sich neben ihr auf die Bank fallen ließ. »Immerhin, das Vertrauen unserer Aktionäre in uns hat die ganze Sache nicht eben gestärkt«, fuhr sie fort. »Deshalb diese weltweite Werbekampagne. Sie soll ihnen zeigen, aus welchem Stoff Vanguard und die Douglas-Familie gemacht sind.«

Jacqui wandte den Blick ab. Sie wollte nicht, daß ihre Mutter die Tränen in ihren Augen sah. Sie fühlte sich elend vor lauter Schuldgefühlen. Nein, Mutter – du hast keine einundvierzig Prozent mehr, weil ich meine Aktien gegen Ölquellen eingetauscht hab'. Aber ich hab' mir doch niemals träumen lassen … Ich hätte nie gedacht …

Plötzlich sah sie ihre Mutter mit ganz neuen Augen – als verwundbare Matrone mittleren Alters. Wie hatte Pierre sie genannt? Ein altes Schlachtroß. Aus irgendeinem Grunde tat das weh. Es war ja schön und gut, wenn *sie* an Mutter herumkritisierte – andere aber hatten nicht das Recht dazu!

Einen Augenblick lang war sie versucht, mit der Wahrheit herauszuplatzen. Doch vielleicht hatte Wolf ihr Aktienpaket noch nicht verkauft. Wenn sie jetzt nicht in Panik ausbrach, war vielleicht die Sache wieder rückgängig zu machen. Was aber sollte sie Mutter erklären?

Gott helfe mir, dachte sie, aber mein Zorn ist größer als meine Schuldgefühle! Was bin ich bloß für ein Mensch? Spinn' ich denn total? Aber, Mutter, du hattest kein Recht, mir nicht einmal zu erzählen, was los ist – dich aufzuführen wie der Herrgott persönlich und dann einfach alt zu werden.

Die plötzliche Einsicht traf sie wie ein Schlag ins Gesicht: Ihr Leben lang hatte sie Reichtum und Macht der Douglas-Familie als selbstverständlich betrachtet. Sicher, sie hatte vorgehabt, in der Firma mitzuarbeiten – irgendwann in ferner Zukunft, wenn sie zu sich selbst gefunden hatte, einfach, wenn ihr danach war. Mutter ist ganz alleine schuld, dachte sie mißmutig. Wie kann sie so große Versprechungen machen, und dann stellt sich heraus, daß sie auch bloß ... was? ... *Daß sie auch bloß ein Mensch ist,* flüsterte ihr eine innere Stimme zu.

»Besonders erfolgreich waren wir heute ja nicht, wie?« sage Eleanor beißend. »Wieso packen wir nicht einfach zusammen? Wenn ich dabei bin, kriegst du offenbar nicht anderes zustande als dieses dämliche Grinsen.«

»Ich hab' dieses Skript mindestens hundertmal gelesen«, sagte Jacqui, und mit einem Male war es ihr ungeheuer wichtig, alles richtig zu machen. »Aber dadurch versteht' ich das Ganze auch nicht besser. Wirklich, Mutter, ich will das jetzt hinter mich bringen. Sag mir bitte, was ich falsch mache.«

Eleanor setzte sich auf und beäugte ihre Tochter mißtrauisch. »Ich hatte eben beschlossen, das Handtuch zu werfen, ein professionelles Modell für die Nahaufnahmen zu nehmen und dich bloß noch Skilaufen zu lassen«, erklärte Eleanor. »Das scheint mir bloß vernünftig zu sein, aber ich dachte ... Ich meine, denk bloß mal, was für ein Knüller das wäre, wenn du's doch noch packst.«

»Dann erklär's mir«, drängte Jacqui. »Einmal versuchen wir's noch.«

»Weißt du, aus welchem Grund ich mich letztendlich entschlossen habe, dich zu sponsern?«

»Nein,«, sagte Jacqui tonlos. »Ich habe mich oft drüber gewundert.«

»Es war der Ausdruck auf deinem Gesicht, nachdem du diesen Berg in Sarajewo hinuntergerast warst – die reine Ekstase! Nun schau nicht so überrascht drein. Megan hat mir den ganzen Lauf auf Video vorgespielt. Lange Zeit war ich ja total dagegen – aber damals hab' ich kapiert, daß Skilaufen nicht einfach ein Zeitvertreib für dich ist, sondern eine Quelle der Freude. Dein Vater war genauso, aber das Skilaufen hat ihn kaputtgemacht.«

Jacqui wandte sich um, und Staunen malte sich auf ihrem Gesicht. »Erzähl mir von ihm«, bat sie.

»Oh, das tu' ich, das tu' ich noch, eines Tages ... Aber ausgerechnet jetzt, bei vierhundert Dollar die Stunde ...«

Jacqui sprang sofort auf.

Zum Teufel mit Wolf, dachte Jacqui, während sie sich an den Lift klammerte, der sie zur am höchsten gelegenen Piste schleppte. Sie würde ihr Aktienpaket von ihm zurückkriegen. Schließlich konnte sie nicht ihrer eigenen Mutter in den Rücken fallen. Sie hätte Mutter gerne genau erklärt, warum sie die Skirennen so sehr liebte, hätte ihr gerne erzählt von der Intensität, mit der man jeden einzelnen Augenblick in diesem Rausch aus Geschwindigkeit und Gefahr erlebt. Auf diesem Videoband von Sarajewo damals hatte ihr Gesicht absolute Hingerissenheit ausgedrückt – weil sie sich selbst besiegt hatte. Schön – wenn das alles war, was Mutter wollte ...

»Teufel auch, was will sie denn so weit dort oben?« murmelte Pierre seinem Assistenten zu, während er beobachtete, wie sich Jacqui langsam auf den Berggipfel zubewegte. Dann erst kam ihm der Gedanke, sie könne vielleicht eine Show für ihn abziehen wollen, und er grinste schief.

Zwanzig Minuten später fluchte er, als er sie mit einem Affenzahn herabsausen sah. Sekundenlang glaubte er schon, sie würde die Kontrolle verlieren, bis er sah, wie sie die Wendung am ersten Buckel nahm und dann geschickt den Berg hinunterwedelte, wobei sie immer nur einen Stock benutzte, um die Geschwindigkeit zu erhöhen. »Wer, zum Kuckuck noch mal, ist dieses Mädchen?« brüllte er seinem Assistenten zu. Und dann: »Gott sei dank, das hab' ich im Kasten.«

Jacqui war nun in Schußfahrt mit einer Geschwindigkeit von hundertzwanzig Stundenkilometern, und sie erinnerte sich an Sarajewo. Sie hörte wieder das Echo der Lautsprecher, sah wieder die Menge der Skiläufer, als sie durchs Ziel lief und abbremste. Dann riß sie sich den Helm vom Kopf und grinste in die johlende Menge. Es war ihr alles so wirklich vorgekommen, daß sie beinahe erwartet hatte, Rob würde auftauchen. Statt dessen kam der Blödmann angehampelt, und so strahlte sie eben den an.

»Das war's, Jacqui!« kreischte Herb aufgeregt. »Das war Spitze! Weiter so, geh weiter, nicht zu schnell, bloß nicht stolpern, um alles in der Welt, bloß nicht stolpern. Ja, fein machst du das ... Jetzt lächeln, nochmal so wie vorhin, und jetzt ein bißchen hierher, damit wir die Jacke besser draufkriegen. Kopf hoch, Brust raus, setz dich, Jacqui, langsam, langsam ... Du hast keine Eile, Mensch! Jetzt wink dem Kellner, ja, fein so ... Fein. Schau her, und jetzt noch ein letztes Lächeln in die Kamera.«

»Das war's, Leute«, sagte Herb, als der Schönling seine Hand auf Jacquis Schulter legte. »Schnitt. Machen wir Kaffeepause.«

Jacqui hielt sich nicht mehr lange auf. Sie hätte es nicht ertragen, heute noch mal mit Mutter zu reden. Sie schnappte sich ihre Skier und verschwand.

47

»Sie sind also doch noch gekommen, Eleanor.« Gundelfinger wandte sich ab und blätterte in seinem Terminkalender, um seinen Ärger nicht zu zeigen.

»Einen Monat lang haben Sie sich nicht blicken lassen. Ich berechne auch ausgefallene Sitzungen, wenn meine Patienten sich nicht die Mühe machen, abzusagen. Das wissen Sie doch, nicht wahr?«

»Ich kann es mir leisten zu tun, was mir in den Kram paßt«, knurrte Eleanor unfreundlich.

»Gewiß, wenn Sie sich dadurch wohler fühlen. Vielleicht möchten Sie einmal analysieren, warum Sie sich so wohl fühlen, wenn Sie anderen gegenüber unhöflich sind. Verhalten Sie sich bei allen Leuten so?«

Eleanor preßte die Lippen fest aufeinander und setzte sich auf die Couch. »Ich bin schließlich hier, oder?« fragte sie angriffslustig.

Gundelfinger hielt ihren Arm fest und fuhr mit einem Finger über ihre Haut. »Das sieht besser aus«, meinte er. »Ich denke, das Ekzem wird verschwinden.«

»Es kommt und geht, wie's ihm paßt.« Sie entzog ihm ihren Arm.

»Eleanor, Eleanor! Sie sind niemals ganz aufrichtig. Sie konnten es einfach nicht ertragen, herzukommen, stimmt's?«

»Ich hatte zuviel zu tun«, murmelte sie.

»Na dann«, sagte er brüsk. «Verschwenden wir nicht Ihre kostbare Zeit. Fahren Sie fort, wo Sie das letzte Mal aufgehört haben.«

Eleanor seufzte und starrte aus dem Fenster, voller Widerwillen, ihrer Erinnerung Kummer und Verrat zu entreißen.

»Wir sprachen von ihrem deutschen Freund«, fuhr Gundelfinger sanfter fort. »Sie sagten, Sie haben ihn wiedergesehen. Wie nannten Sie ihn doch gleich – Jerry?«

»Sein wirklicher Name«, sagte Eleanor, »lautete Wolf.«

Fünf Jahre hatte er gebraucht, um seine Ausbildung zu beenden, Österreich zu verlassen und sie zu suchen. Nur einen Monat brauchte er, um sie zu umwerben und zu heiraten.

Nie wieder nannte sie ihn Jerry. Der Name war altmodisch und der Krieg schon halb vergessen. Außerdem wurde Wolf Müller – oder Muller, wie er sich jetzt nannte – nicht gerne an seine Zeit als Kriegsgefangener erinnert. Seinen richtigen Namen konnte sie nie so recht leiden, doch mit der Zeit gewöhnte sie sich daran.

Mrs. Eleanor Muller! Sie hatte dagegen protestiert, daß

sie ihren Namen ändern mußte, doch damals gab es noch keine Alternative. Wie glücklich sie waren! Sie liebte ihn von ganzem Herzen und wünschte sich nichts sehnlicher, als für ihn zu arbeiten und mit ihm zu leben.

Wolf war stellungslos und lebte von dem Kapital, das seine Mutter ihm zur Verfügung gestellt hatte, doch Eleanor brachte üppige Provisionen für die Wintersportartikel nach Hause, die sie für Denvers führenden Großhändler verkaufte. Zu ihrer Überraschung unternahm Wolf keinen Versuch, eine Stellung zu finden. Fast seine gesamte Zeit verbrachte er beim Skilaufen, und mit dem Rest seines Kapitals spekulierte er an der Börse. Das kränkte die Schottin in Eleanor zutiefst. Sie lebte in der beständigen Furcht vor dem unvermeidlichen Ruin, doch der schien auf sich warten zu lassen.

Sie erinnerte sich an einen Winterabend, an dem Wolf vom Skilaufen nach Hause gekommen und zu ihr ins Badezimmer gestürmt war, wo sie sich gerade abtrocknete. Er schäumte geradezu über vor Aufregung und rief: »Heute hab' ich fünftausend Dollar verdient!«

»Quatsch! Du lügst ja!« hatte sie geschrien. »Du bist den ganzen Tag lang Ski gelaufen.«

Er hatte sie in die Arme geschlossen, vom Boden gehoben und ins Schlafzimmer getragen. »Die Spentex-Aktien sind ums Doppelte gestiegen, und wir haben nun doppelt soviel Kapital, also wird heute gefeiert«, hatte er herausgesprudelt. »Wir werden uns lieben und dazu Champagner trinken.«

»Wir haben keinen Champagner«, hatte sie lachend eingewandt, während er mit ihr durchs Schlafzimmer walzte.

»Ich habe welchen mitgebracht. Hast du noch mehr so läppische Ausreden?«

In der Liebe hatten sie perfekt harmoniert. Selbst heute noch, zwanzig Jahre später, spürte Eleanor, wie ihr Körper auf die Erinnerung an Wolf reagierte. Dann fiel ihr Gundelfinger ein, und sie konzentrierte sich auf etwas anderes.

»Wolf hat in Wien Wirtschaft studiert«, begann sie monoton. »Dann gaben ihm seine Eltern einen Teil seines Erbes, damit er zu mir kommen konnte. Wir heirateten, und zuerst waren wir glücklich«, sagte sie.

Sie versuchte, ihr Glück weiter auszumalen, doch die Erinnerungen waren nicht stark genug, den Alptraum in Schach zu halten, der ihr unaufhaltsam näherrückte. Sie hatte das Gefühl, sie müsse gleich ersticken. »Ich werd' Ihre sämtlichen Papiertaschentücher aufbrauchen«, verkündete sie in dem schwachen Versuch, witzig zu sein.

»Keine Sorgen. Ich kauf' sie in Haufen.« Wie Wolf versuchte auch Gundelfinger sich immer an Slang-Ausdrükken, doch irgendwie klangen sie immer ein bißchen daneben. »Sind Sie von Geburt Deutscher?« fragte sie ihn aus heiterem Himmel.

»Spielt das eine Rolle?«

»Ich bin bloß neugierig.«

»Sie wollen vom Thema ablenken.«

Eleanor seufzte. »Na schön«, sagte sie resigniert und mitleidheischend. »Ich hab' die Firma von Wolf Muller gestohlen, und er hat's nicht besser verdient.«

»Um so besser für Sie«, kommentierte Gundelfinger trocken. »Weiter im Text.«

»Er war ein eitler, eingebildeter Faulpelz, und er entpuppte sich als ein richtiger Scheißkerl.«

»Komisch! So wie Sie ihn bisher beschrieben haben, klang er doch ganz nett.«

»Ich kann ihn beschreiben, wie es mir paßt, verdammt noch mal, oder kann ich das etwa nicht?«

»Bitteschön, wie Sie wollen.«

Sie lugte über ihre Schulter und stellte erstaunt fest, daß Gundelfinger gähnte. Soll er sich doch langweilen, dachte sie.

»Wolf jonglierte mit Aktien an der Börse, und ansonsten tat er nichts, außer Ski zu laufen. Er hatte es sich in den Kopf gesetzt, ins amerikanische Olympia-Team aufgenommen zu werden. Mehr hatte er nicht im Kopf: Skilaufen und Geld machen. Er wollte auf die schnelle reich werden, aber er wollte keinen Finger dafür rühren. Mich lachte er aus. Er nannte mich seinen kleinen Biber, weil ich so hart für mein Geld arbeitete – bei Wind und Wetter auf Verkaufstour – und er dennoch ebenso viel verdiente wie ich, manchmal sogar mehr, und das hat mich jedesmal fuchsteufelswild gemacht. Eines Tages wurde eine kleine Skifarm zum Verkauf angeboten, und Wolf kaufte sie auf der Stelle. Ich war so glücklich darüber! Ich dachte, jetzt würde er endlich gesetzter und aus der Firma was machen, aber er lief einfach weiter Ski. Den ehemaligen Eigner behielt er als Manager bei, und ich verbrachte meine Abende und Wochenenden mit der Werbung und Vermarktung. Ich hatte nicht die geringste Absicht, meinen Job aufzugeben. Mit unserem Geld und dem, das Wolf von der Bank geliehen hatte, verdoppelte die Firma den Umsatz. Des Nachts lag ich wach und machte mir Sorgen über das Geld, das wir der Bank schuldeten, doch nach einem Jahr hatten wir den größten Teil der Summe schon zurückgezahlt. Grade fing ich an, mich ein bißchen sicherer zu fühlen, da verkaufte Wolf die Firma – einfach so. Er fragte mich nicht einmal, was ich dachte oder wollte. Beinahe hätte ich ihn verlassen.« Ihre Stimme verklang, und eine ganze Zeitlang saß sie da und betrachtete schweigend ihre Hände.

Der Nachmittag stand ihr noch deutlich in Erinnerung. Sie wollte fort. Sie hatte sich so herabgesetzt und erniedrigt gefühlt! Wie konnte er es wagen, sie so herumzuschieben! Erst ihre Fähigkeiten ausbeuten – und dann über ihr gemeinsames Geschäft verfügen, ohne sie auch nur zu fragen! Als ob ihre Meinung gar nichts zählte! Das hatte sie ihm des langen und des breiten erklärt. Schließlich hatte Wolf sich in den Ski-Club davongestohlen, und sie hatte ihre Koffer gepackt. Sie war gerade im Begriff, sie im Kofferraum zu verstauen, als ihr einfiel, daß sie Fleisch bestellt hatte, das noch nicht geliefert worden war. Auch Brot war keins im Haus, also ließ sie ihre Koffer im Durchgang stehen und fuhr erst einmal ins Einkaufszentrum, um die Vorräte zu ergänzen. Er war ihr undenkbar erschienen, Wolf zu verlassen, wenn nichts zu essen im Haus war. Als sie zurückkam, räumte Wolf soeben ihre Unterwäsche ein, und alle ihre Sachen türmten sich auf dem Ehebett. Die Koffer hatte er versteckt.

»Wenn du mich verläßt«, hatte er feierlich verkündet, »wer soll dann unsere neue Gemüsefabrik überwachen? Wir gehen ja bankrott!«

Unsere Gemüsefabrik! Das war das Zauberwort, das sie davon abhielt, ihn zu verlassen. »Was für eine Gemüsefabrik, verdammt noch mal?!« hatte sie ihn angebrüllt und getan, als sei sie wütend – doch in Wirklichkeit war sie nur allzu froh gewesen, einen Grund zum Bleiben zu haben.

Gundelfinger räusperte sich, und Eleanor ging auf, daß sie eine ganze Weile geschwiegen hatte.

»Ich behielt meinen Job bei«, sagte sie nun laut. »Wir lebten von meinem Verdienst, Wolfs Geld wurde unser Kapital, von dem wir keinen Pfennig anrühren durften. Infolgedessen waren wir immer knapp bei Kasse. Wir kauften eine Gemüsefabrik, doch in die mußten wir von Anfang an bloß Geld reinstecken. Wolf lieh sich das Geld, um die Herstellungsrechte einer ortsansässigen Chutney-Fabrik zu kaufen, und ich habe ihm geholfen, es in ganz Amerika auf den Markt zu bringen. Das war unsere Rettung. Ich erinnere mich, wie ich abends müde von der Arbeit kam – und dann nochmals fünf oder sechs Stunden dranhängte. Alles für die Fabrik, und das drei Jahre lang! Der reinste Alptraum. Unsere Ausgaben beliefen sich auf fünftausend Dollar pro Monat, unser Gewinn war minimal, unsere Verluste waren hoch, aber das Chutney lief gut, und ich rechnete damit, daß wir es in einiger Zeit schaffen könnten. Ein paar Jahre harter Arbeit, und es wäre soweit gewesen, doch da verkaufte Wolf die Fabrik, und wir verloren dabei die Hälfte unseres Kapitals. Warum machte er bloß solche Sachen? Ich konnte ihn einfach nicht verstehen, aber er gab mir immer die gleiche Antwort: ›Weil unsere Zeit noch viel wertvoller ist als unser Kapital – sie ist bemessen.‹«

Eleanor seufzte, bevor sie weitersprach. »Im folgenden halben Jahr lief Wolf nur noch Ski, und ich fand einen neuen Job – bei Vanguard Sports, einem kleinen Sportartikelhändler, dem noch eine Werkstatt angegliedert war, in der Reparaturen erledigt und ab und zu auch Skier handgefertigt wurden. Wolf schien sich vollkommen in seinen Trübsinn einzuspinnen. Es war kaum zu ihm durchzudringen, doch damals liebte ich ihn mehr denn je. Er fühlte sich schuldig, also überschlug er sich fast, bloß damit ich mich wohlfühlte. In vieler Hinsicht war er wirklich ein toller Kerl. Er sah so gut aus. Er gehörte zu der Sorte Männern, die um so besser aussehen, je älter sie werden. Trotz seiner Depressionen machte das Leben mit ihm Spaß, weil er so viel Humor hatte. Er hielt sich fit, und er hielt seine Diät ein, als hätte er noch immer eine Chance, bei den Olympischen Spielen für Amerika anzutreten, aber natürlich war er viel zu alt. Er war nun schon fast dreiunddreißig – und immer noch nicht reich. Es dauerte länger, als er erwartet hatte.«

Eleanor dachte eine Weile nach. »Durch mich erfuhr er, welche Möglichkeiten es in der Sportindustrie gab. Er hielt ein wenig Ausschau und entdeckte schließlich einen kleinen Einzelhändler, der sich zur Ruhe setzen wollte. Diesmal wollte er, daß ich meinen Job aufgab und den Verkauf übernahm, doch ich wollte nicht – und wir hatten fürchterliche Kräche. Er warf mir vor, ich sei eine Idiotin, die geborene Arbeiterin, dazu verdammt, andere Leute mit meiner Schufterei reich zu machen. Er war sehr überzeugend. Ich schloß mich dann jedesmal im Badezimmer ein und hielt mir die Ohren zu. Die Verachtung harter Arbeit war für mich gleichbedeutend mit Hungern müssen. Und eines Tages sagte er sogar, es sei meine Pflicht – nun, das war ein Wort, das ich verstand. Er behauptete, ich hielte nicht zu ihn, ich sei eine schlechte Ehefrau, und ich regte mich fürchterlich auf, doch den Mut, meinen Job aufzugeben, brachte ich immer noch nicht auf. Immerhin lebten wir von meinem Verdienst. Aber dann, eines Tages, rief mein Chef uns alle zu sich und teilte uns mit, er stehe kurz vor dem Bankrott und die Firma würde bald geschlossen. Wir sollten uns besser nach neuen Jobs umsehen, meinte er. Als ich an jenem Abend nach Hause kam, hatte ich alles so restlos satt, daß ich zu Wolf sagte: ›Von mir aus kannst du losziehen und Vanguards Schulden aufkaufen. Die Gläubiger werden froh sein, wenn sie überhaupt noch was bekommen. Du kannst meine Ersparnisse dazu haben‹, bot ich ihm an, ›aber dafür werd' ich diesmal gleichberechtigte Partnerin – mit Vertrag und allem Drum und Dran.‹

Meine presbyterianische Erziehung war alles andere als einverstanden mit solcher Art Geschäften – Schulden auf soundsoviel Prozent herunterzuhandeln und dann auch noch bei der Bank Geld aufnehmen, um sie zu bezahlen. Danach machte ich lange Zeit keine Nacht ein Auge zu. Es kam mir vor, als segelten wir in einer winzigen Nußschale über ein Meer von Schulden, ohne daß irgendwo Land in Sicht gewesen wäre. Einen wirklich sicheren Job hätte ich niemals aufgegeben, doch nun hatte ich das Gefühl, ich sei bei mir selber angestellt, und ich nahm mir vor, verdammt gut aufzupassen, daß ich nicht wieder ohne Arbeit dastand.«

Eleanor warf einen Blick auf ihre Armbanduhr und erhob sich. »Das ist alles, was mir Vanguard am Anfang bedeutet hat – ein fester Arbeitsplatz.« Sie lachte freudlos. »So ist das nun mal im Leben – das Schöne kann man nicht aufheben und erhalten, wie es ist. Immer muß sich alles ändern. Sogar eine Firma muß wachsen oder untergehen.«

48

Träge und schläfrig bummelte Megan auf das Mackintosh-Haus zu und genoß den Sommerabend auf dem Lande. Aus den Wäldern um den Loch kam der schrille Schrei eines Regenpfeifers, und in der Ferne hörte man die Kühe muhen. Warme, feuchte Luft umschmeichelte Megans Gesicht, die Erde dampfte, und das Gras duftete, und die Luft schwirrte vom Flügelschlag unzähliger Insekten.

Megan war froh darüber, hier zu sein. Am Morgen hatte sie Nikki aus dem Krankenhaus abgeholt und zu ihrem Abflug nach Inverness nach Heathrow gefahren, immer noch unsicher, ob sie das Richtige tat. Sie machte sich große Sorgen um Nikki, die sehr deprimiert wirkte. Trotz eines offenen Gespräches hatte sie bislang nicht herausgefunden, was Nikki zu ihrem Selbstmordversuch bewogen hatte.

Sie war schon immer eine Heimlichtuerin gewesen, sagte sich Megan, ganz besonders, wenn es um Herzensangelegenheiten ging. So hatte sie zum Beispiel seit ihrer Unterredung am Rande der Eisfläche Michel niemals wieder erwähnt – doch nun hatte er mehrmals im Büro angerufen und nach Nikki gefragt. Maureen hatte ihn jedesmal abwimmeln müssen, denn Megan hatte nicht die Absicht, Michel irgend etwas über Nikkis Unfall – wie sie es euphemistisch nannte – in Erfahrung bringen zu lassen. Getreulich hatte sie Nikki bei jedem ihrer Besuche von den Anrufen berichtet, doch die hatte nicht darauf reagiert.

Immerhin, bei Ians Anblick hatte sich Nikkis Stimmung schlagartig gehoben. Ians humorvolle Art ließ sie geradezu aufblühen, und bis zum Nachmittagstee war sie schon fast wieder die alte. Infolgedessen hatte Megan die beiden gebeten, ohne sie in die Dorfkneipe zu gehen, und behauptet, sie hätte absolut keine Lust dazu.

Am Tor drehte sie sich um und sah Ian und Nikki nach, wie sie einen Hügel bestiegen und dann ihrer Sicht entschwanden. Sie hatten den kürzesten Weg querfeldein ins Dorf eingeschlagen, und Megan hatte sie ein Stück weit begleitet. Ihr war klar, daß Ian böse war, weil sie nicht mitkam, aber das war egal. Jetzt war erst mal Nikki wichtig und ihr Glück. Ian konnte sie später noch alles erklären.

Sie blieb noch eine Weile stehen und betrachtete das wuchtige Herrenhaus, wie es grau und graniten dastand, nicht dazu geschaffen, das Auge zu erfreuen. Es würde in hundert Jahren noch so dastehen, mit seinen verwinkelten Korridoren und seinen vergessenen Zimmern. Es hätte viel besser ins Tal an den See gepaßt, fand Megan und mußte dann lächeln: Das war eben nicht die Art der Mackintoshs.

Sie machte sich auf den Heimweg und fing an zu singen: *So we'll walk up the avenue, since we haven't got a car* …

Als sie zehn Minuten später am Haus ankam, sang sie noch immer. Sie ging in die Halle und zog die schwere Eichentür hinter sich zu. Es roch nach feuchtem Gemäuer, und vom Fußboden stieg Kälte auf, als befände sich eine Eisfabrik darunter. Megan schauderte und riß die Tür sperrangelweit auf.

»Was dieses Haus braucht«, sagte sie laut, »sind frische Luft und Sonnenschein.« Und noch vieles mehr, dachte sie stumm. Wärme, Kindergeschrei, Spiel und Spaß – und Liebe. Sie strich mit den Händen über die Eichentäfelung. »Ein bißchen Pflege würde ihm auch ganz guttun.«

Dann markierte sie einen Highland Fling, zu dem sie die Musik summte, und sagte laut: »Och, ich tu' mal so, als wär' ich die Hochland-Lady.«

»Ich glaube, mit ein bißchen Unterricht werden Sie unsere schottischen Tänze ganz großartig hinlegen.« Das war die Stimme der Haushälterin, und Megan gab einen erschreckten Schrei von sich.

»Lieber Gott! Ich hab' Sie in diesem Schatten gar nicht gesehen. Ich hab' bloß einen Jux gemacht.« Megan spürte, wie ihr das Blut zu Kopf stieg. »Sie müssen mich für verrückt halten ...« Sie lächelte die Haushälterin an.

»Och nein. Für verrückt bestimmt nicht. Dieser alte Kasten braucht jemanden wie Sie. Ich wär' erst richtig froh, das wär' ich, wenn Master Ian heiraten würde«, fuhr sie neugierig fort. »Dann käme vielleicht mal wieder Leben ins Haus.«

»Ich werde Ihren Rat weitergeben«, neckte Megan sie.

»Tun Sie das mal«, war die pedantische Antwort. »Ich hab' ihm das selber schon Dutzende von Malen gesagt. Hier ist es ja wie in einer Gruft, wenn er in London ist.« Sie drehte sich um und schritt zum Salon voran. »Ich hab' Ihnen Tee und ein paar Küchlein gemacht. Sie werden sicher einen Bissen vertragen können.«

In dem riesigen, leeren Salon saß Megan allein vor dem alten Silbertablett, auf dem der Tee bereitstand. Die Stachelbeermarmelade war hausgemacht, und die klumpige Sahne stammte von den preisgekrönten Hochlandtieren des Gutes. Die Köchin hatte sie den ganzen Tag lang auf ihrem antiken Kohleofen warm gehalten. In der Küche gab es sehr wohl einen modernen Gasherd und einen Kühlschrank, doch die Köchin hielt nichts von diesem neumodischen Kram.

Am frühen Nachmittag hatte die Haushälterin Megan durch den alten Teil des Hauses geführt, der jahrelang abgeschlossen gewesen war. »Es hat ja keinen Sinn, das ganze Haus offenzuhalten, bloß für einen Junggesellen«, hatte Mrs. Gilmour ungebeten erklärt und Megan dabei mit listigen Blicken bedacht. »Aber eines schönen Tages wird es hier wieder eine Familie geben, und dieser alte Kasten wird sich wieder herausputzen.« So war es dann immer weitergegangen, weitschweifig und voller Anspielungen und versteckter Fragen.

Megan stand entschlossen auf. Sie freute sich schon auf die nächsten Stunden. Sowohl Ian als auch die Haushälterin waren vollkommen einverstanden, wenn sie sich in den Kellerräumen genauer umsah, und bislang hatte sie schon jede Menge faszinierender Dinge entdeckt: Einen alten Webstuhl, den sie abgestaubt und in die große Halle hinaufgetragen hatten, mehrere wunderschön gearbeitete Schwerter und Hunderte von alten Büchern. Es befremdete sie, daß Ian an all diesen alten Schätzen so gar kein Interesse zeigte. Doch selbst er freute sich, als sie ein Buch fand, das einer seiner kriegerischen Ahnen verfaßt hatte – einen Augenzeugenbericht der Schlacht von Culloden.

Die Kellerräume waren wie ein riesiger Kaninchenbau aus zahllosen verwinkelten und verschachtelten Räumen, Fluren und Korridoren, kaum hoch genug, um aufrecht darin zu stehen. Unzählige Sackgassen zeugten von Fluchtgängen, die einst in die Wälder und Moore geführt hatten und die Ians Großvater hatte zumauern lassen. Nun waren sie vollgestopft mit Müll, in dem sich hier und da doch ein seltener Schatz fand, wie die spanische Mantilla, die Megan aus einer Truhe voller viktorianischer Kleider ans Licht befördert hatte. Sie war schon auf dem Weg ins Kellergeschoß, als Mrs. Gilmour sie ans Telefon rief. Das konnte nur Maureen sein. Hoffentlich hat sie einen guten Grund, dachte Megan verdrossen, meinen ersten und einzigen Urlaub zu stören. »Hallo, was gibt's?« fragte sie, wobei es ihr nur unvollkommen gelang, ihren Ärger zu verbergen.

»Tut mir leid, Megan«, sagte Maureen in entschuldigendem Tonfall. »Petunias Vater hat eben angerufen und ihren Versuch, den Kanal zu durchschwimmen, abgesagt.«

»Nein! Himmelherrgott, das darf doch nicht wahr sein!« Vor lauter Erbitterung schlug sie mit der Faust auf den Schreibtisch. »Die ganze wochenlange Arbeit mit der Werbung! Alles umsonst! Was ist los mit dem – ist er verrückt geworden, oder was?«

»Petunia ist im dritten Monat schwanger.«

»Unmöglich!« japste Megan. »Ihr Vater läßt sie doch keine Sekunde aus den Augen! Oder war's gar Inzest?«

»Es war ihr Trainer. Ihre einzige Chance, ihrem lieben Daddy zu entkommen, verstehste, und die hat sie genutzt. Sie haben's auf dem Boot gemacht, das ihr Vater gemietet hatte, damit der Trainer ihr die Küste rauf und runter folgen konnte.«

»Da werden die Sponsoren einen guten Grund haben, sie zu verklagen«, sagte Megan wütend. »Ich weiß, es war eine Schwangerschaftsklausel in ihrem Vertrag. Herrgott ... die ganze Arbeit umsonst ... Was werden bloß die Sponsoren sagen?«

»Was können sie schon sagen? Ich nehm' an, sie sind selber Väter.«

»Schon gut, schon gut. Unsere Schwimmhoffnungen für die Olympiade können wir auch abschreiben. Du wirst jeden Sponsor selber anrufen müssen und ihm von der Absage berichten.«

»Mach' ich«, sagte Maureen.

Megan verscheuchte Petunia aus ihren Gedanken, sobald sie den Hörer aufgelegt hatte. »Na und?« murmelte sie vor sich hin, dann grinste sie breit: »Nitschewo!« London und die Arbeit waren viel zu weit weg.

»Diese Sachen sollten zum Ansehen aufgestellt werden«, murmelte sie etwas später, als sie dem nächsten Stapel Bücher mit einem Papierhandtuch zu Leibe rückte. Die meisten davon waren schon dem Schimmel zum Opfer gefallen, doch einige konnten vielleicht noch gerettet werden.

Es war schon neun Uhr abends. Ian und Nikki waren immer noch nicht zurückgekommen, und Megan durchwühlte immer noch Kisten und Kästen, als sie plötzlich hörte, wie die Kellertür leise geöffnet wurde. Heimliche Schritte schlichen die steinernen Stufen herab. Megan wich in den Schatten zurück, als sie hörte, wie der Eindringling vernehmlich flüsterte: »Nikola, Nikola Petrowna!«

Dann glitt er aus, fiel die Treppe herunter und landete auf seinem Hintern im Staub. Er setzte sich auf und fluchte leise auf französisch.

»Michel«, sagte Megan.

Michel Juric war mit einem Satz auf den Beinen und drehte sich furchtsam um. »Oh, Sie sind's, Megan!« Er rieb seinen schmerzenden Rücken. Er war von oben bis unten naß und mit Schmutz bedeckt. »Ich weiß, daß Nikki hier ist, und ich warne Sie.« Er blinzelte mehrmals und tastete den Boden nach seinem Revolver ab. »Wenn Sie sie nicht freilassen, lasse ich die gesamte britische Presse auf Sie los!«

»Machen Sie Witze?« fragte Megan. Überrascht stellte sie fest, wie bleich und bestürzt Michel aussah. »Sie ist mit Ian spazierengegangen. Sie sind im Dorf.«

»Und das soll ich Ihnen glauben?« gab er mißtrauisch zurück.

»Es ist mir egal, ob Sie's glauben oder nicht. Haben Sie wirklich gedacht, sie wäre hier unten – im Keller? Wie komisch Sie sind! So seid ihr alle, ihr Europäer – richtig lustig.« Sie lachte in sich hinein. Dann stand sie auf und strich mit staubigen Händen über ihre Jeans. »Na, nun kommen Sie mal. Wir machen Sie besser ein bißchen präsentabel. Sie haben ohnehin Glück, daß die Hunde Sie nicht erwischt haben – die hätten Sie in Stücke gerissen.

Meine Güte, Sie sehen vielleicht aus!« staunte sie, nachdem sie ihn ins Licht gezogen hatte. »Sie gehen am besten unter die Dusche. Mrs. Gilmour wird sich um Ihre Kleider kümmern. Sie haben einiges zu erklären, Michel, aber erst mal mache ich Ihnen einen Drink. Was, in aller Welt, soll ich ihr bloß sagen? Daß Sie eine Schnitzeljagd vorbereitet haben? Oder Vögel beobachtet?«

»Sagen Sie ihr die Wahrheit«, antwortete Michel mürrisch. »Daß ich Nikki liebe und herausfinden will, warum Sie beide sie seit Wochen vor mir versteckt halten.«

»Sie wollen Nikki lieben?« gab Megan scharf zurück. »Da warten wir doch lieber Ihren nächsten Artikel ab!«

»Ich kann einfach nicht herausfinden, was Sie mit Ian und seiner Bande zu tun haben«, sagte Michel ruhig, nachdem er seinen ersten Drink hinuntergestürzt hatte.

Megan hob eine Braue.

»Haben Sie's noch nicht herausgefunden, Megan?« Er grinste frech. »Ian ist ein Spion. Was genau er tut, weiß ich nicht, aber voriges Jahr ist ihm ein hoher Orden verliehen worden – *für der Krone erwiesene Dienste*. Ich hab's gelesen, aber niemand scheint's zu wissen, was für Dienste das waren, Nun weiß ich nicht, ob Sie auch dazu gehören oder ein unschuldiges Opfer sind, das ihnen gerade zupaß kam.«

Megan wandte sich abrupt ab und trat ans Sideboard, wo sie sich einen zweiten Drink einschenkte, den sie gar nicht wollte – sie wollte nur Michels Blick ausweichen.

Es ist also doch wahr, dachte sie traurig, doch laut sagte sie: »Das ist doch Blödsinn.«

»Das ist eine unbestrittene Tatsache, Megan. Die Ordensverleihung ist in der Ehrenliste der Königin verzeichnet.«

Und für seine Filmskripte, dachte sie, hat er ihn bestimmt nicht bekommen. Das paßt nur zu gut zu allem anderen – die jahrhundertealte Familientreue der Krone gegenüber, Ians Karriere bei der Marine, die russischen Bücher in der Bibliothek, die Fassade als Drehbuchautor und, was am verdächtigsten ist: die Wache, die ihn gerufen hat, als Nikki vermißt wurde. Aber ist es nicht genau das, was ich schon immer vermutet habe? Ich wollte es mir bloß niemals eingestehen.

Sie drehte sich um und lächelte trist. »Noch ein Scotch?« fragte sie und nahm Michel sein Glas ab. »Sie wissen natürlich selber, daß Sie kompletten Blödsinn von sich geben, Michel«, sagte sie mit einem schiefen Lächeln, doch die ganze Zeit, während sie lächelte und den Drink einschenkte, gingen ihr schon halb vergessene Sätze aus der Vergangenheit durch den Kopf.

Der Zettel auf dem Tablett: *Nikola Petrowna will überlaufen.* Wer hatte ihr den geschickt? Ian? Vielleicht auch einer seiner Kollegen. Das war ja nun auch egal – denn Ian war es gewesen, der sie benutzt hatte – benutzt, um Nikkis Flucht einen glaubwürdigen Anstrich zu geben. Gewissenlos hatte er eine Beziehung zu ihr aufgebaut, um in Nikkis Nähe zu sein und ihre Karriere zu steuern. Sie fühlte sich verletzt und mißbraucht.

»Ich bin reingelegt worden«, sagte sie tonlos und wünschte sich schon in dem Moment, sie hätte es nicht ausgesprochen.

»Sie nicht! Nikki!« sagte Michel grob. »Sie gehören zu denen, die sie reingelegt haben!«

»Wie können Sie so etwas sagen!« gab Megan ärgerlich zurück. »Ich habe alles für Nikki getan, was ich nur tun konnte!«

»Nur dann, wenn Nikkis Ambitionen zufällig mit Ihren eigenen übereinstimmten«, schoß Michel zurück. »Als sie mich heiraten wollte, haben Sie sie vor die Wahl gestellt – ihre Karriere oder ihre Liebe. Ich glaube nicht, daß das überhaupt nötig war.«

»Ganz so einfach ist es nun auch wieder nicht.« Megan spürte, wie ihr die Röte in die Wangen stieg. »Sie hätte nie die britische Staatsbürgerschaft bekommen. Warum haben Sie's überhaupt so eilig?«

»Nikki betrachtet Sie als Freundin«, beharrte Michel. «Aber Sie haben bloß Ihre eigenen Interessen verfolgt.«

»Oh, Michel, wie können Sie nur! Das ist einfach nicht wahr. Ich mache mir sehr wohl etwas aus Nikki. Schließlich hab' ich sie gefunden ...« Sie brach ab und preßte die Lippen zusammen. Aber wirklich, wie gemein von ihm! Liebte er Nikki denn so sehr? Hatte sie sich womöglich in ihm getäuscht?

Alte Schuldgefühle wurden wieder wach. Michel hatte, das war ihr klar, teilweise recht. Mitunter war es nicht Nikkis, sondern ISAs Wohl, das ihr am Herzen gelegen hatte. »Na schön«, gab sie zu, »Ich hab' sie also überredet, ihrer Karriere den Vorzug zu geben. Aber das hätte ich auch getan, wenn ich ihre Mutter wäre. Nikki ist kaum älter als achtzehn, da sollte sie sich auf ihre Karriere konzentrieren.«

»Das ist nur fair, Megan«, sagte Michel, der sich wieder beruhigt hatte. »Aber wußten Sie auch, daß Sie damit Ian in die Hände spielten? Und wie habt ihr zwei euch gefühlt, als Nikki versucht hat, sich umzubringen? Paßt nicht sonderlich gut zu dem Image vom fröhlichen Playgirl, das Sie Nikki verpaßt haben!«

Megan wurde rot. »Wie haben Sie das herausgefunden?« fragte sie erschrocken.

»Ganz leicht. Hat mich nur ein Schwätzchen mit einer der Schwestern im Krankenhaus gekostet«, sagte er. »Vorher aber hab' ich über eine Woche gebraucht, bis ich herausgefunden hatte, wo sie überhaupt war. Und da ist noch etwas, wovon Sie nichts wissen«, fuhr Michel fort. »Die ganze Zeit über, als Sie Ihre einsamen Sit-ins im Innenministerium abhielten, hatte Ian selber Nikkis Akte. Ihren Antrag, ihren russischen Reisepaß, alles, was dazugehört. Sie haben vor den falschen Türen gesessen.«

»Aber das ist doch absurd! Der glatte Wahnsinn!« Hilflos starrte Megan ihn an. »Michel, sagen Sie mir eins: Warum schnüffeln Sie uns allen dauernd hinterher?«

»Das hab' ich Ihnen schon gesagt: Weil ich Nikki liebe!«

»Wirklich? Ich bezweifle, daß das alles ist«, stieß Megan bitter hervor. »Mir will scheinen, die Männer heutzutage benutzen die Liebe allzuleicht als Vorwand, um in Wirklichkeit ihre höchst persönlichen Ambitionen zu befriedigen. Vielleicht sind Sie außerdem auch noch hinter einer saftigen Story her.«

Eigentlich hatte sie ihm noch viel mehr an den Kopf werfen wollen, doch in diesem Moment vernahm sie das Klipp-Klapp von Pferdehufen und das Kreischen von Karrenrädern auf dem Kopfsteinpflaster. Sie hörte Nikki singen, ziemlich hoch und ziemlich falsch, was ihr offensichtlich großen Spaß machte; dann fiel ein trunkener Chor ein.

Megan lief zum Fenster. »Da, sehen Sie sich Ihre angebliche Gefangene an!« rief sie Michel zu. »Mir kommt sie ganz glücklich vor – bloß reichlich beschwipst. Und die anderen genauso. Herrje – das ist ja eine ganze Kutsche voller Trunkenbolde!« staunte sie, während sie beobachtete, wie die Männer versuchten, über die Räder zu klettern und torkelten.

»Sieht so aus, als käme der halbe Pub mit«, stöhnte sie. »Glauben Sie, die bleiben alle zum Abendessen?« Sie drehte sich um und sah Michel von der Seite an. Wie ausdrucksvoll sein dunkles Gesicht ist, dachte sie. Sie fand keinerlei Anzeichen für Neugier oder journalistischen Ehrgeiz darin – nichts als gute alte Eifersucht war es, die in seinen Augen schwelte. Ian hob soeben Nikki vom Karren. Er hatte den Arm um sie gelegt und sah sorglos und glücklich aus. Megan schoß plötzlich die Frage durch den Kopf, ob Nikki wohl wußte, welche Rolle Ian bei ihrer Flucht gespielt hatte.

49

Während des gesamten Abendessens fühlte Megan sich wie in Trance. Sie hörte die Scherze und das laute Gelächter der anderen, trank ihren Wein und wollte an allem teilhaben, konnte sich aber die ganze Zeit über nicht des Gefühls erwehren, durch eine gläserne Mauer von der Wirklichkeit getrennt zu sein. Je mehr sie trank, desto jämmerlicher fühlte sie sich, und es dauerte nicht lange, da starrte sie mit glänzendem, verwirrtem Blick in diese perfide Welt, in der die Dinge so ganz anders waren, als sie schienen, und die Leute nicht das, was zu sein sie vorgaben.

Denn neben ihr saß ihr ureigener, geliebter Ian, der bemühte, ehrgeizige Drehbuchautor, spielte in aller Seelenruhe und Selbstsicherheit die Rolle des Lord Mackintosh, Geheimdienstagent und MBE, und handhabte das alte silberne Tranchiermesser mit der gleichen Souveränität, mit der er die Silberpokale füllte, bis sie randvoll waren. Er plauderte mit den Freunden aus seinem Heimatdorf, scherzte mit Nikki, und all dies geschah unter den grimmigen, nichtsdestoweniger ihre Zustimmung bekundenden Blicken seines ungestümen Vorfahren, des Clanführers. Es war der helle Wahnsinn! Leider war es auch die Wahrheit, und Megan konnte nun allein ihren herrlichen Träumen nachweinen.

Daß Michel plötzlich in seinem Haus aufgetaucht war, hatte Ian nicht im geringsten aus der Ruhe gebracht. Die ganze Antipathie, die er bislang gegen den Reporter gehegt hatte, schien mitsamt seinem beruflichen Interesse für Nikki wie weggeblasen.

Michel hielt unter dem Tisch Händchen mit Nikki. Er wirkte sorglos glücklich und echt verliebt. Nikki hatte mit einemmal ihre gute Laune wiedergefunden, und der Schalk saß ihr in den Augen, als sie Michel neckte, weil er ihr nachgereist war. Die Männer aus dem Dorf wurden immer trunkener und stimmten sentimentale Lieder an, zusammen mit Ian, der noch mehr Schlagseite zu haben schien als sie. Noch nie hatte Megan sich so erbärmlich, so ausgeschlossen gefühlt. Es war noch nicht sehr spät, als sie die laute Feier verließ und ins Bett ging. Sie wikkelte sich in ihre Decken und versuchte zu schlafen.

Gegen Mitternacht erklangen laute Stimmen unten in der Halle, dann schallte das Echo einer ins Schloß fallenden Tür durchs Haus, Pferdegetrappel, rumpelnde Kutschenräder, dann Schritte auf der Treppe und – Stille.

Eine halbe Stunde später vernahm sie ein nicht sehr lautes, dafür um so ausdauernderes Klopfen an ihrer Zimmertür. Sie zog sich das Kissen über beide Ohren und ballte die Hände zu Fäusten, doch das Klopfen wollte nicht aufhören. Wie lange dauerte es jetzt schon? Fünf Minuten? Zehn? Sicher würde bald das Personal aufmerksam werden.

Schließlich öffnete Megan die Tür. Ian, der sich von der anderen Seite dagegengelehnt hatte, fiel vornüber ins Zimmer, nackt bis auf die Unterhose. Auf Händen und Knien krabbelte er flink zum Bett, sprang hinein und zog sich die Decken bis zum Kinn hoch. »Ich wäre fast erfroren«, jammerte er. »Komm sofort her zu mir, Mädchen, und wärm mich auf.«

»Was fällt dir ein, in so einem Ton mit mir zu reden?« Megan funkelte ihn an. »Mach daß du hier raus kommst!«

Sekundenlang wirkte Ian geschockt. Dann grinste er dümmlich und sagte: »Herrje, ich hab' zuviel Wein zum Abendessen getrunken.«

»Du bist betrunken.«

»Das sagte ich soeben«, erwiderte er, »du hättest dir diese Bemerkung ersparen können. Woher, liebe Dame, die plötzliche Unduldsamkeit?«

»Raus aus meinem Bett, du Mistkerl!«

»Tatsache ist: Es handelt sich um *mein* Bett. Und da

draußen frierst du bloß.« Ian hob ein Eckchen von seiner Decke. »In diesem Gemäuer ist es immer feucht. Komm besser zu mir.«

»Oh, Ian, bitte geh jetzt. Verschwinde! Raus!« Die Wut ließ ihre Stimme zu einem schrillen Kreischen werden.

»Fort, verdammter Fleck! Fort, sag' ich! Eins, zwei! Dann ist es Zeit für die Tat. Die Hölle ist finster!«

»Um Himmels willen, hör auf, mich mit Shakespeare zu traktieren!«

»Na gut ...« Er setzte sich auf und sagte mit ernster Miene, eine Hand auf der Brust: »Vielleicht ziehst du Robbie Burns vor: *»Fort mit diesen ros'gen Lippen, die so viel versprechen. Wende ab dein Aug' voll Liebe ...«*

Er war nicht mehr zu bremsen. »Gott im Himmel!« Megan schäumte. Sie mußte unbedingt mit ihm reden, doch im Moment war er einfach zu besoffen. Sinnlos, ihm jetzt mit Vernunft und Argumenten zu kommen. Sie sank auf den Stuhl, der neben dem Bett stand, und fühlte sich entsetzlich. »Liebe!« sagte sie bitter zu sich selbst. »Du nennst es Liebe, ich nenne es Berechnung.«

»Würdest du hier unglücklich sein?« lallte Ian. »Ich hab' immer geglaubt, ich würde nie heiraten. Ich wollte nie eine Frau so unglücklich sehen, wie meine Mutter es war, aber kürzlich habe ich meine Meinung geändert, vielleicht, weil ich dich hier brauche und weil du eine fähige Frau bist. Du würdest das Beste draus machen. Was hältst du davon, Megan. *Wie bist du lieblich, schönstes Kind, wie blauer Frühlingswind, der weht so schmeichelnd, weht so lind ...«*

»Oh, oh, oh, Ian, hör auf damit!« Megan barg ihr Gesicht in den Händen. »Bitte keinen Heiratsantrag, solange du betrunken bist. Ich finde dich widerwärtig!« Sie sah ihn angeekelt an. »Ganz abgesehen davon, daß du mir in nüchternem Zustand gar keinen machen würdest.«

»Ich bin leicht angesäuselt, das geb' ich ja zu, aber ich werde ganz schnell wieder nüchtern. Leider ...«

»Jetzt hör mir mal gut zu, Ian«, fuhr Megan scharf dazwischen, »und gib mir vernünftige Antworten, oder ich packe auf der Stelle meine Sachen und verschwinde auf Nimmerwiedersehen.« Sie ergriff ihn am Arm und sah ihm mit tränenschwerem Blick in die Augen. »Warst du in irgendeiner Weise an Nikkis Flucht beteiligt?«

»Natürlich war ich das. Dafür hast du doch gesorgt. Du hast mich in die Geschichte mit hineingezogen.«

»Selbst besoffen lügst du noch!« schrie Megan verletzt. Sie war drauf und dran, endgültig die Geduld zu verlieren. »Ich weiß, daß der Zettel im Hotel, auf dem stand, daß Nikki fliehen wollte, von dir stammt. Michel hat mir alles erzählt. Wage nicht, es abzustreiten!«

»Ich habe außerdem versucht, dich aus der Sache rauszuhalten«, erwiderte er tonlos, »nachdem mir klargeworden war, daß du für meine Zwecke nicht geeignet warst.«

»Deine Zwecke! Herrgott, du klingst wie beim Pferdehändler. Was soll das heißen – ›nicht geeignet‹? »Verletzlich«, sagte Ian, und das Wort stolperte über seine Lippen, »viel zu verletzlich! Du engagierst dich persönlich, und das ist ein Riesenfehler bei dieser Art von Arbeit. Kann den ganzen Job torpedieren. Ich habe mich in dir getäuscht, das gebe ich zu. Aber ich mache nicht oft solche Fehler.«

»Ich weiß alles«, sagte Megan spröde. »Michel hat mir auch erzählt, daß du für den britischen Geheimdienst arbeitest.«

»Falsch«, sagte er und wurde von einem Schluckauf unterbrochen. »Verdammt noch mal, Megan, ich mache hier Urlaub und hab' mir vor lauter Freude einen angesoffen. Hör jetzt auf mit diesem Quatsch.«

Megan kauerte sich zusammen und schlug erneut die Hände vors Gesicht. »Oh, Ian«, schluchzte sie, «du bist mir vollkommen fremd geworden! Ich dachte, ich liebe dich, aber in Wirklichkeit kenne ich dich nicht einmal.«

»Gut, gut, Megan«, sagte er, »du hast gesagt, was du zu

sagen hattest, aber jetzt hör mal mir zu. Und dann möchte ich, daß ein für allemal Schluß ist mit dieser Fragerei. Ich bin nach dem Gesetz Geheimnisträger und habe mich daran zu halten. Ich arbeite nach dem Prinzip, daß ich nur die unbedingt notwendigen Informationen preisgebe. Für dich ist hier überhaupt nichts unbedingt notwendig. Und das war jetzt mein letztes Wort zu diesem Thema.«

»Siehst du … du hast schon wieder gelogen … und du lügst immer weiter. Jetzt hast du zugegeben, daß du für den Britischen Geheimdienst arbeitest, vor einer Minute hast du es noch abgestritten.«

»Wieder ein Fehler, Megan«, gab Ian zurück, inzwischen ziemlich nüchtern geworden. »Ich gehöre der Marine-Aufklärung an. Ich habe die Navy niemals verlassen. Commander Mackintosh, zu Ihren Diensten … Man hat mich für diesen heiklen Auftrag nur vorübergehend an das Außenministerium ausgeliehen.«

»›Auftrag‹? Nikki? Das ist doch Wahnsinn! Was ist schon 'Heikles' an einer Eiskunstläuferin?« Megan holte tief Luft; für ein paar Augenblicke war sie eher verblüfft denn wütend.

»Das Besondere an der Geschichte ist die Publicity, nicht die Eiskunstläuferin. Mit Nikki selbst hat das gar nichts zu tun.« Er preßte die Hände gegen seine Schläfen. »Au weh! Ich habe furchtbare Kopfschmerzen. Hör zu, Megan. Ich mag zwar betrunken sein – zumindest war ich es –, aber es ist völlig sinnlos, mich aushorchen zu wollen. Es ist kein Geheimnis, daß ich Marineoffizier bin, du kannst es also ruhig wissen. Aber jetzt hör bitte auf.«

»Nichts mit Nikki zu tun?« Megan starrte ihn ungläubig an. »Da hast du also zusammen mit deinen Kumpanen Nikki zur Flucht überredet, hast sie aus Gründen, die du nicht nennen willst, ins Scheinwerferlicht der Öffentlichkeit gezerrt – und all ihre Hoffnungen, ihre künstlerische Begabung, alles wurde irgendeines dubiosen ›Auftrags‹ wegen in ein vorgegebenes Schema gepreßt. Aber ›mit ihr hat das gar nichts zu tun‹! Sie ist nichts als ein *Werkzeug!*« Ihre Stimme klang bedrohlich laut. »Nikki wurde von euch vorsätzlich manipuliert, und ich genauso. Du hast mir was von Liebe vorgegaukelt – dabei hast du mich die ganze Zeit über bloß benutzt – uns alle beide!« Megan erstickte fast vor Wut.

»Gut, Megan, es tut mir leid. Ja, ich hatte mir dich schon ausgeguckt, als ich dich damals in Aviemore sah. Weißt du noch, was du in Sarajewo zu mir sagtest? Du sagtest, du hättest mich irgendwo schon einmal gesehen, und das entsprach durchaus den Tatsachen. Ich verteilte damals die Preise – und als ich sah, wie du dich an die Sieger ranmachtest, um sie unter Vertrag zu nehmen, da war mir auf einmal klar: Du warst die Antwort auf unser Problem. Ich mußte Nikki rüberholen und dafür sorgen, daß es so aussah, als sei sie ganz von alleine gekommen.«

»Wie praktisch, daß wir uns damals begegnet sind«, sagte Megan dumpf, hin- und hergerissen zwischen ihrer Sehnsucht nach Ian, ihrem Stolz und ihrer Loyalität gegenüber Nikki.

»Wir lernten uns kennen – und schon sehr bald merkte ich, daß ich mich in dir getäuscht hatte. Und dann verliebte ich mich in dich – die Katastrophe war komplett.« Sie wandte sich von ihm ab. Über die professionelle Manipulation kam sie nicht hinweg, das war unverzeihlich.

»Hör zu, Megan. Nikki hatte in Rußland nicht die geringste Chance, wirklich groß herauszukommen. Sie wollte Weltmeisterin werden – und jetzt hat sie durchaus Aussichten, daß ihre Träume wahr werden. Sie hat alles, was sie sich nur wünschen konnte, und außerdem den besten Trainer, den es hierzulande gibt. Nun, da alles vorbei ist, wird Nikki auch die britische Staatsbürgerschaft und ihren Paß bekommen.«

»*Was*, zum Teufel, ist vorbei?« rief Megan.

»Das kann ich dir nicht sagen, Megan.«

»Hast du irgendeine Ahnung, warum sie in letzter Zeit so deprimiert ist?«

»Ich kann dir auch diese Frage nicht beantworten«, sagte Ian leise. »Hör auf, mir Fragen zu stellen. In einem Jahr quittiere ich den Dienst, damit ich mich hier um das Gut kümmern kann. Warte solange, Megan. Reg dich ab.«

Megan ließ nicht locker. »Wenn Nikki unterm Strich von der Sache profitiert hat, dann ist das also reiner Zufall. Es hätte offensichtlich auch anders ausgehen können. Wenn eine von uns, sie oder ich, dabei unter die Räder gekommen wäre – hätte das euer Handeln in irgendeiner Weise beeinflußt?«

»Diese Frage *will* ich nicht beantworten«, sagte Ian, »weil es sich um eine reine Hypothese handelt. Verdammt noch mal, Megan. Ich kann auch nicht heraus aus meiner Haut. Ich bin stolz auf meinen Dienst in der Marine – und du solltest es auch sein. Reiß dich zusammen und hör endlich auf zu jammern.«

»*So* nennt man das in euren Kreise, ja?« brüllte sie ihn an. »Jetzt hör mir mal gut zu, Ian Mackintosh. Nikki ist ein liebenswertes, liebevolles und hochbegabtes Mädchen. Und sie ist etwas Besonderes. Unterbrich mich nicht! Ich glaube, daß ich dich warnen sollte: Nikki ist nicht allein, längst nicht mehr. Sie hat mich. Und wenn du es wagst, sie weiterhin für deine finsteren Zwecke zu mißbrauchen, bekommst du es mit mir zu tun. Ich kann dir jetzt schon prophezeien, daß die Konsequenzen alles andere als angenehm sein werden.«

»Ich bin nicht mehr mit dem Fall befaßt«, sagte er. »Reg dich ab. Die Abteilung interessiert sich nicht mehr für Nikki.«

Megan schnappte tief nach Luft. »Oh, du verdammter Gauner!« dann fiel ihr plötzlich etwas anderes ein. »Da hab' ich meine Zeit damit vertan, von einem Büro ins andere zu laufen, um ihr endlich ihren Paß zu verschaffen – und du hast es gewußt. Die ganze Zeit über lag ihre Akte auf deinem Schreibtisch. Warum, möchte ich wissen! Warum das alles, du machiavellistisches Ungeheuer?« Sie war inzwischen so wütend, daß sie sich kaum noch beherrschen konnte.

»Willst du mich die ganze Nacht lang nerven – oder kommst du jetzt endlich ins Bett?« Seine Stimme verriet, daß er beleidigt war und sich verletzt fühlte.

»Sag mal, für wen hältst du mich eigentlich?« schnaufte sie.

»Für eine eingebildete, herrische Spinnerin. Typisches Massenprodukt der amerikanischen Plastik-Kultur.«

»Spinnerin?! Plastik!« kreischte Megan, stürzte sich auf ihn und bearbeitete ihn nach Kräften mit ihren Fäusten. Sie wollte ihm wehtun, um jeden Preis. Ian packte sie am Handgelenk und brachte sie damit aus dem Gleichgewicht. Sie taumelte und fiel kopfüber aufs Bett.

»Wie ... wie kannst du es wagen?« rief sie, als er sie brutal umdrehte, ein Bein über ihre Knie legte und ihre Arme mit der Hand aufs Kopfkissen preßte. »Du erstickst mich!«

»Fort jetzt mit diesen überflüssigen Äußerlichkeiten«, sagte Ian mit rauher Stimme und zog ihr das Nachthemd vom Leib.

»Das darf doch nicht wahr sein!« keuchte sie.

»Doch, ist es. Glaub nur dran, dann macht's noch mehr Spaß.«

»Du kannst mich nicht haben, wenn ich dich nicht will, Ian.« Megan war es gelungen, einen Arm freizubekommen. Mit aller Kraft schlug sie ihm ins Gesicht. Sie hörte seine Zähne zusammenschlagen und sah, wie sein Kopf nach hinten flog.

Er fuhr mit der Hand über seine Kieferpartie. »Das war wohl nicht dein Ernst, du scheinheilige Person. Du willst mich genausosehr wie ich dich ...« Seine Hand glitt der Länge nach über ihren Körper. »Von hier ... bis hier.«

Sie wußte, daß sie diesen Zweikampf verlor. Ihr Körper

widersetzte sich ihrem Verstand, obgleich sie sich nach wie vor wehrte. Er zwängte ihr die Beine auseinander und kniete sich dazwischen. Sie wollte ihn treten, vermochte es aber nicht. Halbherzig stieß sie ihn zurück. Warum auch? Ihre Schenkel sehnten sich schmerzvoll danach, ihn zu umschließen, ihr ganzer Körper bebte vor Erwartung. Sie wollte ihn umfangen, ihn zu sich herabziehen und seine nackte Haut fest auf der ihren spüren.

Sie schrie nach mehr, wand sich unter ihm und trieb ihn an mit kleinen Bissen, mit Worten, die sie ihm ins Ohr flüsterte: »Ich liebe dich ... liebe dich ... liebe dich.«

Als er soweit war, erstickte sein Schrei den ihren.

Danach lag sie lange Zeit träge an seine Schulter gebettet, noch immer schwer atmend, und fühlte sich viel zu schwer und zu satt, um sich zu rühren.

Erst sehr viel später regte sie sich wieder. »Ich liebe dich«, sagte sie, »aber das, was du tust, finde ich zutiefst abscheulich. Das kann ich nicht verzeihen, und das tut weh.«

»Megan«, antwortete Ian, und es entging ihr nicht, daß alle Liebe und Sinnlichkeit in seiner Stimme plötzlich verschwunden waren. »Ich habe noch nie, niemals an der Rechtmäßigkeit meines Tuns gezweifelt, nicht einen Augenblick. Du wirst dich damit abfinden müssen. Meine ganze Herkunft und meine Erziehung haben mich für die Marinelaufbahn prädestiniert. Es ist eine lange Familientradition, mein Urgroßvater, mein Großvater, mein Vater – sie alle waren in der Navy. Ich habe eine natürliche Begabung für Sprachen, deshalb hat man mich zum Geheimdienst abkommandiert. Die Admiralität hat mich für diesen speziellen Auftrag an das Außenministerium abgetreten, und das Haus, in London, das dir so verhaßt ist, gehört dem Ministerium. Es ist ein sogenanntes sicheres Haus.«

Sie seufzte den ewigen Seufzer der Frau, in dem die Sehnsucht liegt nach mehr Zärtlichkeit, nach Verlängerung des Liebesaktes, um die Kluft zwischen Leidenschaft und Freundschaft, zwischen Sex und Liebe zu überbrükken. Mehr als jemals zuvor brauchte sie seine Unterstützung und seine Zärtlichkeit.

»Um die Wahrheit zu sagen«, fuhr er in sachlichem Ton fort, «hat man mich von diesem Fall abgezogen. Eine andere, dringlichere Sache liegt an. Wenn du meine Hilfe brauchst, stehe ich dir natürlich zur Verfügung, Megan. Nur – alles, was ich in dieser Angelegenheit noch unternehme, tu' ich für dich, nicht für Nikki.« Noch immer klang seine Stimme kühl und kompromißlos. »Was uns beide betrifft, Megan, so mußt du dich entscheiden. Ich bin aber nicht bereit, vor dir auf die Knie zu fallen.«

Sie setzte sich auf und starrte ihn an; ihr Blick war kalt. »Und *mein* letztes Wort zum Thema lautet: Entweder du quittierst den Dienst, oder es ist aus zwischen uns beiden. Deine Tätigkeit ist mir zuwider.« Sie drehte ihm den Rükken zu, rollte sich zusammen und zog die Decke über den Kopf. Sie war traurig und fühlte sich verlassen.

»Das Gut geht vor die Hunde«, sagte Ian düster, und Megan hörte jedes Wort, obwohl sie alles daransetzte, ihn zu ignorieren. »Es fehlt an Bargeld, und der Besitzer ist fast nie zu Hause. Mein Großvater hat drei Viertel der Fläche aufgeforstet – ein langfristig angelegter Plan, dessen Früchte wir bald ernten können. Holz ist eine recht lukrative Sache, nur erfordert die Verwaltung des Gutes auch viel vorausschauende Planung und harte Arbeit. In einem Jahr oder so kann ich von der Marine Abschied nehmen, das habe ich dir oft genug gesagt. Aber versuche nicht, mich moralisch zu erpressen, Megan. Mein Leben folgt einem seit langem vorgezeichneten Plan. Du mußt deine Entscheidungen selber treffen.« Unvermittelt hörte er auf zu reden und schlief ein – oder stellte sich schlafend, Megan war sich da nicht ganz sicher.

Sie selbst fand keinen Schlaf. Reglos lag sie neben ihm

und machte sich mit der unangenehmen Erkenntnis vertraut, daß ihre Liebe zu Ian auch gegen ihre eigenen Absichten oder Wünsche Bestand hatte. Ganz egal, was Ian tat – ihre Gefühle für ihn würden sich nicht ändern. Ich kann ihn verlassen und dafür sorgen, daß ich ihn nie wieder zu Gesicht bekomme, dachte sie, aber ich werde ihn immer lieben und ihn niemals vergessen können.

Als sie wie eine Blinde nach ihm tastete, voller Sehnsucht nach der Berührung mit seinem starken Körper, empfand sie mit Bestürzung die wilde Kraft ihrer Leidenschaft.

»Warte auf mich, Megan«, hörte sie ihn flüstern, und mit einemmal drehte er sich um und nahm sie in seine Arme. »Du bedeutest mir mehr als jeder andere Mensch auf Erden, aber bitte gib mir die Zeit, die ich zur Erfüllung meiner Pflicht brauche. Vertrau mir.«

»Ja», murmelte sie, »ja, o ja!«

Es ist ja alles gut, tröstete sie sich. Alles ist wieder in Ordnung. Nikki hat sich wieder erholt, sie wird nicht mehr nur benutzt. Ich kann die Vergangenheit vergessen und mit reinem Gewissen Zukunftspläne schmieden.

Noch immer konnte sie nicht schlafen. Die Zweifel rotierten in ihrem Kopf, drehten sich unablässig im Kreise wie ein Raubtier im Käfig. Was wäre geschehen, wenn Nikkis Selbstmordversuch gelungen wäre? Gab es vielleicht andere, noch viel heimtückischere Motive im Zusammenhang mit ihrer Flucht? Was würde geschehen, wenn sie die britische Staatsbürgerschaft nicht bekäme, was, wenn ihr etwas zustoßen oder sie ausgeliefert werden sollte? Würde sie, Megan, in solch einem Fall Ian jemals verzeihen können?

Sie rückte näher an ihn heran, legte einen Arm um seine Taille und bettete ihre Wange an seine Schulter. Dann schlief sie ein.

Michel wartete schon seit Mitternacht. Einmal mehr sah er auf seine Armbanduhr und zuckte ärgerlich mit den Schultern. Nikki provozierte ihn nur allzu gerne, sie konnte einfach nicht anders. Sie wußte genau, daß sich die Wartezeit für ihn qualvoll in die Länge zog, wußte, daß er sich um sie sorgte, sich nach ihr sehnte ... Und nur deshalb provozierte sie ihn und ließ ihn in seinem eigenen Saft schmoren.

Langsam erhob er sich von der alten Couch neben dem Herd, reckte und streckte sich umständlich. Von den ungewohnten Aktivitäten des vergangenen Tages fühlte er sich noch ganz steif und zerschlagen. Er seufzte tief, bückte sich, ergriff die Kohlenzange und legte ein paar Briketts nach. Es war Mitte August, doch nachts wurde alles klamm im Haus. Die Haushälterin hatte seine Kleider mühselig gereinigt und anschließend das Feuer angemacht, vor dem sie trocknen sollten.

Er sah ins Feuer, wo die Flammen jetzt aufloderten und die Kohle Funken sprühte. Graugelber Rauch wölkte auf und verschwand durch das alte Ofenrohr im Kamin. »Glückspilz«, murmelte er und meinte damit Ian. Ich an seiner Stelle, als Besitzer dieses Hauses hier, wäre kein Spion. Ich bliebe hier und würde mich um das Gut kümmern. Er erinnerte sich an seinen nachmittäglichen Gang durch die zum Gut gehörigen Waldungen – herrliche Baumbestände voller Wild: Karnickel, Perlhühner, Fasanen, Lachse in schäumenden Wildbächen und Fischadler, die von hoch oben auf sie herabstießen. Eines Tages werde ich auch eigenen Grund und Boden haben, dachte Michel, aber so etwas wie das hier wohl nie.

Wieder sah er auf die Uhr. Ein Uhr dreißig. Hatten sie Nikki eingesperrt? Er war drauf und dran, selbst nachzusehen, als sich die Tür langsam öffnete.

Um des dramatischen Effektes willen hielt Nikki auf der Schwelle kurz inne. Michel erkannte, daß sie sich enorm herausgeputzt hatte: Sie trug ein Negligé aus durchsichtiger weißer Seide. Ihre zu einem Zopf geflochtenen Haare hatte sie um den Kopf gelegt; Lidschatten und Wimperntusche betonten den grünen Schimmer ihrer Augen und die weiße Haut. Nikki breitete theatralisch die Arme aus, stürzte quer durchs Zimmer auf ihn zu und fiel ihm um den Hals. Echt Nikki – immer auf der Bühne, immer irgendeine Rolle spielend. Ob sie überhaupt imstande ist, sich natürlich zu geben? fragte Michel sich, als er sie küßte. Wenn sie es wirklich so eilig hatte, dann hätte sie weiß Gott schon vor einer Stunde kommen können!

»O Liebster, liebster Michel, endlich bis du zu mir gekommen«, brachte sie atemlos hervor und umschlang ihn mit ihren langen weißen Armen, liebkoste mit ihren Lippen seinen Hals, seine Ohren, seinen Mund. Michel spürte, obwohl sein Ärger über sie noch keineswegs verflogen war, wachsende Erregung, die wenig später auch schon alle anderen Gedanken verdrängte.

Zum Teufel mit den Fragen, dachte er. Fragen kann ich später noch stellen.

Zärtlich knöpfte er ihr Negligé auf und küßte die weichen, weißen Schultern, die er so liebte. Ehe er das Kleidungsstück zu Boden gleiten ließ, beobachtete er den matt schimmernden Seidenglanz im flackernden Licht des Kaminfeuers. Nikkis Körper war nahezu perfekt, und er entsprach genau Michels Schönheitsideal: die Haut so weiß wie Alabaster, von makellosem, weichem, verführerischem Glanz. Ihre festen Brüste waren zwei ebenmäßige weiße Hügel, deren perfekte Rundung von den kleinen rosa Brustwarzen kaum beeinträchtigt wurde. Egal, wie sie stand oder sich bewegte, stets bot Nikki das vollendete Bild natürlicher Anmut. Nicht ein Gramm überflüssigen Fetts trübte den Eindruck, und das intensive tägliche Training hatte über Jahre hinweg ihre Muskeln geformt.

Er war gefesselt von ihrer Schönheit, doch kam zur Schönheit ihr widersprüchlicher Charakter. Sie erschien ihm wie eine wunderbar geformte Knospe an einem mystischen Baum. Schicht um Schicht hatte er die Hüllblätter abgetragen, die Unwahrhaftigkeit, die Vorspiegelungen, das Pathos, die vielen erfundenen Geschichten, die wohlberechneten Wutausbrüche, die falschen Tränen – doch noch immer war er nicht zu ihrem wahren Kern vorgedrungen, kannte noch immer nicht die echte Nikki. Mittlerweile bezweifelte er, daß es ihm jemals gelingen würde. Wahrscheinlich mußte er sich mit ihrem phantastischen Äußeren zufrieden geben und sich daran gewöhnen, daß sie sich in Geheimnisse hüllte. Vielleicht gelang es ihm, dann und wann, wenn er sie in einer schwachen Stunde erwischte, einen Blick hinter die Kulissen zu werfen und einen Eindruck von ihrem wahren Ich zu erhaschen – aber eben nur vielleicht. Denn was war ihr wahres Ich?

In diesem Augenblick gefiel sie sich in der Rolle der Märtyrerin, denn seine Befürchtung, man habe sie gefangen gehalten, amüsierte sie königlich. Nur allzu gerne hatte sie ihn darin bestätigt.

»Ich dachte schon, du würdest mich nie finden«, flüsterte sie und schmiegte sich an ihn.

Michel löste vorsichtig ihren langen blonden Zopf und ließ das seidenweiche Haar über ihre Schultern fallen.

»*Die* wollen mir mein Haar abschneiden«, sagte Nikki, und er erkannte, daß sie schon wieder eine andere Rolle spielte. »Die Sponsoren halten meine Frisur für altmodisch. Megan besteht darauf. Ich werd' dafür sorgen, daß du die Haare bekommst, du hast sie ja so gerne. Du kannst dir damit ein Kissen stopfen lassen.«

»Lügnerin«, gab Michel zurück. Er wußte, daß ihr Haar ihr beinahe ebensoviel bedeutete wie ihre Figur.

Jedesmal, wenn er Nikki unbekleidet sah, überkam ihn eine Art Ehrfurcht. Sie sah so rein aus, so jungfräulich, daß es ihn immer wieder überraschte, wie sehr sie sich nach körperlicher Liebe sehnte. Allerdings schien sie es heute nacht nicht so eilig zu haben wie sonst, und das war merkwürdig. Hatte sie sich womöglich einen Liebhaber zugelegt? Vielleicht Ian? Panikartige Furcht ergriff ihn, doch dann beruhigte er sich. Hätte Ian es auf Nikki abgesehen, so hätte er gewiß nicht Megan eingeladen. Doch wenn es nicht Ian war – wer dann? Michel zwang sich, seine Eifersucht hinunterzuschlucken und vernünftig zu überlegen.

»Hast du mich vermißt«, fragte sie flüsternd, während sie seinen ganzen Körper mit kleinen Küssen bedachte und ihm schließlich geschickt den gestreiften Flanellschlafanzug auszog, den Mrs. Gilmour ihm geborgt hatte.

»Flanell«, kicherte sie. »Meinst du, das ist das Richtige für Ian? Und Megan – glaubst du, sie schläft auch in einem Flanell-Nachthemd, mit Spitzenkragen vielleicht und auf dem Kopf einen ... einen Hut? Wie nennt man diese komischen Dinger, die die Leute in den Filmen hier aufsetzen?«

»Nachthauben«, flüsterte Michel und streichelte sanft ihren Rücken.

Nikki schnappte nach Luft. «Ja, ich kann sie mir gut vorstellen. Sie sind wie geschaffen füreinander. Meinst du nicht auch?«

»Ich glaube, du bist wie geschaffen für mich«, sagte er und hob sie hoch. Sie war so leicht – unvorstellbar, was für eine enorme Kraft in diesem kleinen zerbrechlich wirkenden Körper steckte! Er ließ seine Rechte ihren Rücken hinuntergleiten und umfaßte ihr Gesäß. Nikki quietschte vor Vergnügen; sie umschlang seinen Hals und legte ihre Beine um seine Taille.

»Noch nicht, warte«, sagte sie, aber er hatte sich nicht mehr unter Kontrolle. Der Duft ihres Parfüms und ihres Körpers, ihre Flüsterstimme und ihre Bewegungen machten ihn wahnsinnig. Nie würde es ihm gelingen, auf sie zu warten.

»Nikki ...« stöhnte er.

Er spürte, wie sich seine Beine verkrampften, wie jeder einzelne Muskel in seinem Körper sich anspannte. Nikki ritt ihn wie im Galopp, und in jenem winzigen Bereich seines Hirns, der noch zu klaren Gedanken fähig war, fragte er sich einmal mehr, wie sie es fertigbrachte, ihn so voll und ganz in sich aufzunehmen. Doch gleich darauf versank sein Ich in einem Morast aus purer Sinnlichkeit, ein totales, unendlich lustvolles und unendlich schmerzhaftes Ausgeliefertsein als willenloses Spielzeug der Gezeiten im pochenden Zusammenziehen und Auseinanderfließen, das unerträglichen Genuß bedeutete. Für wenige Sekunden, die ihm wie eine Ewigkeit vorkamen, war er nichts weiter als ein außer Rand und Band geratener Spielball unbändiger Lust.

»Du hat nicht gewartet«, beklagte sich Nikki, und es war ihm, als dränge ihre Stimme aus weiter Ferne an sein Ohr. Widerstrebend kehrte er in die Wirklichkeit zurück.

»Ich konnte es nicht, tut mir leid. Gib mir ein paar Minuten ...«

Nikki bückte sich und küßte ihn. Ein lähmender Schmerz durchzuckte ihn, als er ihren Kopf zurückzog.

»Du kannst es doch noch einmal, oder?« Es hörte sich traurig an, klang wie ein leichter Anflug von Panik.

»Ja, aber zuerst möchte ich mit dir reden.«

»Das ist nicht fair.«

»Kann sein. Dann bin ich eben unfair.«

»Gut, dann rede halt.« Jetzt klang sie aufrichtig verärgert, aber heute abend behielt er die Oberhand.

»Nikki, sag mir die Wahrheit. Ich habe im Krankenhaus erfahren, was wirklich vorgefallen ist. Warum hast du das getan?«

»Ich habe überhaupt nichts getan, ich war krank. Es war nichts weiter als ein Nervenzusammenbruch, verursacht durch Überarbeitung. Das sagen alle.«

»Nikki, das stimmt doch einfach nicht. Ich weiß, daß du versucht hast, dich umzubringen. Warum? Was in aller Welt hat dich dazu bewegt? Alle unsere Pläne, deine Versprechungen ... Du hattest mir versprochen, mich anzurufen, sobald du dich niedergeschlagen fühlst oder einsam. Du weißt doch, daß ich immer für dich da bin.«

Sie sah ihn eine ganze Weile empört an. Dann funkelten plötzlich ihre Augen, und die Mundwinkel verzogen sich spöttisch nach oben. Sie lachte ihn aus. »Meinst du wirklich, daß das mein Lebensziel sein könnte: drei Mahlzeiten am Tag und ein Dach über dem Kopf?«

»Und Liebe? Du hast die Liebe vergessen!«

»Männer! Wie blind ihr doch alle seid! Du regst mich auf. Essen und schlafen und lieben und ein Dach über meinem Kopf! An solche Dinge denke ich nicht einmal – doch, richtig, ans Lieben denke ich manchmal, das stimmt ...« Sie strich sich mit den Fingerspitzen über ihren nackten Bauch. »Warum mußt du mich unbedingt mit deinen Fragen quälen?« fuhr sie dann, kaum weniger vorwurfsvoll als zuvor, fort. »Du bist genauso mies wie alle anderen!«

Als Michel nicht locker ließ, brach Nikki in Tränen aus. »Lügen, ganz furchtbare Lügen«, schluchzte sie. »Ich war überarbeitet – ja, und vielleicht war ich auch ein bißchen deprimiert, meinetwegen. Aber bestimmt nicht übermäßig.«

»Und was ist das da?« Er hob ihre Handgelenke hoch, um die feinen Narben zu zeigen, die trotz der Behandlung durch Londons führenden Schönheitschirurgen noch deutlich zu erkennen waren.

Nikkis Ausdruck veränderte sich wie jedesmal, wenn man sie mit einer in ihren Augen unannehmbaren Wahrheit konfrontierte. Sie schmollte. Ihr Mund verzog sich, die ätherische Lieblichkeit ihres Gesichts wich schwermütigem Starren. Stumpf und vorwurfsvoll glotzte sie ihn an, wie eine Wilde, die sich etwas völlig Unbekanntem gegenübersieht. Sie war nicht bereit, die Wahrheit einzugestehen – nicht einmal sich selbst. Der Vorhang war herunter, und nichts kam mehr durch.

»Komm, lieb mich jetzt«, schrie sie wütend. «Wenn du dazu nicht imstande bist, geh' ich zurück auf mein Zimmer.«

Nikkis Angst lag zwischen ihnen im Bett, eine reale, geradezu faßbare Präsenz. Er roch sie auf ihrer Haut, in ihrem Atem, in ihrem feuchten Haar. Die Angst erstickte sie. Eine Welle des Mitleids und des Verstehens überkam Michel. Armer Engel, du kannst der Wahrheit nicht ins Auge sehen, dachte er. Was mochte es gewesen sein, das sie in die tiefsten Tiefen der Verzeiflung gestürzt hatte? Er schwor sich, des Rätsels Lösung zu finden – allerdings ohne Nikki weiter auszufragen.

50

Diesen Abend hatte Maureen seit Wochen gefürchtet, und nun war es soweit. Angstbebend kauerte sie in einem Sessel in Johnnys Wohnung vor dem Fernseher, die Augen wie gebannt auf den Bildschirm gerichtet. Sie sah Johnny ziemlich am Ende einer Reihe nahezu nackter Männer stehen. Er lächelte breit, doch in ihren Augen wirkte er blaß und verkrampft. »Zeig's ihnen, Johnny, mein Liebster«, murmelte sie und ballte die Fäuste, bis die Fingernägel in ihre Handflächen schnitten. »Laß dich von denen nicht unterkriegen.«

Das Wembley-Stadion quoll beinahe über. Fahnen und Fähnchen wurden geschwenkt, hübsche Mädchen in klimpernden, mit Ziermünzen benähten Bikinis liefen herum, und die Musiker trugen glänzende rote Smokings. Gleich würde sie anfangen, die Mister-Universum-Wahl dieses Jahres, und dabei mehr Trara und Tamtam entfalten denn je.

Alle Welt schien sich bestens zu amüsieren, während Johnny in seiner Reihe fast starb vor Angst. Denen war es doch egal, wer gewann, piepegal! Was wußten die schon von der Spannung, dem wissenschaftlichen Training, den Jahren knechtischer Pein, deren es bedurfte, um diese Fleischberge hervorzubringen, die sich heute abend hier produzierten?

Auf der Bühne defilierten die Teilnehmer mit angespannten Muskeln und wie festgewachsenem Lächeln, das ihre Zähne entblößte. Maureen ließ keinen von ihnen aus den Augen, eifrig darauf bedacht, einen Fehler zu entdecken – umsonst. Hier hatten sich die Besten der Welt versammelt – und jeder einzelne war ebenso begierig auf den Titel wie Johnny.

Wenn er ihn doch bloß gewinnen würde! Dann könnte er Profi werden, und die Publicity würde ihm zu den Krediten verhelfen, die er brauchte, um sein eigenes *Johnny Bart Fitness Center* in Monaco zu eröffnen. Dann wäre er ein gemachter Mann, und sie würde ihn unterstützen. Schon jetzt machte sie sich ihm unentbehrlich, knetete seine Muskeln durch, massierte ihm Verkrampfungen und Schmerzen weg. Sie hatte gelernt, ihm Mahlzeiten ohne Kohlehydrate zuzubereiten, wenn er im Training stand, und ihn vor einer Show mit Kohlehydraten vollzupumpen; allmählich wurde sie eine gewiefte Diätexpertin. Ja, sie hatte sogar selbst zu trainieren begonnen – immerhin sollte sie einmal die Kurse für übergewichtige Frauen leiten, unter Johnnys Aufsicht natürlich. So viel hatten sie sich vorgenommen! Doch wenn ihre Träume Wirklichkeit werden sollten, *mußte* Johnny diesen Wettbewerb gewinnen.

Wie dumm von ihr, sich alle ihre Hoffnungen ausgerechnet jetzt, vor der Show, zu vergegenwärtigen! Abergläubisch kreuzte Maureen die Finger und lauschte dem Conférencier, der die üblichen dummen Sprüche klopfte, bevor er eine Gruppe von Sängern und Tänzern vorstellte.

Stunden schienen zu vergehen, ehe die Teilnehmer wieder auf die Bühne kamen.

Eine Laufbahn wie die Johnnys konnten sicher nicht viele vorweisen: Erster bei der Junioren-NABBA; Junior-Mister SE Britain, Zweiter beim Wettbewerb um den Mister Europa und Erster beim Midlands' Open Oscar. Trotzdem, dachte sie, auf dieser Bühne wimmelte es nur so von Muskelpaketen, und an gutaussehenden Gesichtern herrscht auch nicht gerade Mangel.

Jetzt war Johnny an der Reihe. Nervös sah sie zu, wie er sein Programm vorführte, und ihr fiel auf, daß er anders war als sonst. Kein Wunder, dachte sie, so wie Megan ihn 'rannimmt. Er hatte viel zu viele öffentliche Auftritte absolvieren müssen, die Megan für die Sponsoren arrangiert hatte. Nicht mehr lange, und sie, Maureen, würde dem einen Riegel vorschieben! Doch gleich darauf kam ihr auch schon der gräßliche Gedanke: Was, wenn Johnny den Titel nicht holte? Dann konnte er froh um jeden Sponsor sein, der ihn noch haben wollte – und glücklich, wenn er in irgendeiner drittklassigen Fitness-Bude einen Trainer-Job ergatterte.

Mein Gott, wenn er tatsächlich verlor? Dann wäre es ihre Schuld, das war ihr klar. »O Johnny, es tut mir so leid!« flüsterte sie. Was sie getan hatte, war unverzeihlich – kein Wunder, daß er so blaß und mitgenommen aussah. Warum gestern abend, um alles in der Welt? Warum hatte es von allen Abenden der Welt ausgerechnet der gestrige sein müssen? Ein Alptraum – und jede Sekunde davon hatte sich auf immer und ewig in ihrem Gedächtnis eingegraben. Sie brauchte nur die Augen zu schließen, und mühelos kamen die Bilder, erlebte sie jeden Augenblick noch einmal ...

Sie war von der Arbeit nach Hause geeilt, in ihrer Tasche Johnnys Rationen für den nächsten Tag: Drei Pfund Dorsch, ein Hähnchen, Vitamine und Milch – alles in ihrer Mittagspause besorgt. Herrje, war das eine Hetzerei gewesen! Als sie die Wohnungstür aufriß, sah sie Johnny an der Beinpresse arbeiten. In der Whirlpool-Wanne saß, splitterfasernackt und zu ihrem größten Mißfallen, Gloria, die Hure vom Stockwerk oben drüber, die Johnny nicht aus den Augen ließ.

»Hau ab, Gloria«, fauchte Maureen auf ihrem Weg in die Küche.

»Na, na! Wie redest du denn mit mir? Ich bin eingeladen!« rief Gloria klagend. »Stimmt's, Johnny?« fügte sie in ihrem heiseren Tonfall hinzu.

Maureen steckte den Kopf zur Tür hinein. »Raus!« fauchte sie.

Johnny unterbrach seine Beinarbeit und stützte sich auf einen Ellbogen. »Nun mal mit der Ruhe, Maureen. Was spricht dagegen, daß Gloria ab und zu den Whirlpool benutzt?«

»Daß sie splitterfasernackt ist, das spricht dagegen!«

»Was ist dabei?«

Daß Johnny Zuflucht zu seinem lächerlichen italienischen Akzent nahm, machte Maureen noch wütender. »Hast du Angst?« rief Gloria, die jetzt ihre Krallen zeigte. »Ist doch genug für uns beide da, so wie's ausschaut! Sei nicht so selbstsüchtig!«

»Nun hör mir mal gut zu ...« fing Maureen an, die vor Gift sprühte, da Gloria aus der Wanne stieg und sich unbefangen mit einem Handtuch abtrocknete.

»Warum?« murmelte sie jetzt vor sich hin, während sie noch immer auf den Bildschirm starrte. »Warum hab' ich das bloß getan?«

Die Titelbewerber traten nun einzeln vor die Kamera und führten ihr Programm vor. Sehr gut, dachte Maureen, die beifällig Johnny beobachtete. Noch viel mehr würden sich an ihn hängen, Gloria war kein Einzelfall. Der Gedanke daran brachte die entsetzlichen Erinnerungen wieder zurück.

Eins hatte zum andern geführt, und bevor sie sich's versah, waren sie beide wie Katzen aufeinander losgegangen.

Schließlich stieß und boxte sie Gloria zur Tür hinaus und kehrte zurück, um sich Johnnys Kritik zu stellen.

»Ich mag es nicht, wenn du dich aufführst wie ein Marktweib«, sagte er trist und wandte den Blick ab, als müsse er sich für sie schämen.

»Soll das heißen, daß du mich für ein Marktweib hältst?« kreischte sie, immer noch aufgedreht und streitsüchtig.

»Ja«, sagte er dann nach kurzem Zögern. »Und ich sag's dir gleich – ich mag es nicht.«

»Du kannst mich mal, Johnny Bart! Oder glaubst du, ich brech' in Begeisterung aus, wenn ich heimkomme und dich mit einer nackigen Hure herumhängen sehe?«

»Sie ist keine Hure, sie ist nur gerne *au naturel*«, sagte er. »Was wäre auch natürlicher in einer Wanne?«

Warum ergriff er Glorias Partei? Das war es, was ihre Wut am meisten anfachte. »Wenn ich sie noch einmal *au*-sonstwas in dieser Wohnung erwische, dann kann sie was erleben, das versprech' ich dir!« Unfähig, ihren Zorn zu beherrschen, schlug sie mit der Faust auf den Tisch. Johnnys Glasvase, das einzige Erbstück von seiner Mutter, kippte um, fiel auf den Boden und zerbarst.

Johnnys Gesicht war bleich und traurig. Ohne ein Wort zu sagen, wandte er sich ab und fing an, sich langsam anzuziehen. Wo wollte er hin, in diesem Seidenhemd? fragte sich Maureen mit wachsender Bestürzung.

»He, wohin willst du?« Ihre Stimme war heiser vor Angst und Wut.

»Geht dich nichts an«, antwortete er. Irgend etwas an seinem Tonfall verletzte sie zutiefst.

»Ach, so ist das, ja? Ich hab' mir die letzten zwei Monate schier die Beine aus dem Bauch gelaufen – dein Essen gekauft, deine Mahlzeiten gerichtet, deine Schmerzen und Wehwehchen wegmassiert. Und einen Tag vor der Show glaubst du, du kannst Schluß machen, einfach so? Nicht mit mir! Geh wieder an deinen Beineschinder!«

Vergeblich versuchte sie, ihre Verzweiflung nicht durchklingen zu lassen.

»Hör zu, Maureen«, sagte er mit ausdruckslosem Gesicht und trügerisch ruhiger Stimme. »Das beste ist, du haust einfach ab.« Dabei suchte er seelenruhig nach einer Krawatte.

»Du Scheißkerl«, schrie sie, rannte zu ihm hinüber und schlug ihn mit aller Kraft ins Gesicht.

»Ich warne dich, bleib mir vom Leib!« sagte er, nun selber sichtlich um Beherrschung ringend.

»Oh nein, nicht mit mir!« kreischte sie. »Du kannst nicht so einfach mit mir Schluß machen. Nicht mit mir!«

»Nein, ich mache nicht Schluß«, sagte er, wieder mit diesem nervtötend nichtssagenden Gesicht, »weil wir nie angefangen haben. Ich ziehe es vor, wenn meine Frauen Klasse haben. Du hast es nie fertiggebracht, mich anzutörnen.«

»Oh, du Schuft!« Sie holte aus und boxte ihn ins Gesicht. Dann fuhr sie ihre Krallen aus. »Ich werd' dich zurichten, daß du bei deinem Titel keine Chance mehr hast, nicht die geringste!«

Schneller, als sie sehen konnte, hatte er sie an den Ellenbogen ergriffen und zurückgeschoben. Sie verlor das Gleichgewicht und stürzte kopfüber in die Wanne.

»Du Mistkerl, sieh dir bloß meine Kleider an!« spuckte sie, als sie noch halb benommen wieder herauskletterte.

»Meine Kleider!« brüllte er sie an, als sie auf den Kampfplatz zurücktaumelte. »Ich hab' sie dir gekauft!« Er wirbelte herum und riß mit einem Ruck den Reißverschluß ihres Kleides auf, so daß es in einem nassen Häufchen zu ihren Füßen zusammensank. »Ich hab' versucht, aus dir eine Lady zu machen – nichts als Zeit- und Geldverschwendung!« Jetzt keuchte auch er vor Wut. »Da drin ist ein ganzer Schrank voll mit deinen alten Fähnchen. Zieh dir eins über und hau endlich ab!«

Verblüfft sah Maureen zu ihm auf. Solange sie Johnny

kannte, hatte er noch nie die Beherrschung verloren. Sie hatte geglaubt, er wisse gar nicht, wie das geht.

»Jetzt sieh dir bloß an, was du angerichtet hast! Ich hasse es, die Beherrschung zu verlieren!« brüllte er. Er zitterte von Kopf bis Fuß. Er schob sie beiseite und stellte sich vor den Spiegel. Eine Zeitlang atmete er noch schwer, dann ließ er seine Muskeln spielen.

Maureen spürte, daß er sich mühte, seine Selbstbeherrschung zurückzugewinnen, doch beim Anblick dieser absichtsvollen Zurückweisung wurde ihr übel zumute.

»Sieh dir das bloß an! Himmel, Arsch und Zwirn, der ist ja besessen«, sagte sie vor sich hin. Eine unbekannte, dunkle Seite in ihr gewann die Oberhand. »Da, du narzistischer Saukerl«, schrie sie und boxte ihn auf die Schulter. Sie bekam sein Seidenhemd zu fassen und riß es ihm halb herunter. »Schau dich noch mal gut an, bevor ich dir das Gesicht zerkratze!« rief sie, immer weiter auf ihn einschlagend.

»Die Show! Ich muß gut aussehen!« schrie er und hielt sie sich vom Leibe.

»Scheiß doch auf die Show und scheiß auch auf dich, du idiotischer Eunuch, du!« fauchte sie. Diesmal bekam sie seine Unterhose zu fassen und riß sie mit sich, als sie zu Boden fiel.

»Du Hexe! Du willst, daß ich nicht gewinne!« grunzte er.

Er war jetzt nackt und verlor den letzten Rest seiner Beherrschung. Er stürzte sich auf sie, und eine Zeitlang rollten sie und zerrten sich gegenseitig über den Boden.

Die Leidenschaft siegte. Maureen wußte später nicht zu sagen, wie oder wann es passiert war – plötzlich war Johnny über ihr und stieß in sie hinein. »Du Hexe! Du Hexe!« stöhnte er. »Du hast es nicht besser verdient!«

Maureen wußte nicht, ob sie lachen oder weinen sollte, ob sie sich mißbraucht fühlen oder ihm Zärtlichkeiten ins Ohr flüstern sollte. Vor allem aber hatte sie Angst, er könne seine Beherrschung wiedererlangen – und damit seine Impotenz.

Nicht aufhören, Johnny, dachte sie, nicht aufhören! Sie schlang ihre langen, schwarzen Beine um ihn und gab sich der unendlichen Freude hin, ihre nunmehr sechs endlose Monate lang aufgestaute Sehnsucht zu stillen. Als Johnny schließlich explodierte, in einem Ausbruch, der von Wut und Lust gleichermaßen getragen war, schrie sie auf vor Freude.

Johnny lag lange Zeit mit abgewandtem Gesicht da, während sie seinen Nacken streichelte. Schließlich stützte er sich auf seine Ellbogen und starrte auf sie hinab, einen überaus seltsamen Ausdruck im Gesicht, in dem sich Stolz und Scham, Zorn und Zärtlichkeit mischten.

»Ich liebe dich, Johnny, mehr als alles auf der ganzen Welt«, flüsterte Maureen. »Ich würde alles für dich tun, einfach alles – bloß verlassen, das kann ich dich nicht. Und es war herrlich, was du eben getan hast.«

Johnny stand auf. Er sah verwirrt aus. »Mögen Frauen das wirklich?« Er runzelte die Stirn. »Als ich noch ein Kind war«, sagte er langsam und leise, »ich meine, gerade nur ein Dreikäsehoch, da hab' ich immer zugeguckt, wie mein Alter meine Mammi verprügelt hat. Und danach hat er sie sich so vorgenommen wie eben. Ich hab' heimlich gelinst, weißt du. Eines Tages dann ist sie schreiend hinausgerannt und direkt in einen Bus gelaufen. Ich war noch sehr klein, noch nicht mal in der Schule. Noch jahrelang später hab' ich geweint, wenn ich bloß dran dachte. Dad gab mir dann jedesmal ein paar hinter die Ohren.«

Er ging zur Couch, nackt, wie er war, und setzte sich dort nieder, und Maureen ging ihm nach und setzte sich auf seinen Schoß. Sie legte ihm die Arme um den Hals und sah ihm ins Gesicht.

»Vergiß das alles jetzt, Liebster. Es ist vorbei. Du hast viel zu lange tief in dir drinnen geweint. Aber jetzt hast du mich, und ich liebe dich. Liebst du mich auch?« fragte sie zerknirscht.

»Ja, ich liebe dich«, sagte er traurig.

Er erhob sich, Maureen auf den Armen, und ging in die Whirlpool-Wanne. Dort setzte er sich und nahm sie auf den Schoß, als wäre es die natürlichste Sache der Welt. »Das Wasser wird kalt«, sagte er trist. »Demnächst muß ich wohl einen Thermostat anschaffen.« Er seufzte. »Das heißt, wenn wir überhaupt hierbleiben. Du brauchst dir wegen Gloria wirklich keine Gedanken zu machen – wegen gar niemandem brauchst du das«, fuhr er fort, immer noch im gleichen Tonfall. »Du bist alles, was ich brauche. Bring mich bloß nicht dazu, die Beherrschung zu verlieren. Das kann ich einfach nicht vertragen. Mehr verlange ich gar nicht von dir.«

Später, nachdem sie gegessen und Ordnung gemacht hatten, gingen sie zu Bett und liebten sich erneut, diesmal jedoch zart und süß und liebevoll. Maureen weinte ein bißchen und schlief schließlich an Johnnys Schulter ein.

Langsam öffnete sie die Augen und erkannte eine Reihe von acht Männern auf dem Bildschirm – die Finalisten! Sekundenlang geriet sie in Panik. Dann sah sie Johnny am Ende der Reihe stehen. Er lächelte in die Kamera, und da wußte sie, daß er nur für sie lächelte; denn er hatte diesen ganz besonderen Blick, der sie so erregte.

Die Hälfte der Show war ihr vor lauter Erinnerungen entgangen, stellte sie mißbilligend fest. Ein Mädchen, das einen gefiederten Hut und ansonsten kaum mehr am Leibe trug, rief die Sieger namentlich aus. »Nummer drei ist ...« Maureen kümmerte sich nicht um den Namen – es genügte ihr, die winzige Fahne zu sehen, die das Mädchen vor ihren Brüsten schwenkte: Stars and Stripes.

»O mein Gott, ich halt' das nicht durch! Wie muß das erst für Johnny sein, da oben zu stehen im Scheinwerferlicht und lächeln zu müssen auf Teufel komm raus, egal, ob er den Titel gewinnt oder nicht?«

»Nummer zwei ist ...«

»Nun nimm ihn schon, bitte, bitte nimm den Union Jack«, flehte Maureen, während sie vor dem Fernsehgerät hin und her rutschte. Das Mädchen schwenkte die Tricolore!

Eine Trompetenfanfare erklang. »Mein Gott, die wissen aber genau, wie sie einen auf die Folter spannen ...«

Aber was war das? Die Tänzer kamen herbeigerannt, zwischen ihnen eine riesige, flatternde Fahne: der Union Jack, so groß wie ein Lastwagen! Sicher hatte doch ...? »Freu dich bloß nicht zu früh«, ermahnte sie sich selber. »Da müssen außer Johnny auch noch andere Briten dabeigewesen sein.«

»Johnny Bart!« Der Name hallte in Maureens Ohren wider, und sie stieß einen durchdringenden Schrei aus. Den Rest der Schau sah sie nicht mehr. Sie kauerte auf dem Teppich und schluchzte die ganze Anspannung der vergangenen Tage aus sich heraus.

51

Nigel Wilder parkte seinen Wagen vor dem *Mistral* und begab sich gemessenen Schrittes zum Portal. Typisch Eleanor – für eine geschäftliche Besprechung und einen »kleinen Imbiß«, wie sie es formuliert hatte, das teuerste Restaurant Monacos auszuwählen! Dem unprätentiösen blauen Baldachin über dem Eingang und dem bescheidenen Äußeren waren weder die Preisklasse noch der Ruf des Hauses anzusehen. Eleanors ostentative Freude an ihrem Geld mißfiel Nigel – er selbst beherrschte diese Kunst einfach nicht.

Eleanor war im Umgang mit Geld immer großzügig gewesen – wenn sie es hatte –, während er stets nur von dem Wunsch nach mehr beherrscht worden war. Er wußte, daß erfolgreiche Männer vom Streben nach Macht, Geld oder Ruhm motiviert werden, und konstatierte für sich eine Mischung aus allen drei Triebkräften. Und was die Motivation betraf, so war auch alles in Ordnung – bedauerlich nur, daß es ihm nie gelungen war, wirklich reich zu werden.

Nigel wußte, warum Eleanor ihn herbestellt hatte – hierher und nicht ins Büro. Es ging um die Kampagne gegen Vanguard, die Zeichen standen auf Sturm. Mit einer gewissen Beklemmung in der Magengrube betrat er das Restaurant.

Im Foyer zögerte er einen Augenblick. Dann, als seine Augen sich an das Dämmerlicht gewöhnt hatten, entdeckte er Eleanor. Sie saß allein in einer Nische, umgeben vom Dekor in Mitternachtsblau und Weiß.

Eleanor kaute an einem üppig belegten Weißbrot mit Salat herum. Er hatte damit gerechnet: Wenn sie Kummer hatte, futterte sie geradezu zwanghaft. Man sieht ihr die schlechte Presse, die sie hat, schon an, dachte er ungalant, vor allem um die Hüften herum.

Sie sah auf und lächelte, aber über ihrem sonst so herzlichen Lächeln lag diesmal ein Schatten von Traurigkeit. »Ah, Nigel«, sagte sie und seufzte, »du kommst ein wenig spät, deshalb habe ich schon einmal angefangen. Ich hoffe, du nimmt es mir nicht übel – aber ich war ganz ausgehungert.« Sie reichte ihm die Speisekarte.

Er fragte sich, ob ihr eigentlich klar war, wie sehr er dieses Lokal verabscheute. Der Direktion war Eleanors Stellung als Vorstandsvorsitzende bekannt – sie lebte ja quasi hier –, und so bekam unweigerlich sie die Speisekarte, sie den ersten Schluck zum Kosten und schließlich auch sie die Rechnung zum Abzeichnen.

Auf Nigel, der dies als unerträgliche Herabsetzung empfand, wirkte jede dieser Vorstellungen wie eine raffiniert ausgetüftelte Seelenfolter, doch Eleanor waren seine Qualen nie aufgefallen. Sie hatte keine Antenne für die Gefühle anderer. Dinge, die sie besprechen wollte, nannte sie beim Namen – mit der Sensibilität eines Vorschlaghammers. So konnte es Nigel kaum überraschen, als sie nun sagte:

»Sie kreisen uns ein, Nigel, und ich weiß nicht, was wir dagegen tun können.«

»Erst bestellen wir mal, oder?« antwortete Nigel und hob spöttisch eine Braue. »Innerhalb der nächsten halben Stunde wird sich die Situation wohl kaum drastisch ändern. Wir können uns also in Ruhe dem Essen widmen.«

»Du hast dich auch nicht verändert, wie?« gab Eleanor kumpelhaft zurück. »Noch immer der liebenswerte Gauner, der mir damals in grauer Vorzeit in Denver über den Weg lief. Kannst du dich noch daran erinnern, wie du mich zum erstenmal ausgeführt hast – zu *Wimpy's*? Ich war damals gerade eingestellt worden, im Außendienst, und du warst so gut wie lebendig begraben in diesem schauerlichen Kellergewölbe. ›Forschung und Entwicklung‹ war die euphemistische Bezeichnung deiner Abteilung. Du wolltest mir was über deinen neuen Kombinationsski erzählen. Ich erinnere mich noch, daß du furchtbar wütend warst, weil die Firma dich in dieser Frage nicht unterstützte.« Sie kicherte vergnügt. »Du hast dich wieder und wieder dafür entschuldigt, mich in eine Hamburger-Bude eingeladen zu haben, und warst fuchsteufelswild, weil sie sich weigerten, dir deinen Wein kaltzustellen ...«

»Eine Reise in die Vergangenheit, Eleanor? Hast du mich deshalb heute herbestellt?«

Eleanor schürzte die Lippen und spielte minutenlang mit der Gabel herum. Dann überwältigte sie der Hunger, und sie schlug die Speisekarte auf. »Ich hätte gerne frische Gänseleberpastete und dazu einen eiskalten Sauternes, danach eine *Potage Germiny*, gefolgt von Rinderfilet

Richelieu, dazu eine Flasche Beaujolais, wenn ich bitten darf, Nigel. Und zum Nachtisch *Poires Bourdaloue*.«

»Was ist denn das?« Er konnte der Frage nicht widerstehen.

»Nichts für dich, nehm' ich an«, antwortete Eleanor. »Zu üppig für deinen empfindlichen Magen. Es ist eine saftige Obsttorte mit Frangipani-Creme und Birnenmus mit Aprikosenglasur. Obendrauf kommen noch gehackte Pistazien und Makronenstreusel.« Sie wandte ihre Aufmerksamkeit dem Melba-Toast zu, den sie mit Butterscheibchen belegte und bis zum Eintreffen des ersten Ganges mit großem Genuß verzehrte.

Nigel betrachtete sie aus dem Augenwinkel. Ihre Eßlust ekelte ihn an. Sie genoß jeden einzelnen Bissen, während ihm allein vom Zusehen schon übel wurde. Ihm selbst schmeckte im Grunde genommen gar nichts, selbst den Wein trank er nur des Alkohols wegen. In seinem Freundeskreis galt Nigel als Weinkenner, doch die Sprüche, die er von sich gab, waren angelesen oder stammten von anderen. In Wirklichkeit vermochte er gerade den Unterschied zwischen trockenen und lieblichen Weinen herauszuschmekken. Erst nach Beendigung der Mahlzeit kam Eleanor wieder auf den Anlaß ihres Treffens zu sprechen.

»Mmm, der Kaffee ist gut«, sagte sie. »Ich wollte dich nicht im Büro sprechen, sondern unter vier Augen, als alten Freund.« Sie wirkte unsicher. »Weißt du Nigel«, fuhr sie dann mit gedämpfter Stimme fort, »es wird immer deutlicher, daß wir auf der Verliererstraße sind. Ich sage das streng vertraulich, versteht sich. Ich tue natürlich mein Bestes und führe den Kampf mit allen mir verfügbaren Mitteln, aber das ändert nichts daran, daß wir verlieren. Wir brauchen uns da nichts vorzumachen.«

Sie legte eine Hand auf die seine und drückte sie kurz. »Ich wollte nur, daß du Bescheid weißt. Es tut mir sehr leid ...«

»Komm, Eleanor«, antwortete Nigel rauher, als es seine

Absicht gewesen war. »Ich weiß nicht, was in letzter Zeit in dich gefahren ist, immer dieses Gerede von Verlust und Verlieren! Gemeinsam halten wir – zusammen mit dem NFF-Treuhandfonds – einundfünfzig Prozent. Und selbst ohne die NFF-Anteile können wir nicht einfach übernommen werden, wie oft muß ich dir das denn noch sagen? So viele Aktien, daß sie zu einer gegnerischen Mehrheit führen könnten, kommen gar nicht auf den Markt. Es ist völlig undenkbar.«

»Ich bekam gestern einen Anruf vom NFF, Nigel«, erwiderte Eleanor traurig. «Die Käufer – wer immer sie sind – haben einen zwanzigprozentigen Aufschlag gegenüber dem augenblicklichen Marktwert geboten. kannst du dir das vorstellen? Es ist das entscheidende Paket.«

»Verkaufen sie?«

»Wahrscheinlich. Ende dieses Monats tritt der Aufsichtsrat zusammen, und du weißt genausogut wie ich, daß es töricht wäre, dieses Angebot auszuschlagen.« Eleanor spielte mit ihrer Kaffeetasse und gab schließlich dem Ober einen Wink, ihr nachzuschenken. »Ich schätze, daß die Käufer bis zu fünfunddreißig Prozent der Aktien kontrollieren können, wenn die NFF unsere Anteile verkauft. Zusammen mit den anderen drei Direktoren besitzen wir, also du und ich, vierzig Prozent. Wir sind also etwa pari, und so liegt die Entscheidung darüber, wer letztlich die Nase vorn hat, beim NFF und bei den Kleinaktionären. Unsere Aktionäre sehen sich einem Sperrfeuer von Werbemaßnahmen gegenüber – von beiden Seiten. Die letzte Kampagne hat mich hunderttausend Dollar gekostet. Unglücklicherweise war der Gegner schon zur Stelle, bevor ich auch nur wußte, daß der Krieg begonnen hat. Die Werbefritzen brauchen immer 'ne Weile, bis sie richtig auf Touren kommen.«

Eleanor öffnete ihre Aktentasche und entnahm ihr einen Ordner. »Schau dir das mal an: ihr letzter Streich. Stand gestern in der Finanzpresse.«

Unter der Überschrift *Vanguard Management verliert an Boden* fand sich der folgende Kommentar:
Vanguard muß sich etwas einfallen lassen, wenn es seine führende Position auf dem Wintersportmarkt behalten will. Die Wachstumsrate, die Profite und das Vertrauen der Investoren sind gesunken – eine Entwicklung, die nur allzu deutlich zeigt, was geschehen kann, wenn man sich auf seinen Lorbeeren ausruht. Welche Ironie, daß eine Firma, die solche Anstrengungen unternommen hat, um ihren Namen mit ›Siegern‹ zu assoziieren, über einen Vorstand verfügt, der das Siegen verlernt hat. Einer massiven kritischen Presseberichterstattung zum Trotz hat Vanguard seinen Ruf mit dem Erfolg einer Kampagne verbunden, in deren Mittelpunkt eine Auswahl junger Stars steht, darunter auch Jacqui Douglas, die Tochter der Vorstandsvorsitzenden. Jacqui, eine durchaus vielversprechende Skiläuferin, brach sich im vergangenen Jahr in Val d'Isère ein Bein und verlor ihren Platz im amerikanischen Team. Sie schloß sich daraufhin der britischen Mannschaft an und erreichte im alpinen Weltcup 1982/83 den siebzehnten Rang. Eine Topfavoritin ist sie also nicht gerade. Die Frage ist, ob wir es hier noch mit solidem Management zu tun haben – oder mit den Narreteien einer mit Blindheit geschlagenen ›Eislaufmutti‹.

Eleanor schäumte vor Wut: »Das klingt so, als wäre Jacqui die einzige. In Wirklichkeit wird nahezu die gesamte Weltspitze von Vanguard gesponsert, aber das wird natürlich mit keinem Wort erwähnt!«

»Mit Jacqui hast du dich aber ganz schön weit vorgewagt«, sagte Nigel scharf.

»Aus gutem Grund«, gab Eleanor zurück. Ihre Miene verriet, daß sie zu keinerlei Kompromiß bereit war. Nigel kannte diesen Blick; es war an der Zeit, das Thema zu wechseln.

»Was haben sie deiner Meinung nach vor, Nigel? Die ganze Geschichte widert mich an. Die saftigen Brocken, auf die Spekulatoren normalerweise aus sind, können wir ihnen doch gar nicht bieten. Die beste Zeit der Sportindustrie ist ohnehin vorüber, die mageren Jahre stehen uns bevor, eine Zeit, die wir nützen müssen, um uns zu konsolidieren. Ich verstehe deshalb die Gründe für diese Aufkaufversuche nicht. Wenn ich mir vorstelle, ich müßte mit ansehen, wie Vanguard gekauft und ruiniert wird – also, das käme mir vor wie mein eigener Tod.« Sie brach ab, dachte an Gundelfinger und seine dummen Warnungen. Vielleicht sollte ich herausfinden, wieviel von mir noch übrigbleibt, wenn ich die Firma nicht mehr habe …

Ihre Finger spielten jetzt mit dem Kaffeelöffel, ihr Gesicht war sorgenzerfurcht. Nigel, der sie genau beobachtete, schwieg, dann sagte er: »Eleanor, bist du eigentlich jemals auf den Gedanken gekommen, daß es vielleicht – wohlgemerkt: vielleicht – auch andere Unternehmer gibt, die imstande sind, Vanguard zu führen? Und zwar ohne dich. In solch einem Fall hättest du nach wie vor deine Aktien und wärst immer noch eine sehr wohlhabende Frau.« Es war ein Fehler gewesen, er merkte es sofort. In Eleanors Gesicht stand nun die nackte Angst.

»*Besser wenig mit Gerechtigkeit als viel Gewinn mit Unrecht.* Mein Vater hat Abend für Abend aus der Bibel zitiert, wußtest du das, Nigel? Die meisten Sprüche kann ich bis heute auswendig, die Bibel war bei uns zu Hause das einzige Buch. *Wer zugrunde gehen soll, der wird zuvor stolz; und Hochmut kommt vor dem Fall.* Ich hätte mich in den vergangenen zwanzig Jahren öfter mal daran erinnern sollen.« Sie winkte den Ober herbei, zeichnete mit großer Geste die Rechnung ab, hinterließ, wie üblich, ein großzügiges Trinkgeld und stand auf. »Jedenfalls weißt du nun, daß es mir leid tut«, sagte sie.

Nigel, der sie beobachtete, konnte sich des Gedankens nicht erwehren, daß sie so gut wie am Ende war. Wenn er an all die Jahre dachte, in denen er sich auf ihre Kraft verlassen hatte – er hätte weinen können! Man sehe sie sich an – eine Frau aus Stroh. Gramgebeugt, voller Falten und gequält von einem juckenden Ekzem. Die Investoren sollten sie mal in diesem Zustand zu Gesicht bekommen …

»Eleanor, setz dich bitte noch einmal hin. Ich habe doch nur so dahergeredet.« Er ergriff ihre Hand. »Glaub mir, es wird bestimmt nicht soweit kommen. NFF war immer loyal. Wenn du willst, fliege ich hin und spreche mit den Leuten. Ich glaube nicht, daß sie an die Gegenseite verkaufen werden. Dieser Pessimismus ist doch sonst nicht deine Art. Du bist schlicht und einfach urlaubsreif. Warum nimmst du dir nicht ein paar Wochen frei? Wenn du zurückkommst, wird sich alles in Wohlgefallen aufgelöst haben.«

»Ich werde darüber nachdenken«, antwortete sie, als sie das Restaurant verließen, aber es klang wenig überzeugend.

Erst gegen drei Uhr nachmittags gelang es der Sekretärin, Eleanors Londoner Anwalt ans Telefon zu bekommen. Er war mit ihren privaten Vermögensangelegenheiten betraut, darunter einer ausländischen Treuhandgesellschaft und ihrem nicht Vanguard betreffenden Aktienbesitz.

»Ich möchte, daß Sie mir zwölfeinhalb Millionen Dollar besorgen, und zwar mindestens. Wie Sie das machen, ist mir gleichgültig: Verkaufen Sie meine Aktien, nehmen Sie Kredite auf – ja, Sie können mein Haus auf Cap Ferrat als Sicherheit nehmen, auch die Yacht, alles. Es kann sein, daß es sich nur um eine vorübergehende Sache handelt, aber wir müssen mit Verlusten rechnen … Ja, das ist richtig, bis zu dreißig Prozent … Nein, ich bin ganz und gar nicht von Sinnen. Mein Vermögen ist durchaus soviel wert, und ich möchte das Geld so schnell wie möglich, verstanden? Sie haben achtundvierzig Stunden Zeit.«

Kurz nach sieben Uhr abends rief Eleanor von zu Hause aus den Aufsichtsratsvorsitzenden von NFF an.

»Alles, was ich dir jetzt mitteile, Michael, ist streng vertraulich«, sagte sie. »Ich weiß, daß du Vanguard gegenüber bislang immer loyal warst. Du warst unser erster Indossant, aber Geschäft ist Geschäft, und ich sehe für dich kaum einen Weg, der an diesem Angebot für die Vanguard-Aktien vorbeiführen könnte.«

Sie lehnte sich zurück und wartete geduldig. Michael erklärte wortreich sein Dilemma; er sei eingekeilt zwischen den Investoren und seiner Treue zu alten Freunden.

»Also hör mir zu«, fuhr Eleanor schließlich fort. »Ich habe mir was ausgedacht, was deine Gewissensqualen nach beiden Seiten hin beseitigen könnte. Ich biete dir fünfundzwanzig Prozent Aufschlag auf die Hälfte deiner Aktien. Mehr kann ich beim besten Willen nicht aufbringen. Ja, ich weiß, du fürchtest, dadurch könnte der Verkauf des Restpakets beeinträchtigt werden, aber hör zu, Michael, die andere Seite kann es sich doch gar nicht leisten, auf den Anteil zu verzichten, wenn ich die eine Hälfte besitze. Du kannst sogar noch die fünf Prozent aufschlagen, die ich dir zusätzlich biete. Auf jeden Fall kannst du so deine Profite kassieren, ohne ein schlechtes Gewissen haben zu müssen.«

Zwanzig Minuten später legte Eleanor den Hörer in dem Bewußtsein auf, daß mindestens die Hälfte der NFF-Aktien ihr gehörte. Das bedeutete sechsundvierzig Prozent insgesamt auf ihrer Seite, und – höchstens – dreiundvierzig beim Gegner. Nigel hatte recht. Es war unvorstellbar, daß alle frei verfügbaren Aktien auf einmal auf den Markt kämen. Sie war sicher. Nur – warum hatte sie nach wie vor ein so verdammt unangenehmes Gefühl?

Eleanor goß sich einen Drink ein, ging auf die Terrasse und starrte hinaus aufs Meer, doch ihre Gedanken waren ganz woanders. Immer wieder hatte ihre weibliche Intuition sie vor Schaden bewahrt – und ausgerechnet jetzt schrillten bei ihr sämtliche Alarmglocken.

52

Es war beinahe November, und Megan hatte einen Urlaub in den Staaten unterbrochen, um Nikki an den Britischen Meisterschaften teilnehmen zu sehen. Die hatten am vergangenen Abend im Solihull Ice Rink stattgefunden, und Nikki hatte gewonnen. Pflicht und Kür war sie gleichermaßen brillant gelaufen, und Eric war von mehreren Preisrichtern zu seinen Inspirationen beglückwünscht worden. Am Abend hatten sie alle zusammen gefeiert, und sogar Nikki war aus ihrer Reserve gekommen und schien wieder die alte zu sein. Die Europameisterschaften wurden in zwei Monaten in Budapest ausgetragen, doch bislang hatte Nikki noch immer nicht die britische Staatsbürgerschaft erhalten. Megan wurde allmählich nervös. Sie hatte sich deswegen schon oft mit Ian gestritten, doch der behauptete immer wieder, die Entscheidung würde auf sehr viel höherer Ebene gefällt und er sei nicht imstande, ihr zu helfen.

An diesem Morgen hatte Megan beschlossen, sich ein paar Stunden Zeit zu nehmen, um Nikki für ihren Film laufen zu sehen. Sie hatte mehrere, sehr widersprüchliche Meinungen über die Dreharbeiten gehört – Nikki selbst klang sehr pessimistisch –, so daß Megan neugierig geworden war und sich jetzt selbst ein Urteil bilden wollte. Von Ian wußte sie, wie begeistert er war, daß sie sich aufs Tüpfelchen genau an sein Skript hielten. Nikki jedoch meckerte ununterbrochen an der Schauspielerin herum, die ihr sehr ähnlich sah und den Sprechpart übernommen hatte. Sie hieß Phyllis Symms, und Nikki konnte sie nicht leiden, vor allem, weil sie eifersüchtig auf sie war.

Megan war schon um acht Uhr morgens zur Stelle. Dennoch waren die Dreharbeiten bereits im Gange, und Nikki schoß über die Eisfläche. Das Wembley-Eislauf-Stadion war hastig zu einem russischen See »umgebaut« worden. Nikki war keine schlechte Schauspielerin, dachte Megan, die beobachtete, wie sich das Mädchen mit dem Ausdruck blanken Entsetzens umsah, aber für die Sprechrolle, fand Megan, war sie doch nicht gut genug.

Was Megan jetzt wirklich verblüffte, war Nikkis unglaubliche Leistung. Ihre Eislaufkunst war geradezu vollendet. In letzter Zeit hatte sie sich regelrecht geschunden und praktisch ständig trainiert. Sie vernachlässigte ihre Freunde, zankte sich nicht mehr mit Eric herum und gab nicht einmal mehr ihr Taschengeld mit der sonst üblichen Geschwindigkeit aus. Tag für Tag setzte sie sich ungeheuren Strapazen aus. Wäre sie nicht so kräftig gewesen, so wäre sie schon längst zusammengebrochen, das war Megan klar. Auf dem Eis jedoch wirkte Nikki ätherisch und zerbrechlich und bestimmt nicht stark genug, all die schwierigen Sprünge und Drehungen durchzustehen, die so viel Kraft und Mut und Selbstdisziplin erforderten.

Nikkis Tage fingen morgens um sechs Uhr an mit einem einstündigen Dauerlauf. Danach jagte eine Trainingsstunde die andere, mit dazwischengeschobenen Gymnastik- und Ballettstunden. Die Zeit für die Dreharbeiten aufzubringen brachte sie in Bedrängnis.

Das sah man ihr an, befand Megan. Nikki war noch schmaler geworden, ihr Gesicht noch bleicher, und ihre Augen hatten einen gehetzten Ausdruck. Ihr Lächeln war noch strahlend wie eh und je, doch sie machte seltener Gebrauch davon.

Megans Gedanken kehrten in die Gegenwart zurück. Atemlos umklammerte sie die Bandenreling, als Nikki einen geradezu gefährlichen Dreifachsprung vollführte und mit einer Sitzpirouette endete.

Die Filmcrew applaudierte spontan, während Nikki bereits auf die Bande zuglitt und sich darüberlehnte, bis sie wieder zu Atem gekommen war.

»Das war Spitze, Nikki!« rief ihr der Regisseur nach. »Kurze Pause für alle. In zehn Minuten geht's mit der nächsten Einstellung weiter.«

Was war mit Nikki los, daß sie sich so unbarmherzig antrieb? Megan nahm sich vor, mit ihr darüber zu sprechen. Denn wenn sie in diesem Tempo weitermachte, würde sie schon lange vor den Winterspielen zusammenbrechen.

Megan, die im Schatten der Kulissen gestanden hatte, wollte eben Nikki zur Kantine folgen, als sie Ians Stimme hörte, der zum Regisseur sagte: »Versuchen Sie, die Eislaufszenen vor Februar abzudrehen, möglich, daß es später nicht mehr klappt.«

Megan, die nur mit halbem Ohr zuhörte, ging zu Ian und schob ihren Arm durch seinen. »Und warum nicht?« fragte sie lachend. »Erwartest du, daß sie mit einem Mann durchbrennt?«

Ian sah erschrocken und schuldbewußt drein. »Nun ja, warum nicht? Sie wird tun können, was sie will. Gute Neuigkeiten«, sagte er mit einem mehr als strahlenden Lächeln, während er ihren Arm nahm. »Komm mit, ich spendier' dir einen Kaffee.«

In der Kantine erklärte Ian des langen und breiten, daß Nikki endlich die britische Staatsbürgerschaft erhalten würde. Es war alles erledigt, nur noch der Papierkram stand aus.

Megan freute sich ebenso für Nikki wie für sich selber. Vorbei die endlose Warterei in staubigen Fluren. Und Nikki würde außer sich geraten vor Freude. Megan beschloß, die wunderbare Neuigkeit für sich zu behalten, bis Nikkis Reisepaß tatsächlich eintraf.

Den restlichen Vormittag über arbeiteten Megan und Maureen gemeinsam im Büro. Die Jahresprogramme der Champions, die ISA vermittelte, mußten für 1984 erstellt und an ihre Sponsoren verschickt werden. Mittlerweile hatte ISA London zweiundfünfzig Klienten, von denen jeder mit ureigenen Problemen aufwartete, wie sie Megan in Amerika nicht begegnet waren.

Wie schon so oft arbeiteten sie rasch und verständnisvoll zusammen, planten die Bargeldverteilung und erledigten eine ganze Liste von Anrufen. Maureen und sie hatten dieselbe Wellenlänge, dachte Megan oftmals, es kam äußerst selten vor, daß sie ihre Instruktionen aussprechen mußte.

»Vielleicht bin ich ja allzu zuversichtlich oder auch bloß dumm – aber mir will scheinen, daß dieses Jahr ein richtiger Knüller wird«, frohlockte Megan. »Alles, was wir angefaßt haben, hat sich in Gold verwandelt.«

»Nein, nicht alles«, sagte Maureen warnend. »Während du fort warst, haben sich ein paar Probleme ergeben. Wenn wir hier fertig sind, hol' ich die Unterlagen.«

Und später, nach der Kaffeepause: »Was willst du zuerst hören – die guten oder die schlechten Nachrichten?«

Megan, die bei Maureens Tonfall erstaunt aufsah, war wieder einmal verblüfft über das neue Image ihrer Assistentin. Die punkige Aufmachung war gut geschnittenen Kostümen, eleganten Pumps und Perlenclips gewichen. Das Haar war entkraust und zu einer Welle gelegt worden, die einem Knoten ähnelte. Diese Umwandlung war keineswegs über Nacht vonstatten gegangen, das war Megan klar, sondern Schritt für Schritt. Heute trug Maureen ein marineblaues Schneiderkostüm, eine weiße Spitzenbluse und weiße Accessoires nebst einer langen Perlenhalskette.

»Maureen«, setzte Megan zögernd an. »Du bist so anders. Ich hab' dich schon länger danach fragen wollen – wie kommt das?«

»Die Antwort auf diese Frage steht auf der Liste der schlechten Nachrichten. Also – welche willst du zuerst hören?«

»Die andere Liste«, antwortete Megan mißgestimmt.

»Wie du willst. Hier also die ›gute‹ Liste. Zuerst und zuoberst ...« Sie machte eine Pause, um die Spannung zu steigern, dann ahmte sie einen Trompeter nach: »Tä-tä-rätä-tä!! Johnny hat die Tarzan-Rolle in der Tasche! Die Sache ist endlich am Rollen. Der Vertrag kommt später.«

»Mensch, ist das wahr? Das ist ja klasse!« sagte Megan entzückt. »Weg mit Johnny Weissmüller und her mit Johnny Bart! Aber, Maureen – wie hast du das herausgefunden? Ich hab' noch kein Sterbenswörtchen darüber gehört.«

»Johnny hat's mir gestern abend gesagt, nachdem sie ihn angerufen haben.« Maureen nahm mit selbstzufriedenem Lächeln Platz.

Megan, die sie beifällig betrachtete, freute sich über Maureens öffentliches Glück und ihren koketten Ausdruck. Sie hatte immer geglaubt, Johnny sei schwul, doch nun sah's eher aus, als sei das ein Irrtum gewesen. »Später diktier' ich dir den Brief an die Filmgesellschaft«, sagte sie. »Wir müssen sicherstellen, daß sie ihm einen guten Vertrag geben. Steht noch was auf deiner ›guten‹ Liste?«

Maureen sah verärgert drein, und Megan war leicht irritiert. Erwartete Maureen etwa, daß sie noch mehr dazu sagte? Und was?

»Der Bankmanager hat angerufen, er will dich über Investitionsmöglichkeiten beraten lassen. Unseren Liquiditätsüberschuß, meinte er, könnte man arbeiten lassen. Er hat schon einen Plan für dich.«

Megan lächelte glücklich. »Wir haben's geschafft, Maureen!« sagte sich und wunderte sich, als die andere schuldbewußt zur Seite sah. »Dieses Jahr hat's in sich, was?«

Maureen nickte befangen, und dabei wurde Megan plötzlich klar, daß ihre Assistentin im Begriff stand, sie zu verlassen. Das hatte offensichtlich irgendwie mit Johnny Bart zu tun. Maureen sah gleichzeitig glücklich und schuldbewußt drein. Panik drohte Megan zu überkommen. Wie sollte sie allein zurechtkommen? Sie würde den Schlag Maureen zuliebe herunterspielen und die Überraschte mimen müssen. »Noch was?« fragte sie und zwang sich zu einem breiten Lächeln.

»Hier habe ich einen Brief der University of Michigan, die Conrad ein Stipendium anbietet.«

»Wow! Was für ein Tag! Ich ruf' ihn nachher gleich an.«

»Weiter will Gerry Johnson dich als Agentin haben.«

»*Der* Gerry Johnson? Der Golfstar?«

»Der nämliche.«

»Mensch, Maureen, wir sind berühmt! Jetzt rennen sie *uns* die Tür ein! Wir haben es verdient – aber ich kann's noch gar nicht glauben!«

Maureen lächelte – ein seltsames, rätselhaftes Lächeln. »Verflixt, Megan, schau nicht so verdammt glücklich drein«, meinte sie. »Als nächstes kommen die schlechten Nachrichten.«

»Du sagst es«, antwortete Megan mit Blick durch das Spiegelglasfenster, durch das Jacqui zu sehen war, wie sie zögernd vor die Rezeption trat.

Maureen eilte hinaus, und kurz darauf stand Jacqui in der Tür, mit sanftem Lächeln und schüchternem Blick.

Himmel, dachte Megan, wie sie sich verändert hat! Seit Aviemore hatte sie Jacqui nicht mehr zu Gesicht bekommen und wunderte sich nun, wie fraulich das Mädchen geworden war, wenngleich sich nicht so recht sagen ließ, was den Unterschied ausmachte. Vielleicht lag's an dem schicken Rock und dem Mantel, den sie trug, vielleicht auch an ihrem Make-up. Hauptsächlich jedoch, entschied sie, lag es wohl an Jacquis Ausgeglichenheit und einer gewissen Selbstsicherheit, die sie jüngstens erworben hatte.

»Gleich nach den ersten Spielen geb' ich die Skirennen auf«, überfiel Jacqui sie regelrecht. »Sie können also anfangen, den Extra-Sponsoren Absagen zu erteilen. Ich dachte, ich sollte Sie das rechtzeitig wissen lassen.«

»Und Vanguard?« fragte Megan. »Was sage ich dort?«

»Darum brauchen Sie sich nicht zu kümmern«, gab Jacqui langsam zur Antwort. »Ich trete bei Vanguard ein.«

Megan war schockiert und machte keinen Hehl daraus

»Mutter hat einiges an Problemen am Hals«, fuhr Jacqui nervös fort, »Sie haben es doch bestimmt auch gelesen. Ich glaube, ich war die einzige, die nicht davon wußte – idiotisch, was? Ich hab' beschlossen, in die Firma einzutreten und alles zu lernen, was es zu lernen gibt. Genau das hat sich Mutter ohnehin schon immer gewünscht.« Sie machte eine Pause und sah Megan stirnrunzelnd an. »Um die Wahrheit zu sagen – Mutter weiß noch gar nichts von ihrem Glück. Wir reden derzeit nicht miteinander, lassen uns bloß gegenseitig in Ruhe. Ich werd's ihr nach der Olympiade beichten.«

»Also ... Meine Güte!« Megan war dermaßen überrascht, daß sie zunächst nicht wußte, was sie dazu sagen sollte. »Das freut mich«, meinte sie schließlich.

»Sparen Sie sich die Höflichkeiten«, sagte Jacqui verächtlich. »Es freut Sie nicht, es freut mich nicht – es muß einfach getan werden, und damit basta.«

»Hat Eleanor Sie dazu gedrängt?« fragte Megan vorsichtig.

»Nein.« Langes Schweigen folgte. Megan spürte, daß Jacqui noch mehr sagen wollte, daher bestellte sie Kaffee.

Jacqui fing an, im Büro auf und ab zu tigern.

»Wollen Sie sich nicht setzen?« fragte Megan anzüglich.

»Nicht unbedingt«, gab Jacqui lässig zurück. »Mein ganzes Leben lang ist Mutter immer mit allem fertig geworden. Ich meine, sie ist 'ne richtige Kanone – jedenfalls behaupten die Zeitungen das. Aber ich kenne auch die andere Seite der Medaille. Die Wahrheit ist, daß sie mit allem, was Gefühle angeht, überhaupt nicht fertig wird. Daher hab' ich von all den Dingen, die man mit Kindern üblicherweise so anstellt, nie viel gehabt. Wissen Sie was, Megan?« fragte sie weich. »Ich hab' die Kinder beneidet, die Eltern hatten, mit denen sie reden konnten.« Stirnrunzelnd sah sie sich nach Megan um. »Stört es Sie, wenn ich so daherrede?«

Megan glaubte nicht, daß Jacqui eine Antwort erwartete, daher nippte sie bloß schweigend an ihrem Kaffee.

»Immer, wenn ich wirklich Hilfe gebraucht hätte, ließ sie mich im Stich. Und wie! Einmal hab' ich sie gefragt, wer mein Vater war. Wissen Sie, was sie mir geantwortet hat? Sie sagte: Jacqui, ich hab' einen Familien-Trust angelegt – für dich. Darin befinden sich nicht nur zehn Prozent der Vanguard-Aktien, sondern auch dieses Grundstück hier und die Yacht und – einfach alles. Wenn ich mal sterbe, kriegst du alles. Dann wirst du eine sehr reiche Frau sein. Gibt dir das nicht ein Gefühl der Sicherheit? – Sprach's und ging auf eine Geschäftsreise, und ich kriegte sie zehn Tage lang nicht zu Gesicht. Also hab' ich nie wieder Fragen gestellt. Ich hab' schon ziemlich früh gelernt, mich reserviert zu verhalten.«

»Trinken Sie Ihren Kaffee nicht?« fragte Megan.

»Doch, sicher.« Sie ließ sich auf einen Stuhl fallen und griff nach ihrer Kaffeetasse. »Megan«, fuhr sie dann leise und drängend fort, »ich hab' Mutter schon mit Problemen fertig werden sehen, die jede andere Firma aus dem Gleis geworfen hätten. Solange es um Geschäfte geht, ist Mutter praktisch unschlagbar.«

Jacquis Gesicht war jetzt bleich vor Wut. »Bloß diesmal nicht! Das könnte bedeuten, daß Mutter ahnt, wer hinter den Aufkäufen steht, und daß sie es nicht wahrhaben will. Ich selber – ich glaube, es ist einer aus der Firma. Mindestens vier der Hauptdirektoren haben Aktien, und zusammen halten sie elf Prozent. Diese Art von Verrat wäre zuviel für Mutter.«

Sie machte eine kurze Pause und fuhr dann fort: »Mutter kann Sie gut leiden, Megan. Könnten Sie nicht zu ihr gehen und sie zur Vernunft bringen? Sie muß darauf bestehen, daß diese elf Prozent zu treuen Händen verwahrt werden, bis die Bedrohung vorüber ist. Und warum holt sie sich nicht eine Detektei, die sich auf Industriespionage versteht? Sie sollte – ach, zum Teufel! Nichts wird sie tun!«

»Haben Sie ihr das alles schon selbst gesagt?«

»Na klar.«

»Und?«

»Wir haben uns wieder mal gestritten. Das war gestern, um genau zu sein. Wir können einfach nicht miteinander reden, konnten es noch nie.«

»Ich sehe zu, was ich tun kann«, meinte Megan voller Zweifel. »Aber eigentlich geht's mich ja gar nichts an.«

»Wenn Vanguard kippt, kippt ISA auch«, versetzte Jacqui mit ihrer üblichen Taktlosigkeit. »Sponsern wir nicht drei Viertel Ihrer Athleten?«

Wir? Jacqui identifiziert sich also schon mit Vanguard, dachte Megan lächelnd.

Sie lehnte sich zurück und wunderte sich über den seltsamen Doppelsinn von Erbanlagen. Wer hätte schon gedacht, daß sich Jacqui als zweite Eleanor entpuppen und umgehend zu Vanguard zurückkehren würde, sobald Schwierigkeiten auftauchten?

Vielleicht konnte Ian weiterhelfen, dachte Megan, als ihr einfiel, wie lobend er sich immer über Eleanor geäußert hatte. »Ich hab' einen Freund, der sich auf Nachrichtendienste spezialisiert hat«, sagte sie langsam. »Wenn Sie wollen, kann ich mal mit ihm reden.«

Jacqui knetete nervös die Hände. »Ja, tun Sie das, Megan. Da ist noch etwas, aber Sie müssen mir schwören, nichts weiterzuerzählen – jedenfalls jetzt noch nicht, bevor ich nicht selber was unternommen hab'. Ich habe selber zehn Prozent der Vanguard-Aktien, aber die hab' ich eingetauscht gegen einen ziemlich gewinnträchtigen Anteil an einer neuen Ölgesellschaft, die Wolf grade startet. Dahinter steckt der Gedanke, daß ich sie jetzt, da die Vanguard-Papiere enorm hoch stehen, an Wolf verkaufe, und er kauft sie für mich zurück, wenn sie wieder auf ihren normalen Wert gesunken sind. In der Zwischenzeit verdien' ich an den Ölquellen auch noch einen Haufen. So brauche ich bloß abzuwarten, um ein kleines Vermögen zu machen.«

»Das glauben Sie wirklich?« fragte Megan bedenklich. »Sie glauben, daß dieser Wolf Muller Ihnen ein Vermögen auf dem Silbertablett serviert?«

»Ja«, gab Jacqui trotzig zurück. »Er will mir damit bloß helfen.«

»Wieviel sind Ihre Vanguard-Aktien wert, Jacqui?«

»Ungefähr zwanzig Millionen Dollar«, flüsterte Jacqui.

»Und wieso glauben Sie, Sie würden dabei nicht betrogen?« fragte Megan streng. »Sie wußten doch, daß Ihre Mutter niemals damit einverstanden gewesen wäre.«

»Genau darum geht's ja.« Jacquis Stimme war nur noch ein leises Krächzen. Nervös leckte sie sich die Lippen. »Wolf sollte sie nach einem Jahr für mich zurückkaufen. Mutter hätte niemals davon erfahren.«

»Das wird sie aber, wenn sie aufgekauft wird und diese entscheidenden zehn Prozent dabei den Ausschlag geben.«

»Eben. Deshalb werde ich Wolf bitten, mir mein Paket zurückzugeben.«

»Und Sie glauben im Ernst, daß er das tun wird? Sieht mir eher nach einem Betrugsmanöver aus«, sagte Megan grimmig, obwohl ihr Jacqui, die nun am ganzen Körper zu zittern begann, leid tat.

»Es mag ja so klingen und auch so aussehen«, sagte Jacqui. »Trotzdem vertraue ich Wolf. Er hat mir das Leben gerettet.«

»Ich glaube nicht, daß er Ihr Leben haben will – es geht ihm bloß um Ihr Geld.« Megan griff nach dem Telefonhörer. »Ich kenne einen Anwalt, der auf solche Sachen spezialisiert ist.«

»Nein, Megan, warten Sie! Sie haben es mir doch versprochen. Wolf würde mich niemals übers Ohr hauen.«

»Schön, Jacqui, beweisen Sie's. Gehen Sie zu diesem Wolf, sagen Sie ihm, was Sie mir erzählt haben und was ich tun wollte, und verlangen Sie Ihre Aktien zurück. Sie können ihm sagen, ich wollte wegen Betrugs gegen ihn ermitteln lassen. Wenn er Ihnen Ihre Anteile anstandslos zurückgibt – nun, dann haben Sie recht. Wenn nicht ...«

Abrupt stand Megan auf und ging zum Fenster. Jacquis Dummheit machte sie geradezu krank vor Zorn, und sie konnte den Anblick des Mädchens kaum noch ertragen. Herr im Himmel! Zwanzig Millionen Dollar – und da wollte Jacqui immer noch mehr Gewinn herausschlagen! Der Geiz ihrer Opfer, hatte sie gehört, war die starke Seite aller Bauernfänger. »Sie müssen Ihre Mutter warnen, das sind Sie ihr schuldig. Schließlich hat sie Ihnen die Aktien geschenkt. Sie wird sich im Kampf um ihre Firma auf diese zehn Prozent verlassen.«

»Ja«, sagte Jacqui. »Wenn ich sie in einem Monat nicht zurückhabe, dann ...« Ihre Stimme verlor sich. »Reden Sie bitte mit Ihrem Freund, Megan. Dem mit der Geheimdiensterfahrung.«

Nachdem Jacqui gegangen war, gelang es Megan nicht, ihre Niedergeschlagenheit abzuschütteln. Sie nahm den Telefonhörer auf und fragte sich in der Admiralität bis zu Ian durch. »Ich brauche deine Hilfe, Ian. Es geht um etwas in der Art deiner Arbeit, und ich weiß, wie sehr du Eleanor Douglas schätzt ... Ja, bitte. Wenn wir uns heute abend zum Dinner treffen, kann ich dir die ganze Sache erklären. Sie stinkt – und das ist gelinde ausgedrückt.«

Maureen ließ Sandwiches kommen, und sie kochten sich Kaffee, doch das alles half Megan nicht über ihre Niedergeschlagenheit hinweg.

»Sieht ja nach einem ganzen Berg von Problemen aus«, kommentierte sie nervös, als Maureen gleich nach dem Lunch einen dicken Ordner anschleppte.

»Zehn Tage sind eine hübsch lange Zeit in diesem Job«, gab Maureen blasiert zurück und schlug die Seiten auf. »Die schmutzige Kampagne gegen Gertie wurde von Vanguard finanziert und ausgeführt von einem kleinen Fiesling, der in Soho eine Zwei-Zimmer-Spelunke betreibt. Er arbeitet sozusagen freiberuflich in dieser speziellen Branche und kriegt von Nigel Wilder eine ganze Menge Aufträge zugeschanzt.«

»Wie, zum Kuckuck …«

»Johnny hat sich eins der Mädchen angelacht, die dort arbeiten.« Maureen brach unerwartet in Gekicher aus. »Er hat sich ja schwer gebessert, aber damals hatte er alle Hände voll zu tun, sie hinterher wieder loszuwerden.«

»Da hast du dich aber auf eine gefährliche Sache eingelassen«, sagte Megan mit einem amüsierten Lächeln. »Der Schuß hätte schließlich auch nach hinten losgehen können.«

»Unmöglich«, entgegnete Maureen, und ihr Gesicht strahlte die ganze Sicherheit ihres privaten Glücks aus.

»Ich möchte mich nicht schon wieder mit Vanguard anlegen«, meinte Megan nachdenklich. »Vielleicht sollte ich die Sache bloß mal zur Sprache bringen. Ob Eleanor wohl eingeweiht ist?« murmelte sie. »Irgendwie kam sie mir nicht vor wie … Vielleicht sollte ich das Ganze auch unserem Anwalt überlassen.«

»An deiner Stelle würde ich mich gar nicht darum kümmern.«

»Pssst«, machte Megan. »Laß mich nachdenken.«

Unbeirrbar fuhr Maureen fort: »Gertie hat ihre Autobiographie verkauft. Erscheinen soll sie unter dem Titel: *Ein freimütiges Geständnis.* Ihre genauen Worte lauteten: ›Ich habe es endgültig satt, mich hinter einem Berg von Lügen zu verstecken, der hauptsächlich von Megan aufgetürmt wurde.‹ Sie hat mir aber gesagt, sie könnte die Veröffentlichung kaum abwarten. Sie glaubt, danach wäre sie die Presse endlich los.«

»Und Bantex? Will sie die auch loswerden? Hat sie eine Erbschaft gemacht oder braucht sie plötzlich nichts mehr zu essen?«

»Wer weiß?« Maureen lächelte rätselhaft.

»Mach dir einen Vermerk, daß du mir nachher unseren

Anwalt an die Strippe holst. Vielleicht können wir – oder auch Bantex – die Veröffentlichung verhindern, bis der Vertrag ausgelaufen ist. Bantex wird uns unterstützen.«

»Aber das wäre überaus traumatisch für Gertie«, widersprach Maureen. »Dieses Buch bedeutet ihr ungeheuer viel.«

»Sie kann nicht alles haben. Damals hat sie sich gradezu darum gerissen, als die bewußt weibliche Athletin unter Vertrag genommen zu werden. Noch was?«

»Ja, ein Schreiben von mir.« Maureen schnippte einen Umschlag über den Schreibtisch.

Traurig riß Megan ihn auf. «Drei Monate. Ich nehme an, dafür muß ich auch noch dankbar sein«, sagte sie ruhig. Maureens Haltung verletzte sie zutiefst, doch das wollte sie ihr um keinen Preis zeigen.

Maureen nickte. »Ich werd' mich um Johnny Barts Karriere kümmern.«

»Im Ernst? Du willst mir Konkurrenz machen? Teufel auch, Maureen. Johnny hat einen Vertrag mit mir.«

»Mit dreimonatiger Kündigungsfrist«, gab Maureen zurück. »Hier ist Johnnys Brief.« Sie holte einen Umschlag aus ihrer Handtasche und reichte ihn Megan, als enthielte er Dynamit.

Immer mit der Ruhe, sagte sich Megan. Wenn sie gehen will, kannst du auch nichts dran ändern, und wenn du jetzt wütend wirst, machst du bloß noch eure Freundschaft kaputt. Wenn sie sich doch bloß dieses selbstzufriedene Grinsen abschminken würde!

»Glaubst du, du hast die Qualifikation, dich als Sportagentin selbständig zu machen?« fragte Megan, wobei sie darauf achtete, daß ihr Tonfall leicht und unpersönlich blieb.

»Nein«, gab Maureen zu. »Aber ich glaube, ich weiß genau, was für Johnny das beste ist.«

»Wie das?«

»Wir heiraten in einer Woche.«

Sekundenlang strahlte Megan ihre Assistentin lediglich an, dann war sie mit einem Satz auf den Füßen und um den Schreibtisch herum. »Das ist ja phantastisch, einfach phantastisch!« rief sie und umarmte Maureen voll aufrichtiger Freude. »Meinen herzlichen Glückwunsch!« Sie trat einen Schritt zurück und musterte Maureen gründlich. »Jetzt weiß ich, was dich so verändert hat – die Liebe!« sagte sie triumphierend. »Mensch, Maureen – so was setzt man doch nicht auf die Liste mit den schlechten Nachrichten! Ich freu' mich riesig für dich. Das müssen wir unbedingt feiern. Wie wär's heute abend mit einer Party bei mir? Oder habt ihr schon was anderes vor?«

Zu Megans peinlicher Überraschung fing Maureen an zu weinen. »Ich habe dich völlig falsch beurteilt«, schluchzte sie und trocknete ihre Augen mit einem Papiertaschentuch. »Oh, Megan, du und der Job und das alles hier, das wird mir fürchterlich fehlen, aber ich muß einfach zuerst an Johnny denken. Du brauchst keine Liebe, nicht so wie ich. Ich sehne mich nach einem eigenen Heim, nach Kindern und einem Ehemann, an den ich mich nachts kuscheln kann. Selber will ich gar kein großes Tier werden – bloß meinem Mann helfen. Ich weiß, du findest so etwas altmodisch. Um ehrlich zu sein – ich hatte Angst, es dir zu erzählen.«

»So also denkst du von mir?« fragte Megan, ernstlich bestürzt. «Du stehst mir vermutlich näher als meine beste Freundin, und wenn schon du so denkst ...«

Sie brach ab und starrte zum Fenster hinaus. Draußen war es kalt. Die Bäume standen blattlos, und die Menschen, die umherhasteten, hatten sich in Mäntel gehüllt. Ihre Augen blickten so freudlos drein wie der Himmel. Megan schauderte, doch nicht wegen des Anblicks, den die Straße bot. Die selbstquälerischen Fragen, die sie sich stellte, führten zu dem unbehaglichen Gefühl, daß Maureen so unrecht wohl nicht haben mochte.

53

Wochen waren vergangen, und Eleanor hatte Wolf mit keinem Wort wieder erwähnt. Sie beschränkte sich darauf, Gundelfinger von ihren Marketing-Strategien zu berichten, mit denen sie für Vanguard die Führung unter den multinationalen Sportartikelfirmen erstritten hatte. Gundelfinger kam es so vor, als sei sie fest entschlossen, der verletzlichen Eleanor Muller, die sie einst gewesen war, den Rücken zu kehren. Das gelang ihr auch im Laufe der Wochen – doch das Ekzem kehrte zurück.

Den ersten Schritt in große Zeiten, erklärte Eleanor, hatte sie getan, als sie die Werkstätten, die zu Vanguard gehörten, an andere Hersteller verkaufte, die nun ausschließlich für ihre Firma produzierten. Damit hatte sie genügend Kapital freigesetzt, um den Grundstock für das zu legen, was bald der größte Sportartikelgroßhandel von ganz Amerika werden sollte. Jeden Pfennig, den sie erübrigen konnte, gab sie für Werbung aus, und bald wurde der Name Vanguard ein Synonym für sportliche Siege. Ihren ersten Geniestreich landete sie, als sie in die Sportkleidung ging und dafür einen Top-Modedesigner einstellte. Die Herstellung erfolgte durch verschiedene Auftragsfirmen, und die Lagerhaltung wurde, bedingt durch die Wandelbarkeit des Modemarktes, stets auf dem Minimum gehalten.

Nach zehn Jahren begann sie, die Herstellung in den Fernen Osten zu verlagern, insbesondere nach Korea, so daß sie alle Konkurrenten unterbieten konnte. Als sie dreißig Prozent des amerikanischen Marktanteils in der Tasche hatte, verwandelte sie Vanguard in eine Aktiengesellschaft. Die Papiere kamen an der US-Börse in den Handel und wurden ihr von Investoren sowie diversen Maklern nur so aus der Hand gerissen. Eleanors Ruhm nahm zu. Sie benutzte ihr Kapital zur Errichtung von Exportfirmen in Großbritannien und auf dem europäischen Festland, und kurze Zeit später verlegte sie den Hauptsitz nach Monaco. Die ursprüngliche Herstellerfirma in Denver kaufte sie wieder zurück und dazu noch vier der koreanischen Zulieferer. Nun war sie Aufsichtsratsvorsitzende einer vielfältigen, multinationalen Sportartikel-Herstellungs- und Vermarktungsgesellschaft – eine Kraft, mit der man weltweit rechnen mußte.

»Wie kommt es, daß Sie in letzter Zeit kaum noch was sagen?« beschwerte sich Eleanor im Laufe ihrer nächsten Sitzung. »Sie geben kaum noch irgendwelche Kommentare ab, und Sie helfen mir auch nicht mehr so wie früher.«

»Mir fehlt die Qualifikation, Geschäfte zu analysieren«, sagte Gundelfinger ruhig. «Ich kann Ihnen nur zuhören und mich wundern. Ich glaube, was Marketing und Finanzierung betrifft, da sind Sie eine Art Genie.«

»Sie wissen, daß ich kein Genie bin.«

»Was sind Sie dann?«

Eleanor dachte geraume Zeit nach. »Ich bin clever«, sagte sie schließlich, «und ich bin bestens motiviert. Außerdem hab' ich wohl einen sechsten Sinn fürs Marketing.«

»Das haben Sie garantiert. Ich ziehe den Hut vor Ihnen.«

Mißtrauisch drehte sich Eleanor um. Dann meinte sie: »Ich rede wohl zuviel übers Geschäft, oder?«

»Das haben Sie den größten Teil Ihres Lebens über getan«, sagte Gundelfinger freundlich. »Sie haben dieses phantastische, überlebensgroße Bild der großen Vorsitzenden Eleanor Douglas kreiert, so daß niemand auf die Idee kommen kann, Sie hätten, samt Ihren anderen Opfern, auch die junge, liebende, verletzte Eleanor Muller in den Tiefen dieser allwissenden Persönlichkeit eingemauert. Aber ich glaube, es ist an der Zeit, daß wir die wahre Eleanor herauslassen.«

Flammende Röte breitete sich von ihrem Nacken bis auf ihre Wangen aus. »Wer kann schon wissen, welches die wahre Eleanor ist?« fragte sie und schluckte schwer.

»Das können wir ja herausfinden, Eleanor«, sagte der Arzt ernst. »Oder haben Sie zuviel Angst davor?«

Eleanor zögerte. »Sie verstehen nicht, wie weh es tut ... ich meine, all diese Erinnerungen ...«

»Oh, das verstehe ich gut, das können Sie mir glauben. Ich mag zwar nichts von betriebswirtschaftlichen Komplexen verstehen, dafür weiß ich aber ganz genau, wie schwer es für Sie ist, sich mit Ihrem Trauma auseinanderzusetzen. Dazu braucht man sehr viel Mut.«

»An Mut hat es mir noch nie gefehlt«, gab sie ärgerlich zurück.

»Na also, dann können wir ja gleich anfangen. Das letzte, was ich bisher von der wahren Eleanor Douglas gehört habe, war, daß Sie und Wolf in einer winzigen Nußschale über ein Meer von Schulden segelten. Sie müssen sich entsetzlich gefürchtet haben, Eleanor.«

»Und das mit gutem Grund«, bejahte sie entschieden. »Aber diesmal hatte ich einen Vorteil: Fünfzig Prozent der Firma gehörten mir, deshalb war ich überzeugt, daß Wolf sie ohne meine Einwilligung niemals verkaufen könnte.

Zusammen mit Vanguard hatten wir einen farblosen jungen Mann namens Nigel Wilder übernommen«, fuhr Eleanor fort. »Er war ein komischer Kerl und ziemlich anmaßend. Er bestand zum Beispiel darauf, sich als Forschungsleiter zu bezeichnen. Er hatte sogar ein entsprechendes Schild an der Tür, in Wirklichkeit aber war er bloß als Lagerverwalter angestellt. Nichtsdestoweniger verbrachte er fast seine ganze Zeit im Keller unten – der die Bezeichnung ›Forschung und Entwicklung‹ trug – und murkste mit einem neuen, schnelleren Ski herum, von dem er behauptete, er hätte ihn selber entwickelt. Sein Grundgedanke war, eine Ummantelung aus Aluminium und Sperrholz zu bauen und den Kern mit blasigem

Kunststoff zu füllen. Meistens suchte er auf dem Schrotthaufen der örtlichen Flugzeugfabrik nach Aluminium, oder er probierte seine Skier aus. Die gingen zwar immer und immer wieder kaputt, doch Nigel gab nicht auf.« Plötzlich lachte sie leise, die Erinnerung schien ihr Spaß zu machen.

»Als Wolf und ich Vanguard kauften, stand Nigel eigentlich auf der Entlassungsliste. Doch dann sah Wolf seltsamerweise Möglichkeiten in Nigels Projekt, deshalb lieh er sich zehntausend Dollar bei der Bank und richtete Nigel eine Werkstatt ein. Noch mehr Schulden! Ich hatte eine Mordswut. Jeden Morgen, wenn ich aus dem Schlaf erwachte, versetzte mir die Realität einen Stoß in den Magen, als wäre es ein Tritt von einem Maultier. Dann zählte ich sämtliche Schulden zusammen, die wir bei Bank und Gläubigern hatten, und dabei geriet ich dermaßen ins Schwitzen, daß mein Bettzeug feucht wurde.«

Das kam auch heute noch beinahe jede Nacht in ihren Träumen vor. Dann wachte sie schwitzend vor Angst auf, und es gelang ihr erst wieder einzuschlafen, wenn sie sich alle Vorteile, die sie heute genoß, einzeln und gründlich vor Augen geführt hatte.

»Schließlich produzierte Nigel tatsächlich einen Ski, den Wolf mochte, aber da brachten wir das für die Weiterentwicklung nötige Bargeld nicht auf, und so wurde er erst einmal auf Eis gelegt. Ein halbes Jahr später starb Wolfs Vater, und er erbte zwanzigtausend Dollar, die er dazu benutzte, Nigels Ski weltweit patentieren zu lassen und mit der Produktion anzufangen. Wolf war voller Zuversicht, aber da war er auch der einzige. Niemand wußte, ob die Skier jemals ein Erfolg würden, und zunächst waren sie, um ehrlich zu sein, ein ziemlicher Flop. Im Laufe der Zeit allerdings wurden sie zum Grundstock unseres Erfolges auf dem Ski-Markt.«

Eleanor brach ab und knetete nervös ihre Hände. Die Geschichte, mit all ihren Erinnerungen an alte, ungetilgte

Schuld und Sühne, erschütterte sie. Doch dann schüttelte sie sich wie ein nasser Hund und fuhr mit ihrem Bericht fort.

»Wir hatten kein Geld mehr, um Nigel für seine Erfindung zu bezahlen, deshalb gaben wir ihm einen achtprozentigen Anteil an Vanguard dafür. Und die ganze Zeit über, während die beiden von einer großen Zukunft träumten, rackerte ich mich weiter ab, kurbelte den Verkauf an, und langsam, aber sicher kamen wir aus unserem Meer von Schulden heraus.«

Ein Bild stieg in ihr auf: Sonntagmorgen im Club. Warten auf Wolf, der vor dem Frühstück zum Skifahren gegangen war. Orangensaft, Eier und Speck an einem Fenstertisch. Draußen die schneebedeckten Abhänge, glitzernd in der Morgensonne. O Wolf! O mein Gott, Wolf! schrie es in Eleanor.

»Und dann?«

»Es sind oft die merkwürdigsten Dinge, die das Leben verändern«, sagte sie weich. »Bei uns war es ein Unfall. Wolf brach sich den Hals, und das hat unser Leben vollkommen umgekrempelt.«

Sie kauerte sich in ihren Sessel und vergrub das Gesicht in den Händen. »Als sie ihn auf der Bahre anbrachten, dachte ich, er müsse sterben. Ich weiß noch, wie ich gebetet habe: ›Lieber Gott, laß ihn leben – laß ihn bloß leben, und ich werde alles dafür tun, alles. Das verspreche ich!‹«

Plötzlich setzte sich Eleanor auf und fingerte nervös an ihrem Haar herum. »Mehr ertrage ich nicht«, sagte sie, während sie nach Hut und Handschuhen griff. Gundelfinger sah, daß ihre Stirn feucht vom Schweiß und ihre Augen geschwollen waren, obwohl keine Tränen kamen. »Laufen Sie nicht weg, Eleanor«, mahnte er sanft. »Stehen wir's jetzt durch. Es wird Sie sonst quälen. Ich habe heute keine Verabredung zum Essen. Bleiben Sie also und teilen Sie mein Sandwich mit mir.«

Widerwillig drehte sich Eleanor um. Dann sagte sie: »Na schön, ich kann's wohl ebensogut hinter mich bringen.«

Umständlich bereitete Gundelfinger ihnen zwei Tassen Tee und halbierte sein Sandwich, während Eleanor weiter vor sich hin sprach, als wolle sie selbst gar nicht hören, was sie sagte. »Wolf lag ein ganzes Jahr im Krankenhaus.« Die Augen hatte sie beinahe geschlossen, und die Händen lagen krampfhaft zusammengefaltet in ihrem Schoß. »Ich war vollkommen verzweifelt. Nachts war es am schlimmsten. Damals glaubte ich, nichts könne jemals schlimmer sein als dieses Jahr. Aber natürlich habe ich mich getäuscht. Irgend etwas in mir, ein Teil von mir, wurde außer Sichtweite geschoben. Ich mußte stark sein. Ich mußte die Firma leiten – um Wolfs willen. Ohne ihn war ich dabei zunächst ziemlich ängstlich, doch irgendwie schien ich alles richtig zu machen. Die Einzelhändler – damals noch überwiegend Ex-Sportler – waren überaus nett, und die meisten hatten von Wolfs Unfall gehört. Allein telefonisch gingen so viele Bestellungen ein, daß wir Lieferschwierigkeiten hatten! Von da an lief das Geschäft wie geschmiert. Und als wir endlich aus den roten Zahlen waren, fühlte ich mich schon viel zuversichtlicher – wie ein ganz neuer Mensch. Ich beauftragte eine der führenden Werbeagenturen, *das* Vanguard-Image zu kreieren – und seitdem habe ich peinlich genau darauf geachtet, daß alle von uns gesponserten Sportler Siegertypen waren. Ich fing sogar selber wieder mit dem Eislaufen an und trug ausschließlich die Après-Ski-Kleidung unserer Firma. Nigel sah in seinem Trainingsanzug ziemlich lächerlich aus, aber ich erlaubte ihm nicht, etwas anderes zu tragen. Da wußte ich schon, daß mich nichts mehr aufhalten konnte – niemals. Ich marschierte schnurgerade auf die Spitze zu. Ich erinnerte mich noch, wie verblüfft ich war, als mir zum erstenmal dämmerte, daß ich das Geschäft sehr viel besser leitete als Wolf.«

Eleanor blickte auf und lächelte traurig. »Achtzehn Monate später kam Wolf zurück. Sie brachten ihn im Rollstuhl, und ich weinte, als ich ihn sah, versuchte jedoch so zu tun, als sei alles in bester Ordnung. Er wollte natürlich wieder die Zügel in die Hand nehmen und genau da weitermachen, wo er aufgehört hatte. Doch ich konnte das Heft nicht so einfach aus der Hand geben. Uns noch einmal in Schulden stürzen? Noch einmal Risiken eingehen, bei denen am Ende nichts herauskam, außer daß ich krank vor Sorge war? Nein, das konnte ich nicht. Und überdies wußte ich, daß Wolf noch nicht wieder kräftig genug war. Ich gab also nicht nach – und wir stritten uns. Wolf war wie umgewandelt. Er haßte es, behindert zu sein, und das Skilaufen fehlte ihm sehr. Er war ein unmöglicher Patient: anspruchsvoll, überempfindlich, verbittert. Wenn er nicht seinen Willen bekam, schmiß er mit Sachen um sich. Und ständig hievte er sich auf seinen blödsinnigen Krücken aus dem Rollstuhl und stürzte natürlich.«

Eleanor blickte nachdenklich vor sich hin, bevor sie weitersprach. »Ich hatte nie Kinder gewollt, ich hatte keine Zeit dafür, doch jetzt schien geradezu ein Übermaß an Mütterlichkeit ans Tageslicht zu drängen, mit dem ich Wolf überschüttete. Ich stützte ihn, wenn er seine Gehversuche machte, hob seine Krücken auf, badete ihn, führte ihn zur Toilette – es gab einfach nichts, was ich nicht für ihn getan hätte. Wolf war vollkommen von mir abhängig, und plötzlich war ich wieder glücklich. Ich liebte ihn so, wie er war. Ich fühlte mich sicher. Manchmal hatte ich deswegen allerdings ein schlechtes Gewissen. Wolf hingegen hatte nichts zu tun, und das juckte ihn, bis er sich wieder auf seine Börsenspekulationen stürzte – mit Hilfe von Bankkrediten, für die er Vanguard als Sicherheit bot. Und je besser es mit seinen Beinen wurde, desto größer wurde sein sexueller Appetit.«

Eleanor drehte sich rasch um, von Röte überzogen und

mit einem schulmädchenhaften Ausdruck im Gesicht. »Stört es Sie, wenn ich davon spreche?«

»Das gehört doch zum Leben, oder?«

»Er verlangte immer öfter nach Sex, aber das war beinahe unmöglich zu machen. Ich hatte solche Angst, er könne einen Rückfall haben, daß ich ihn bemuttert und bedient und ihm nur eine passive Rolle zugestanden habe. Das hat ihn fuchsteufelswild gemacht.«

Sie erinnerte sich: *Dreh dich rum, ich will auf dir liegen.*

Du wirst dir bloß weh tun.

Lieg still, oder ich höre auf.

Wolf, es ist schön so. Du brauchst dich nicht zu rühren und kommst doch jedesmal. Bitte, Wolf – mach deine Augen zu und genieß es einfach.

Dann war alles vorbei, und er wehrte sich nicht mehr.

»Es lag nicht bloß am Sex. Seine passive Rolle schien ihn bei allem und jedem zu verfolgen, insbesondere in geschäftlichen Dingen. Eine ganze Reihe von Abschlüssen schlug ihm fehl, und er wurde immer wütender und frustrierter. Eines Tages – ich schob ihn gerade den Weg zur Fabrik hinunter –, da sagte er zu mir: ›Linksrum. Ich will mit Nigel reden.‹ Da ich in Eile war, antwortete ich: ›Später, Wolf. Jetzt gehen wir erst mal in den Laden.‹

Er drehte sich um, und ich sah den Ausdruck in seinen Augen. Einen Moment lang war ich starr vor Schrecken. Dann nahm er seine Krücke und stieß sie durch die Speichen des Rollstuhls. Ich fiel darüber, während Wolf sich auf die Armlehne stützte und auf die Füße hievte. Er erlaubte mir nicht, ihm zu helfen. Ich entsinne mich, daß ich ein gewisses Bedauern empfand, als er davonhumpelte. Über die Schulter rief er mir zu: ›Schmeiß diesen verdammten Rollstuhl weg! Den werde ich nie wieder brauchen!‹

Danach ging er überallhin zu Fuß, und sein Zustand besserte sich drastisch. Und dann ...« Eleanor brach ab und lief knallrot an.

»Es war ein heißer Sonntagnachmittag im Sommer, und ich war schwimmen gewesen. In meinem Bikini kam ich wieder ins Haus ... Wolf wollte mich so lieben wie vor seinem Unfall, und ich weigerte mich. Ich hatte Angst, er könne sich wieder am Rückgrat verletzen, wissen Sie.«

Hatte es wirklich nur daran gelegen? Wolf hatte so vital ausgesehen, sein Penis rüde und geschwollen – hart, geistlos, aber fordernd, und in Wolfs Augen spiegelte sich die gleiche Hartnäckigkeit, der männliche Wille, zu befehlen, Unterwerfung zu fordern. Er brauchte sie, sie sollte ihm wieder die Befehlsgewalt zuschieben, auf daß er wieder den Platz einnehmen konnte, der ihm rechtmäßig zukam. Sie sollte sich also in freiwilliger Kapitulation vor ihm ausstrecken – gehorsam in der Liebe, gehorsam in der Ehe. Ein Funke der Rebellion regte sich in ihrer Brust.

»Fahren Sie fort«, sagte Gundelfinger in mildem Tonfall. Eleanor wandte sich um und starrte ihn furchtsam an. »Ich hatte Angst um sein Rückgrat«, log sie. »Ich konnte ihm nicht erlauben, ein Risiko einzugehen.«

Sie hatte ihn sachte umgestoßen, sich über ihn gebeugt und ihn auf den Mund geküßt, während sie sich vorsichtig auf ihn legte und ihn umfing. Seine Hüften hielt sie mit ihren starken Händen fest, bewegte dafür ihre eigenen vor und zurück und zur Seite, und dann beugte sie sich vor, nahm sein Gesicht in ihre Hände, drückte ihre Lippen auf die seinen, immer noch die Hüften in ständiger, sanfter Bewegung.

Eleanor!

Still! Still!

Eleanor starrte noch immer dem Therapeuten ins Gesicht, und ihm war klar, daß sie ihm das Wesentliche verschwieg.

»Wolf sagte: ›Ich brauche keine Mutter, Eleanor. Ich brauche eine Frau‹, und ich brach in Tränen aus. Schließlich versuchte ich doch nur, seine Gesundheit zu schonen.« Wieder sah sie sich um und merkte, daß Gundelfinger sie mit einem merkwürdig spöttischen Ausdruck beobachtete.

»Danach hat Wolf viel Zeit außer Haus verbracht. Ich hätte die Zeichen rechtzeitig erkennen sollen, aber ich war viel zu beschäftigt – zum Frühstück die Treffen mit den Werbefritzen, am Abend die Buchhaltung und an den Wochenenden Vertreterkonferenzen. Da blieb keine Zeit für zu Hause übrig. Eines Tages dann rief mich eine Frau namens Isabel an, ein Mitglied des Skiclubs. Sie klang freundlich und ein bißchen rätselhaft und meinte, sie hätte mit mir etwas Wichtiges zu besprechen. Ich dachte, sie suche einen Job, und da es mir peinlich war, sie zu mir ins Büro zu bestellen, lud ich sie nach Hause zum Tee ein. Dort sagte sie mir, sie liebe Wolf. Sie hätten ein Verhältnis miteinander, sagte sie. Wolf wolle sie heiraten, brächte es jedoch nicht fertig, mich um die Scheidung zu bitten.«

Eleanor machte eine kurze Pause und fuhr dann mit brüchiger Stimme fort: »Ich habe vollkommen durchgedreht. Ich habe sie geschlagen –, immer wieder zugeschlagen – ich wußte gar nicht, was ich tat, bis ich plötzlich erkannte, daß sie auf dem Boden lag und ich mit schmerzenden Fäusten über ihr stand. Es war mir vollkommen egal, was aus ihr wurde, ich empfand es jedoch als große Demütigung, daß ich ihr gezeigt hatte, wie sehr ich mich verletzt fühlte. Irgendwie gelangte ich ins Badezimmer und schloß mich ein. Mir war furchtbar übel, und während ich mich übergab, hörte ich, wie die Haustür ins Schloß fiel, ihr Wagen angelassen wurde und davonfuhr. Ich muß stundenlang geheult haben, doch irgendwann fiel mir auf, daß es schon dunkel war, und ich hatte Angst, Wolf könne nach Hause kommen, solange ich … na, Sie können sich sicher vorstellen, wie ich aussah. Ich gönnte ihm nicht die Befriedigung, meinen Kummer zu sehen, also legte ich ihm einen Zettel hin mit der Mitteilung, ich müsse über Nacht in einer nahegelegenen Stadt bleiben, um bei einem Abschluß Nägel mit Köpfen zu machen, dann mietete ich mich in einem Motel ein paar Kilometer außerhalb der Stadt ein und schloß mich dort die Nacht über ein. Ich bin beinahe wahnsinnig geworden. Der Schmerz war unerträglich – die Vorstellung, wie Wolf mit einer anderen Frau im Bett lag, sie liebte, mich los sein wollte. Damals kam mir der Gedanke, daß Witwen sehr viel glücklicher dran sind als sitzengelassene Ehefrauen – ihnen bleibt das Mitgefühl der Freunde, ihr Stolz, ihre Liebe. Ich hatte gar nichts mehr. Alles, wofür ich gelebt und gearbeitet hatte, jahrein, jahraus, Tag und Nacht … nichts davon war mir geblieben.

Eleanor machte wiederum eine Pause und sprach dann mit etwas festerer Stimme weiter. »Ich brauchte Tage, bis ich mich wieder im Griff hatte, doch schließlich hatte ich es geschafft, und mein ganzer Kummer war nur noch wie ein kalter, harter Stein in meiner Magengrube. Ich fing an, darüber nachzudenken, wie meine Rache aussehen sollte. Selbstverständlich sagte ich zu Wolf kein Wort über Isabels Besuch. Ich tat, als wäre nichts geschehen. Wolf wollte wissen, wo ich gewesen sei, doch allzu neugierig kam er mir nicht vor. Zwei Wochen später kam er mit einem hochzufriedenen Gesichtsausdruck nach Hause und teilte mir mit, er habe einen Käufer für Vanguard gefunden. ›Die Zukunft liegt im Öl‹. meinte er, Er sah selbstbewußt und begeistert aus – wieder ganz der alte. In diesem Augenblick hätte ich ihn umbringen können – doch dann fiel mir ein, daß das noch viel zu gut für ihn wäre. Ich wollte sehr viel subtiler vorgehen.«

Furchtsam sah sie sich um, als erwarte sie eine Verurteilung. Ihr Gesicht war bis auf die geröteten Wangen kreidebleich, und Gundelfinger erwog einen Moment lang, die Sitzung abzubrechen und auf einen anderen Tag zu verschieben. Doch dann würde sie möglicherweise nicht mehr kommen.

»Ich tat, als wäre ich einverstanden, doch insgeheim sicherte ich mir Nigels Unterstützung. Das war nicht schwer. Er hätte es nicht ertragen, wenn *seine* Skier in fremde Hände übergegangen wären. Zusammen besaßen wir vierundfünfzig Prozent. Wir beriefen eine Vorstandssitzung ein, auf der wir Wolf rausschmissen. Für mich war es ein einziger Genuß – sein bleiches, schockiertes Gesicht, seine Verwirrung und später seine Wut. Wir machten ihm ein schäbiges Angebot für seine Anteile. Danach war die Hölle los, doch wenn er uns nicht gerade erschießen wollte, konnte er kaum was gegen uns unternehmen. Er hat uns vor Gericht verklagt – und verloren. Von dem Geld, das er für seine Anteile bekam, ging das meiste für Anwaltskosten drauf. Als ich Wolf das letzte Mal sah, war er ein gebrochener, betrunkener Mann und schwor, er werde es mir heimzahlen. Später hörte ich, Isabel hätte ihn verlassen und er wäre nach Österreich zurückgekehrt. Das ist die ganze Geschichte«, sagte Eleanor zusammenfassend und stand auf. »Jetzt wissen Sie alles, also schwingen Sie Ihren Zauberstab, und befreien Sie mich von diesem Juckreiz!«

Angesichts der leidenden Frau wünschte sich Gundelfinger beinahe, er hätte solch einen Zauberstab. Was hatte sie da so aggressiv behauptet? *Jetzt wissen Sie alles.* O nein, nicht alles. Noch nicht. Sie wirkte verschlagen und konnte ihm nicht in die Augen sehen, und er fragte sich, was sie wohl noch vor ihm verbarg.

»Aber Eleanor, Sie haben Ihre Tochter kein einziges Mal erwähnt – sie heißt Jacqui, nicht wahr? Wolf hat sich doch sicher darum bemüht, sie regelmäßig sehen zu dürfen?«

»Wolf ist nicht ihr Vater«, gab sie scharf zurück.

»Wer dann?«

»Es spielt keine Rolle, wer ihr Vater ist. Es war eine einmalige Entgleisung, gleich nach dieser gräßlichen Teestunde mit Isabel. Ich wußte nicht, was ich tat«, fügte sie defensiv hinzu.

»Haben Sie das Wolf erzählt?«

»Wolf habe ich erzählt, ich hätte eine Affäre mit Nigel.«

»Und? Stimmt das?«

»Daß ich mit Nigel ... ? Machen Sie sich nicht lächerlich!«

»Aber dann verstehe ich nicht, wieso Sie Wolf nicht gesagt haben, daß Sie über Isabel Bescheid wußten.«

Eleanor lächelte listig, und ihr Gesichtsausdruck gefiel dem Doktor nicht sonderlich. »Ich wollte, daß er sich ebenso verraten und verkauft fühlte wie ich. Ich wollte nicht, daß er mir mit Ausreden kam. Ich hatte Angst, ich könnte eines Tages doch wieder schwach werden. Und ich wollte nie wieder verletzt werden, nie wieder lieben, niemals wieder! Ich wollte, daß Wolf mich ebenso haßte und verachtete, wie ich ihn haßte und verachtete. Nach Jacquis Geburt verlegte ich den Hauptsitz der Firma nach Monaco. Niemand weiß, daß ich einmal verheiratet war, außer Nigel natürlich. Jacqui weiß nur, daß sie unehelich geboren ist.«

Eleanor sah Gundelfinger an, als warte sie auf eine Reaktion auf ihre Geschichte, doch Gundelfinger sprach kein Wort. »Haben Sie denn nichts dazu zu sagen?« fragte sie ihn barsch.

»Sie sehen gewiß ein, daß Sie gar nicht anders reagieren konnten«, erwiderte Gundelfinger verständnisvoll.

Eleanor legte ihm die Hand auf die Schulter und lächelte bitter.

»Sie werden noch herausfinden, daß das schlechte Gewissen das Berufsrisiko der Alten ist. Ich weiß nicht, ob ich noch einmal zu Ihnen komme. Ich warte erst mal ab, wie sich dieser Juckreiz benimmt.«

Dann war sie auch schon gegangen und ließ einen gedankenverlorenen Gundelfinger zurück, der sich nicht imstande fühlte, Eleanors Trauma zu bewältigen. Wonach sie sich sehnte, war, sich selbst die Absolution erteilen zu können – *er* konnte sie ihr nicht geben. Er war Psychotherapeut, kein Priester. Manchmal dachte er, daß die alten Methoden doch die besten waren – der Hokuspokus der Medizinmänner, die Beschwörungsformeln der Kirchen, das Fasten und der Glaube. Sünden wurden bestraft und vergeben, oder aber der Sünder verdorrte und starb.

Eleanor war mit einem rigiden Ehrenkodex aufgewachsen, der streng zwischen Gut und Böse unterschied. Ihr Streben nach Reichtum war in gewisser Weise der Wunsch, ihre schottische Herkunft und Erziehung hinter sich zu lassen – doch sie würde ihnen niemals entrinnen. Sie hatte sie so sehr verinnerlicht, daß sie sie bis zum Ende ihres Lebens mit sich herumschleppen würde. Die Absolution, nach der sie sich sehnte, konnte er, Gundelfinger, ihr nicht erteilen. Das konnte nur sie selbst tun.

54

Die Wertungsläufe zum alpinen Weltcup der Saison 1983/84 begannen Ende November in Kranjska Gora. Die Julischen Alpen waren noch schneefrei, doch hatte eine jugoslawische Brigade in harter Arbeit eine schmale Kunstschneepiste geschaffen, auf der die Wettkämpfe ausgetragen werden konnten. Es war ein netter Wettbewerb in ziemlich kleinem Kreise; die wenigen Zuschauer waren ausnahmslos Einheimische.

Jacqui war nicht überrascht, als Wolf rechtzeitig zu ihrem Start erschien. Sie war nicht besonders schnell, und als sie ihn nach dem Rennen sah, merkte sie ihm seine Enttäuschung an. In Wirklichkeit lag es an ihr selbst: Sie war nervös und gereizt und fühlte sich nicht wohl in ihrer Haut.

Ihr Problem hieß Rob.

Schon am ersten Tag der Wettkämpfe hatte sie ihn getroffen. Er war Vierter geworden im Riesenslalom der

Herren, und allein der Anblick des stämmigen, großgewachsenen Burschen aus Denver hatte sie in Hochstimmung versetzt. Aber als sie ihm nach dem Rennen schüchtern zu seiner hervorragenden Zeit gratulieren wollte, musterte er sie nur mit durchdringendem kaltem Blick, und die unverhohlene Mißbilligung, die aus seiner Miene sprach, verletzt sie tief. Sie liebte ihn nach wie vor und sehnte sich danach, ihn zu trösten – aber was hatte es für einen Sinn? Rob wollte, daß sie Wolf aufgab, und das konnte sie nicht.

Unwirsch trat er mit seinen Füßen in den Schnee. Dann sagte er, ohne sie auch nur eines Blickes zu würdigen: »Er ist hier – dieser ältliche Millionär, an dem du so hängst, wie?«

»Ich rechne damit, daß er ab und zu mal bei den Rennen aufkreuzt, ja.«

Rob zuckte verächtlich mit den Schultern, und Jacqui wandte sich ab, um ihre Tränen zu verbergen.

Verdammt, dachte sie, warum fange ich jetzt an zu heulen? Weil er mich so beschissen wütend macht? Weil er so unfair ist, den Stab über mich zu brechen? Oder weil er so traurig wirkt?

Rob hatte nur knapp genickt und wollte schon gehen. Und da war es, ehe sie sich's versah, aus ihr herausgeplatzt: »Es ist nicht so, wie du denkst, Rob. Ganz und gar nicht.« Worauf er nur mit einem finsteren Lächeln reagierte und sich seinen Kameraden zuwandte.

Zum Teufel mit ihm!

Die Aussicht auf eine sechsmonatige Saison mit Wolf *und* Rob, zur selben Zeit und am selben Ort, war so grauenhaft, daß sie am liebsten gar nicht daran dachte. Aber es ließ sich nicht vermeiden: Da Rob Mitglied des amerikanischen Weltcup-Teams war, würden sie sich auf der Wettkampftournee quer durch Europa ganz zwangsläufig immer wieder begegnen.

Der Vorfall wirkte sich sofort auf Jacquis Leistung aus,

und sie schämte sich zutiefst. Nach dem Rennen lud Wolf sie zu Kuchen und Hagebuttentee ein. Rob sah die beiden Arm in Arm davonziehen, und es fiel ihm schwer, an sich zu halten. Nur allzugerne hätte er Wolf eine gehörige Tracht Prügel verpaßt – allerdings empfand er diesen Wunsch selbst als ziemlich unkultiviert. »Warte nur, Muller, du entgehst mir nicht«, gelobte er sich, als er sah, wie Wolf Jacqui in den Wagen half, den er gemietet hatte.

Jacqui wirkte unruhig. Der Tee schien ihr nicht zu schmecken, und den Kuchen schob sie sogleich zur Seite. »Ich bin froh, wenn wir endlich in der Schweiz sind«, murmelte sie.

Wolf spürte, daß sie etwas auf dem Herzen hatte, doch Jacqui fand erst kurz bevor sie das Restaurant schon wieder verlassen wollten, den Mut, ihm zu sagen, was es war: »Wolf, ich hätte gerne diese Vanguard-Aktien zurück, die ich für dein Öl eingetauscht habe.«

Ihre Worte trafen Wolf wie ein Schlag ins Gesicht. Er zuckte zusammen und brauchte einige Sekunden, ehe er eine Antwort darauf fand. »Aber Jacqui, meine Liebe, wir haben ein Geschäft gemacht, und du besitzt nun ein Paket von New-Enterprises-Aktien, für die sehr gut gezeichnet worden ist! Man rechnet damit, daß der Wert der Aktien in Kürze enorm steigen wird, und das heißt, daß du einen sauberen Profit machen kannst, wenn du dich nur noch ein paar Monate – oder vielleicht auch nur Wochen – geduldest. Mach jetzt ja keinen Unfug!«

Jacqui erinnerte sich an Megans Warnung und hatte mit einemmal ein unbehagliches Gefühl. »Ich möchte keine Profite, Wolf«, erwiderte sie, »sondern ich möchte meine Aktien zurückhaben.« Sie sah ihn lange und kritisch an. Ich sollte nicht bis zum äußersten gehen, dachte sie, schließlich spreche ich mit einem Mann, dem ich vertraue. Er ist nicht der Ganove, für den Megan ihn hält, darauf verwette ich mein Leben.

Sie lächelte und entspannte sichtlich. »Wolf, Mutter ist

in Schwierigkeiten. Sag ja nicht, dir wären die Zeitungsmeldungen entgangen. Irgend jemand kauft Vanguard-Aktien auf, und da will ich sicher sein, daß die meinen nicht in die falschen Hände geraten. Hast du sie verkauft?«

»Nein«, sagte Wolf und fragte sich, warum er sie nicht belog; es wäre einfacher für ihn gewesen.

»Dann gib sie mir zurück.«

»Du meinst, du willst sie zurückkaufen?«

»Genau. Wieviel willst du dafür?« Sie sah ihn kritisch an.

»Ich will natürlich meine Ölaktien zurück.«

»Ach so – ganz klar! Na, du kannst das dann ja in die Wege leiten, so wie letztesmal.«

»Es ist mir absolut zuwider, mit anzusehen, wie du dich da auf ein riesiges Verlustgeschäft einläßt. Denk doch bloß einmal nach, Jacqui! Du bist bei sehr guten Ausgangsbedingungen eingestiegen und brauchst jetzt nur abzuwarten, bis dir die Profite wie reife Früchte in den Schoß fallen. Und dann bekommst du auch deine Aktien zurück. Ein bißchen Geduld kann dir – oder deiner Mutter – doch bestimmt nichts schaden – oder?«

»Mir bestimmt nicht. Ich weiß, daß du nie etwas tun würdest, was mir schaden könnte. Aber ich fühle mich ganz einfach meiner Mutter gegenüber illoyal.«

»Wie wär's mit einer schriftlichen Garantie, daß die Vanguard-Aktien in meinem Besitz bleiben, daß ich sie nicht verkaufen werde? Würde dir das weiterhelfen?«

»Vielleicht schon – vorausgesetzt, ich würde deine Motive besser kennen.« Jacquis Antwort schockierte ihn. »Immerhin wolltest du ein Geschäft mit ihnen machen. Du wolltest sie zu einem hohen Preis veräußern und später wieder zurückkaufen. Zumindest hast du mir das gesagt.«

»Ich hatte dazu bisher keine Zeit«, gab Wolf zurück. Er ärgerte sich über Jacqui. »Mein Geschäft ist das Öl, Liebling, und du fährst ganz gut mit deinen Anteilen daran. Und das war bislang mein Hauptanliegen.«

»Gewiß, Wolf«, sagte Jacqui lächelnd. Sie fühlte sich wieder besser. »Und deshalb trifft es dich bestimmt nicht besonders schwer, wenn wir unsere Vereinbarung rückgängig machen. Mir wäre dann erheblich wohler.«

Am Abend gab Wolf in dem Hotel, wo Jacqui wohnte und wo auch er untergekommen war, eine Party für sie und ihre Teamkameradinnen. Sie aßen gemeinsam und unterhielten sich über die Ereignisse des Tages. Jacqui kam nicht mehr auf die Angelegenheit mit den Aktien zu sprechen, sie war offensichtlich mit dem Ausgang des Gesprächs am Nachmittag zufrieden. Dennoch war Wolf Muller nicht ganz wohl in seiner Haut, und nicht zum erstenmal war er unschlüssig, was er nun tun sollte, um seine ausgeklügelten Pläne nicht zu gefährden und sich doch die Achtung dieses unerschrockenen Mädchens zu bewahren, das er auf seine Art liebte.

Draußen vor dem Fenster stand Rob Scott und wartete in der eiskalten Nacht. Er wußte selbst nicht genau, was ihn noch dort hielt. Mehr als einmal hatte er sich an diesem Abend wie ein Narr benommen und sich entsprechende Vorwürfe gemacht. Er war nicht zu der Party eingeladen worden – und wenn er eine Einladung bekommen hätte, so hätte er sie abgelehnt. Was blieb, war das Gefühl, nun endlich Klarheit darüber erhalten zu müssen, was zwischen Jacqui und diesem Muller nun eigentlich los war. Sagte Jacqui die Wahrheit, wenn sie behauptete, körperlich liefe gar nichts? Nach so langer Zeit erschien ihm das höchst unwahrscheinlich. Abgesehen davon: Welchen anderen Grund konnte Muller haben, um nach wie vor um sie herumzuscharwenzeln? Dennoch fühlte Rob rein instinktiv, daß Jacqui keine Lügnerin war.

Gegen zehn Uhr abends brachen die Partygäste auf. Die Sportlerinnen und Sportler eilten zurück in die verschiedenen Gasthäuser und Pensionen, in denen sie untergebracht waren. Anstrengende Wettkampftage standen ihnen bevor.

Rob kannte Jacquis Zimmernummer, denn er hatte ihr schon am Abend zuvor nachspioniert, ohne indes den Mut aufzubringen, bei ihr anzuklopfen. Mullers Zimmer befand sich, wie Rob überraschend festgestellt hatte, ein Stockwerk höher am Ende des Korridors. Dieses Schmierentheater mit nebeneinander liegenden Zimmern spielten sie also nicht, so viel wenigstens war klar.

Rob zuckte resigniert mit den Schultern und zwang sich, nun auch selbst den Heimweg anzutreten. Wer bin ich eigentlich, fragte er sich, ein Spanner vielleicht, ein Verklemmter?

Er schaffte es einfach nicht, schon ins Bett zu gehen. Er trank im Speisesaal seines Hotels eine Tasse Kaffee, ging dann zurück zu Jacquis Quartier und baute sich wie ein liebeskranker Clown unter ihrem Fenster auf.

Vor Einbrechern hatten die Leute hier keine Angst, als sie ihre Häuser bauten, dachte er. Wahrscheinlich gibt es dazu auch keine Veranlassung in einem Dorf, wo jeder jeden kennt. Tatsache war, daß direkt unterhalb des zu Jacquis Zimmer gehörenden Balkons ein Holzschuppen stand, von dessen Dach aus sich jeder Anfänger mit Leichtigkeit hinaufziehen konnte. Das Fenster und die Vorhänge waren natürlich geschlossen, nicht dagegen die Fensterläden.

Je mehr er darüber nachdachte, desto mehr wuchs seine Entschlossenheit; ein für allemal herauszufinden, ob Jacqui und Wolf miteinander schliefen oder nicht. Immerhin war der Kerl jetzt wochenlang nicht dagewesen, heute wäre also die Nacht … Wenn er jetzt bei ihr war – nun gut, das wär's dann gewesen. Er, Rob, würde nie wieder ein Wort mit Jacqui reden.

Erfahrener Bergsteiger, der er war, fiel es Rob nicht schwer, über das Dach des Schuppens auf den Balkon zu klettern. Nur hatte er nicht daran gedacht, daß der Balkon vereist sein könnte. Er rutschte aus und fiel polternd gegen das Fenster.

»Verdammter Mist!« Fluchend lag er auf dem eisigen Boden und wollte sich gerade wieder aufrappeln, als beide Fensterflügel weit aufgestoßen wurden.

»Rob? Oder sollte ich vielleicht ›Romeo‹ sagen?« Jacqui brach in jungmädchenhaftes Gekicher aus, dessen Lautstärke dazu angetan war, das ganze Hotel aufzuwekken.

»Komm rein«, sagte sie, »und zwar schnell. Es ist saukalt.«

Schamrot vor Verlegenheit stieg Rob durch das Fenster.

»Verdammt Jacqui, ich weiß wirklich nicht, was ich sagen soll«, murmelte er. Aufmerksam ließ er seinen Blick durchs Zimmer schweifen. Es roch nach Parfüm und Talkumpuder. Nichts deutete auf einen eiligen Rückzug hin. Das Bett wirkte, abgesehen von den auf einer Seite zurückgeschlagenen Decken, kaum berührt, und Jacquis Kleider hingen sorgfältig zusammengefaltet über dem Stuhl. Und zweifellos lag auch niemand unter dem Bett.

»Rob!« fuhr sie ihn unvermittelt an, nachdem ihr klar geworden war, was er da draußen getrieben hatte. »Du spionierst mir nach! Du dachtest wohl ... ? Oh, mein Gott, was bist du doch nur für ein Spinner. Und ich glaubte ...«

»*Was* glaubtest du?«

»Nun ja, ich dachte im ersten Moment, du wolltest zu mir, um ... Mensch, du hast wohl zu heiß gebadet, was? Warum glaubst du mir eigentlich nicht, wenn ich dir die Wahrheit sage?« Ihre Zigeuneraugen funkelten, ihre Lippen waren vorwurfsvoll geschürzt.

Rob aber dachte bei sich: So hübsch war sie noch nie ...

»Und warum hängt der Typ immer noch hier herum?« fragte er sie mit finsterer Miene. Er wollte sich nicht anmerken lassen, wie wohl ihm mit einemmal zumute war.

»Kannst du dich nicht um deinen eigenen Kram kümmern?«

»Oh, Jacqui ... « Rob setzte sich ans Fußende ihres Bettes, stemmte die Ellbogen auf die Knie und barg sein Gesicht in den Händen. *Gib ihn auf, diesen Muller, schick ihn zur Hölle. Sag ihm, er soll verschwinden.* Aber er brachte es nicht über seine Lippen. Statt dessen sah er auf und lächelte sie traurig an. »Es tut mir leid, Jacqui. Ich mußte einfach Bescheid wissen.«

»Da du nun schon mal hier bis – wie wär's mit einem Gutenacht-Drink?« erwiderte Jacqui schnell. Sie wollte nicht, daß er wieder fortging, sondern sehnte sich danach, neben ihm im Bett zu liegen und sich an ihn zu kuscheln. Erst jetzt fiel ihr auf, daß er blau war vor Kälte und daß seine Zähne aufeinanderschlugen. »Ich könnte dir eine heiße Schokolade bestellen«, sagte sie.

»Sähe das nicht ein bißchen komisch aus?«

»Warum? Du mußt doch sowieso irgendwie hier raus. Oder hast du vielleicht vor, auf demselben Weg zu gehen, auf dem du gekommen bist?«

»Ich will keine heiße Schokolade«, sagte Rob grimmig.

»Rob, du bist der einzige. Es hat nie einen anderen gegeben«, fuhr Jacqui fort, als wollte sie sich entschuldigen. »Aber ich weiß wirklich nicht, warum ich dir das jetzt noch erzähle. Denn ich bin meine eigene Herrin und tue das, was mir paßt, kapiert?« Etwas leiser fügte sie hinzu: »Und nur ... nur, weil ich eben in dich verliebt bin, sehe ich keinen Grund zu irgendwelchen Eskapaden.«

»Oh, Jacqui«, sagte Rob noch einmal, stand auf und ging auf die Tür zu.

»Nein, warte!« rief sie hinter ihm her. »Du könntest gesehen werden! Außerdem siehst du mir irgendwie bläulich aus. Wie wär's mit einem schönen heißen Bad?« fügte sie völlig arglos hinzu.

»Mit dir im Bett würde mir schneller warm«, erwiderte Rob geradeheraus.

Sie runzelte die Stirn: »Du kannst ganz schön vulgär sein, mein Lieber. Wenn ich dich hier bleiben lasse – versprichst du mir dann, daß du in Zukunft nicht mehr an mir herummeckerst? Laß mich, wie ich bin. Ich will geliebt werden, nicht an die Leine gelegt, kapiert?«

»Wie Sie wünschen, Madame«, sagte Rob und entkleidete sich rasch, bevor sie ihre Meinung wieder ändern konnte.

Als er zu ihr unter die Decke schlüpfte, kreischte Jacqui auf und wehrte ihn mit Händen und Füßen ab, so frostkalt war sein Körper. Da fuhr er mit der Hand unter ihr weiches Nylon-Nachthemd und suchte ihre kleinen, festen Brüste, zeichnete die sanft geschwungene Linie ihres Leibes nach. Mit hastigen, ungeschickten Bewegungen streifte er ihr das Nachthemd ab. Seine Haut schrie nach der Berührung mit der ihren, und hautnah spürte er das Flimmern und Zittern ihres erregend schönen Körpers.

Ihre Lippen waren feucht und weich, und ihre Zunge schmeckte nach Zahnpasta. Sie umarmte ihn und zog ihn fest an sich. »Ich habe mich so danach gesehnt, dich endlich wieder lieben zu können, weißt du das? Und du hast mir immer nur die kalte Schulter gezeigt, immer nur Stirnrunzeln und schlechte Laune – während ich nichts anderes wollte als geliebt werden …«

Warum haben wir so lange gewartet, dachte Rob reumütig, während sie sich zärtlich der Liebe hingaben. Jacqui lag voller Vertrauen in seinen Armen, und er umarmte sie und wußte in diesem Moment, daß er nur einen Wunsch für sein Leben hatte: Er wollte sie beschützen. Und mit jeder Bewegung, die er machte, wollte er ihr das zeigen, und so liebte er sie zärtlich und geduldig, küßte und liebkoste sie und wartete, bis der Orgasmus sie erlöste.

Dann schliefen sie eine Weile, und alles begann noch einmal von vorne. Doch auch noch in der zärtlichsten Umarmung war Robs Glück getrübt durch den Gedanken an Muller. Es war ihm, als läge er leibhaftig zwischen ihm und ihr.

»Wirst du ihm von uns erzählen?« Er stellte ihr die Frage, kurz bevor er ging, konnte sie sich einfach nicht verkneifen.

»Ich werde ihm davon erzählen, wenn ich es für richtig halte und in der entsprechenden Stimmung bin. Momentan ist es noch unser Geheimnis, und mir wäre es recht, wenn es das auch noch eine Weile bliebe, Rob.«

Bebende Lippen, ein flehender Blick ... Mein Gott, was hat sie an diesem Muller nur für einen Narren gefressen? Rob fluchte innerlich, zwang sich jedoch zu einem Lächeln.

»Sei vernünftig und denk mal in aller Ruhe darüber nach. Du kannst nicht von mir verlangen, daß ich mich bis in alle Ewigkeit verborgen halte. Was willst du Muller eigentlich sagen, wenn er von alleine dahinterkommt? Bis bald, Jacqui!«

Oh, diese Männer, dachte sie. Alles machen sie irgendwie schmutzig, verdrehen irgendwie die Realität. Wie wird Rob je verstehen können, was mich mit Wolf verbindet? Und Wolf ... nun, der wird das umgekehrt auch nicht begreifen.

55

Ian hielt vor den schmiedeeisernen Toren und drückte auf den Knopf an der Gegensprechanlage. Es war noch nicht sehr dunkel, und so konnte er im Zwielicht eine lange, beiderseits mit Buschwerk gesäumte Auffahrt erkennen. Dahinter erstreckten sich weite Rasenflächen, deren Gras so makellos getrimmt war wie auf einem Bowlingplatz.

»Ja?« Aus der Gegensprechanlage ertönte eine metallische Stimme.

»Ian Mackintosh. Ich habe eine Verabredung mit Eleanor Douglas.«

»Sie haben sich verspätet«, krächzte es ungnädig aus dem Lautsprecher. Dann öffneten sich lautlos die Tore, und Ian fuhr hindurch, wobei er sich der aufmerksamen Blicke, die ihn aus dem Fenster des Pförtnerhäuschens heraus verfolgten, sehr wohl bewußt war.

Ian hatte schon oft von Eleanors berühmter Villa in Cap Ferrat gehört und war neugierig darauf. Je mehr er sich jedoch jetzt dem Haus näherte, desto größer wurde seine Enttäuschung. Es war ein ultramoderner Bau, ein Lehrstück aus symmetrischen Linien in getöntem Glas und Beton, das an Dutzende von modernen Bürogebäuden in der Stadt erinnerte.

Ein ältliches Fräulein öffnete ihm die Tür, die aus geschnitztem Ebenholz bestand, und führte ihn durch einen Flur aus weißem Marmor mit Spiegelwänden. Vor einer Glastür blieb sie stehen, gab ihm zu verstehen, er möge eintreten, und sagte: »Bitte hinsetzen und warten.« Sie hatte einen harten italienischen Akzent, und aus ihrem nicht gerade sehr umgänglichen Benehmen schloß Ian, daß sie wohl ein altes Faktotum sein mußte, das schon sehr lange im Dienste der Familie stand.

Verwundert musterte Ian seine Umgebung. Er befand sich in einem riesigen Raum mit kleinen, durch Jalousien verschlossenen Fenstern, die sich in der gewaltigen Wandfläche fast verloren. Das Tageslicht fiel hier wohl vor allem durch kreisförmige Glaseinlagen im Dach ein, durch die Ian die ersten Sterne am dämmrigen Abendhimmel erkennen konnte.

Aus runden Löchern wuchsen üppige tropische Gewächse mit leuchtend bunten Blüten in den Raum, ein riesiger Gummibaum neigte sich über einen Fischteich, tropfende Fieberbäume über ein weißgrünes Kachelmosaik, und das stechende Aroma des Zitronenkrauts erfüllte die Luft. Zwischen den Büschen standen Skulpturen: eine Bronzeplastik von Henri Georges Adam, André Blocks *Double Interrogation*, ein Torso von Hans Arp sowie ein Gebilde, das aussah wie eine riesige marmorne Pupille und Ian unbekannt war. Die Wände waren bedeckt mit Kunstwerken vor moosfarbenem Pergament: zwei Gauguins in leuchtenden, tropischen Farben, ein Picasso, drei mexikanische Szenen von Orozco und ein Matisse in Purpur, Lila und Blau, von dem Ian angenommen hatte, er hänge in einem Museum. Auf einem Ast des Gummibaums saß ein rotgrüner Papagei und krächzte ununterbrochen vor sich hin.

Von jenseits der Mauern vernahm Ian das Rauschen der Brandung und schloß daraus, daß sich das Haus in unmittelbarer Nähe des Strandes befand. Er wußte, daß Eleanor einen Privatstrand und einen ins Meer gebauten Felsen-Swimmingpool besaß.

Ein paar Minuten später öffnete sich die Tür. Ian erhob sich und starrte die eintretende Frau verblüfft an. Es war eine schöne Frau. Gewiß, sie hatte wohl einige Nächte Schlaf nachzuholen, das sah man ihr an, doch davon abgesehen war sie trotz ihres fortgeschrittenen Alters noch immer eine reizvolle Erscheinung. Sie trug ein einfach geschnittenes Kleid aus dunkelblauer Seide und außer diamantenbesetzten Ohrringen keinerlei Schmuck. So sehr Ian sich auch bemühte, zwischen dieser erregend lebensvollen, sinnlichen Frau und der unattraktiven, alternden grauen Maus, die Megan ihm beschrieben hatte, bestand nicht die geringste Ähnlichkeit. Sie hatte Zeit und Mühe darauf verwendet, um einen attraktiven Eindruck zu machen, und Ian fühlte sich gleichermaßen gerührt wie geschmeichelt. Doch kein Make-up konnte die Angst in ihren Augen verbergen und nicht das Zittern in ihrer Stimme, als sie zu sprechen begann.

»Miss Douglas, kommen wir zum Geschäftlichen«, sagte Ian, nachdem er den offerierten Scotch mit Eis dankend entgegengenommen hatte. Er saß auf einem ultramodernen Stahlröhrensessel, dessen Tragkraft er zunächst mißtraut hatte, der sich aber als überraschend bequem erwiesen hatte, und lehnte sich zurück.

»Eine verrückte Sache«, antwortete Eleanor rasch. »Offen gestanden, ich wollte Sie zunächst überhaupt nicht empfangen. Megan hat mich dazu überredet, weil meine Tochter sie darum gebeten hat.«

Ian hatte beschlossen, zum gegenwärtigen Zeitpunkt Eleanor noch nichts von Jacquis Aktien zu erzählen. Wenn sie sich noch immer im Besitz ihres Freundes befanden, wie dieser behauptete, so mochte es sich um falschen Alarm handeln, der Eleanor nur unnötig beunruhigen würde. Er mußte zunächst versuchen, sie zurückzubekommen.

»Nigel und ich ...« sagte Eleanor stockend und mit rauher Stimme, »nun, Nigel meint, daß ich mir völlig grundlos Sorgen mache. Nur ... diese Warterei ...« Ihr Ton verriet jetzt, daß sie aufs höchste beunruhigt war. »Plötzlich ist alles zum Stillstand gekommen. Es steht nichts mehr in den Zeitungen, die Aktionäre bekommen keine Angebote mehr. Eigentlich wäre jetzt der richtige Zeitpunkt für mich, zum Gegenangriff überzugehen – nur weiß ich nicht einmal, ob der Krieg überhaupt noch andauert. Haben meine Widersacher aufgegeben – oder haben sie gewonnen? Vielleicht warten sie nur noch auf den richtigen Augenblick. Ich rechne jeden Tag damit, daß sie plötzlich in der Firma auftauchen und mich rausschmeißen. Immerhin ist es durchaus denkbar, daß sie inzwischen über die Majorität verfügen.« Sie unterbrach sich und schauderte: »Ich bin Ihnen wohl eine Erklärung schuldig ...«

Ian unterbrach sie: »Entspannen Sie sich, und fangen Sie ganz von vorne an«, sagte er. »Wir haben Zeit, und ich möchte alles ganz genau wissen. Nur eines noch, Miss Douglas ...«

»Eleanor, bitte.«

»Eleanor also. Könnten Sie bitte diesen verdammten Vogel da oben zum Schweigen bringen?«

»Oh ...« Wieder dieses entwaffnende Lächeln. »Ich habe mich an Tweedle-Dee so sehr gewöhnt, daß ich ihn gar nicht mehr höre. Ich habe ihn nur seiner Stimme wegen gekauft, er durchbricht diese entsetzliche Stille, die hier herrscht. Sie verstehen, in einem Haus dieser Größe, in dem nur ein einziger Mensch wohnt ...«

Der Papagei wurde in seinen Käfig gelockt, den sie mit einem großen schwarzen Tuch verhängte. Dann nahm Eleanor wieder Platz und begann zu erzählen.

Gegen ein Uhr morgens erhob sie sich wieder, um Kaffee zu machen, und Ian lehnte sich zurück und vertiefte sich in seine Gesprächsnotizen.

Es war, wie Eleanor gesagt hatte: Eigentlich bestand kaum Anlaß zur Besorgnis. Nur was mochte die Aufkäufer nach einem langen Kampf, der sie Millionen gekostet hatte, veranlaßt haben, von einem Tag auf den anderen plötzlich aufzugeben, einfach so? Es war völlig unerklärlich.

Eleanor kehrte mit einem Tablett, auf dem Tassen und eine Kanne Filterkaffee standen, zurück. »Das Mädchen ist schon zu Bett gegangen«, erklärte sie.

»Soweit ich sehe«, begann Ian, »ist Ihr Laden im Grunde ganz in Ordnung, Eleanor. Nur noch die Fabrik in Denver produziert tatsächlich Ihre Waren, ansonsten wird die unter dem Firmennamen vermarktete Bekleidung und Ausrüstung anderswo hergestellt. Ihre große Stärke liegt in Ihrem tatsächlich weltumspannenden Vertriebssystem, das eine ganze Palette verschiedener Waren unter dem Markennamen Vanguard verkauft. Alles steht und fällt mit dem Image – und daher hat diese destruktive Kampagne die Firma auch so schwer getroffen. Die Umsätze sinken, das Vertrauen der Aktionäre ist futsch, und die Zeit wird knapp. Ich nehme an, wir stimmen darin überein, daß Sie so schnell wie möglich zeigen müssen, daß Sie die Zügel fest in der Hand haben und die Karre wieder aus dem Dreck ziehen können.«

Sie nickte und preßte eine Hand auf ihren Mund.

»Eleanor, ich möchte, daß Sie mir die Schlüssel zu Ihren Büros, Safes und zu Ihrem Archiv geben. Ich verlange Ihr uneingeschränktes Vertrauen und freie Hand für alles, was ich für angemessen und richtig halte. Ich werde von einem Fahrzeug aus operieren, das vor Ihrer Zentrale geparkt sein wird, und dafür brauche ich ein Alibi. Sagen Sie Ihren Mitarbeitern, ich berate Sie in Archivierungs- und Registraturfragen. Geht das?«

Eleanor nickte, wirkte jedoch zutiefst enttäuscht. »In meinem Büro werden Sie nichts finden«, sagte sie traurig. »Da klammern Sie sich höchstens an Strohhalme. Aber wenn Sie darauf bestehen ...« Sie hielt inne. »Ich rechne jeden Augenblick mit dem Fallbeil.«

Zwei Uhr morgens: Ian und seine beiden Assistenten sind an der Arbeit. Ruhig und reibungslos erledigen sie eine Aufgabe, für die sie hervorragend ausgebildet sind: Prüfen, sichten, fotografieren, Wanzen installieren. Als die Morgendämmerung hereinbricht, sind sie fertig, und um sieben Uhr früh, rechtzeitig zum Frühstück, wieder im Hotel.

Vor dem Gebäude parkt ihr Lieferwagen, den sie auf der Fähre von Dover aus herübergebracht haben. Er ist umgespritzt und trägt jetzt die Aufschrift: *Ronex Micro-Filing Systems*. Zwei Tage steht er dort, am dritten Tag verschwindet er wieder. Sein Kommen und Gehen wird nur von Eleanor Douglas bemerkt.

56

Wolf Muller hatte ein Problem, für das er keine Lösung fand. Jacqui war ihm inzwischen so ans Herz gewachsen, daß ihm ihr Wohlergehen wichtiger war als sein eigenes. Wenn er sie beobachtete, blieb ihm vor Verwunderung und Entzücken manchmal der Atem weg. Wie konnte man so voller Liebe sein? Es ist zuviel, sagte er sich, ich werde mit diesem Übermaß an Emotionen nicht mehr fertig. Es war eine Obsession, und er war sich ihrer Gefährlichkeit durchaus bewußt. Er wollte sie besitzen, ganz allein, wollte sie mit nach Hause nehmen und sicher sein, daß sie bis an sein Lebensende an seiner Seite blieb. Der Gedanke an eine Zukunft ohne Jacqui war ihm unerträglich; jeden Tag, jede Minute wollte er bei ihr sein.

Er wußte, daß diese Wünsche unerfüllbar waren. Ganz abgesehen davon – Jacqui würde sich schon nach kurzer Zeit viel zu eingeengt fühlen. Es blieb ihm nichts anderes übrig, als seine Karten vorsichtig auszuspielen, jeden Augenblick, der ihm mit ihr vergönnt war, zu genießen und einzelne Szenen und Bilder unauslöschlich seinem Gedächtnis einzuprägen: Jacquis Traurigkeit nach einem verpfuschten Lauf, wenn sie wußte, daß sie mit ihrer schlechten Leistung auch ihrem Team geschadet hatte; ihre jugendliche Begeisterung. Es war, als sähe sie jeden Morgen die Welt zu erstenmal – zum erstenmal Schnee, zum erstenmal die Berge – als stünde sie zum erstenmal in ihrem Leben am Start. Diese leidenschaftliche Freude über jeden neuen Tag hatte etwas Kindliches und Reines an sich.

Für Jacqui war die Lebensfreude eine neuerworbene Erfahrung. Wolf hatte sie ihr beigebracht, und er fühlte eine tiefe Dankbarkeit dafür. Er hatte ihr Glück und Zufriedenheit gebracht und ein Gefühl der Sicherheit und Geborgenheit. Ihre früher recht häufigen Anfälle von Boshaftigkeit und Trotz waren in jüngster Zeit sehr selten geworden; nur gelegentlich, wenn sie sich vor etwas fürchtete oder wirklich ärgerte, geriet sie in Rage. Die Besessenheit, mit der sie sich, teils haßerfüllt, teils voller Liebe, gegen ihre Mutter stemmte, schien sich ebenfalls gelegt zu haben – vielleicht, weil es in ihrem Leben jetzt jemand anderen gab.

Als Wolf aber im November von einer Geschäftsreise zurückgekehrt war, hatte er Jacqui seltsam in sich gekehrt und voller innerer Spannungen vorgefunden. Sie machte den Eindruck, als sei sie ständig auf der Hut, wirkte direkt mißtrauisch, und Wolf, der von ihrer heimlichen Affäre mit Rob und der Krise zwischen den beiden nichts wußte, führte ihre Schweigsamkeit ohne zu zögern auf die Tatsache zurück, daß er ihr die Vanguard-Papiere noch immer nicht wiedergegeben hatte.

Er wurde von Zweifeln und selbstquälerischen Gedanken heimgesucht. Er saß in der Falle, die er selbst gestellt hatte, und wußte keinen Weg, sich daraus zu befreien. *Ist meine Liebe zu Jacqui größer als mein Haß auf Eleanor*? So lautete die Frage, auf die er eine Antwort finden mußte.

Was würde geschehen, wenn Jacqui jemals dahinterkam, was er geplant und in die Wege geleitet hatte? Gewiß würde sie alle Bindungen zerstören, die sich im Laufe der Zeit zwischen ihnen entwickelt hatten: die Liebe, das Vertrauen, die Kameradschaft. Es blieb ihr im Endeffekt gar nichts anderes übrig. Was dann?

Wolf wurde die Angst vor einer Enthüllung nicht mehr los, und er zog daraus die Konsequenz, Jacqui peu à peu darauf vorzubereiten – und zwar auf seine Weise: Immer wieder erwähnte er in seinen Gesprächen mit ihr jene Frau, die er einst geliebt hatte – die Frau, die ihm nach seinem schweren Unfall seine Firma gestohlen und ihm den Laufpaß gegeben hatte, so daß er als mittelloser Krüppel auf der Straße saß. Eines Tages würde Jacqui ihre Mutter so sehen, wie sie wirklich war: als eine geldgierige, grausame Frau. Wolf war sich da ganz sicher.

An jenem Abend aßen sie gemeinsam in dem kleinen Gasthaus, in dem sie wohnten, und Wolf versprach ihr, die Aktien bei seiner nächsten Reise mitzubringen.

»Du bist ein lieber Kerl«, sagte Jacqui und fiel ihm unvermittelt um den Hals. »Ich habe dir nicht eine Sekunde lang mißtraut. Aber du mußt dich mal in meine Lage versetzen, Wolf: Wenn dir – was Gott verhüten möge – etwas zustoßen sollte, dann könnte es ja passieren, daß deine Nachlaßverwalter ohne jede Bedenken die Aktien verkaufen ...«

Er lächelte nur. Von Finanzdingen, dachte er, hat sie wirklich keine Ahnung. Sie muß noch 'ne Menge lernen, wenn sie mal bei Vanguard einsteigen will.

»Du bist so ein guter Mensch«, fuhr sie, noch immer ganz begeistert, fort. »Es ist mir völlig unverständlich, wie eine Frau dich hat aufgeben können. Sie muß verrückt gewesen sein – wer immer sie war.«

»Nicht verrückt, nur geldgierig«, sagte Wolf trübsinnig. Sobald er an seine Vergangenheit denkt, verändert sich sein Gesicht, dachte Jacqui. Ein häßlicher, verbitterter Ausdruck verschärft seine Züge und läßt ihn sofort um Jahre älter erscheinen.

»Willst du darüber reden?« fragte sie ihn vorsichtig. Sie wollte nicht aufdringlich sein, aber sie hatte den Eindruck, er habe das Bedürfnis, Dampf abzulassen, sich seine Wut über die Art und Weise, wie ihm mitgespielt worden war, von der Seele zu reden. Es wäre bloß gut, wenn er es endlich mal täte, dachte Jacqui. Nach einer Weile berührte sie seine Hand. »Du hast mir nicht zugehört«, beschwerte sie sich. »Worüber hast du denn gerade nachgedacht?«

»Über alten Streit und gebrochene Versprechen«, antwortete er. »Es gab einmal eine Zeit, da war ich wohlhabend, erfolgreich, glücklich verheiratet und skiverrückt. Ich hatte gerade einen neuen Ski entwickelt, mit dem ich alle Aussichten hatte, Millionär zu werden. Ich testete den

Prototyp und brach mir dabei das Rückgrat. Ein Jahr lang lag ich im Krankenhaus. Meine Frau nützte meine Schwäche eiskalt aus: Sie stahl mir mein Vermögen, meine Firma und meine Erfindung. Das ist, kurz gesagt, alles. Was mir noch verblieben war, steckte ich in Prozesse gegen sie. Ich verlor auf der ganzen Linie. Für ungefähr die Dauer eines Jahres verfiel ich dem Suff, doch dann riß ich mich zusammen und fing noch einmal von vorne an – und da sitze ich nun, fit zum nächsten Gefecht.«

»Fit bist du ganz bestimmt«, sagte Jacqui. Er tat ihr furchtbar leid, und sie wünschte inbrünstig, ihm in irgendeiner Weise helfen zu können. Nach einer Weile ergriff sie seine Hand mit beiden Händen und sagte zögernd: »Wolf, ich weiß, daß du mich liebst. Ich bin nicht imstande, dir das zu geben, was ... was du willst«. Sie errötete. »Ich bin neunzehn, und du bist erheblich älter. Ich glaube, ich bin ein ... ein bißchen überwältigt von dir, und um ehrlich zu sein: Ich sehe zu dir auf, wirklich. Ich kann mir dich gar nicht als Partner auf gleicher Ebene vorstellen, das kann ich überhaupt nicht ...« Sie war in Untiefen geraten, aus denen sie keinen Ausweg wußte. Schweißperlen standen auf ihrer Stirn, und ihre Wangen zeigten tiefrote Flecken. »Vielleicht später. Wer weiß? Vielleicht komme ich wieder mit mir ins reine. Momentan bin ich furchtbar durcheinander.«

Nach einem peinlichen Schweigen sagte sie: »Wie dem auch sei, Wolf, es ist schon spät, und wir müssen morgen früh aufstehen. Gute Nacht.« Sie stand auf, küßte ihn auf die Wange und ging.

Wolf sah ihr nach. Sie ist reif, dachte er, und wenn ich es nicht bin, dann pflückt ein anderer diese Frucht. Und nimmt sie mir fort. Allein der Gedanke daran jagte ihm einen kalten Schauer über den Rücken.

Seit Jacquis gerade noch einmal glimpflich verlaufenem Unfall war er rettungslos in sie verliebt. Die Angst, sie zu verlieren, war grauenhaft. Er wußte, daß er keinerlei Ansprüche auf sie hatte. Mehrfach hatte er versucht, sie zu verführen, aber es hatte nie geklappt, und obwohl er zunächst wütend auf sie gewesen war, hatte er ihre Selbstbeherrschung bald zähneknirschend bewundert. Ihr Verhältnis zueinander war herzlich und liebevoll. Nach einem erfolgreichen Rennen flog Jacqui ihm um den Hals, und er wirbelte sie im Kreise herum und drückte sie an sich. Manchmal gab sie ihm spontan einen Kuß auf die Wange, gern ergriff sie seinen Arm, wenn sie in einem ihnen unbekannten Dorf auf Entdeckungsreise gingen, fürsorglich küßte sie ihn am Abend, bevor sie zu Bett ging, und wünschte ihm eine gute Nacht. Er mußte es zugeben: Sie war eine wunderbare Begleiterin.

Aber wo führte das hin? Nirgendwo, auch das mußte er sich gestehen. Sie konnte aus seinem Leben verschwinden, wo und wann immer es ihr gefiel, und er hatte keinerlei Ansprüche auf sie.

Die Ölaktien liefen nach wie vor auf Jacquis Namen, aber ihre Zuneigung war nicht käuflich. Er würde ihr die Vanguard-Aktien zurückgeben müssen. Er würde sich wohl oder übel nach einer anderen Quelle umsehen müssen, um seine Rache zu vollenden – und er wußte auch schon einen Weg.

Sie trafen sich wieder im Haus, bei entsetzlichem Wetter. Der Föhn hatte vom Obersalzberg Besitz ergriffen, und die Piste war ein schmales Band zwischen bräunlichen Bergmatten. Die Abfahrt erwies sich als sehr schwierig, mit ihrer Gleitstrecke zu Beginn, harten Sprüngen im Mittelabschnitt und mehreren großen Kurven vor dem sehr schnellen Zielschuß. Es war darüber hinaus die bislang längste Frauen-Abfahrt der Saison.

Jacqui kam allerdings mit der Strecke sehr gut zurecht. Sie wurde sogar Achte im Gesamtklassement und war die beste Läuferin des britischen Teams überhaupt. Ihre Mannschaftskameradinnen trugen sie auf den Schultern zurück, und der erste erfolgreiche Tag endete mit einer großen Feier.

Als die Weihnachtszeit vor der Tür stand, wurde Jacqui launisch und zog sich mehr und mehr zurück. Sie wollte nach Hause fliegen und die Festtage bei ihrer Mutter verbringen. Je inständiger Wolf sie bat, doch bei ihm zu bleiben, desto hartnäckiger versteifte sich Jacqui auf die Heimfahrt. Wolf bedauerte ihren Entschluß zwar außerordentlich, fügte sich aber schließlich doch und flog zurück nach Denver, während Jacqui zusammen mit Freunden nach Monaco fuhr.

57

Auf der langen Galerie spielte sich eine Tanzkapelle ein und versuchte den Geist des Hogmanay, des schottischen Neujahrsfestes, heraufzubeschwören. Es war eine Highland-Gruppe aus der Umgebung mit Akkordeon und Geigen, kräftige, flachsblonde Burschen in Kilts, die ihre dicken Knie und behaarten Waden freiließen. Für die bevorstehende Nachtarbeit hatte Ihnen Mrs. Gilmour ein Fäßchen Punsch bereitgestellt, und ein Stapel Käsebrötchen diente dazu, die lange Zeit bis zum spät angesetzten Abendessen zu überbrücken. Bumm, bumm, bumm ... der schnelle, mitreißende Rhythmus hallte in den Mauern wider, und alle Anwesenden freuten sich und lächelten oder lachten, und wenn sie sich unbeobachtet fühlten, wippten sie mit oder klopften mit dem Fuß unter dem Tisch den Takt. Als Megan einmal mehr mit einem Armvoll Stechpalmenzweigen, mit denen sie die Halle schmückte, durch den Gang kam, drangen Gelächter und rauhe Scherze an ihre Ohren, und ihr wurde klar, daß die Leute hier schon seit Tagen feierten.

Laß sie feiern, dachte sie bei sich, solange die Kapelle wenigstens noch richtig spielt, macht es mir nichts aus. Sie hatte den größten Teil des Tages damit verbracht, in ihren Moonboots durch die umliegenden Wälder zu stapfen und Stechpalmenzweige zu sammeln. Doll, was so ein Farbtupfer bewirken kann, dachte sie und rieb ihre verschmutzten Hände an der nicht minder schmutzigen Kordsamthose ab. Die Haushälterin hatte jemanden gefunden, der die Balken und die Vertäfelung mit einem Holzschutzmittel behandelte. Im flackernden Licht des Kaminfeuers glänzte das gestrichene Holz goldbraun.

Sie war sich zunächst nicht sicher gewesen, inwieweit allzu große Begeisterung beim Auf- und Umräumen in Ians Haus von ihrer Umgebung goutiert würde. Heute jedoch hatte sie alle Rücksicht fahren lassen und sich ganz ihrer gestalterischen Phantasie hingegeben. Sie hatte die wichtigsten Räume des Hauses mit antiken Möbeln, Kupferkesseln, langstieligen Bettpfannen, längst vergessenen Gemälden, Plaids und alten Kandelabern dekoriert, die sie allesamt in den Kellergewölben entdeckt hatte. Die Arbeit hatte dazu beigetragen, daß die Zeit während Ians Abwesenheit schneller verstrich.

Es war in der vergangenen Woche gar nicht so einsam gewesen, wie sie ursprünglich befürchtet hatte. Megan war am Heiligabend eingetroffen, am Flugplatz von Inverness, und hatte eigentlich damit gerechnet, von Ian abgeholt zu werden. Doch an seiner Statt wartete Mr. Foggerty mit dem Landrover auf sie. Ian, so erklärte er, habe am Nachmittag einen Anruf von der Admiralität erhalten und sei bereits eine Stunde später abgereist. So blieb Megan nichts anderes übrig, als ihren weihnachtlichen Gänsebraten am Kopfende des langen Tisches im eichenholzgetäfelten Speisesaal allein zu verspeisen.

Später hatte Ian sie von Aberdeen aus angerufen. Er wolle alles daran setzen, rechtzeitig vor Hogmanay wieder zurückzusein. Es täte ihm furchtbar leid. Sie solle Foggerty bitten, er möge ihr und Nikki ein wenig die Gegend zeigen.

Megan sagte ihm nicht, daß Nikki in letzter Minute auf den Trip nach Schottland verzichtet hatte, weil Michel plötzlich bei ihr aufgekreuzt war und neben Weihnachtsgeschenken auch einen Christbaum mitgebracht hatte.

Megan hatte die vergangene Woche dennoch genossen, denn sie fand Zeit zu ausgedehnten Skitouren in den Cairngorms, wo die Schneelage für die Jahreszeit bereits ausgesprochen günstig war. In gewisser Hinsicht war sie ganz froh, daß Nikki sie nicht begleitet hatte. Jeden Tag war sie mit dem Coire-Na-Ciste-Skilift auf die Höhe gefahren und hatte sich bis Mittag auf der Piste herumgetrieben. Dann war sie mit einem Bärenhunger zurückgekehrt, hatte einen heißen Auflauf mit frischen Brötchen und gesalzener Butter in sich hineingeschlungen und einen starken, süßen Kaffee getrunken, nur um danach die ihr noch verbleibenden Stunden bis zur Dämmerung für weitere Touren zu nutzen. Gegen vier Uhr hatte sie schließlich ihre Ausrüstung im Landrover verstaut und war über eis- und schneebedeckte Straßen vorsichtig heimgefahren.

Nach der langen Fahrt durch die Dunkelheit war es immer wieder schön, das hellerleuchtete Haus wiederzusehen, und noch schöner war es, die Stiefel und die Skier in der Waffenkammer abzustellen, den dampfenden Glühwein zu schlürfen, den Mrs. Gilmour stets für sie bereithielt, und schließlich in der komischen alten Badewanne mit den Klauenfüßen ein duftiges Schaumbad zu nehmen.

Mrs. Gilmour ging vorüber; sie hatte es eilig und summte die Melodie mit, die die Kapelle gerade spielte. »Meine Güte«, sagte sie, »das alte Gemäuer sieht ja großartig aus! Nur – für sich selbst haben Sie nicht mehr sehr viel Zeit, Miss Megan …«

Megan verstand den Wink und rannte zu den mitreißenden Klängen der Gay Gordons die Treppe hinauf. Ian würde bald zurückkommen – allein der Gedanke an ihn ließ ihr das Blut in die Wangen steigen. Was war das nur für ein merkwürdiges Gefühl, das sie da befallen hatte – ihr war ganz leicht ums Herz, und doch war ihr, als berste sie fast vor Begeisterung und Freude.

Das ist das Glück, dachte sie froh, ich habe gar nicht mehr gewußt, was das ist und wie man sich da fühlt ... Wann war ich zum letztenmal so glücklich? Am liebsten hätte sie gesungen und getanzt, und sie bedauerte es, daß sie die Tänze, die in dieser Nacht auf dem Programm standen, nicht beherrschte.

Megan sah auf ihre Uhr. Es war noch gar nicht so spät, wie sie gedacht hatte. Sie ließ kochend heißes Wasser und eiskaltes Wasser ins Waschbecken – jegliche Zwischenstufen fehlten, aber das kümmerte sie nicht –, tauchte ihre Haare hinein, wusch sie und spülte sie mit kaltem Wasser direkt aus dem Hahn. Dann wickelte sie ein Handtuch um ihren Kopf und ließ das Bad einlaufen. Ich bin in ziemlich miserabler Verfassung, sagte sie sich schuldbewußt, als sie, vom Wasser umplätschert, ihren Körper einer kritischen Prüfung unterzog. Zuviel Schreibtischhokkerei, zu wenig Sport, zu wenig frische Luft. Kein Wunder, daß ich nach dem Skifahren immer so zerschlagen bin. Ich muß unbedingt meinen Lebensstil ändern.

Warme Schaumbläschen drangen ihr in alle Poren der schmerzenden Gliedmaßen und unter die schmutzverkrusteten Fingernägel. »Ah, endlich«, murmelte sie wohlig. Wie schön war es, weit fort von ISA zu sein und sich um nichts in der Welt kümmern zu müssen! Sie lehnte sich zurück und schloß die Augen.

Sie erwachte erst, als sie spürte, wie sie ein Stückchen weiter ins Wasser hineinrutschte. Das Wasser war inzwischen kalt, und nun wurde es wirklich höchste Zeit für sie. Sie sprang aus der Wanne und sah zu, daß sie in ihre Kleider kam. Für die Silvesterfeier hatte sie sich ein rüschenbesetztes rotes Seidenkleid gekauft, das sie fast ein

Monatsgehalt gekostet hatte, von dem sie aber wußte, daß es Ian gefallen würde. Sie fönte sich die Haare und kämmte sie über die Schultern. Gerade richtig, dachte sie nervös und legte sich eine goldene Halskette um. Als plötzlich Mrs. Gilmour aufgeregt an die Badezimmertür klopfte, war Megan gerade beim Make-up.

»Die ersten Gäste treffen ein, Miss Megan! Bis zur Ankunft seiner Lordschaft müssen Sie alleine zurechtkommen!«

O je, dachte Megan, ich kenne die doch gar nicht ...

Der Abend begann zunächst sehr formell. Mrs. Gilmour, im schwarzen Seidenkleid mit Perlenkette, öffnete die Tür, stellte Megan den Gästen vor und gab die Mäntel einer ihrer zahlreichen Bekannten, die an diesem Abend mit aushalfen. Mr. Foggerty behielt den Barkeeper im Auge und half beim Füllen der Gläser, während Megan ihr Bestes tat, möglichst ungezwungen zu wirken und den Eindruck zu erwecken, als sei für sie die Rolle der Gastgeberin bei Hogmanay-Parties im Schottischen Hochland das natürlichste von der Welt.

Nie hätte Megan gedacht, daß es so viele verschiedene Kilts geben könne: Sie erkannte die Barclays im charakteristischen Gelb und Schwarz; Austin Buchanan, den Besitzer der Autowerkstatt, in Hellrot, Gelb und Schwarz; die Lamonts, denen der Kurzwarenladen gehörte, in Dunkelgrün und Schwarz, und sah viele andere, die ihr bisher unbekannt waren. Mrs. Gilmour hatte ihr eine Liste mit den Namen gegeben, die sie sich einprägen sollte, und auf der war unter anderem ein gewisser Dr. MacPherson verzeichnet. Und dieser Herr mit seinen gut und gerne zweihundert Pfund Lebendgewicht, die in einem blau, rot und schwarz gemusterten Tartan mit gelben Streifen steckten, steuerte nun, ein Glas Punsch in der Hand, durch die Gästeschar auf sie zu.

»Ich sehe Ihnen schon 'ne ganze Weile zu, Carroll«, sagte er, »und dabei ist mir aufgefallen, daß Sie nichts trinken. Auf diese Weise wird nie eine gute Schottin aus Ihnen. Wir feiern heute Hogmanay, erinnern Sie sich?«

Eine gute Schottin, fuhr es ihr durch den Kopf. Meine Güte! Das will ich doch gar nicht sein! Aber das erwarten die hier wohl alle von mir, wie? Hat Mrs. Gilmour geredet?

Kurz darauf spielte die Band den ersten Eightsome Reel, und Megan wurde samt dem stämmigen Doktor einfach mit hineingezogen. MacPherson bestand darauf, ihr die Schritte beizubringen, und erwies sich für einen Mann seiner Gewichtsklasse als überraschend gewandter Tänzer.

Mehrere Tänze und einige Töpfe Punsch später ging es erheblich lockerer zu. Einige Gäste lächelten Megan sogar zu, und alle bestanden sie darauf, daß sie ja keinen Tanz ausließ.

In einer Tanzpause nahm Mrs. Gilmour sie zur Seite: »Ich frage mich die ganze Zeit, wann wir das Essen auftragen sollen, wenn Seine Lordschaft nicht rechtzeitig nach Hause kommt.« Sie war sichtlich beunruhigt.

»Er wird es schon schaffen«, antwortete Megan. «Irgendwie wird er durchkommen. Warten wir bis zum letzten Augenblick.«

Es war bereits nach zehn Uhr, und Megan war erhitzt und ganz außer Atem, weil sie gerade am Arm eines kräftigen Forstbeamten über die Tanzfläche gewirbelt war, als sie sich umdrehte und sah, wie Ian sie von der Tür aus beobachtete. Sie war so überrascht, daß sie sekundenlang kein Wort hervorbrachte. Ian in Uniform – das war ein Schock, der erst mal verarbeitet werden wollte. Um ehrlich zu sein, er sieht wunderbar aus, dachte sie. Hatte sie denn ganz vergessen, was für ein gutaussehender Mann er war? Sein Anblick wirkte auf sie wie ein eiskalter Waschlappen im Gesicht. Es dämmerte ihr, daß Ian einer der begehrtesten Junggesellen der ganzen Gegend sein mußte. Seine Vitalität umgab ihn wie eine sichtbare Kraft, man erkannte sie in seinen strahlend blauen Augen, auf seiner von der Kälte noch schimmernden Haut, seinen beweglichen, beredten Lippen, an seinem sinnlichen Profil. Eine Welle heißer Liebe durchpulste sie, und sie dachte: Heute nacht werden wir uns lieben, und es wird so gut sein wie nie zuvor. Am liebsten wäre sie ihm spontan in die Arme gefallen, doch sie unterdrückte den Impuls und hielt sich zurück.

Megan an seinem Arm, ging Ian hastig von einem Gast zum andern und machte die Honneurs. Dann ergriff er ihre Hand: »Ich muß mich umziehen«, flüsterte er, »komm mit rauf.«

Sie liefen eiligst die Treppen hinauf und stürzten in sein Schlafzimmer, wo Ian die Tür hinter ihnen zuschmetterte. Einen Augenblick später lag sie in seinen Armen.

»Wir haben nicht viel Zeit«, sagte Megan, als es ihr nach einer Weile gelungen war, sich aus seiner Umarmung zu befreien.

»Kannst du mir ein Bad einlassen, während ich mir die Klamotten ausziehe, Liebes? Ich bin völlig durchfroren.«

»Ich nehme an, du kannst mir nicht sagen, warum du fort warst?« fragte Megan aus dem Badezimmer. Ihre Stimme übertönte das Rauschen des Wassers.

»Es war ein falscher Alarm«, sagte er. »Man hielt es erst für Sabotage, doch es war in Wirklichkeit ein Unfall, Materialermüdung! Ich mußte im Taucheranzug runter und habe mir dort, fürchte ich, eine Erkältung zugezogen.«

»Ehrlich? Ein Glück, daß ich nicht Bescheid wußte, ich hätte mir furchtbare Sorgen um dich gemacht.«

»Keine Ursache«, gab Ian leichtherzig zurück. »Wo ist Nikki?«

»Sie ist in London. Michel kam ganz überraschend, doch ich glaube, Nikki war recht froh über seinen Besuch. Sie war ziemlich niedergeschlagen in den letzten Tagen. Ich glaube, aus dem Start bei den Europameisterschaften wird nichts.« Megans Stimme wurde mit einemmal schärfer. »In der Paßfrage tut sich nichts, mach mir da bitte jetzt nichts vor, Ian.« Sie drehte sich um und sah, wie er errötete. Wie ein sich ausbreitender Fleck überzog die Röte seine Wangen bis hinab zum Hals.

»Du hast recht«, sagte er, als er in die Badewanne stieg. »Es wird nicht klappen. Sie bekommt den Paß kurz vor den Winterspielen, aber nicht vorher. An den maßgeblichen Stellen ist man der Ansicht, daß Nikkis Sicherheit in Budapest gefährdet wäre, und da die Teilnahme an den Europameisterschaften kein unbedingtes Muß für sie und ihre Karriere ist, will man sie lieber hierbehalten.«

»Und wer sagt, daß Sarajewo soviel sicherer ist als Budapest?« fragte Megan kühl. Sie lehnte an der Badezimmertür.

»Megan, ich bin nicht zuständig in dieser Frage, aber wenn ich zuständig wäre, würde ich genauso entscheiden«, erwiderte Ian in so scharfem Ton, daß Megan einen Moment lang glaubte, er habe sie mit einem seiner Untergebenen verwechselt. »In Jugoslawien herrscht ein ganz anderes politisches Klima«, fuhr er fort und schrubbte sich dabei kräftig den Rücken. »Paß auf dein Kleid auf, daß es nicht naß wird. Es sieht übrigens sehr gut aus, ebenso wie du.« Er wechselte das Thema, aber nicht den Tonfall. »Also, die Russen haben in Jugoslawien nicht allzu viel zu sagen. Davon abgesehen, wird sie dort von mehreren Leuten bewacht werden, darunter von mir persönlich. Offiziell werde ich freilich da sein, um einen Dokumentarfilm übers Bobfahren zu drehen.«

»Du bist also wieder im Geschäft?«

»Ja, aber nur noch bis zu den Spielen, danach ist ein für allemal Schluß damit.«

»Und eines Tages wirst du mir mal erzählen, was das ganze Theater zu bedeuten hatte.«

»Das hängt davon ab, ob du mich heiratest oder nicht. Du wirst mich doch heiraten, oder?« Er schien seiner Sache ziemlich sicher zu sein. Kurz darauf stieg er aus der

Wanne, trocknete sich ab und rannte zurück ins Schlafzimmer. Er zog sein Hemd, seinen Kilt und die dazugehörige beschlagene Felltasche an, band sich vor dem wackligen alten Spiegel seinen Binder zurecht und summte dabei leise vor sich hin.

Megan, die sich gedankenverloren auf einem Stuhl niedergelassen hatte, mußte zugeben, daß er auch in kurzem Jackett und Kilt sehr attraktiv aussah. Er hat tolle Beine, dachte sie. Dennoch waren ihre Gefühle zwiespältig: Sie war wütend auf ihn und gleichzeitig zufrieden, sie wollte ihn – und hätte ihm doch am liebsten gesagt, er solle sich zum Teufel scheren. Es war ein Wechselbad gegenläufiger Empfindungen.

»Also – ja oder nein?« fragte er ungeduldig und zog Grimassen vor dem Spiegel.

»Du setzt mir die Pistole auf die Brust, das paßt gar nicht zu dir«, antwortete sie ausweichend. »Du hattest doch versprochen, mich nicht unter Druck zu setzen.«

»Das war im August. Mittlerweile ist das Jahr so gut wie vorüber. Ich möchte unsere Verlobung heute abend offiziell bekanntgeben – andernfalls muß du ein Jahr warten, bevor ich dir diese Frage erneut stelle. Willst du nicht auch ein bißchen Freude in Mrs. Gilmours Leben bringen?« Er sagte dies alles mit todernster Miene.

»Ian, ich liebe dich, aber ich bin nicht sicher, daß ich mit deiner familiären Zuneigung hier zurechtkomme.« Sie lächelte, um den ironischen Unterton abzuschwächen. »Ich habe mich in einen armen, aber begabten Drehbuchautor verliebt. Ihn würde ich lieber heute als morgen heiraten ...« Sie zögerte. »Aber ich bin mir nicht darüber im klaren, ob ich den echten Ian Mackintosh kenne – und ob ich es aushalten könnte, hier zu leben.«

»Dann ist ja alles geritzt«, antwortete Ian nach einer längeren Pause. »Ich verzichte auf meinen Titel, wir ziehen nach London, und ich werde bis an mein Lebensende Drehbücher schreiben.«

»Für dich ist das alles nur ein Spiel, wie?« fragte sie, bemüht, sich ihre Verstimmung nicht anmerken zu lassen.

»Nein, ganz und gar nicht. Dann heiraten wir also, oder?«

»Ich glaube nicht, daß ich so ohne weiteres auf meinen Beruf verzichten kann«, sagte Megan steif. »Er bedeutet mir sehr viel.«

»Wenn ich bis in alle Ewigkeit ein armer Drehbuchautor bleiben soll, werden wir auf deine Einkünfte angewiesen sein.«

Megan fiel darauf keine angemessene Antwort mehr ein, obwohl ihr klar war, daß das Gespräch in eine Sackgasse führte und Ian über diesen Verlauf sehr betrübt war – wenngleich er es niemals eingestanden hätte.

»Ian«, fragte sie ihn nach einer Weile zögernd, als er gerade Anstalten machte, sie aus dem Schlafzimmer zu ziehen. »Gibst du … immer so schnell nach?«

»Momentan ja«, erwiderte er. »Bis du endlich zur Vernunft kommst. Wenn du erstmal Kinder hast, um die du dich kümmern mußt, wird dir dein Job ganz schön schwerfallen. Aber das nur nebenbei. Ansonsten will ich mich nicht beklagen, ich habe ja noch ein Jahr bei der Marine vor mir, wie du weißt. Gehen wir!«

Wie könnte ich jemals diese Nacht vergessen, fragte sich Megan. Die Band wurde immer lauter und wilder, die kehligen Rufe und Schreie der Tänzer dröhnten ihr in den Ohren, da waren die wirbelnden Kilts und das schwere Stampfen der Füße auf den alten Holzbohlen. Das Abendessen wurde gerade aufgetragen, und drei lange Tische waren bis auf den letzten Platz mit hungrigen Gästen besetzt.

»Dieses Haus braucht dich«, raunte Ian ihr zu. »Hier sieht es jetzt ja ganz phantastisch aus!«

Es gab Lachs, Wildbret und feines, in Wein getränktes Gebäck zum Dessert. Gegen Ende der Tafel erhob sich Ian und gab ihre Verlobung bekannt. Megan wußte vor lauter

Küssen, Umarmungen und Schulterklopfen kaum noch, wo ihr der Kopf stand. Dann kam Rob Faulkner mit seinem Dudelsack und umrundete die Tische. Die Gäste folgten ihm zurück in die Halle, um dort auf das Neue Jahr anzustoßen.

Steif und verspannt lag Megan neben Ian im Doppelbett. Sie war unruhig und konnte keinen Schlaf finden. Sie hörte das Kaminfeuer knistern und sah den flackernden Schein der Flammen über die Deckenbalken wandern.

Ians Freunde hatten ausgeharrt bis zur Morgendämmerung. Immer wieder hatten sie ihnen alles Gute gewünscht, Trinksprüche auf das junge Paar ausgebracht, und auch an anzüglichen Bemerkungen hatte es nicht gefehlt. Sie selbst hatte das alles völlig kalt gelassen; es war ihr, als wäre sie selbst gar nicht anwesend, höchstens als unbeteiligte Zeugin. Entfremdet, wie sie sich vorgekommen war, hatte sie sich sogar ein wenig gefürchtet und nichts sehnlicher gewünscht, als endlich allein zu sein. Es ist alles recht schockierend – oder besser vielleicht: überwältigend – gewesen, dachte sie nun, und ich brauche wohl eine Weile, bis ich wieder einigermaßen klar sehe.

Sie hätte gerne alleine geschlafen, fand aber nicht den Mut, es ihm zu sagen. Es hätte völlig unsinnig geklungen – und davon abgesehen: die anderen Betten waren nicht gelüftet worden. Und jetzt war es bitterkalt. Megan lag so dicht sie konnte bei Ian, der ihr den Rücken zugewendet hatte, und ihre Knie folgten der Biegung der seinen. Als ob er ihren Wunsch nach Einsamkeit gespürt hätte, hatte Ian sich gleich umgedreht und so getan, als sei er sofort eingeschlafen.

Megan lag mucksmäuschenstill und dachte über ihre Zukunftsängste nach. Die Vorstellung, ihre Karriere aufgeben zu müssen, war fast wie der Gedanke ans Sterben. Eines stand fest, Ian oder sie, einer von beiden mußte ein Opfer bringen. Ob ich hier leben kann? fragte sie sich. Ob ich die Einsamkeit hier ertragen kann, so weit fort von zu Hause? Kann ich mir vorstellen, daß meine Kinder hier aufwachsen, in einem fremden Land? Das wäre ja Selbstaufgabe! Entweder – oder! Sie war gezwungen, eine Entscheidung über ihre Zukunft zu treffen – für die nebelverhangenen Moore von Aviemore und ihren Liebhaber, den wilden Häuptling seines Clans – oder aber für ihre Londoner Karriere und eine Abend- und Wochenend-Ehe, vorausgesetzt, die Überstunden ließen wenigstens das zu. Zur Zeit glaubte Ian noch daran, daß er in London leben könnte. Er wollte sie um alles in der Welt für sich gewinnen und war daher bereit, ihr das Blaue vom Himmel zu versprechen. Waren aber erst einmal Kinder da, würde er sehnsuchtsvoll davon träumen, sie nach Hause bringen zu können, um echte Schotten aus ihnen zu machen. Davon abgesehen – was hätte es für einen Sinn, wenn er sich in London abstrampelte, um Drehbücher zu verkaufen, während hier oben sein Gut verwahrloste und das Holz in den Wäldern nur darauf wartete, die Fehlbeträge in der Haushaltskasse zu decken. Wie dem auch sei, ich liebe Ian, und er liebt mich. Megan klammerte sich an diesen Gedanken und versuchte, endlich einzuschlafen.

Eine Stunde später war sie immer noch wach. Es hatte irgend etwas zu tun mit Ians Pyjama, der frisch gebügelt war und sich sehr rauh anfühlte, aber auch mit dem vertrauten Duft seiner Haare und seiner Haut und dem Aroma des Rasierwassers, das sie so mochte. Wie konnte er sich einfach so umdrehen und einschlafen, dachte sie.

Sie fuhr mit den Händen über seine Schultern, spürte jedoch keine Reaktion. Ist das nicht unsere Verlobungsnacht? Einen Gutenachtkuß zumindest habe ich mir wohl verdient …

Sie beugte sich über ihn und hauchte einen Kuß auf seine Lippen. Ian hat schöne Lippen, dachte sie. Sie nahm sein Gesicht zwischen ihre Hände und drehte es sich zu. Er sah aus wie ein schlafender Riese – und war auch im

Schlaf ein wunderschöner Mann. Seine Züge wirkten jetzt weicher, zarter. Erneut berührte sie mit ihren Lippen die seinen.

Irgend etwas in ihr trieb sie dazu, ihn aufzuwecken. Bin ich denn pervers, fragte sie sich. Ich weiß doch, wie müde er ist ... Aber sie konnte einfach der Versuchung nicht widerstehen, ihre Lippen über seinen Hals und seine behaarte Brust wandern zu lassen und weiter hinunter über seinen Bauch und seine Schenkel. Er bewegte sich im Schlaf und stöhnte leise, nur sein Penis machte den Eindruck, als sei er hellwach. Sie betrachtete ihn voller Staunen.

Megan stand in Flammen. Sie fummelte ungeduldig an ihrem Schlafanzug herum, zerrte an den Knöpfen, warf das Oberteil auf den Boden, als habe sie sich von etwas sehr Unangenehmem befreit. »Zieh dich aus! Zieh dich aus!« murmelte sie. »O Ian, halt mich, liebe mich. Ich habe dich noch nie so begehrt wie jetzt.«

Ihre Lippen waren trocken und fiebrig erhitzt, ihr Atem kam stoßartig, und ihre Haut fühlte sich an wie ausgedörrt. Die Sehnsucht nach Ians nacktem Körper wurde unerträglich. Mit ein paar entschlossenen Griffen zog sie ihm den Pyjama vom Leib, soweit es ging. Es war nicht einfach, zumal Ian sich überhaupt nicht daran beteiligte, sondern nur schlaftrunken lächelte. Dann aber packte er sie rauh am Arm, zog sie zu sich herab und schob sich über sie. Ihr Körper geriet außer Rand und Band, Spasmen der Lust durchfuhren sie bis hinauf zum Nabel. Sie spürte ein Ziehen in ihren Brüsten und fühlte, wie sich die Brustwarzen verhärteten. »Oh, liebe mich«, flüsterte sie ihm drängend zu, »komm zu mir.«

Ian hatte sich inzwischen endgültig seines Pyjamas entledigt. Als er in sie eindrang, spürte sie die zärtliche Liebkosung seines nackten Körpers auf ihrer Haut. Sie spürte auch, wie er zögerte, und das Gefühl, ihn in ihrem Leib zu spüren, war wunderbar und allein schon eine Befriedigung. Dann aber, als er sich zu bewegen begann und seine Leidenschaft erwachte, entdeckte Megan eine Intensität der Lust, wie sie sie nie zuvor erlebt hatte. Ihr war, als habe sich ihr Körper wie eine Knospe im Sonnenlicht geöffnet, Millionen Nervenzellen waren erregt und vereinigten ihre Empfindungen zu einem hinreißenden Chor der Lust. Sie selbst war wie in Trance, unfähig, sich zu rühren, von der Kraft ihrer eigenen Leidenschaft besiegt. Sie war nicht mehr imstande, nach ihm zu greifen oder ihn mit gezielten Bewegungen anzutreiben, sondern lag nur da, hilflos, ihres eigenen, leisen Stöhnens kaum bewußt, die Arme kraftlos um seinen Leib geschlungen, besessen von seinem Rhythmus, der ihren ganzen Körper in Ekstase versetzte und ihre Seele dazu. Versunken in das gemeinsame Erleben, umklammerte sie ihn, bis es nicht mehr zu ertragen war und die Lust ihren Körper zu durchbohren drohte. Sie stöhnte auf und spürte, wie Ian kam. Sie fühlte, wie sein Samen sich in ihren Schoß ergoß, hörte seinen Schrei, schrie selber auf wie in Agonie und folgte ihm in einen Orgasmus von höchster, beseligender Intensität. Dann war es vorbei, und Megan war es, als sei sie mit einemmal frei von allen Traumata ihres Lebens. Zufrieden, erfüllt und belebt von stiller Freude lag sie in Ians Armen.

»Ich habe von Anfang an gewußt, daß ich dich eines Tages so erleben würde«, flüsterte Ian ihr zu, während sie träge an seiner Schulter ruhte. »Schon damals, in der ersten Nacht im Koševo-Stadion, erkannte ich die verborgene Leidenschaft in deinen Augen und auf deinen Lippen. O Gott, Megan, ich will mehr von dir, immer mehr und mehr.« Seine Stimme war heiser, der Liebestaumel klang in ihr nach. »Ich liebe dich, wenn du so bist wie eben. Ändere dich nie, niemals. Ich könnte es nicht ertragen.«

»Du bist wunderbar«, sagte Megan, »alles andere ist ohne Belang. Nur auf uns beide kommt es an, uns beide hier, die wir uns lieben, auf nichts sonst. Weißt du was, Schatz? Ich habe das gerade eben erst herausgefunden.«

58

Wolf Muller stampfte unruhig mit den Füßen in den tiefen Schnee und wartete auf Jacqui, die jeden Augenblick den Berg herabgefegt kommen mußte. Welchen Berg eigentlich? Verdammt, dachte er, ich habe tatsächlich vergessen, wo wir sind, weiß nicht mehr, wo der Zirkus gegenwärtig gastiert. Seine Begeisterung fürs Skifahren hatte sich in der letzten Zeit ohnehin etwas gelegt, wie er sich zähneknirschend eingestehen mußte. Ob das an meinem Alter liegt, fragte er sich zerknirscht. Nein, gewiß nicht, es ist lediglich der gesunde Menschenverstand, der sich bemerkbar macht. Der Sport als solcher war eine feine Sache – nur diese hektische Raserei von einem Wintersportort zum anderen und die Notwendigkeit, sich zwischendrin immer auch noch ums Geschäft kümmern zu müssen, forderten nun ihren Tribut. Ein Ereignis hatte das andere gejagt, und Wolf Muller fühlte sich jetzt erschöpft.

Jacqui war im guten Mittelfeld durch die Worldcup-Saison 1983/84 gestürmt. Nur viermal war es ihr gelungen, unter die ersten Fünfzehn zu kommen, einmal war sie sogar Vierte geworden. Sie hatte also durchaus das eine oder andere Erfolgserlebnis zu verbuchen, ohne jedoch, wie Wolf es sah, von der Presse entsprechend gewürdigt worden zu sein.

Zu Beginn des neuen Jahres hatten sie sich in Frankreich getroffen. Nach einer bösen Auseinandersetzung mit ihrer Mutter wirkte Jacqui besorgt und niedergeschlagen. Worum es im einzelnen bei dem Streit gegangen war, wollte sie Wolf nicht sagen; ihm fiel auf, daß sie ziemlich schnell darüber hinwegging.

In den Zentralalpen lag noch immer nur wenig Schnee, und da die Pfrontener Rennen auf der grünen Wiese hätten ausgetragen werden müssen, fanden die ersten Wettbewerbe des Jahres in Puy St. Vincent statt. Jacqui hatte dort einen hervorragenden sechsten Platz erreicht. Es folgte das Silberkrugrennen, eine der klassischen Strekken in der alpinen Damenabfahrt, dann kam Maribor und danach Verbier, wo dicker Nebel und Schneefall herrschten.

Wolf seufzte. Auch Jacqui war inzwischen erschöpft; es wäre ein Wunder, wenn sie heute einen guten Platz belegen würde. Er zog seinen Terminkalender aus der Tasche – natürlich, man war in Megève, der letzten Station vor den Olympischen Spielen. Für Jacqui ist die Saison schon fast vorüber, dachte er. Für mich auch? Ich muß heute abend mir ihr reden.

In diesem Augenblick erschien Jacqui im oberen Teil der Strecke. Ein Sprung, sie flog durch die Luft – und landete, wie ihm erschien, ein bißchen außerhalb der Spur, doch ihre erste Zwischenzeit war hervorragend. Die Reporter begannen, auf sie aufmerksam zu werden. Wolf sah, wie sie ihr Gewicht auf den Talski verlagerte und die Schultern niedrig hielt, doch nach der Hälfte der Strecke schien sie an Boden zu verlieren, und das Interesse der Reporter legte sich wieder.

Für Jacqui war der Abfahrtslauf ein Alptraum. Sie hatte sich eine Grippe zugezogen und spürte die ersten Auswirkungen. Ihr Kopf fühlte sich an, als rolle er auf den Schultern hin und her, und ihre Augen tränten fürchterlich. Mit dem Mut der Verzweiflung versuchte sie, sich auf den letzten, entscheidenden Sprung zu konzentrieren. Ein kleiner Fehler dort kostete sie den Sieg – sie hatte überhaupt nicht geahnt, wie gut ihre Zeit bis dahin gewesen war.

Jacqui schnallte den Helm ab und warf ihn in den Schnee. Sie sah fiebrig aus. Ihre Wangen waren gerötet, die Augen blutunterlaufen. Weil sie wußte, daß Rob unter den Zuschauern war, grüßte sie Wolf nur beiläufig. Und dann, als sie erfuhr, daß sie trotz ihrer Grippe Fünfte geworden war, brach sie in Tränen aus.

Nachdem sie sich ausgeruht, zwei Aspirin geschluckt und eine Tasse Tee getrunken hatte, war Jacqui wieder die alte – unverwüstlich, wie Wolf konstatierte. Sie wollte die gute Zeit mit ihren Teamkameraden vom Olympiakader feiern, doch gelang es Wolf mit einiger Mühe, sie zu überreden, mit ihm allein zu Abend zu essen. Er fliege morgen zurück nach Denver, sagte er, und müsse vorher unbedingt mir ihr sprechen. Bei Fondue Bourguignonne und Zuger Kirschtorte tranken sie auf Jacquis Olympiachancen.

Jacqui sah wundervoll aus; ihre Jungmädchenaugen strahlten, die vollen Lippen bebten. Kokett erzählte sie ihm von den vielen Partys, an denen sie in seiner Abwesenheit teilgenommen hatte.

Wolf dagegen war ernst und in sich gekehrt. Er wußte nicht, wie er beginnen sollte, doch Jacqui bemerkte seinen Kummer gar nicht. Als er seine Aktentasche öffnete und ihr feierlich die Dokumente überreichte, mit denen sie wieder Besitzerin ihrer Vanguard-Anteile wurde, zeigte sie sich dankbar, aber nicht überrascht.

»Tut mir leid, daß ich darum so ein Theater gemacht habe. Aber wenn Mutter meinetwegen aufgeben müßte – ich glaube, ich würde mich umbringen wollen.«

»Heirate mich!« Es war heraus, in einem gequälten Brummton, und er errötete bis an die Haarspitzen.

Es war alles andere als eine Glanzleistung, und er wußte es.

Jacqui hob es fast vom Stuhl. Sie starrte ihn erschrokken an. Eine feine Röte überzog ihr Gesicht, und Schweißtropfen bildeten sich auf ihrer Stirn.

»Heiraten?« stammelte sie perplex.

Als Wolf sie ansah, wurde ihm mit einemmal eiskalt. Sein Antrag war für sie wie ein Blitz aus heiterem Himmel gekommen. Es war ganz offensichtlich, daß sie die Ehe mit ihm nie auch nur in Erwägung gezogen hatte – und daß sie auch nie mit ihm ins Bett gehen würde. Verdammt noch mal, was tun wir dann hier eigentlich noch, dachte Wolf, bemüht, seine Haltung wiederzufinden.

»Ich kann mir ... so etwas gar nicht vorstellen, Wolf«, sagte Jacqui behutsam. Seine Qualen entgingen ihr nicht. »Ich bin noch viel zu jung, um zu heiraten – und davon abgesehen habe ich zu viel zu tun.«

Sie verfiel in eine atemlose Schilderung der geschäftlichen Probleme ihrer Mutter. Wolf spürte, daß sie das Gespräch bewußt von dem peinlichen Thema abzulenken versuchte, und das verstärkte nur seine Wut. Die Geschichte von dem Aufkauf-Versuch und Eleanor Douglas' Gegenzug, mit einer internationalen Werbekampagne das Vertrauen der Investoren zurückzugewinnen, das war für ihn alles nichts Neues, genauso wie Jacquis Eröffnung, daß sie, die Tochter, als Bindeglied zwischen dem Firmen-Management und den von Vanguard geförderten jungen Spitzensportlern fungieren sollte.

»Wir müssen unser Sieger-Image zurückgewinnen«, sagte sie mit leuchtenden Augen und fügte hinzu: »Nach den Spielen werde ich bei Vanguard eintreten.« Es klang so, als wären damit alle ihre Probleme auf einen Schlag beseitigt. Dumme Gans, dachte Wolf.

»Deine Mutter wird Vanguard verlieren«, sagte er hart, schwächte die Aussage jedoch sofort wieder ab, als er sah, wie sehr er Jacqui getroffen hatte. »Jedenfalls sieht es danach aus.«

Jacqui fing an zu zittern, und ihre Augen wurden feucht. Es wollte einfach nicht in ihren Kopf, daß ein solcher Ausgang möglich war. Statt dessen schmückte sie die geplante Anzeigenkampagne noch einmal wortreich aus und berichtete von ihren Terminen als Fotomodell.

»Du siehst, daß ich in Sarajewo unbedingt gewinnen muß«, sagte sie mit kindlicher Beflissenheit. »Ich werde härter kämpfen und schneller laufen als je zuvor, koste es, was es wolle – wie der Blitz ...« Sie hob ihre Hand und ließ sie heruntersausen. »Ohne Rücksicht auf Verluste. Weißt du, ich habe mein Leben lang von Vanguard immer nur genommen ...« Sie sprach jetzt sehr langsam und bestimmt. »In Sarajewo fange ich an, zurückzugeben.«

»Sei doch nicht dumm«, erwiderte Wolf, aufs höchste beunruhigt. Sprücheklopfen paßte nicht zu Jacqui; sie meinte, was sie sagte. »Du brauchst Vanguard nicht. Und deine Mutter auch nicht. Heirate mich, Jacqui, vor der Olympiade noch. Du wirst so viel Geld haben, daß du dir alle Wünsche erfüllen kannst.«

»Geld?« fragte Jacqui nach, und Wolf erkannte, daß sie sich nicht viel daraus machte. Nur einmal war es ihr wichtig gewesen – damals, als ihre Mutter vorübergehend den Geldhahn zugedreht hatte. Sonst hatte es ihr nie an materiellen Gütern gefehlt.

»Das klingt sehr merkwürdig aus deinem Mund«, fuhr sie fort, und er spürte, daß seine Bemerkung absurd und taktlos gewesen war. »Es geht mir doch nicht ums Geld! Ich dachte, du wüßtest das längst. Ich muß mich selbst beweisen. Manchmal kommt es mir vor, als wäre ich nur der Schatten meiner Mutter. Du hast so viel für mich getan, Wolf. Dank deiner Hilfe habe ich erkannt, daß ich mehr bin als das. Ich werde dir das nie vergessen.«

Ihr Worte klangen verdächtig nach Abschied. Zum erstenmal empfand Wolf sein Alter als Handicap. Nie in seinem Leben hatte er einen Menschen so sehr geliebt wie Jacqui. Sie verfolgte ihn bis in seine Träume hinein, und selbst bei wichtigen geschäftlichen Konferenzen ertappte er sich manchmal, wie seine Gedanken abschweiften und Erinnerungen an das letzte Beisammensein mit Jacqui die Oberhand gewannen. Jacqui zu verlieren, war unvorstellbar; er wußte, daß er es nicht überstehen würde. Ich fühle mich so jung und so vital wie eh und je, dachte er, oder zumindest fast. Den Altersunterschied können wir vergessen. Gewiß, da war dieser Rob, ein junger Spund, der immer Jacquis Nähe suchte, und wenn er den sah ... Aber Jacqui zog doch gewiß Erfahrung, Hingabe, Kraft und Kameradschaft einem ungeübten und zudem noch erfolglosen Knaben vor?

»Ich liebe dich, Jacqui. Ich möchte dich zu gar nichts drängen oder zwingen – aber nach all den Monaten, die wir miteinander verbracht haben, glaube ich doch, daß wir ein gutes Team bilden. Wir haben es bewiesen.« Er ergriff ihre Hand; diese zuckte kurz zurück und blieb dann ruhig in der seinen liegen.

»O Wolf, ich weiß nicht mehr, was ich machen soll«, klagte sie. »Hilf mir, Wolf, bitte hilf mir. Ich habe dich ja so lieb. Es ist einfach so, als gehörten wir zusammen. Du stehst mir unwahrscheinlich nahe, ich spüre es, mir ist, als kennten wir uns schon immer. Bei Rob ist das ganz anders – und dennoch liebe ich ihn auch. Vielleicht nicht so sehr wie dich – aber auf eine ganz andere Weise.«

Und nun kam alles heraus. Ihre kurze, aber so schöne Liebesaffäre, die drei gestohlenen Nächte während der Weltcup-Tournee, wenn Wolf gerade in Amerika war. Und wie sehr sie Rob vermißte, wenn sie bei Wolf war, und wie arg ihr Wolf fehlte, wenn sie sich mit Rob traf. Sie versuchte, ihm die komplizierten Einzelheiten dieses für sie so neuen Wechselbads der Gefühle zu erklären.

Sie fühlte sich zu krank und viel zu verwirrt an diesem Abend, um zu erkennen, wie verletzt Wolf war, doch sie versprach ihm, in Sarajewo ihre Entscheidung zu treffen. Rob oder er. »Jawohl, ich verspreche es« wiederholte sie. Nach den Spielen – nein, früher, gleich nach ihrem Rennen würde sie ihm die Antwort geben. Sie würde ... Sie würde ...

Bis dahin aber mußte sie alle Gefühle vergessen, nur noch für ihren Sport leben und darauf warten, daß sich ihre Probleme irgendwie von alleine lösten.

Die Müdigkeit und die Erschöpfung nach dem Rennen und die Nervenanspannung nach all den vorausgegangenen Rennen übermannten sie. Sie trank zuviel Wein und schlief noch am Tisch ein.

Wolf trug sie hinauf in ihr Zimmer. Er legte sie auf ihr Bett, deckte sie zu und verließ den Raum. Ihre Enthüllungen hatten ihn getroffen wie ein Messerstich. Der Schock saß so tief, daß er zu keiner Reaktion mehr fähig war. Auch war er nicht imstande, das Gefühl zu verdrängen, einen furchtbaren Verlust erlitten zu haben.

Er packte seinen Koffer, beglich die Hotelrechnung und reiste ab. Kalte Wut beherrschte ihn inzwischen; er fühlte sich doppelt betrogen, sowohl von der Mutter als auch von der Tochter. Zum Schluß hinterließ er am Empfang eine kurze handschriftliche Nachricht für Jacqui. *Wir sehen uns in Sarajewo.*

Wozu? Für die Liebe? Für die Rache? Er hatte so viele Alternativen.

59

Montag, 30. Januar 1984

Schon zu guten Zeiten ist London ein fürchterliches Pflaster, dachte Maureen, aber im Winter ist es ein Rattenloch. Trübsinnig starrte sie zum Bürofenster hinaus: Dunkle Wolken hingen bis auf die Schornsteinspitzen herab, und feiner Nieselregen lief über die Fensterscheiben. Von der Morgendämmerung war noch nichts zu ahnen, doch war kaum anzunehmen, daß der Tag sehr viel angenehmer als die Nacht sein würde. Ich hätte längst abreisen sollen, dachte sie, Südfrankreich ist mehr nach meinem Geschmack, aber ich muß ja auch an Megan denken. Nun – und außerdem gibt es jetzt Johnny. Der Himmel weiß, wie Megan in Zukunft diesen chaotischen Laden hier ohne mich schmeißen will. Sie hat ja nicht die geringste Ahnung, wie viele kleinere oder größere Probleme ich ihr vom Hals gehalten und unter der Hand erledigt habe – es müssen Hunderte gewesen sein ... Pech für sie, aber nichts dran zu ändern. Bei mir ist Johnny jetzt die Nummer eins – ein für allemal.

Sie fragte sich, wie es Johnny in Monaco wohl ergehen mochte mit seinem eingerosteten Französisch. Er sah sich dort nach passenden Räumlichkeiten für ihr Fitness-Studio um. Sie hatten jetzt die Geldgeber, die Finanzierung war gesichert. Maureen sollte Geschäftsführerin werden, Johnny würde sich um das Bodybuilding kümmern. Mit seinem pseudoitalienischen Akzent wird er da unten nicht weit kommen, dachte sie und lächelte dabei. Er könnte ebensogut ganz darauf verzichten – in jüngster Zeit schien er ihn ohnehin nicht mehr so oft zu brauchen.

Sie fröstelte und schlang die Arme um ihren blaßrosa Angorapullover. Dann spähte sie durch das Glasfenster in Megans Büro, wo schon seit geraumer Zeit eine heftige Auseinandersetzung im Gange war. Außer Megan befanden sich Ian und sein Assistent, der sich um die Telefonanlage kümmerte, sowie ein Schauspieler und eine Schauspielerin in dem Raum. Vielleicht wollen die mal 'ne Tasse Kaffee, dacht Maureen und ging schnell hinüber in die winzige Küche.

Ganz fähiger Typ, dieser Schauspieler, dachte sie. Ihr gefiel sein Haar mit dem leichten Grauschimmer an den Schläfen, der Mann machte durchaus etwas her. Eigentlich geht mich das ja jetzt nichts mehr an, als Verlobte ... Sie betrachtete ihren dezenten Smaragdring und berührte ihn liebevoll mit dem Zeigefinger. Sie selbst hätte zwar etwas Spektakuläreres vorgezogen, aber Johnny dachte da anders. Er hatte einen guten Geschmack.

Sie stellte die mit Pulverkaffee gefüllten Tassen auf das Tablett und probierte auf dem Rückweg ihren provozierenden Hüftschwung – doch mit den von Johnny bevorzugten flacheren Absätzen war das gar nicht mehr so einfach.

»Hoppla!« rief sie, als der Kaffee aufs Tablett schwappte. »Bitte sehr, meine Herrschaften. Trinken wir erst mal 'n Kännchen, dann wird uns warm ums Herz.«

Sie bedachte die Runde mit einem strahlenden Lächeln, aber keiner der Anwesenden beachtete es. Alle waren sie vertieft in die Verhandlungen. Irgendwie ganz verständlich, dachte Maureen bei sich und musterte noch einmal mit kritischem Blick die seltsame Mischung von Charakteren, die sich in Megans Büro zusammengefunden hatte. Ihr Schwarm wischte sich trotz der herrschenden Kälte gerade mit einem Taschentuch den Schweiß von der Stirn. Er war aus einer langen Reihe von Kandidaten ausgewählt worden, mit denen am Tag zuvor Vorstellungsgespräche geführt worden waren. Armer Kerl! Er bekam die übliche Gage für freie Mitarbeiter. Für den Fall, daß es ihm gelang, die Gegenseite hinters Licht zu führen, wurde ihm darüber hinaus ein großzügiger, inoffizieller Bonus in Aussicht gestellt. So wie er jetzt dasaß und schwitzte, schien er das Geld bitter nötig zu haben.

Und dann war da diese etwas dämliche amerikanische Blondine, die Ian in einem Pub in der Nachbarschaft aufgegabelt hatte, wo sie abends als Bardame arbeitete. Maureen hatte ihr den sehr bezeichnenden Spitznamen ›Titty‹ gegeben. Titty sah vor Kummer ganz zerknittert aus, was jedoch dem schicken Kollegen nicht auffiel, da er voll und ganz dem Anblick ihres Busens verfallen war. Es war ein Jammer, mit ansehen zu müssen, wie die Männer auf so etwas flogen ... Na ja – Maureen seufzte – es bewies zumindest, daß er kein Homosexueller war.

Sie riskierte einen Blick auf Ian. Er war ganz ruhig und aufmerksam, wie ein Panther, der sich zum Sprung duckt. Ein echt harter Bursche! Megan durfte ihn gern behalten; sie selber nähme ihn nicht einmal geschenkt. Seit dem frühen Morgen waren er und sein Assistent schon da. Sie hatten irgendein merkwürdiges Telefonsystem installiert, von dem Maureen nur wußte, daß es mit Sicherheit illegal war. Da war ein Lautsprecher, so daß alle Anwesenden mithören konnten, da waren Kopfhörer und Mikrophone für den Schauspieler und seine Kollegin. Ians Adlatus stand bereit mit einem Tonbandgerät, um die Gespräche mit statischen Geräuschen zu unterbrechen, falls es sich als notwendig erwies, eine kleine Beratungspause einzulegen.

In Megans Augen lag ein unnatürlicher Glanz, und auf beiden Wangen brannte ein roter Fleck. Maureen war längst aufgefallen, daß sie immer verletzlich wirkte, wenn Ian in der Nähe war. Die selbstbewußte Fassade der erfolgreichen Karrierefrau zeigte Risse. Sie ist viel zu gut für ihn, dachte Maureen, eine richtige Schönheit. Wie Schneewittchen – nur daß man ihren glänzenden Augen jetzt die Aufregung und den Kummer ansah.

Ian warf einen Blick auf seine Armbanduhr. »Gut, es wird Zeit. Wir fangen an. Bitte nimm die Tassen fort, Maureen. Seid ihr soweit? Ein letzter Versuch mit den Tonbändern. Ich bitte um Ruhe.«

Ein Summen ertöne, dann war eine Männerstimme zu hören. Es war eine tiefe, autoritätsgewohnte Stimme mit einem markanten Akzent aus dem Mittleren Westen. »Wilder? Gute Nachrichten, Nigel. Wir haben es endlich geschafft. Was sagen Sie dazu? Nicht schlecht, was. Jetzt können wir handeln …«

Ein Ausruf der Überraschung folgte, danach war Wilders Stimme zu vernehmen: »Der plötzliche Stillstand bei der Nachfrage und die diversen Presseverlautbarungen haben Eleanor sehr mißtrauisch gemacht. Sie rechnet schon fast mit dem Ende.« Die Stimme war verzerrt; man spürte die nur mühsam unterdrückte Angst des Sprechers.

»Das hilft ihr auch nichts mehr. Nach den Spielen sind Sie Vorstandsvorsitzender, warten Sie's ab solange, und halten Sie die Klappe.«

»Ich freue mich …« Wilders Stimme wurde unterbrochen.

»Und was noch wichtiger ist: Sie werden in der Lage sein, Vanguard so zu führen, wie wir beide die Firma geführt sehen wollen. Ein paar Einzelheiten müssen wir noch regeln. Ich melde mich wieder.«

Ein unpersönliches Klicken beendete das Gespräch. »Gut«, sagte Ian, »fangen wir noch mal von vorne an.«

Der Schauspieler stöhnte. Er runzelte die Stirn in äußerster Konzentration und begann: »Wilder, Sie wissen, wer ich bin. Wir haben hier ein Problem ...«

Identisch, dachte Maureen, ich wette, der macht jeden so nach, wenn er will. Wilder wird garantiert nichts merken.

»Okay, jetzt wird's also ernst.« Ian setzte seinen Kopfhörer auf. »Wir haben keine Namen. Wir wissen nicht, wem diese Stimme gehört, halten Sie sich also genau an das Manuskript. Antworten Sie langsam. Wenn er etwas sagt, worauf Sie nicht gefaßt sind, klagen Sie über Nebengeräusche in der Leitung, so daß mir Zeit bleibt, Ihnen die Antwort aufzuschreiben. Wenn wir steckenbleiben, wird Morris mit atmosphärischen Störungen dazwischenfunken, so gewinnen wir Zeit.«

Wieder zog der Schauspieler sein Taschentuch hervor und wischte sich die Stirn ab.

»Alsdann, Maureen«, sagte Megan.

Maureen nahm den Hörer von Megans privatem Telefon ab und wählte die Nummer von Vanguard in Monaco. Beim dritten Versuch klappte es, und sie wurde durchgestellt. Die Bardame umklammerte den Hörer, sie lächelte verkrampft. »Hallo? Hier New York«, sagte sie ein wenig schrill im Tonfall von Brooklyn. »Ich habe ein persönliches Gespräch für Mr. Nigel Wilder.«

»Am Apparat«, sagte Nigel schläfrig.

»Wilder!« polterte der Schauspieler los. »Sie wissen, wer ich bin. Nach unserem Gespräch am Dienstagabend hat sich hier leider ein Problem ergeben. Sie haben Ihre Hausaufgaben nicht gemacht, Wilder. Wir müssen daher jetzt sehr schnell handeln, das heißt, der Coup startet zwei Wochen früher als geplant.«

»Mir soll's recht sein«, antwortete Nigel schnell. Mit einemmal klang seine Stimme hellwach.

»Es sieht so aus, als lägen zehn Prozent der Aktien beim NFF Unit Trust fest. Wußten Sie darüber Bescheid?«

»Ja«, sagte Nigel vorsichtig. »Wir sprachen mal darüber, erinnern Sie sich? Ich dachte, Sie hätten sich darum gekümmert.«

»Hab' ich auch gemacht, aber Eleanor hat die Hand darauf gelegt. Wußten Sie das?«

»Nein«, gab Nigel zu. Er war jetzt verunsichert.

»Ich habe gerade herausgefunden, daß die NFF-Leute dem Hauptaktionär den Zuschlag geben wollen. Wir liegen zur Zeit Kopf an Kopf – ohne Ihre Aktien natürlich. Eleanor war ganz schön aktiv, Wilder – und zwar hinter Ihrem Rücken, wie? Ich nehme an, Sie haben davon keine Ahnung?«

Nigels Antwort kam wie gespuckt. »Nein!«

»Das hab' ich mir gedacht. Tatsache ist: Sie hat Lunte gerochen. Ich muß sofort Ihre Anteile erwerben, Nigel, damit ich zeigen kann, daß ich die Mehrheit habe. Dann kriege ich das NFF-Paket sofort.«

»Aber das ist gegen die Abmachungen.« Die Stimme verriet plötzlich Mißtrauen und Verärgerung. »Wie stehe ich denn da ohne meine Anteile?«

Der Schauspieler gab Morris ein Zeichen, die künstliche Störung unterbrach das Gespräch. Ian kritzelte etwas auf seinen Notizblock.

Dann ging es weiter. »Genauso wie mit ihnen, mein Junge. Können Sie mich verstehen? Die Verbindung ist verdammt schlecht heute morgen. Sie sind der Boß, sobald der Coup über die Bühne gegangen ist. Ich bin doch kein Idiot und lass' die Firma in fremde Hände fallen. Sobald der Deal im Sack ist, verkauf' ich Ihnen Ihre Anteile zurück.«

»Und was ist mit der Prämie, die mir versprochen wurde?« fragte Nigel, noch immer wütend.

Wieder Nebengeräusche. Ian schrieb die Antwort auf den Block und reichte dem Schauspieler die Zettel.

»Nun werden Sie nicht geldgierig, Wilder. Die fünfzig Prozent Prämie waren als Sondervergütung gedacht, für den Fall, daß Sie sich aus der Sache zurückgezogen und mir Ihre Aktien übereignet hätten. Momentan geht es ausschließlich um ein zeitlich begrenztes Manöver. Sie kaufen Ihre Papiere nachher ja zurück.«

»Na, ich weiß nicht …« nörgelte Nigel.

»Wilder, entweder Sie verkaufen mir diese Aktien oder unsere Vereinbarung platzt«, bellte der Schauspieler. »Sie wissen so gut wie ich, daß Investoren immer den bevorzugen, der am meisten zu bieten hat.«

»Richtig«, gab Nigel zu.

»Mein Londoner Gewährsmann kommt heute abend mit einem Bankscheck zu Ihnen und holt die Unterlagen ab. Sorgen Sie dafür, daß Sie um neun Uhr zu Hause sind. Können Sie bis dahin alles fertig haben?«

»Kein Problem, die Sachen liegen hier im Safe. Tut mir leid, daß ich Eleanors Tricks nicht durchschaut habe.«

»Wenn alles so gut läuft, wie geplant – kein Problem!« antwortete der Schauspieler überschwenglich. »Andernfalls aber hätten wir uns unsere Pläne an den Hut stecken können.«

Ein unpersönliches Klicken beendete das Gespräch. Maureen schmetterte ihr Notizbuch auf die Schreibtischplatte. »*Er* hat sich seine Prämie verdient«, sagte sie und meinte den Schauspieler. »Er hat eine tolle Show abgezogen!«

Zehn Uhr abends. Megan, Eleanor und eine eisgekühlte Magnumflasche Champagner warteten. Der kalten Jahreszeit zum Trotz herrschte im Wintergarten ein feuchtheißes Tropenklima, so daß es Megan in ihrem wollenen

Ensemble schon bald unangenehm warm wurde. Eleanor dagegen, im marineblau und weiß gemusterten Seidenkleid, wirkte kühl und gefaßt.

Eine halbe Stunde vorher hatte Ian Cap Ferrat mit einem Scheck über sechzehn Millionen Dollar verlassen, für den die Londoner Zweigstelle der Continental-Illinois-Bank bürgte. Er hatte einen ganzen Tag lang dazu gebraucht, soviel Bargeld aufzutreiben, und als sie ihn fragte, wie er es geschafft habe, war seine Antwort gewesen: »Indem ich Eleanors Vanguard-Aktien und meinen gesamten Privatbesitz als Sicherheit geboten habe.«

Die beiden Frauen waren aufs äußerste gespannt. Eine Zeitlang versuchten sie, ein belangloses Gespräch in Gang zu halten, das jedoch schon bald einem betretenen Schweigen gewichen war.

Gegen halb elf kehrte Ian zurück und überreichte Eleanor die Vanguard-Papiere. »Nigel hat alles brav geschluckt«, sagte er, »wie ein Baby 'n Löffel Honig. Er hat nicht eine Frage mehr gestellt.«

Eleanor war vor Freude ganz aus dem Häuschen. Sie bestand darauf, daß Ian die Champagnerflasche öffnete, und gemeinsam tranken sie auf die Zukunft von Vanguard.

»Eleanor, ich muß Ihnen etwas beichten«, sagte Ian und legte eine Hand sanft auf ihre Schulter. »Ich habe nicht herausbekommen können, wer diese Aufkäufer sind und wieviel Aktien genau sie haben. Eleanor, Sie haben also noch nicht endgültig gewonnen, aber Sie haben jetzt die Nase vorn. Ich habe da natürlich diese Stimme auf Band, bin mir aber eigentlich ziemlich sicher, daß es sich um eine vorgeschobene Figur handelt. Ich habe ihn bei zwei oder drei Telefonaten gehört und jedesmal den Eindruck gehabt, daß er nach genau vorgegebenen Instruktionen handelt.« Das Geständnis schien Ian nicht leichtzufallen.

Megan, die ihn beobachtete, entging nicht, daß Ian Eleanor attraktiv fand, ja, er flirtete sogar mit ihr. Sie fragte sich, was bei der ersten Begegnung zwischen den beiden vorgefallen war. Ihr wurde mit einemmal klar, daß die Ehe mit Ian auch ihre Tücken haben konnte.

Immer wieder würde es Frauen geben, denen er gefiel, und er hatte, wie es schien, durchaus Gefallen daran, die Komplimente zu erwidern.

»Wir hatten nicht genügend Zeit«, fuhr Ian nun fort. »Wer immer auch dahintersteckt – er hält sich jedenfalls momentan für den Sieger. Mit anderen Worten. Er meint, er habe in der Aktionärsverhandlung jetzt die Stimmenmajorität. Dabei rechnet er freilich Nigels Stimmen hinzu, die er in Wirklichkeit gar nicht mehr kontrolliert, weil Sie sie jetzt besitzen.« Er legte seinen Arm um Eleanor. »Sie können damit rechnen, daß der Wurm bald das Holz verläßt, in dem er sich bislang verborgen hielt. Sorgen Sie nur dafür, daß Nigel nicht merkt, was gespielt wird. Wenn er dahinterkommt, bleibt der Kerl vermutlich auf immer und ewig anonym, und Sie erfahren auch nicht, wie stark seine Position nun wirklich ist. Sie haben beide noch keine Kontrollmajorität. Es liegt jetzt an Ihnen, den Bluff zu Ende zu spielen.«

»Ich stehe in Ihrer Schuld, Ian«, sagte Eleanor leise und küßte ihn impulsiv auf die Wange. »Daß Vanguards Durststrecke vorüber ist, will ich gar nicht behaupten. Die Berichterstattung in der Presse hat unseren Absatz und unser Wachstum stark beeinträchtigt. Ich brauche eine brillante Werbekampagne, um unseren Ruf und unsere alte Position wiederherzustellen.« Sie wandte sich an Megan und sagte mit einem falschen Lächeln: »Wir brauchen ein paar Siege.«

Auch Ian lächelte jetzt, als wolle er ihr Mut machen. »Sie schaffen das schon, Eleanor«, sagte er. »Sie ziehen das durch, darauf gebe ich Ihnen mein Wort.«

Eleanors Lächeln verzog sich zu einem merkwürdigen

schiefen Grinsen. »Die Sache war verdammt knapp – zu knapp, als daß ich mich jetzt auf meinen Lorbeeren ausruhen könnte«, sagte sie. »Ich muß immer noch daran denken, daß es auch anders hätte ausgehen können.«

60

Countdown für Sarajewo! Jeder Mann, jede Frau, jedes Kind in Sarajewo hatte auf irgendeine Weise einen Beitrag zu den Vorbereitungen auf die Winterspiele geleistet. In entlegene Pässe, die bis dahin nur von Titos Partisanen in ihrem Kampf gegen die Nazis überquert worden waren, waren nun Straßen gesprengt worden. Vier wunderschöne Berge, lieblich wie Bräute, harrten der Olympia-Teilnehmer, doch noch immer war hier und da Hand anzulegen, und mitunter flackerte Panik auf. Fünfhundert Soldaten auf dem Bjelašnica trotzten stoisch der Kälte und den stürmenden Winden, um gleich nach dem ersten Schneefall die Pisten zu richten; auch auf den Trebevič waren eilends Truppen geschickt worden, um den Bau der Bobrennbahn zu vollenden. Die Installation von Fernsehkabeln ging mit Verzögerung vonstatten, und auch an Aussichtshütten, Tribünen und Skiliften mußte noch letzte Hand gelegt werden. Nahezu sämtliche Busse und Taxis des Landes rollten in ehrfurchtgebietenden Konvois auf Sarajewo zu; Ärzte, Krankenschwestern, Dolmetscher, Techniker und Funktionäre ließen sich ihre bunten Overalls aushändigen und meldeten sich zur Stelle.

In Mutters luxuriöser Villa in Cap Ferrat suchte Jacqui Douglas ihre Skiausrüstung zusammen. Sie befand sich in einer Stimmung düsterer Entschlossenheit. Mutter und sie hatten sich grauenvoll gestritten, und Jacqui wußte, daß sie selbst daran schuld war. Drei Abende zuvor hatte sie verlangt, etwas über ihren Vater zu erfahren, hatte ihre Mutter selbstsüchtig und gedankenlos geschimpft, und die Mutter hatte doch tatsächlich geweint! Dieser Umstand hatte Jacqui mehr denn alles andere mit Reue erfüllt. Nun hielt sie sich selber für verwöhnt und egoistisch – eine, die bloß nahm und nichts gab. Doch das alles würde sich in Sarajewo grundlegend ändern, gelobte sie. In Sarajewo würde sie das einzige geben, das sie geben konnte – ihr Können als Abfahrtsläuferin. Sie würde Leib und Leben einsetzen, damit sie schneller denn je fuhr. Sie würde es für Mutter tun, für Wolf, für Rob und für Vanguard und auf diese Weise all die Verletzungen sühnen, die sie den anderen zugefügt hatte. Sie erwartete nicht, unversehrt daraus hervorzugehen, noch hoffte sie es. Sie betrachtete Sarajewo als Buße – als eine Art reinigende Prüfung.

Mit diesen Gedanken und Gefühlen, die Jacqui beim Packen ihrer Sachen umtrieben, hegte sie unbewußt den Wunsch nach ihrem eigenen Tod.

Noch zehn Tage bis Sarajewo. Die Funktionäre des Internationalen Skiverbandes FIS, die zur Prüfung der Pisten und sonstigen Einrichtungen nach Sarajewo gesandt worden waren, hatten der vor-olympischen Presse berichtet, daß die gefährlichen Sprünge und Bodenwellen planiert worden seien. Darüber hinaus waren ihnen sechs Streckenfahrzeuge zur Verfügung gestellt worden, dazu einhundertzwanzig Skiläufer, zweihundert Soldaten sowie die gesamte erwachsene Bevölkerung der Stadt, die, in fünf Divisionen aufgeteilt, bei den letzten Korrekturen an den Pisten und der Umgebung mit Hand anlegten. Junge Leute aus ganz Jugoslawien schaufelten tonnenweise Steine frei, die entfernt wurden, belegten die Rennstrekken mit Rasenstücken und spannten insgesamt fünfzehnhundert Meter an Sicherheitsnetzen. Alles in allem, berichteten die FIS-Funktionäre, war die Infrastruktur hervorragend und das soeben fertiggestellte Olympiadorf vorbildlich in seiner Art. Alles, was nur hatte getan werden können, berichteten sie, sei getan worden.

Für Wolf hatte seine geplante Rache einen bitteren Beigeschmack bekommen. In Sarajewo wollte er Eleanor endgültig zerstören. Doch was war mit Jacqui? Er liebte sie. Das war auch der Grund, weshalb er ihr ihre Aktien zurückgegeben hatte, weil er – auch wenn das seine Pläne ruinieren sollte – es nicht riskieren wollte, Jacqui zu verlieren. Wolf war wie besessen von den Vorahnungen, die keineswegs nur ihn selbst betrafen. Jacqui war so jung, so furchtlos. Der letzte Abend, den er mit ihr zusammen verbracht hatte, wollte ihm nicht mehr aus dem Kopf gehen. Damals hatte ihm Jacqui von ihrer Entschlossenheit, ihrem zwanghaften Wunsch, eine Medaille zu gewinnen, erzählt – nur weil sie meinte, damit die Firma ihrer Mutter retten zu können. Wolf war nicht imstande gewesen, ihr diese lächerliche Idee auszureden. Wenn sie sich nun verletzte? Oder noch Schlimmeres? Dann wäre es seine Schuld. Das hielt er sich täglich erneut vor Augen.

Noch neun Tage bis Sarajewo. Die Olympischen Winterspiele sind stets begleitet von der Furcht, es könne nicht genügend Schnee geben. Bis Anfang Januar war ein halber Meter gefallen – genug, damit die Truppen anfangen konnten, die Pisten zu bauen, doch nicht genug für die Spiele. Meteorologische Forschungsarbeiten, die noch rasch vor den Spielen fertiggestellt worden waren, wiesen nach, daß dieses Gebiet bis dato noch nie ohne Schnee im Februar geblieben war. Dennoch sahen sämtliche Einwohner Sarajewos den ganzen Januar über besorgt zum Himmel, und als endlich die ersten echten Schneestürme des Jahres einsetzten, waren die Jugendlichen in ganzen Horden auf die Straßen hinausgelaufen und hatten sie stürmisch begrüßt. Daher verging auch niemand das Lachen, als ein vier Tage währender Blizzard die Stadt heimsuchte, der bisweilen mit Geschwindigkeiten von hundertzwanzig Stundenkilometern heranfegte und die in letzter Minute erstellten Bauten für die Spiele dem Erdboden gleichmachte. Eiligst schafften die Funktionäre Schneeräumgeräte aus Österreich und der Schweiz herbei.

Michel Juric führte unterdessen eine alte Jungfer aus dem britischen Innenministerium aus. Er traf sich nun schon seit Wochen regelmäßig mit ihr, doch jetzt erst hatte sie ihm die Unterlagen gebracht, die er für seine Story brauchte. Er konnte es kaum erwarten, bis er die Dame zu Hause absetzen und die Papiere durchsehen konnte. Dann stellte sich heraus, daß er richtig vermutet hatte und Nikkis echter Name gar nicht Nikola Petrowna lautete. In Wirklichkeit hieß sie Nikola Petrowna Kusnetzowna – Petrowna war der Mädchenname ihrer Mutter. Und plötzlich wurde Michel eine ganze Menge klar – wenn auch noch nicht alles. Schnellstens buchte er einen Flug nach New York, doch seine Journalistennase sagte ihm, daß das letzte Kapitel wohl erst in Sarajewo geschrieben würde.

Noch acht Tage bis Sarajewo. Die ursprüngliche Euphorie der Jugoslawen hatte einer nahezu unerträglichen Spannung Platz gemacht. Sie waren eine geradezu verbissen auf ihrer Unabhängigkeit bestehende Nation aus sechs überaus individualistischen Republiken, zwei autonomen Provinzen, drei antagonistischen Religionen und fünf Sprachgruppen, die sich unentwegt um die Vorherrschaft stritten: Serbokroatisch, Slowenisch, Makedonisch, Albanisch und Ungarisch. Es war eine uralte Tradition, sich den anderen Gruppen keinesfalls zu beugen – aber auch nicht der Sowjetunion oder dem Westen. Sie waren stets ihren eigenen Weg gegangen, stolz und bettelarm, aber blockfrei und niemandem verantwortlich. Nun allerdings einte sie das gemeinsame Ziel. Die Olympischen Spiele zu veranstalten war jedermann zur persönlichen Herzensangelegenheit geworden. Warum? Weil sie der ganzen Welt zeigen wollten, was sie zustande bringen konnten, weil sie sich ein wenig einsam fühlten in ihrer selbstauferlegten Isolation und weil sie ein warmherziges, liebevolles Volk sind, das sich gerne Freunde schaffen möchte. Sie würden die Spiele mit der Leidenschaft und Überzeugungskraft ausrichten, wegen derer man sie ihnen übertragen hatte.

Nikki betrieb in dieser Zeit eine einsame Nabelschau, trotz ihrer langen Trainingsstunden. Irgend etwas trieb sie unbarmherzig an, Stunde um Stunde, Tag um Tag, noch mehr zu tun, noch härter zu arbeiten, immer weiter zu laufen, auch wenn ihr ganzer Körper nach einer Pause schrie. Es war viel zu demütigend, um es sich auch nur selbst einzugestehen, dennoch war es ständig da – wie immerwährender Schmerz: Eine nagende Furcht, die die Beweggründe hinter all den geflüsterten Versprechen in Frage stellte, die Gültigkeit ihrer subtilen Schmeichelei, die moralische Rechtfertigung für die Wahl, die sie getroffen hatte, als sie in den Westen übergelaufen war. Subversive Stimmen! Selbstzweifel um Mitternacht!

In Sarajewo würde sie es der ganzen Welt zeigen – dem Westen ebenso wie dem Osten und vor allem ihrem Vater –, daß sie nicht geflohen war, weil sie ein schnelles Auto und eine schicke Wohnung und eine Million auf der Bank haben wollte, sondern weil sie die beste Eiskunstläuferin der Welt war und eine Chance verdient hatte, das zu beweisen. Ihre einzige Rechtfertigung war, daß sie die Goldmedaille gewann. Alles andere war für sie nicht annehmbar. Und dann würde in Sarajewo alles vergeben und verziehen.

Noch sieben Tage bis Sarajewo. Einhundertachtzig begeisterte junge Jugoslawen hatten sich dem ABC-Team angeschlossen und halfen den ABC-Technikern, letzte Hand an ihre komplizierte Anlage zu legen. Sie war dafür ausgerichtet, innerhalb von dreizehn Tagen insgesamt dreiundsechzig Sendestunden auszustrahlen. Im Jahre 1980 hatte ABC einundneuzigeinhalb Millionen Dollar für die Fernsehübertragungsrechte der Olympischen Spiele in Sarajewo bezahlt. Die Sendezentrale, ein siebzig Millionen Dollar teurer Betonbau, lag in der Hauptstraße von Sarajewo. Sie enthielt zwei Kontrollräume, dessen einer eine Wand aus siebzig flimmernden Monitoren enthielt, die Bilder von den Eisflächen und Berghängen rund um die Stadt übertrugen. Die gesamte Zentrale war in Los Angeles entworfen und gebaut und anschließend per Schiff in dreißig Mammut-Containern nach Jugoslawien verfrachtet worden.

In ihrem Hauptsitz in Monaco wartete Eleanor ungeduldig auf die Entlarvung ihres Feindes. Irgendwo glaubte irgendwer, er habe gewonnen, könnte doch noch gewonnen haben. Sicher würde er bald auftauchen und seinen Anspruch auf sein neues Imperium anmelden. Dann würde sie ihm – und Nigel dazu – genüßlich unter die Nase reiben, wie sie alle beide ausgetrickst hatte. Doch weshalb ließ er bloß so lange auf sich warten? Eleanors einzige Ablenkung lag darin, Nigels Gebaren zu beobachten. Er war verkrampft und markierte doch bereits den großen Boß. Die lange Wartezeit kam ihren alten Freund sichtlich sauer an – er konnte es kaum erwarten, sie hinauszuwerfen. So beobachtete sie ihn und lachte ihn insgeheim aus.

Doch im Grunde hatte Eleanor gar nicht die Zeit, sich Gedanken um vergangene Schuld zu machen. Davon hatte sie in der Gegenwart mehr als genug. Vanguard hatte sich auf die Winterspiele mit ebensoviel Entschlossenheit wie die Sportler selbst vorbereitet. Sie hatten riesige Summen auf ein hoffentlich gewinnbringendes Projekt gesetzt – auf Sarajewo! Alles, was an technischer Unterstützung gewährt werden konnte, mußte vom Besten sein. Am Vorabend der Spiele hatte beinahe jeder im Konzern Herzflattern – und nicht umsonst. Eine Million Dollar, um ein sportliches Ereignis oder einen Champion zu sponsern – das machte auf das Publikum den gleichen Eindruck wie zehn Millionen Dollar, die für andere Werbearten ausgegeben wurden. Ein peinlicher Patzer oder gar ein Versagen zog unweigerlich den guten Markennamen des Sponsors in Mitleidenschaft.

Versagen – das Wort wollte Eleanor nicht aus dem Kopf gehen. Sie hatte große Angst um Jacqui und bereute den Streit vor ihrer Abreise nun bitterlich. Jacqui hatte recht – zu diesem Schluß war sie zu spät gelangt. Jacqui hatte ein Recht darauf, über ihren Vater Bescheid zu wissen. Einer spontanen Eingebung folgend, beschloß Eleanor, nach Sarajewo zu fliegen. Sie würde versuchen, sich mit ihrer Tochter auszusöhnen und ihren Abfahrtslauf als Zuschauerin mitzuerleben. Doch was sollte mit Nigel geschehen. Sie ließ ihn nur höchst ungern allein in der Firma. Am Ende beschloß sie, ihn einfach mitzunehmen. Sie ließ ihn rufen und bestand auf seiner Begleitung.

Noch sechs Tage bis Sarajewo. Im Fremdenverkehrsamt von Sarajewo türmten sich die Hotelbuchungen. Das neue Holiday Inn, das inmitten der Neustadt, nur fünfzehn Minuten vom Flughafen entfernt, errichtet worden war, besaß dreihundert Zimmer und sechzehn Luxus-Suiten. Ähnlich erstklassige Unterbringungsmöglichkeiten fanden sich auch noch andernorts in der Stadt sowie in der Nähe eines jeden Austragungsorts von Skirennen. Dazu kamen die kilometerlangen, dicht gepackten Reihen dreistöckiger Appartement-Häuser des Olympiadorfes, hübsch pastellfarben verputzt – Sarajewo durfte mit sich selbst höchst zufrieden sein. Doch dann ließen die Vorausbuchungen darauf schließen, daß mehrere tausend Besucher keine Unterkunft finden würden, so daß die Bevölkerung in einer bisher noch nie dagewesenen Aktion gebeten wurde, weitere sechzehntausend Gäste privat unterzubringen. Niemand beklagte sich – sie waren alle viel zu stolz darauf, daß ihre Stadt die auserwählte war. Sarajewo, so wünschten sie es, sollte als »die freundliche Stadt« in die Annalen eingehen.

Für Rob Scott, der seine Ausrüstung zusammenpackte, bevor er sich dem amerikanischen Team anschloß, bedeutete Sarajewo eine zweite Chance, zu gewinnen – und zwar Jacqui. Er wußte nur zu genau, daß er niemals aufhören würde, sie zu lieben, ja, daß sein Leben sinnlos wäre, wenn er es nicht mit der Frau, die er liebte, teilen konnte. Er konnte nur beten, daß sie mittlerweile von ihrer blödsinnigen Vernarrtheit in einen Mann, der alt genug war, um ihr Vater zu sein, wieder kuriert war. Sein eigenes Geschäft blühte und gedieh, sein Cottage im Wald hatte er renoviert, und wenn sie jetzt bloß noch »ja« sagte, würde er sie ganz sicher glücklich machen können. Er zählte die Tage und die Stunden bis zu seinem Abflug.

Noch fünf Tage bis Sarajewo. Im Jahre 1978, als das Internationale Olympische Komitee Sarajewo die Austragung der Winterspiele übertrug, gab es dort ein drittklassiges Skigebiet mit wenigen Skiliften, keinerlei Eisbahn und keine Bobrennbahn. Jetzt hatten die stolzen Jugoslawen, allen Widerständen zum Trotz, ihre Balkan-Wüstenei in einen erstklassigen Austragungsort verwandelt. Banko Mikulic, der Präsident des Olympischen Organisations-Komitees und ehedem Präsident von Bosnien-Herzegowina, frohlockte – und mit ihm sämtliche Einwohner der Stadt, Funktionäre, Hoteliers, Skiläufer und Politiker. *Sie hatten es geschafft! Und nicht nur das – nein, das Wunder hatte sie außerdem bloß lumpige hundertzwanzig Millionen Dollar gekostet.*

Zu Recht herrschte eine Atmosphäre der frohen Laune und der Selbstbeglückwünschung vor. Ganze Fässer voller Sliwowitz wurden bereitgestellt. Sarajewo erwartete die Welt.

In Sarajewo, das war Megan klar, fiel auch die Entscheidung über ihre eigene Zukunft. Ihr Ruf, mit sicherer Hand die Sieger herauszufinden, konnte sich schlagartig ins Gegenteil verkehren. Wenn sie nach den Spielen nicht einen ansehnlichen Haufen von Gewinnern präsentieren konnte, würde John sie ersetzen. In diesem Geschäft konnte es sich niemand leisten, Verlierer durchzufüttern. Das hatte ihr John kurz vor ihrer Abreise noch in einem langen, einschüchternden Telefongespräch klargemacht.

Maria Stenmark, ihre schwedische Eiskunstläuferin, war zwar sehr gut, aber in Megans Augen doch nicht gut genug für eine Medaille. Gunter hatte wohl gute Chancen im Riesenslalom, aber er war ein launisches Kerlchen, und seine Rennen rangierten zwischen hervorragend und mittelmäßig. Jacqui wiederum war ebenso beharrlich wie beständig – aber war sie auch gut genug? Und so weiter. Nacht für Nacht hatte Megan wachgelegen und versucht, die Medaillenchancen ihrer vielen Klienten abzuschätzen – doch allzu viel Zuversicht hatte ihr diese Beschäftigung nicht eingetragen. Und je näher die Spiele rückten, desto mehr Raum nahm die Sorge um Nikki ein. Megan hatte beschlossen, ihr Zimmer im Palace Hotel in Sarajewo mit Nikki zu teilen. Auf diese Weise konnte sie Nikki bewachen und vor der Verachtung ihrer Ex-Landsleute schützen. Sie hatte Angst um Nikki, und diese Angst war keineswegs beruflich motiviert. Nikki war ihr inzwischen ans Herz gewachsen, und sie hegte berechtigte Zweifel daran, daß Nikki genug Stärke besaß, verlieren zu können. Sie mußte unbedingt gewinnen. In letzter Zeit verriet Nikkis Eiskunstlauf, daß sie einen Höhepunkt an Brillanz und Disziplin erreicht hatte – aber sie geriet nur allzu leicht aus dem Gleichgewicht. Megan konnte nur beten, daß die enorme Nervenanspannung ihre Kür nicht beeinträchtigen würde.

Noch vier Tage bis Sarajewo. Während der siebte Februar unaufhaltsam näherrückte und schon die ersten Touristen in der Stadt eintrudelten, ließen die Funktionäre ihren Stolz Stolz sein und gingen zu schärfster Wachsamkeit über. Zahlreiche zusätzliche Wachtposten wurden beschäftigt, Tausende von leeren Video-Bildschirmen warteten nur darauf, eingeschaltet zu werden, und in jeder Tür tauchten Metall-Detektoren auf. Zoran Banski hatte der Welt sein Wort gegeben, Leib und Leben zu schützen vor der ganzen Liste olympischer Katastrophen, von kleinen Betrugsdelikten bis hin zu terroristischen Überfällen. Je näher der Beginn der Spiele rückte, um so verrückter spielten seine Magengeschwüre, alle vier.

61

Dienstag, 7. Februar 1984

Sarajewo sieht aus wie im Märchen, dachte Zoran Banski, zuständig für die Sicherheit in Sarajewo, säuerlich, während er sich langsam durch die Obala-Wojwode-Stepe-Straße, vorbei an der Princip-Brücke, die sachte dahinfließende Miljacka entlangfahren ließ.

Es war, als hätte die gute Fee ihren Zauberstab geschwenkt und Sarajewo über Nacht in eine errötende Braut verwandelt, angetan mit aller Pracht: Die Straßen waren gesäumt von Flaggen aller Nationen, die Fenster vollgestopft mit Olympia-Souvenirs, überall gab es Blumen, Plakate, Wimpel und all den Klimbim, der die vorolympische Euphorie gemeinhin begleitet.

Die Stadt wartete schüchtern darauf, den Westen willkommen zu heißen, den langersehnten Märchenprinzen. Ihre Mitgift waren die Berge, der Schnee, die neuen, herrlichen Eisbahnen und Stadien, die Bobrennbahnen und Rodelbahnen, die Skilifte, die Hotels und die Fässer voller Sliwowitz – alles pünktlich fertig und bereit. Die Leute sprudelten über vor freundschaftlicher Zuneigung. Von nun an würde das Leben unvergleichlich viel reicher sein, denn der Westen würde nun die Braut kennenlernen, sich in sie verlieben und immer wieder zu ihr zurückkehren – eine erfreuliche Liaison zwischen dieser Balkan-Einöde und dem zwanzigsten Jahrhundert.

Die Temperaturen lagen weit unter Null, doch niemand scherte sich darum. Die Bürger von Sarajewo waren draußen auf den Straßen, schwenkten Fähnchen und flüsterten lächelnd Willkommensgrüße. »Du bist schön, ich liebe dich«, so lautete die Botschaft, die die Braut dem Westen übermittelte – in Rundfunksendungen, Zeitschriften, Prospekten, Videos, Plakaten, Flugschriften, ja, sogar auf Speisekarten gedruckt.

Zoran Banski war, wie jeder Brautvater, erfüllt von bösen Vorahnungen. Er hegte keine solchen Illusionen. Die Braut würde entehrt, verlassen und schließlich vergessen werden. Ihre Mitgift würde verschleudert werden, ihre Freude vergehen. Doch niemand wollte auf Zoran Banski hören. Sein Pessimismus war allseits bekannt.

Zoran saß auf dem Rücksitz eines nagelneuen Mitsubishi-Kombis, der ihm für die Spiele zur Verfügung gestellt worden war. Er fühlte sich gar nicht wohl in seiner Haut. Er vermißte seinen alten, zerbeulten Lada mit den zerschlissenen Polstern, in die er so bequem hineinpaßte.

Auf der Gegenfahrbahn der breiten Schnellstraße schoben sich nahezu sämtliche Taxis der Nation Stoßstange an Stoßstange durch den Schnee. Unentwegt hupend, brachten sie die Touristen vom Flughafen Gordana zu den zahlreichen Hotels in der Stadt und in die Austragungsorte der Skirennen. Die Gehsteige quollen über von lärmenden, fröhlichen Besuchern. Wie sie so ziellos umherschlenderten, die Läden begutachteten, einkauften, glichen sie exotisch bunten Schmetterlingen.

Die Polizisten in ihren dezenten graublauen Uniformen versuchten, sich so unsichtbar wie möglich zu machen, doch Zoran wußte, daß sie ebenso aufgeregt waren wie die fröhliche Menge und entschlossen, weder Terroristen noch Rowdys zu gestatten, ihre wunderschönen Spiele zu verderben. Das war keine leichte Aufgabe, wenn man bedenkt, daß die fünfhunderttausend Einwohner der Stadt siebenundvierzig Nationen zu Gast hatten.

Ganze Busladungen buntscheckiger Skiläufer bahnten sich ihren Weg zu den Bergen Jahorina, Igman, Trebević und Bjelašnica, wo die obligatorischen Übungsläufe schon Tage vor den offiziellen Wettbewerben stattfanden. Die jungen Leute winkten im Vorüberfahren, und auf den Straßen drehte sich jedermann um und winkte zurück.

Banski lehnte sich vor und lachte leise beim Anblick der langen Reihe von Bürohochhäusern, von denen eines in hellem Blau erstrahlte. Nach einem ursprünglich überaus ehrgeizigen Plan aus den siebziger Jahren hatte man das Gebäude zehn Stockwerke weit hochgezogen und dann auf weiteres Geld gewartet, um es fertigzubauen. Das Geld war nie eingetroffen. Im vergangenen Monat jedoch hatte eine Gruppe von Baumeistern die gähnenden, schon zerbröckelnden Höhlen mit hellblauem Plexiglas ausgefüllt. Das Ergebnis war überaus glänzend – solange niemand nahe genug heranging, um einen Blick ins Innere zu werfen.

Nach weiteren achtzehn Kilometern erreichten sie den Flughafen, unweit des neuerbauten Olympiadorfs. Banskis Fahrer stellte den Wagen auf dem offiziellen Parkplatz ab, und Banski schob sich unbemerkt durch die ankommenden Passagiere, ein kleiner Mann in einem schäbigen Mantel – vielleicht der einzige Mensch in ganz Sarajewo, der nicht lächelte.

Und dazu habe ich auch allen Grund, dachte er ärgerlich. Heute morgen erst hatte er die Meldung bekommen – eine niederschmetternde Meldung, die ihm schwer auf den Magen geschlagen war. Er sackte leicht mit dem Oberkörper nach vorn, während er sich seinen Weg durch den überfüllten Flughafen bahnte und durch eine Tür mit der Aufschrift »Privat« trat.

Das Zimmer war nur spärlich möbliert – ein paar Plastikstühle und zwei Plastiktische. Irgendwer hatte ein Olympiaplakat an die Wand gepinnt, und Banski blieb sekundenlang nachdenklich davor stehen. Wer hatte wohl soviel eigenen Antrieb entwickelt, das aufzuhängen? Die drei Polizisten, die beim Kaffeetrinken gewesen waren, standen nun stramm.

»Was machen Sie hier?« Er runzelte die Stirn und sah auf seine Uhr. »Warum sind Sie nicht draußen? Ist noch Kaffee da?« Er ließ sich vorsichtig auf einem Stuhl nieder und knöpfte seinen Mantel auf.

»Ich hole Ihnen welchen«, sagte der junge Polizeisergeant.

»Nein.« Er winkte mit der Hand ab. »Bemühen Sie sich nicht.«

»Nikola Petrowna wird mit der nächsten Maschine erwartet. In ungefähr zwanzig Minuten.«

Er brummte und starrte zum Fenster hinaus. Sein Gesicht nahm einen abwesenden Ausdruck an, der den anderen sagte, daß jede weitere Kommunikation unerwünscht, wenn nicht sogar gefährlich war. Nach einiger Zeit, die seinen Untergebenen überaus lang vorkam, stand er wieder auf und ging hinaus. In der Tür hielt er noch einmal inne und sagte: »Millionen!« Er machte eine weitausholende Bewegung mit dem Arm. »Einhundertzwanzig Millionen, um genau zu sein. Das hat es gekostet, den Westen hierher zu holen. Sie müssen sich hier alle sicher fühlen. Vergeßt das nicht. Es ist wichtig.«

»Wir haben alles unter Kontrolle«, antwortete der Polizist nervös.

Vor dem Flughafen wartete der Bus des Palace Hotels. Auf dem Fahrersitz saß Čana. Banski legte ihr sachte eine Hand auf die Schulter. »Diesmal …«, sagte er. »Dieses Mal …«

Er wandte sich ab und lauschte dem Lautsprecher, der eine neuerliche Landung ankündigte. Dann holte er ein Taschentuch mit besticktem Rand aus der Tasche und putzte sich laut schnaubend die Nase.

Sarajewo stellte sein Gelände für die Winterspiele der Welt zur Verfügung, nicht für deren Kriegsspiele. Sollten sie sich doch einen anderen Platz suchen, wo sie ihren schmutzigen Geschäften nachgehen konnten. Nicht in seinem Territorium! O nein, nicht genau vor Zoran Banskis Nase! Sie würden noch merken, daß sie ihn unterschätzten.

Es war zwei Uhr nachmittags. Rob und seine Mannschaft kamen im Bus von ihren Übungsläufen auf den Slalompisten des Bjelašnica zurück. Es fiel wieder Schnee, und die Windböen erreichten Sturmstärke. Rob sah aus dem Fenster – Schnee, nichts als Schnee. Gestern war der Ausblick atemberaubend gewesen: meilenweit schneebedeckte Gipfel und Täler, die sich bis zum fernen, violett überhauchten Horizont erstreckten. Das dichte Buschwerk zu beiden Seiten der Straße war zu einem feinen Gespinst aus Schnee und Eis erstarrt. Heute jedoch war nichts von all dem zu sehen, und Rob mußte seine Ungeduld zügeln, solange der Bus die 35-Kilometer-Strecke der engen, kurvenreichen, erst jüngst für die Spiele fertiggestellten Straße ins Tal hinunterpreschte.

Als sie gegen drei im Olympiadorf ankamen, fühlte sich Rob hin- und hergerissen: Einerseits hatte er einen Bärenhunger, andererseits zog es ihn unwiderstehlich zu Jacqui.

»Immer diese schweren Entscheidungen«, murmelte er grinsend vor sich hin, als er den Gehsteig entlangeilte, vorbei an rosa, blau und türkis getünchten Häusern. Alle Appartementblocks enthielten im Erdgeschoß Restaurants, die die Spezialitäten sämtlicher Teilnehmerländer anboten. Als Rob sich dem britischen Block näherte, sah er eins der Mädchen durch die Tür huschen. Vermutlich waren sie, wie er, eben erst von den Übungsläufen zurückgekehrt. Vielleicht konnte er ja zwei Fliegen mit einer Klappe schlagen? Bei diesem Gedanken fühlte er sich schon wohler.

Er stellte sich ans Ende der Schlange, und als er der Selbstbedienungstheke nähergerückt war, sah er auch Jacqui mit ihren Mannschaftskameradinnen an einem Tisch sitzen. Der Anblick ihres hübschen Profils, ihrer kleinen, strahlendweißen Zähne, die sie beim Lächeln entblößte, und ihres dunklen Haars, das ihr in wilden Locken auf die Schultern fiel, ließ ihn erzittern. Auf seinem Tablett klirrten Besteck und Geschirr. Vorsichtig setzte er es ab und suchte nach Kleingeld. Jedesmal staunte er erneut über die lächerlich niedrigen Preise. Er zahlte fünfhundert Dinar – das waren nicht mehr als ungefähr zwei Dollar für Suppe, Brot, Fleischpastete, Erbsen, ein paar Früchte aus der Dose, einen Pudding sowie ein Glas Apfelsaft.

Und schon befand er sich im nächsten Dilemma: Sollte er sich einfach neben Jacqui oder doch besser weiter weg setzen? Ihre letzte Begegnung während der Weltcuprennen war ihm noch in schmerzlicher Erinnerung. Damals hatte er genau gewußt, wie oft Wolf Muller eingeflogen war, um Jacqui zu treffen, und wenngleich Rob durchaus Verständnis für ihr Bedürfnis nach einer Vaterfigur in ihrem einsamen Leben aufbrachte, so war ihm das doch kein Trost. Er wußte, daß sie ihn liebte, trotz all ihres arroganten Gehabes – aus welchem Grund sonst hätte sie mit ihm schlafen sollen, während sie mit Muller unterwegs war? Aber Jacqui war noch so unsicher! Und das war der Grund, weshalb er hier herumhing: Er hatte all seine Hoffnungen darauf gesetzt, Jacqui im Laufe der Winterspiele für sich zurückzugewinnen. Lieber Jacqui als eine Goldmedaille! Nicht gerade die richtige Einstellung für ein Mitglied der US-Mannschaft, das war ihm selber klar, doch was sollte er tun? Er war eben verliebt.

Wie sollte er sich ihr also nähern? Am Ende wählte Rob den Kompromiß und suchte sich einen Platz direkt hinter den britischen Mädchen, wo er schamlos ihrer Unterhaltung lauschte. Jacqui hatte ihn noch gar nicht bemerkt, da sie sich gerade eine hitzige Diskussion mit einer großen, eckigen Frau lieferte, die Rob auf den ersten Blick sofort unsympathisch war. Sie war eine verblichene Blondine in dem gewissen unbestimmbaren Alter zwischen dreißig und fünfzig und in überkandidelten Kleidern. Ihr Make-up war zu dick aufgetragen und die Grundierung zu dunkel für ihren Typ. Ihre Fingernägel waren zu spitz und zu rot, ihr Modeschmuck zu grell, und sie verbreitete eine Atmosphäre von Nervosität und geistiger Unreinheit um sich.

»Schauen Sie, Adele«, sagte Jacqui gerade und hatte einmal im Leben nicht die Beherrschung verloren. »Wir wollen alle gewinnen, deswegen sind wir hier. Es ist nicht fair, uns zu unterstellen, wir würden es nicht versuchen. Wir geben alle unser Bestes.«

Rob sah zu, wie Adele Irgendwer den Kassenbon fürs Essen vom Tisch nahm und in ihrer Handtasche herumsuchte.

»Freut mich zu hören«, gab sie mit falscher Freundlichkeit zurück. »Euch jungen Leuten muß man von Zeit zu Zeit ein paar Lebensgrundsätze in Erinnerung rufen. Magnum hat zweihunderttausend Pfund als Sponsorsumme für das britische Team hingeblättert, und die Höhe dieser

Summe verdient wohl ein wenig öffentliche Aufmerksamkeit. Also gebt den Zuschauern, was sie wollen, nämlich heimische Siege – und wenn ihr schon nicht siegen könnt, dann gebt dem Ganzen wenigstens ein bißchen mehr Pep, mit Zittern und Beben und ein paar Stürzen!« Sie hob eine knochige Hand und tätschelte ihre Frisur in Form. »Wir wollen doch nicht, daß die Zuschauer abschalten, oder?« Ihr Tonfall war nun leicht und spöttisch. »Wir wissen doch alle, wie dringend das britische Team Sponsoren braucht. Was nicht sonderlich überraschend ist, denn Schneckenrennen haben noch nie zu unseren nationalen Zerstreuungen gehört.« Sie lächelte, doch ihre Blicke glitten kalt von einem Mädchen zum anderen. »Also, Mädchen, geht ein bißchen härter ran«, sagte sie wie eine Mutter, die bessere schulische Leistungen aus ihrem Kind schmeicheln will.

»Moment mal, Adele.«

Überrascht wirbelte sie herum, als eine Hand sie am Ellbogen ergriff. Sie sah auf und starrte in die grauen Augen eines großen jungen Mannes, aus denen unverhohlener Abscheu sprach. Kaum zu glauben – aber er schüttelte sie!

»Zittern und Beben und ein paar Stürze, ja? Ist das ein Befehl? Von Ihnen? Und wer, zum Teufel, sind Sie überhaupt?«

Adele versuchte, ihm ihren Arm zu entwinden, doch ohne Erfolg.

Jacquis Augen weiteten sich vor Vergnügen. »Mann, Rob, hör schon auf!« rief sie ihm zu.

»Nichts da«, antwortete er. »Habe ich Sie richtig verstanden, Adele? Ist das eine offizielle Mitteilung vom Sponsor des britischen Teams? Zittern und Beben und ein paar Stürze – oder kein Geld mehr? Die Presse dürfte das überaus interessant finden.« Er schüttelte sie noch einmal, diesmal heftiger, und den Bruchteil einer Sekunde lang wirkte Adele wirklich erschrocken. »Wenn Sie ein

Mann wären«, sagte Rob mit seiner täuschend ruhigen Stimme, »dann würde ich Ihnen jetzt die Zähne einschlagen.«

»Sie halten sich wohl für besonders witzig?!« Sie runzelte die Stirn und schüttelte seinen Arm ab. »Ich bin der Sponsor. Und in dieser Saison haben die britischen Skiläuferinnen noch nichts als gähnende Langeweile geboten. Daher bekommen wir keine Deckung für das Geld, das wir gezahlt haben – das ist eine ganz einfache Rechnung. Die Mädchen müssen also eine gewisse Schau abziehen. Wenn Sie mir jetzt bitte den Weg freimachen würden.« Sie fegte an ihm vorbei, und er hörte das harte Klick-Klack ihrer hohen Absätze auf den Fliesen, bis sie das Restaurant verlassen hatte.

»Hallo, Rob!« Jacquis Augen glänzten vor Freude. »Mach dir nichts aus Adele. Sie versucht bloß, ihren Job zu behalten. Ihre neuen Herren wollen was für ihr Geld geboten haben. Mutter würde es nicht anders machen. Es ist eben ein hartes Geschäft.« Sie zog ihn auf den Platz neben dem ihren. »Du bist doch auch in dem Geschäft, du solltest es eigentlich wissen.«

»Ich hoffe, keine von euch nimmt sie wirklich ernst«, fing Rob an, brach jedoch wieder ab, um den anderen Mädchen, die sich zum Gehen anschickten, ein ›Goodbye‹ zuzumurmeln. Er hatte den Eindruck, sie wirkten ziemlich eingeschüchtert.

»Hör bloß nicht auf diese Hexe«, sagte Rob mißmutig zu Jacqui.

»Aber natürlich, das muß ich doch«, war ihre ernsthafte Antwort. »Dieses Rennen bedeutet die ganze Welt für mich. Vanguard braucht dringend einen Sieg. Und es ist nun mal nicht einfach, zum Aschenputtelteam zu gehören.« Sie lachte unsicher. »Mutter wollte sich natürlich gleich wieder überschlagen und mir meine eigenen Techniker zur Verfügung stellen, obwohl wir wirklich jede nur mögliche Unterstützung gut brauchen können. Jeden

Abend drücken wir uns bei den europäischen Teams rum und versuchen, soviel wie möglich von ihren Erfahrungen aufzuschnappen.«

»Bitte, red nicht mehr vom Skilaufen.« Rob griff nach ihrer Hand. »Wenn das hier alles vorbei ist«, sagte er ernst, »dann möchte ich, daß du noch ein paar Tage bleibst. Vielleicht können wir dann ja ein bißchen mehr voneinander haben. Da weitermachen, wo wir aufgehört haben. Du hast mir so gefehlt.«

Sie wandte sich ausweichend ab, und der Blick ihrer Augen ließ Rob zusammenzucken. »Er kommt also hierher, oder?«

Jacqui nickte. »Ja, natürlich«, sagte sie tapfer.

»Ich hatte so sehr gehofft ... Nun, das wär's dann wohl«, sagte er wie abschließend. Sein Gesicht war kreideweiß geworden, seine Augen hatten einen verletzten Ausdruck.

Jacqui ertrug es kaum, ihn so vergrämt zu sehen. »Bitte ...« setzte sie an.

»Du kannst nicht von mir erwarten, daß ich hier herumhänge und den Trottel spiele, während du ... Ach, verflucht, Jacqui. Du mußt dich entscheiden – jetzt gleich. Er oder ich!«

Jacquis Blick wurde verschwommen, und Rob, beschämt durch ihre Traurigkeit, wünschte, er könne seine Worte zurücknehmen.

Sie sagte lediglich: »Mußt du mir das antun – so kurz vor dem Rennen? Ich weigere mich, mich in irgend etwas hineintreiben zu lassen. Du – du kannst tun, was du willst. Ich werde dich nicht aufhalten.«

In ihren Augen glänzten Tränen, als sie rasch davonging. Rob starrte ihr nach und fühlte sich wie ein Verräter.

Als sich der Tragflügel des UTA-Jets sachte gen Osten neigte, erhaschte Eleanor einen Blick auf die Kuppeln und Minarette des Türkischen Viertels und gleich daneben den menschenüberfüllten Wirrwarr aus Straßen und Gebäuden des alten österreichischen Stadtteils. Dann kurvten sie über dem neuen proletarischen Zentrum mit breiten Straßen, rechteckigen Gebäuden aus Glas und Beton und Appartement-Hochhäusern. Eine Großstadt inmitten einer solche Einöde, ohne die gewohnten Vorstädte, Parkanlagen, Industriegebiete und Fernstraßen an der Peripherie, dachte Eleanor, konnte man wohl nur im Osten finden. Es war, als sei sie einfach dorthin gekippt worden.

Im Flughafen war es bitter kalt. Bis Eleanor ihr Gepäck zusammengelesen hatte, zitterte sie erbärmlich. Sie schlug den Kragen ihrer Hermelinjacke hoch und ließ sich vom Strom der lärmenden, lachenden Besucher aus dem Flughafengebäude und ans Ende einer langen Warteschlange schieben.

Sie beobachtete, wie der Konvoi aus Taxis und Omnibussen langsam näherrückte. Die ankommenden Reisenden – egal, ob es sich um Olympia-Teilnehmer, Geschäftsleute oder Touristen handelte – wurden mit der Geschwindigkeit und Effektivität einer Verpackungsanlage verstaut und befördert. Nur Minuten später wurde sie auch schon eiligst in ein Taxi verfrachtet, gemeinsam mit drei Fremden, die ebenfalls Zimmer im Holiday Inn gebucht hatten.

»Wie konnte ich bloß diese Affenkälte vergessen?« murmelte sie eine halbe Stunde später, nachdem sie ihre Suite bezogen hatte und nun ihren Koffer nach wärmerer Kleidung durchwühlte. »Ich hätte mich eigentlich daran erinnern sollen. Schließlich bin ich Schottin. Aber diese Eiseskälte scheine ich einfach vergessen zu haben.« Wenn sie nicht erfrieren wollte, würde sie sich Thermo-Unterwäsche kaufen müssen, doch zuallererst wollte sie Jacqui sehen.

Als ihr Taxi im Britenviertel des Olympiadorfs vorfuhr, schneite es heftig. Eleanor gab dem Fahrer ein Trinkgeld in der gleichen Höhe wie in Monaco, doch er lehnte es lächelnd ab, mehr als hundert Dinar zu nehmen. »Sie alle sind unsere Freunde!« rief er ihr zu. »Wir wollen, daß Sie wiederkommen!«

Der britische Trainer sagte Eleanor, sie könne Jacqui im Restaurant finden. Zuerst sah sie ihre Tochter gar nicht, doch dann fiel ihr eine zusammengesunkene Gestalt an einem Ecktisch auf. Es war Jacqui, die den Kopf in die Hände gestützt hatte und die, es war kaum zu glauben, weinte.

»Meine Güte, Jacqui, was ist denn los?« Eleanor war sowohl gerührt als auch erschrocken. Sie hatte ihre Tochter noch nie anders als hart im Nehmen erlebt. Jacqui pflegte ihre Traurigkeit mit Zorn zu bekämpfen und ihren Ängsten mit Aggressivität zu begegnen. Eleanor hatte ihre Tochter deshalb stets bewundert. Jetzt fragte sie sich einen Moment, ob Jacqui wohl aus dem britischen Team ausgeschlossen worden sein mochte, und eine Woge freudiger Erleichterung wollte sie schon überkommen. Schließlich gab es nichts, was Jacqui auch nur annähernd soviel bedeutete wie die Skirennen.

»Jacqui«, setzte Eleanor vorsichtig an, indem sie die Hand ihrer Tochter nahm. »Wenn es darum geht, daß sie dich rausgeschmissen haben – es gibt noch andere Winterspiele als diese.«

Mit schamrotem Gesicht setzte sich ihre Tochter auf. »Ich hatte keine Ahnung, daß du kommen wolltest«, murmelte sie undeutlich.

»Um so besser, daß ich's getan hab'. Und nun erzähl mir mal, warum du weinst.«

Jacqui schüttelte heftig den Kopf, schloß fest die Augen und verstärkte den Griff um die Hand ihrer Mutter.

»Mutter«, begann sie dann in gequältem Tonfall. Doch dann strömte ein Pulk von Touristen in das Lokal, und Jacqui hielt ihren Mund.

»Sollen wir ein Stück spazierengehen?« schlug Eleanor

vor. »Oder willst du lieber mit mir zum Dinner in mein Hotel kommen?«

Jacqui schüttelte den Kopf. »Zuviel zu tun«, brachte sie heraus. »Gehen wir spazieren.«

Der Schnee fiel mittlerweile noch heftiger, die Menschenmenge auf den Straßen hatte zugenommen und die Restaurants füllten sich mit Gästen. Überall herrschten Heiterkeit und jugendlicher Überschwang. Die beiden Frauen gingen Arm in Arm.

»Ich bin hergekommen, weil ich mit dir reden will«, fing Eleanor zögernd an. Daß ihre Tochter sich vor ihr zurückzog, erkannte sie an ihrem Blick, ihrem unfreiwilligen Zusammenzucken, den Anzeichen einsetzenden Zorns. Eleanor fühlte sich zutiefst verletzt und redete daher rasch weiter, bevor sie den Mut dazu verlor.

»Über die Dinge, die wirklich zählen, hab' ich eigentlich nie mit dir gesprochen. Ich hab' es einfach für klar gehalten, daß du weißt, wieviel mir an dir liegt. Vielleicht hab' ich dir nicht viel Liebe gezeigt, aber das lag daran, daß ich immer versuche, nicht zuviel zu empfinden – ich meine, Gefühle können furchtbar wehtun.« Eleanor versuchte, die Rede, die sie im Flugzeug geprobt hatte, so schnell wie möglich hinter sich zu bringen.

»Ich denke, es ist an der Zeit, daß wir beide unsere Karten offen auf den Tisch legen.« Als Jacqui keine Antwort gab, fuhr sie fort: »Unser letzter Streit tut mir sehr leid – mehr, als du wohl glaubst. Ich hätte deine Fragen beantworten sollen. Ich weiß ja, daß du gern über deinen Vater Bescheid wissen willst. Es war meine Schuld. Bitte verzeih mir.«

Jacqui preßte die Lippen zusammen und wandte den Blick ab. Ihre großspurige Mutter so nah den Tränen zu sehen war beinahe zuviel für sie. Sie brachte kein Wort hervor. Und mit einem Male war ihr klar, daß sie ihre Mutter über alles liebte – seit eh und je. Nichts hätte sie sich sehnlicher gewünscht, als ihr näherzukommen, doch noch immer hielt sie sich zurück.

»Jacqui, als ich in dieses Restaurant kam, hast du gerade geweint. Ich habe dich noch nie im Leben weinen sehen. Willst du mir nicht sagen, was los ist?«

Jacqui schüttelte den Kopf. Schon als Kind hatte sie – zu ihrem eigenen Nachteil – herausgefunden, daß es die abscheulichsten Folgen haben konnte, wenn sie Mutter Vertrauen schenkte.

»Jacqui, mein Herz, du bist noch so jung, warum willst du dir nicht von mir helfen lassen? Wenn wir doch wenigstens miteinander reden könnten!«

Na, wenn das alles ist, was sie will – bitte sehr. In einem Anfall seltener Offenheit versuchte Jacqui, eine Erklärung zu geben. »Dir etwas anzuvertrauen ist gleichbedeutend mit bedingungsloser Kapitulation, Mutter. In null Komma nichts nimmst du das Heft in die Hand, fährst dein ganzes Arsenal auf, schießt mit Kanonen auf Spatzen, wie du das immer tust, walzt jedermann, der sich dir – oder auch mir – entgegenstellt, in Grund und Boden und präsentierst mir deinen Sieg auf einem Silbertablett.«

Eleanor schaute vollkommen entgeistert drein. »Ja, du hast recht«, gab sie dann mit einem zitterigen Lachen zu. Sie blieb vor einem Schaufenster stehen, in das sie eine Weile lang hineinstierte, wobei sie mehrmals ein Taschentuch hervorholte, um sich die Augen zu betupfen.

Nach längerer Pause sagte sie: »Ich will versuchen, mich zu bessern. Aber du bist noch so jung ... so unerfahren. Ich habe Angst um dich.«

»O Mutter. Ich weiß wirklich nicht, was ich tun soll. Ich bin verliebt, und das gleich in zwei Männer. Ich liebe sie alle beide ganz fürchterlich, aber auch ganz unterschiedlich. Schließlich sind sie auch sehr verschieden voneinander. Und jetzt wollen ... das heißt ... einer von ihnen will, daß ich mich entscheide, und das kann ich nicht. Ich wage es nicht einmal, auch nur einen von beiden aus meinem Leben wegzudenken.«

Wie schnell mein kleines Mädchen erwachsen geworden ist, dachte Eleanor erschrocken.

»Na, dann erzähl mir mal ein bißchen was von ihnen«, fing Mutter an. »Oder nein – fangen wir doch gleich am Anfang an. Erzähl mir, wer ihre Eltern sind.«

Jacqui murmelte Unverständliches und zog sich wieder in ihr Schneckenhaus zurück, da sie spürte, daß Mutter wieder in ihre alte Rolle verfiel und, wie stets, die Sache in die Hand nehmen wollte. Nichts würde sich jemals ändern!

»Ich rate dir«, sagte Eleanor gerade, »laß dich von ihnen zu nichts drängen – von keinem von beiden. Du triffst deine Wahl, wenn dir alles klar ist und wenn du bereit dazu bist, vorher nicht. Bis dahin müssen sie eben warten, und ich bin sicher, das werden sie auch tun. Wenn nicht, dann sind sie deiner ohnehin nicht wert. Aber ich würde sie wirklich gerne kennenlernen.«

Köstlicher Kaffeegeruch kam aus dem Schweizer Block gezogen, und aus einem Schaufenster lachten ihnen Windbeutel mit Erdbeeren entgegen. »Hei, sieh dir das an! Sind sie nicht eine Augenweide?« sagte Jacqui und zog ihre Mutter auch schon auf die Tür zu.

Jacqui ging es offensichtlich schon wieder viel besser. Ach ja, die Jugend, dachte Eleanor. »Also gut«, gab sie nach, »gehen wir schlemmen.«

Sie suchten sich ein ruhiges Eckchen, bestellten Kaffee und Windbeutel, und schließlich sagte Eleanor: »Du kannst mir vertrauen. Ich werde mich nicht einmischen.« Jacqui sagte erst mal nichts, zumal sie den Mund voll Kuchen hatte, dann nickte sie nach kaum merklichem Zögern. »Ich werd' sogar noch mehr tun. Ich bring' sie dir, damit du sie kennenlernen kannst. Dann kannst du dir selber ein Urteil bilden. Du wirst sie mögen, Mutter, alle beide.«

Eleanor schloß die Augen und nahm sich vor, kein Feigling zu sein. Sie war aus einem ganz bestimmten

Grund hierher gekommen, und sie würde sich nicht vom Thema ablenken lassen. Immerhin hatte sie ihre Ansprache den ganzen Flug hindurch, von Monaco bis Sarajewo, geübt.

»Jacqui, du solltest erfahren«, fing sie an, »daß ich seit einem Jahr in psychoanalytischer Behandlung bin. Hauptsächlich wegen meiner Allergien, aber dann hab' ich mittendrin festgestellt, daß mein eigentliches Ich irgendwie völlig im Geschäft untergegangen ist und daß von mir selber kaum noch was übrig war. Vor langer Zeit hat mir einmal jemand ganz entsetzlich wehgetan. Damit bin ich fertig geworden«, fuhr sie hastig fort, da sie nicht wie eine Märtyrerin klingen wollte. »Schließlich hat sich auch herausgestellt, daß das gar nicht das Problem war. Um was es wirklich ging, war das, was aus mir geworden war: Ein Automat, der alles unter den Teppich kehrt – Liebe, Schuldgefühle, Zorn, einfach alles. Ich habe nie mit dir reden können darüber – ich meine, über alles, was damals passiert ist, weil ich die Vergangenheit selber nicht wahrhaben wollte. Aber ich hab's letzthin gründlich hinter mich gebracht, und jetzt glaube ich, daß ich dir davon erzählen kann, ohne daß ... naja, du weißt schon.« Sie stieß ein zitteriges Lachen aus, suchte wieder nach ihrem Taschentuch und tupfte sich die Wangen ab.

»Du brauchst mir gar nichts zu erzählen, Mutter«, sagte Jacqui rasch. »Ich hätte dich nicht danach fragen sollen. Deine Vergangenheit geht mich nichts an. Du hast immer nur dein Bestes für mich gegeben, und dafür bin ich dir dankbar. Ach, Mutter!« seufzte sie weich, da Eleanor ein deutliches Schnüffeln hören ließ. »Ich hab' immer zu dir aufgesehen und dich bewundert, das weißt du doch. Vergessen wir also das Ganze.«

»Nein, Jacqui«, sagte Eleanor mit Nachdruck, «du brauchst mir nicht Honig ums Maul zu schmieren. Zu Hause bin ich nicht auf deine Fragen eingegangen, und nachdem du abgereist warst, hab' ich mich ganz entsetzlich gefühlt. Deshalb bin ich hierhergeflogen – in der Hoffnung, daß es noch nicht zu spät ist.«

»Wieso, Mutter?« Jacqui sah sie verständnislos an. »Zu spät für was?«

»Für uns. Ich hatte fürchterliche Angst, ich könnte dich verlieren. Du bist der einzige Mensch auf der Welt, den ich liebe. Das weißt du doch, nicht wahr?« Sie griff nach der Hand ihrer Tochter und umschloß sie mit ihren Fingern, und zu ihrer Überraschung zog Jacqui ihre Hand nicht zurück. Statt dessen drückte sie die ihrer Mutter.

»Ich habe immer gewußt, daß ich mich eines Tages stellen und dir sagen müßte, was ich dir jetzt sagen werde. Weißt du, Herzchen, ich habe deinen Vater sehr geliebt. Er war ein ebenso draufgängerischer Skirennläufer wie du, und wäre der Krieg nicht gewesen, glaube ich, daß er sicher auch an den Olympischen Spielen teilgenommen hätte. Aber dann hat er sich bei einem Skiunfall das Rückgrat gebrochen, und von da an war unser Leben ruiniert.«

Ein Skiunfall? Eine sonderbare Übereinstimmung! Jacqui fing an, sich unbehaglich zu fühlen.

»Ich hätte dir schon vor Jahren sagen sollen, warum ich so entsetzliche Angst habe, wenn du Wettrennen läufst. Weißt du, Wolf – so hieß er – brach sich das Rückgrat, und das hat unsere Ehe kaputtgemacht.«

Wolf! Lautlos formte Jacqui den Namen mit den Lippen und wäre doch beinahe daran erstickt. Sie setzte langsam ihre Tasse ab. Dabei zitterten ihre Hände so stark, daß sie sie rasch in die Taschen steckte. Dann lehnte sie sich zurück und schloß die Augen.

Mutter schien die Reaktion ihrer Tochter nicht bemerkt zu haben. Sie lehnte sich ebenfalls zurück, mit halb geschlossenen Augen, und suchte nach den richtigen Worten, um ihre Geschichte der Wahrheit entsprechend zu erzählen.

»Weißt du«, sagte Eleanor schließlich, »ich hatte einfach Angst, ich könnte dich ebenfalls verlieren. Du bist alles, was mir von ihm geblieben ist. Kannst du dir vorstellen, daß deine alte Mutter einmal dermaßen verliebt war?«

»Ich kann's mir vorstellen«, sagte Jacqui tonlos.

»Trinken wir noch einen Kaffee«, sagte Eleanor aufgekratzt. Sie sah auf das Tischtuch nieder und wartete auf Jacquis Antwort, und als sie schließlich einen Blick auf ihre Tochter riskierte, fiel ihr auf, daß Jacqui leichenblaß aussah. War ihr schlecht? Ihre Finger umklammerten die Tischkante, als hinge ihr ganzes Leben davon ab.

Eleanor betrachtete sie besorgt. »Vielleicht hätte ich dir das alles gar nicht sagen sollen«, flüsterte sie. »Jacqui?« Wieder griff sie nach der Hand der Tochter. Sie fühlte sich so kalt an! »Ich habe erkennen müssen, daß die Wahrheit immer besser ist als eine Lüge. Lügen wirken sich am Ende immer zerstörerisch aus.«

»Schon gut, Mutter«, sagte Jacqui leise. »Du hast recht. Früher oder später hätte ich es ja doch herausfinden müssen.«

»Da! Jetzt hab' ich's hinter mir!« sagte Eleanor triumphierend. »Vielleicht können wir von nun an ein bißchen besser miteinander auskommen.«

»Hast du diesen ... Wolf seit damals noch mal wiedergesehen, Mutter?«

»Nein. Deinen Namen habe ich übrigens legal in Douglas ändern lassen. Ich glaube, er weiß bis heute nicht, daß er eine Tochter hat.«

Aber er weiß, daß *du* eine Tochter hast, Mutter, und er hat mich gesucht und meine Aktien an sich gebracht, damit er sich an dir rächen kann! Jacqui stieg die Galle hoch, und einen Moment lang glaubte sie schon, sie müsse sich übergeben, doch dann hatte sie sich wieder in der Gewalt. Sie stieß ihren Stuhl zurück, und Eleanor sprang mit einem glücklichen Lächeln auf.

Jacqui zwang sich ebenfalls zu einem Lächeln. »Ich muß wieder zurück zu den anderen, Mutter«, erklärte sie.

»Du brauchst dir um nichts mehr Sorgen zu machen. Ich verstehe jetzt endlich alles viel besser.«

»Schön wär's ja – aber solange wir bloß zusammenhalten, kann ich alles andere viel besser ertragen.«

»Das werden wir. Gleich wenn die Spiele vorbei sind, steig' ich bei dir ein – wenn du mich brauchen kannst.«

Wie blaß das Kind war! Die Woge von Sorge und Liebe, die in Eleanor aufstieg, machte ihr die Knie schwach. Jacqui war noch so jung! Viel zu jung, um durchzustehen, was ihr bevorstand! Warum mußte sie sich auch ausgerechnet für den Abfahrtslauf entscheiden? Eleanors böse Erinnerungen quälten sie ebenso wie ihre düsteren Vorahnungen. O mein Gott, dachte sie, wären diese zehn Tage doch nur erst vorüber!

Vater! Allein der Gedanke war schon ein Schock: Wolf ist mein Vater und ein Betrüger. Er hat mich nach Strich und Faden belogen und betrogen. Dennoch – hinter all den bösen Gedanken, hinter dem Wunsch, zurückzuschlagen –, tief in ihr drinnen, gloste ein warmes Gefühl. Ihr Geheimnis, sorgfältig versteckt. Ein sonderbares Gefühl der Zugehörigkeit. Sie war noch nicht soweit, daß sie es hätte hervorholen und genauer unter die Lupe nehmen können. Nicht einmal darüber sprechen konnte sie, mit Mutter nicht, auch nicht mit Rob, und schon gar nicht mit Wolf. Doch Wolf rief weiterhin ständig an und war auch schon zweimal zum britischen Haus gekommen, doch das Team war übereingekommen, ihn zum Teufel zu schicken.

Als es Nacht wurde, war Wolf der Verzweiflung nahe. Jacqui war nicht zu ihrem gemeinsamen Abenddrink erschienen, und er war sich nun sicher, daß sie ihm aus dem Weg ging. Er war zum Olympiadorf gefahren und hatte mehrmals versucht, Jacqui zu sprechen, doch ihre Teamkameradinnen wollten ihn nicht einlassen. Endlich hatte sie sich wenigstens bereit erklärt, mit ihm am Telefon zu sprechen.

Noch bevor er auch nur ein Wort sagen konnte, stellte sie ihm auch schon ihre Frage, mit der Stimme einer Fremden: »Wolf, die Frau, mit der du verheiratet warst, die Hexe, die dich betrogen, dir dein Geschäft gestohlen und dich als Krüppel im Elend sitzengelassen hat – war das meine Mutter?«

»Solche Dinge bespricht man nicht am Telefon«, hatte er abgewehrt.

»War sie es?«

»Ja.«

»Du widerlicher Scheißkerl! Du hast die ganze Zeit gewußt, wer ich bin, und hast mich mit all diesen Geschichten vollgestopft. Du hast so getan, als wolltest du mir helfen, dabei warst du von Anfang an bloß auf meine Aktien aus – damit du Mutter ruinieren und uns beiden Vanguard wegnehmen kannst. Ich kenne meine Mutter sehr gut, und ich weiß, daß sie solche Methoden nie anwenden würde. Halt dich von Mutter fern, Wolf, und von mir auch.«

Wolf wollte seine Niederlage nicht einsehen. Es war ja alles wahr, doch ebenso wahr war auch die Liebe, die er Jacqui entgegenbrachte. Wieso diese plötzliche, unangebrachte Loyalität Mutter gegenüber? Er hatte nicht die Absicht, Jacqui aufzugeben. Sie konnte das Band, das im Laufe des vergangenen Jahres zwischen ihnen entstanden war, nicht einfach durchschneiden. Er liebte sie, und er wollte sie heiraten.

»Hör mir zu, Jacqui. Ganz egal, wie's angefangen hat – das Ende ist entscheidend, und das heißt, daß ich dich liebe. Ich hab' dir deine Anteile schließlich zurückgegeben, oder? Beweist dir das gar nichts? Deine Ölaktien hast du außerdem auch noch. Das muß dir doch das eine oder andere sagen.«

»Die kannst du zurückhaben.« Ein unpersönliches Klicken beendete das Telefongespräch.

62

Der von dem bekannten jugoslawischen Künstler Miroslaw Roko Antonic entworfene, feinziselierte Schneekristall, welcher zum offiziellen Symbol der vierzehnten Olympischen Winterspiele erkoren worden war, erwies sich als sehr bezeichnend. Dieser Gedanke schoß jedenfalls Megan durch den Kopf, als sie an Ians Seite im Koševo-Stadion stand und die Eröffnungszeremonie beobachtete: Ein böiger Schneesturm mit Spitzengeschwindigkeiten bis zu hundertdreißig Stundenkilometern fegte durch das weite Rund und ließ die Zuschauer frösteln.

Trotz der beißenden Kälte war Megan von der spektakulären Vorstellung der jungen Jugoslawen unten im Stadion begeistert. Viertausendfünfhundert Darsteller in leuchtendbunten avantgardistischen Schneeanzügen hatten ein auf Sekundenbruchteile genau abgestimmtes gymnastisches Ballett aufgeführt, gefolgt von einer hervorragenden Fahnentänzertruppe, deren Darbietung mit einer Fülle überraschender Effekte gespickt war. Megan fühlte sich wie in eine andere Zeit und einen anderen Raum versetzt, tausend Lichtjahre entfernt von der Realität, in eine Welt, in der alle Menschen lächelten, wo die Farben bunter und kräftiger waren, wo von früh bis spät mitreißende Musik ertönte und auf zauberische Weise jedermann glücklich und zufrieden war. Selbst Vucko, der Wolf – das Maskottchen der Spiele – war kein blutrünstiges Ungeheuer mehr, sondern hatte sich in ein entzükkendes verspieltes Kuscheltier verwandelt, das sich voller Freude zu den Turnern, Kadetten, Volkstanzgruppen, Balletttruppen und Oberschülerinnen gesellte, die wie exzentrische Besucher von einem anderen Planeten wirkten.

Der Einmarsch der Sportler begann. Megan war inzwischen eins mit der Menge, eine unter Tausenden lachender Enthusiasten, die die Athleten begrüßten. Sie schwenkte eine amerikanische Fahne, bestaunte mit großen Augen die ausgefallenen Olympia-Garderoben: Da waren die Kanadier, die aussahen wie rotbemützte Weihnachtsmänner, die Italiener mit über die Schultern geworfenen gestreiften Schals, die Schweizer in elegantem Rotweiß, die Schweden in Blau mit leuchtend gelben Mützen, die Amerikaner mit Cowboy-Hüten auf den Köpfen, vier gutaussehende, schnurrbartbewehrte, lächelnde Libanesen, Marokkaner in langen Umhängen – und ein einsames Ein-Mann-Team aus Puerto Rico.

Megan jedoch hatte in all diesem Trubel nur Augen für Nikki und Jacqui, zwei schmächtige Mädchen, die in der britischen Mannschaft mitmarschierten. Nikki hielt sich sehr gerade, die Schultern zurück, das Kinn trotzig nach vorn gereckt, den Kopf hoch erhoben. Gestern im Foyer war sie verständlicherweise von Mitgliedern der sowjetischen Equipe ostentativ geschnitten worden. Später hatte Megan sie im Bett jedoch leise weinen hören und daraufhin Jacqui gebeten, sich am Eröffnungstag ein wenig um die junge Eiskunstläuferin zu kümmern. So kam es, daß die beiden Seite an Seite durchs Stadion zogen.

Bei wem die Sympathien der Jugoslawen lagen, war nicht zu übersehen: Als die amerikanischen Sportler und Sportlerinnen ihre Cowboyhüte lüpften, stimmten die Zuschauer in die Jubelrufe der wenigen amerikanischen Schlachtenbummler ein und begleiteten sie, bis das Team vorüber war. Und als schließlich die Feuerwehrkapelle von Lake Placid, dem Gastgeber der Spiele von 1980, mit flotten amerikanischen Liedern den Ton angab, sang Megan freudig mit in einem einzigen, das ganze Stadion umfassenden Chor.

Eleanor studierte mit Interesse die Wettkämpfer und versuchte, die von Vanguard gesponserten Teilnehmer ausfindig zu machen. Ein Jammer, daß sie bei der Ausstattung des Teams den kürzeren gezogen hatte: Trotz verzweifelter Versuche, ihre Skianzüge und Olympia-Uniformen an den Mann bzw. die Frau zu bringen, hatten *Fila* und *Descente* zum Schluß die Nase vorn gehabt. Wirklich ein Jammer, dachte sie. Ganz zweifellos hat unsere Effizienz unter dem Takeover-Versuch gelitten, dachte sie, aber eines ist sicher: Das nächste Mal gewinne ich ...

Die meisten Vanguard-Schützlinge kannte Eleanor nur von Fotografien. Dennoch war es ihr gelungen, Gunter zu entdecken, der im westdeutschen Riesenslalom-Aufgebot war, und Maria Stenmark, die schwedische Eisschnellläuferin. Und Nikki natürlich, die neben Jacqui im britischen Team marschierte. Wie blaß die beiden aussehen, hatte sie gedacht, als sie sie mit dem Fernglas näher ins Auge faßte.

In diesem Augenblick langte Nigel, der neben ihr stand, aus irgendwelchen Gründen in seine Manteltasche und stieß Eleanor dabei versehentlich an den Arm. Das Fernglas schnellte hoch – und auf einmal sah sie sich zwanzig Jahre zurückversetzt, denn sie starrte in die vertrauten Züge von Wolf Muller. Es hatte den Anschein, als starre auch er sie an. Abwegig, dachte sie, vollkommen abwegig. Eine Halluzination. Das hat man davon, wenn man dauernd zum Analytiker rennt. Ihr Gesicht verzog sich zu einer Grimasse. Bald werde ich auch noch Stimmen hören ... Aber warum eigentlich soll er *nicht* dasein? Die halbe Welt ist da ... Trotzdem, er müßte sich sehr verändert haben, müßte doch viel älter aussehen, oder?

Der Mann, den sie gesehen oder zumindest zu sehen geglaubt hatte, sah genauso jugendfrisch aus wie der Wolf Muller ihrer Erinnerungen.

Vorübergehend war Eleanor stark irritiert. Sie nahm das Fernglas, das sie im ersten Schreck abgesetzt hatte, wieder vor die Augen und musterte sorgfältig die Gesichter auf der gegenüberliegenden Tribüne, was zunächst gar nicht so einfach war, weil ihre Hände furchtbar zitterten.

Das ist Wolf, das muß er sein, sagte sie sich eine halbe Stunde später, als es ihr endlich gelungen war, das gesuchte Gesicht wiederzufinden. Was für ein böser Zufall! Panik ergriff sie. »Nigel, mir ... mir geht es nicht gut, diese Kälte, verstehst du? Bitte bleib hier, mein Lieber, wir sehen uns später im Hotel.« Sie stopfte das Fernglas in ihre Handtasche und floh.

An den Toren mußte Eleanor zu ihrer Bestürzung feststellen, daß sie – und mit ihr alle anderen Zuschauer – im Stadion eingesperrt waren. Die Polizei hatte alle Ausgänge abgeriegelt – ›aus Sicherheitsgründen‹, wie der rasch herbeigerufene Dolmetscher erklärte. Der nette junge Mann verwies sie nacheinander taktvoll auf die Toilette, den Ruheraum und die ärztliche Ambulanz als möglichen Aufenthaltsort, was jedoch samt und sonders von ihr strikt abgelehnt wurde. Schließlich geleitete er sie zurück zu ihrem Platz und verabschiedete sich mit einer höflichen Verbeugung. Sie konnte das Stadion erst nach dem Ende der Veranstaltung verlassen.

Nigel sah sie überrascht an. »Wir sind alle eingesperrt«, erklärte sie ihm. »Das ist doch sehr merkwürdig! Damit kann doch kein Mensch rechnen. Na ja, im Ostblock ...« Sie zuckte mit den Schultern.

Eleanor ließ sich wieder nieder und hörte sich die verschiedenen Ansprachen an, die nun gehalten wurden. Langsam gewöhnte sie sich an den Gedanken, daß Wolf tatsächlich in Sarajewo war. Daß er in irgendeinem Teil der Welt in den vergangenen zwanzig Jahren sein eigenes Leben geführt haben mußte so wie sie das ihre. Er war nicht das Gespenst, das sie bis in ihre Träume verfolgte und ihr das Leben zur Hölle gemacht hatte. In ihrer Vorstellung war Wolf an jenem Tag, da sie ihn zum letztenmal gesehen hatte, gleichsam konserviert worden, war nicht gealtert, hatte sich in keiner Weise verändert. Doch der Mann, den sie nun immer wieder heimlich mit dem Fernglas betrachtete, machte einen wohlhabenden, selbstsicheren und gesunden Eindruck und war sehr gut gekleidet – ganz anders als der verkrüppelte, gebrochene, heulende Säufer, damals bei seinem letzten Auftritt in der Firma. Aus irgendwelchen Gründen empfand sie diese Wandlung als tröstlich und beruhigte sich ein wenig.

»Sieh mal einer an«, sagte sie mit gekünsteltem Lachen zu Nigel. »Da drüben sitzt Wolf Muller. Schau selbst ...« Sie reichte ihm das Fernglas und merkte an der plötzlichen Verkrampfung seines Körpers und seinem nervösen Blick sofort, daß Nigel Wolf erkannte.

»Unsinn«, sagte er. »Sieht ihm nicht mal ähnlich.«

»Das Gesicht direkt unterhalb der Frau mit dem roten Hut«, hakte Eleanor nach. »Hast du den roten Hut gesehen?«

Widerstrebend guckte Nigel noch einmal. »Ich kann keinen Wolf Muller sehen«, gab er unumwunden zurück. Danach rieb er sich mehrfach die Augen, und in jeder seiner eckigen Bewegungen spürte Eleanor Widerwillen und Abscheu. Ob er sich vor der Tracht Prügel fürchtet, die ihm vor zwanzig Jahren in Aussicht gestellt worden ist, fragte sie sich. Nein, das ist absurd – er wird aus anderen Gründen schwitzen, und ich kann mir denken, weshalb.

Die Reden dauerten zwei Stunden lang, und langsam fraß sich die Kälte durch Eleanors dicke Winterkleidung. Dann endlich wurde das Olympische Feuer von der Eiskunstläuferin Sandra Dubravcic übernommen, die die flammende Fackel im Laufschritt eine gewaltige, in ständig wechselnde, leuchtende Farben getauchten Treppe hinauftrug. Sofort entzündete sich die große Flamme und loderte donnernd zum Himmel empor. Ungeduldig hörte Eleanor zu, als Bojan Krizaj, Jugoslawiens erfolgreichster Skiläufer, den Olympischen Eid sprach. Dann erklärte der jugoslawische Präsident Mika Spiljak die Spiele für eröffnet, und Tausende von Tauben erhoben sich in die Lüfte und jagten Tausende von Luftballons.

Es war, als treibe das Schicksal sie an jenem Tag unausweichlich einander zu, denn die Schlange, in der Eleanor stand, kam nur im Schneckentempo voran, während sich Wolf langsam, aber sicher immer näher heranschob. Seine Fellmütze überragte die Menge um Hauptes länge. Eleanor wußte nicht, ob Wolf sie bereits bemerkt hatte, und drängelte unwillkürlich etwas voran. Doch als sie dann eine schwere Hand auf ihrer Schulter spürte, war sie nicht vorbereitet.

»Wolf«, sagte sie.

»Eleanor!«

»Welch eine Überraschung.«

»Es ... ist sehr lange her«, sagte er. »Bist du's wirklich?«

Soll jetzt vielleicht ein Klischee dem anderen folgen? fragte sich Eleanor. Wird man vielleicht auf diese Weise am besten mit den Katastrophen des Lebens fertig – indem man sich in Phrasen von hochkarätiger Belanglosigkeit ergeht? Geschieht das, weil man sich trösten will – oder aus Vertrautheit? Sie drehte sich nach Nigel um, doch aus der Ecke war keine Hilfe zu erwarten. Seine Angst war förmlich zu riechen. Merkwürdig ...

»Was führt dich her?« fragte Wolf, ergriff sie am Arm und geleitete sie entschlossen in Richtung Ausgang.

»Meine Tochter. Meine Tochter Jacqui ist Olympiateilnehmerin. Sie startet für England im Abfahrtslauf.«

»Merkwürdiger Zufall – meine Braut auch.« Er lachte.

Es war ein anderes Lachen als das in ihrer Erinnerung. Es klang freudlos, eher grausam. Er hat sich also doch verändert, dachte sie und wiederholte albern: »Deine Braut ...?« Dann runzelte sie die Stirn. Keines der Mädchen war älter als vierundzwanzig.

»Jawohl«, antwortete Wolf und grinste zufrieden.

Sie zuckte mit den Schultern. »Na denn – viel Glück.«

»Wir müssen unbedingt miteinander einen trinken – zu dritt, du, Nigel und ich.« Sein Lächeln wirkte jetzt etwas freundlicher. »Wir sind wieder vereint. Wie schön!«

Schön? Eleanor sah ihn mißtrauisch an. Gewiß hatte er ihre letzte, bittere Begegnung nicht vergessen. Ihr war, als sei es gar nicht lange her.

»Ich ... ich kann jetzt nicht. Ich habe schon eine Verabredung«, sagte sie, doch es klang künstlich und ziemlich dumm. Er schien sich darüber zu amüsieren. Eigenartig, sein Gesicht hatte sich kaum verändert. Sein Haar allerdings war graumeliert, und die Nase erschien größer, als Eleanor sie in Erinnerung hatte. Insgesamt wirkte Wolf grobknochiger als früher, dabei aber sehr gut durchtrainiert. Sie hatte auch den Eindruck, daß er sehr wohlhabend war, wußte freilich nicht, woher dieser Eindruck kam.

»Ich muß jetzt gehen«, sagte sie. »Ich bin mit meiner Tochter verabredet.« Es war eine Lüge, und Eleanor schloß aus dem merkwürdigen Blick, mit dem er sie bedachte, daß Wolf das wußte.

»Dann also morgen.«

»Ehrlich gesagt, ich weiß nicht so recht.« Sie war schon auf dem Sprung zu einem der wartenden Taxis und wandte sich noch einmal um. Gundelfinger hatte ihr beigebracht, nicht mehr davonzulaufen, sondern sich ihrem Trauma zu stellen. »Na gut, vielleicht komme ich«, sagte sie.

Wolf bedankte sich mit einer halb-spöttischen Verneigung. Von seinem österreichischen Akzent war inzwischen nichts mehr zu spüren, aber diese fremdartige Geste war noch immer dieselbe. »Ich kann das *Café Constance* empfehlen, dort kann man hervorragend essen. Die Küche ist natürlich nicht international, aber die jugoslawischen Gerichte sind ausgezeichnet. Wir treffen uns dort um acht.« Er schüttelte ihr die Hand und wandte sich zum Gehen. »Oder soll ich dich – und Nigel natürlich – abholen?«

Wieso Nigel? Sie drehte sich um und sah, daß Nigel, der sich im Hintergrund hielt, leichenblaß geworden war.

Was für ein feiger Kerl. Als sie ihm zurief: »Morgen abend um acht im *Café Constance*, ist dir das recht, Nigel?« konnte er nur wortlos nicken.

»Prächtig«, sagte Wolf. »Ganz prächtig. Es wird sein wie in alten Zeiten.«

»Gott verhüte, daß es so sein wird«, sagte Eleanor wütend zu Nigel, als sie ins Taxi stiegen.

63

Donnerstag, 9. Februar 1984

Nach allen Gesetzen der Logik müßten die Spiele bei so einem Wetter im Fiasko enden, dachte Rob trübsinnig. Er war auf dem Weg zur Eisschnellauf-Bahn, umringt von zahllosen Jugoslawen in Festtagsstimmung. Der Schneesturm, der am Tag zuvor begonnen hatte, heulte nach wie vor, doch die Haltung der stolzen, stets gutgelaunten Bürger der Stadt war bewundernswert. Bezeichnend waren die in gelbe Anoraks gekleideten Arbeiter, die unermüdlich damit beschäftigt waren, die Eisbahn schneefrei zu halten, und dabei noch wie Clowns das Publikum unterhielten. Niemand resignierte, niemand beschwerte sich, die für jedermann ersichtliche, fast kindliche Freude der Jugoslawen war vielmehr geradezu ansteckend. Ich bin in Disneyland, dachte Rob und lächelte trotz der schneidenden Kälte.

Der 1500-m-Lauf der Frauen war mehrfach verschoben worden. Kaum hatte der Schneefall ein wenig nachgelassen, wurden die Frauen an den Start gerufen, der Startschuß krachte, und es ging los – bevor weitere Tonnen der weißen Bescherung das Eis endgültig unbenutzbar machten.

Die Bedingungen waren noch immer schlimm genug. Wer nicht gerade selbst auf dem Eis stand, konnte das

Rennen kaum verfolgen. Rob hatte sich inzwischen bis zur Umgrenzung der Bahn vorgearbeitet; ihm war kalt, und er hatte Hunger. Warum bin ich bloß hierhergekommen, fragte er sich. Warum bin ich nicht gleich nach dem Training mit dem Rest der Mannschaft ins Olympische Dorf gegangen? Dann säße ich jetzt bei Tisch und bekäme ein schönes warmes Essen …

In diesem Moment erschien die attraktive, langbeinige Karen Enke in seinem Blickfeld, flog mit kräftigen, ausgreifenden Schritten über das Eis, und Rob vergaß seinen Hunger. Sie war leicht zu erkennen, sie war gut einen Kopf größer als ihre Konkurrentinnen, und sie lächelte, strahlte geradezu von innen heraus vor Glück. Wegen ihrer Körpergröße war sie am Start nicht allzu schnell, kam erst nach etwa hundert Metern voll in Fahrt, war auch in den Kurven wieder etwas langsamer und beugte sich nicht so weit vor, wie es beim Eisschnellauf üblich ist. Aber ihr Talent und ihre langen Beine trugen sie nach einem hochdramatischen Rennen als erste ins Ziel.

Später, als die Zuschauer beglückt und jubelnd das Stadion verließen, hörte Rob plötzlich, daß hinter ihm Englisch gesprochen wurde. Er drehte sich um und erblickte Megan – Arm in Arm mit einer zierlicheren, in Pelze gehüllten Frau, die er sofort erkannte, weil er ihr Bild schon in den Zeitungen gesehen hatte: Es war Nikola Petrowna, Megans russische Eiskunstläuferin. Angeregt unterhielten sie sich über das Rennen.

»Hallo, Megan. Wie geht's?« Rob versuchte, höflich zu sein, brachte es jedoch nicht fertig, seinen Blick von der außergewöhnlich schönen kleinen Person abzuwenden, die an Megans Arm hing. Als Megan die beiden einander vorstellte, sah Rob sich plötzlich den mißtrauischen, strengen Blicken zweier Grau in Grau gekleideter Milizangehöriger gegenüber, darunter einer Frau.

»Die beiden sind wirklich ganz nett«, entschuldigte sich Megan zehn Minuten später, als sie mit Rob im Zartra-Komplex, der das Koševo-Stadion überragte, bei einer Tasse Kaffee saß. Nikki hatte sich verabschiedet, weil sie zum Training mußte, und war in Begleitung der Polizistin verschwunden. »Zum erstenmal beschwert Nikki sich nicht«, fügte Megan hinzu. »Die sowjetischen Sportler haben ihr die kalte Schulter gezeigt, was sie furchtbar aufgeregt und ihr wohl auch Angst eingejagt hat. Ich hoffe, daß ihre Leistung nicht darunter leidet.« Sie lächelte unsicher. »Ich weiß auch nicht, warum sie soviel Aufhebens um sie machen. Jedenfalls gibt es keine Möglichkeit, diese beiden Leibwachen loszuwerden. Offen gesagt, wir haben es versucht.« Sie sah auf und runzelte die Stirn. Ian hatte sich maßlos geärgert über die Bewacher. »Sie wollen einfach sicher sein, daß Nikki Sarajewo auf demselben Weg verläßt, auf dem sie hergekommen ist.« Megan schwieg. Wie oft hatte sie versucht, Zoran Banski ans Telefon zu bekommen, jedesmal vergeblich. Dann wandte sie ihre Aufmerksamkeit wieder Rob zu: »Solltest du jetzt nicht eigentlich beim Training sein?« fragte sie ihn.

»Ich war schon beim Training. Um halb drei bin ich zurückgekommen und dachte, ich muß mir doch mal diese Karen Enke ansehen, von der hier alle reden. Hab' daher aufs Mittagessen verzichtet. Außerdem hatte ich das Glück, dich hier zu treffen.« Er machte eine Pause und fuhr dann fort: »Es gibt da etwas, was mich ganz furchtbar aufregt und ärgert.«

Der Tonfall, in dem Rob dies sagte, veranlaßte Megan aufzublicken. Rob war doch sonst kaum aus der Ruhe zu bringen. Fragend sah sie ihn an.

»Soviel ich weiß, hast du für das britische Team einen Vertrag mit Magnum Sports abgeschlossen«, sagte er.

»Das stimmt.«

»Also hör zu, was mir zu Ohren gekommen ist ...«

Er redete zu schnell, die Worte überschlugen sich fast. Megan fragte sich, warum er sich über einen Vorfall aufregte, der im Grunde gar nichts Besonderes war – in ihrer

Welt zumindest. Dann aber fiel ihr ein, wie sehr sich Rob im vergangenen Jahr über Jacquis Trauma erregt hatte. War er nicht in diesem Jahr auch mal in London gewesen? Ja, richtig, er hatte sich bei Maureen nach Jacquis Aufenthaltsort erkundigt. Auf einmal tat der junge Mann Megan leid, sie wußte, daß Jacqui während der Weltcup-Tournee den größten Teil ihrer Freizeit mit Wolf Muller verbracht hatte.

»Im Ernst?« fragte sie, als er mit seiner Geschichte fertig war. Sie wußte nicht recht, wie offen sie ihm gegenüber sein konnte, und zögerte etwas, bevor sie weitersprach. »Nun ... im Grunde hat Adele nur eines im Sinne: Sie will ihren Job behalten. Die Firma ist erst kürzlich von einer amerikanischen Finanzierungsgesellschaft aufgekauft worden. Momentan arbeitet sie noch unter dem alten Management, doch müssen die Leute täglich damit rechnen, daß Köpfe rollen. Kein Mensch weiß, wer gehen muß und wer bleiben kann. Und jeder wirft sich in die Riemen, um zu zeigen, wie gut er ist. Das ist eine ziemlich harte Sache, wie du zugeben mußt. Es ist nicht so, daß mir Adele Loots besonders sympathisch wäre. Um die Wahrheit zu sagen: Sie kann manchmal ganz schön gemein sein.«

»Wer steckt denn nun hinter dem Ankauf?« fragte Rob.

»Ah, das war das große Fragezeichen! Selbst Adele hat das nicht gewußt. Aus irgendwelchen Gründen haben die neuen Eigentümer anonym bleiben wollen. Ich habe daher die Rechtsabteilung von ISA in den Staaten gebeten, Erkundigungen einzuholen. Ich wollte ein bißchen mehr Geld von ihnen herausholen, aber das war aussichtslos, solange ich nicht wußte, mit wem ich es zu tun hatte. Das Ergebnis der Nachforschungen war dann ziemlich überraschend für mich, weshalb ich beschloß, die Firma erst mal in Ruhe zu lassen.«

»Komm, Megan, spann mich jetzt nicht auf die Folter«, sagte Rob und lächelte dabei, um nicht allzu unhöflich zu erscheinen. »Vor dir sitzt ein hungriger Mann, der einiges durchgemacht hat.«

Sie lächelte mitfühlend. »Na gut«, sagte sie. »Magnum Sports wurde übernommen von der First Industrial Finance Company, die eine hundertprozentige Tochter von Gifford International ist. Gifford wiederum ist ein Ableger der Mountain Oil Inc., Vorstandsvorsitzender Wolf Muller. Ich nehme an, du kennst Wolf Muller.« Megans Lächeln wirkte ein wenig verunglückt. »Er ist nämlich der große Stratege hinter Jacquis Trainingsprogramm, obwohl ich mir bisher noch nicht über seine Beweggründe im klaren bin.«

Ihr Lächeln verflog, als sie sah, wie sehr ihre Enthüllung Rob getroffen hatte. Angewidert verzog er das Gesicht, kletterte umständlich von seinem Barhocker und fummelte in seiner Hosentasche herum.

»Den Kaffee zahlt ISA«, sagte Megan schnell.

»Danke«, quetschte Rob hervor. »Ich hab' mit dem Halunken ein Hühnchen zu rupfen. Jetzt kann ich ihm endlich aus gutem Grund was verpassen ...«

»Au weh«, murmelte Megan, während sie Rob, der schnell aus ihrem Blickfeld verschwand, nachsah. »Vielleicht hätte ich doch lieber den Mund halten sollen.« Sie zahlte und machte sich auf den Weg zu Nikki, die sie beim Training beobachten wollte. »Du kannst ihm auch in meinem Namen eine scheuern, Rob«, flüsterte sie.

Donnerstag, 9. Februar 1984

Das Restaurant war geradezu protzig eingerichtet – mit kunstvollen Kronleuchtern aus Kristall, schweren, vergoldeten Kandelabern und Wandteppichen. Das üppige Dekor widersprach dem eher nüchternen slawischen Geschmack. Eleanor konnte sich des Eindrucks nicht erwehren, daß das *Café Constance* in aller Schnelle errichtet worden war, um reichen Gästen aus dem Westen ein vertrautes Ambiente zu bieten. Selbst der gutaussehende, hochgewachsene Kellner in seiner grünen Samtjacke und den Nadelstreifenhosen, der wie ein Ringkämpfer aussah, bemühte sich erfolglos, einen besonders servilen Eindruck zu erwecken. Wahrscheinlich eiferte er einem imaginären westlichen Vorbild nach.

Eleanor saß an dem von Wolf vorbestellten Tisch und nippte an dem hervorragenden *Travarica*, einem hochprozentigen Pflaumenschnaps, der vor jeder Mahlzeit als Aperitif serviert wurde – ein ungewöhnlicher Brauch, den sie sich inzwischen zur Gewohnheit gemacht hatte.

Daß sie den Mut aufgebracht hatte, die Verabredung mit Wolf einzuhalten, freute Eleanor. Sie war zuversichtlich, daß das bevorstehende Gespräch den Schmerz der alten Wunden vertreiben und das Gespenst, das durch Gundelfingers Einmischung hervorgelockt worden war, exorzieren würde. Im Restaurant herrschte ein vielsprachiges Stimmengewirr, und obwohl Eleanor mehrfach die Namen Hämälainen und Enke erwähnt hörte, drehten sich keineswegs alle Gespräche um den Sport. Man redete auch über die erstaunlich niedrigen Preise für Lederwaren und alten Schmuck im türkischen Viertel Sarajewos. »So gut wie geschenkt!« sagte eine schrille, schneidende englische Mädchenstimme am Nachbartisch.

Meine Güte, was bin ich hungrig, dachte sie. Um Hämälainens großartigen Sieg beim Zehn-Kilometer-Langlauf der Damen nicht zu versäumen, hatte sie auf das Mittagessen verzichtet. Der Wettbewerb hatte in Veliko Polje stattgefunden, bei Schneesturm. Danach war sie nach Trebevič gefahren, um die ersten Vorläufe im Rodeln der Männer anzusehen, wobei ihr angst und bange geworden war. Es hätte schlimmer kommen können, tröstete sie sich – schließlich hätte Jacqui auf den Rodelsport verfallen können …

Sie sah auf ihre Armbanduhr. Sowohl Nigel als auch Wolf verspäteten sich, und sie fragte sich, ob sie vorab ein belegtes Brötchen bestellen sollte, sah aber letztlich davon ab; sie wollte nicht unhöflich erscheinen.

In diesem Augenblick spürte sie eine Hand auf ihrer Schulter. »Habe ich mich verspätet?« Wolf rückte sich einen Stuhl zurecht und ließ sich nieder. Sie sah ihn an, errötete und sah wieder fort. Es war ein merkwürdiges Gefühl, diesem gutaussehenden Mann gegenüberzusitzen, den sie vor langer Zeit geliebt und mit dem sie geschlafen hatte. Er war ihr gleichermaßen vertraut wie fremd. Seine Augen haben sich überhaupt nicht verändert, dachte sie. Noch immer dieselben, tiefblauen, ernst dreinblickenden Augen, die ich nie vergessen konnte. Aber seine Haut wirkt gröber und rauher, wenn auch gewiß nicht alt, und in den Schultern scheint er breiter, kräftiger geworden zu sein. Vermutlich geht er regelmäßig in ein Fitness-Studio und trainiert mit Hanteln. Insgesamt gesehen, ist er besser über die Jahre gekommen als ich – obwohl ich weiß Gott alles versucht habe.

»Wo ist Nigel?« fragte Wolf ungeduldig.

»Er kommt nie pünktlich«, antwortete Eleanor langsam und sah nervös in die Runde. Mit einemmal wurde ihr bewußt, daß sie diesem Mann, der da vor ihr saß, überhaupt nichts zu sagen hatte. Als Nigel plötzlich am Eingang auftauchte, hob sie ihre Hand und winkte ihm mit den Fingern. Nigel fühlte sich schrecklich unwohl in seiner Haut. Hoffentlich reißt er sich ein bißchen zusammen, dachte Eleanor.

Umgehend erschien der Kellner und verteilte in Leder gebundene Speisekarten. Die Gerichte wurden in vier Sprachen angeboten, und die drei vertieften sich eine Zeitlang schweigend in die absonderlichen Übersetzungen.

Eleanor bestellte sich *skamplignje*, gefolgt von *lubatac*, einer lokalen Fischspezialität, die sie noch nicht kannte, sowie *sarma*, wofür die Übersetzung lautete: *gewürztes, gehacktes Lamm geteilt in Weinblätter*. Dann half sie Nigel, der wie immer auf seinen empfindlichen Magen Rücksicht nehmen mußte, bei der Wahl. Als der Kellner schließlich ging, war Eleanor verdutzt: Warum hatte Wolf eine Magnumflasche Champagner bestellt – mit der Bitte, sie erst »später« an den Tisch zu bringen? Fürs erste ließ er eine Flasche *Samotok* kommen, einen lieblichen, einheimischen Weißwein.

Es herrschte ein langes, drückendes Schweigen, das lediglich durch Nigels mehrfaches Räuspern unterbrochen wurde.

»Wir sollten uns eigentlich eine Menge zu sagen haben, Eleanor«, sagte Wolf schließlich mit ernster und leicht arroganter Miene. »Wir sind in der gleichen Branche tätig. Ich weiß nicht, ob dir bekannt ist, daß ich kürzlich Magnum Sports übernommen habe.«

Eleanor war bestürzt und machte keinen Hehl daraus. Hastig trank sie einen großen Schluck Wein, setzte das Glas ab und nippte nur mehr vorsichtig daran. »Ist ja großartig«, antwortete sie dann. »Ich trinke auf Magnum Sports!«

»In gewisser Hinsicht sind wir nun also Konkurrenten«, fuhr Wolf fort. »Hauptsächlich bin ich inzwischen allerdings im Ölgeschäft engagiert.«

»Es freut mich sehr ...« Eleanor suchte nach den rechten Worten – »... daß es dir so gut geht.«

»Nach dem brutalen Schlag, den du mir damals versetzt hast, war es alles andere als leicht, wieder auf die Beine zu kommen.«

Eleanor starrte ihn unverblümt an, doch Wolf widmete sich mit Unschuldsmiene seinen *musule*. Noch eine solche Bemerkung, und mir reicht's, dachte sie.

Der erste Gang wurde serviert. Eleanor war froh, daß sie nun etwas zu tun hatte und nicht mehr nur nach Gesprächsthemen suchen mußte. Sie spürte wieder ihren Hunger, und die Scampi waren hervorragend. »Habe selten so gute Scampi gegessen«, sagte sie, unterbrach sich jedoch, als sie sah, daß Nigel ihr einen finsteren Blick zuwarf. Kurz darauf wendete sie sich an Wolf: »Na, Hauptsache, du hast es überlebt«, sagte sie spitz, um großzügig hinzuzufügen: »Es freut mich sehr für dich.«

»Wirklich? Ich dachte, der neue Konkurrent wäre dir vielleicht unangenehm.«

Eleanor prustete vor Vergnügen. »Magnum ist doch keine Konkurrenz für uns! Ich meine, ich will den Laden nicht abwerten, aber der Umsatz von Magnum beträgt bei der Hardware gerade mal ein Zehntel von dem Vanguards, und mit der Kleidung haben sie eben erst angefangen.« Besänftigend setzte sie noch hinzu: »Die Magnum-Skier sind allerdings ganz gut.«

»Wart's ab«, erwiderte Wolf mit freundlichem Lächeln. »Ich hab' große Pläne mit Magnum. Die Firma war spottbillig, übrigens. Wußtest du, daß sie in finanziellen Schwierigkeiten steckte? Vor allem wegen zu hoher Lohn- und Arbeitskosten.« Er sah sie an; seine langen blonden Wimpern schienen die Augen zu beschatten. Eleanor erinnerte sich, wie sehr sie diesen ein wenig verstohlenen Blick gemocht hatte. Heute lag jedoch etwas Bedrohliches in seinem Ausdruck und stimmte Eleanor traurig.

»Ich werde die Produktion nach Fernost verlagern, einen Teil der schottischen Fabrik verpachten und den Rest als Vertriebs- und Verkaufsbüro behalten.«

Eleanor nickte höflich und wandte sich wieder ihrem Essen zu. Wolfs Pläne, die er ihr nun wortreich darlegte, begannen sie zu langweilen; er wollte groß als Sponsor auftreten und sprach von umfangreicher Expansion seines Geschäfts. Auch das war wieder ganz der alte Wolf, wie sie ihn damals in Denver gekannt hatte: grandiose Entwürfe, bei denen meistens nichts herauskam.

Der Kellner kam und ging wieder. Eleanor prüfte ihren Fisch kritisch mit der Gabel.

»Du hast mir ja gar nicht zugehört, Eleanor. Woran dachtest du denn gerade?«

Leicht zusammengekniffene blaue Augen, die Lippen

eine strenge Linie. Von Minute zu Minute wurde er ihr vertrauter. »Ich dachte an die Konservenfabrik«, sagte sie. »Du hast immer so herumschwadroniert – nur oft entwickelten sich die Dinge ganz anders, als du dir das vorstelltest. Ich dachte an das Chutney. Das Chutney hat uns damals gerettet.«

Wolf lachte kurz auf. »Ich hab' 'ne Menge gelernt seit damals.« In frechem Ton fügte er hinzu. »Ich gehe übrigens schwanger mit einem weiteren Aufkaufprojekt. Dabei handelt es sich um eine viel größere Sportartikelfirma, die ich dann mit Magnum verschmelzen möchte. Auf diese Weise wird Magnum in Kürze zu einer Firma von Weltrang.«

Eleanor spürte einen Stich im Herzen, und ihr Magen zog sich schmerzhaft zusammen. Das darf doch nicht wahr sein, dachte sie. Der meint doch nicht etwa Vanguard? Der anonyme Aufkäufer ist Wolf? Nein, das ist unmöglich! Sie legte ihre Gabel nieder und starrte mit weit aufgerissenen Augen Nigel an, der jedoch standhaft ihrem Blick auswich und unverwandt auf seinen Teller stierte. Wolf doch nicht … Sie runzelte die Stirn. Wolf steckt doch nicht etwa mit Nigel unter einer Decke? Er hat ihn nie gemocht. Es sein denn, natürlich …

Sie drehte sich wieder zu Wolf um und bemerkte, daß er sich an ihrem Schrecken weidete. Entsetzt spürte sie, daß auf einmal ihre Augen zu brennen begannen. Eine große Träne löste sich, kitzelte sie, als sie über ihre Wange lief, und tropfte auf den Fisch. Es war wahnsinnig, sie ignorieren zu wollen, denn Wolf hatte sie natürlich gesehen. Eleanor kramte ein Taschentuch aus ihrer Handtasche und tupfte sich damit die Augen ab.

»Man hatte mir schon prophezeit, daß der Holzwurm bald das Gebälk verlassen würde«, sagte sie bitter. »Du siehst gar nicht aus wie ein Wurm, Wolf.«

»Und du nicht wie eine Betrügerin«, gab Wolf gelassen zurück.

»Schmeckt Ihnen der Fisch nicht, Madame?« fragte der Ober nachdrücklich. »Er ist wirklich sehr gut. Kosten Sie doch mal!« Er war im Hauptberuf vielleicht Student oder Arbeiter. Halb Jugoslawien schien zur Zeit in Sarajewo auszuhelfen.

»Er schmeckt gut«, sagte Eleanor tonlos. Der Teufel soll die beiden doch holen, Nigel genauso wie Wolf. Ich lasse mir doch durch die nicht das Essen vermiesen. Mit frischem Mut machte sie sich über den Fisch her und zupfte gewissenhaft jede Fleischfaser von den Gräten. Der Kellner hat recht, es schmeckt wirklich hervorragend. »Ich hätte gerne noch etwas Wein«, sagte sie, an Wolf gewandt, und der gab dem Getränkekellner einen Wink. Eine innere Stimme aber warnte sie: *Vorsicht, Eleanor, du hast noch nicht gewonnen! Wenn dir der große Bluff gelingen soll, mußt du äußerst geschickt vorgehen*!

Die Weinkarte wurde gebracht, und Wolf studierte sie nachdenklich. »Wenn ich mich recht entsinne, Eleanor, waren dir die etwas trockeneren Weine lieber. Wie wäre es mit einem Roten, der zu deinem *sarma* paßt?« Er bestellte schließlich das einheimische Äquivalent zu einem *St.-Julien-Bordeaux* und sagte: »Ich glaube mich zu erinnern, daß das dein Lieblingswein war.«

»Dein Gedächtnis überrascht mich«, antwortete Eleanor unsicher.

»Für gewisse Dinge habe ich ein außerordentlich gutes Gedächtnis, Eleanor. Da geht es mir wie dem sprichwörtlichen Elefanten.«

Eleanor ergriff ihr Glas, trank einen kleinen Schluck und stellte das Glas wieder ab. Ein Seitenblick auf Nigel verriet ihr, daß seine Stirn mit kleinen Schweißtröpfchen bedeckt war. Er war vor Nervosität ganz zappelig und unfähig, ihrem Blick zu begegnen. Wie gebannt fixierte er die Wandbehänge. Dann zog er ein Taschentuch hervor und wischte sich über die Stirn.

Nigel fühlte sich weiß Gott nicht wohl in seiner Haut.

Wolf hingegen lächelte dezent, was Eleanor mit Überraschung zur Kenntnis nahm. Offensichtlich macht ihm die Szene hier Spaß, dachte sie und nahm die Herausforderung an. Amüsier dich nur, Wolf. Mal sehen, wer von uns beiden heute abend zuletzt lacht ...

Jetzt ergriff sie die Initiative. »Du erzähltest vorhin von deinen Expansionsplänen und dem Takeover-Versuch«, sagte sie. »Du hast schon immer den Mund recht voll genommen, nicht wahr ... ja, auch ich habe ein gutes Gedächtnis, wie du siehst. Deine Auffassung von der Realität war im übrigen stets etwas verschwommen. Sag, sind diese Ölgesellschaften eigentlich schon gekauft und bezahlt – oder wartest du noch am Ende der Pipeline?«

»Haha, sehr komisch!« Wolf grinste anerkennend. »Da ist immer noch was vom alten Biß, was Nigel?« Zum erstenmal blickte er Nigel offen und hart in die Augen.

Nigel errötete bis in die Haarwurzeln. Er sah auf und stammelte: »Tja ... ja, immer noch etwas ...« Als die Teller mit den Fischresten fortgeräumt wurden, wirkte er erleichtert.

»Über dich und Vanguard stand in letzter Zeit ja einiges in den Zeitungen«, fuhr Wolf fort. »Offen gesagt, Eleanor, es hat mich doch sehr erstaunt, daß du so sehr an deinem Posten hängst. Jugend ist das Zauberwort unserer Tage! Ein bißchen frisches Blut hätte eurem Laden gutgetan. Ihr beide, du und Nigel, seid doch, unter uns gesagt, schon ein bißchen passé, meint ihr nicht auch?«

Nigel erschrak. »Hör zu, Wolf«, widersprach er, »pensionsreif sind wir doch wohl noch nicht. Wir stehen gut und gerne noch zwanzig Jahre unseren Mann.« Sekundenlang hielt er Wolfs stahlhartem Blick stand; er wirkte sichtlich erschüttert.

Das Intermezzo verwirrte Eleanor. Die beiden bilden eine seltsame Allianz, dachte sie, und ich glaube kaum, daß Nigel davon profitiert.

»Die Sportbesessenheit des Homo sapiens hat etwas

Atavistisches an sich«, sagte Wolf, »eine urtümlich-primitive Jagdlust. Sie steckt in jedem von uns. Wißt ihr, daß die Häuptlinge vieler afrikanischer Stämme verpflichtet waren, sich umzubringen, sobald ihnen die ersten grauen Haare wuchsen? Der Häuptling war eben ein Symbol für die Vitalität des Stammes. Das klingt vielleicht weit hergeholt – aber hierin liegt eine Erklärung für das Unbehagen, das den Aktionär beschleicht, wenn er sieht, daß das Management seiner Firma überaltert. Und sein besonderes Mißtrauen gilt alternden Frauen in der Geschäftsleitung. Bei einer derartigen Konstellation sind Übernahmeangebote durchaus erfolgversprechend.«

Eleanor biß die Zähne zusammen und zwang sich dazu, Ruhe zu bewahren.

»Bei Männern ist das natürlich ein bißchen anders«, fuhr Wolf fort und lächelte dabei selbstzufrieden.

Der Kellner brachte nun die Hauptgerichte und die große Flasche Champagner. Wolf kostete und gab ein beifälliges Schnurren von sich. »Superb!« An Eleanor gerichtet, sagte er: »Um die Wahrheit zu sagen – ich habe Champagner aus einem doppelten Anlaß bestellt. Ich werde mich nämlich in Kürze mit einem reizenden jungen Mädchen verloben. Sie erinnert mich an dich, Eleanor, an dich in deinen besten Tagen, wenngleich heute von dieser Ähnlichkeit nicht mehr viel zu spüren ist.«

Eleanor konnte Wolf kaum einen Vorwurf daraus machen, daß er ihr so viel Haß entgegenbrachte, das entsprach schließlich durchaus ihrer Absicht. Sie hatte gewollt, daß er sich genauso betrogen und verlassen vorkam, wie sie sich selbst in all diesen Jahren gefühlt hatte. Andererseits hatte sich ihr Haß im Laufe der Jahre in Trauer und Schuldgefühl verwandelt. Die Firma hatte ihr den Verlust Wolfs nie auch nur annähernd ersetzen können, doch zumindest empfand sie das Wissen als tröstlich, daß er genauso leiden mußte wie sie. So viel Haß auf beiden Seiten …

Am liebsten wäre sie davongelaufen, doch das war ausgeschlossen, weil sich dann nie wieder eine Gelegenheit bieten würde, Wolf ihre Unbezwingbarkeit vor Augen zu führen. Ich bin ein Siegertyp, redete sie sich ein – obwohl sie sich eher wie eine Verliererin fühlte.

Mit einem verstohlenen Seitenblick stellte sie fest, daß Nigel still vor sich hin grinste, während Wolf offenbar in der besten Stimmung seines Lebens war. Er hob gerade sein Champagnerglas zu einem Toast.

»Auf die Jugend!« sagte Eleanor schnell, ehe er selbst das Wort ergreifen konnte. »Es freut mich, daß du endlich zur Vernunft gekommen bist und dir was Junges gesucht hast. Isabel damals war viel zu alt für dich, gerade mal gut genug, um die primitivsten Fortpflanzungstriebe zu befriedigen.«

Irgendwo fiel ein Glas zu Boden und zerschellte. Es schien weit entfernt zu sein. Eleanor nahm von dem Kellner, der herbeieilte, um den verschütteten Champagner vom Tisch zu wischen und die Scherben zusammenzukehren, kaum Notiz. Nur sie und Wolf existierten – alles andere war entbehrlich. Wolf starrte sie an, die Augen vor Schrecken und plötzlicher Erkenntnis weit aufgerissen. »Hat sie dich eigentlich je geheiratet, nachdem dir die Firma nicht mehr gehörte?« fuhr Eleanor sanft fort. »Sie sagte mir, du wolltest alles verkaufen, um dich von deiner Ehe und deiner Geschäftspartnerschaft zu befreien, die dir lästig geworden seien.«

Sie spürte eine Hand auf ihrer Schulter. Als sie aufblickte, sah sie, daß Nigel sich erhoben hatte. »Ich überlasse euch euren Erinnerungen«, sagte er von oben herab.

»Bleiben Sie sitzen, Nigel!« fuhr Wolf ihn an.

Die würdige Maske fiel ab, und Nigel plumpste auf seinen Stuhl zurück.

»Ich … ich hatte keine Ahnung, daß du dich mit Isabel getroffen hast.« Wolfs Stimme klang heiser; sein Blick verriet höchste Betroffenheit, und der Schweiß auf seiner Stirn schimmerte im Kerzenschein.

Aha, dachte Eleanor, jetzt steht es erst mal eins zu eins. Im gleichen Augenblick bereute sie es, ihm von Isabel erzählt zu haben. »Das Kramen in der Vergangenheit bringt uns nicht weiter«, sagte sie scharf. »Das ist jetzt alles hundert Jahre her, und ich war damals, wie du ganz richtig bemerkt hast, sehr jung. Und außerdem unsterblich verliebt in meinen Ehemann.«

»Unsterblich, jawohl«, stimmte Wolf feierlich zu. »Wie die nachfolgenden Ereignisse ja bewiesen haben.«

»Herrgott nochmal, ihr beiden!« Nigel verlor die Geduld. »Ich ging davon aus, daß wir hier über Geschäfte reden wollten.«

»Gingst du, ach ja?« fragte Eleanor nach und tat dabei sehr überrascht.»Warum sollten Wolf und ich deiner Ansicht nach über Geschäfte reden?«

»Warum halten Sie nicht einfach Ihre Klappe, Nigel?« fuhr Wolf rüde dazwischen.

Nigel erbleichte und verfiel in resigniertes Schweigen.

Wolf hatte sich wieder gefangen. »Ich weiß nicht, warum wir uns nach all den Jahren noch über Isabel den Kopf zerbrechen müssen«, sagte Wolf. »Wir sprachen über Vanguard – und das Übernahmeangebot.«

»Wirklich? Das ist mir neu. Also diese Gerüchte und die Pressekampagne haben uns sicher nicht gutgetan. Anfangs habe ich mich furchtbar darüber aufgeregt, aber dann war ja plötzlich alles vorbei. Du mußt wissen, daß wir niemals ernsthaft in Gefahr waren, Wolf.« Jetzt kam der Bluff. »Nigel und ich verfügen mit unseren Anteilen gemeinsam über die Majorität. Ehrlich gesagt, ich weiß gar nicht, was das ganze Theater bezweckt.«

»Laß mich dich aufklären, Eleanor. Es geht um Vertrauensbruch, Geschäfte unter der Hand und um die Moral der Rache.«

Jetzt kommt's, dachte Eleanor und zwang sich ein ebenso falsches wie tapferes Lächeln ab.

»Laßt uns auf die Zukunft anstoßen«, fuhr Wolf fort,

und ein triumphierendes Lächeln verzerrte seine Züge. »Auf ein glückliches Rentenalter, Eleanor! Oder, um's noch klarer zu sagen: *Du bist entlassen*!«

»Entlassen?« fragte sie. »Ich versteh' nicht recht ...«

»Es ist ganz einfach. Ich verfüge über die Kontrollmehrheit bei Vanguard. Ich werde dir ein Angebot machen für die dir noch verbliebenen Anteile – ein Angebot, das in etwa dem entspricht, das du mir damals gemacht hast. Du kannst sie natürlich auch behalten, wenn dir das lieber ist, doch kann ich dir jetzt schon sagen, daß sie in Zukunft nicht mehr sehr viel wert sein werden. Du kannst dir gar nicht vorstellen, was ich mit Vanguard noch vorhabe ...«

»Vielleicht doch«, unterbrach sie ihn in scharfem Ton. »Aber zunächst möchte ich Beweise sehen, die zeigen, daß du tatsächlich im Besitz der Mehrheit bist.« Wieso zittere ich eigentlich so, fragte sie sich. Man könnte glatt meinen, das wäre mein Ende – und ohne Jacqui und Ian Mackintosh stimmte das ja auch.

Wolf ignorierte ihren Einwand. »Auf Sie, Nigel, auf den neuen Geschäftsführer.«

Eleanor sah Nigel fragend an.

»Eleanor«, begann Nigel, ganz Fürsorge und mitfühlender großer Bruder, »mag sein, daß es dich ein wenig schmerzt, aber ich kann dir versichern, daß ich die richtige Entscheidung getroffen habe. Offen gesagt, du hast von meinen Ideen und Vorschlägen im Management und meiner Begeisterung fürs Marketing nie sehr viel gehalten. Außerdem hast du – tut mir leid, daß ich dir das sagen muß – in jüngster Zeit viel von deiner früheren Energie und Spannkraft verloren.«

Wolf unterbrach ihn. »Ich hatte bereits achtunddreißig Prozent aller Vanguard-Aktien, doch durch den Erwerb weiterer fünf Prozent von NFF – ganz schön raffiniert, wie du mir die andere Hälfte noch vor der Nase weggeschnappt hast – sowie durch die Vollmacht für Nigels Anteil sind insgesamt einundfünfzig Prozent unter meiner Kontrolle.«

Nur einundfünfzig Prozent! Eleanor versuchte, ihre Erleichterung zu verbergen. Ohne Nigels Anteile kommt er gerade auf dreiundvierzig. Die entscheidenden Zahlen sprechen also eindeutig für mich, mir kann jetzt nichts mehr passieren!

Sie bedachte Nigel mit einem verächtlichen Blick. Mal sehen, wann er merkt, daß wir ihn ausgetrickst haben, fragte sie sich.

»Augenblick, Wolf«, sagte Nigel aufgeregt. »So stimmt das nicht ganz. Du hattest meine Vollmacht, bis du vor zehn Tagen meine Anteile dann direkt gekauft hast. Der NFF-Trust wollte sein Stimmrecht dem stärksten Bieter geben, erinnerst du dich? Wieso hast du dann die Hälfte der NFF-Anteile gekauft? Ich verstehe nicht, wieso ...« Sein Blick verriet höchste Besorgtheit.

»Wovon, verdammt nochmal, sprichst du eigentlich, Nigel?«

»Wolf, du weißt ganz genau, daß mir dein Londoner Anwalt einen von der Bank garantierten Scheck überbracht hat, und ich gab ihm daraufhin meine Vanguard-Papiere ...« Seine Stimme klang müde. »Genauso, wie wir es telefonisch vereinbart hatten.«

Lange Zeit herrschte Schweigen, das erst beendet wurde, als Wolf unerwartet auflachte. »Mach du weiter, Eleanor«, sagte er. »Du bist offenbar die einzige, die das noch durchschaut.«

»Erklärt mir jetzt vielleicht mal jemand, was hier gespielt wird?« fragte Nigel, griff nach seinem Glas und leerte es in einem Zug.

»Ich bekam heraus, was du vorhattest, Nigel«, sagte Eleanor ruhig, »und habe daher deine Aktien selbst gekauft. Die Unterlagen hat mein Anwalt.«

»Wieviel hat der Kerl gekriegt?« fragte Wolf.

»Sechzehn Millionen.«

»Von mir hättet ihr einen Scheißdreck bekommen, alle beide.«

»Dieser Champagner ist wirklich zu gut, um ihn zurückgehen zu lassen«, sagte Eleanor und nahm ihr Glas in die Hand. »Auf die Rache! Auf daß sie immer so süß sei wie die meine vor zwanzig Jahren. Schade Wolf, daß du die deine nun nicht auskosten kannst.«

Nigel erhob sich zitternd; er sah jetzt aus wie eine wandelnde Leiche. »Ich verlasse euch jetzt. Wer die Rechnung zahlt, könnt ihr alleine austüfteln.«

»Oh, Nigel«, flötete Eleanor.

»Ich trete zurück, Eleanor«, antwortete er schnell.

Eleanor warf Wolf einen listigen Blick zu. »Die Auswahl deiner Geschäftspartner überrascht mich«, sagte sie.

»Für Geld und Macht würde er dich hintergehen, das wußte ich, genauso wie er mich damals hintergangen hat. Vor zwei Jahren hatte ich ihn erstmals angesprochen – und jetzt biß er sofort an, als ich ihm den Geschäftsführerposten in Aussicht stellte. Er war ein Idiot, mir zu vertrauen! Erst er, dann du – das war mein Plan. Ich will euch beide ruinieren. Und das letzte Wort ist noch nicht gesprochen.« Wolf blickte Nigel nach, der mit schwankendem Schritt dem Ausgang zustrebte. »Hoffentlich behältst du auch weiterhin einen kühlen Kopf.«

Wolf Muller wollte sich erheben und richtete sich auf, wurde jedoch unsanft wieder auf seinen Stuhl zurückgestoßen.

Eleanor sah bestürzt auf. Ein hochgewachsener, athletisch aussehender junger Mann packte Wolf bei den Schultern und schüttete ihm den Inhalt einer halbvollen Champagnerflasche über den Kopf. »Zittern und Beben«, sagte der junge Mann. »Kosten Sie mal, wie Ihre eigene Medizin schmeckt.«

Es war jetzt sehr still im Restaurant, die Gespräche waren verstummt. Aller Augen richteten sich erwartungsvoll auf Wolf, der wirkte, als hätte er den Vorfall noch gar nicht richtig mitbekommen.

Dann aber zuckte seine Hand hoch und packte den Arm des jungen Mannes. »Ein Freund von dir?« fragte er Eleanor trügerisch ruhig.

»Ich habe den Herrn noch nie gesehen«, antwortete sie, »aber mein Freund ist er.«

Ihre Worte gingen in dem nun folgenden Tumult unter. Die Champagnerflasche wurde Rob aus der Hand geschlagen und landete irgendwo zwischen den Nachbartischen. Dann versetzte Wolf ihm zwei harte Fausthiebe, einen gegen das Kinn und einen gegen die Brust.

Rob bemerkte sie kaum. Er ging seinerseits zum Angriff über, und Minuten später standen die beiden wie zwei Boxer gegenüber und schlugen vor den Augen des Publikums wild aufeinander ein. Der junge Mann schien die Oberhand zu behalten.

Als es sechs kräftigen Kellnern endlich gelungen war, die Streithähne zu trennen, blutete Wolf aus der Nase. Ein Auge war übel zugerichtet, und er wirkte groggy und verwirrt.

»Du hast schon recht, Wolf«, sagte Eleanor und geleitete ihn wieder zu ihrem Tisch. »Heutzutage zählt die Jugend.«

»Okay«, sagte Rob und versuchte, sich aus dem Griff der Kellner zu befreien. »Ich benehme mich jetzt. Laßt mich los.«

»Er ist mein Sohn«, sagte Eleanor. »Es handelt sich nur um einen Familienstreit. Ich komme für den Schaden auf, meine Herren.«

Widerstrebend gaben die Kellner Rob frei. Blaß und noch immer wütend nahm er auf dem Stuhl neben Eleanor Platz, ohne sie jedoch anzusehen. In diesem Augenblick betraten zwei uniformierte Polizisten das Lokal.

Wolf zog ein Taschentuch hervor und hielt es sich unter die Nase. »Was, zur Hölle, soll dieser Unfug, mein Junge?« stöhnte er. »Oder wollen Sie sich Ihre Ausreden für die Gerichtsverhandlung aufsparen?«

»Wird mir ein Vergnügen sein», sagte Rob. »Ich werde dann dem Gericht erzählen können, wie bei Magnum die Sportler betreut werden. Wie die Public-Relations-Abteilung von den Mädchen verlangt, spektakuläre Stürze zu bauen, damit die Zuschauerzahlen im Fernsehen hochgehen. Wär' das nicht 'ne tolle Schlagzeile? Und eines sage ich Ihnen« – er steigerte sich in Rage – »wenn Jacqui sich auch nur das Knie aufschürft, mach' ich Sie um einen Kopf kürzer. Und das nächstemal wird mich kein Kellner zurückhalten.«

»Dann sind Sie also Rob Scott«, sagte Wolf und erhob sich mühsam. »Ein schlechter Verlierer, wenn ich das mal so sagen darf.« Er grinste schief und überreichte dem Geschäftsführer des Restaurants seine Kreditkarte. »Stellen Sie mir das Essen und die Schäden in Rechnung«, sagte er. Dann wandte er sich an Eleanor. »Wir sehen uns noch, Eleanor.«

»Was hat er da gesagt – Verlierer?« fragte Eleanor und legte die Hand auf Robs Arm und lachte laut auf. »Dieser eingebildete Kerl! Lassen Sie sich da nichts vormachen – Sie waren eindeutig der Sieger. Er war ziemlich fertig zum Schluß – ist Ihnen das nicht aufgefallen? Wenn er tatsächlich von den britischen Läuferinnen verlangt hat, was Sie behaupten, dann hat er die Abreibung mehr als verdient.«

Sie kicherte in sich hinein und tat ihr Bestes, um bei Jacquis Freund einen guten Eindruck zu machen. Warum sieht er nur so unglücklich aus, fragte sie sich, als er ihr von seiner Heimat und seiner Fabrik erzählte. Zum Schluß ließ sie sich von ihm zum Taxi begleiten, das er zuvor auf ihre Bitte hin bestellt hatte. Das ist also einer der beiden Männer, die meine Tochter liebt, dachte Eleanor bei sich. Würde gern auch den anderen kennenlernen. Der muß schon was draufhaben, wenn er Rob Scott ausstechen will.

64

Es war der dritte Tag der Olympischen Spiele, und der Schneesturm, der Sarajewo seit der Eröffnung der Spiele gnadenlos beutelte, ließ keinerlei Anzeichen erkennen, daß er seine Wut bald mäßigen würde. Die Temperaturen waren drastisch gesunken, die Schneepflüge arbeiteten rund um die Uhr, und die Sicht war auf wenige Meter begrenzt.

Megan hatte einen Wagen gemietet und Nikki zum Jahorina hinaus gefahren. Dabei war sie zweimal in Schneeverwehungen geschliddert, doch Nikkis gefällige Bewacher hatten angehalten und das Auto auf die Straße zurückgeschoben. Sie kamen schon vor neun Uhr morgens an, ängstlich darauf bedacht, einen guten Platz in Zielnähe zu finden, doch die Bedingungen waren viel zu schlecht. Als sie hörten, daß das Rennen abgesagt worden war, fühlte Megan sich sehr erleichtert und fuhr gleich weiter durch den Schneesturm nach Trebevič, wo die Bob- und Rodelschlittenrennen stattfinden sollten und wo sie sicher sein konnte, Ian zu finden.

Nikkis Interesse für Bobrennen war gleich Null, daher ließ Megan sie gemeinsam mit ihren Bewachern im nächstgelegenen Hotel zurück.

Ungeachtet des Wetters schaute Ian bei den ersten Probeläufen im Zweierbob zu. Megan, die zum erstenmal in Trebevič war, überlief ein Schauder angesichts der steilwandigen Betonröhren, die mit Schnee und Eis ausgekleidet waren und in einem geradezu wahnwitzigen Gefälle den Berg hinunterführten.

Sie stieg Hunderte von eisglatten Stufen hinauf, die dem Verlauf der Rennbahn folgten, und entdeckte Ian schließlich in der Nähe des Starts, wo er mit einem Pulk amerikanischer Bob-Ingenieure zusammenstand. Die Kälte schien ihm nichts anhaben zu können. Seine Lammfelljacke stand offen über dem Pullover, und die

Pelzmütze hatte er in den Nacken geschoben. Seine blauen Augen funkelten vor Vergnügen. Er wirkte braungebrannt, gesund und übersprudelnd vor Vitalität. Im Augenblick witzelte er mit den Amerikanern über die Russen, die unter grotesken Verrenkungen versuchten, ihren neuen, streng geheimgehaltenen Bobschlitten vom Transporter zur Starthütte zu manövrieren, ohne daß die Konkurrenz ihn aus allzu großer Nähe inspizieren konnte. In der Hoffnung, das Fahrzeug den Blicken der neugierigen Konkurrenten und Pressefotografen zu entziehen, hampelten Bobfahrer und Techniker gleichermaßen um das gute Stück herum. Megan sah lediglich ab und zu etwas Rotes aufblitzen, als das lange, geschoßförmige Gefährt an ihr vorbeigeschoben wurde.

»Die russische Geheimwaffe«, sagte Ian zu ihr, ohne sich umzudrehen. Jedesmal wenn ein Stück davon erkennbar wurde, drückte er auf den Auslöser seiner Kamera. Erst als der Bobschlitten außer Sicht war, wandte er sich ihr zu, lächelte breit und drückte sie an sich, bevor er sie den Mitgliedern des amerikanischen Teams vorstellte. Die Sportler aus dem Westen benahmen sich wie Schuljungen, lachten und johlten den Russen und ihrer ›Zigarrski‹ zu, wie sie den sowjetischen Schlitten getauft hatten, doch aus ihren Blicken sprach reiner Neid.

»Ist er denn so was Besonderes?« wollte Megan wissen.

»Was die Russen gerade versuchen«, erklärte Ian, »ist, die Formel-I-Rennwagen der späten sechziger Jahre zu kopieren. Infolgedessen haben sie die gleichen Stabilitätsprobleme wie die damaligen Rennwagen. Voriges Jahr in Winterberg sind sie mehrmals ins Schlingern geraten, und später, in Cortina, mußten sie zwei schlimme Stürze hinnehmen und ihren Schlitten schließlich vom Start zurückziehen. Derzeit wird von einem mysteriösen Gelenk in ihrer Aufhängung gemunkelt, die den Bob auf der Bahn halten soll. Warten wir's ab!« Er grinste breit, als hielte er das alles für einen grandiosen Jux, doch Megan erkannte, daß die Mannschaften ihren Sport sehr ernst nahmen und die Amerikaner sogar einigermaßen betrübt aus der Wäsche guckten.

»Wenn die Russen erst einmal diese Kinderkrankheiten ausgebügelt haben, werden sie wahrscheinlich die ganze Welt schlagen können«, meinte ein Reporter. »Deshalb haben sie sich auf die Verbesserung der Gleitflächen und Vorderflügel verlegt. Sie werden's noch sehen, wenn sie vorbeirasen – falls Sie schnell genug gucken können.«

»Wo ist Nikki?« fragte Ian beiläufig.

»Ich hab' sie in einem Restaurant gelassen, wo sie sich mit russischem Essen vollstopft. Es ist das da unten am Fluß, das mit dem unaussprechlichen Namen.«

»Das *Vidikovac*?«

»Genau das, dort gibt's ein russisches Büffet, und Nikki haut regelrecht rein – als ich sie das letzte Mal sah, grunzte sie vor Wohlbehagen.« Sie deutete auf den schneebedeckten Park hin, in dem das Restaurant am Abhang eines Hügels stand und über Sarajewo blickte.

»Sind ihre Bewacher auch dort?«

»Selbstverständlich sind sie auch dort. Sie kann ihnen gar nicht entgehen.« Megan sah rasch auf, sah wie Ian die Stirn runzelte, und hatte wieder einmal den Eindruck, er mache sich große Sorgen um Nikki, wenngleich er das jedesmal, wenn sie ihn danach fragte, abstritt.

»Seltsame Sportart«, dachte Megan, während sie die Bobrennbahn betrachtete. Alle paar Minuten fegte ein Bobschlitten mit über 160 Stundenkilometern vorüber, wobei sich die Fahrer so weit zur Seite hinauslegten, daß es den Anschein hatte, als müßten sie unweigerlich mit den Köpfen gegen die eisverkleideten Betonwände donnern. Megan fand, daß Bobfahren sehr wenig mit menschlichen Anstrengungen, dafür aber um so mehr mit technologischem Können zu tun hatte. Eben als sie sich zu wünschen begann, sie wäre gar nicht hierher gekommen, vernahm sie eine leise Stimme hinter sich.

»Megan Carroll?«

Sie hatte den kleinen, untersetzten Mann, der sich durch die Menge auf sie zugeschlängelt hatte, kaum wahrgenommen, bis er sie ansprach.

»Also finde ich Sie doch noch. Ich muß mit Ihnen reden irgendwo. Vertraulich.«

Der Akzent und das gebrochene Englisch waren ihr vertraut. Sofort tauchte die Erinnerung an ihren hastigen Abflug aus Sarajewo ein Jahr zuvor und an das traumatische Gespräch in der Flughafenhalle in ihrer Erinnerung auf.

Es war Zoran Banski. Er sah älter aus als damals. Sein Gesicht war schmaler geworden, und von seinen Wangen hing die Haut in traurigen Falten herunter. Es geht ihm nicht gut, dachte Megan. Dann fiel ihr ein, daß er nicht nur ein Onkel Michels, sondern auch Leiter der Sicherheitspolizei war, und sie schenkte ihm ein Lächeln.

»Miss Carroll, ich habe abgewartet, bis Ihr Verlobter, Commander Mackintosh, woanders hinsah.« Er spreizte die Hände in einer Geste, die ebenso gut Verzeihung für seine Ränke heischen wie Mißbilligung über die Wahl ihres Verlobten andeuten mochte. Doch wie dem auch immer war: Es war eine freundliche Geste, und seine braunen Augen strahlten soviel Wärme und Demut aus, daß sie Megan an die eines streunenden Hundes gemahnten.

»Sagen Sie ihm bitte, Sie gingen zur Toilette. Danach gehen Sie die Treppe hinunter bis zur Ersten-Hilfe-Station. Dort komme ich wieder auf Sie zu. Die Information, die ich Ihnen zu geben wünsche, betrifft die Sicherheit Ihrer Freundin Nikola Petrowna. Sie ist doch Ihre Freundin, nicht nur Ihre Klientin – ist das richtig?«

»Ja.« Tief atmete Megan die scharfe kalte Luft ein. Sie hatte den bestimmten Eindruck, daß die Information keine angenehme sein würde, wenngleich sie nicht hätte sagen können, weshalb. Vielleicht lag es an dem mitfühlenden Schimmer in seinen Augen, vielleicht an seinem Verzeihung heischenden Verhalten.

»Gut. Michel sagte, ich könnte Ihnen vertrauen.«

»Michel? Ist er hier? Ich habe ihn noch gar nicht gesehen.«

»Nein. Er hat angerufen.«

Nikki wird toben, dachte Megan, während Banski sich schon wieder durch die Menge schob. Sie hatte schon gegrollt, weil Michel erst später nachkommen sollte. Ein Aufheulen und Japsen kam aus der Menge, als ein weiterer Bobschlitten den Berg hinunterschoß.

Banski saß vornübergebeugt auf einer Bank und rauchte eine Zigarette. Er lächelte trist und bot ihr auch eine an.

»Nein, danke.«

»Ich sollte es auch nicht tun«, sagte er bekümmert. »Aber es gibt Zeiten, da verliere ich meine Willensstärke, wenn der Druck zu stark wird – so wie jetzt. Ich werde froh sein, wenn die Spiele vorbei sind.«

Er hustete laut und wischte sich dann mit dem Handrücken über den Mund. »Nun, ja, also, das ist keine erfreuliche Angelegenheit, Miss Carroll. Niemand hört gerne Schlechtes über die Menschen, die er liebt.«

Liebt? Megan war verwundert. Doch ihr blieb keine Zeit für müßige Überlegungen, denn Banski sprach bereits weiter, rasch und leise, wobei er den gleichen Eindruck gebändigter Kraft vermittelte, der sie im Jahr zuvor so eingeschüchtert hatte. Dasselbe eigenartige Zögern, wenn er nach Worten suchte, dieselbe flüssige Redeweise, sobald er sie gefunden hatte.

»Ihr richtiger Name lautet nicht Nikola Petrowna«, sagte er gerade, »sondern Nikola Petrowna Kusnetzowna. Petrowna war der Mädchenname ihrer Mutter, und für den Eiskunstlauf ließ Nikola den Namen ihres Vaters weg, vielleicht, weil sie ihn lästig fand oder einschüchternd. Sagt Ihnen der Name Kusnetzow etwas?«

»Er kommt mir irgendwie bekannt vor ...« Megan machte eine Pause und dachte stirnrunzelnd darüber nach, wo sie den Namen schon einmal gehört hatte. Wie war das noch, was Ian vor einem Jahr im *Café Constance* zu ihr gesagt hatte? *Aufgrund der Politik ihres Vaters wird sie niemals die Erlaubnis erhalten, den Ostblock zu verlassen.* »Ich wußte so halb und halb, daß Nikkis Vater ein bekannter Dissident ist«, begann sie vorsichtig, »und ich denke, daß das eine ganze Menge erklärt.«

Banski lachte leise. »Das hat Ihnen Mackintosh also erzählt? Ganz im Gegenteil, meine Liebe. Nikkis Vater war einer der mächtigsten Männer in Rußland. Ich spreche in der Vergangenheit, denn Nikkis Flucht hat seiner politischen Karriere ein Ende gesetzt. Aus diesem Grunde wurde sie zu ihrer Flucht überredet. Weshalb sonst auch hätte man britische Motorboote, Unterseeboote und Helikopter für ihre Flucht bemühen sollen? Es war von Anfang an eine Aktion der Marine.«

»Aber mir hat man etwas ganz anderes gesagt«, rief sich Megan in Erinnerung.

»Haben Sie sich nie gewundert, warum Nikki so phantastisch im Westen aufgenommen wurde – oder warum sie sie überhaupt haben wollten?« fuhr er fort und legte beruhigend eine Hand auf ihren Ärmel.

»Nun, wegen der Publicity«, erklärte Megan, als hätte sie ein Kind vor sich. »Ian hat mir alles gesagt, als wir uns verlobten. Er wurde wegen der Publicity losgeschickt, um ihre Flucht zu organisieren ... Es stärkt die Moral im Westen, und aus dem gleichen Grunde schwächt es die Moral im Osten, wenn ein Spitzenathlet aus Rußland flieht.«

Das klang nicht gerade überzeugend, nicht einmal in Megans Ohren. Sie wußte nicht mehr, wen sie da zitierte – Ian oder diesen seltsamen Kerl aus dem Außenministerium mit seinem Babygesicht und den klugen Augen.

»Und das haben Sie wirklich geglaubt, Miss Carroll?«

»Aus welchem Grund hätte ich es denn nicht glauben

sollen?« gab Megan kalt zurück, doch tief in ihrem Inneren hätte sie am liebsten laut aufgeschrien: Sie haben verdammt recht – ich hab's nie geglaubt!

»Sergej Stepan Kusnetzow«, begann er verdrießlich, »der brillante, rücksichtslose, ehrgeizige, anti-westliche Politiker, von Experten für einen zukünftigen Anwärter auf den Posten des Generalsekretärs der KP gehalten, war Nikkis Vater.«

Megan seufzte. »Nikki hat nie von ihrem Vater gesprochen ...« sagte sie nach einer Weile. Dann saß sie stumm da und überlegte, welche Weiterungen diese Information nach sich ziehen mochte. Noch lebhaft hatte sie Nikkis lachendes Gesicht vor Augen und ihre Freude, als sie die russischen Spezialitäten in dem Restaurant entdeckt hatte.

»Es mußte alles den richtigen Anstrich bekommen. Die Sportler und Sportlerinnen der Welt sind die natürliche Beute der Politiker. Und warum? Weil sie die Öffentlichkeit auf sich ziehen. Der springende Punkt dabei war, daß es aussehen mußte, als hätte Nikki alles allein und von sich aus unternommen – aus Ehrgeiz, aus Geldgier, aus Freiheitsliebe. Eben aus den Gründen, die zu nennen man ihr in dem hübschen Cottage in Kent beigebracht hat, bevor man sie in Ihre Obhut entließ. Ihre Gier nach all den guten Dingen des Lebens wurde ausgiebig in sämtlichen Presseerzeugnissen publiziert und kommentiert – ach ja, das wurde schon ganz hervorragend gehandhabt.«

Abrupt brach er ab und warf einen Blick auf seine Armbanduhr. »Ich will Sie nicht zu lange aufhalten«, murmelte er, »doch da gibt es einiges, das Sie wissen müssen – was sie wissen muß ...«

»Jetzt fällt es mir ein«, unterbrach ihn Megan. »Da gab es eine Sendung im Fernsehen: *Aufstieg und Fall des Genossen Sergej Kusnetzow*. Wo ist er jetzt – Nikkis Vater?«

»Er ist tot. Ich glaube nicht, daß Nikki das weiß. Ich fürchte, Sie werden ihr diese traurige Nachricht überbringen müssen. Bislang ist sie noch nicht an die Öffentlichkeit gedrungen. Kusnetzow wurde kürzlich krank und in ein Sanatorium gebracht, was zweifellos seinen letztlichen Tod – durch Herzinfarkt – beschleunigt hat. Seine Anhänger gaben ihm die Schuld daran, daß sie nicht die Macht übernehmen konnten. Sehen Sie, Nikolas Flucht sowie die ständigen Veröffentlichungen über ihren Lebensstil machten die Glaubwürdigkeit ihres Vaters zunichte und verliehen seinem schärfsten Rivalen den kleinen Vorteil, den er benötigte, um Kusnetzow aus seiner Machtposition zu entfernen. Ich muß Ihnen wohl kaum noch sagen, daß sein Rivale verhältnismäßig prowestlich eingestellt und zur Kooperation auf vielen verschiedenen Gebieten bereit ist, insbesondere aber auf dem Gebiet der Verteidigung. Kusnetzow war der einzige in der ganzen Sowjetunion, der davon überzeugt war, daß die Flucht seiner Tochter ein bis ins kleinste Detail geplanter Coup des Westens gewesen sei, mit dem Ziel, seinen Sturz herbeizuführen. Der Plan dazu ging von Mackintosh aus, wie man mir sagte. Er hat seine Aktion bemerkenswert gut durchgeführt. Ein Mann, auf den Sie stolz sein können, meine Liebe. Wenn dies hier vorüber ist, wird er einen weiteren Orden verliehen bekommen.«

Die erbarmungslose, überzeugende Stimme schien wie ein Hammer auf sie niederzufallen, und mit jedem Schlag wurde ihr das Ausmaß von Ians Betrug und ihres eigenen, tückisch errungenen Einverständnisses mit Nikkis Manipulation deutlicher.

Megan sah sich rastlos um – in der Hoffnung, Ian zu erblicken, in dem Wunsch, daß Banski nichts Neues mehr hinzuzufügen habe. Gleichzeitig jedoch konnte sie sich nicht einer bösen Vorahnung erwehren, daß die Geschichte noch lange nicht zu Ende war. Warum überwachte Ian Nikki schon wieder? *Warum war er überhaupt hier*? Sie spürte, wie die Furcht in ihrem Magen von einer Knospe des Mißtrauens zu einem monströsen Gewächs anschwoll, das ihr ins Blut schoß und ihr Innerstes erzittern ließ.

»Nikki kann ihnen erneut von Nutzen sein. Wenn sie eine Medaille gewinnt, sind die Russen bereit, sie gegen fünf britische Journalisten auszutauschen, die voriges Jahr auf dem Territorium der afghanischen Rebellen gefangengenommen und der Spionage beschuldigt wurden.«

»Das ist gelogen!« Megan stieß einen kurzen Schrei aus und verfiel gleich wieder in Schweigen.

»Michel, mein Neffe, ist ein kluges Köpfchen. Ich habe früher immer geglaubt, er würde einmal bei mir eintreten – aber nein, er mußte unbedingt in den Westen, um Journalist zu werden. Gerade ist er aus Washington zurückgekehrt, wo er über ausgezeichnete Kontakte verfügt. Gewiß, Nikkis Rückkehr würde ihrem Vater natürlich nicht mehr helfen, da er ja tot ist, aber man wird sie zwingen, sich öffentlich gegen den Westen zu wenden und der Welt mitzuteilen, daß sie sich in der Sowjetunion glücklicher und freier fühlt. Danach – wer weiß schon, was dann aus ihr wird? Die Russen sind mit ihren Dissidenten noch nie freundlich umgesprungen.«

»Ich glaube Ihnen nicht«, sagte Megan mit fester Stimme. »Ian würde nie … niemals …« Zu ihrem Kummer kam nun auch noch die Scham. Schaudernd brach sie ab.

Banski beachtete sie nicht. »Es ist geplant, Nikki nach den Eiskunstlaufwettbewerben am Sonntagvormittag unter Drogen zu setzen und mit der gesamten russischen Mannschaft in die Heimat zu verfrachten.«

»Nein … o nein!« Megans lauter Aufschrei bewog Banski, seine Finger in ihren Arm zu graben.

»Aber, aber, meine liebe Miss Carroll, seien Sie doch nicht so ängstlich! Genau aus diesem Grunde wird sie doch Tag und Nacht von uns bewacht. Ich, Zoran Banski, garantiere mit meiner Person für die Sicherheit jedes einzelnen Sportlers in unserer Stadt. Ich kann nicht gestatten, solcherart politisches Rowdytum auf jugoslawischem Boden stattfinden zu lassen.« Er stand auf und steckte die Hände in seine Taschen. »Ich habe ein Privatflugzeug bereitstehen, das Nikki nach Belgrad bringen soll. Dort wird sie, gemeinsam mit Ihnen, Miss Carroll, zu einem Flugzeug eskortiert. Sobald sie in Paris landet, wird Michel für ihre Sicherheit garantieren. Er hat sich falsche Papiere für Nikki beschafft und will sie ein Jahr lang verstecken, bis die britischen Behörden die Garantie für ihre Sicherheit gewähren sowie den schon lange versprochenen Reisepaß. Wir gehen davon aus, daß Sie uns dabei helfen. Michel hofft, daß Nikki ihn heiraten wird, denn dann könnte niemand mehr in den Glauben verfallen, Nikki kehre freiwillig nach Rußland zurück. Infolgedessen müßte man Mackintoshs Projekt stillschweigend fallenlassen.«

Megans Gedanken befanden sich in einem einzigen Aufruhr. Was sollte sie tun? Was konnte sie überhaupt anderes tun? Ian konnte doch unmöglich an diesem unmenschlichen, ungeheuerlichen Plan teilhaben – oder doch?

»Sie müssen mir vertrauen«, sagte Banski. »Mackintosh war Ihnen gegenüber niemals aufrichtig. Kein einziges Mal.« Es war so, als könne er ihre Gedanken lesen.

»Vergessen Sie nicht, daß Nikki bis zum Samstag vollkommen sicher ist. Die Russen wollen diese Medaille ebenso dringend haben wie Nikki selbst. Es liegt jetzt also bei Ihnen – Sie müssen Nikki überzeugen, ihre Träume aufzugeben – den Ruhm dranzugeben für ihr Leben und ihre Freiheit. Sie muß noch vor den Wettkämpfen nach Frankreich fliegen.«

Er wandte sich zum Gehen, hielt dann aber noch einmal inne. »Sie haben noch acht Tage Zeit«, sagte er.

Nikki war im Speisesaal und wollte sich ausschütten vor Lachen bei ihrem Versuch, ein paar Mitgliedern des kanadischen Eishockeyteams Kosakentänze beizubringen. Das Restaurant hatte zur akustischen Untermalung seines Büffetts russische Volksmusik gewählt. Es war eine sehr vergnügliche Angelegenheit, um so vergnüglicher, da sich weit und breit kein Russe blicken ließ.

Megan gelang es erst nach geraumer Zeit, Nikki in eine Ecke zu ziehen. »Wir müssen gehen«, sagte sie. »Ich muß mit dir reden.«

»Oh!« Nikki zog einen Schmollmund und schüttelte den Kopf. »Kannst du nicht einfach auch einmal fröhlich sein, Megan? Sei doch keine – wie heißt das gleich?«

»Spielverderberin!« half einer der jungen Männer rasch aus, und Megan wurde rot vor Ärger, als sie Nikki beim Arm nahm.

»Und nun, meine liebe Megan – erzählst du mir, was dich in so schlechte Laune versetzt hat?« fragte Nikki lachend, während sie vom Parkplatz fuhren und in die Straße nach Sarajewo einbogen.

Hatte Banski die Wahrheit gesagt? fragte sich Megan verzweifelt. Oder hatte er gelogen? Vielleicht war Michel falsch informiert worden. Konnte der Mann, den sie so innig liebte, wirklich dermaßen skrupellos sein? Sie mußte Nikki alles erzählen, doch sie wußte kaum, wo sie beginnen sollte.

»Nikki, sag mir die Wahrheit«, platzte Megan schließlich nach langem Schweigen heraus. »Ist dein richtiger Name Nikola Petrowna Kusnetzowa?«

Nikki erbleichte. Dann nickte sie. »Ja, aber ich habe den letzten weggelassen. Sie haben mir gesagt, das solle ich tun – sie sagten, das ist so ein … ein Zungenbrecher«, sie kicherte, »für die Leute im Westen.«

Megan bremste, fuhr an den Straßenrand und stellte den Motor ab. Sie sah, daß ihre Hände zitterten, und steckte sie in die Tasche.

»Sie sagten …? Natürlich, immer sind es *sie*! Hör zu, Nikki. Du mußt mir jetzt sagen, wer *sie* sind.«

Nikki bedachte sie mit finsteren Blicken – das Gesicht eine einzige Maske aus Mißtrauen und Geheimniskrämerei.

»Nikki, du mußt mir helfen. Du mußt doch verstehen, daß ich genauso betroffen bin wie du.«

Nikki sah sie überrascht an, bemerkte ihr bleiches Gesicht, ihre von ungeweinten Tränen glänzenden Augen. »Ian?« flüsterte sie. Dann fuhr sie hastig fort: »Ich weiß es nicht, hab's nie erfahren – jedenfalls nicht mit Sicherheit. Die Leute, die mir bei meiner Flucht halfen, waren alles Unbekannte. Schau, Megan, es war so …«

Sie erzählte alles, was sie wußte: von den flüsternden Stimmen, dem Zettel in ihrem Umkleideschrank, dem Unfall, dem sie es verdankte, daß sie in letzter Minute in die Mannschaft aufgenommen wurde, von dem Fernsehteam in Sarajewo, von dem jeder Russisch konnte, und wie man sie schnellstens zur Küste gefahren hatte, wo ein Boot wartete, das sie zu einem Unterseeboot brachte, danach der Hubschrauber, der sie zu dem Haus in Kent flog. Alle waren sehr freundlich, alle sprachen fließend Russisch, doch sie hatte keinen davon jemals wiedergesehen. »Ian war nie dabei«, schloß sie ihren Bericht.

»Nicht einmal in Kent?« hakte Megan nach.

»Dort war bloß eine nette Dame, die mein Englisch und meine Frisur verbessert und mir sonst noch ein paar nützliche Sachen beigebracht hat, etwa, wie man im Restaurant eine Bestellung aufgibt und so. Ein Blitzkurs in westlichem Verhalten …« Nikki kicherte erneut. »Und dann kamst du – und Maureen.«

»Wußtest du, weshalb sie wollten, daß du fliehst?« drängte Megan unbarmherzig weiter. Da war wieder dieser Blick. Nikki würde ihr schuldbeladenes Geheimnis nicht kampflos preisgeben.

»*Da, da*, weil ich gewinnen will …«

»Nein, Nikki – weil dein Vater in Mißkredit gebracht werden sollte. Weil er gegen eine Kooperation mit dem Westen war und weil er als nächster Generalsekretär der Kommunistischen Partei gehandelt wurde. Dazu bist du mißbraucht worden und ich genauso. Die ganze Publicity – dein Debüt am Earls Court, deine Fernseh-Interviews, selbst der Film mit dir – alles diente nur der Publicity, sonst gar nichts. Damit sollte weder dir noch mir geholfen werden – es sollte lediglich dazu dienen, Kusnetzow zu stürzen, deinen Vater.«

Und aus dieses Grunde, dachte Megan, wurde ich ausgenutzt und gefördert, mit Freundschaft und mit Sex gepflegt – und habe mich verliebt. O mein Gott! Mir fiel nichts Besseres ein, als mich zu verlieben – ausgerechnet!

»Nikki, sei ein einziges Mal ehrlich zu dir selbst. Tief drinnen hast du das alles längst gewußt. Das stimmt doch, oder?« fragte sie beharrlich weiter, während Nikki wie versteinert aus dem Fenster starrte. »Herrgott noch eins, Nikki! Was muß ich denn noch sagen, damit du dich endlich den Tatsachen stellst?«

Megan seufzte. Sie hatte es falsch angepackt. Vielleicht würde die Wahrheit Nikkis Panzer durchdringen. Sie fing an, Wort für Wort zu wiederholen, was Banski ihr anvertraut hatte, und als sie zu Kusnetzows Tod kam, zögerte sie keine Sekunde. »Du mußt endlich begreifen, Nikki, daß es Ian ist, der hinter allem steckt. Es war Ian, der deine Flucht arrangiert hat, deine Publicity organisiert, einfach alles. Er hat die ganze Operation geleitet, und jetzt will er dich für ein paar britische Journalisten austauschen. Du sollst wieder nach Rußland zurückgeschickt werden ... wo weiß Gott was auf dich wartet ...« Sie brach ab, sichtlich darum bemüht, nicht in Tränen auszubrechen.

»Ich hab' nie einen Verdacht gegen Ian gehabt«, fing Nikki kleinlaut zu berichten an, »bis zu jenem Tag ... du weißt schon ... die Bewacher wurden zurückgezogen ... Ian wollte plötzlich meine Karriere nicht mehr unterstützen … und natürlich hatte ich die englischen Nachrichten gehört. Es wurde nur am Rande erwähnt, aber es genügte … alles in einen Zusammenhang zu bringen. Siehst du, da konnte ich mir nichts mehr vormachen.« Eine Zeitlang saß sie schweigend da und sah zu, wie über der fernen Stadt rasch die Dämmerung niedersank, bis sie sich unter einem Schleier von Nebeln verloren hatte.

»Es war um so schmerzlicher, eben weil es Ian war«, fuhr sie mit ruhiger Stimme fort. »Sogar dich hatte ich in Verdacht, liebe Megan. Eine ganze Weile lang wünschte ich mir nichts anderes, als tot zu sein. Danach – danach habe ich die Dinge von einer anderen Warte aus betrachtet. Ich dachte, wenn mich jedermann für seine eigenen Zwecke mißbraucht – was ist mit mir? Mit Nikola Petrowna? Was will Nikola selber? In dieser schrecklichen Woche, als ich im Krankenhaus lag, habe ich beschlossen zu siegen. Es ihnen allen zu zeigen … den Russen und denen im Westen …, daß ich mehr bin als ein Faustpfand in ihren Kriegsspielen. Daß ich die beste der Welt bin, daß ich eine Chance verdient habe, das auch zu beweisen.«

»Und dein Vater?«

»Ich habe meinen Vater gehaßt«, erwiderte Nikki tonlos.

Sie wird ihren Haß niemals aufgeben, dachte Megan traurig. Er ist ihre einzige Verteidigung. Dennoch muß es ein Band zu ihm gegeben haben, und wenn es noch so brüchig war. Das war der Grund für ihren Selbstmordversuch, als es aus war mit ihres Vaters Karriere, ihrer skandalösen Flucht wegen.

Plötzlich verstand Megan, was hinter Nikkis unaufhörlichem Training steckte, hinter ihrer Disziplin und Entschlossenheit.

»Hör zu, Nikki«, sagte sie eindringlich, «du und ich, wir fahren jetzt ins Hotel und packen. Wir nehmen ein Privatflugzeug nach Belgrad, dort steigen wir in die Abendmaschine nach Paris. Michel erwartet dich dort mit gefälschten Papieren. Bei ihm bist du in Sicherheit. Jetzt streit nicht lange herum. Tu einfach, was ich dir sage.«

»Das ist ganz und gar unmöglich!« Nikki drehte sich zu Megan, Panik in den Augen. »Hast du mir denn überhaupt nicht zugehört?«

Megan seufzte. Sie neigte sich vor und drehte den Schlüssel im Zündschloß, doch Nikki legte ihr die Hand auf den Arm.

»Wir haben keine Eile, Megan. Ich gehe nicht. Ich beabsichtige, an den Eiskunstlaufwettbewerben teilzunehmen, und ich beabsichtige, zu gewinnen.«

»Nikki!« schrie Megan sie an. »Steig endlich von deinem hohen Roß herunter! Hier geht's um dein Leben! In Rußland werden sie nicht gerade erfreut über dich sein. Du weißt genau, wie sie dort Dissidenten behandeln.«

Nikki zuckte mit den Schultern und setzte eine schicksalsergebene Miene auf. »Sei's drum ... wenn es mir so vorbestimmt ist ...«

Megan lehnte sich zurück, schloß die Augen, holte tief Luft und rief sich jeden psychologischen Kniff in Erinnerung, den sie jemals bei Verkaufsgesprächen angewendet hatte. Sie erinnerte Nikki an ihren Ruhm und an die fünfhunderttausend Dollar auf ihrem Treuhandkonto, über die sie verfügen konnte, sobald sie Profi wurde. Sie hielt ihr vor Augen, um wieviel berühmter sie noch wäre, wenn sie wieder aus ihrem Versteck käme. Später konnte sie sich nicht mehr an die Hälfte all dessen erinnern, was sie gesagt hatte, wußte nur noch, daß sie dagesessen hatten, bis die Sonne untergegangen war und beide vor Kälte zitterten.

»Nächstes Jahr bei den Weltmeisterschaften wirst du es ihnen allen zeigen können«, sagte Megan zuversichtlich, als sie den Wagen wieder auf die Straße lenkte.

»Dieses Mal!« beharrte Nikki eigensinnig. »Wie kommt es nur, daß du mich niemals verstehst, Megan? Liegt das daran, daß du mich nicht verstehen willst?«

Diesmal fehlten Megan die Worte, so daß sie die lange Fahrt zum Hotel schweigend zurücklegten. Immerhin, beruhigte sie sich in dem Bemühen, die aufsteigende Panik zu unterdrücken, immerhin blieben ihr noch acht Tage Zeit.

65

Samstag, 11. Februar 1984

Der Abfahrtslauf der Damen war dank der stürmischen Winde jeden Tag aufs neue verschoben worden, doch endlich hatte sich die Wetterlage beruhigt, und nun fieberten die Teams auf dem Gipfel des Jahorina der schicksalhaften Entscheidung entgegen. Gelassen war keine der Teilnehmerinnen; denn die Piste war alles andere als ungefährlich und versprach ein risikoreiches Rennen.

Jacqui hatte ihre Gedanken vor allen persönlichen Fragen verschlossen. Mutters Beichte und Wolfs Verrat waren einfach zu viel. Nur der Skilauf hatte noch Bedeutung, war rein und wirklich, alles andere in ihrem Leben war ein einziges Chaos. Sie hatte nur noch ein Ziel, und das hieß siegen. Jetzt war sie da, ihre große Chance! Sie mußte gewinnen! Sie gebot sich selbst, so schnell zu fahren wie noch nie in ihrem Leben. Siegen! Siegen! Siegen! Lautlos flüsterte sie das Zauberwort vor sich hin.

In den vergangenen vierundzwanzig Stunden waren in aller Hektik die technischen Vorbereitungen getroffen worden, doch dann hatte ihnen das Wetter wieder ein Schnippchen geschlagen. Vor wenigen Stunden war auf dem Gipfel unerwartet viel Schnee gefallen, der die in der Nacht entstandene brüchige Eiskruste überdeckte. Was versprochen hatte, ein schneller, aggressiver Kurs zu sein, lag nun unter mehreren Zentimetern Pappschnee begraben. Die Serviceleute schäumten vor Wut; man kann nicht ganze Ständer voller Skier an den Start stellen, und infolgedessen muß das technische Personal im voraus die richtigen Bretter aufgrund der vom Gipfel heruntergefunkten Informationen bereitstellen. Nun war ihre Auswahl um Stunden überholt – der Alptraum jedes Helfers, der für die am Start bereitgestellten Skier die Verantwortung trägt.

Jacqui hatte die Startnummer dreizehn gezogen und somit den großen Vorteil, die Konkurrentinnen, die vor ihr hinunter mußten, genauestens auf Pisten- und Schneeschwierigkeiten hin beobachten zu können. Auch das Wetter kam ihr zugute, da es die technische Überlegenheit mancher anderen Teilnehmerin wieder ausglich. So ging sie ohne Zweifel an den Start.

Kritisch betrachtete sie die Bahn. Sie befand sich nunmehr in jenem seltsamen Zustand totalen Selbstversunkenseins, durch den sich ernsthafte Skiläufer auszeichnen. Sie wirkte benommen, war jedoch alles andere als das. Sie war eins mit den Elementen, stellte einen Gleichklang her zwischen sich und dem kommenden Rennen. Instinktiv würde sie erfassen, wie sie jedes Stück der Strecke schneller fahren, eine Hundertstelsekunde hier, eine Hundertstelsekunde da gutmachen und um jeden gewonnenen Sekundenbruchteil kämpfen konnte. Stets gab es eine innere Stimme, die sagte: Das hättest du besser machen können – doch dann war es jedesmal zu spät.

Als die Berichte von den ersten Läuferinnen den Gipfel erreichten, kamen ihr Bedenken: Vereiste Strecken wechselten ab mit weichem Schnee, und an mehreren Stellen kam Nebel auf. Es gibt eine elementare Regel, die lautet: Kein Skiläufer – es sei denn, er ist ein ausgemachter Dummkopf – darf in dichtem Nebel zu einem Abfahrtslauf starten.

Wolf, der am Zieltor stand und die Piste betrachtete, hatte ein ungutes Gefühl in der Magengrube. Seit dem schicksalhaften Dinner mit Eleanor vor zwei Tagen hatten sich alle seine Erwartungen in ihr Gegenteil verkehrt, und je länger er darüber nachdachte, wie alle seine Pläne von Anbeginn an fehlgeschlagen waren, desto deprimierter fühlte er sich. Jedesmal wenn er anderen eine Grube grub, fiel er selber hinein. Da droben muß wohl einer sehr viel für Eleanor übrighaben, überlegte er voller Ironie.

Er war niemals imstande gewesen, Jacqui, diesem lebhaften, lieblichen Mädchen, das nun so wütend auf ihn war, ein Leid anzutun. Sein Plan, ihre Aktien in seine Hände zu bekommen, hatte sich in nichts aufgelöst; denn er hatte herausgefunden, daß er ihr keinen Wunsch versagen konnte. Und sein eigener Wunsch, sie möge sich in ihn verlieben, hatte sich nun gegen ihn verkehrt; denn nun war er es, der sich rettungslos verliebt hatte. Er liebte Jacqui inzwischen mehr als sein eigenes Leben, ja, mehr sogar, wie ihm schien, als er Eleanor jemals geliebt hatte.

In dem Wissen, daß Jacqui ihre Mutter haßte, hatte er den Boden gründlich vorbereitet, hatte sie niemals die Frau vergessen lassen, die sein Leben ruiniert, ihn betrogen hatte, als er behindert und hilflos war, und die ihm am Ende auch noch seine Firma gestohlen hatte. Jacqui hatte gelernt, diese andere Frau zu verabscheuen, und er hatte den Moment herbeigesehnt, in dem er ihr mitteilen konnte, daß es in Wirklichkeit ihre eigene Mutter war, die sich so abscheulich gegen den Mann verhalten hatte, den Jacqui liebte.

Nun jedoch, da Jacqui die Wahrheit kannte, hatte sie sich gegen ihn gewandt. Warum?

Jacquis häufigen Klagen hatte er entnommen, wie sehr sie übelnahm, daß es Eleanor an Mutterinstinkten fehlen ließ. Und doch stand da Eleanor, keine fünf Meter von ihm entfernt, bleich und zitternd vor Aufregung, als die erste Läuferin gegen ein Tor raste und auf einer Bahre davongetragen wurde. Sie war halb tot vor Angst um ihre Tochter, und das war ihr deutlich anzusehen.

Seine Hoffnungen, Vanguard zurückzubekommen, hatten sich wie üblich an Eleanors Ränken zerschlagen, doch der wirkliche, ausschlaggebende Grund dafür war, daß er Jacqui ihr Aktienpaket zurückgegeben hatte. Irgendwie fühlte er sich dadurch erleichtert.

Eleanor stand wartend in der Nähe des Zieltores in der vordersten Reihe einer ungeheuren Menschenmenge, die zur Hälfte aus Reportern zu bestehen schien, und Wolf stand, zu ihrem Mißbehagen, gar nicht weit weg von ihr. Sie hegte nicht den Wunsch, ihn wiederzusehen, dazu erinnerte er sie allzu schmerzlich an alte Wunden und eitle Träume, an all das, was hätte sein können und nicht war. Sie konnte überhaupt nicht verstehen, weshalb sie am Donnerstag die halbe Nacht durchgeheult hatte – statt dessen hätte sie über ihren Triumph jauchzen sollen! Zum Teufel mit diesem Mann! Derzeit allerdings, so vermutete sie, war es schwerlich die Niederlage bei seinem Ankaufversuch, die seinen Geist beschäftigte. Mit angstvollem Blick starrte er unentwegt zur Starthütte hinauf, und sie schloß daraus, daß er die junge Läuferin, mit der er verlobt war, in der Tat sehr lieben mußte. Seltsam, wie dieser Gedanke sie schmerzte!

Eleanor war selber schlecht vor Angst. Kein Wunder, daß sich nicht nur ihr Ausschlag wieder meldete, sondern sie auch noch unter heftigem Schnupfen litt: Sie hatte ungeheure Angst um Jacqui und war voller Schuldgefühle. Jetzt bedauerte sie es zutiefst, ihre Tochter zum Vanguard-Champion in ihrer internationalen Werbekampagne gemacht zu haben, denn das würde Jacqui veranlassen, jedes Risiko einzugehen, und die Bedingungen waren ganz fürchterlich. Drei Läuferinnen hatten bereits mehrere Tore ausgelassen, und einige andere waren gestürzt.

Wenn sie doch bloß das Rennen absagen wollten! Sie hätten es schon längst verschieben sollen.

Nummer dreizehn! Jacqui schoß aus der Starthütte heraus und den Berg hinab. Schnell und dynamisch glitt sie auf die erste Kurve zu. Ihre Bewegungen waren beständig und fließend, ihre Geschwindigkeit ungeheuer hoch. Sie mußte aus jedem bißchen Zeit den größtmöglichen Vorwärts- und Abwärtsschub herausholen.

Am ersten Tor ging sie die Wende auf einem Ski an, schloß dann die Skier und verteilte ihr Gewicht auf beide – das Zeichen einer hervorragenden Technik –, gefolgt von einer Verlagerung auf den Bergski. Jetzt stand sie federnd auf den Brettern, fegte die Piste hinunter und holte alles aus sich heraus, während sie sich einer Geschwindigkeit von hundert Stundenkilometern näherte und mitunter mehrere Meter weit durch die Luft flog.

Die Wirklichkeit riß wie ein Vorhang und flatterte davon, als der Nebel dichter wurde und ihr die Sicht nahm. Um sie herum war alles weiß; das Gefühl für die Bewegung ging ihr verloren, da sie nicht mehr wahrnahm, ob sie an irgend etwas vorbeifuhr. Die Wolke kam näher und wurde dichter, und Jacqui verlor jeden Sinn für ihre Umgebung in diesem wirbelnden Nebelmeer. Sie glaubte zu wissen, wo sie sich befand … oder doch nicht?

Wie aus dem Nichts ragte plötzlich dieses Tor vor ihr auf, wo es doch gar nicht hingehörte! Sie mußte es schaffen! Mühsam beugte sie die Knie, verlagerte das Gewicht auf einen Ski, um nicht die Balance zu verlieren, spürte, wie ihr Körper unaufhaltsam abwärts drängte, als sich inmitten der Kurve die Zentrifugalkraft mit der Schwerkraft vereinigte und einen ungeheuren Zug entwickelte. Jacqui machte einen letzten, gewaltsamen Versuch, ihren Bergski nach vorn zu schieben, um doch noch die Kurve ausfahren zu können.

Dann flog sie durch die Luft, durch eine einzige weiße Hölle, in der sie nicht mehr wußte, was oben und unten war. Sie spürte, wie ein rasiermesserscharfer Ski in ihr Knie und in den Arm schnitt, während sie noch immer mit aller Kraft gegen ihren Sturz ankämpfte, die Zähne zusammengebissen, die Hände zu Fäusten geballt. Nur noch Blitze von Licht und Schmerzen! Die Wirklichkeit bestand aus unzähligen Erschütterungen, während sich Schnee und Himmel zusammentaten, um sie zu vernichten. Sie öffnete den Mund, um zu schreien, doch ihr Mund war voller Schnee.

Es war Wolf, der als erster losrannte, quer über die Piste, lange bevor die Träger mit der Bahre bei dem gestürzten Mädchen eintrafen. Eleanor, die sich an den Zaun klammerte, um selbst nicht umzufallen, brachte mühsam heraus: »O Gott, laß ihr nichts passiert sein, laß ihr nichts passiert sein!« Ihr Kummer löschte alle anderen Gefühle und Empfindungen aus, selbst das Entsetzen beim Anblick Wolfs, der sich mit tränenüberströmtem Gesicht über das Mädchen beugte, das ihre Tochter war – und seine Verlobte.

»O Gott, o Gott!« klagte sie. Dann löste sich das ganze Entsetzen über die Situation in ihrer Angst um Jacqui auf. Sie setzte ihm nach, schaufelte sich plump in ihren Moonboots durch den tiefen Schnee, sah, um Luft ringend, wie die Sanitäter Jacqui aus Wolfs unwilligen Armen rissen und sich schnellstens auf die Erste-Hilfe-Station in dem orangefarbenen Chalet zu begaben, Wolf immer hinter ihnen her.

»Ich wußte, daß so etwas passieren würde«, schluchzte Eleanor, als sie sich auf eine Bank in der Hütte fallen ließ. Sie versuchte, eine gewisse Ordnung in die Flut der auf sie einstürzenden Bilder zu bringen: Weißgekleidete, beständig zwischen zwei Räumen hin- und herhuschende Gestalten; ein Arzt und eine Krankenschwester, die Jacqui den Skianzug vom Körper schnitten; Jacqui, mit leichenblassem Gesicht, die Augen geschlossen wie ein schlafendes Kind, aber so blaß, so blaß – und das Blut so rot! Es war nur so aus ihrem Handgelenk herausgeschossen, doch nun war es mit einer Aderpresse zum Stillstand gebracht worden, und der Doktor stichelte bereits und legte einen Verband an. Eleanor wandte sich Wolf zu, sah seinen Kummer, seinen Ausdruck ängstlicher Besorgnis – ein lang bekannter, lang geliebter Ausdruck. Das ist meine Strafe, dachte sie dumpf. Er hat sich in seine eigene Tochter verliebt. Jetzt hat mich also mein Betrug eingeholt.

»Sie wird doch wieder, nicht wahr?« fragte sie, mühsam um Beherrschung ringend. »Sie wird doch am Leben bleiben?«

Warum sagten sie denn alle nichts?

»Der Doktor tut sein Möglichstes«, erklärte die eben erst eingetroffene Dolmetscherin atemlos. Eleanor sah sich nach einer Bestätigung um, erhielt jedoch keine. Der Arzt sah sorgenvoll drein, die Schwester tüchtig und unbeteiligt, und die Dolmetscherin blickte unglücklich zu Wolf hinüber, der mit leiser Stimme auf sie einsprach.

Dann endlich wandte sie sich Eleanor zu und übersetzte die ruhigen Worte des Arztes: »Schock, Gehirnerschütterung, schwere Prellungen und Blutverlust. Sobald sich der Nebel hebt, fliegen wir sie ins Krankenhaus, um ihren Kopf zu röntgen.«

Eleanor hatte das Gefühl, am Rande des Wahnsinns zu stehen. Das war also die Strafe für ihre Geldgier! Natürlich trug sie die Schuld an Jacquis Sturz. Geradezu kriminell, wie gedankenlos sie das arme Kind mit ihrer Lebensgeschichte belastet hatte, so kurz vor dem Rennen! Bloß um ihr eigenes Gewissen zu erleichtern! Hätte sie diese Last nicht weiß Gott noch ein paar Wochen länger tragen können?! Und nun? Eins war jedenfalls sicher: Wolf durfte niemals davon erfahren, sonst würden sie ihn ihr Leben lang nicht mehr los. Sie mußte ihn fortschicken. Vielleicht würde Jacqui ihr dabei helfen?

In diesem Moment bewegte sich Jacqui und stöhnte.

Sie öffnete den Mund und fuhr sich mit der Zunge über die Lippen. Wolf beugte sich rasch zu ihr hinunter und hielt ihr ein Glas Wasser an die Lippen. Jacqui riß die Augen auf, als könne sie nicht glauben, was sie vor sich sah. »Wolf, Wolf«, murmelte sie, »wo bist du?«

»Keine Angst«, erklärte die Dolmetscherin. »Sie phantasiert, aber sie kommt bald wieder zu sich.«

»Das Rennen hätte längst unterbrochen werden müssen«, grollte Wolf. »Sie ist phantastisch gelaufen. Sie hätte gewonnen ... hervorragende Zeit ... aber in diesem Nebel hätte sie niemals starten dürfen. Sie wußte ja gar nicht, wo sie war ... hatte nicht die geringste Chance.«

»Es ist schon unterbrochen worden«, sagte die Dolmetscherin, die bereits in der Tür stand. »Es wird wohl ein paar Tage dauern, bevor sich dieser Nebel verzogen hat, daher wird wohl auch das Rennen um ein paar Tage verschoben.«

»Dann wird sie's schaffen«, sagte Wolf. »Bis dahin ist sie wieder einigermaßen auf dem Damm.«

»Du Ungeheuer!« schluchzte Eleanor, doch Wolf hörte gar nichts. Seine Hände hatten sich um die Jacquis geschlossen, sein Gesicht wirkte gequält, seine Wangen waren feucht, und Eleanor fiel auf, daß sich seine Lippen unablässig bewegten.

Gott im Himmel, er betet! Er liebt sie aus ganzem Herzen, und er weiß noch nicht einmal, warum! Der Nebel war noch dichter geworden, so daß es schien, als seien sie alle zusammen eingesponnen in einen endlosen weißen Kokon. Als wären sie hoch droben in den Wolken, an einem überirdischen Ort, wo Zeit und Raum aufgehoben waren, wo das Wahre und Gute die Moral waren und wo für Betrug und Verrat in Schmerzen und Leid gezahlt wurde. Sie sah mit eigenen Augen, wie er litt. Eleanor hatte das Gefühl, sie müsse gleich verrückt werden.

Dann stöhnte Jacqui, und beide Eltern sprangen auf und beugten sich über sie.

»Wo, zum Teufel, steckt Nigel?« schimpfte Wolf. »Was ist das überhaupt für ein Vater, der nicht einmal kommt, um seiner Tochter bei ihrem Rennen zuzusehen?«

Eleanor erbebte von Kopf bis Fuß. »Verstehst du denn nicht?« fragte sie in dem Gefühl, besiegt zu sein. »Glaubst du denn, sie läge hier, wenn sie Nigels Tochter wäre?« Ihre Stimme wurde schriller, als stünde sie am Rande zur Hysterie. Sie bedeckte ihr Gesicht mit den Händen und stolperte rückwärts, bis sie mit der Bank zusammenstieß. Schwerfällig ließ sie sich darauf nieder. »Gott ist mein Zeuge – ich hab's versucht! Ich habe ihr verboten, Ski zu laufen, aber dein Erbe, deine verfluchten Gene haben sie dazu getrieben, genau die gleichen Dinge zu tun, die du immer tatest. Kannst du nicht einmal dein eigenes Kind erkennen, wenn du es siehst? Herrgott im Himmel, sie hat die Hände von dir, die Zähne, die Tollkühnheit, diesen Wahnsinnsdrang, immer die Beste zu sein – die gleiche Rücksichtslosigkeit, den gleichen Starrsinn wie du!« Sie kreischte jetzt, aber das war ihr egal. »Deshalb, genau deshalb hast du dich in sie verliebt – weil sie dein genaues Ebenbild ist! Hast du denn schon jemals einen anderen Menschen geliebt außer dir selber?!«

Wolf stieß einen langen, häßlichen Seufzer aus, bevor er tief Luft holte und sich sichtlich bemühte, nicht die Beherrschung zu verlieren. »Ich könnte dich umbringen, Eleanor«, sagte er, während er sich mit dem Handrücken die Wangen abwischte. »So viele Jahre verschwendet – und ich hab' dich angebettelt!«

»Du verurteilst mich? Du wagst es, mich zu verurteilen?« Eleanor geriet immer mehr in Rage. »Ich habe niemals gewollt, daß du ihr Vater bist! Du bastelst dir die Dinge so zurecht, daß nur du allein sie wieder umstoßen darfst: Firmen, Frauen, Ehen ... Du kannst gar nicht anders. Sie hättest du ebenfalls zerstört – genauso, wie du mich kaputtgemacht hast. Ich hatte alles Recht, mir zu nehmen, was mir gehörte – mein Kind und Vanguard. Alles andere gehörte Isabel.«

»Ich hab' Isabel nie geliebt«, sagte Wolf leise. »Ich habe sie bloß benutzt ..., um mir zu beweisen, daß ich immer noch ein Mann war. Du warst damals fest entschlossen, mich das auf keinen Fall herausfinden zu lassen – hattest alles im Griff, weißt du noch? Sogar unser Sexualleben hast du bestimmt. Durch diese Beziehung wurde ich wieder ein ganzer Mann, bereit, dort wieder zu beginnen, wo es aufgehört hatte – vor meinem Unfall. Das habe ich auch Isabel gesagt. Sie hat geweint. Wahrscheinlich ist sie deshalb zu dir gelaufen – aus Gehässigkeit.«

Eleanor hörte ihm kaum zu, zu sehr war sie versponnen in ihre eigenen qualvollen Erinnerungen. »Ich wollte dir damals die große Neuigkeit an deinem Geburtstag verraten«, sagte sie tonlos.

»Meine kleine Jacqui!« Wolfs Stimme wurde brüchig. Er schwieg und räusperte sich mehrmals hintereinander. Seine Miene wirkte gleichermaßen verwirrt wie bittend, als er sich Eleanor wieder zuwandte. »Du weißt gar nicht, wie sehr ich dieses Mädchen geliebt habe. Es war, als hätte ich eine zweite Chance bekommen.«

»Mach dir doch nichts vor! Du hättest sie bald wieder satt gehabt.«

Jetzt schenkten sie einander nichts mehr, prügelten mit Worten aufeinander ein, daß nur so die Fetzen flogen, bis Wolf Eleanor auch über das Aktienpaket aufklärte.

»Du mußt ein wahrer Teufel sein«, fauchte sie, »wenn du dieses Kind dazu mißbrauchen konntest, ihre eigene Mutter in den Ruin zu treiben!«

»Und wenn ich einer bin, dann hast du mich dazu gemacht.« Wolf gab sich geschlagen. »Laß uns ein Ende machen, Eleanor«, bat er. »Jetzt gleich.«

Aber es sollte noch schlimmer für ihn kommen. Schokkiert stellte er plötzlich fest, daß Jacqui ihn anstarrte – wie lange schon!

Ihr Gesicht war leichenblaß, doch aus ihren Augen blitzte der blanke Zorn. »Macht, daß ihr rauskommt«, sagte sie, brachte es jedoch nur im Flüsterton heraus. »Haut bloß ab, von mir aus in die Hölle! Ich will keinen von euch jemals wiedersehen!«

Er spürte, wie sein Herz hart gegen die Rippen schlug, hörte, wie sich Eleanors Keuchen zu einem Schluchzer dehnte. Das Getöse des landenden Hubschraubers erlöste sie alle drei.

66

Sonntag, 12. Februar 1984

Kaum zu glauben, aber die Sonne schien! Die nackten Zweige des Baumes vor dem Fenster ließen das Krankenzimmer nicht gänzlich antiseptisch wirken. Megan, die zwei Nächte lang kaum geschlafen hatte, kam das Bett außerordentlich einladend vor. Tags zuvor war sie beim Damenabfahrtslauf gewesen, als Jacqui gestürzt war, und sie hatte draußen vor der Erste-Hilfe-Station auf Bescheid gewartet, stundenlang, wie ihr scheinen wollte. Später war sie ins Krankenhaus gefahren, um zu erfahren, ob ihre Hilfe gebraucht wurde, und da war Eleanor zusammengebrochen und hatte ihr die ganze Geschichte erzählt. Megan hatte ihr versprochen, Jacqui zu helfen. Jetzt wachte sie in Jacquis Krankenzimmer, bis Eleanor aus dem Hotel zurückkam, wo sie in aller Eile baden und etwas essen wollte.

Megan wußte, daß bei ihr eine Grippe im Anzug war. Ihre Kehle war rauh, ihre Nase brannte, und ihre Augen fühlten sich an, als wären sie mit Sand gefüllt. Jacqui war, Gott sei Dank, außer Gefahr, so daß sich Megan ausschließlich dem Problem widmen konnte, das ihr nunmehr am dringlichsten erschien: Nikki in Sicherheit zu bringen. Diese Winterspiele waren für Megan eine einzige, gnadenlose Hölle.

Dennoch konnte sie nicht umhin zu denken, wie lieblich Jacqui aussah, mit ihren Löckchen, die sich auf dem Kissen ringelten, mit dem Hauch feiner Röte, die sich endlich wieder auf ihrem Gesicht zeigte. Sie sah aus wie ein Engel.

Um neun Uhr schlug Jacqui die Augen auf und kam allmählich wieder zu sich und in die Realität zurück. Sie wirkte bestürzt. Megan beugte sich vor und ergriff ihre Hand. »Alles in Ordnung«, versicherte sie ihr in beruhigendem Tonfall. »Sie machen gute Fortschritte und müssen sich keine Sorgen machen.«

»Reden Sie nicht so abgedroschen daher, Megan«, war Jacquis Antwort. »Sehen Sie irgendwo Wasser stehen?« Megan griff nach dem Glas und hielt es dem Mädchen vorsichtig an die Lippen, wobei sie ihr den Kopf stützte.

»Danke.« Jacqui legte sich wieder zurück und starrte stirnrunzelnd zur Decke. Nach einer Weile drehte sie Megan ein fragendes Gesicht zu. »Haben Sie's schon gehört?«

Megan nickte und überlegte dabei, wieviel sie wohl klugerweise verschweigen sollte. Sie hatte gehofft, Eleanor würde zurückkehren, bevor Jacqui erwachte, doch als das junge Mädchen das nächste Mal den Mund auftat, schien sie an nichts anderem als dem Rennen interessiert zu sein und wann es wohl wiederholt würde. »Glauben Sie, daß ich's schaffe?« flüsterte sie.

»Vielleicht. Ich versuche herauszufinden, für wann es angesetzt ist«, sagte Megan. »Ich glaube aber, Sie sollten sich jetzt erst einmal Ruhe gönnen und sich keine Sorgen um das Rennen machen.«

»Manchmal klingen Sie haargenau so bescheuert wie meine Mutter«, knurrte Jacqui. Sie schloß die Augen und seufzte.

Es war klar, daß Jacqui außer Gefahr war. »Rob war gestern hier«, berichtete Megan. »Er wirkte ganz schön aufgeschmissen, als er Wolf bei Ihrer Mutter stehen sah, und ist wieder gegangen. Soll ich ihm was ausrichten?«

»Nein, wozu?« Ihr Mund schloß sich zu jener starrsinnigen dünnen Linie, die Megan so gut kannte. »Wenn Sie bloß rausfinden, wann das Rennen ist«, sagte sie. »Ich will daran teilnehmen und muß es unbedingt gewinnen.«

Kurze Zeit später kam Eleanor zurück, so daß Megan sich verabschieden konnte. Sie nahm ein Taxi, das sie zu den Igmanbergen brachte, wo sie sich mit Ian verabredet hatte.

Es war nun achtundvierzig Stunden her, seit Zoran Banski mit ihr gesprochen hatte, und seither hatte sie an kaum etwas anderes gedacht. Sie wußte nicht, was sie machen sollte.

Glaubte sie im einen Moment noch, das Ganze sei lediglich eine sowjetische List, die Nikki von der Teilnahme an den Spielen abhalten sollte, so fielen ihr auch schon im nächsten Augenblick derart viele unerklärliche Dinge ein, die Nikki und Ian im vergangenen Jahr geäußert hatten, daß ihr vor Angst der Schweiß ausbrach. Vor allem eine bestimmte Erinnerung war es, die sie nicht losließ – damals, bei den Filmaufnahmen, was hatte sie Ian da sagen hören? *Versuchen Sie, die Eislaufszenen noch vor Februar in den Kasten zu bringen, möglich, daß es später nicht mehr klappt.*

Aber hatte wirklich Ian das Ganze ausgebrütet, von Anbeginn an bis zu diesem abscheulichen Ende, wie Banski behauptete?

Während das Taxi die steile Bergstraße hochtuckerte, wurde Megan zusehends nervöser. Sie hatte ihre Gefühle noch niemals vor Ian verbergen können, und in den vergangenen zwei Tagen hatte sie in dem Bemühen, so zu tun, als sei alles in bester Ordnung, einen sorglosen Optimismus an den Tag gelegt, den sie überhaupt nicht empfand. Es war eine Qual! Jetzt konnte sie ihre trübe Stimmung auf die Grippe schieben, fand sie – wenigstens etwas, wofür sie dankbar sein konnte.

Ian stand am Ziel für den Langlauf der Damen. Seine Lippen waren zu einem ärgerlichen Strich zusammengepreßt, und seine Augen waren dunkel vor Traurigkeit. Komisch, wie Ians Gesicht einander widersprechende Gefühle gleichzeitig widerspiegeln konnte! Heute stand ihm sein ungebärdiges Haar nach allen Himmelsrichtungen vom Kopf ab, und alle paar Minuten fuhr seine Hand in die Höhe, um es glattzustreichen.

»Die Presse veranstaltet hier einen regelrechten Zirkus«, brummte er. Beinahe geistesabwesend beugte er sich über sie, um sie zu küssen, und erhaschte etwas von der Anspannung, unter der sie stand. Da erst sah er sie genauer an, und seine Miene verzog sich vor Mitgefühl. Was für ein eigenartiger Blick! Spürte er, was sie durchmachte? Er ergriff ihre Hand, schob sie in seine Tasche und hielt sie dort fest. Das war so warm und tröstlich, daß sie minutenlang ihre alptraumhafte Lage vergessen konnte. Es konnte einfach nicht wahr sein!

Megan sehnte sich danach, die ganze Geschichte heraussprudeln zu dürfen, Ian um Hilfe und Unterstützung zu bitten. Sie liebten sich doch, da mußten sie einander doch auch helfen können! Aber sie war sich eben nicht sicher, und ihre Zweifel machten sie schier verrückt.

Sie blieben gerade lang genug, um Marja-Liisa Hämälainens spannenden Sieg mitzuerleben, dann wollte Ian gleich aufbrechen, um in Mostar ein spätes Mittagessen einzunehmen.

Auf der langen Fahrt ließ sie ihre Erinnerungen Revue passieren: Ian, wie er in seinen Acht-Stunden-Schichten bei jedem Wind und Wetter den Fischadler bewachte; Ian, wie er seiner Lieblingsstute mit sanfter und geübter Hand Geburtshilfe leistete; Ian, wie er in jener Nacht, in der sie geweint hatte, hilflos und hoffnungslos auf seinem Bett in

Aviemore saß. War dies der Mann, der Nikki dem sowjetischen Establishment und damit der nahezu sicheren Vernichtung ausliefern wollte? Nein! schrie es in ihr. O nein, nein, nein!

Andererseits aber hatte Ian sie belogen, sie manipuliert, sie und ihren Beruf ausgenutzt, schamlos vorgegeben, sie zu lieben – bis er sich doch noch tatsächlich in sie verliebt hatte. Und sie – sie war nur allzu bereit gewesen, Vergangenes zu vergessen und statt dessen Pläne für die Zukunft zu machen, sich angesichts von Nikkis Wohlergehen und Glück in falscher Sicherheit zu wiegen. In Wirklichkeit jedoch hatte sich nichts geändert, machte sie sich unglücklich klar. Ian war noch immer der Erzschurke, Nikki noch immer sein Faustpfand – nur, daß es dieses Mal geopfert werden sollte.

Megan fand kein Ende in ihrer Selbstkritik. Warum hatte sie Ian so leicht und rasch verziehen? Ian manipulierte sie immer noch und stand sogar im Begriff, ein lebenssprühendes, liebevolles, wunderschönes Mädchen zum Objekt seiner Zwecke und Ziele zu machen. Nichts daran war neu, oder? Wie dumm sie gewesen war! Und das nur, weil sie ihn liebte und sich verzweifelt gewünscht hatte, an ihn glauben zu können.

Nun jedoch war sie gezwungen einzusehen, daß Betrug nun einmal zu seinem Geschäft gehörte und daß Nikkis Glück den allergeringsten Raum in seinen Erwägungen einnahm. Seine Antriebsfeder war irgendeine geheime Verpflichtung – doch wem und was gegenüber? Seiner Königin und seinem Land? Seiner Karriere in der Marine? Was war Ian so heilig, daß er selbst seine Freunde dafür opferte? Sie hätte gewarnt sein können – immerhin hatte sie in den Büchern, die sie im Keller fand, die Geschichte seiner Familie gelesen. Hatte nicht Dougall Mackintosh ebenfalls seine Familie dem Elend und seine Güter der Krone preisgegeben, als er nach der Schlacht von Culloden dem jungen Prinzen Charles nach Frankreich folgte?

Es blieb ihr also gar nichts anderes übrig, als das Spiel – Ians Spiel – mitzuspielen, wenn sie Nikki retten wollte. Sollte Nikki ihr gar wichtiger sein als der Mann, den sie von ganzem Herzen liebte? Aber es geht ja gar nicht um Nikki allein, dachte sie traurig. Es ging um sie selber – um ihre eigene Redlichkeit. Wenn sie ihre Grundsätze aufgab, gab sie sich selber auf – und so konnte sie nicht leben.

Megan sah auf die Uhr, es war kurz vor zwei. Nikkis Training war vorüber, sie würde jetzt die Eisbahn verlassen. Sie hatte vor, Jacqui im Krankenhaus zu besuchen und einen Einkaufsbummel zu machen. Megan hatte sie nur ungern allein gelassen, doch Ian hatte so fest auf diesem Treffen bestanden, und schließlich hatte sie sich gesagt, daß Banski immerhin behauptet hatte, bis zu den Endläufen bestünde keinerlei Gefahr.

Sie wurde aus ihren trübsinnigen Gedankengängen gerissen, als der Wagen die Schnellstraße verließ und in einen Feldweg einbog. Rasch fuhren sie die kurvenreiche, ungeteerte Straße entlang, die voller Schlaglöcher und Furchen war. Von den hohen Fichten am Wegrand tropfte der schmelzende Schnee.

»Ian, um Gottes willen! Du ruinierst den Wagen!« keuchte sie.

Er sah sie finster an, denn er haßte Kritik, vor allem, wenn sie seinen Fahrstil betraf. Sie rutschten und schlidderten und holperten noch weitere zehn Minuten über die Fahrspur, die neben einem breiten, schnell fließenden Strom verlief. Er hieße Buna, erklärte Ian und lenkte den Wagen plötzlich auf einen geschotterten Parkplatz.

»Das ist es«, sagte er. Megan sah ihm an, daß er sich in der Defensive befand. Seine Augen verrieten ihn. Sobald er sich angegriffen fühlte, pflegte er ein Auge leicht zusammenzukneifen, als zucke es immer wieder zusammen, während das andere kalt und feindselig und überaus wachsam in die Welt sah.

Wenn sie doch nur eine bessere Schauspielerin wäre!

Ian wußte bereits, daß sie mit irgend etwas hinter dem Berg hielt. Sie mußte noch besser auf der Hut sein. Ian mit seinen eigenen Waffen zu schlagen würde alles andere als leicht werden.

Vor ihnen befand sich eine niedrige Mauer, dahinter sah Megan ein paar Fischteiche, welche mit Flußwasser gespeist wurden, das durch Backsteinkanäle hineinrann. Lange gefleckte Schatten schossen durch das dunkle Wasser, und Megan empfand sekundenlang Mitleid mit den Forellen, wie sie in kurzen Ausbrüchen nervöser Energie vorwärts schnellten und ebenso plötzlich wieder zum Stillstand kamen, stets voller Angst – in einer Falle gefangen!

In dem schuppenartigen Gebäude hinter den Teichen war ein Restaurant für die Einheimischen: ein langer niedriger Raum mit weiß verputzten Wänden und blanken Holztischen und -bänken. Der Blick ging auf den Fluß hinaus, und aus der Küche drang ein köstlicher Geruch nach gebratenen Forellen. Megan schob ihre Bedenken beiseite: Sie hatte Hunger. Der Kellner, der gleichzeitig der Koch und Besitzer war, brachte ihnen einen Krug *Travarica* und zwei Gläser. Eine Speisekarte gab es nicht, denn es gab nur ein Gericht.

Megan warf einen Blick auf Ian, der ihr gegenübersaß. Behutsam musterte er sie, und sie gab den Blick zurück, obwohl sie nervös war und ihre Hände auf dem Tisch nicht stillhalten konnte. Normalerweise machte er sich nicht die Mühe, ihr Glas nachzufüllen – Megan wußte, daß er es nicht mochte, wenn sie Alkohol trank, wiewohl er nie ein Wort darüber verloren hatte. Heute jedoch goß er ihr Glas nach jedem Schluck wieder voll, während er sie mit Geschichten über seine früheren Besuche hier unterhielt.

Gütiger Himmel, dachte sie, entweder ist er unschuldig, oder er muß ein hervorragender Schauspieler sein! Aber natürlich ist er ein hervorragender Schauspieler, fiel ihr dann in plötzlicher Qual ein. Er hat die Rolle des freien Autors monatelang durchgehalten. Ihn anzusehen tat regelrecht weh. Sie liebte ihn so sehr! Wie sollte sie bloß die Trennung von ihm ertragen? Aber wie würde sie andererseits ein Leben mit solch einem Ungeheuer führen können? Ihre geistige Qual machte sich nun auch physisch bemerkbar: In ihrer Kehle saß ein dicker Kloß und in ihrer Brust ein Klumpen, schwer wie Blei. Ihre Hände und Lippen waren wie taub, und sie fühlte sich, als wäre sie in einen Schneesturm geraten und zittere nun langsam dem Erfrieren entgegen.

Sie trank ziemlich viel *Travarica,* doch als das Essen kam, brachte sie keinen Bissen hinunter. Sie versuchte es mehrmals vergeblich, bis sie die Gabel weglegte und sich mit einem Seufzer der Verzweiflung zurücklehnte.

»Meinst du nicht, es ist allmählich an der Zeit, daß du mir sagst, was los ist?« fragte Ian. Erschrocken sah sie auf, entdeckte jedoch nichts anderes in seinen Augen als Besorgnis.

»Wieso – was soll los sein? Es ist bloß die Grippe«, sagte sie. Doch dann – wohl, weil sie zuviel Wein auf leeren Magen getrunken hatte – fügte sie hinzu: »Ian, wenn du zwischen deiner Karriere und deinen moralischen Grundsätzen wählen müßtest – wie würdest du dich entscheiden?«

Er runzelte die Stirn, und seine Augen wurden schmal. »Vor solch einer Entscheidung würde ich niemals gestellt. Was immer ich auch zu tun habe, es wird stets das Rechte sein – auch wenn mitunter die Moral des Ganzen nicht gleich auf den ersten Blick erkennbar ist. Es ist eine Frage des Vertrauens. Ich vertraue meinen Kollegen und meinen Vorgesetzten. Ebenso wie ich dir vertraue und du, wie ich hoffe, mir vertraust. Kriegst du kalte Füße wegen der Hochzeit?« vermutete er.

»Nein«, sagte sie unglücklich.

»Heute wirst du etwas Einmaliges in deinem Leben zu

sehen bekommen«, sagte Ian. »Heute wollen wir glücklich sein.«

»Ja, o ja«, sagte sie und schloß die Augen. Sie glaubte es wirklich. Vielleicht war dieser Tag alles, was ihr von ihm bleiben würde.

Sie fuhren den Fluß hinauf, der über Geröll und gestürzte Baumstämme schäumte, bis sie schließlich im Schatten eines gigantischen Felsens parkten, der zu steil war, als daß Büsche oder Bäume Halt gefunden hätten. Von dort aus folgten sie einem schmalen Pfad bis zum Fuße des Berges.

Sie fanden eine große Höhle, aus deren Dunkel, gespeist von einer unterirdischen Quelle, der Fluß entsprang, dessen Wasser mit ungeheurer Kraft und Schnelle herausgeschossen kam, während am Himmel Adler ihre Bahnen zogen. »Phantastisch!« hauchte Megan, »geradezu überirdisch schön!«

Es war ein eigenartiger, einsamer Ort. Ein zweistöckiges Gebäude war aus dem Felsen errichtet worden, frisch gestrichen und mit einem Dach aus Schieferplatten, jedoch so in die Ausbuchtung einer Höhle gesetzt, daß nur die Front von Menschenhand gebaut war, während die einzelnen Räume aus dem nackten Felsen gehauen waren. Es hieß *Tekija,* »Haus der Derwische«, und bildete noch heute, wie Ian erklärte, das Zentrum für deren Rituale. Die alte türkische Bäuerin, die ihnen das Eintrittsgeld abnahm, servierte ihnen starken Mokka und erklärte in gebrochenem Englisch, sie hüte die Schreine zweier Heiliger in dem Zimmer darüber.

Ehrfürchtig schritt Megan durch die Zimmer und betrachtete die bunten Perserteppiche, die kunstvollen Schmiedearbeiten, die geschnitzten Holzdecken, die mit Sternen gekachelte Decke des türkischen Bades, die Schriftrollen und das herrliche Mausoleum.

»An dieser Stelle hat sich schon in der Jungsteinzeit ein Heiligtum befunden«, sagte Ian. Er deutete auf die Inschrift in einer Nische gleich beim Eingang, die lautete: *Mutu kable ente mutu: Stirb, bevor du tot bist.* Über der Tür zu dem Raum, der den Derwischen für ihre Zeremonien diente, stand ein Gebet zu lesen: *O Du, der Du alle Türen öffnest, öffne uns die beste Tür.* Das heilige Schlachtenrelief an der Wand des Mausoleums symbolisierte das Bindeglied zwischen Geistlichkeit und Militär.

Ob es nun am vielen *Travarica* lag oder an der eigenartigen Situation, in der sie sich befand – Megan verlor den Mut.

Sie wollte ihre Liebe nicht aufgeben. Nur noch einen einzigen Tag, sagte sie sich. Was kann ein einziger, weiterer Tag schon anrichten? Danach wollte sie sich geradewegs ihren Problemen stellen – und es war ja ohnehin höchst wichtig, daß Ian nicht auf den Gedanken kam, sie wisse Bescheid.

Also ging sie, nachdem sie ins Hotel zurückgefahren waren, bereitwillig mit ihm in sein Zimmer, wo sie sich, kaum, daß die Tür hinter ihnen ins Schloß gefallen war, in die Arme fielen und mit vor Hast zitternden Händen entkleideten.

Nichts ... nein, gar nichts durfte zwischen ihnen sein, als begingen sie ein seltsames Ritual. Leib an Leib lagen sie, kosteten die sinnliche Berührung ihrer Haut, das Beben des Fleisches. An ihren Schenkeln spürte sie das Zittern seiner Lenden.

Oh, sie mußte ihn haben, jeden kleinsten Teil von ihm berühren und küssen und liebkosen! Ist dies ... ist dies das letzte Mal? fragte eine innere Stimme.

Sie liebte ihn so verzweifelt, alles an ihm. Mit den Lippen strich sie über seinen harten Bauch und über seine breite Brust, seinen kräftigen Nacken, küßte seine Lippen – weiche, empfindsame Lippen. Mit den Fingern streichelte sie über seine buschigen Brauen, strich ihm durchs Haar. »O Ian, Ian, ich liebe dich! Vergiß das nie, nie! Ich liebe dich!« flüsterte sie wie im Fieber.

»Red nicht. Liebe mich«, sagte er, mitgerissen von ihrer Leidenschaft und ihrem Verlangen.

Sie legte ihre Beine um ihn und zog ihn herab und in sich hinein, schlang ihm die Arme um den Hals. O, daß sie eins mit ihm wäre, eins ... eins ... Vielleicht, wenn sie es noch fester versuchte, daß sie dann auf ewig vereint blieben, miteinander verschmolzen, unzertrennlich ... Sie seufzte und paßte sich seinem Rhythmus an, und als er schließlich kam, schien es, als brächen sämtliche Dämme ihrer verschlossenen Trauer, und sie brach in wildes Schluchzen aus.

»Nein, nicht!« schrie sie auf, als sie seinen unvermeidlichen Rückzug spürte. »Bitte bleib!«

Und Ian blieb und beruhigte sie, und schließlich spürte sie, wie er erneut zum Leben erwachte, und alles fing noch einmal von vorne an.

Sie war unersättlich. Instinktiv verlangte sie nach immer wieder neuer Bestätigung, denn nur solange sie ihn zwischen ihren Schenkeln gefangen hielt, gehörte er ihr, gehörte er wirklich und wahrhaftig ihr.

Stunden vergingen, der Mond stieg hoch am Himmel und im Hotel erstarben alle Geräusche. Ian fiel in einen tiefen Schlaf, während sie dalag und ängstlich sein Gesicht im Dämmerlicht betrachtete, es absuchte nach einem Zeichen des Bösen, nach einem sicheren Beweis – aber sie sah nichts als ihren geliebten Ian, freundlich, überempfindlich, treu und aufrichtig.

Ihr war schon wieder zum Weinen zumute. Sie fand sich außerstande, die Entscheidung, vor die sie sich gestellt sah, zu treffen: Ian oder Nikki. Das Zitat im Haus der Derwische fiel ihr wieder ein: *O Du, der Du alle Türen öffnest ...*, betete sie.

Unwillkürlich dachte sie: Typisch britisch – die machen auch Moral, Militär und Religion zu einem einzigen Ehrenkodex. Ians Marinetradition war ihm mindestens ebenso heilig wie seine Religion.

Sie stützte sich auf einen Ellenbogen, beugte sich über Ian und küßte ihn auf den Mund. Er bewegte sich träge und murmelte im Schlaf.

Doch plötzlich sahen ihr die erstaunlich blauen Augen direkt ins Gesicht. »Ich hab' dich gewarnt«, sagte er. »Ich hab' dir gesagt, du sollst dich raushalten. Ich hab' dich gebeten, mir nur noch ein Jahr zu lassen, bis ich das hinter mir hab'. Fahr heim, Megan. Fahr heim und warte.«

Es stimmte also. Ihr Elend wog so schwer wie Blei, als sie ins Bad ging, um zu duschen. Als sie das Zimmer verließ, war Ian fest eingeschlafen.

67

Montag, 13. Februar 1984

Die Straße war schmal und unregelmäßig gepflastert und verließ zwischen hohen, eng aneinandergebauten Häusern, von denen manche, elegant und malerisch, noch aus der österreichischen Zeit stammten, andere hingegen, vollkommen sachlich und nüchtern und nützlich, die neue Identität darstellten. Dieser schlecht zusammenpassende Komplex barg das Krankenhaus von Sarajewo, auf das soeben ein Taxi mit anhaltendem Gehupe zusteuerte.

Es war das vierte Mal, daß Eleanor seit dem Unfall ihrer Tochter vor zwei Tagen hierherkam, doch Jacqui hatte die meiste Zeit über geschlafen. Sie war außer Gefahr, hatten die Ärzte Eleanor versichert, und würde bald entlassen. Das Taxi hielt vor der Notaufnahme. Eleanor sprang heraus und schaute sich rasch um. Mit einem Schlage wurde es still in der langen Schlange geduldiger Jugoslawen, die darauf warteten, sich ins Besucherbuch einzutragen und ihre Passierscheine entgegenzunehmen. Die Unterhaltung erstarb, aller Augen richteten sich wiederholt auf die neu Hinzugekommene – Blicke voller Neid, auch Bewunderung, hauptsächlich aber voller Sehnsucht. Diese Frau war weder schüchtern noch geduldig, in ihren Augen saß keine Hoffnungslosigkeit, und ihre Haltung war fest, ja aggressiv. Sie hätte ebensogut von einem anderen Stern kommen können, so groß war der Unterschied.

Zögernd schloß sich Eleanor der Schlange an, doch schon nach kurzer Zeit rief die unmittelbar vor ihr stehende Frau höflich die Wache, die unverzüglich losrannte und eine Dolmetscherin herbeiholte, welche Eleanor wiederum aus der Schlange befreite und ins Krankenhaus führte.

Jacqui lag im Bett und sah blicklos aus dem Fenster. Sie wirkte verloren. Ihr Gesicht war noch immer sehr bleich, und sie hatte geweint, wie Eleanor erkannte.

»Jacqui, mein Schatz!« Eleanors tiefe, wohlklingende Stimme war wie ein Hauch warmer Luft aus Monaco, und Jacqui mußte sekundenlang lächeln, bevor sie sich abwandte und die Augen schloß.

»Heute wirst du entlassen, Schätzchen. Der Arzt hat mir bestätigt, daß du außer Gefahr bist, bloß noch ein bißchen schwach. Wir könnten die Maschine morgen vormittag nehmen und am Nachmittag schon zu Hause sein. Was hältst du davon?« Sie drückte leicht die Hand ihrer Tochter.

Jacqui runzelte die Stirn. »Ist das Rennen heute?« fragte sie.

»Nein. Es ist verschoben worden – wieder einmal. Bis vor einer Stunde hatten sie noch kein neues Datum festgesetzt.«

»Dann bleibe ich.«

»Aber wozu denn? Du kannst dir den ganzen Tag die Beine in den Bauch stehen und siehst gar nichts. Wintersport sieht man sich am besten zu Hause vor dem Fernseher an. Komm, wie fahren heim, Herzchen«, schmeichelte sie.

Jacqui schüttelte eigensinnig den Kopf und entzog ihr ihre Hand.

Eleanor durchwühlte ihre Tasche und förderte schließlich ein paar Süßigkeiten und Fruchtsaft zutage. »Es ist unglaublich«, sagte sie. »Du kriegst hier nichts anderes als die Früchte und Gemüse der Saison – und derzeit hat überhaupt nichts Saison. Die importieren rein gar nichts – jedenfalls kommt's mir so vor. Der Kellner tat, als wäre ich verrückt, als ich ihn fragte, ob ich nicht ein paar Tomaten in meinen Salat haben könnte. Der hat mir doch tatsächlich erklärt, daß um diese Jahreszeit keine Tomaten wachsen – als wäre ich eine Halbidiotin.«

»Schon gut, ich hab' keinen Hunger«, sagte Jacqui tonlos. »Du brauchst nicht hierzubleiben, Mutter, ich bin ohnehin sehr müde.«

»Ich hab's nicht eilig«, sagte Eleanor. Eine Zeitlang saßen Mutter und Tochter da und schwiegen sich an. Schließlich faßte Eleanor Mut. »Jacqui«, fing sie an, »ich hab' dir eigentlich schon immer erzählen wollen ... naja, alles. Es tut mir leid, daß ich so lang dazu gebraucht habe. Ich hab' nie den Mut dazu aufgebracht, ich dachte, du würdest mich dann hassen.«

Die Worte überstürzten sich, als jetzt alles herauskam – die Schuldgefühle, die Ausreden, die Erklärungen, die lange, weitschweifige Selbstanalyse, aber doch hauptsächlich und immer wieder: Schuldgefühle.

»Mutter«, sagte Jacqui schließlich, wobei sie ihr unverwandt in die Augen sah, »du bist nicht an allem allein schuld. Vorgestern ... Vorgestern hab' ich jedes Wort gehört. Wolf wollte dich in den Ruin treiben, und beinahe wäre es ihm gelungen – so ein Mensch ist er also, wenn es nicht nach seinem Willen geht. Er ist verwöhnt und arrogant und – und ich liebe ihn trotzdem. Immerhin ist er mein Vater«, flüsterte sie. »Und wo steht geschrieben, daß man bloß Heilige lieben darf? Trotzdem«, und jetzt lauerte ein Lächeln in ihren Augen, »mit Wolf verheiratet zu sein kann kein Zuckerschlecken gewesen sein.«

Eleanor holte tief Luft und straffte ihre Schultern. »Komisch … Dinge, an die man sich nicht gern erinnerte, verdrängt man einfach. Ich hab' immer nur noch an die schönen Zeiten mit ihm gedacht und ganz vergessen, wie eklig er werden konnte, wenn ich anderer Meinung war als er.« Plötzlich fiel ihr wieder Gundelfinger ein und alles, was sie ihm erzählt hatte. Sie hatte Wolf niemals vor ihm herabgesetzt, ihm niemals von ihrer Angst vor Wolf erzählt, nachdem sie ihn mit seinen eigenen Waffen geschlagen und ihm Vanguard weggenommen hatte. Das war mehr als alles andere für ihren Umzug nach Monaco ausschlaggebend gewesen.

»Du hast bloß getan, was du tun mußtest, Mutter. Es ist schon so lange her. Ich war noch gar nicht geboren, und das alles hat mit mir gar nichts zu tun.«

»Doch, Jacqui, du warst sehr wohl beteiligt – als unschuldiges Opfer. Ich hatte immer das Gefühl … ach, egal …« Eleanor seufzte. »Wenn du mir bloß nicht mehr die Schuld an allem gibst.«

»Ich hab' dir noch nie die Schuld gegeben«, wiederholte Jacqui hartnäckig.

»Wenn ich mir doch selber verzeihen könnte.« Eleanor hickste, zog ein Taschentuch hervor und putzte sich geräuschvoll die Nase. »Entschuldige, Liebes. Wenn wir uns doch nur besser verstehen würden.«

Sie schwiegen wieder eine Weile, dann fing Eleanor neuerlich an, diesmal mit einer Stimme, die aufgesetzt fröhlich klang, und mit einem Lächeln, das eher einer Grimasse ähnelte. »Weiß du, was ich mir eben gedacht habe, Jacqui? Ich dachte, wenn wir zurückkommen, könnten wir beide vielleicht zusammen Ferien machen. Vielleicht in Denver. Weiß du schon, daß ich deinen Freund kennengelernt habe, Rob Scott? Der ist ja toll, ehrlich! Er hat mir von den Skiern erzählt, die er produziert, und dabei kam mir unwillkürlich der Gedanke, wie großartig er die Lücke ausfüllen würde, die Nigel hinterlassen hat. Das heißt, wenn ihr zwei es überhaupt ernst meint. Meint ihr's denn ernst?«

»Ach, Mutter ...«

Jacqui preßte die Lider über die Augen, um nichts mehr sehen zu müssen, doch nichts konnte Mutters Stimme aussperren, die sie geradezu bombardierte mit Versprechungen, Bestechungen, Wiedergutmachungen, Bedauernsäußerungen.

Ob ich mich wohl besser fühlte, fragte sich Jacqui, wenn ich ihr jetzt einfach sagte: Hör, Mutter, eigentlich bist du ja eine Katastrophe, aber so langsam fang' ich an, dich zu verstehen, und wenn du jetzt noch deine Klappe hältst, dann könnte ich dich sogar gernhaben!?

Doch Mutter hielt natürlich nicht die Klappe. Mutter war noch immer dabei, Robs Zukunft zu verplanen, als Jacqui längst eingeschlafen war.

Es dämmerte bereits, und niemand hatte das Licht angeknipst. Es schneite, und Jacqui beobachtete, wie die weißen Flocken durch die kahlen Äste der Birke vor ihrem Fenster wirbelten. Irgend etwas hatte sie geweckt, doch sie brachte nicht die Energie auf, sich umzudrehen und nachzusehen.

Dann merkte sie, daß jemand ihre Hand hielt, viel zu fest. Wer immer es auch war, er sollte wieder gehen. Sie hatte vorläufig genug von emotionellen Tragödien. Sie fühlte sich nicht imstande, noch weitere dramatische Beteuerungen und Beschwörungen zu verkraften, doch der unverminderte Druck auf ihrer Hand verlangte dringend nach einem Zeichen des Erkennens, nach einer Erwiderung, die sie nicht über sich brachte.

Schließlich drehte sie doch den Kopf und sah direkt in Wolfs Augen. Wie ernst er aussah! Er versuchte nicht zu lächeln, und das war eine Erleichterung.

»So ist es fein«, sagte er eindringlich. »Um mein Mädchen aus dem Rennen zu werfen, braucht es schon ein bißchen mehr als ein paar Schnitte und Prellungen. Das hab' ich auch dem Doktor gesagt. Ich hab' ihm gesagt, ich würde dich morgen nach Hause bringen. Wir können die Vormittagsmaschine nehmen, Jacqui. Was meinst du dazu?« Seine Stimme klang zuversichtlich, doch seine Augen flehten um Gnade, um Liebe, um Vergebung. »Ich kann's gar nicht erwarten, dir meine Ölquellen zu zeigen – unsere Ölquellen, denn alles, was mein ist, wird eines Tages dir gehören, das weißt du doch, Liebling, nicht wahr? Du mußt wissen, daß ich dich schrecklich lieb habe, immer schon. Möglich, daß es da ein bißchen Konfusion wegen der Art der Liebe gegeben hat – es war ja immerhin eine konfuse Situation.« Er brachte ein gespieltes Lachen heraus und drückte ihre Hand fester.

»Schon gut«, flüsterte Jacqui, »du brauchst mir nichts zu erklären.«

»Oh, das will ich aber. Weißt du, mein ganzes Leben lang wollte ich gerne Kinder haben, aber nachdem Eleanor und ich auseinander waren, hatte ich nicht mehr allzuviel Lust zum Heiraten – das heißt, bis ich dich getroffen hab'. Ha-ha-ha! Schon ein Witz, was? Wie wir uns kennengelernt haben, du und ich – aber der springende Punkt ist, daß ich dich liebgewonnen habe.« Seine Stimme schwankte eine Sekunde lang, dann hörte Jacqui ihn tief Luft holen. »Egal, was für eine Art von Liebe – das ist unwichtig. Liebe ist Liebe! Gibt's nur eine Möglichkeit. Und jetzt, da ich weiß, daß du meine Tochter bist, Liebling – da ist mir auch klar, weshalb wir immer soviel gemeinsam hatten. Gleiches Blut – buchstäblich. Ich werde dir ein guter Vater sein, Jacqui.«

»Was redest du denn da, Wolf?« flüsterte sie verblüfft. »Das klingt ja überhaupt nicht nach dir!« Sie sah ihn ängstlich an. »Bitte, Wolf, versuch nicht, mir den Heiligen vorzuspielen. Du brauchst dich nicht zu verstellen. Bitte! Ich kenne dich sehr gut, und ich liebe dich, so wie du bist.«

»Wirklich? Irgendwie fällt mir das schwer zu glauben«, sagte er mit vor Kummer ganz verzerrter Stimme. »Schau, du sollst wissen, daß die Ölquellen immer noch da sind – ich meine, dir gehören. Sie waren schon immer für dich gedacht.«

»O Wolf, red nicht davon, bitte!«

»Vater! Du mußt mich Vater nennen! Oder Daddy von mir aus, egal was. O Jacqui! Ich kann dir gar nicht sagen, was in mir vorging, als mir klar wurde, daß du meine Tochter bist. Im ersten Augenblick hätte ich Eleanor umbringen können – nicht, weil sie mir all die vielen Jahre lang deine Existenz verschwiegen hatte, sondern weil wir ein Blut sind, weil mir klar wurde, daß ich dich niemals ...«

»Pssst, red nicht so daher«, machte Jacqui.

»O Gott, Jacqui, mein Kind, ich liebe dich«, flüsterte er.

Jacqui drehte den Kopf weg. Sie wollte bloß noch in Ruhe gelassen werden. »Ich bin müde«, sagte sie.

»Da ist noch was, das ich dir sagen muß«, fuhr Wolf unnachsichtig fort. »Ich muß dir erklären, warum deine Mutter und ich ...«

»Das hast du mir schon alles in Arosa erzählt«, sagte sie und hoffte, sie würde nicht in Tränen ausbrechen.

»Aber das war vielleicht doch nicht die ganze Geschichte. Eigentlich war es eher folgendermaßen ...«

Wieso muß ich mir das anhören? Es ist einfach unfair, dachte Jacqui verzweifelt, während seine gequälte Stimme unablässig weitertönte. Jacqui hatte das Gefühl, gleich in Panik ausbrechen zu müssen. Sind sie vielleicht in dem Alter, in dem die Leute zwanghaft mit sich selber abrechnen? fragte sie sich. Ist das der Grund für Mutters Hautausschlag? Ich muß wohl versuchen, ein untadeliges Leben zu führen, denn offenbar wird alles genauestens verzeichnet und nichts jemals vergessen und vergeben. Sie schloß die Augen und versuchte wegzuhören.

»Im übrigen ist mir dein Freund über den Weg gelaufen, Liebling, dieser Rob Scott«, sagte Wolf viel später. »Haben ein paar Sätze miteinander gewechselt. Nichts Besonderes. Um die volle Wahrheit zu sagen – ich mag ihn. Das ist genau der junge Mann, der meinem Öl-Konsortium vorstehen könnte – wenn er sich erst mal richtig eingearbeitet hat, versteht sich, und natürlich nur, wenn ihr zwei auch wirklich ernste Absichten habt ...«

Nicht Rob, dachte Jacqui, Rob kriegst du nicht. Er ist zu nett – viel zu nett für meine Familie. Und mit diesem Gedanken schlief sie ein.

Wolf lag im Bett. Er war nackt unter der Decke und sagte sich unablässig »Tochter, Tochter!« vor. Das jungfräulich weiße Nachthemd fiel ihm ein und die Art, wie sie graziös den Hals drehte, wenn sie ihren Kopf auf dem Kissen wandte, ihr hübsches Profil mit der schrägen, exotischen Nase, den Zigeuneraugen. Gott allein mochte wissen, wo sie sie her hatte, sie und die Gloriole dunkler Löckchen. Jetzt, da sie so bleich und schmal war, war sie noch schöner; die hohlen Wangen, die Schatten unter den Augen unterstrichen ihre Fraulichkeit noch. O Gott, sie ist meine Tochter! murmelte er, doch das Bild ihres schlanken Körpers wollte nicht weichen ... Oh, diese schlanken, geschmeidigen Beine! Meine Tochter! Meine Tochter! Dann kam ihm Rob in den Sinn und seine Eifersucht, seine jugendliche Kraft und Energie – es war die reinste Höllenqual!

Abrupt stieß er die Decke von sich, setzte sich auf den Bettrand und tastete nach dem Lichtschalter. Zwei Uhr morgens. Er brauchte unbedingt einen Drink! Doch statt in der Bar anzurufen wählte er die Nummer der Rezeption. Nach geraumer Zeit meldete sich eine schläfrige Stimme. »Verbinden Sie mich mit Miss Douglas«, sagte er leise und verschämt.

»Wer ist da? Was ist los?« Eleanor klang aufgeregt, und im ersten Moment hätte Wolf beinahe wieder aufgelegt.

»Eleanor … ich bin's … Oh, mein Gott! … Höre, ich … Du mußt mir helfen«, stammelte er.

Sie zögerte nur den Bruchteil einer Sekunde. »Ich habe Zimmer Nummer 503«, sagte sie dann, und ihre Stimme klang weich und seltsam mädchenhaft. »Ich lasse die Tür einen Spaltbreit offen.«

68

Dienstag, 14. Februar 1984

Rob wünschte sich nichts sehnlicher, als daß das Rennen gelaufen und der Tag vorüber und alles vorbei wäre. Danach würde er das erste Flugzeug besteigen, das aus Sarajewo abflog, und Jacqui vergessen. Dann würde er nur noch für seine Arbeit und für seine Firma leben – und dazu brauchte er eine Medaille, irgendeine. Daß er den Schweizer Max Julen nicht schlagen konnte, der nach dem ersten Durchgang des Riesenslaloms mit der Bestzeit von 1:20:54 führte, war Rob klar. Er würde also um den zweiten oder dritten Platz kämpfen und meinte, daß seine Chancen nicht allzu schlecht stünden. Im ersten Rennen war er eine gute Zeit gefahren. Er war Vierter gewesen, und da die ersten fünf den zweiten Lauf in umgekehrter Reihenfolge angingen, würde er als zweiter drankommen.

Kurze Zeit stand er draußen vor der Starthütte und besah sich finsteren Blickes die Piste. Sie war schlecht. Die dreihundertdreiundachtzig Meter Gefälle erforderten eine ungewöhnlich eng gehaltene Anordnung der Tore. Doch das war nicht der einzige Minuspunkt. Einer scharf zu fahrenden Anfangsstrecke folgte ein ebenes Stück, das in einen Hügel und dann in einen Steilhang überging, der extrem schwierig war. Schon im Morgengrauen war die Armee angerückt, um den Kurs zu komprimieren, und aus Gründen, die Rob ein Geheimnis blieben, hatten sie sich entschieden, der drohenden Furchenbildung auf der Piste mit Wasser zu Leibe zu rücken. Das Ergebnis war eine glitzernde, körnige Oberfläche, auf der die Skikanten ebensowenig Halt fanden wie Bergsteiger an einer vereisten Wand.

Die düstere Szenerie aus steilen und kahlen Abhängen vor dem bleigrauen Himmel jenseits der Piste spiegelte exakt Robs Stimmung wider. Ungefähr dreißigtausend Zuschauer waren gekommen, überschlug Rob im Kopf, und dem Getöse nach waren es ausschließlich Einheimische, die lauthals Jure Franko zujubelten, dem jugoslawischen Champion im Abfahrtslauf. Rob bezweifelte, daß Jacqui da war. Wozu auch? Seit ihrem Unfall war er dreimal im Krankenhaus gewesen, und jedesmal hatte er Wolf Muller bei ihr vorgefunden, der ihre Hand hielt, und einmal hatte er Wolf Muller gar im Hotelrestaurant gesehen, wie er sich mit Jacquis Mutter stritt. Aus ihren ernsten Mienen und harten Wortwechseln folgerte er, daß sie den Heiratsvertrag diskutierten. Er hatte irgendwo gelesen, daß Reichtum stets Reichtum ehelichte und dabei alle anderen Erwägungen wie die der Liebe und des Glücks außer acht gelassen wurden. Von ihm aus konnten sie alle miteinander zum Teufel gehen!

Er wandte sich noch einmal der Piste zu, die er aufmerksam musterte. Er würde seine Sache gut machen, weil er sie gut machen wollte, weil sich eine Medaille in Millionen für seine Firma zu Buche schlagen würde und weil er Jacqui und ihrer Familie unter die Nase reiben wollte, weshalb er wirklich nach Sarajewo gekommen war. Und überhaupt – diese Art Schnee war genau das richtige für ihn.

Später konnte sich Rob kaum noch an den ersten Teil der Strecke erinnern. Es kam ihm vor, als sei er wie benommen gefahren, die Kehren machten ihm fast keine Mühe. Erst auf der Zielgeraden kam ein kritischer Punkt. Jeder seiner Muskeln ächzte vor Anstrengung, sich gebeugt und geradeaus zu halten, doch der letzte Höcker warf ihn aus dem Rhythmus, und der Schwung ließ ihn in die Luft hinausschießen. Gradehalten! Gradehalten! rief er sich innerlich zu, doch er wußte, daß ihm dieser Fehler eine Gewichtsverlagerung auf die Hinterskier eingetragen und ihn Zeit gekostet hatte. Danach ging es nur noch darum, daß er seine Körperbeherrschung zurückgewann.

Kaum war er durchs Ziel gelaufen, da wußte er auch schon, daß alles gut gegangen war – bloß: wie gut? Er wagte es nicht, einen Blick auf die Zeitanzeige zu werfen, doch als er sich den Helm vom Kopf riß, vernahm er ein aufgeregtes Summen in der Menge. Vielleicht würde er trotz des Fehlers, den er sich geleistet zu haben glaubte, doch noch unter die ersten acht kommen. Er mußte sich dazu zwingen, aufzusehen. 2:41:75. Er mußte abwarten, wie die anderen fahren würden, doch er wußte nun, daß er schnell gewesen war und zu den Ersten gehören würde.

Am Ende lag er an dritter Stelle und hatte die Bronzemedaille gewonnen. Gold hatte Julen geholt. Der Beifall allerdings galt weder Julen noch Scott, sondern Jure, dem langen, gutaussehenden Slowenen mit der Silbermedaille, der ersten Medaille überhaupt, die Jugoslawien jemals bei Olympischen Winterspielen gewonnen hatte.

Die amerikanische Mannschaft holte Rob ein, als er auf den Bus zuging, und zerrte ihn wieder zurück vor die Fernsehkameras. Er gab ein paar passende Worte von sich, und dann, als die anderen ihn auf die Schultern hoben, sah er plötzlich Jacqui: eine rote Strickmütze, braune Augen voller Ernst und Traurigkeit, ein Gesicht so weiß wie Schnee. Gott sei Dank, sie war aus dem Krankenhaus entlassen worden! »He, Freunde, laßt mich runter!« bat er, doch es nutzte nichts: Im Triumphzug wurde er zum Bus getragen.

Er dachte, er würde sie nun nie mehr finden, und fluchte leise in sich hinein, aber dann sah er zu seiner Überraschung, daß sie doch mitgekommen war und nun das Schlußlicht bildete. Sie wirkte verloren und ängstlich, und er fragte sich, was der Grund dafür sein mochte.

»Das war Klasse«, sagte sie. »Ich hatte solche Angst um dich …« Sie brach ab und sah weg, und ihr Körper wurde von einem Schauder geschüttelt.

»Schön, dich zu sehen«, sagte er und fing ihre Hände in seinen ein. Seine Finger suchten nach einem Ring unter ihrem Handschuh – kein Ring! War das nun ein gutes Zeichen oder nicht? »Ich wußte gar nicht, daß du noch hier bist.« Er zog sie neben sich und ihren Arm durch den seinen. »Ich dachte, du wärst schon nach Hause geflogen. Ich hab' von deinem Unfall gehört. Schön, daß du wieder auf den Beinen bist«, sagte er. »Alles wieder in Ordnung?« Verdammt sollte er sein, wenn er sie wissen ließ, wie oft er im Hospital herumgelungert und sich gefragt hatte, ob er zu ihr hineingehen sollte oder nicht.

»Der Frauenabfahrtslauf ist verschoben; wenn's noch eine Weile dauert, könnte ich vielleicht noch mal starten. Ich hoffe …«

Er blickte auf die rote Skimütze hinunter, die neben seiner Schulter auf- und abhüpfte. Sie hat Courage, dachte er. Genau das war es ja, was ihn von Anfang an zu ihr hingezogen hatte.

»Rob, ich bin gekommen, weil ich dir erzählen wollte, was mir passiert ist. Irgendwie ist es alles furchtbar tragisch. Für mich, das heißt …« Sie lächelte wehmütig, und Rob hatte das Gefühl, einen Tritt in den Magen versetzt zu bekommen. »Wolf und ich …«

»Du brauchst mir nichts zu sagen«, brachte er heraus. Das war's also. Herrje! Er war nie ein Feigling gewesen – wieso hatte er dann jetzt plötzlich den Wunsch, sich zu verkriechen und wie ein Kind zu heulen?

»Fahr mit mir im Bus, Jacqui«, sagte er. »Die Medaillen rücken sie sowieso immer erst abends in Skenderija raus. Wir können uns dann ein Taxi nehmen und das Nest erst mal angucken. Dann hol' ich mir meine Medaille ab, und wir sagen tschüß. Was meinst du?«

War er eigentlich verrückt, sich an die letzten Minuten mit ihr zu klammern, als wären es die letzten seines Lebens? Aber wie sollte er ihr Lebewohl sagen können? Das hatte er noch nie gekonnt – aufgeben, wenn er etwas so dringend haben wollte. Kämpf um sie, sagte er sich. Gib nicht kampflos auf! Vier Tage hast du immer noch. In vier Tagen kann viel passieren.

Sie saßen nebeneinander im Bus, und Rob faßte nach Jacquis Hand. Sie entzog sie ihm nicht, daher legte er auch noch den Arm um ihre Schultern und zog sie an sich. Da gehörte sie hin – fest an ihn gelehnt, wo er ein Auge auf sie haben konnte.

»Rob, ich muß dir was sagen«, fing sie an. »Ich hab's noch keinem Menschen erzählt, aber ich werd' einfach nicht fertig damit …« Sie unterbrach sich. Ihre Lippen zitterten, die Lider hielt sie gesenkt, und Rob sah, daß ihre Wimpern bebten und ihr das Blut in die Wangen stieg. Selbst ihre Hände, die in seinen lagen, wurden plötzlich feucht. »O mein Gott!« flüsterte sie.

»Nicht jetzt«, sagte er und warf einen Blick in die Runde. »Nicht hier. Später.« Sein Magen fühlte sich an wie Blei, in seiner Kehle schien ein Kloß zu sitzen, und seine Augen brannten. Warum liebte er diese Verrückte bloß so sehr? Und was hatte er hier eigentlich mit ihr zu suchen?

Blind starrte er aus dem Fenster auf die flaggengesäumte Straße. Das verschneite Gestrüpp bildete zu beiden Seiten der Straße eine Art Spitzenborte, und die Berghänge waren durchzogen von Wolfs- und Bärenfährten. Rob war's zufrieden, die Wärme Jacquis eng an seinen Körper gepreßt zu spüren, und er hatte den absurden Eindruck, dies Gefühl werde nie mehr vergehen. Er schloß fest die Augen und dachte: Ich muß diesen Tag in bester Erinnerung behalten – er wird der schönste meines ganzen Lebens bleiben. Danach wird es nichts Besseres geben. Ich muß mir jede dieser kostbaren Sekunden tief ins Gedächtnis prägen.

Doch schon kurze Zeit später gingen ihm seltsame, wilde Überlegungen durch den Kopf. Vielleicht konnte er Jacqui entführen? Sie war schon halbtot vor Angst, das spürte er nur allzu deutlich. Wäre dieser Wolf Muller überhaupt imstande, sich richtig um sie zu kümmern, so wie er selber es täte? Er spürte ihre Anspannung, die ängstlichen Schauder, die durch ihren Körper rannen. Kein Wunder! Einen Milliardär heiraten zu müssen, der doppelt so alt war wie sie selbst, würde jedes Mädchen in Angst und Schrecken versetzen! Ob er diesem Muller einfach mal ein bißchen Vernunft einbleute? Vielleicht konnte er ihn sogar abschrecken? Ach nein – nach allem, was er von diesem Mistkerl wußte, war der durch gar nichts abzuschrecken.

Dann wieder fragte er sich, ob er irgend etwas Tröstliches von sich geben sollte, etwa in dem Stil: Es wäre sowieso nicht gutgegangen mit uns, Jacqui. Du bist viel zu reich für mich. Nein! Verdammt noch mal, er war überzeugt davon, daß es gutgegangen wäre mit ihnen, und noch verdammter sollte er sein, wenn er sie mit Lügen beschwichtigte! Dennoch – sie litt sichtlich, und er sehnte sich danach, ihr zu helfen.

Sie schwiegen sich an, bis sie die Igman-Berge passiert hatten, wo die Nordische Kombination und die Skispringen stattfanden. Jetzt waren die Abhänge von dichtem Buchenwald bestanden, dessen Bäume sich hager und grau vom Schnee abhoben, wie abgestorben. Und weiter ging's, fünfunddreißig ungemütliche Kilometer gewundener Bergstraße, am Steinbruch vorbei und am zugefrorenen Fluß Kroupac entlang, bis der Bus sie im Olympiadorf absetzte.

Gleich in der Nähe fanden sie ein Taxi. »Fahren Sie uns irgendwohin, wo's hübsch ist«, sagte Rob. »Hauptsache, wir sind zur Madaillenverleihung pünktlich wieder in Skenderija.«

Wiederum fuhren sie lange Zeit schweigend dahin, gaben sich zufrieden mit der Nähe des anderen, mit ihren ineinanderverschlungenen Händen. Endlich sagte Jacqui: »Ich kann's nicht mehr länger aufschieben, Rob. Du hast mich gebeten, dich zu heiraten. Du hast gesagt, ich solle mich hier in Sarajewo entscheiden, und ich habe beschlossen, dir einen Gefallen zu tun und nein zu sagen, denn du bist wirklich ein prima Bursche, viel zu nett ...«

»Nicht ...«, unterbrach er sie. »Lüg mich nicht an, Jacqui. Du brauchst es nicht zu beschönigen. Moment, wir sind da.«

Das Taxi hatte am Rande einer schneebedeckten Fläche gehalten, vermutlich Wiesen, die mit Platanen und Eßkastanien bestanden waren. »Sie müssen in diese Richtung gehen«, sagte der Fahrer und deutete auf die kaum erkennbaren Umrisse des Igman, der sich in dichte Nebel hüllte.

Steif schritten sie nebeneinander her, jeder in sein eigenes Elend versunken. Erst auf dem drei Kilometer langen Rundgang durch den Park begann Jacqui zu reden. Sie mußte reden, erklärte sie, irgendwem mußte sie das alles erzählen, und also erzählte sie Rob von ihren Befürchtungen und Erwartungen und überraschenden Entdeckungen, die ihr so überraschend gar nicht gekommen waren, da sie im Grund immer so etwas geahnt, jedoch nie hatte in Worte fassen können. »Er ist also mein Vater, verstehst du, und es kommt sogar noch schlimmer.«

Sie hörte gar nicht mehr auf zu reden, und Rob fragte sich, ob der Unfall sich nicht doch auf ihren Geist niedergeschlagen hatte, denn er selbst wußte sich vor Freude kaum zu fassen. Irgendwo auf dem Weg, unter Bäumen und Büschen, war ihre Liebe wieder zu einem großen, feurigen Ball entflammt, ihre Zukunft schien wieder auf direktem Wege ins Paradies zu führen, und die Probleme, die Jacqui so penibel aufzählte, waren bloße Schimären, die im strahlenden Licht ihrer Liebe in nichts zerrannen. Wovon redete sie da gerade? Ölquellen? Vater? Sie müsse ihn vor Vater und Mutter gleichermaßen schützen? Und, aha, Mutter war also entschlossen, seine Fabrik ihrem Imperium einzuverleiben.

O Mann! Dieses grandiose, wunderbare, herrliche Wort Vater, das Mullers Ambitionen am Boden zerstört hatte. Sekundenlang hätte Rob ihn beinahe bemitleidet. Vater hatte von Anfang an keine Chancen gehabt – doch wenn er brav war und sich nicht allzu schlecht benahm und seine Ölquellen fein säuberlich unter Verschluß behielt, dann würden sie ihm vielleicht ab und zu gestatten, seine Enkel zu besuchen. Sie dürften ihn sogar Großpapa nennen.

»Jacqui«, sagte er und schnitt ihr einfach das Wort ab. »Schau dir das an! Diese Quelle! Ich hab' so was noch nie in meinem Leben gesehen!«

Gigantische Wasserfontänen schossen aus dem gefrorenen Boden, gurgelnd und blubbernd, dampfend und schäumend, Teiche und Inselchen bildend, schossen aus einem großen, unterirdischen, unter großem Druck stehenden Fluß, der sich hier einen Weg in die Freiheit bahnte und, nunmehr ungehindert, seinen Weg über schneeige Anhänge fortsetzte und sich in eine tiefe Rinne ergoß, aus der sich die Bosnia bildete. Hand in Hand wanderten sie unter den hohen Wasserfontänen entlang.

»So entsteht also ein Fluß!«, staunte Jacqui, die atemlos und ehrfürchtig um sich blickte.

»Willst du mich heiraten?« fragte Rob und ließ auch schon seinen Siegelring über ihre Finger gleiten. »Sag ja. Heute ist Valentinstag.«

»Und das nach allem, was ich dir erzählt habe! Könntest du es denn mit mir aushalten?« antwortete Jacqui mit strahlenden Augen.

Sie bestellten *Baklava* und zur Feier des Ereignisses sogar Wein. Danach tranken sie schwarzen, starken türkischen Kaffee und sahen dem Fluß zu, wie er sich bildete und formte und ohne Ende dahinströmte, doch Jacqui war weder schnippisch noch arrogant, wie es sonst ihre Art war, und Rob fragte sich, was wohl dahinterstecken mochte. Sie wirkte angespannt und mit ihren Gedanken ganz woanders, und hin und wieder ging ein Schauder durch ihren ganzen Körper. Rob beobachtete sie und sagte nichts. Immer schön eins nach dem anderen, dachte er. Wenn wir erst verheiratet sind und in unserem eigenen Heim, wird sie wohl drüber wegkommen, was immer das auch sein mag, was sie gerade umtreibt.

»Gehen wir«, schlug er vor. »Laß uns am besten gleich nach Denver fliegen. Es wär' mir lieber, wenn du dir mein Haus ansiehst, bevor wir verheiratet sind. Ich will nicht, daß du einen falschen Eindruck gewinnst. Es ist nicht Monaco, aber ich mag's. Und ich hab' so ein Gefühl, daß du es ebenfalls mögen wirst.«

»Ich muß immer noch mein Rennen laufen«, sagte sie. »Das ist noch nicht vorbei. Und es wird nie vorbei sein, wenn ich nicht jetzt den Stier bei den Hörnern packe.« Und da war er wieder, dieser Blick, das Entsetzen darin, die Anspannung, die zitternden Hände, die feuchten Handflächen, die er alle schon vorher wahrgenommen hatte. Jetzt aber versuchte sie, ihm zu erklären, wie grauenvoll das Gefühl gewesen war, sich in einer Falle aus weißem Nebel und Schnee gefangen zu fühlen, nicht mehr zu wissen, ob sie sich bewegte oder nicht, Himmel und Erde nicht mehr unterscheiden zu können, und das alles bei einer Geschwindigkeit von über hundert Stundenkilometern, wo der geringste Fehler das Ende für dich bedeuten kann.

Der Unfall hatte Jacqui bis jetzt nicht losgelassen, und sie würde keine Ruhe finden, bevor sie sich dem Entsetzlichen nicht von Angesicht zu Angesicht gestellt hatte. »Ich erwarte nicht, daß du mich verstehst«, sagte sie unglücklich. »Nicht einmal sie verstehen es, und sie sind immerhin meine Eltern. Weshalb solltest also ausgerechnet du mich verstehen?«

Rob sah sie an und dachte: Ich kann dir bei dem, was du tun mußt, nur helfen, indem ich selber tue, was ich tun muß, und zwar so gut ich kann, doch er sagte nicht mehr als: »Ich werde dabei sein, Jacqui, und alles wird gut.«

69

Mittwoch, 15. Februar 1984

Michel traf morgens um zehn Uhr auf dem Flughafen von Sarajewo ein. Er hatte seinen Rückflug noch für denselben Tag gebucht, außerdem trug er ein Einfach-Ticket für Nikki bei sich, das auf den Namen seiner Frau, Nikola Juric, ausgestellt war. Während er selbst einen neuen Paß vorzeigte, waren in seinen alten Nikkis Foto und Name eingetragen – drei Tage und fünfzigtausend Franc hatte es ihn gekostet, den besten Paßfälscher Frankreichs ausfindig zu machen. Mit einem Mietwagen war er zum Hotel gefahren und hatte sich dort mit Megan unterhalten, die aufgebracht den Inhalt ihrer Gespräche mit Nikki wiedergab und ihm erklärte, warum es ihr nicht gelungen war, Nikki dazu zu bewegen, Sarajewo zu verlassen. Im Augenblick, so Megan, trainiere sie.

Als er im Koševo-Stadion eintraf, studierte Nikki gerade eine besonders schwierige Passage ein. Ihr erstaunlicher Mut und die artistische Perfektion ihrer Sprünge raubten ihm fast den Atem. Nikki, wie sie leibt und lebt, dachte er, nicht ohne eine gewisse Beklemmung: Sie kann einen die Wände hochtreiben, ist verwöhnt, illoyal, geldgierig und widerborstig – aber sobald sie auf dem Eis steht, verzaubert sie alle. Michel lächelte. Man vergab und verzieh diesem Mädchen alles, denn sie war etwas Besonderes. Sah man sie auf dem Eis, konnte man sich manchmal nur schwer des Eindrucks erwehren, sie müsse ein überirdisches Wesen sein.

Als Nikki Michel erblickte, jubelte sie erleichtert auf, glitt geradewegs auf ihn zu und warf sich ihm über die Bande hinweg in die Arme.

»Ich dachte schon, du würdest überhaupt nicht mehr kommen«, plapperte sie drauflos, obwohl sie noch ganz außer Atem war. »Ich habe dich so vermißt. Oh, Michel, du hast mir so gefehlt. Ich weiß gar nicht, was ich gemacht hätte, wenn du während der Wettkämpfe nicht im Stadion gewesen wärst. Morgen ist die Pflicht, weißt du, am Freitag das Kurzprogramm und am Samstag die Kür – da geht's dann ums Ganze!« Sie sagte das spielerisch und drehte Pirouetten vor seinen Augen. Wie ein Kind zählte sie die Tage an den Fingern ab. Sie *ist* noch ein Kind, schoß es Michel durch den Kopf, im Grunde viel zu unreif für so eine Tragödie und gar nicht imstande, jetzt die richtige Entscheidung zu treffen.

Michel versuchte, sich zusammenzureißen. Ich suche schon wieder Entschuldigungen für sie. Wie immer! Im Innern seines Herzens war er verletzt – nicht im eigentlichen Sinne zornig allerdings, denn er war ein Mann, dessen Zorn stets bald verrauchte. Sein Leben lang hatte er dies als Nachteil empfunden und sich seiner unverwüstlichen Freundlichkeit und Nachgiebigkeit geschämt. Gewiß, wenn er an seiner Schreibmaschine saß, da konnte er ziemlich brutal, ja grausam sein, und seine schneidende Ironie war gefürchtet. Im realen Leben vermochte er das nicht. Er sehnte sich in diesem Augenblick von ganzem Herzen danach, fuchsteufelswild reagieren zu können, weil sie ihm einen Korb gegeben hatte. ›Gewalt ist eine reinigende Kraft‹, hatte er irgendwo einmal gelesen, und er verstand diesen Satz auch, ohne daß er imstande gewesen wäre, sich selbst daran zu halten. Wenn er sie nur anbrüllen könnte, ihr den Hintern versohlen, sie sonst irgendwie zum Nachgeben zwingen! Nichts von alledem – er konnte nur lieb und nett sein und sie mit der Logik seines Verständnisses umwerben.

Er tat sein Bestes. »Ich bin gekommen, um dich nach Hause zu bringen«, begann er vorsichtig und sorgfältig darauf bedacht, seine Unsicherheit nicht zu verraten.

Als sie mit umwölktem Blick und geschürzten Lippen aus der Arena fuhr und in Richtung Umkleideraum verschwand, unternahm er einen zweiten Versuch. Wie ein Cocker-Spaniel strich er um sie herum und redete unablässig auf sie ein. Zum dritten Mal probierte er sein Glück, als er Nikki ins Café begleitete, wo er sie – auf ihren Wunsch – zu Kaffee und Kuchen einlud, und schließlich noch einmal, als sie in seinem Wagen saß. Und diesmal wurde es ein geradezu leidenschaftliches Plädoyer.

»Es gibt keinen anderen Weg«, sagte er zum wiederholten Male. »Wir können heiraten, wenn du willst, oder es bleibenlassen. Meinetwegen können wir auch nur heiraten, um dir die französische Staatsbürgerschaft zu verschaffen, und uns danach wieder scheiden lassen. Ich bin zu allem bereit, zu allem! Nur komm bitte mit mir nach Frankreich, und zwar sofort. Ich kümmere mich um dich. Ich versteck' dich und schirm' dich ab, und in einem Jahr, wenn Gras über die Sache gewachsen ist, fängst du wieder dort an, wo du aufgehört hast. Mein Gott, du bist doch erst achtzehn – mit neunzehn kommst du dann ganz groß raus! Komm, Nikki, tu, was ich dir sage. Es gibt keinen anderen Weg.

Er war in seiner Rede immer wieder von ihr unterbrochen worden, hatte sie gleichsam im Stakkato zu Ende gebracht. Nikki maulte, schimpfte, war störrisch wie ein ungehöriges Kind, vergoß Tränen, wies all seine Argumente zurück. Schließlich explodierte sie. Ihre Wut kam wie eine Sturmflut über ihn, wie eine gischtende Meeresbrandung, in der sich die Brecher überschlugen. Das also ist Nikki im Zorn, dachte Michel erstaunt.

»Wie kannst du es wagen, mir zu sagen, daß du mich liebst? Das ist doch eine bösartige Lüge. Du weiß doch genau, daß ich total vor die Hunde gehen würde ...«

»Bitte, Nikki, verzichte wenigstens dieses eine Mal auf diesen pathetischen Klimbim«, erwiderte er mit Nachdruck. »Wir sprechen über deine Freiheit, vielleicht geht es sogar um dein Leben. Die Freunde deines Vaters würden sich an dir rächen, und die Reaktion seiner Feinde wäre noch schlimmer ...«

Nikki summte vor sich hin und musterte eingehend ihre Fingernägel. Beseelt vom Mut der Verzweiflung, fuhr Michel fort: »Du weißt doch genau, was mit Abtrünnigen geschieht. Und dich würde man besonders exemplarisch bestrafen. Mein Gott, Nikki, siehst du das denn nicht ein? Seit einem Jahr sorgst du im Westen für Schlagzeilen. Denk doch an all diese Interviews, die du gegeben hast, an all diese Bemerkungen über die Freiheit, die du im Westen genießt, über die Freiheit der künstlerischen Selbstentfaltung und die Freude darüber, der kleinkarierten Tyrannei da drüben entronnen zu sein. Kannst du dir denn nicht vorstellen, wie viele Feinde du dir dort inzwischen gemacht hast? Die zwingen dich dazu, eine Erklärung zu unterschreiben, in der steht, daß du in den Westen entführt worden bist, und dann verschwindest du von der Bildfläche, wahrscheinlich nach Sibirien. Wenn sie dich nicht gleich in so eine furchtbare Anstalt stecken und dich unter Drogen setzen, die dich innerhalb eines Monats in eine willenlose, grinsende Halbidiotin verwandeln.«

Es war nichts zu machen. Nikki konnte nicht über Samstag und die ersehnte Goldmedaille hinausdenken. Michel war der Verzweiflung nahe. »Dir stehen alle Türen offen«, sagte er. »Du kannst Profi werden und ein Vermögen verdienen, du kannst ein Filmstar werden. Es hat sich nichts geändert.«

»Ohne Goldmedaille lohnt sich die Profikarriere gar nicht«, gab sie bauernschlau zurück.

»Die verdammten Olympischen Spiele sind doch auch nicht alles. Du mußt auch an die Europa- und Weltmeisterschaften denken.« Und dann nahm er allen Mut zusammen. »Du mußt dich sofort entscheiden«, sagte er. »Ich möchte nicht, daß du auch nur einen Tag länger hier in Sarajewo bleibst. Ein letztes Mal bitte ich dich, mich jetzt zu begleiten, nein, ich flehe dich an, mitzukommen. Wie lautet dein Entschluß: Das Leben – oder die Goldmedaille?«

Nikki kicherte. »Mir ist die Goldmedaille lieber«, sagte sie dann. »Du redest genauso wie die Leute in dieser komischen Fernsehserie.« Plötzlich lachte sie ihn aus. Wenn es um nichts ging, konnte sie bierernst sein – und nun amüsierte sie sich über eine Frage, bei der es um Leben oder Tod ging! Michel hätte am liebsten seine Hände um ihren Hals gelegt und sie so lange gebeutelt, bis sie zur Vernunft gekommen wäre. Aber das würde er natürlich nicht tun, niemals. Es war nicht seine Art.

»Michel, würdest du mich jetzt bitte zurückbringen?« säuselte sie. »Ich möchte unter keinen Umständen meine nächste Trainingsstunde verpassen.«

Insgeheim fluchend über seine Nachgiebigkeit, ließ Michel den Motor an, wendete und fuhr auf dem schnellsten Weg zurück ins Koševo-Stadion. Es war offensichtlich alles gesagt, was es zu sagen gab.

Dann, nach langem Schweigen, spürte er Nikkis Hand sanft auf seinem Knie.

»Du verstehst mich einfach nicht«, sagte sie ruhig. »Wieso kannst du nicht einsehen, daß ich mir und der Welt beweisen muß, daß ich die Beste bin. Was immer danach auch geschehen mag – ich habe mir in diesem Punkt dann nichts mehr vorzuwerfen. Meine Liebe zu dir hat damit überhaupt nichts zu tun, begreifst du das? Nichts begreifst du!« Ihre Lippen verzogen sich vorwurfsvoll.

Michel seufzte. Sie war bedacht darauf, den Schein zu

wahren, ihr Gesicht nicht zu verlieren – darauf lief es hinaus, wie immer.

Er fuhr den Wagen auf den Parkplatz, und sie stiegen aus. Er folgte ihr bis zum Umkleideraum und ging unruhig vor der Tür auf und ab, bis sie fertig war. Es gab noch soviel, was er ihr hätte sagen sollen, doch er fühlte sich ohnmächtig und der Situation nicht mehr gewachsen. Nie zuvor in seinem Leben war er sich als so totaler Versager vorgekommen.

»Lebwohl, Nikki«, sagte er, zutiefst erniedrigt. »Ich werde nicht bleiben. Ich kam, um dich zu holen – und jetzt fliege ich zurück nach Paris.«

Sie ist verloren, dachte er traurig, als er langsam zu seinem Wagen zurückging. Wie kam es bloß, daß er sie, trotz allem, nur zu gut verstehen konnte? Dieser verdammte russische Fatalismus führte sie direkt in den Abgrund – und doch war ihm, schon während er noch mit ihr stritt, klar gewesen, daß sie niemals nachgeben würde, und er hatte ganz genau gewußt, wie es in ihr aussah. Wenn Nikki sich etwas in den Kopf gesetzt hatte, dann erreichte sie ihr Ziel und dachte keine Sekunde lang über den Preis nach, den sie dafür zahlen mußte; eine typisch russische Eigenschaft – und ebenso fürchterlich wie bewundernswert.

Oben auf der letzten Treppenstufe drehte er sich um und winkte. Verdammt, sie schnürt sich schon wieder die Stiefel, schaut mir nicht einmal nach. Hätte sie nicht ein paar Sekunden warten können, bloß um mir nachzuwinken? Er würde einfach zum Flughafen fahren, das nächstbeste Flugzeug besteigen und Sarajewo verlassen – ein für allemal.

Er setzte sich hinters Steuer und drehte den Zündschlüssel. Der Tag wird kommen, dachte er, da ich mir meine Passivität nicht mehr verzeihen werde.

70

Donnerstag, 16. Februar 1984

Vor zwei Stunden hatte es zu schneien aufgehört, und obwohl das staatliche Wetteramt heftige Böen voraussagte und auch neuerliche Schneefälle nicht ausschließen wollte, bewegte sich eine ganze Flotte von Omnibussen auf den Jahorina zu. Die Sportlerinnen, Zuschauer und Funktionäre rückten an; nach sechsmaliger Verschiebung sollte heute endlich der Abfahrtslauf der Damen stattfinden.

Der Konvoi hatte seine Mühe mit der steilen, schneeglatten Paßstraße. Oft mußten die Busse anhalten und warten, bis ihnen Schneepflüge den Weg gebahnt hatten. Die Passagiere störten sich daran nicht, im Gegenteil. In den Bussen wurde gesungen, gelacht und alles getan, um die Teilnehmerinnen bei Laune zu halten. Auch Jacqui sang mit, verzweifelt darum bemüht, nur die Gegenwart auszukosten, nur für das Hier und Heute zu leben und sich voll und ganz auf die Geschehnisse in ihrer unmittelbaren Umgebung zu konzentrieren, damit ihre innere Verstörtheit nicht von ihr Besitz ergreifen konnte.

Das gelang ihr indessen nicht jedesmal. Mitunter holten ihre Gedanken sie ein, und sie fühlte sich zurückversetzt zum Abend zuvor. Wolf hatte sie, Mutter und Rob im *Holiday Inn* zum Essen eingeladen. Es war eine etwas merkwürdige Tischgesellschaft, und Jacqui hatte nicht lange gebraucht, um festzustellen, daß Mutter und Wolf mit diesem Abendessen einen gemeinsamen Plan verfolgten. Sie wollten Rob auf den Zahn fühlen, ihn über seine Herkunft und seinen Hintergrund aushorchen und in Erfahrung bringen, wie er sich seine Zukunft vorstellte. Am Ende hatte Rob den Test anscheinend bestanden, denn Wolf schaute recht finster drein, während Mutter nur so strahlte.

Jacqui allerdings empfand den Abend als Quälerei.

Wolf war ganz anders als sonst, und das tat weh. Sie hatte fast den Eindruck, er schäme sich seiner Liebe zu ihr. Während des gesamten Dinners benahm er sich wie ein Schauspieler bei der ersten Kostümprobe. Er übte sich mal in dieser, mal in jener väterlichen Rolle und schien sich nicht recht entscheiden zu können, welche die richtige wäre. Auf Jacqui wirkte das alles eher komisch: es kam ihr entsetzlich albern vor, wie er sich da selbst zum Hanswurst degradierte. Dabei redete er zu ihr in einem Ton, als habe er es mit einem geistesgestörten Kind zu tun. Sie hatte es schließlich nicht mehr ausgehalten, war wutentbrannt aus dem Speisesaal gerannt und hatte sich an der Bar einen doppelten Scotch kommen lassen.

Wer sie schließlich dort entdeckte, war Wolf. Jacqui war überrascht, denn sie hatte eher mit Rob gerechnet. Wolf setzte sich ihr gegenüber, starrte sie mit bedeutungsschwerem Blick an und sagte: »Goodbye, mein Schatz. Es klappt einfach nicht.« Und dann hatte er sich über das kleine Tischchen zwischen ihnen gebeugt, ihr Gesicht in seine Hände genommen und sie, ohne sich im geringsten um die anderen Gäste in der stark frequentierten Bar zu kümmern, sehr lange und sehr fordernd geküßt.

»Wolf, bitte geh nicht fort«, hatte sie gebettelt. »Bitte bleib bei mir. Ich brauche dich so. All die Jahre habe ich mich nach einem Vater gesehnt, und nun willst du mich verlassen ...« Die Tränen waren ihr gekommen, und sie hatte laut geschluchzt.

»So, wie du dich im Speisesaal benommen hast, mußte ich schließen, daß du mein Verschwinden gar nicht abwarten kannst. Du hättest Rob sehen sollen, er grinste von einem Ohr zum andern. Ich hätte den Kerl auf der Stelle erschlagen können.«

»Du warst in der letzten Nacht mit Mutter zusammen, nicht wahr?« fragte sie mit vorwurfsvollem Ton in der Stimme. Sie war verletzt und eifersüchtig.

»Ja, war ich«, erwiderte er sanft und fuhr dann fort:

»Jacqui, ich muß dir etwas mitteilen, was dich möglicherweise sehr treffen wird. Ich liebe dich, weil du das cleverste, tapferste und talentierteste Mädchen bist, dem ich je begegnet bin. Und weil es ganz toll ist, mit dir zusammenzusein. Das ist aber nur die eine Seite. Die andere, machen wir uns da nichts vor, ist die, daß ich dich liebe, weil ich deine Mutter geliebt habe. Du erinnerst mich sehr daran, wie sie damals war; es war, als hätte ich eine neue Chance bekommen, wenngleich ich natürlich nicht mehr so jung bin wie damals. Weißt du was? Es ist wahrscheinlich genauso wie ... Ach, verdammt noch mal, lassen wir das lieber ...«

»Es ist für mich genauso hart wie für dich«, hatte sie voller Selbstmitleid geflüstert. »Warum sollten wir denn nicht versuchen, einander zu helfen? Ich glaube, wir schaffen es, aber hör um Gottes willen endlich damit auf, den guten Papi zu spielen. Für mich bist du Wolf, du warst niemals jemand anderer, und du wirst niemals jemand anderer sein.«

Wolf hatte den Kopf geschüttelt und sie lange angesehen, ohne ein Wort zu sagen, doch sein trauriger Blick verriet, wie es in ihm aussah. Schließlich sagte er: »Ich bin wohl noch nicht sehr väterlich, Jacqui, wie? Aber mach dir keine Sorgen, das kommt mit der Übung.« Plötzlich lächelte er, und in seinen Augen blitzte etwas von dem alten, ihr so vertrauten Wolf auf. »Was meine erste väterliche Amtshandlung betrifft ...« sagte er, ergriff mit einer schnellen Bewegung das vor Jacqui stehende Scotchglas und leerte es in einem Zug. »... so weise ich dich darauf hin, daß Mädchen unter einundzwanzig keine harten Sachen trinken sollen. Und keine bitteren Gefühle mit sich herumschleppen, jedenfalls hoffe ich das.«

Sie war versucht zu antworten: Als du mich damals in Megève betrunken machen wolltest, hast du andere Töne angeschlagen ... Aber das wäre ein Schlag unter die Gürtellinie gewesen. So flüsterte sie: »Ich bin auf Mutter eifersüchtig. Ist denn das noch normal? Kann man auf seine eigene Mutter eifersüchtig sein?«

»Gegenfrage: Ist es vorstellbar, daß man auf seinen eigenen Schwiegersohn eifersüchtig ist?«

»Ja«, hatten sie beide gleichzeitig geantwortet und dabei gelacht. Danach war wieder alles in Ordnung; Arm in Arm waren sie in den Speisesaal zurückgekehrt.

Mutter hatte sich verändert. Noch nie hatte Jacqui sie so gesehen, es war irgendwie lustig, sie zu beobachten. Mutter war zu einem dummen Teenager mittleren Alters geworden, errötete bei jedem Satz, den sie sprach, klimperte mit den Wimpern, wenn sie Wolf ansah, und beugte sich in ihrem abscheulichen Kleid mit besonderem Vergnügen weit vor. Immer wieder verkündete sie voller Stolz, ihr Ausschlag sei verschwunden ... Jacqui fand das widerlich und hoffte inständig, sie möge endlich damit aufhören.

Es war unverkennbar: Mutter liebte Wolf noch immer. Eine echte Ein-Mann-Frau. Jacquis Mutterbild hatte sich an diesem Abend radikal gewandelt, und diese plötzliche Veränderung mußte sie erst noch verkraften. Ihr war, als wäre mit einemmal sie die Erwachsene und ihre Mutter das Kind.

Sie erreichten *Rajska Dolina* – das ›Tal des Paradieses‹ im Schatten des Jahorina, wo sich die letzten Tore befanden, und fuhren weiter hinauf bis zum neuerrichteten *Mladost*-Hotel, hinter dem die Startanlagen errichtet waren. Die Mädchen stiegen aus, mitgenommen von der langen und unbequemen Fahrt. Sie lärmten und lachten, um sich Mut für das kommende Rennen zu machen.

Jacqui stieg aus dem Bus wie eine Schlafwandlerin. Daß sich am Himmel schon wieder dunkle Wolken zusammenballten und den Gipfel des Berges verhüllten, bemerkte sie kaum, auch die von heftigen Böen geschüttelten Baumwipfel fielen ihr nicht auf. Was sie sah, war die Zuschauermenge unten am Auslauf. Auch ihre Familie wartete dort unten. Sie dachte an ihre Mutter und deren einsames Streben, *Vanguard* zum größten Sportartikelvertrieb der Welt zu machen. An Wolf dachte sie, der zu der Erkenntnis gekommen war, daß Liebe stärker ist als Haß, an Rob, der nicht imstande war, seine Liebe zu verleugnen, und an die Bauersfrau und ihren Gruß. Sie dachte an die Jugoslawen und ihren Slogan: *Ihr seid schön – wir lieben euch!* Und dachte nun: Ich liebe euch auch. Und weil sie sich in irgendeiner Weise revanchieren wollte und nichts zu bieten hatte als ihre Fähigkeiten als Skiläuferin, murmelte sie vor sich hin: »Paßt auf! Achtet auf meinen Lauf!«

Mit einem Freudenschrei brach sie aus der Startbox hervor und stürzte sich ins Rennen, gerade, sauber und schnell wie der Wind. Und sie fegte den Hang hinunter mit der Eleganz einer Lerche, die aus geöffneten Käfigtüren der Freiheit entgegenfliegt, wie ein von einem Meisterschützen abgeschossener Pfeil, wie ein Gepard bei der Verfolgung seiner Beute, lebensgierig und jeden Sekundenbruchteil in vollen Zügen auskostend und genießend. Wie ein zum Himmel gesandtes Stoßgebet stürmte sie voran, atemlos dankend für das Geschenk des Lebens und die durch nichts zu überbietende Wonne des Lebendigseins.

An diesem Abend feierte die Familie Jacquis Bronzemedaille und die schnellste Zeit, die sie je gelaufen war. Sie feierte ihre Verlobung mit Rob und die bevorstehende Abreise der beiden zu einem gemeinsamen Urlaub in Denver.

71

Freitag, 17. Februar 1984

Es ist ein seltsames Phänomen, daß die Olympischen Winterspiele vom Tag ihrer Eröffnung an rapide an Brisanz verlieren, ja manchmal sogar schon vorher ... Inzwischen waren fast alle Stars abgereist: Gunter, der erst gestern noch die Silbermedaille im Abfahrtslauf gewonnen hatte, Debbie Armstrong, Bill Johnson, Rob Scott, und auch Wolf Muller und Jacqui und Eleanor Douglas waren fort. Die Straßen leerten sich, und auf dem Flughafen von Sarajewo rollte, verfolgt von den sehnsuchtsvollen Blikken vieler Jugoslawen, eine Maschine nach der anderen auf die Startbahn. Drei Tage vor dem Ende der Spiele machten sich auch schon viele Touristen wieder auf den Heimweg. Ein Großteil von ihnen war gekommen, um ganz bestimmte Veranstaltungen mitzuerleben, und inzwischen waren die meisten Entscheidungen schon gefallen.

Wie es hier wohl aussehen mochte, wenn alle abgereist waren, fragte sich Megan nicht ohne Melancholie. Wahrscheinlich wie in einer Geisterstadt – lauter leerstehende Hotels und ungenutzte Wintersporteinrichtungen ...

Im Verhalten der Jugoslawen machte sich so etwas wie entschlossene Verzweiflung bemerkbar: Sie lehnten Trinkgelder ab, waren von ungeheurer Zuvorkommenheit, erledigten jede Aufgabe mit strahlender Miene. Ihre Herzlichkeit war nicht zu überbieten.

Ihre Verzweiflung war das Echo heimlich gehegter Befürchtungen und düsterer Vorahnungen.

Am Vormittag wollte Megan hinausfahren zum Jahorina, wo heute der Slalom der Damen stattfand, an dem eine von ihr betreute junge Italienerin teilnahm. Das Mädchen war gerade erst sechzehn, doch Megan setzte langfristig große Hoffnungen auf sie. Eine Medaille war für sie heute natürlich noch nicht drin; Megan hoffte auf einen Platz unter den ersten Fünfzehn.

Als sie eilig den Lift verließ, winkte ihr Čana von der Rezeption, sprang auf und lief quer durch das Foyer auf sie zu. Es mußte sich um etwas sehr Wichtiges handeln.

»Megan, liebe Megan«, sagte Čana, als sie sie erreicht hatte. »Wann reisen Sie ab? Erst am Montag vormittag? Das ist gut, wir müssen uns nämlich vorher unbedingt noch einmal unterhalten, bei einem Gläschen Wein vielleicht. Ich muß mit Ihnen sprechen, bitte, Megan, verfügen Sie über meine Zeit. Sie sind meine gute Freundin …« In ihrem Blick lag etwas Flehendes.

Dieses Mädchen ist hier einfach verschwendet, dachte Megan, während sie sich bereiterklärte, Čana um achtzehn Uhr in der Bar zu treffen. Die Jugoslawin war von erlesener, zarter Schönheit. Ihre Haut war blaß und makellos wie die eines jungen Mädchens, die großen, bernsteinbraunen Augen krönten dichte, gerade Brauen, die Stirn war hoch und glatt, und das honigblonde Haar fiel locker über ihre Schultern. Aber mit Schönheit war in Jugoslawien kein Blumentopf zu gewinnen.

Megan ließ sich ein Taxi kommen. Wo Ian bloß steckt, fragte sie sich. Der Zwang, so tun zu müssen, als sei alles in bester Ordnung, hatte zu einer fast unerträglichen Spannung geführt. Megan seufzte und schaute aus dem Wagenfenster. Es sah so aus, als wolle gleich wieder ein Schneesturm losbrechen. Der Himmel über dem Jahorina war schwarz. Vielleicht wird das Rennen abgesagt, dachte Megan – andererseits: Es bleibt ja kaum noch Zeit.

Sie lehnte sich zurück, schloß die Augen und überdachte noch einmal die Planung: Nikkis Gepäck und mein eigenes werden morgen früh im Kofferraum von Banskis Wagen deponiert, während ich Ian gegenüber die Fiktion aufrechterhalte, daß ich erst am Montagmorgen abreisen will, so wie ursprünglich geplant und bereits gebucht. Nikkis Kür werde ich mir von einem reservierten

Platz neben dem Eingang für die Sportlerinnen aus ansehen. Wir bleiben, bis das Endergebnis feststeht. Wenn dann aber zur Siegerehrung aufgerufen wird, ist Nikki längst nicht mehr da. Wir entkommen – mit Hilfe der Polizisten – durch das Untergeschoß, vorbei an den Umkleideräumen und über die Feuertreppe. Draußen wartet bereits der Polizeiwagen, der uns zum Flughafen bringt. Nikki wird noch immer ihr Eislaufkostüm tragen, zum Umziehen haben wir keine Zeit. Das kann sie dann in dem privaten Jet tun, den Zoran Banski organisiert hat … Wir werden rechtzeitig gegen 19 Uhr 30 in Belgrad sein, um noch den letzten Air-France-Flug nach Paris zu bekommen. Von dort aus geht es per Bahn und Hovercraft nach Dover, wo uns Maureen bereits erwartet. Sie bringt uns mit dem Wagen zum Haus ihrer Tante nach Wales, wo kein Mensch uns jemals entdecken wird. Nikki und Maureen werden dort so lange bleiben, bis ich vom Foreign Office freies Geleit oder sonstige Sicherheiten garantiert bekommen habe …

Megan und Michel hatten vor, die gesamte britische Presse einzuspannen, um die Regierung in dieser Angelegenheit unter Druck zu setzen.

Alles wäre in Ordnung, sobald Nikki das Haus in Wales erreicht hatte. Daß sie so lange mit der Durchführung des Planes warteten, erschien Megan dagegen ein unnötiges Risiko. Welche Chance hatte Zoran Banski schon gegen die kombinierte Hinterlist der Russen und der Briten …? *Welche Chance habe ich gegen Ian?*

Einmal mehr verfluchte Megan Nikki insgeheim. Das Gesicht zu wahren war Nikki wichtiger als ihr Leben. Megan war schließlich nichts anderes übrig geblieben, als nachzugeben. Und jetzt hatte sie Angst.

Als das Rennen begann, schneite es heftig. Obwohl sie unten am Auslauf einen guten Platz gefunden hatte, konnte sie die Läuferinnen erst sehen, wenn sie auf der letzten Schußstrecke vor dem Ziel waren. Das Wetter war abscheulich, und die Kameraleute und Kommentatoren des Fernsehens verzweifelten schier. Die junge Italienerin schaffte einen hervorragenden siebten Platz; Megan war überzeugt, daß sie im kommenden Jahr beim Weltcup auf sich aufmerksam machen würde.

Am Abend traf sie Čana in der Bar. Čana hoffte, für ihre Tochter irgendwo im Westen einen Job finden zu können. Das Mädchen hatte ein Elektronikdiplom in der Tasche und schulte inzwischen auf Zimmermädchen um ... Eine andere Anstellung hatte sie nicht gefunden. Ihre Tochter, berichtete Čana stolz, sei nicht nur eine ausgezeichnete Skiläuferin, sondern auch sehr sprachgewandt. Sie sprach und schrieb fließend Englisch und konnte sogar schreibmaschineschreiben und stenographieren in dieser Fremdsprache, aber trotz all dieser Fähigkeiten war es reine Glückssache, ob sie einen Job fand.

Megan wußte auch nicht, wie sie dem Mädchen weiterhelfen sollte, versprach Čana aber, sich nach ihrer Rückkehr in London einmal umzuhorchen.

Wenig später traf Ian ein und gesellte sich zu ihnen. Er hatte die 75-km-Langlaufstaffel beobachtet und war enttäuscht darüber, daß es den Norwegern nicht gelungen war, die Russen zu schlagen.

»Wir müssen jetzt leider gehen«, sagte er zu Čana, »ich habe im *Sentada* für sieben Uhr einen Tisch bestellt.«

»Ian, es tut mir leid«, warf Megan ein, »aber mir geht es nicht so gut, möglicherweise habe ich sogar leichtes Fieber. Morgen wird ein harter Tag für mich. Wenn es dir nichts ausmacht, gehe ich lieber sofort ins Bett.«

Ohne weitere Umstände verließ sie die Bar. Glücklicherweise erspart mir Čanas Anwesenheit längere Diskussionen, dachte sie, doch als sie auf den Lift wartete, fing Ian sie ab.

»Megan«, sagte er nachdrücklich und ergriff ihren Arm. »Stimmt etwas nicht mit dir? Oder mit uns? Was ist denn los?«

Sie sah ihn schuldbewußt an. »Wenn wir wieder in London sind«, sagte sie dann, »wir, das heißt: du und ich und Nikki –« das letzte Wort hob sie besonders hervor, »– dann, da bin ich mir ganz sicher, wird es wieder sein wie …« Megan suchte nach den richtigen Worten. »… wie in alten Zeiten«, fügte sie schließlich matt hinzu. »Und wir werden heiraten!« Der letzte Satz kam atemlos, wie aus der Pistole geschossen.

»Komm, komm, Megan«, erwiderte Ian, »du glaubst doch nicht wirklich, daß du mich mit dieser Art moralischer Erpressung an die Kandare nehmen könntest, oder?«

Er lächelte. Es war ein seltsam intimes Lächeln, das die Erinnerung an gemeinsame Geheimnisse und gemeinsamen Kummer heraufbeschwor. Während Megan mit ihrem Zeigefinger krampfhaft den Liftknopf bearbeitete, sah er sie, ohne ein weiteres Wort zu sagen, lange Zeit geduldig an. In seinen Augen schimmerte jener geheimnisvolle, spöttische Ausdruck, der ihr nur allzu vertraut war. Es ist nicht das Gesicht eines Verlierers, dachte sie. Sein braunes, zurückgekämmtes Haar schillerte im Licht der Neonlampen. Wie kann man gegen jemanden kämpfen, den man so gut kennt und so sehr liebt? Er war so gottverdammt perfekt, so furchtbar selbstsicher, so unverschämt clever …

»Denk immer daran, daß ich dich liebe«, sagte er. »Daran hat sich nichts geändert. Was immer geschehen mag, Megan – denk daran!«

Ian wandte sich ab, die Aufzugtüren glitten geräuschlos auf. Fröstelnd vor Furcht betrat Megan die Kabine.

72

Samstag, 18. Februar 1984

Das Koševo-Stadion mit seinen achttausendfünfhundert Sitzplätzen war randvoll mit Zuschauern, darunter zweifellos viele Amerikaner, die jubelten und lärmten und bester Stimmung waren. Megan gab sich alle Mühe, den Eindruck einer x-beliebigen, mit sich und der Welt zufriedenen Touristin zu erwecken, doch es gelang ihr nicht besonders gut. Sie war vor Aufregung ganz verkrampft. Unruhig rutschte sie auf ihrem Sitz herum, schlug mal das rechte übers linke Bein, mal das linke übers rechte und hätte am liebsten Nikki am Schlafittchen gepackt und sich mit ihr aus dem Staub gemacht. Die Warterei zerrte furchtbar an ihren Nerven, obgleich sie sich sagen mußte, daß bislang alles nach Plan verlaufen war. Sie saß ganz unten an der Eisbahn, unweit des Ausgangs, der zu den Umkleide- und Waschräumen führte. Gleich in der Nähe erkannte sie einen von Nikkis Leibwächtern; der andere, eine Polizistin, wartete im Umkleideraum. Wo Banski sich aufhielt, wußte Megan nicht, doch sie hatte vor dem Betreten des Stadions auf dem öffentlichen Parkplatz nachgesehen. Dort stand der Wagen mit ihrem und Nikkis Gepäck im Kofferraum gleich neben der Feuerwehrzufahrt.

Es bestand kein ersichtlicher Grund zur Beunruhigung, und doch konnte sich Megan nicht eines unheimlichen Gefühls erwehren, das sie am Morgen beschlichen hatte und einfach nicht mehr verschwand. Da war etwas in Ians Verhalten, was sie nicht verstand: Er war plötzlich auf Distanz bedacht – und legte gleichzeitig eine übertriebene Höflichkeit an den Tag, die ganz und gar nicht zu ihm paßte. Es hatte fast den Anschein, als wisse er Bescheid. Mehrmals war ihr in seinem Blick ein merkwürdig nachdenklicher Ausdruck aufgefallen; er sah sie an und wirkte unschlüssig, so als ob er sich noch keine Meinung zu einem bestimmten Problem gebildet habe. Hinzu kam, daß Nikki alles andere als kooperativ war. Ihr übertriebener Hang zum Märtyrertum begann Megan aufzuregen. Nikki schien die disziplinarischen Maßnahmen, die ihr nach der Rückkehr in ihre Heimat drohten, geradezu herbeizusehnen. »Was sein muß, muß sein«, wiederholte sie mehrmals am Tage mit monotoner Stimme. Megan konnte mit dieser obsessiven Schicksalsergebenheit nichts anfangen und fand sie inzwischen ausgesprochen lästig.

Mit einer Handbewegung rief sie einen der vielen höflichen Bauchladenträger heran, die die Ränge auf und ab gingen, und kaufte vier Tafeln Schokolade. Wie nach jedem ihrer Auftritte würde Nikki gierig darauf sein. Es war sicher gut, wenn man ihr während der Fahrt was zum Naschen geben konnte.

Megan zwang sich dazu, ein wenig zu entspannen. Sie wollte sich voll und ganz auf den bevorstehenden Auftritt konzentrieren. Nikkis Aussichten, das mußte sie zugeben, waren durchaus nicht schlecht. In der Pflicht war sie hervorragend gewesen – und die Pflicht machte immerhin schon dreißig Prozent der Gesamtnote aus. Auch beim Kurzprogramm hatte sie ihre überlegenen technischen Fähigkeiten unter Beweis gestellt und war von den Preisrichtern dreimal mit Note 6 und sechsmal mit Note 5,9 ausgezeichnet worden. Megan wußte jedoch, daß die bisherigen Noten für die Berechnung des Endstandes nur Annäherungswerte sein konnten. Punkte waren nicht das Entscheidende, es kam vielmehr auf die Plazierungen an.

Nikki war hohe Favoritin, hauptsächlich aufgrund ihrer überzeugenden Leistungen, nicht zuletzt aber auch wegen der außerordentlichen Publicity, die ihr rund um den Erdball zuteil geworden war. Es gibt keine andere olympische Sportart, bei der so viel im voraus entschieden wird wie beim Eiskunstlauf. In den Jahren zwischen den Spielen wächst jeweils eine neue Generation von

Weltstars heran. Zum Zeitpunkt der Eröffnung der Spiele hat sich längst eine rigorose Hackordnung etabliert, die den Favoriten zwar außerordentlich viel abverlangt, sie aber andererseits auch begünstigt, indem sie sie gleichsam vorab auf den Schild hebt. Von Nikki erwartete man an diesem Nachmittag eine perfekte Darbietung, und sie wußte es. Gleichzeitig rechnete jeder damit, daß sie die Goldmedaille gewinnen würde – und dies war ein psychologischer Vorteil, da sowohl die Konkurrenz als auch die Jury unter entsprechendem Druck standen.

Schade, daß Eric Lamont nicht da ist, dachte Megan. Er hatte einen Horror vor Flugreisen und würde nun wohl vor dem Fernsehapparat sitzen – und Nikki die Daumen drücken.

Megan sah hinüber zu den Preisrichtern, die auf der gegenüberliegenden Seite des Ovals plaziert waren. Sechs von ihnen waren Europäer, darunter drei aus den Ostblockstaaten. Ob sich das auf die Benotung auswirken wird, fragte sie sich. Alle Kampfrichter wirkten streng und angespannt. Der Wettbewerb war für alle eine schwere Prüfung, für die Läuferinnen ebenso wie für die Jury-Mitglieder, denen eine enorme Verantwortung oblag.

Die Musik für Nikki setzte ein: Neilsons *Flötenkonzert*. Aus dem Publikum waren vereinzelte Überraschungsbekundungen zu vernehmen; es gab offensichtlich einige Leute, die diese Begleitung für verfehlt hielten. Megan war sich jedoch mit Eric darüber einig, daß diese etwas fremde, ungewöhnliche Musik, so vertrackt und deplaziert sie auch im ersten Moment erscheinen mochte, in ihrer Präzision und Pointiertheit genau zu Nikkis einzigartigem Lauf- und Tanzstil paßte.

Die Überraschung vermischte sich mit Bewunderung, als Nikki in die Arena glitt. In ihrem hauchdünnen, weißen Trikot, das mit ein paar flüchtigen grünen Musselin-Flocken besetzt war, wirkte sie fast nackt, eine Elfe aus der weißen Schneewüste der Tundra, die ihrem Gefängnis aus Eis für einen kurzen Tanz hatte entkommen können, nur um danach wieder eingefangen und eingesperrt zu werden. Es dauerte nur wenige Augenblicke, bis der Funke aufs Publikum übersprang, ihr Feuer ebenso wie ihre namenlose Angst. Mühelos vollführte Nikki gleich in den ersten Sekunden ihres Laufes eines ganze Serie äußerst riskanter und technisch anspruchsvoller Figuren, darunter drei Dreifach-Sprünge und einen dreifachen Toeloop in Verbindung mit einem doppelten Rittberger. Nicht die Spur einer Unsicherheit war ihr anzumerken. Vier weitere, perfekte Dreifach-Sprünge folgten, einer davon in Kombination mit zwei anderen. Sie verstand es, die Axel und Salchows und ihre eigene, unnachahmliche Kosaken-Pirouette so darzustellen, daß alles kinderleicht aussah. Ihre Freude am Tanz teilte sich dem Publikum mit. Nikki zeigte den Lauf ihres Lebens.

Schon bald war Megan nicht mehr imstande, Nikkis Darbietung rein nach dem technischen Schwierigkeitsgrad zu beurteilen. Sie war verzaubert, verzaubert von einer Elfe, die tanzte, als ginge es um ihr Leben, die sprang, wirbelte, rannte, die die ganze Begeisterung eines jungen Lebens in einige wenige, wertvolle Minuten der Freiheit legte. Jede Bewegung, jede Figur übertraf die vorherige an Wagemut und Eleganz. War dieses Mädchen wirklich von dieser Welt? War das noch Nikki? Oder war das Kind verhext? Megan sah rückhaltlose Hingabe in Nikkis Augen, sie lief wie in Trance, war Gefangene ihrer eigenen Rolle, war bloß und atemlos, bis sie sich in ihre Schlußpirouette stürzte, in der sie nur noch wie ein Schemen wirkte.

Es war vorbei. Vorbei war die Freiheit, das Lachen, die Bewegung. Nun mußte sie sich ihrer Bestrafung stellen. Die Elfe schrumpfte zu einem kleinen Ball auf dem Eis, schwenkte die Arme wie in Abwehr über ihrem Kopf, sah dann auf, erhob sich und bedankte sich mit tiefen Knicksen beim Publikum, das ihre Kür mit rauschendem Beifall bedachte. Und schon erschienen die Noten der Kampfrichter: sechs, sechs, fünf Komma neun, sechs …

Aber Nikki war verschwunden.

Noch immer tobte das Publikum vor Begeisterung. Megan stürzte durch den Ausgang, der zu den Umkleideräumen der Damen führte. Dort sah sie einen Mann. Was treibt der in der Damenabteilung, fragte sie sich unwillkürlich, doch dann wandelte sich die Verwunderung in Schrecken: Der Mann beugte sich über die Polizistin, die, allem Anschein nach bewußtlos, am Boden lag.

»Nikki!« schrie Megan lang und laut. Sie befürchtete das Schlimmste.

Niemand antwortete.

»Nikki!« Ihre Stimme klang schrill. Sie stieß die Türen zu den Toiletten auf, eine nach der anderen. Niemand.

Megan lief zurück zu der Polizistin. Inzwischen waren einige Leute zusammengelaufen, aber kein Mensch sprach Englisch. Langsam öffnete die Frau die Augen und sah mit verstörtem Blick um sich. Megan verließ die Umkleideräume und bahnte sich durch die immer dichter werdende Menge den Weg zum Notausgang. Die Tür flog auf – aber draußen im Schnee waren keine Fußspuren zu sehen. Dennoch lief Megan die Treppe hinunter und eilte zu dem Wagen, der gleich um die Ecke stand. So war es ausgemacht – nur hätte eben Nikki bei ihr sein sollen. »O Gott, o Gott, Nikki, wo bist du?« schluchzte sie.

Banskis Fahrer las die Zeitung.

»Wo ist sie? Wo ist sie, um Gottes willen?« rief Megan atemlos. Einen Augenblick später sprach der Fahrer ins Mikrofon seines Funkgeräts. Er redete Serbokroatisch, so daß Megan ihn nicht verstehen konnte.

»Hilft mir denn keiner?« schluchzte sie. »Gibt es denn niemanden, der mir helfen kann?«

Plötzlich stand Zoran Banski neben ihr. Sein Gesicht war bleich vor Wut und Entsetzen. Nie hatte sie ihn so zornig gesehen.

»Gehen Sie zurück«, sagte er. »Bitte gehen Sie ins Restaurant und warten Sie dort. Sie kann das Stadion nicht verlassen haben, alle Ausgänge sind streng bewacht. Sie muß noch hier sein.« Er unterbrach sich und sprach hastig und schnell in das Mikrofon. Als er bemerkte, daß sie noch immer neben ihm stand, war er überrascht. »Wir suchen – wir finden sie. Aber bitte warten Sie im Restaurant, Miss Carroll.« Seine dunkelbraunen Augen starrten sie an; es war, als wollten sie ihr all den Trost und das Verständnis vermitteln, zu denen sein gebrochenes Englisch nicht in der Lage war. »Sie kommen nie aus Jugoslawien heraus.« Er legte ihr eine Hand auf die Schulter, aber Megan empfand keinen Trost. Sie hatte versagt, Nikki war verloren. Verzweiflung überkam sie.

Es gab einige Unruhe, als die Zuschauer das Stadion verließen. Die polizeilichen Identifikationskontrollen an den Eingängen stießen bei den Läuferinnen und ihren Trainern nicht gerade auf Begeisterung, manche von ihnen wurden laut. Schließlich waren nur noch Polizeibeamte und Reinigungspersonal im Stadion. Stunde um Stunde verging, die Hoffnung wurde immer geringer und erstarb. Zum Schluß gestand Banski seine Niederlage ein und drang darauf, daß Megan in ihr Hotel zurückkehrte.

Ihr blieb nichts anderes mehr zu tun, als Ian zu suchen.

Sie fand ihn in der Bar. Vornübergebeugt, die Ellenbogen auf dem kleinen Tisch vor sich, saß er da. Er schien tief in Gedanken versunken. Neben ihm stand ein Glas Scotch, unberührt. Als Megan auf ihn zukam, wandte er ihr das Gesicht zu, bedachte sie mit einem langen Blick. Er machte einen halb defensiven, halb aggressiven Eindruck auf sie, seine grauen Augen unter den buschigen, braunen Brauen schienen ihr eine Frage zu stellen. Auf Megan wirkte er in diesem Augenblick wie ein bösartiges Untier, das hinter einem Stein hockte und sie von unten herauf anglotzte. Dann lächelte er plötzlich. Die Hinterhältigkeit in diesem Lächeln trug mehr als alles andere dazu bei, daß Megans Kummer sich in rasende Wut verwandelte.

»Dich mach' ich fertig, du gottverdammter Mistkerl!« fauchte sie ihn an. Sie beugte sich vor und schlug ihm hart mit der Hand ins Gesicht. Sein Blick veränderte sich; was vorher aussah wie ein Schuldbekenntnis, wich kaltem Zorn. Ein Arm schnellte vor, packte sie am Ellenbogen, wirbelte sie herum. Sie landete auf dem Stuhl gegenüber.

»Warum nimmst du nicht Platz?« sagte er grinsend.

»Du bist ein niederträchtiger Lump«, erwiderte sie, fast schreiend. »Aber du wirst zur Kasse gebeten, das sage ich dir. Ich werde die Presse informieren.« Ihre Hände umklammerten den Tisch; sie mußte all ihre Willenskraft mobilisieren, um nicht noch einmal zuzuschlagen. »Michel wird mir helfen. Wir werden dafür sorgen, daß die ganze Welt erfährt, was du und deine feinen Freunde von der Marine für Kerle seid. Und wie ihr mit unschuldigen Frauen, die sich nicht wehren können, umgeht.« Ein lauter Schluchzer entfuhr ihr, und sie preßte eine Hand auf ihren Mund. »Wo ist sie? Was hast du ihr angetan?«

»Wer bitte? Ach so, Nikki. Na, du warst doch am Zuge, nicht wahr? Das mußt du doch selbst am besten wissen, was mit ihr geschehen ist. Wahrscheinlich befindet sie sich schon auf halbem Wege nach Rußland.«

»Du Teufel! Du bist böse, abgrundtief böse!«

Er packte sie am Handgelenk und schüttelte sie rauh. »Bist du eigentlich nie auf die Idee gekommen, daß Banski auf Seiten der Russen stehen könnte?«

Megan war am Ende. All ihre Wut war verschwunden, sie barg ihr Gesicht in den Händen. »Aber dann hätte er mir doch nicht von dir erzählt – von dir und deinen abscheulichen Plänen«, stammelte sie. »Oh, ich hasse dich, ich verachte dich so!«

»Aber warum denn nicht?« Ians spöttische Stimme ersparte ihr nichts. »Auch das war eine Möglichkeit, Nikki nach Rußland zu bekommen, ohne daß die Russen ihren Teil des Kuhhandels erfüllen müssen.«

»Du gibst es zu?« Sie sah ihn an und haßte ihn wie nie zuvor. »Du wagst es, so frech ... so eiskalt über deine grauenhaften Intrigen zu reden, so geschäftsmäßig ... Wie hast du je vergessen können, was du Nikki damit antust? Sie ist allein, hat Angst, keinen Menschen, an den sie sich wenden kann ... Gott helfe ihr! Was wird sie nun tun?« Megan begann leise vor sich hin zu weinen; hin und wieder wischte sie sich mit dem Handrücken über die Wangen.

»Oh, die große Menschenfreundin! Gott bewahre mich vor den Naiven und den Menschenfreunden. Megan, hör zu ...«

»Und hör auf, die Schuld auf den armen kleinen Kerl zu schieben, der sein Bestes getan hat, um dir das Handwerk zu legen. Zoran Banski ist mein Freund, und außerdem ist er Michels Onkel.«

Jetzt, endlich, war es ihr gelungen, ihn aus der Fassung zu bringen. Ian starrte sie ungläubig an.

»Sag mir eines«, fuhr sie fort. »Der Plan, Nikki gegen fünf britische Journalisten auszutauschen – ist der tatsächlich auf deinem Mist gewachsen?«

»Ja.«

»Dann war alles andere reiner Zufall ...«

»Ein Leben gegen fünf. Sie hat eine olympische Goldmedaille gewonnen, kein Mensch wird ihr auch nur ein Haar krümmen.«

Megan dachte einen Augenblick über Ians Argument nach. »Nein«, sagte sie dann, »da machst du dir was vor. War das wirklich deine private Entschuldigung vor dir selbst? Dann sag mir doch mal, was du als Soldat denkst, wenn du andere Menschen erschießt – vielleicht, daß sie im Himmel ohnehin glücklicher sein werden? Und wenn sie verstümmelt werden oder erblinden, sagst du ihnen dann, daß alle wichtigen Neuerscheinungen auch in Blindenschrift übertragen werden? Oder daß es das reine Vergnügen ist, einen modernen Rollstuhl zu bedienen?«

»Halt den Mund«, unterbrach er sie. »Ich habe dich gewarnt. Du hättest dich da nie einmischen sollen.«

»Ian«, sagte sie und verkündete mit steinerner Miene das Urteil, das sie zu lebenslangem Exil verdammte. «Ich liebe dich. Aber ich liebe dich nicht so sehr, daß ich dir das, was du getan hast, aus reiner Liebe vergeben könnte.« Sie zögerte einen Moment lang, dann war ihr mit einemmal klar, daß sie nie dieses Maß an Liebe würde aufbringen können. »Du hast deinen eigenen Moralkodex«, fuhr sie fort, »Disziplin, Tradition, Patriotismus, Einsatz des eigenen Lebens – wofür auch immer. Aber auch ich habe meine Grundsätze. Mein Kodex ist ganz einfach: Ich versuche, den Menschen, die mir begegnen, nichts Böses anzutun. Ich fühle mich in gewisser Hinsicht verantwortlich für sie. Nicht für alle – dazu bin ich ein bißchen zu klein –, aber eben für die wenigen, die meinen Lebensweg kreuzen. Mit einem Menschen, der meinen Kodex zerstört, kann ich nicht zusammenleben, das wäre gleichbedeutend mit der Vernichtung meiner selbst.« Sie machte eine kurze Pause und holte Atem. »Für mich ist deine ganze Tapferkeit, all deine Intelligenz nichts wert.«

Sie schloß die Augen, versuchte, seine sich entfernenden Schritte zu überhören. Als sie die Augen schließlich wieder öffnete, war Ian verschwunden.

73

Sonntag, 19. Februar 1984

Der letzte Tag der Winterspiele brach an, nach einer Nacht, die Megan wie ein nicht enden wollender Winter erschien. Sie hatte die ganze Nacht kein Auge zugetan. Statt dessen war sie in ihrem Zimmer auf und ab gelaufen und hatte in ihrer Einbildung Nikki auf ihrem Weg nach Sibirien, Moskau oder gar in die berüchtigte Lubjanka begleitet – Gott allein mochte wissen, wo sie sie hingebracht hatten! Megan hatte mehr als einen Spionageroman gelesen und kannte die Methoden: Drogen, Mißhandlungen, Hypnose. In ihrer Phantasie hatte sie gesehen, wie Nikki, bleich und wunderschön, doch mit Augen so ausdruckslos wie Tümpel, einem Roboter ähnlicher denn einem lebendigen Menschen, auf eine hohe Plattform stieg, in das Meer feindseliger Mienen hinunterstarrte und die ihr vorgeschriebene Erklärung stockend ins Mikrofon ablas: ›Genossen, ich bin in die Sowjetunion zurückgekehrt, um hier die wahre Freiheit zu finden, denn ich bin Künstlerin und kann ohne die wahre Freiheit nicht leben.‹ Einen langen Zug hatte Megan sich vorgestellt, einen vergitterten Wagen am anderen, der mit seiner Fracht von Gefangenen durch die schneeverwehte Tundra auf Sibirien zurast. Ihr war, als hätte sie dies alles tatsächlich miterlebt, und doch ahnte sie dumpf, daß die wirklichen Alpträume erst noch kommen würden.

Jetzt war es acht Uhr morgens, und sie war viel zu überdreht, um noch schlafen zu können. Als das Telefon klingelte, stürzte sie sich geradezu darauf und griff mit bebenden Fingern nach dem Hörer.

»Nichts Neues, Miss Carroll, und entschuldigen Sie, wenn ich Sie geweckt haben sollte.« Das war Zoran Banskis Stimme. »Wenn Sie sich bitte zur Rezeption herunterbemühen wollten.«

Dort fand sie ihn, zusammengesunken in einem Sessel beim Informationsschalter sitzend und an einer Tasse schwarzen Kaffees nippend, die ihm Čana gebracht hatte. Er wirkte so ausgemergelt, als stünde er kurz vor dem Zusammenbruch.

Aber sie sind alle hervorragende Schauspieler, rief sich Megan in Erinnerung, jeder einzelne von ihnen. Bruchstücke von Sätzen, die Ian von sich gegeben hatte, dröhnten ihr durch den Kopf: … *daß Banski auf Seiten der Rus-*

sen … ohne ihren Teil des Kuhhandels zu erfüllen … die russische Seite … Aber das mit den Magengeschwüren scheint zu stimmen, dachte Megan. Banskis Pupillen hatten sich im Schmerz verengt, sein Gesicht zeigte die Farbe fahlen Teiges.

»Wir haben alles überwacht«, sagte er trübsinnig. »Flughäfen, Seehäfen, Hauptstraßen, Grenzübergänge – nichts zu machen, nirgends. Die Briten oder die Russen, vielleicht auch beide zusammen, haben meinen Leuten ein Schnippchen geschlagen.« Er verzog das Gesicht, wühlte in seinen Taschen nach einem Fläschchen mit Tabletten, schüttelte gleich mehrere in seine Handfläche und stopfte sie sich auf einmal in den Mund. »Es tut mir leid, ganz furchtbar leid. Ich war ganz sicher, daß so etwas nie passieren würde.«

Megan betrachtete sein Gesicht prüfend und mit unverhohlenem Mißtrauen. In Banskis Augen spiegelte sich zunächst Entsetzen darüber, dann Mitgefühl. Er versteht alles, dachte sie und fühlte sich hundsmiserabel. Seine Worte kamen einem Todesurteil gleich – ohne Aufschub, ohne Trauerfrist. Verbittert sagte sie: »Ian Mackintosh ist ein kluges Köpfchen, aber ein wahrer Teufel!«

»Meine liebe Miss Carroll, geben Sie die Hoffnung nicht auf! Wir werden unsere Suche fortsetzen, bis wir herausgefunden haben, wo sie sich befindet. Wir sind noch nicht am Ende. Und vielleicht können wir sie repatriieren, zumal sie britische Staatsbürgerin ist.«

Sein soll, dachte Megan unwirsch – aber wo ist ihr Reisepaß, wo sind die Einbürgerungspapiere? Ian hat einfach an alles gedacht.

»Michel läßt Ihnen ausrichten«, fuhr Banski fort, »daß er heute morgen nach Belgrad geflogen ist. Er hat dort gute Verbindungen. Er versucht herauszufinden, wo seine Verlobte ist – und ob sie in die Sowjetunion verschleppt wurde oder nicht. Später fliegt er nach Paris. Er läßt Ihnen Lebewohl sagen.«

»Lebewohl«, wiederholte Megan und schüttelte benommen den Kopf. So viele Lebewohls. Es klang alles so endgültig.

Und wenn Ian doch recht hat? Das war der letzte Strohhalm, an den sie sich angesichts des Todesurteils klammern konnte. Und wenn schon! Ian würde nicht einmal dann reingewaschen, wenn sie Banski die Schuld in die Schuhe schob. Sie hatte den kleinen Mann von Anfang an gern gemocht – aber das war nun schon lange her.

»Was, glauben Sie, ist passiert?« fragte sie ihn.

Er seufzte, hob die Hände und zuckte die Schultern. »Ich denke, die Briten haben Wind von Ihren Plänen bekommen und deshalb ihre eigenen um ein paar Stunden vorgezogen. Meinen Sie nicht auch?« fragte er sanft. »Ich denke, Miss Kusnetzowa ist bereits in der Sowjetunion, und die fünf britischen Journalisten befinden sich auf dem Weg nach Hause.«

Ein kurzer Blick in ihre Augen verriet ihm, daß sie sich schuldig fühlte, und er sagte rasch, zu rasch: »Sie dürfen sich nicht die Schuld daran geben. Der einzige, der schuld hat, bin ich. Ich hätte darauf bestehen müssen, daß sie vorzeitig abfliegt.«

Es war ein Versuch, sie zu trösten. Doch Megan war untröstlich.

»Ich hätte sie sogar des Landes verweisen sollen, doch das hätte wiederum einen internationalen Zwischenfall heraufbeschworen.«

Dann begann er, Phrasen zu dreschen, ungeschickt und unzusammenhängend: »... bin ganz außer mir ... auf jugoslawischem Boden ... versichere Ihnen ... Pufferzone ...«

»Seien Sie doch still!« schrie sie ihn an. »Das Gerede hilft jetzt auch nichts mehr!«

Er nickte Čana zu, die daraufhin Megans Koffer hinter ihrer Theke hervorholte. »Auf Wiedersehen, Miss Carroll. Es tut mir leid, daß ich Sie enttäuscht habe. Den Koffer von Miss Kusnetzowa werde ich hierbehalten, für den Fall, daß wir sie finden sollten. Wenn Sie es wünschen, lasse ich ihn Ihnen später zugehen. Selbstverständlich halten wir Sie auf dem laufenden, jederzeit! Aber gewiß wird Commander Mackintosh Sie ins Bild setzen – zweifellos wird er das.«

Wer, zum Teufel, war Commander Mackintosh? Kannte sie den überhaupt? Ah ja, eine Jugendsünde – aber das war schon sehr lange her. »Ja, gut. Wie Sie es für richtig halten.« Nach außen bewahrte sie die Ruhe, innerlich jedoch tobte sie. Wie konnte er es wagen anzudeuten, sie und dieser Mistkerl ...! Tief holte sie Luft und sagte: »Auf Wiedersehen, Mr. Banski.«

Wie benommen stand sie auf und ging hinaus.

Zoran Banski verfolgte ihren Abgang mit traurigem Blick. Sie hätte niemals in dieses makabre Spiel hineingezogen werden dürfen, dachte er, von vornherein nicht. Für so etwas ist sie viel zu sensibel.

»O mein Gott, Nikki! Die arme, arme Nikki!« Am liebsten hätte Megan ihren Kummer laut herausgeweint und -geschrien. Sie fühlte, daß ihr Leid verdient war, doch Kummer, entdeckte sie, hält ebensowenig wie Schmerz über längere Zeiträume an, sondern überfällt seine Opfer mit kurzen, scharfen Attacken, die sie benommen und hilflos machen.

Megan fühlte sich wie taub, wie ein wandelnder Leichnam, der nichts spürt und nichts fühlt. Der Tag verging so langsam, daß es ihr vorkam, als wären es hundert Jahre. Sie fuhr mit einem Taxi nach Bjelašnica, wo sie dem letzten alpinen Rennen zuschaute, dem Slalom der Herren. Sie sah die Mahre-Zwillinge die ersten beiden Plätze belegen und ihre beiden Klienten, ein Schweizer und ein Norweger, unter den ersten fünfzehn durchs Ziel gehen.

Dann fuhr sie, weil sie nichts Besseres zu tun hatte, wieder mit einem Taxi zurück nach Sarajewo, wo sie ziellos durch die Straßen des türkischen Viertels wanderte. Irgendwie mußte sie diesen Tag überstehen und den nächsten auch. So würde ihr Leben von nun an aussehen, ein überstandener Tag sich an den anderen reihen, bis sie alt wurde. Sie würde nach London zurückfliegen und berühmt und erfolgreich werden; es würden noch viele andere Stars kommen, viele andere Profite, und sie würde geradezu zur Karikatur einer erfolgreichen Geschäftsfrau.

Sie lief bis zum Koševo-Stadion, und da sie Eintrittskarten hatte, reihte sie sich in die Warteschlange vor dem Eingang ein. Doch sobald sie drin war und ihren Sitz eingenommen hatte, gähnte sie der leere Platz daneben – Nikkis Platz – vorwurfsvoll an. Das Bild dieses leeren Platzes würde sie von nun an überallhin begleiten.

Die Vorstellung wurde mit einer Reihe moderner Eistänze zu Popmusik eröffnet, doch Megan sah statt dessen immer wieder Nikki, so wie sie sie hier, in diesem nämlichen Stadion, gemeinsam mit Ian, zum erstenmal gesehen hatte. Zwei riesige, freundliche Bären, doppelt so groß wie Menschen, liefen an der Bande um die gesamte Eisfläche herum, trieben alberne Späße und winkten ins Publikum. Das Stadion war vollbesetzt. Und endlich kam das Finale, zu dem ein Haufen fröhlicher Kinder in blauweiß gestreiften Kostümen auf die Eisfläche fegten und dort gemeinsam mit den Bären und dem Wolf Vucko, dem Maskottchen der Spiele, herumtanzten.

Megan lauschte den Reden, sah zu, wie Hunderte von Luftballons aufstiegen und wie die Olympische Flagge auf Halbmast gesetzt wurde, die hier verbleiben würde, bis sie zu den nächsten Spielen nach Calgary in Kanada gebracht wurde. Und als am Ende die Olympische Flamme aufflakkernd erstarb, da wollte es Megan scheinen, als sei für sie hier in Sarajewo mit dieser Flamme alles erstorben, was ihr heilig war.

EPILOG

Montag, 15. März 1985

Seit Megans Jugoslawienreise war über ein Jahr vergangen, der Service der innerjugoslawischen Fluggesellschaft allerdings kaum besser geworden: Die Maschine hatte Belgrad mit drei Stunden Verspätung verlassen, der Flug selbst war unangenehm und voller Turbulenzen. Alles schien sich verschworen zu haben, Megan in Depressionen zu stürzen, blieb ihr doch allzuviel Zeit für Erinnerungen an Sarajewo und die Auswirkungen, welche die damaligen Ereignisse auf ihr Leben gehabt hatten.

Es war gar nicht so einfach gewesen, eine Woche Urlaub zu machen, jedenfalls nicht so einfach wie früher. Die geschäftlichen Verpflichtungen hatten zugenommen, und ihr Team, das mittlerweile fünfzehn Angestellte umfaßte, hielt sie auf Trab. Ohne ISA hätte sie andererseits die ersten bitteren Wochen nach ihrer Rückkehr aus Sarajewo kaum überstanden. Allein in London, ohne Ian und Nikki, das war wie ein Wiedergeborensein in einer neuen, feindlichen Welt. Monatelang kannte sie kein Privatleben; sie lebte und arbeitete unter Fremden. Sie litt, und das war ihr anzusehen, doch da es in ihrer Umgebung niemanden gab, der ihr nahestand, fiel es auch niemandem auf. Mit Maureen wäre alles vielleicht nicht so schlimm gewesen – Maureen aber war nicht in London, sondern in Monaco, wo sie das Johnny-Bart-Fißneß-Zentrum leitete.

Mit Willenskraft und Mut gelang es Megan nach einiger Zeit schließlich wieder, Fuß zu fassen. Die neue, harte, auf sich selbst gestellte Megan Carroll war eine Eigenschöpfung, mit der sie zufrieden war. Einsamkeit war kein Problem mehr für sie – es war eines jener Probleme, die sie in der ihr eigenen effizienten Manier gelöst hatte. Das Leben hatte mehr zu bieten als die Rolle der Handlangerin an der Seite eines arroganten Mannes. Männer waren gut genug zur Ablenkung und Entspannung, man durfte ihnen jedoch nicht zuviel Macht über sich einräumen; es war ähnlich wie beim Alkohol.

Wieder erschütterte eine heftige Turbulenz das Flugzeug. Die Maschine flog jetzt bereits ziemlich niedrig über den Dinarischen Alpen. Megan schauderte, als sie auf die nebelverhangenen Gipfel herabsah, sie wollte sich nicht von Erinnerungen überwältigen lassen. Sie fühlte sich plötzlich anfällig, denn sie kehrte zurück. Normalerweise gab es für sie kein Zurück.

Und alles nur wegen eines Briefes, den Michel ihr geschrieben hatte. *Ich habe einen Klienten für Dich und einige Neuigkeiten von gemeinsamen Freunden* …, hatte es darin geheißen. Und auch sonst stand noch sehr viel in diesem Brief, der in einem merkwürdig selbstquälerischen Ton gehalten war. Megan konnte ihn mittlerweile fast auswendig. Aber was, um alles in der Welt, hatte Michel wieder nach Sarajewo verschlagen? Sie hatte während des vergangenen Jahres mehrfach versucht, mit ihm Kontakt aufzunehmen. Nach den Winterspielen hatte seine Zeitschrift einen großartigen Artikel über die Entwicklung von ISA London und ihren Anteil daran gebracht. Megan hatte sich bei ihm bedanken wollen, mußte jedoch erfahren, daß er seinen Job bei der Illustrierten inzwischen aufgegeben hatte. Sein Brief versetzte ihr schließlich einen Schock: es war fast wie ein Rückfall in die Zeiten, ehe sie ihr seelisches Gleichgewicht wiedergefunden hatte. Kurz entschlossen hatte sie daraufhin das nächste Flugzeug nach Jugoslawien bestiegen. Oh, Michel, dachte sie, wie konntest du mir so etwas antun?

Die Landung war trotz des unruhigen Fluges sehr weich. Dennoch fühlte sie sich wie vor den Kopf geschlagen, als ihr die emotionale Kälte entgegenschlug, die in diesem Land herrschte. Da waren sie wieder, die farblosen Gesichter, die freudlosen Augen; da war das Fehlen jeglichen Komforts, das utilitaristische Dekor – nichts hatte sich geändert. Vor einem Schalter standen jugoslawische

Gastarbeiter Schlange, sie warteten auf die Maschine nach Düsseldorf. Die Männer trugen billige, abgetragene Anzüge; in ihren Gesichtern und denen ihrer Frauen und Kinder lag tiefe Traurigkeit. Eine Woge des Mitleids überkam Megan bei ihrem Anblick.

O Gott, dachte sie, warum bin ich nur zurückgekommen? Sie hätte vor Wut über ihren dummen Entschluß zerspringen können. Sie wollte nichts mehr fühlen, nichts mehr empfinden – nie wieder. Und hier empfand sie sich zunächst einmal als vollkommen deplaziert gekleidet. In Pelzmantel und Hut hierherzukommen! Noch immer aufgebracht, arbeitete sie sich zur Gepäckrampe durch.

Vor dem Flughafengebäude wartete Zoran Banski auf sie. Als sie seiner ansichtig wurde, spürte sie einen Kloß im Hals. Verrückt, sicher – aber er war nun einmal Teil jenes Alptraums, den sie in Sarajewo durchlitten hatte. Er sah gesünder aus als im Jahr zuvor, und er lachte sie fröhlich an.

»Ich bin jetzt pensioniert«, sagte er, »und außerdem der Familienchauffeur und so eine Art Mädchen für alles. Ich habe mich ungeheuer auf Ihren Besuch gefreut.« Seine braunen Augen waren feucht, sein Blick verriet verlegene Scheu. Und auf einmal fand sich Megan in seinen Armen wieder und spürte seine Küsse auf ihren Wangen.

Sie erwiderte seine Umarmung. Sie waren plötzlich alte Freunde, was richtig merkwürdig war, denn sie waren im Grunde ja nie richtig befreundet gewesen.

»Wohin bringen Sie mich?« fragte sie ihn, nachdem sie in seinem alten Lada Platz genommen und eine Position gefunden hatte, auf der sie vor den defekten Sprungfedern einigermaßen sicher war. »Und wo ist Michel?«

»Michel wartet im Hotel *Jahorina*, Sie erinnern sich, nicht wahr?« Er startete den Motor, und sie fuhren los.

»Und worum geht es nun eigentlich, Mr. Banski?«

»Sie werden sehen ...« sagte er nur. Er brachte sie zu

Michel, mehr war aus ihm nicht herauszubringen. Aber zuvor mußte er ihr unbedingt noch das Olympische Dorf zeigen – aus nostalgischen Gründen.

Erst jetzt fielen Megan Banskis Olympia-Schlips und die Krawattennadel mit den fünf Ringen auf.

»Es war phantastisch, ja?« sagte er dreimal. Und danach: »Kein Tag vergeht, ohne daß ich an die Spiele denke, und wie schön es damals war. Unbeschreiblich! Man muß dankbar dafür sein, so etwas einmal miterleben zu dürfen. Keiner von uns wird die Spiele je vergessen.« Er deutete auf die ausgeblichenen pastellfarbenen Wohnblöcke; der Verputz bröckelte hier und da, auf den Balkons flatterte Wäsche; die Läden und Restaurants in den Erdgeschossen waren öde und leer. »Die Kinder, die hier leben, werden von ihren Schulkameraden ›Olympier‹ genannt.«

Ein paar Schneeflocken wirbelten durch die Luft, in Gräben und am Straßenrand gab es zwar ein paar dünne, weiße Flecken, doch bekam man insgesamt viel mehr von der Gegend mit als im Vorjahr. Felder und Wälder zogen vorbei. Es war eine schöne Landschaft, die Megan sehr gut gefiel. Ab und zu sah man in dicke Tücher und Schals gehüllte Frauen, die mit Hacken die noch gefrorenen Äkker bearbeiteten, hier und da auch merkwürdig konisch geformte Heuhaufen. Auch fiel Megan die große Zahl halbfertiger Häuser auf.

Banski hatte es plötzlich eilig. In schnellem Tempo rumpelte der Wagen die steile, kurvenreiche Straße hoch, die zu den berühmten Wintersportstätten führte. Die Straßen, erst achtzehn Monate zuvor in aller Eile fertiggestellt, waren bereits wieder reparaturbedürftig; immer wieder sah man tiefe Schlaglöcher und Frostaufbrüche. Verkehrszeichen und Straßenschilder standen schief und schwankend in der Gegend, wie Betrunkene, die von besseren Tagen träumen. Die Skipisten selbst, vor einem Jahr mit soviel Liebe und Sorgfalt in Schuß gebracht, waren nun von Wolfs- und Bärenfährten durchzogen, Skispuren waren dagegen weit und breit nicht zu sehen. Die Schlepplifte baumelten einsam im Wind, die riesigen Hotels standen leer, die Rolläden vor den Fenstern und Türen waren heruntergelassen.

Megan konnte mit einemmal lebhaft die Begeisterung nachempfinden, die damals die Zuschauer und Sportler, die Trainer und das Begleitpersonal beseelt haben mußte. Männer, Frauen und Kinder, sie alle hatten in einer gutgemeinten gemeinsamen Anstrengung um die Gunst der Welt geworben, erfüllt von großem Enthusiasmus und der illusorischen Hoffnung, die Fest- und Freudentage würden nie zu Ende gehen ...

Inzwischen war die Seifenblase zerplatzt. Megans Augen füllten sich mit Tränen, nur zu gut konnte sie nachempfinden, wie den Leuten hier in der Gegend jetzt zumute sein mußte. Sie erinnerte sich daran, daß alle gehofft hatten, diese Hochstimmung könne der Beginn einer neuen Zeit sein, in der nichts mehr wäre wie früher. Sie vermeinte, von neuem die flüsternden Worte, die heimlichen Gesten wahrzunehmen, mit denen die Jugoslawen den Westen umwarben: *Ihr seid schön, wir lieben euch, kommt wieder, kommt wieder.* Schöne Liebe, dachte Megan verbittert.

»Was sind wir denn schon?« lamentierte Banski neben ihr. »Eine Nation aus lauter Zigeunern. Kein Wunder, daß wir so arm sind.« Er wies auf die Erosionsschäden am Straßenrand und die an dieser Stelle wieder besonders desolate Fahrbahn.

Megan reichte es. Mein Gott, ist das alles deprimierend, dachte sie. Ich will nach Hause ... Doch in diesem Augenblick lenkte Zoran Banski den Wagen auf den Parkplatz des Hotels *Jahorina,* und die Erinnerung an Jacqui und ihr letztes Rennen ergriff von Megan Besitz.

Das Hotel war verlassen, doch ein gutes Stück weit entfernt hinter den großen Tannen sah man ein paar Skiläufer den Hang herunterfahren.

»Ein paar Einheimische und ein Gast«, erklärte Banski mit einem gequälten Lächeln. »Einen Skilift halten wir daher in Betrieb.«

Immer ›wir‹, niemals ›sie‹, dachte Megan nicht ohne eine gewisse Verärgerung.

»Das Hotel ist infolgedessen auch noch geöffnet«, fuhr Banski fort. »Ich habe Ihnen ein Zimmer reservieren lassen. Außerdem können Sie hier essen.«

»Sie werden uns selbstverständlich dabei Gesellschaft leisten«, gab Megan zurück.

»Nein, diesmal leider nicht«, erwiderte er in unterwürfigem Ton. Seltsam, dachte Megan, als er Polizeichef war, wirkte diese freundliche Art sehr einschüchternd. Jetzt kam es ihr eher rührend vor.

»Aber morgen …« fuhr er fort, »morgen essen wir gemeinsam zu Mittag.«

Er nahm ihren Koffer, erledigte die Anmeldeformalitäten für sie und geleitete sie in den Speisesaal. Dann verabschiedete er sich, machte eine knappe Verbeugung und ließ sie allein.

Die Luft im Hotel roch nach Staub. Die Fenster waren schmutzig, die Teppiche ebenso. Es war kalt und die Beleuchtung trübe. »Uff«, murmelte Megan und schauderte.

Indessen, man erwartete sie offensichtlich. Ein Tisch war blankgeputzt und bereits gedeckt. Vom anderen Ende eines langen Korridors hörte sie Schritte, die rasch näherkamen. Und dann stürzte Michel auf sie zu. »Michel!« rief sie und fiel ihm in die Arme. »Wo warst du nur? Was tust du hier? Weiß du, wie oft ich versucht habe, dich zu erreichen? Oh, Michel! Warum hast du nicht schon viel früher von dir hören lassen? Erzähl doch! Du hast irgendwelche Neuigkeiten, ja? Komm, spann mich nicht länger auf die Folter!«

»Eines nach dem anderen«, sagte er, beugte sich zu ihr nieder und gab ihr einen Kuß. »Ich habe soeben meinen

Roman beendet«, fuhr er dann, nicht ohne Stolz in der Stimme, fort. »Deshalb bin ich auch nicht zum Flugplatz gekommen. Ich wollte unbedingt noch vor deiner Ankunft fertig werden. Ich habe auch schon einen Verleger gefunden, das Buch wird im November erscheinen.« Seine Augen glänzten. »Ich bin froh, wenn ich wieder nach Frankreich komme. Ich fühle mich in meiner eigenen Heimat wie ein Exilant, kannst du dir das vorstellen?«

Das kann ich dir nachfühlen, dachte Megan, beschränkte sich aber darauf, ihn anzulächeln und zu sagen: »Auf dich warten viele tolle Stories. Erinnerst du dich an Robert Scott? Ich nehme an, du weißt, daß er Jacqui Douglas geheiratet hat. Na ja, er versucht sich jetzt als Leiter der Marketing-Abteilung bei Vanguard. Seine Skier sind Vanguards neueste Top-Nummer: Das allein ist schon einen Artikel wert. Und Jacqui – du erinnerst dich doch an sie, nicht wahr? Jacqui hat ihren Vater überredet, ihr die Eröffnung einer Reihe billiger Skischulen für Kinder zu finanzieren – an den unwahrscheinlichsten Orten übrigens. Sie legt Wert darauf, etwas Eigenständiges zu tun. Und weißt du schon, daß Eleanor ihren Ex-Ehemann zum zweitenmal geheiratet hat? Ach, Michel, ich habe dir ja soviel zu erzählen?«

Michel hatte inzwischen für sie beide bestellt, und das Essen wurde bereits serviert. Es handelte sich um diverse türkische Spezialitäten, die Michel indes mit einem kummervollen Blick betrachtete. »Du ahnst nicht, wie sehr ich mich nach der französischen Küche sehne«, sagte er traurig. »Ich will zurück nach Frankreich. Du mußt mir dabei helfen, ich brauche dich.«

»Ich tu, was ich kann, Michel«, antwortete sie und dachte dabei: Und ich meine das verdammt ernst, das ist irgendwie komisch.

Dann begann Michel zu berichten.

Der Anfang seines Berichts war etwas wirr, und Megan

kam nicht so recht mit. Sie schob es auf ihre Müdigkeit nach der umständlichen Reise. Mehrfach erwähnte Michel seine Frau; sie wolle in den Westen, sagte er, und sie sei Eisläuferin, ja, Megan müsse sie unbedingt sehen, sie sei nämlich ganz hervorragend. Er zeigte ihr ein paar Fotografien.

Als Megan die Bilder näher betrachtete, blieb ihr plötzlich die Luft weg, und sie bekam vor lauter Überraschung den Mund nicht mehr zu. Nikkis Augen lächelten sie an. Sie sah Nikkis Haar, Nikkis frohes Gesicht.

»O Gott, Michel, das ist ja Nikki!« rief sie aus und lehnte sich mit geschlossenen Augen zurück. »Wie hast du sie nur gefunden?«

»Nikola Petrowna Juric, meine Frau«, sagte Michel glücklich. »Sie war nie fort. Ich selbst habe sie entführt.« Er lächelte nervös. »Hast du das nicht geahnt?«

»Nein!« rief Megan verblüfft, riß sich aber schnell wieder zusammen. »Ich meine ... Wie sollte ich auch? Ich dachte, die Russen hätten sie gekidnappt. Mein Gott, Michel, ich war so unglücklich ...« Sie atmete tief durch. »Hättest du mir nicht Bescheid sagen können?«

»Es tut mir leid, Megan«, antwortete er. »Wir sind dir eine Erklärung schuldig – und müssen dich um Verzeihung bitten. Wir konnten dir damals einfach nicht vertrauen, wegen deiner Beziehung zu Ian, deiner damaligen Beziehung, um genau zu sein. Wir haben erst vor relativ kurzer Zeit herausgefunden, daß ihr euch getrennt habt.«

Megan nickte unverbindlich, und Michel redete hastig weiter. Er wechselte das Thema.

»Nikki war damals von einer masochistischen Manie besessen, die sie geradezu dazu zwang, ihre Strafe auf sich zu nehmen. Sie wäre damals nicht bereit gewesen, mit dir zu gehen – das muß du doch gespürt haben ...«

»Ja«, gab Megan zu. »Ich hatte so eine Ahnung ... Und darum ...«

»Wir kennen Nikki und ihren verdammten russischen

Fatalismus beide ja nur zu gut«, unterbrach Michel sie emphatisch. »es war eine absolut fixe Idee, die sich in ihrem Hirn festgesetzt hatte: ›Ich muß bestraft werden für das, was ich meinem Vater angetan habe ...‹ Ich nehme an, du hast auch gehört, daß er gestorben ist. Wie dem auch sei, ich versuchte jedenfalls, sie wieder zur Vernunft zu bringen, und als mir das nicht gelang, blieb mir nichts anderes übrig, als Gewalt anzuwenden. Unter den Leuten, die im Stadion Erfrischungen verkauften, waren ein paar alte Freunde von mir. Wir packten uns Nikki, schickten sie vorübergehend ins Land der Träume und karrten sie in einem leeren Weinfaß raus.« Der Ober kam und schenkte ihnen nach. Als er wieder gegangen war, fuhr Michel fort: »Ich brachte sie in ein altes Bauernhaus, das sich seit langer Zeit im Besitz unserer Familie befindet, und hielt sie dort einige Wochen lang gefangen.« Er kicherte. »Um ehrlich zu sein – wir hatten recht viel Spaß miteinander ...« Er unterbrach sich. Es kam wohl daher, dachte er, daß wir beide es als ein amüsantes Zwischenspiel betrachteten, nicht als Dauerlösung. »Jetzt, da mein Buch fertig ist, möchte ich aber nach Paris zurückkehren.« Er lächelte. »Mein Onkel verschaffte ihr Papiere, so daß wir endlich heiraten konnten. Durch die Hochzeit bekam sie die französische Staatsbürgerschaft, es gibt da also keine Probleme mehr mit der Ausreise.« Nach einer kleinen Pause fügte er kleinlaut hinzu: »Das heißt, eines natürlich schon: Sie hat höllische Angst davor. Sie meint, sie sei nicht mehr gut genug und könne nie wieder zu ihrer alten Form zurückfinden. Sicher, sie ist ein bißchen aus der Übung, das stimmt schon, und sie hat ein wenig zugenommen, aber sonst ...« Er brach mitten im Satz ab und lächelte. »Aber du kannst dir morgen selbst ein Bild von ihr machen. Ich habe ein kleines Schaulaufen im Koševo organisiert. Es würde mich sehr freuen, wenn du wieder ihre Managerin werden könntest, Megan. Sie will Profi werden.«

»Aha«, sagte Megan nur und dachte, Nikki kann von Glück sagen, daß sie Michel hat. »Ich freue mich aufrichtig für euch beide«, sagte sie dann. »Und ich kann es gar nicht abwarten, sie wieder bei mir in London zu haben. Ohne sie war es ganz schön einsam.« Es war ein Geständnis.

»Und du?« fragte er. »Was machst du so? Bist du verheiratet?«

»Nein.«

»Fester Freund?«

»Nichts von alledem«, sagte sie steif. »Ich hab' mir an Ian die Finger verbrannt. Momentan kenne ich nur meine Arbeit.«

»Nikki sagt, du seist eine Ein-Mann-Frau.«

»So, sagt sie das? Im Ernst, ja? Ihr redet also auch über mich?«

Michel errötete und grinste. »Sobald eine Frau verheiratet ist, wird sie zur Ehevermittlerin, ich weiß auch nicht, warum, aber es ist anscheinend eine unausweichliche Konsequenz. Ian war übrigens hier ...« Einen Augenblick lang herrschte betroffenes Schweigen. »Er meint, sie ist genausogut wie früher.«

»Ian!« Megan hielt die Luft an. »Er war hier – und du unterstehst dich, mit ihm zu reden? Du hast ein kurzes Gedächtnis, Michel. Ich vergebe nicht so schnell.«

»Er hat nur seine Pflicht getan.«

»Er hat den ganzen Coup von langer Hand geplant«, erwiderte Megan bitter.

»Es gibt durchaus so etwas wie Bedauern, Reue, Scham, nenn es, wie du willst. Hör zu: Ian hatte den Auftrag bekommen, fünf von den Russen festgehaltene Journalisten zu befreien, und da mußte ihm Nikki wie ein Geschenk des Himmels erscheinen: eine Russin für fünf Briten, unter denen sich auch noch sein bester Freund befand.«

»Du brauchst ihn nicht zu entschuldigen«, gab Megan ärgerlich zurück. »Es interessiert mich nicht.«

»Er hat teuer dafür bezahlt. Ian lag sechs Monate im Krankenhaus, mit einer Kugel im Rücken. Nach den Spielen kehrte er zurück, um eine Rettungsaktion zu starten. Und die ging schief. Ich kenne die Einzelheiten nicht, weiß aber, daß zwei Leute, darunter sein Freund, bei der Geschichte ums Leben kamen. Und Ian selbst wurde schwer verletzt. Die anderen drei kamen frei.«

»Es ist mir egal, was mit Ian passiert ist, es interessiert mich nicht!« rief Megan. Sie spürte, daß sich ihr sorgfältig aufgebautes Verteidigungsbollwerk in Nichts auflöste. »Bitte, Michel, hör auf damit.« Sie fühlte sich mit einemmal müde und mutlos.

Aber Michel dachte nicht daran, aufzuhören. »Offiziell kam Ian nach Sarajewo, um einen Dokumentarfilm zu drehen. In Wirklichkeit jedoch, um sich zu erholen und weitere Erkundigungen über Nikki einzuziehen. Zoran informierte mich darüber, und ich beschloß, Ian direkt zu fragen, ob Nikki gefahrlos nach England einreisen könne.«

»Sehr tapfer«, sagte Megan bitter.

Michel runzelte die Stirn. Er hoffte auf irgendein Zeichen des Einlenkens von ihrer Seite, doch Megan starrte nur mit versteinertem Blick vor sich hin, die Hände im Schoß, die Augen kalt wie Eis. »Er ist ein verdammt netter Kerl, Megan, wenn man ihn näher kennenlernt«, sagte er.

»Gibt es irgendeinen Menschen, der ihn wirklich kennt?«

»Es gibt eine unfehlbare Methode: Geh mit einem Kerl auf die Jagd, und du lernst ihn kennen. Und zwar verdammt schnell. Es gibt zwei Typen von Männern, weißt du – die einen nimmst du gerne mit auf die Jagd, die anderen läßt du lieber zu Hause. Unsere Bären sind ziemlich unberechenbar.«

»Und mit ihm gehst du, ja? Er ist hier ...?« Megan starrte Michel vorwurfsvoll an. Es entging ihr nicht, daß er errötete und den Blick abwandte. Warum nur hat er ein so verdammt schlechtes Gewissen, fragte sie sich. Plötzlich war ihr alles klar: Die drei hatten das alles hier gemeinsam inszeniert. *Deshalb* bin ich hier. Michel ist doch nicht einmal imstande, einem Kind was vorzuflunkern – ganz im Gegensatz zu Ian, der geradezu ein Weltmeister im Schwindeln war.

»Michel, gibt es hier irgendwo eine Toilette?« fragte sie mit rauher Stimme.

Durch ein dunkles Treppenhaus tastete sie sich zur Tür der Damentoilette vor. Überall lag der Staub in dicken Schichten, es gab keine Handtücher. Aber heulen konnte man hier so gut wie irgendwo sonst. Eine ganze Weile lang ließ Megan ihren Tränen freien Lauf. Der Verputz in dem kleinen Raum bröckelte ab, ein Stuhl mit angeknackster Lehne stand da, der Wasserhahn hatte keinen Griff, die Toilettenspülung funktionierte nicht.

Schließlich puderte sie sich die Nase und kehrte zurück zu Michel.

»Und warum erzählst du mir das alles?« fragte sie ihn unfreundlich. »Da steckt doch eine ganz bestimmte Absicht dahinter.«

»Da hast du allerdings recht«, antwortete Michel und zeigte schon wieder dieses verschlagene Grinsen.

In diesem Augenblick spürte Megan zwei Hände auf ihren Schultern und griff verwundert nach oben. Ihre Finger erkannten die geliebten Hände mit dem schwarzen Kraushaar an den Gelenken. Da war auch die vertraute schwarze Armbanduhr mit den diversen Zifferblättern und Skalen. Und das Steppmuster seiner Skijacke. Und die Hände ergriffen die ihren und hielten sie fest.

Sie öffnete den Mund, um etwas zu sagen, schloß ihn aber sogleich wieder. Die widerstreitenden Gefühle in ihr ließen sich nicht in Worte fassen. Da war vor allem Wut, aber auch eine gewisse Traurigkeit. Und da war eine große Sehnsucht und die Angst vor einem neuerlichen Verlust. Und die Erinnerung an die Einsamkeit ihres Körpers, die sie monatelang Nacht für Nacht Ians Namen hatte stöhnen lassen. Was sollte sie jetzt sagen? Sie waren ja nicht allein …

Sie sagte: »Was für eine Überraschung, Ian, nach so langer Zeit!«

Und er, dem auch nichts Besseres einfiel: »Wie nett, dich wiederzusehen, Megan.«

»Du warst verletzt, hörte ich – hoffentlich nichts Ernstes?«

»Ich bin wieder auf den Beinen.«

»Das merke ich.«

Ian setzte sich zu ihnen. Er lächelte zuvorkommend. Megan erlaubte sich einen prüfenden Blick. In seinen Augen schimmerte jene merkwürdige, intime Freundlichkeit, die sich als so trügerisch erwiesen hatte. Sein Anblick ließ sie unwillkürlich den Atem anhalten. Wie mager er geworden war und wie blaß! Seine Haare waren viel zu lang, und der lockige Bart, der gut die Hälfte seines Halses bedeckte, sah geradezu scheußlich aus. Er bemerkte ihre Reaktion und strich den Bart mit einer Hand glatt. Er war älter geworden. Das vergangene Jahr war kein gutes Jahr für ihn gewesen, das war nur allzu deutlich. Sie verspürte den Wunsch, ihn zu trösten – es war wirklich absurd. Ich muß mich zusammenreißen, dachte sie.

»Du siehst …« sagten sie gleichzeitig und hielten gleichzeitig inne, um sich wortlos anzustarren.

»Um diese Jahreszeit ist das Skifahren ein besonderes Vergnügen«, begann Ian dann in bester britischer Manier. »Nach meinem Dafürhalten ist der späte Schnee der beste.«

»Das sagt man allgemein«, antwortete Megan.

»Wie ich höre, bist du gekommen, um Nikki eislaufen zu sehen«, fuhr Ian fort und gab dem Ober einen Wink. »Hast du vor, ein paar Tage zu bleiben?«

Megan schwieg.

Jetzt ist der Augenblick gekommen. Der Augenblick, der über mein Leben entscheidet. Der darüber entscheidet, wo ich leben werde, was ich in dreißig Jahren tun werde. Alles hängt von meiner Antwort ab. Was soll ich sagen?

Sie dachte an die Geschichte der Familie, aus der Ian stammte. Stück für Stück, Buch um Buch hatte sie sie ausgegraben. Sie dachte an den Webstuhl, die Herde im Hochland, an die vielen Schiffe, an den Hirsch, den Ian erlegt hatte. Sie erinnerte sich an die Galerie mit den vielen geduldigen Gesichtern. Würde auch ihr Porträt dereinst dort hängen? Konnte das wirklich ihr Lebensziel sein – eine Zwangsjacke aus lauter Familientradition? Urkunden, Ehrungen, Medaillen in Vitrinen, unzählige Erinnerungen an wagemutige Heldentaten für lange, einsame Winterabende vor dem Kamin? Aber dann dachte sie: Mit Ian und seiner Liebe kann es auf Aviemore vielleicht auch so warm und anheimelnd sein wie auf einer Tropeninsel. Oh, Ian, liebe ich dich wirklich so sehr?

Anscheinend ja, denn sie hörte ihre Stimme wie aus eigenem Antrieb sagen: »Vielleicht. Ich wollte es mir noch überlegen. Der Flug hierher ist zu lang, um nur eine einzige Nacht zu bleiben. Ein bißchen Skilaufen würde mir sicher auch ganz gut tun, ich habe in letzter Zeit ziemlich viel um die Ohren gehabt.« Oh, verräterische Stimme!

»Es gibt hier in der Gegend ein paar ganz gute Pisten«, sagte Ian, dem die Erleichterung anzumerken war. »Wenn du Zeit hast, kann ich dich ein wenig herumführen.«

»Ja, das läßt sich wohl einrichten«, murmelte sie und sah stirnrunzelnd auf ihre Hände herab.

»Okay, dann kann ich mich also fürs erste verabschieden«, sagte Michel, sprang unvermittelt auf und stieß seinen Stuhl zurück.

»Einfach so? Was soll das? Du läßt mich …« Megan schreckte auf. Sie war ohne jeden Schutz. Er konnte sie doch nicht einfach mit Ian alleinlassen! Sie wollte protestieren, unterließ es aber, als sie Michels Miene sah. Mein

Gott, dachte sie, der bricht ja gleich in Tränen aus, das ist ja furchtbar!

Michel verschwand, um Zoran zu suchen. Er sah nicht zurück. Er kannte sich und seine Schwächen. Eine der schlimmsten war, daß Happy-Ends ihn zum Heulen brachten. Unweigerlich. Er kramte sein Taschentuch hervor und schneuzte sich vernehmlich.

»Keine Sorge«, sagte Zoran und klopfte ihm begütigend auf die Schulter. »Die zwei kommen schon zurecht miteinander. Und du und Nikki, ihr kommt auch klar. Nur – was soll aus unserem armen Sarajewo werden?« Mit einer weit ausholenden Geste umfaßte er die Skipisten, die Berge, die Wälder. »Diese Stadt ist wie eine verlassene Braut. Sie verzehrt sich vor Sehnsucht und welkt dahin. Ob der Bräutigam je zurückkehren wird? Ich bezweifle es. Jedenfalls wird er sich viel Zeit lassen – und vielleicht kommt er nie wieder.«

Michel schenkte den törichten Schwärmereien seines Onkels kein Gehör. Gefühle aller Art brachten ihn zum Weinen – er *konnte* darüber noch weinen. Seine Frau lachte jedesmal darüber, Angelsachsen aber empfanden dergleichen als unangenehm und ungehörig. Michel fürchtete, Megan könne ihm etwas angemerkt haben, und er wollte seine slawische Seele vor seinen Freunden nicht so entblößen, zumal er wußte, daß sie beide Musterexemplare taktvoller Zurückhaltung waren. Sie würden noch stundenlang da herumsitzen und über den Schnee, die wilden Tiere und die Berge reden. Erst in ein paar Tagen würden sie wieder miteinander schlafen können. Nun ja, sie hatten ja Zeit ...

Am nächsten Tag erfuhr er vom Manager des Hotels, daß er sich gründlich geirrt hatte. Es hatte nur eine halbe Stunde gedauert.

Verfilmt mit ›Pretty-Woman-Star‹ Julia Roberts

Als Band mit der Bestellnummer 11 614 erschien:

Von ihrem Mann an den Rand des Wahnsinns getrieben, ergreift Sara Burney die Flucht. Unter anderem Namen beginnt sie in einer Kleinstadt ein neues Leben. Doch sie wird von ihrer Vergangenheit eingeholt . . .

Vier Frauen auf der Jagd nach Geld, Ruhm und Liebe

Als Band mit der Bestellnummer 11 704 erschien:

Chris, Katie Lee, Rosalie und Miranda sind Freundinnen im Harvard College mit großen Zielen. Doch bei ihrer Jagd nach Ruhm und Liebe wird Schuyler Smith für alle zur Schlüsselfigur . . .